筒井康隆コレクションII

霊長類 南へ

日下三蔵・編

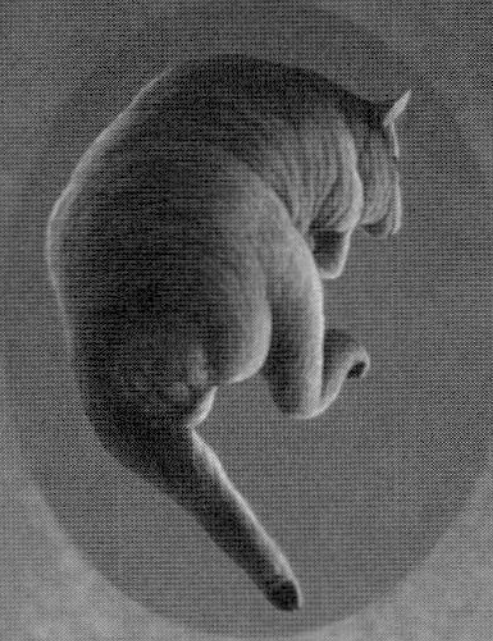

出版芸術社

筒井康隆コレクションⅡ

霊長類 南へ

目次

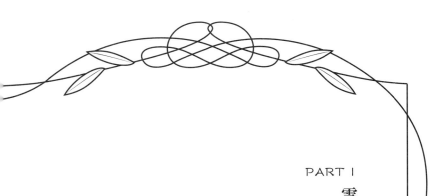

PART 1

霊長類 南へ

PART II

脱走と追跡のサンバ

PART Ⅲ

マッド社員シリーズ

PART Ⅳ

筒井康隆・イン・NULL2（4号〜5号）

装幀・装画　泉谷淑夫

PART 1

霊長類 南へ

銀座四丁目

その夜も銀座四丁目の空には、あいかわらず星がなかった。

そのかわり透光看板、ガラス行灯《あんどん》、ショーケース、アクリル行灯、ウィンドウ、照明入りビーチテント、ネオンなどの七彩《なないろ》の明りが裏通りを照らし出していた。

シャッターのおりた三越の裏口で、初老の易者が『易断』の行灯に火をいれた。マッチの火で手を焼き、小さく熱いと叫んで舌打ちした。

毎晩同じところで占いをやるのだが、その夜に限って彼はなぜか、やってきた時からそわそわしていた。落ちつかぬ様子で、度の強そうな眼鏡ごしに、あたりをうわ眼づかいできょろきょろと見まわし続けた。

風がなく、少しむし暑いほどの夜なのに、彼は小きざみに膝をふるわせていた。

色も姿もとりどりの男や女が、彼の前を通り過ぎて行った。この時間の彼の客は、まだ、ひやかし半分の酔っぱらいではなく、会社が終ってからウィンドウ・ショッピングにやってくる若い娘たちである。最初の客も、二人づれの上品な娘だった。

「お願いしますわ」

易者はうなずき、掌を上に向けてさし出した。この上に手をのせなさいという意味である。

「わたしの専門は手相だからね」と、彼はいった。

「あら。易者さんにも専門があるの」手をさし出した方の娘が、面白そうに訊ねた。

「もちろんです。最近では何ごとにつけてもそうだ。専門のない易者などは、かえって藤四郎だといわれます。手相人相なんでもやる易者は、客から信用してもらえない。分業化というのは、これは一種の社会現象でしょうなあ。あなたがたの会社でもそうだろうが、われわれの世界でも……」

へらず口をたたいていた易者は、急に絶句した。眼を見ひらき、娘の白い掌を食いいるように眺めた。また、膝をゆすりはじめた。

「どうかしたの」と、もうひとりの娘が易者の表情を見て首をかしげ、横からいった。

易者は、はげしくかぶりを振った。彼は娘の手をはなし、そっぽを向いた。

「まことに悪いが」やがて彼は、申しわけなさそうにつぶやいた。「わしは今日、まだ店を出したばかりで精神統一ができておらん。見ても当らんと思う」

「あら。当らぬも八卦《はっけ》じゃなかったの」

「それはそうだが」易者はことばをにごし、口の中でもぐもぐと何やら言いわけめいたことをひとりごちた。

「ねえ。気になるわ」と、まだ手をさし出したままの娘が訊ねた。「何か、悪い相でも浮かんでるんですか」

「そんなことはない」易者は背をしゃんとそらせ、不必要なほどの大声で答えた。「そんなことはありません」また、かぶりを振った。

「そう。じゃ、しかたがないわね」

娘たちはうなずきあい、肩を並べて交叉点の方へ歩き出した。

「易者に断わられたのって、はじめてだわ。あれがほんとの易断ね」

「でも、良心的な易者じゃない。あれで商売になるのかしら」

易者はほっとしたように、ハンカチを出して額の汗を拭った。

二十分ほどして、バーのマダムかホステスと思える、和服の中年女が彼の前に立った。

「お願いするわ。今夜お金が入るかどうか、見て

ください な」少し疳《かん》高い声だった。

　彼女のやわらかな手をとり、ひと眼手相を見て、易者はまた顔色を変えた。しばらくは穴のあくほど女の掌を見つめていた。彼の額を、透明のあぶら汗がひと筋、たらたらと流れた。

「どうしたっていうの」女は心配そうに、易者の顔をのぞきこんだ。

　易者は顔をそむけた。「けけけ、見料はいりません」と、彼はいった。「この手相は、見たくない」

「なんだっていうのさ。縁起の悪い」女は癇癪《かんしゃく》を起し、ヒステリックに叫んだ。「わたしの手相が、どうしたっていうのよ」

「わたしは今日はだめだ」易者は台の両隅を握りしめ、がたがた顫《ふる》えながら叫ぶようにいった。

「ほかの易者に見てもらって……」

　ぴしゃり、と、易者の頬が鳴った。

「インチキ易者」

　捨てぜりふを投げつけ、女は足早やに去っていった。

　さらに数人の客を、易者は断わった。

　最後に有閑マダムらしい三人づれがやってきて、いっせいに手をさし出した時、易者はとうとう立ちあがってわめきはじめた。

「わたしは何も知らん」彼は泣き出した。「わたしにはわからない。何もわからない。手相なんか知らん」

　三人の女はあっけにとられ、しばらくはよだれを流して泣きわめく易者を、茫然と眺め続けた。

「気ちがいだわ」

「行きましょう」

　女たちが去ると、易者はぐったりして腰をおろし、手で顔を覆った。しばらくは女のようにすすり泣き、肩をふるわせていた。

　酔っぱらいがやってきて、易者のすぐ傍で立ち小便をはじめた。アルコールの匂いがする黄色い小便のしぶきが、易者の服の裾を濡らした。

「火難、女難、水難、ぜんぶ的中しとる」易者は自分の手相を見てうなずいた。

それから息をのんだ。

眼を見ひらいた。「そんなはずはない」

掌がぶるぶるとふるえた。「これは……これは……」

あんぐりと口を開き、弱よわしくかぶりを振った。「こんなものは、さっきまで出ていなかった。まさか。そんな馬鹿な。そんな……」ぜいぜいと咽喉を鳴らした。

自分の手相を眺めてかぶりを振り続けている易者の様子のおかしさに、彼の前を行く人間たちはくすくす笑いながら通り過ぎて行った。

やがて易者は立ちあがり、店をたたみはじめた。「わしはもう帰る」彼は瘧《おこ》りのように痙攣《けいれん》していた。「帰って寝る」

彼はそそくさと、有楽町の駅の方へ去っていった。

瀋陽《シェンヤン》ミサイル基地

レーダー・スクリーンには、大きく毛沢東《もうたくとう》の写真が出ていた。

このスクリーンは、未確認飛行物体《UFO》がやってきた時だけ、自動的に地図に切り換えられるようになっていて、その他の、いわば暇な時はずっと、毛主席の馬鹿でかいポートレートが映し出されているのである。

と、いうわけで、ここ瀋陽《シェンヤン》にある中国人民解放軍技術部ミサイル係の劉早晨《リュウソウシン》は、この迎撃指令室兼ミサイル発射室で、ほとんどの時間、毛主席とさし向かいだった。劉はつまり、押しボタン将校ということになる。

彼の前には鈕釦《ボタン》の並んだ、貧弱な薄鋼鈑製のコントロール・パネルがあって、その鈕釦《ボタン》を押すと地上のミサイル基地にある中間射程弾道弾《I・R・B・M》が、それぞれの方向に発射されるという仕掛けである。

この発射室には劉の他に、邱白天《キュウハクテン》という、やはりミサイル係の男がいて、今は劉の隣りのコントロール・パネルに向かって腰をおろしている。邱白天は、魚油の匂いのする髪膏《ポマード》をぷんぷんさせて、『実践論』に読みふけっていた。

劉は今朝の解放軍報瀋陽《シェンヤン》版を読みながら、邱の方を横眼でちらちらとうかがった。彼はこの邱という高級技術学校出の若い男が大嫌いだった。むこうも同様、国家技術委員会から横すべりしてきたミサイル専門家の劉が気にくわないらしい。

劉はもともと、この地方の大地主の息子で、大学を卒業後、一九五五年に設置された原子力専門委員会に招かれたほどの秀才。一方、邱という男は、貧農の息子だが、頭が良かったので歩兵技術学校を卒業後、高級技術兵になることができたのである。

さらにいうなら劉の方は、貴族然とした色白の二枚目で、言葉や挙動のはしばしにいたるまでインテリ臭をぷんぷんさせているし、邱はといえば、ずんぐりむっくりで色の黒い醜男《ぶおとこ》、これではふたりが互いに敵視しあうのも、まず当然だったといえるかもしれない。

劉が今読んでいる解放軍報には、瀋陽軍内部の一部高級技術兵を批判する文章が出ていた。

ふん、どうやら邱の投書らしいな——劉はそう思った。邱が日ごろ、解放軍報瀋陽支局の政治部記者、杜傍晩《トボウバン》と仲良くしているのを、劉は知っていた。

記事の内容を要約すると、こうである。

『知識階級・地主階級出身の高級技術兵の中には、自分たちは、各自の専門分野の研究だけに打ちこみ、純学術的な討論だけを行なうことが、すなわち社会主義建設に向かって奮闘することになるのだという、あきらかに誤りであり、かつ有害な右翼的日和見主義、資本家的《ブルジョア》権威主義、修正主義的象牙の塔的思想を持っている者がいて、彼らは毛主席の著作の学習を怠り、その活用を拒否している。また、研究方法についても、農民出身技術兵が毛主席の著作を実践に結びつけて学ぶことを、科学の俗流化だ単純化だ実用主義だとわめきちらして反対し、禁止しようとし、そして自分たちはといえば、美国《アメリカ》帝国主義的技術理論だけを後生大事に守り続けている。〈純学術的な討論〉などというものはブルジョアジーが常に宣伝しているだまし文句で、階級社会に〈純粋の学術〉などというものはあるわけがない。新聞も見なければ学習もしない、大衆から浮きあがった彼らは、あきらかに党内の、そして軍内部の学閥なのだ。プロレタリアは学閥とは縁もゆかりもない馬鹿にするな。ぜいたくは敵だ。われわれは今こそ彼らに対し、大がかりな討伐を行なわなければならない。二枚目のインテリくたばれ。社会主義万歳』

文脈は乱れ、用語は不適当、その上論理的矛盾だらけの論文だったので、劉は読み終えるのにひと苦労だった。

劉は、ひと昔前のルイセンコ騒動のことを思い出した。その時期には、ルイセンコの学説は批判してはならないものとされ、ある生物学者が小麦のポリプロイド培養の実験をしたが、その方法がルイセンコの方法でなかったという理由で、彼の栽培した小麦はぜんぶ引っこ抜かれた。伝統的な漢方医学が、封建的医学だというので、弾圧されたこともあった。

知識人を嫌う党の幹部が、学術研究に干渉した時代は、もう昔のことだと思っていたのに——劉は嘆息した——やはりインテリへの反感は根強いらしい。

邱は党員だった。しかしこの記事の場合は、あきらかに劉に対する個人的反感と私怨に発したいやがらせである。

馬鹿ばかしい――と、劉は思った。だが、ただそういってすましてはいられなかった。最近この新聞は、軍内部や党の権力争いの道具として使われている傾向があって、ここで批判されたために、失脚したり地位を失ったりした者が数多いのである。

これは、なんとかしなければ――劉は考えこんだ。

「你看着報嗎《おまえもうけさしんぶんよんだか?》」

だしぬけに背後で太い声が響いたので劉はびくっとしてふり返った。

解放軍報記者の杜傍晩だった。小肥りで、精力家タイプの男である。この男は党の信任があつく、だからどこへでも平気で出入りしていた。彼は意味ありげなにたにた笑いをして、劉にうなずきかけた。

劉もうなずき返し、読んでいた新聞を彼に見せた。「是《わたし》、這是今天的朝報《よんだこれけさきたしんぶん》」

「那記事《そのきじ》不有趣児嗎《おもしろかったか?》」

劉はしかたなく答えた。「很好《なかなか》。有趣児《おもしろかった》」

杜はあいかわらずにやにや笑いながらうなずき、ゆっくりと隣席の邱の方へ歩いていった。杜が邱に話しかけ、ふたりは声をひそめて話しあい、劉の方にちらちらと流し目を送りながらくすくす笑った。

やっぱりこれは、邱の書いた文章だ――劉はそう確信した。

「你己看報嗎《あなたもうしんぶんみたか?》」

高級技術兵の銭雪紅《センセツコウ》が泡をくって室内へとびこんでくると、黄色い声で劉にそう叫んだ。彼女は劉と同じく、技術委員会から軍に配属された女流物理学者である。彼女も、手に新聞を持っていた。

銭は怒りのために白い頬を紅潮させ、劉のからだにぴったりと身を寄せると、問題の記事を指さしていった。「這記事《わたしこのきじ》是不是我們《よんだけれど》……」

劉はあわてて彼女に眼くばせし、邱たちがいることを眼の隅で教えた。銭はうわ眼づかいに邱と杜を見て、いったん口を閉ざした。だが、彼らを見たために、また新たな怒りが湧き起ってきたらしく、彼女は口もとにちらと嘲笑を浮かべると、わざと大声で記事の悪口をいいはじめた。

「這文章《あなた》、你看得明白嗎《これよんでわかるか》。我不了解《わたしわからない》看那精神病患者的《これきちがいのかいたきじだ》LSD的文章。這不是文章《これむちゃくちゃだ》」

さらに銭は、毛主席の著作を研究に役立たせるとはいったいどういうことなのかと哄笑し、外国製の科学理論を使わずにどうやって研究するのか、蟻《あり》の如き何億かの農民の手でウランの原子をひとつひとつ選《よ》りわけてプルトニウムを作ればいいのかと茶化し、修正主義者によって作られたミサイルは、その軌道を勝手に修正して同志たちの方へ飛ぶのかと皮肉った。彼女はあきらかに、ヒステリックになっている——劉はそう思った。

ついに邱が、顔色を変えて立ちあがった。彼は憎悪をむき出しにして、劉と銭の方へやってきた。

いわんこっちゃない——劉はこころもち首をすくめた——こいつは、厄介なことになりそうだぞ。

「哼《ふん》。你們原来是《ここな》資産階級《ぶるじょあ》出身的文化人《ぶんかじんめ》」と、邱が銭の前に立ちはだかって罵った。「你現軽侮《おまえいまもう》毛主席和社会主義《しゅせきとしゃかいしゅぎばかにしたな》。這事我可不能原諒《かんべんならないよ》」

「到底這篇記載《やっぱりこのきじかいたのは》是你所写的是嗎《あんたなのね》」銭は、美しい唇の端を歪《ゆが》めて、きっと邱を睨みつけながらいった。

邱はちょっとたじろいだが、すぐ不必要に馬鹿でかい声をはりあげて、ごまかそうとした。

「無論《そんなこと》這篇記載《いま》是不是我所写的也好《どうでもよい》、総元你是《おまえたち》個反対社会主義的《しゃかいしゅぎにはんたいした》」邱はさらに、劉を指さして叫んだ。「我現在《わたしいまおまえたち》一定要把你們所談的事情《はなしていたこと》、全部報告給党知道《のこらずとうにほうこくしてやる》」

あることないこと、出たらめに党へ報告されたのではたまらないから、劉はあわてて立ちあがった。なんとか邱を、やりこめてしまわなければならない。

彼は邱に大声で、お前こそ現代修正主義者だ、お前は恋愛讃美者ではないかと決めつけた。杜も傍らにやってきて、いがみあいに加わった。彼は邱に味方して、なぜそんなことがいえるのかと、劉につっかかってきた。

劉は、一週間ほど前、邱が銭にラブレターを送ったことを暴露した。

邱は、どす黒い顔を紫色にし、あわてて、あれはラブレターではないと弁解しはじめた。

銭は、邱のうろたえた機会を逃がさず、追い打ちをかけた。この人はいつもわたしの尻に手をかけるし、色眼を使うし、その前などはいちど乳房にさえさわろうとしたと詰《なじ》った。

劉と銭の両方から交代でやりこめられた邱は、かっとのぼせあがったあまり、ものがいえなくなってしまった。

その時、杜が助太刀に出た。

杜は横から、この邱君が修正主義者である筈はない、彼は熱烈な毛主席の讃美者であって、その証拠に彼は、毛主席の似顔絵とサイン入りのシャツを、肌身はなさず身につけていると証言した。

邱はうなずいて軍服を脱ぎ、その垢じみた自慢のシャツを、劉と銭に見せびらかした。汗の匂いがむっと、劉の鼻をついた。

これは今までに、何度も彼から見せられたことがあり、劉も銭もよく承知していたし、高級技術兵たちの間では笑い話のタネになっているくらい有名だった。それどころか邱は、毛主席の似顔絵入りのパンツまで穿《は》いているという噂だった。

銭は、シャツなら肌身はなさないのがあたりまえだと鼻で笑ってから、一歩邱に近づき、見くだすように彼の顔を眺めていった。「你一定事事都《そのようすでは》以毛主席而《あなたはきっと》自傲、你穿的短褌一定是画上毛《もうしゅせきのにがおえをかいた》主席的《ぱんつも》像、才会有這种派《はいているんでしょう》頭」

このことばにまんまとひっかかった邱は、また大きくうなずいて、もちろん穿いていると答えてしまった。

劉と銭は、ここぞとばかり邱の鼻さきに指をつきつけ、ここな不敬の輩め、お前は毛主席の似顔絵を股ぐらに貼りつけて、不潔な部分をわれらが指導者に押しあて、侮辱しているではないか、このことはきっと党にいいつけて、お前を軍からも党からも追い出してしまってやるぞと罵《ののし》った。

邱は蒼白になった。

やがて全員が逆上し、口論は次第に支離滅裂になり、最後には四人が互いに指をつきつけあったまま、修正主義者はお前だお前だとわめきあい続けた。

「我脳袋来了《わたしあたまきたよ》」ついに邱が、口のよくまわる銭に向かって握りこぶしを振りあげた。

「哼《ふん》」銭はうすら笑いを浮かべ、邱の方へ自分の頭をつき出した。「你打《なぐりなさいよ》。你打《さあ》。你打《さあ》」

一瞬、手のやり場に困った邱が、やがて意を決して拳固を銭に振りおろそうとした時――。


劉が邱をつきとばした。

邱は、荒塗りされたセメントの床にひっくり返って後頭部を打ち、嗳呀《あいや》と叫んだ。

杜が劉におどりかかってきた。「小畜生《こんちくしょう》」

「你配罵我小畜生嗎《おまえわたしのことこんちくしょうといえるか》」

ふたりが殴りあっていると、立ちあがった邱がわめきながらつかみかかってきた。

「打《なぐれ》。打《なぐれ》。打《なぐれ》」

邱の手が銭の軍服の衿にかかり、べりっという音がした。

銭雪紅の軍服は下着ごと裂け、破れめからは彼女の巨大な、白い乳房が片方、ぷるんぷるんとまろび出た。

銭と邱は一瞬息をのみ、立ちすくんだ。

ぴしゃっ――と、銭の平手が邱の頬にとんだ。

劉も、ふたたび邱におどりかかった。その劉の後頭部を、杜が殴りつけた。

たちまち四つ巴《どもえ》の喧嘩になり、地下迎撃指令室は大さわぎになった。

　石炭箱を改造した椅子がころがり、製本不良の書籍がばらばらになって散らばり、生地の弱い軍服が音をたてて裂け、そして薄鋼鈑製の核弾頭ミサイル用コントロール・パネルは、誰かのからだがそれにぶつかるたびに、ぎしぎしと不吉な音をたて、大きく軋んだ。

「什麼事《なにごとだ》。什麼事《なにごとだ》」

　高級技術兵たちが、この騒ぎにおどろいて部屋へとびこんできた。

　劉と揉みあっている邱と杜の頭を、うしろからパンプスの踵《かかと》で殴りつけている銭の乱暴さにあきれ、高級技術兵たちは、しばし茫然と立ちすくんだ。

「呵呀《おお》」

「這是怎麼一回事呀《なんてこったい》」

「唉《ああ》、真没道理《これはひどいよ》」

　彼らはあわてて、乱闘の中へ割りこんできた。

「放手《はなせ》。放手《はなせ》。大家放手《みんなはなしてくれ》」大勢に両手と両肩を摑まれた邱は、身もだえしながらそうわめき、ついには足をあげて、劉を蹴とばそうとした。

　劉は、さっと身をひるがえした。

　邱の重い軍靴は、杜のやわらかな腹へ、ぼすっという鈍い音を立てて、まともにめりこんだ。

「噯呀《あいや》」杜は苦しげに、かっと赤い口を開き、うしろへすっとんだ。

　そこには、コントロール・パネルがあり、杜の背中は制御盤の中央部にある、数個の赤い鈕釦《ボタン》の上に倒れかかった。

　高級技術兵たちが、顔色を変えて叫んだ。

「儞不要推那电門《そのぼたんをおすでない》」

「那是《それは》电門原子炸弾《げんばくのぼたんだ》」

　だが、もう間に合わなかった。

　地上の荒れ果てた原野の中に、不恰好な姿をむき出しにして立っていた三基の核弾頭ミサイルは、貧弱な型鋼で作られた発射台をはなれた。

　その日、空は青かった。

晴れわたった蒼空を、総喜模様こそ描かれてはいないものの、中華料理店の装飾のような毒どくしい赤と緑と金色で塗りわけられた三基のミサイルが、映画ならさしずめにぎやかなマーチのBGMがつきそうな様子で、亀頭に似た起爆部をふり立て、勇み立って、それぞれの方向へと飛び去っていったのである。

北青山三丁目

青山通りに面した明るい喫茶店で、おれは香島《かしま》珠子《たまこ》と待ちあわせをした。

おれの方が早く着き、おれはブルーマウンテンを注文した。この店にはストレート・コーヒーがぜんぶそろっている。また、おかわりを何杯でも注文できる。

香島珠子は、なかなかこなかった。おれはいらいらした。今日は休暇で、二週間半ぶりの休暇で、しかも今度はいつ貰えるかわからない休暇である。デスクはたった半日しか休暇をくれなかった。半日では大阪へ帰る気にならない。

大阪へ帰りたかったからこそ、おれは三日半の休暇届を出したのである。ところがデスクは彼の自慢のシェーファーを出し、半だけ残して三日の二字を消してしまった。今朝のことだ。

「すまんなあ。これで我慢してくれ」

手が足りないということは、こっちもよく承知しているから、拝むようにそう頼まれると文句もいえない。出先きで取材を終えたのが昼過ぎだったので、そこから社へ電話を入れ、すぐここへ来たのである。

二時はとっくに過ぎていたが、香島珠子はまだ来なかった。一枚ガラスのウィンドウ越しに青山通りを見ると、ミニの女の子たちが数人、はしゃぎながらVANの方へ歩いていった。あんな可愛い子がいくらでもいるのに、香島珠子という女ひとりを、貴重な時間を浪費して律義に待ち続けることがすごく馬鹿ばかしく思えてきた。

音楽はさっきからポール・モーリアをやっている。「蜜の味《テイスト・オブ・ハニー》」が終り、「ミシェル」が始まった。

横のテーブルでは、高校生と思える青年が数人、大声で話している。聞くともなしに聞いていると、デューク・レーザー・ラインのゴルフ・ウエアを着たひとりが、若者特有のあの訴えかけるような調子で喋り出した。

「よう。テレビ局ってあるだろう。あそこでよう、よく、手ェ振ったり指さしたりして合図してる奴いるじゃんかよう。おれ、ああいうのになりてえんだけどよう、大学の何部に入ればいいんだい」

ディレクターということばを知らないらしいので、おれはおどろいた。この調子では、たとえばおれの職業などは、よう、新聞ってあるだろう、あれ作るためによう、走りまわったり人から話聞いて字イ書いてる奴いるじゃんかようということになるのだろう。

社会部の記者になって、損したな――おれはテーブルの黒デコラを指さきで叩きながらそう思った。まだ若いのに、ろくろく遊べない。大阪には許婚者《いいなずけ》がいるが、もう一年以上も会っていない。七夕さま以上の悲劇だ。次はいつ会えることやら、想像もつかないのである。

おれの頭上に、マンガの吹き出しに似た白い雲が浮かび、その中に大橋菊枝《おおはしきくえ》の白い横顔があらわれた。おれにはおよそ不似合いな、もの静かで利口な女性である。年齢はおれよりひとつ下の二十四歳。

彼女の方から東京へ出向いてきてくれればいいのになあ――おれは切実にそう思った。花嫁修行なんかどうでもよいから、しょっちゅう会いにきてくれればいい、そうしてくれれば、おれも別の女とつきあったりはしないんだよ、菊枝さん——。

だが、彼女は古風な女性だから、あまり旅行をしたがらない。女の方から足しげく男を訪ねるということは軽薄であるくらいに思っているのだろう。去年いちど訪ねてきてから、ふっつりこなくなった。あるいは、あの時に来て、いちどで懲《こ》りたのかもしれない。

音楽は「インシャラー」にかわった。

この調子では、いつ彼女と結婚できることか——おれは白いセラスキンを吹きつけた天井を見あげて溜息をついた。おれは二十五歳だからいいが、大橋菊枝は早くしないと適齢期を過ぎる。それなら何故結婚しないかというと、住む家がないからだ。おれと彼女の希望である2K以上の公団住宅がまだ当らない。

一年ほど前、大橋菊枝が突然上京してきて、おれの六畳ひと間の汚い下宿へやってきたことがある。

その日、甲州街道の三重衝突事故の取材で遅くなったおれが、深夜近くなって部屋に戻ってくると、和服姿の大橋菊枝が、うす暗い電燈の下でこちらに白く美しい横顔を見せ、ひとりぽつねんと正座していた。

おれはびっくりした。

昼過ぎから来ていたという話で、部屋の中はきれいに片附けられている。

たったひとりで、半日近くも、じっと正座していることのできる大橋菊枝に、おれは恐怖のようなものを感じた。行動派のおれには——だからこそ記者になったのだが、そんなまねはとてもできない。また、東京には彼女のような女性はいない。

彼女は大阪の大きな商家のとうはんだが、家庭での躾《しつけ》はすごくきびしかったらしい。それは彼女の容貌や、立居振舞いの中にある、端正な無表情さとでもいうべきものからも想像することができた。

その時何を話したかは忘れたが、とにかく二時間ほど話しあってから、彼女はホテルに戻るといい出した。ニュー・オータニの四千八百円の部屋を予約してあるというのである。

「なぜそんな、水くさいことをしたんですか」おれはその時、そういった。ふたりきりで話すべきことが、まだまだいっぱいあるように思えたのである。「ここへ泊ったらいいじゃないですか。ぼくたちは、婚約者同士でしょう」

しばらく顔を伏せて考えこんでいた大橋菊枝は、やがて顔をあげ、やわらかな関西弁で訊ねた。「お蒲団、ありますの」

あの時は冬だった。

「ふた組、あります」と、おれは答えた。「ひと組は夏ぶとんですが、ぼくがそれで寝ます」

「あの、ホテルの方はよろしいでしょうか」

「いいでしょう。違約金はぼくが払っておきます」

だがしかし、ふたり枕を並べて、電燈を消してしまうと、寝物語のタネなど、たちまちなくなってしまった。

だいたい、結婚適齢期の若い男女が、蒲団を並べて寝ておいて、生意気にも寝物語をしようなどとはもってのほかだ。状態が自然でない――おれはそう思ったから、夏ぶとんから身をのり出し、彼女にキスしようとした。

「あ。やめて頂戴」と、彼女はいった。「結婚してからにして頂戴」

彼女は身もだえた。彼女のからだはやわらかだった。骨がないのじゃないかと思えるほどだった。

しかし、キスだけなら今までにだって、しているじゃありませんか――おれはそういって詰《なじ》ろうとしたが、考えてみれば状況が状況である。キスのあとに当然くるべきものを想像して恐れているのだろう――そう思った。まったくそのとおりで、おれにしたって、キスだけで終らせてしまうつもりは毛頭なかったのだから。

「こわがることはありません」と、おれはいった。「あなたを食べてしまうわけじゃない。ぼくを信じてください」声がうわずっていた。

「あきません。妊娠します」おれの胸の中で弱よわしくもがきながら、彼女はそういった。

彼女は人なみ以上に世間態を気にするから、そういうのも、まあ無理はない。しかし、物ごとには成り行きというものがあって、世間態のために、ふたりの関係が不自然になり、気まずくなってしまうというのは、どう考えても馬鹿げている——おれはそう思ったから、おかまいなしに彼女の寝巻に手をかけ、そのやわらかな、白い胸をはだけた。

「やめて頂戴。やめて頂戴。やめて頂戴。ああ、やめて頂戴」

悲しげに、責めるような眼で彼女はおれを見あげ、そう呟やきながら身もだえし続けた。そんな彼女に、おれは哀れを感じた。しかし、やめるわけにはいかなかった。

「いや。これは、やらなきゃいけないことなのです」おれはかぶりを振りながら彼女に答えた。

「わかりますか。やめるわけにはいかないのです」

やがて、おれの毛むくじゃらの足が、彼女のしっとりとした冷たい太腿にからみついた。おれの指さきが彼女の茂みに、かすかに触れた。

彼女は怯《おび》えたような、か細い声で、お父さまと呟やき、眼を閉じた。そして手足の力をすっかり抜いてしまった。それはまるで、父親に許しを乞い、何もかも、悪いのはこの人なのよと訴えかけているかのようだった。

おれは彼女の父親の厳格そうな顔つきをまざまざと思い出し、たちまち萎縮してしまった。

「そうですか」おれはうなだれた。

しばらく彼女のからだに覆いかぶさったまま、じっとしていた。

やがて、すごすごと自分の蒲団に戻った。「もう寝ます。おとなしく寝ます」

彼女は夜具を鼻の上にまでひっぱりあげながら、おれの方を、まるでやんちゃな子供を見るような眼で眺め、なぐさめるようにいった。「怒ったら、あきません」

「怒ってないよ」と、おれは答えた。

しかし、彼女が恐れていたのは、あきらかにおれではなく、彼女の父親に代表される世間態だったのである。

次の日の朝、おれのために彼女が自分で仕立てたという和服をおいて、大橋菊枝は大阪へ帰っていった。おれは彼女に、東京見物をさせてやることさえできなかったのである。

音楽は「夜」にかわった。

あーあ、会いたいなあ菊枝さん、おれは無性に、あんたに会いたいよ——おれはそう胸に呟やき、心の中でのたうちまわった。おれは孤独だと思い、いつになく、涙が出そうになった。


香島珠子は、まだ来ない。

一時ごろ彼女のアパートへ電話した時、珠子は起きたばかりだった。彼女はファッション・モデルで、しかもプレイガールである。

「半休をとった」と、おれはいった。「もしつきあえるなら、ドライブをしよう」

「つきあえるわ。どこへ行くの」

「君の行きたいところへ行こう。それから一杯飲んで晩飯を食べよう。それから、どこかに泊ろう」彼女とは、すでに二度寝ていた。

「いいわよ」

「じゃ、いつもの店で二時に待ってるよ」

おれは最近、女が恋しくなると必ず珠子のアパートへ電話する。彼女は昼過ぎごろまでは自分のアパートで寝ているし、また、香島珠子という女性は女のいい所と悪い所をすべて少しずつ持ちあわせていて、話をしていて面白いし、心から「女とつきあった」気持にさせてくれる女性なのである。

音楽が「ウインチェスターの鐘」をやりはじめた時、やっと香島珠子はあらわれた。ひとりでくるものとばかり思っていたのに、おれより少し年上と思える男がついてきた。

おれは、少しおどろいた。

香島珠子はタートル・ネックになった白桃色の薄いセーターを着ていた。だから本当のはだかよりも、もっとはだかに見えた。

「おそくなって、ごめんなさいね」彼女は、ちっとも済まなそうでない口調でおれにそういいながら、おれの正面の椅子に腰をおろした。面白がっているように見えた。

珠子にくっついてやってきた男の方は、隣りのテーブルの空いた椅子をひっぱってくると、珠子にぴったり身を寄せて腰かけた。

珠子にヒモがいたのか――おれは一瞬、ふるえあがった。だが、そうではなかった。

「ご紹介しとくわ」と、珠子がいった。「こちらは銀河テレビのディレクターで、亀井戸さん。こちらは毎読新聞の澱口《おりぐち》さん」

亀井戸というその男を観察し、おれはいささかあきれた。彼は満艦飾の服装をしていた。

白と濃紺とカーキー色のチェックのシャツに、カーキー色の背広とネクタイ。白黒チェックのズボン。ふしぎにも顔だけはチェックではなかった。一面どす黒かった。前歯には出っ歯矯正用の白金のハリガネを巻いていた。

よくまあ、こんな悪趣味な男とつきあう気になったものだ――そう思いながらおれは珠子を見た。

彼女は少し困ったように、もじもじしてから説明した。「さっきは寝ぼけてたもんだから、亀井戸さんと約束してあるのを忘れていたの」

先約があったのではしかたがない。おれは席を立った。「じゃあ、失礼しよう」

帰りかけると、少しあわてた口調で、珠子がおれの背中に叫んだ。「嬢《じょう》ったら。お待ちなさいよ。気が早いのねえ」

おれはふりかえった。

珠子は眉をひそめ、目顔でおれにうなずきかけた。どうやら亀井戸とふたりだけになるのが、こわいといった様子である。「そんなにあわてなくてもいいじゃないの。どうせ今日は、お休みなんでしょ」

そういわれてみれば、この店を出てからどこへ行くというあてもない。おれはまた、もとの椅子にかけた。

おれたち三人は、しばらく無言だった。

男ふたりと同時に約束をし、わざと鞘《さや》あてさせて楽しむなどという悪い趣味は、わりあいさっぱりした気性の珠子にはない筈だから、さっきは本当に寝ぼけていたのだろう。しかし、そのために偶然起ってしまったこの事態は、やはり女性としてはまんざらでもないらしく、彼女はあきらかに楽しんでいた。また、面白がってもいた。内心、有頂天になっているにちがいなかった。

おれは苦笑した。「さてと。おかしなことになりましたな」

亀井戸も、歯ぐきを見せて笑った。「こういう場合は、どうしたもんでしょうな」

「三人で、デイトはできませんからね」おれは、あんたといっしょじゃいやだよという調子を露骨に出して、亀井戸にそういった。

亀井戸は、まだぴんとこない様子で、馬のフレーメンを思わせるような笑いかたをした。

「まったくです」

「亀井戸さん。お仕事はもう、全部すんだの」珠子が訊ねた。「今日は局へ行かなくてもいいの」

女性にそう訊かれては、男として仕事がないなどとはいえず、亀井戸はかぶりを振った。「そりゃ、あるさ。でもA・Dがいるからね」

「アシスタントなんかに、まかせておいていいの」

「たいした用じゃないからね」まだ、自分が邪魔者であることを悟っていなかった。「使ってほしいという女の子が三人か四人くるんだ」いかにもたいしたことではないといったさり気なさで、彼はいった。

「ほう」おれはわざと、羨望の眼つきで彼を眺めてやった。「ディレクターというのは、もてるでしょうねえ」

亀井戸は、にやりと笑った。そして、もっとお世辞をいってくれといわんばかりに、黙ってコーヒーを飲みはじめた。

珠子がいった。「ガールフレンドが、たくさんいすぎて困るんじゃないの」

彼は鼻の頭を掻いた。「まあ、職業柄つきあいは多い方だね」

「ああら。そう」珠子はほっとしたように吐息をついた。「じゃあ、遊び友達に困るなんてことは、ないわけね」彼女はそういって、おれに眼くばせした。

おれと珠子は、同時に立ちあがった。

亀井戸がおどろいて立ちあがろうとした時、珠子はにこやかに彼の肩を押さえた。「じゃ、わたしたち、お先に失礼するわ。どうぞごゆっくり」

そのときの亀井戸の顔は見ものだった。顔がながくのびてしまい、しばらくは眼をしばたたき続けた。自分がデイトの相手に選ばれなかったのだということを、なかなか信じられない様子だった。

やがて彼はわれにかえり、なんとかして二枚目の面目を保持しようと苦心しはじめた。

「やあ。そ、そうかい、はははは」ものわかりのいいプレイボーイの役を演じはじめた。「じゃあ、こっちもファッション・モデルの誰かとデイトしよう。いやいや。タレントの方がいいかな」

店中に響きわたるほどの大声でひとりごとをいいながら、あわてふためいて胸ポケットから大きな手帳を出した亀井戸を残し、おれと珠子は店を出た。

「ごめんなさいね」と、珠子は恰好のいい指さきで眼の下のそばかすを隠しながら、はずかしそうにおれにささやいた。「わたし昨夜、どこかで酔っぱらって、初対面のあの男とデイトの約束しちゃったらしいのよ。テレビに出してやるとかいって話しかけてきたことしか憶えてないわ」

「ひどいもんだ」おれは、かぶりをふった。「いやもう、まったくひどいもんだ」

近所の駐車場に入り、おれのベレットに珠子を乗せ、エンジンをふかしながら彼女に訊ねた。

「どこへ行こう」

「海がいいわ」

「寒いぜ」

「いいの。砂浜に腰をおろして、夕暮れの海を見たいの」

だしぬけにセンチメンタルになる時が珠子にはあって、そんな珠子がおれは好きだ。

おれと珠子は第三京浜国道に向かった。

「今日は香水をつけてこなかったのかい」助手席の珠子の方から、いつものシャネル5が匂ってこないので、おれはそう訊ねた。

珠子は怪訝《けげん》そうに首をかしげ、やがて息をのんだ。「あわてて下着に目薬をさしちゃったわ。二日酔いのせいね」

車は第三京浜に入った。百二十キロでとばした。もちろん、パトカーの姿を見かけた時は速度を落した。このハイウェイのパトカーはすべて、価格百二十万円という、国産車では最高価のシルビアを使っている。

横須賀街道に入り、右へ折れて逗子へ出た。左へ踏切りを渡って葉山に入り、御用邸を右に見ながら長者ヶ崎を通り、秋谷の海岸で車をとめた。

砂浜には、誰もいなかった。

海は猥褻《わいせつ》な色をしていた。あたりの景色は、おれにはどういうこともなかったが、珠子は多少感動しているように見えた。

おれたちは砂浜におり、波打ちぎわを少し歩いた。珠子はハイヒールを脱いで裸足《はだし》になった。彼女のベージュ色のスカートが、風で彼女の太腿にまといついていた。

砂の上に腰をおろし、おれと珠子はしばらく、とりとめのない話をした。珠子がハンドバッグの中からとり出したトランジスタ・ラジオの中で、アストラッド・ジルベルトが「イパネマの娘」を歌っていた。ポピュラーな曲とポピュラーな景色の組みあわせで、珠子はまたも簡単に感動し、ポピュラーな芸術的興奮に陥っているようだった。

彼女はまたしばらく、裸足のままひとりで浜辺をさまよったのち、おれのところへ戻ってきた。

「ねえ、襄。せっかくここまで来たんだから、この辺で泊っていかない」

「そうだな」朝早くから起きなければならないのが大変だと思ったが、今からならたっぷり眠れると思い、おれはうなずいた。「じゃ、葉山マリーナへでも行こうか」

おれたちは葉山マリーナまでひき返して、海の見える部屋をとった。

その部屋に入り、窓から猥褻な海を見たとたん、おれは欲情した。だしぬけに珠子の肩をつかみ、彼女をベッドに押し倒した。

「どうしたっていうの、襄。まだ日も暮れていないのよ」珠子はおどろいてもがきながら、くすくす笑った。「世界の終りがくるわけでもあるまいし」

アメリカ国防総省《ペンタゴン》

深夜、中央情報局長官からの特別電話でたたき起された米大統領は、寝ぼけ眼のまま、いら立ちながら、ズボンを穿《は》いた。

彼は不機嫌だった。あたりに誰もいないのをさいわい、彼は大統領らしからぬことばでわめきちらしていた。「くそくらえ。またどうせ流れ星か人工衛星かをレーダーが誤認したんだ。そうにきまっている。大統領になってからこれで五回目だ。ええい腹が立つ」

事実、核攻撃を予想させるような出来ごとなど、最近はとんとなかったのである。

「くそったれめ。悪い夢を見て寝汗をかいたというのに、シャワーを浴びることもできないのか。大統領ともあろうものが、汗くさい下着のままで外出しなければならんというのか。くそ。靴下が破れた」彼は大声で、誰かこいと叫んだ。だが、誰もこなかった。「どいつもこいつも糞《くそ》くらえ。みんなおれを小馬鹿にしやがって」

最近は妻までがおれを馬鹿にする——大統領は破れた靴下のままで靴を穿きながら、心で毒づいた。自分の亭主でありながら、どうしておれを歴代の大統領と比較して見せ、欠点をあげつらわなきゃならんのだ……。

接見室へ出ると、二人の陸軍将校が待っていた。だが、当然彼の出仕を見送らねばならぬ筈の妻の姿は、そこにはなかった。昨夜のレセプションで喋りくたびれて、きっとまだぐっすり眠っているんだ——大統領はにがにがしくそう思った。

彼は将校たちに守られてホワイト・ハウスを出、車でペンタゴンに向かった。明けがた近くで、道路の交通量は少なかった。ペンタゴンに所属する高官たちはたいてい三十マイル以内に住んでいるから、この時間ならハイウェイを車でとばせば、ほとんどの者が緊急時召集を受けてから二十分以内にくることができる。

ワシントン特別区にあるペンタゴンは、夜というのに窓という窓すべてに明りがついていて、それが緊急非常事態であることをはっきりと告げていた。

大統領は広い長方形の作戦室に入った。大きな地図のかかった壁に向かって、半円形に並べられた肱掛椅子には、すでにほとんどの統合幕僚幹部が腰かけていた。

「何ごとだ」と、大統領は自分の席に向かいながら大声で叫んだ。

「何ごとだですと」情報局長官があきれた顔をあらわにしていった。「さきほど電話でお伝えしたとおりであります」

大統領は腹の中で情報局長官を罵《ののし》った。彼はこの、何かといえばすぐ前大統領を褒《ほ》めたたえる男が大きらいだった。

「じゃ、その未確認飛行物体が流星か人工衛星かの判断は、まだついていないというのか」

「なんのことをおっしゃっているのです」情報局長官は大っぴらに顔をしかめて見せた。「わたしは一度もそんなことを申しあげたおぼえはありません。さっき電話したのは、在韓米第八軍のミサイル基地と、日本の青森にある第五戦術空軍基地が、それぞれ推定一メガトンの核弾頭ミサイルによって攻撃を受けたということだったのです」

「一メガトンだと」大統領は混乱した頭の中で、ざっと被害状況を想像してみた。

一メガトン爆弾なら、五キロ以内のものはどんな頑丈な建物であろうと蒸発する。木造家屋なら十キロ以内のものは駄目だ。

「では、基地は両方とも全滅か」

「無論そうでしょう」空軍参謀総長がゆっくりといった。「ナイキ・ジュースの迎撃が成功したのなら、こちらへもその情報が入っているはずです。しかも春川基地の者が、水原に立ったキノコ雲を見ているのです」

彼は興奮した時にかぎり、重おもしい口のききかたをする癖があった。そうでもしないことには、普段の喋りかただと、自分がどこまでヒステリックになっていくことやら、皆目見当がつかなかったからである。

大統領がいら立って怒鳴った。「韓国のミサイル基地には、レーダーはなかったのか」

「ありました」空軍参謀総長は、つりこまれて大声で答えた。「彼らは平壌の上空をやってくるミサイルを見つけて、直ちにクーリエ衛星経由で報告してきたのです。だが、われわれがそのテープを受け取った時はすでに、水原基地は全滅していたと思われます」

「それは、どこの国のミサイルだ」

「わかりません」そんなこと、わかってたまるものかといいたそうな顔つきで、空軍参謀総長ははげしくかぶりをふった。「わかっているのは、北から飛んできた一メガトンのミサイルだということだけです」

「どこの国のミサイルか、それでわかったも同然ではありませんか」海軍作戦部長がそう叫んで立ちあがった。

この男は徹底的なソ連嫌いで、また同時に空軍嫌いでもあった。もっともこれは、ほとんどの海軍将校がそうなのだが。

「北からとんできた。よろしい。一メガトンだ。よろしい。韓国の北には何があるか。北鮮だ。中国だ。ソ連だ。よろしい。では北鮮か。ノー。これはちがう。ノーノ—。問題にならん。ノー。北鮮が核弾頭ミサイルなど持っているわけがない。では中国か。ノー。これもちがう。ノーノーノー。中国は核爆弾さえ三十個程度しか保有していないはずだ。ノー。ミサイルなんて持っているはずがない。ノーノー」彼はすごい早口で喋りまくりながら、次第に自分のことばに酔いはじめていた。彼の眼は完全に、オルガスムスに達した人間のそれだった。ほっておけばテーブルにとび乗り、カンカンを踊り出しかねない様子だった。

「だいいち奴らの持っている原爆は数十キロトン

だ。在韓米第八軍ミサイル基地と平壌とを結ぶ線を、そのまままっすぐ北へのばしていくとどうなりますか。モスクワ近辺を通るはずだ。よろしい。そのミサイルはソ連のミサイルだ。はっきりしています」

「ちっともはっきりしていない」空軍参謀総長は苦い顔でいった。「中国でないとはいえないよ。推定数十キロトンの原爆実験を中国がやったのは、だいぶ以前だ。しかも、あれでさえ水準の高い濃縮ウラン型だった。これはつまり、水爆のすべてのタイプを量産化できる可能性を持っていることになるのだ。原子力潜水艦も造れる。ＩＲＢＭも開発できる。軽率に彼らの能力を過小評価してはいかん。だいいち君、ソ連がなぜ韓国と日本を攻撃するんだね。意味がないじゃないか」

「偶発、誤算、狂気といったことが考えられます。閣下」海軍作戦部長は、高血圧とはっきりわかる顔色をさらに赤くして答えた。「閣下。あなたは中国を過大評価していられます。閣下はきっと中国の螞蟻啃骨頭骨方式《ほねにむらがるありのむれ》のことを考えておいでなのでしょう。よろしい。もし仮に彼らが一メガトンの核爆弾を持っていたとします。当然その保有量は少い。ところで彼らの主要基地や原子力機関はどこにありますか。重慶、南京、武漢、西安、北京、ウルムチ、すべて朝鮮の南、あるいは西ではありませんか。どうして北からミサイルが飛んでくるのですか」

「瀋陽《シエンヤン》があるぞ」

「閣下。もし中国にミサイルがあったとして、その数少いうちの二基が、どうして瀋陽などという辺鄙なところにあるのです。閣下。お気はたしかですか」

「上官に向かい、気はたしかかとは何ごとか」空軍参謀総長は、かんかんに怒って立ちあがった。「この重大時に勝手に興奮して、上官を気ちがい呼ばわりするなど、それでも君は将校か」彼自身が興奮していた。

「内輪もめはやめなさい」大統領は、ふたりを怒鳴りつけた。三軍の間のいざこざには、大統領はもう、うんざりしていたのである。

「大統領」と、国防長官が改まった口調でいった。「この上は、あなたのご決定を待つ他はありません」

「何を決定するのだ」大統領はいささかあきれ顔で、国防長官を眺めた。

「もちろん、攻撃目標を決めていただくのです」

彼は少しもじもじしながらそういった。

「ばかをいいなさい」大統領は顔をしかめた。「攻撃だけが問題を解決すると思ったら大間違いだ」

「でも、早くしないと遅くなります」あたり前のことをいって情報局長官がテーブルに身をのり出した。彼は、今こそ大統領の無能ぶりをあばき立ててやろうとするかのように、わざとらしくせき立てはじめた。「ホット・ラインで、ソ連首相を呼び出したらどうですか」

ホット・ラインというのは、クレムリンへ直通のテレタイプ回線のことである。

「呼び出して、どうするのだ」大統領は、ぎゅっと情報局長官を睨みつけて訊ねた。

情報局長官は、そんなことまで教えてやらなければならないのかといったような薄笑いを浮かべた。「へたな腹のさぐりあいは、こんな際ですから間違いのもとになります。正直に、腹を割って訊ねればいいでしょう」

「馬鹿者」大統領はここぞとばかり、彼を叱りとばした。「正直に、どう訊ねるというのだ。このわしが、アメリカ合衆国の大統領であるこのわしがだぞ、ソ連首相に向かって、さっきうちの軍隊がふたつ蒸発しましたが、あれはおたくのやったことなんですかどうですかといって訊ねたらいいというのか。冗談も休み休みいえ。この大馬鹿者。死ね死ね死んでしまえ」

情報局長官は、ぶるぶると、たるんだ頰の筋肉をふるわせ、眼の奥にどす黒い憎悪をみなぎらせながら、黙ってしまった。

どいつもこいつも役に立たん、ろくなことをいわん――大統領は胸の中でわめいていた――この重大事に、こいつらの考えていることといったら、あいかわらず他人《ひと》をおとしめることだけなのだ、みんな白痴だ、うすら馬鹿の集りだ、もう少しぐらいましなことがいえないのか。

大統領になりたいなどと思っている野心家や、大統領という地位を羨やむ連中に、このわしの苦労をわからせてやりたい――彼は心からそう思った。ホワイト・ハウスご使用前という肥った写真と、ご使用後という痩せた写真を、並べて新聞に載っけてやろうか――そんなことまで思った。

「大統領。ソ連首相からの通信です」防衛通信室の将校が、テープを持って駈けこんできた。「これが暗号テープ。それからこっちが、今日ソ連大使館から届いた解読テープです」

「あっちから連絡してきたぞ」大統領は首を傾《かし》げながらも、ややあわてた手つきで、暗号による通信文の鑽孔《さんこう》されたテープを解読テープに重ね、印字機にかけた。

活字で文章が出てきた。「うらじおすとくノオカエシハ　さんふらんしすこデ。ホンキカト　オタズネカ。シカリ。コチラハホンキダ」

「なんのことやら、さっぱりわからん」大統領は頭をかかえこんだ。「直接話しあう必要があるな。だいぶ誤解があるらしい」

彼は顔をあげ、情報局長官に叫んだ。

「特別電話でソ連首相と話しあう。クレムリンへつなげ」

「いけません」情報局長官は、まだ目に恨みの炎をこめたままで、断固としてかぶりを振った。

「電話だと、盗聴されるおそれがあります」

「こんな際だ。盗聴など気にしちゃいられないよ」

「駄目です」長官は膨《ふく》れっ面のまま、頑《かたく》なにいった。

大統領は立ちあがり、咽喉が裂けるほどの声で絶叫した。「命令だ。これ以上わしに大きな声を出させるんじゃない」

情報局長官はとびあがり、自席の赤電話をクレムリンに継《つな》いで大統領のテーブルに持ってきた。

大統領は彼の手から受話器をひったくった。

「もしもし、こちらアメリカ合衆国大統領ですが」

「ああ。わたしはソ連首相だ」ソ連首相の、低い中に不気味な明るさのある声がひびいてきた。

「本気だというのは、なにが本気なのですか」と、大統領がすぐ訊ねた。

「そっちへ飛んでいったミサイルのことだよ、大統領」

「なんですと」大統領は眼をまん丸にした。

「こっちへ飛んでくるミサイルですと」

「じゃあ、そっちのレーダーは、まだ、こっちの発射したミサイルを見つけていないのか」ソ連首相はあわてた。

大統領には、電話口で肥っちょのソ連首相が、泡を食って口を押さえている様子が眼に見えるようだった。

「なぜミサイルを発射したのですか」と大統領は叫んだ。「何発うったのですか。どこへ向けて発射したのですか」

その時、国防長官の前のテーブルの電話が鳴った。ＮＯＲＡＤ（北米防空司令部）のイコノラマ担当将校からだった。

「状況は赤です。ＢＭＥＷＳ（弾道ミサイル早期警報機構）が北極上空で、大陸間弾道弾らしき物体を捕捉しました。電子計算機は十八分で米国に落下を予測……」

「あと十八分で爆発です」国防長官は今にも泣き

出しそうな顔で周囲に叫んだ。

全員が、すぐさまいっせいに眼の前の受話器をとりあげた。

空軍参謀総長は戦略空軍司令部に警戒警報を出させ、民間防衛局長官も警報を発令した。みんなが喋りはじめた。

「うるさい。やかましい。静かにしろ」騒音でソ連首相の声が聞こえなくなったため、大統領はおどろいてわめき声をあげた。「こっちは長距離なんだぞ」

「あなた方の偶発ミサイルが、ウラジオストクの軍港へ落下したからだ」と、ソ連首相が電話の中で叫んだ。「だからこっちはお返しに、そちらのサンフランシスコへ、一発だけミサイルを発射した。どちらにも、重要な軍港があり、また貿易港がある。おあいこだ。それで恨みっこなしということにしようではないか」

「それは『フェイル・セイフ』の盗作だ」と大統領が叫んだ——奴さんもあの小説を読んでいたのか。「なにが、おあいこなものか。おまけにこっちは、なんにもしていない。ミサイルが偶発したなんて話は初耳だ。ウラジオストクの話なんか知らんぞ」

「ではそれは、まだあなたの耳には入っていないんだろうよ」ソ連首相は、そういってうそぶいた。

大統領の周囲では、統合幕僚幹部たちが大騒ぎを演じていた。互いの電話のコードがからみあい、どの受話器がどこに継がっているやつなのかわからなくなり、一部ではつかみあいが始まっていた。大統領のすぐ横では、テーブルの下にうずくまって受話器をかかえこんでいる空軍参謀総長の背中の上に乗った国防長官と民間防衛局長官が、自分の受話器を求めてコードをたぐりあい、からだをからませあい、のたうちまわっていた。

「ウラジオストクとサンフランシスコでは、都市の大きさが違う」大統領の叫ぶ声は、すでに悲鳴に近かった。「人口だって倍以上だ。こっちが損だ。それならこっちはボルゴグラードを攻撃する」

「よろしい。そっちがその気なら、こっちはロサンゼルスを攻撃する」

「アメリカ第三の大都市ですぞ」大統領は泣き出した。「こっちはボルゴグラードを攻撃するだけなんだ。不公平だ。ウラジオストクのことは、こっちはなんにも知りまへんねん」ついに大統領は退行現象を起し、郷里の方言で喋り出した。

「殺生やがなあんた。ウラジオストクは中国がやりましてん。そうに決まってま。こっちかて、日本の基地と韓国の基地がやられとりまんねやで。ほんまだっせ。嘘なんかつかしまへん」

「中国だと。その証拠がどこにある」

「他に核兵器持ってる国、あの近所にあらしまへん。フランスにかて、イギリスにかて、あそこまで飛ぶミサイルなんか、あらしまへん」

　その時、ひとつの受話器をそれぞれ自分のだと思いこんで揉みあっていた情報局長官と海軍作戦部長のからだが、大統領の上に倒れかかり、特別電話の受話器を彼の手からはねとばしてしまった。

「わっ。何ちゅうことさらすねん」

　今や作戦室の中は混乱の極に達していた。罵声、喚声、怒号が部屋の中に充満していた。

「もしもし。核援護局か。国防長官だ。全国のＮＵＤＥＴＳ（自記感度装置網）を作動させろ」

「サンフランシスコとロサンゼルスの人間を共同地下待避所に避難させろ。すぐにだ。われわれはペンシルヴァニア州境の地下国防総省へ移動する。ヘリコプターの用意をしろ。なに、電話がちがうって。それを早くいわんか、阿呆」

「陸軍防空司令部か。ＡＩＣＢＭ（大陸間弾道弾迎撃用ミサイル）はもう発射したか。なに。地下格納庫《サイロ》の蓋が開かない。なぜだ。スイッチ・ボックスの鍵を持った将校が、まだ三人揃わないんだって。そんな馬鹿な」あまりにも完璧なフェイル・セイフ・システムが、今や、彼らの首を逆に締めはじめていたのである。

「状況は赤。303のQP。SAC（戦略空軍）は戦闘準備態勢に入れ」

「ハワイ統合軍は中国に対し、臨戦態勢に入れ。第五戦術空軍は北鮮と北京を攻撃せよ。第十三戦術空軍は広州、武漢、南京を攻撃せよ」

「移動ポラリス潜水艦司令部か。状況は6のA及び7のDだ。作戦M3号にかかれ。第一攻撃目標はボルゴグラード。わかったか。ボルゴグラードだ。鎌を担《かつ》いだ赤熊を、今こそやっつけるんだ。くそ。コミュニズム糞くらえ」海軍作戦部長はテーブルの上に立ちあがり、受話器にわめきちらしていた。「わかったのか。わかったら返事しろ。ダアダアとは何だ。貴様は誰だ」彼は顔色を変え、あわてて送話口を押さえた。「しまった。これはソ連首相だ」

「第六艦隊出動。今のところＳＯＰ（作戦規定）通りだ」

「グアム島かね。戦略第三航空師団を出動させろ。攻撃目標は上海と杭州だ」

「特別電話はどこや」大統領は、体格のいい老武官たちに突きとばされてはよろめき、おろおろしながらソ連首相の出ている受話器を捜しまわっていた。

　その受話器を握った海軍作戦部長は、テーブルの上ではねまわりながらソ連首相と口喧嘩を続けていた。「なに。シカゴを爆撃するだと。ようし。それならこっちはレニングラードを叩く。うるさい。だまれ赤熊め。よくも今まで、経済封鎖やなんかでさんざいやがらせをやりやがったな。コミュニストめ。ニューヨークだと。じゃあ、こっちはモスクワだ」

　かくて地上最大の、壮絶なる『パイ投げ』は始まった。

第三京浜国道

おれは、少しあせっていた。

だから全裸の珠子とベッドの上でほんの少し愛撫しあっただけで、彼女の白くやわらかい腹部の上に、例の二億の微細なおたまじゃくしが游泳している白い毒液を、たっぷりとぶちまけてしまったのである。

「しまった」

行為に関する実際の経験には、おれは比較的とぼしい。いや。経験だけではなくて、知識さえあまりない。この点では最近の若い女性の方が、週刊誌や雑誌などの教育のおかげで、よほどよく知っているようだ。

おれも今でこそ一応の常識だけは持っているが、以前はひどかった。大学時代など、睾丸には白い粉末がいっぱい詰まっていて、それが小便と混りあって精液になるのだろうと思っていたくらいである。今のことばでいうならインスタント・ザーメンだ。

しかしそう思っていたにしても、それはそれでよかったのではないかと思う。今は逆だ。性知識肥大症の女性と、セックスに関する資料が氾濫していて、過剰な性知識が石臼のように人間の首からぶらさがっている。

その証拠に珠子は、にやりと笑っておれにこう訊ねた。「いつから早漏になったの。襄」

岩波の国語辞典にだって出ていない『早漏』なんてことばを知っている女性は、昔はいなかったはずである。

おれは大橋菊枝の、古風な感じのする温かい横顔を、またちらと思い出した。

「これは心理的なものだ」おれは珠子にそういっ

た。「おれは今、腹が減っていた。だからこうなった。何か食べよう」

「おかしな理屈ね」

少しもおかしな理屈ではないのだが、説明したって弁解だと思われるにきまっているから、おれは黙った。

だが何か食べようという提案には珠子も異存がなかったらしい。起きあがって、プルッシャン・ブルーのパンティをはきながら、では食べましょう食べましょうと同調したので、おれはルーム・サービスに電話した。

「歯にしみるくらい冷えたコンソメと、胡椒《こしょう》をたっぷりふりかけて焼いたサーロイン・ステーキの生姜《しょうが》焼きだ。それに野菜サラダ。ぜんぶ二人前だ。ポット・コーヒーには何杯分入る」

「三杯分です」

「では、それをふたつだ」

シャワーを浴び、食事をしてから、おれと珠子はもう一度愛しあった。枕もとで雑音だらけのラジオがコルトレーンの『ダカー』をおろおろ声でやっていた。コーヒーをがぶがぶ飲み、今度は本格的に抱きあった。ラジオは『オ・レ』をやりはじめた。珠子がバンボーレを叫んだ時、『オ・レ』が中断した。

「臨時ニュースを申しあげます」

その男アナの調子に切迫したものを感じ、おれは職業意識に眼ざめて、珠子の乳房から胸をはなし、聞き耳を立てた。

「本日午後三時二十九分、青森県三沢市で、約一メガトンと推定される核爆発が起りました。このため、爆心地と思われるアメリカ空軍基地を中心とし、半径十キロ以上にわたり、相当大きな被害があった模様です。原因についてはまだ確かなことはわかっておりませんが、防衛庁関係者の意見によりますと、この核爆発は、ソ連あるいは中共の、核弾頭ミサイルの誤射、あるいは偶発によるものではないかと思われます。また、今後の放射性降下物の影響についても、詳しいことはわかっておりません。なお、原因と詳細がわかり次第、臨時ニュースでお伝えすることになっていますので、どうぞそのまま、ラジオを消さないでお待ちください。臨時ニュースを終ります」

また『オ・レ』が始まった。

一メガトンといえば、広島に落ちた原爆の五十倍の奴である。爆発したのならラジウム一〇〇〇万トン相当の核放射線を出しているだろう。こいつは大ごとだ——おれはとび起きた。

「戦争が始まったの」珠子が眼をしばたたきながら訊ねた。

おれは服を着ながら答えた。「まだわからん。戦争になるかもしれない」

「どこへ行くの」

「もちろん、社へ戻る。君も早く服を着ろ。風呂へ入ったり化粧している時間はないぞ。ぐずぐずしてると、ほって行く」

「いやン」珠子は大あわてで服を着はじめた。

「さあ。早く」おれはセーターからやっと頭を出した珠子の手をとり、部屋をとび出した。

「バッグ。バッグ」と、珠子が叫んだ。

「おれが持ってやった」

「靴。靴」

「新しいのを買ってやる」

階段をロビーまで駈けおりると、フロントには誰もいなかった。

五千円札と部屋の鍵をカウンターにたたきつけ、おれと珠子は駐車場に走り出た。車から降りたばかりのアベックが、おれたちの様子を眼を丸くして眺めていた。

ベレットに乗り、エンジンをふかし、思いきりアクセルを踏みこんだ。車は駐車場から、とんで出た。

せっかく半休をとっていながら、なぜ社へかけつけなければならないのか――それは、おれ自身にもわからなかった。

功名心もあるかもしれないし、同僚や他社の記者に遅れをとるのがいやだということもあるだろう。しかし、そんな簡単な理由だけではあるまい――と、おれは思った。

どこかで事件があった。しかも、大変な事件だ。歴史上かつてなかった大事件かもしれない。いや、そうに違いない。それを知っていながら、のんびり女といちゃついたりしているなんてことは、おれの血が許さない。こんな場合にじっとしているなんてことには、おれはとても耐えられない。しかもおれは、自分でそれを知っている。どうせ最後は、動き出さずにはいられないのである。これは自分でどうすることもできないおれの性格なのだ、天性なのだ――おれは自分でそう思いこもうとした――そうだ、こんなふうに駈け出さずにいられないということは、おれの宿命だ。業《ごう》だ。

カー・ラジオはコマーシャルをやっていた。NHKに切りかえ、少し考えてから、やっぱり民放にした。

また男アナが喋り出した。さっきと同じことを喋ってから、状況を少し詳しく話しはじめた。

「……このため、三沢市およびその周辺は、ほとんど全滅の被害を蒙ったものと思われ、死者総数は、おそらく五万人を越えるのではないかと想像されます。現在三沢市内には火災が起っていますが、放射能にさらされる危険があるため、付近の消防署は出動を拒否しました。したがいまして政府は、自衛隊に出動を要請し、現在、青森、八戸《はちのへ》の自衛隊第9師団が現場に急行して消火作業を行っています。この事故の原因については、ソ連あるいは中共の、核弾頭ミサイルの誤射あるいは偶発によるものであるということが、ほぼ判明した模様であります。また、放射性降下物の影響については、まだ確かなことはわかりませんが、三本木原台地における爆発後一時間以内の、降下物からの放射線の強さが毎時八〇〇レントゲンであるところから判断して、今後、相当広い範囲に及ぶ被害が出ることと予想されます。このため十和田市、八戸市はじめ付近の市町村民に対して、緊急避難命令が発せられました。くり返します。臨時ニュースを申しあげます……」

　八〇〇レントゲンという放射線量は考えただけでも恐ろしい。科学部の記者から聞いた話では、一〇〇レントゲン以下なら安全だが、二〇〇レントゲンで、すでに多くの人間が放射線症を起す。三〇〇レントゲンでは、照射された一部の人間が一カ月以内に死ぬ。四〇〇レントゲンでは、治療を受けない限り三分の一が死ぬ。五〇〇、六〇〇レントゲンでは、死亡率は五〇%以上だ。八〇〇レントゲンとなれば、もはや致死線量、照射されると、痙攣を起し、譫《うわ》ごとをいいながら死ぬ。

　広島、長崎は、一〇〇レントゲンをほんの少し越えただけであの始末だった。こんどはきっと、どえらいことになるぞ——おれは、ハンドルを握りしめながらふるえあがった。

　広島では、原子爆弾のために、嵐のような火災が起った。火あらしというやつだ。大火が発生すると、火の中心あたりから、熱い空気の柱が立ちのぼる。そこへ四方から空気が殺到する。つまりブローランプと同じだ。そして全地域が、炎の飽和状態になる。これが火あらしである。今、三沢市で起っている火事も、これにちがいなかった。広島では、毎時四八キロメートルから六四キロメートルの風が吹いて、十二時間で十三平方キロが灰になった。こんどは、もっとすごいことになるだろう。

「あの靴、九千円もしたのに」珠子が泣きそうな顔で、それでもおれの表情を横眼でうかがいながらそういった。

　無知な女だ——と、おれは思った。核爆発の恐ろしさを知ってさえいたら、靴のことなど頭からけしとんでしまう筈である。

しかし、考えてみれば、核兵器に関する知識に乏しいのは日本人全体、いや、人類全体についていえることで、特に彼女だけを責めるわけにはいかないかもしれない。その証拠に、大勢の人間がさっきの臨時ニュースを聞いた筈であるにもかかわらず、道路も、その両側の商店街も、いつもに変らぬ平穏さだった。

日は、もう暮れていた。旅館やホテルのネオンの色が、特に毒どくしい。スーパー・マーケットからは、夕食用の買いものをした主婦たちが、紙袋を両手にして次つぎと出てくる、狆《ちん》ころを抱いた女性もいた。カー・ラジオは若い男の歌声で、あなたがにくい、あなたがにくいと絶叫している。

「東京にいたって、放射能にやられるかもしれない」と、おれはいった。「今に髪の毛が抜けはじめるよ」

珠子は、ちょっとおどろいたようだった。「それならわたし、逃げ出すわ。青森は東京の北にあるわけでしょう。じゃあ南へ逃げればいいのね。大阪あたりまで逃げれば安全かしら。神戸に親戚があるわ。わたし、アパートへ戻って宝石類や通帳を持ち出すわ。それから羽田へ行こうかしら。あなたはいちど下宿へ戻るんでしょ」

「いや。おれは社へ行く」

珠子は怪訝そうにおれを見た。

「おれはもっと、いろんなことを知りたいんだ」

おれは、そういった。「ヘリコプターで現場へ行ってみることになるかもしれない」

「わたしにはわからないわ。褱」彼女はそういいながら、ゆっくりとかぶりを振った。「理解できないわ。あなたの気持が」

おれはうなずいた。「そうだろうな」

車は第三京浜国道に入った。

「臨時ニュースです」アナウンサーの声は、さっきよりもずっと緊迫した調子だった。「サンフランシスコが水爆攻撃を受けました。アメリカはソ連と戦闘状態に入った模様です」息づかいが乱れていた。

珠子が悲鳴をあげた。「戦争よ。ひどいことになるわ」

「しっ」

「在日米陸海空軍のすべても、ソ連、中共に対して臨戦態勢に入っています。また、日本自衛隊に対しては、内閣総理大臣およびアメリカ太平洋方面三軍司令官より、緊急防衛出動命令が出されました」

「どうして日本まで戦わなくちゃいけないのよ」珠子が一瞬息をのみ、ヒステリックにいった。

「日本は戦争をしないはずじゃなかったの。信じられない。わたし、信じられないわ」

「日本の国防体制は」と、おれは彼女にいった。

「ずっと以前からアメリカとの共同防衛だったんだ。しかたがないさ」

「ねえ。どうしてそんなに落ちついていられるの」珠子の爪が、おれの肩に食いこんだ。「戦争なのよ。逃げましょう。すぐ逃げましょう。もう、宝石どころじゃないわ。貯金もいらないわ」

戦争と聞いて、やっと事態の重大さがのみこめはじめたらしい。

「しかし、どこへ逃げるつもりなんだ」おれはかすれた声で、ゆっくりと彼女に、そう訊ねてみた。

「南の島なら、どこでもいいんじゃない。ハワイはどう」

おれはあきれた。「君は何も知らない。あそこはいちばん危険なんだ。真珠湾があるんだぜ」

「ねえ。とにかく東京は危険よ。いちばん先にやられるわ。どこか、よそへ行きましょう」

「こうなってしまえばもう、どこが安全ともいえないさ」おれはあいかわらず百二十キロで車をとばしながら、そういった。

決して、落ちついているわけではなかった。それどころか、とうとうえらいことになったと思い、心の中ではとっくに泣き出していた。恐れていたものが、ついにやってきたのだ。おしまいだ、もう、何もかもおしまいだ——意識の中の感受性の強い部分では、ただおろおろと、そうくりかえしているだけだった。しかし、意識のもう一方の部分では、おれの記者根性が、もっと正確な、詳しいことが早く知りたいと叫んで、地だんだをふんでいた。

「もう、高速道路へ入ってしまった。だからUターンはできない」おれはそういった。「西へ逃げたって、日本にはいたるところに米軍基地や自衛隊の基地がある。引きかえしたって、横須賀あたりでやられるかもしれない」

「だから外国へ逃げましょうよ。貯金をおろせば、外国へ逃げ出すくらいのお金はできるわ」

「どこへ逃げたって、だめだろうな」そういってから、おれは自分のことばにぞっとした。

そうだ。ついに人類の滅亡する時がきたのだ。米中ソ三つどもえの戦争になって、いったいどこの国のやつが生き残るというのか。もう、何もかもおしまいだ。特ダネも、昇進も、結婚も、ボーナスも、コーヒーも、競馬も、ハイボールも、セックスも、みんな、なくなってしまうのだ。ラジオの中ではアナウンサーが、次第に声をうわずらせながら喋り続けている。しかし、いずれも正確な情報ではないらしく、「予想」とか「模様」とか「様子」とかいった単語ばかりをやたらに並べ立てていた。

やはりカー・ラジオで今のニュースを聞いたらしく、軽量鉄骨を積んで前を走っていたダンプカーが、だしぬけにグリーン・ベルトを乗り越えて、横浜行きの車道へUターンしようとした。

「あっ。なんて無茶しやがる」

おれは危くハンドルを切った。もう少しでダンプの横腹に体あたりするところだったのだ。

　西行きの車道にいたパトカーがこれを見て、たちまち唸り声をあげ、ダンプへ突進していった。バック・ミラーに、西へ向かっていたフォルクス・ワーゲンがダンプにはねとばされ、さらにパトカーにぶつかる瞬間の光景がちらと映った。

　道路上の車という車が、いっせいにスピードをあげはじめた。追突されてはたまらないから、おれもしかたなく百四十キロのスピードを出した。戦争が始まったニュースを知らないらしいスバル三六〇が、この周囲のあわてかたにおどろいて、おろおろしていた。おれの横を、気ちがいじみたスピードで、一台の黒いセドリックが追い越していった。珠子は悲鳴をあげつづけた。

　行く手に、グリーン・ベルトを乗り越えようとして失敗したらしいトラックが横転していて、その腹の部分へ、さっきの黒いセドリックが突っこんでいった。おれの鼓膜を轟音が叩きつけ、セドリックは折りそこないの千代紙みたいになり、運転していた若い男は軸の折れたハンドルに両手を腋の下まで突っこんだまま、フロント・ガラスを破ってとび出し、逆方向からきたスカイラインGTのフロント・ガラスにぶつかって、踏みつぶされた蛙みたいになってしまった。ガラス一面、血のりと臓物にまみれたため、前が見えなくなったスカGはグリーン・ベルトの立木の幹に、すごい勢いで衝突し、ぱっと燃えあがった。

　粉みじんになった車の部品が散らばっているところを、やっとのことですり抜けてから、バック・ミラーを見ると、高速道路の横幅いっぱいに猛烈な爆発が起り、ローズ・マダーの火柱が夜空に立っていた。その火柱の中を走り抜けてきた一台のフォードが、火だるまになって、おれの車に追いすがってきた。運転席の若い女性も火だるまだった。赤毛の外人かと思ったら、髪が炎に包まれているのである。彼女は、赤い口を、裂けるほど大きく開いていた。断末魔の絶叫をあげ続けているらしい。おれはぞっとして、さらに車のスピードをあげた。フォードはやがて、ガードレールを破壊して、地上へ墜落していった。

「夢よ。これは夢だわ。悪い夢よ。そうにちがいないわ。そうにきまってるわ」珠子は熱に浮かされたような眼つきで、ぽかんと前方を見つめたまま、うわごとのように喋り続けた。「わたしたちはまだ、葉山マリーナの、あのあたたかいベッドの中で夢を見てるのよ。きっとそうよ」

もちろん、おれだってそう思いたかった。だが、おれの右手の甲からは、さっき飛んできたセドリックの破片のために、血が噴き出しているのだ。その痛みが、これが夢ではないことを、はっきりとおれに告げていた。しかもこれは、ほんの手はじめなのだ。たった今、開幕したばかりなのだ。全人類が生命を賭けての大さわぎは、これからはじまるのだ。

後続の車がなくなったので、おれはスピードを少し落とした。

アナウンサーは、入ってくるニュースを次つぎと喋り続けていた。「日本全国の警察庁、警視庁に、戒厳令布告が通達されました。日本政府は、国民に対し非常事態を宣言、警察および自衛隊に治安行動命令を下しました」

現実感が、ますますふくれあがってきた。反戦的な大衆行動は、実力で制圧されるのだ。自衛隊法だと、防衛出動命令が下れば隊員は、軍から脱走した場合、七年以下の懲役禁固という罰則で、出動を強制される。また予備自衛官は、忌避した場合同じく三年以下という罰則で応召を強制される。軍の命令に違反すれば、ただの国民でさえ五年以下の懲役なのである。緊急非常事態なのだから、場合によっては、その場で射殺されるかもしれない。物資や建物も徴発されるだろうし、医療、土木、建築、輸送関係の者も徴用されるはずだ。国外逃亡をはかったりしようものなら、おそらく射殺だろう。

「逃げ場はない」と、おれは珠子にいった。「逃げようとすれば、さっきみたいな事故を起してあの世行きだ。外国旅行も禁止されるだろう。しかし、外国へ行ったとしてもだめだろうな。今や人類全体が死の行進をはじめたレミングなんだから」

珠子は泣き出した。「じゃあ、どうすればいいの。原子爆弾が落ちてくるまで、じっとしていなけりゃならないの」

「そうだ」と、おれは答えた。「もう、こうなってしまえばおれたち国民は、できるだけおとなしく死んで行かなきゃならないんだ。今さら戦争反対を叫んだって、おそい。それをやるなら、今までにもっとやっておくべきだったんだ。だが、誰もやらなかった。もう何もかも手おくれだ。おしまいだ」

珠子は両掌《りょうて》を顔に押しあて、うう、ううと、呻くように泣いた。

道路上のあちこちには、スピードをあげ過ぎて事故を起した車がいっぱいいた。追突して動かなくなった車。追突されてガードレールに激突し、しどけなく横たわった車。あられもなく、腹を夜空に向けてタイヤを空転させている車。中には、車からとび出して、グリーン・ベルトの立木の幹に片腕をつき刺し、全裸でだらりとぶらさがっている若い女までいた。話には聞いていたが、人間の肉体が木の幹をつき抜けているのを見たのは、これがはじめてだ。また、ガラスを破ってとび出した人間が、全裸に近い姿になることも、はじめて知った。

スバルが道路のまん中で、ぽん煎餅《せんべい》のようにぺしゃんこになり、道路上の平面、左右いっぱいにひろがっていた。最初、ダンプカーか何かに轢《ひ》かれて、その上をさらに、トラックや乗用車によって次つぎと踏みつぶされたものらしい。

スピードを落してその上を乗り越え、しばらく走ってから、おれはやっと気がついた。

——あの中に、やはりぺしゃんこになった人間の屍体があったのだ——。

おれは身ぶるいした。

気をたしかにもて——おれは自分にそう言い聞かせた——もっともっとひどいことが、次つぎと起るにきまっているのだから……。

「死にたくないわ」珠子が、すすり泣いた。「もっと、生きていたいわ。今、死んじゃったら、わたし、なんのために生まれてきたのか、わからなくなっちゃうじゃないの。そんなの、いやよ。結婚だって、いちどもしなかったし、子供も産まなかったし、なんのお仕事もしなかったし」

「でも、よく遊んだじゃないか」と、おれは皮肉まじりにいった。

「遊んでいたのが、いけないっていうの」珠子は恨めしそうにおれを見た。「だって、わたしはまだ若かったんだし、だいいち、こんなことになるなんて、思ってもいなかったんだもの」

もっともだ——と、おれは思った。おれだって、こんな事態になった時のことを、本気で考えたことはいちどもなかったではないか。人間は、自分の死という考えを、なるべく意識の片隅に押しやって生きている。そして現代人は、最終戦争という考えも、それがあまりにも自分の死と密接な関係にあるため、ついでにそこへ押しやって生きてきたのだ。だが、ついにそれと直面しなければならなくなった。ひとり残らず、それと直面しなければならなくなった。逃げもかくれも、できなくなったのだ。よほど知能のおくれた人間でないかぎり、もし次に世界大戦が起ったら、人類の破滅だということぐらいは、以前から知っていたはずである。だからこそ、ラジオがたったひとこと戦争だといっただけで、このありさまなのだ。こいつはますます、どえらいさわぎになるぞ——

おれはそう、確信した。

大型バスがガードレールを壊して、ながい車体の前半身だけをハイウェイの外へつき出していた。中には数十人の乗客が乗っている。近づいて見ると、後部タイヤが宙に浮いていた。微妙なバランスで、ハイウェイの端にひっかかっているのだ。傍を走り抜けたりしようものなら、その震動でバランスがくずれ、地上に転落するかもしれない。おれはおどろいて、バスの手前でそっと車を停めた。

乗っている人間たちも、身動きすると危険だということを知っているらしく、じっとしたまま、窓から首だけ出して、ただ泣きわめいているだけである。バスはハイウェイの端をテコの支点にして、ゆるやかなシーソー運動を続けている。

「助けてください。助けてください」

「落ちるう。落ちるう」

「お母さま。お母さま」

「だから戦争はいやなんだ。戦争はいやなんだ」

かぼそい声で助けてくださいといって泣いているのはプロレスラーみたいな頑丈な体格をした大学生、おろおろ声で落ちるとくりかえしているのは立派な鼻下髭をたくわえた教師風の中年紳士、水玉のハンカチの端を噛みしめてお母さまの名を呼んでいるのはサラリーマン風の若い男、戦争はいやだと絶叫しているのは令嬢風の若い女性である。

「ゆっくりと、うしろへ移動しろ」おれは車を降り、傍へ走って行きながら叫んだ。「そして窓から出るんだ。非常ドアをあけろ」

バスがゆらりと傾《かし》いで頭部を下げた。悲鳴が起った。

「立っちゃいかん」

「身動きするな」

窓から半身をのり出していた七、八歳の少年が、おれに叫んだ。「前の方にいる人がね、うしろへくることもできないんだよ。シートから立っただけで揺れちゃうんだ」

ロープさえあれば、バスをグリーン・ベルトの立木の幹に結びつけてやることもできるんだが――そう思い、おれはあたりを見まわした。もちろんロープらしいものはどこにも見あたらず、こんな時にかぎってパトカーもこない。

少年が身をのり出している窓から、鼻下髭の紳士が出ようとした。「わたしはとびおりる」

「いけません」と、令嬢が叫んだ。「あなたがとびおりたら、バスは落ちます。自分さえ助かればいいいんですか」

「そこをはなしなさい。わたしには妻がいる。子供もいる」

「このバスの中にだって子供がいるんです」令嬢がヒステリックに叫んだ。「あなたのような日本人が戦争を起したのです。そうです。そうなのです」

紳士は少年のからだが邪魔になって窓から出ることができないため、君も早くおりろと叫び、少年の尻をぐいと押した。少年はバスの窓からまっさかさまに転落して、車道にひっくりかえった。

後部の重量が減り、たちまちバスが、ぐらりと傾いだ。

紳士もあわててとび出そうとしたが、ウインド金具にベルトをひっかけ、窓から外へだらりとぶらさがってしまった。

バスは後尾をぴんとはねあげ、さか立ちをすると、地面めがけてゆっくりと落ちていった。数十人の人間の、野獣の咆哮のような絶叫が尾を引いて遠ざかり、それはすぐに、どかんという音と、すごい地ひびきによってかき消された。

紳士は自分のベルトでぶんまわしのようにふりまわされ、宙に舞いあがって夜空に消えた。おそらく近くの人家にでも墜落し、屋根をつき破って家人をおどろかせたことだろう。

「あのぶんじゃ、全員即死だ」おれは、少年を助け起しながらいった。

地上からは、炎と煙が立ちのぼっていた。

「さあ、早くこい。おれの車に乗せてやるから」

車に引きかえして少年を後部シートに乗せ、運転席に入ると、助手席の珠子が蒼白い顔をして、息をぜいぜいいわせていた。

「死んじゃったの。みんな死んじゃったの。ほんとに」

「みんな死んだ」おれはエンジンをふかしながらいった。

「ほんとに死んだの」珠子は泣き出した。「可愛い女《ひと》もいたわ。若い男の人もいたわ」

おれは黙ったまま車を走らせた。

「まだ、生きてる人がいたかもしれないわ。どうして助けてあげなかったのよ」珠子が激情に襲われて叫びはじめた。「みんな死んだだなんて、あなた、下へおりて見たわけじゃないんでしょう」

「助けることはできない」おれは無表情にかぶりを振り、ゆっくりとそう答えた。

「できたかもしれないじゃないの。そんなこと、いいのがれよ」彼女は絶叫した。

「できないといったら、できないんだ」おれは怒鳴りかえした。「どうやって地上へおりるんだ。だいいち、虫の息の人間を見つけたとして、どうやって手あてするんだ。君は外科手術ができるのか」

「お医者を呼べばいいじゃないの」

「くるもんか」おれは、吐き捨てるようにいった。「あのていどの事故は、今、あちこちでごまんと起きてるにきまってるんだぞ。おれのすることが気に食わなきゃ、車をおりろ」

このことばは、平手打ち以上の効果があった。珠子はびっくりして、だまりこんでしまった。

「ぼく、助かったんだね。ぼくひとりだけが、助かったんだね」しばらくしてから、やっと少し落ちついてきたらしい少年が、ため息とともにそうつぶやいた。

やがて彼は、いきさつを喋りはじめた。「あのバスは、トラックに追突されたんだよ。道のまん中にライトバンがエンコしてたので、あのバスの運転手があわててカーブを切ったんだ。そのとたんに追突されて、ガードレールを突き破っちゃったんだ。トラックはそのまま逃げちゃった。悪いやつだよあのトラックは」

いうことがわりあい確かなので、おれは少年の推定年齢を十一、二歳に修正した。

「あのバスに、連れは乗っていなかったのか」と、おれは訊ねた。

「うん。ぼくひとりで乗ってたんだ。戦争がはじまったんだってね」

「なぜ知ってる」

「バスの中にいた高校生が、トランジスタ・ラジオを持ってたんだ」

さっきから、尿の匂いが車の中に立ちこめていた。

「くさいわね」珠子が少年をふりかえって訊ねた。「あなた、おしっこ洩らしたんじゃないの」

「ぼくじゃないよ」少年はまっ赤になって、話しはじめた。「バスの中で、となりにいた女の高校生にひっかけられたんだ。トランジスタ・ラジオを持ってた子だよ。バスが落ちそうになってる時、ぼく、あの子にしがみつかれたんだ。ぼくみたいな子供にしがみついたって、どうってことはないのにさ。バスが揺れるたびにひいひいって泣いて、とうとうやっちゃったんだ。ぼく、気持わるいや」

「脱いで、かわかした方がいいわ」

「うん。そうするよ」少年は半ズボンを脱ぎはじめた。「おばさん。パンツも脱いでいいかい。女の人の前だけど、つめたいからお行儀にかまっちゃいられないよ」

「いいわ。窓から出して風にあてれば、すぐかわくから」

遠雷のようにひびいていた爆音が、次第に近づいてきた。空を見あげると、馬鹿でかいヘリコプターが二機、東京に向かって飛んでいった。

「あれは自衛隊の、S－61Cだよ」と、うしろの窓から首を出して、少年がいった。彼は窓の外へ腕をつき出して、パンツの旗を風になびかせていた。「あのヘリコプターは二十五人乗りのやつで、二億円もするんだよ。いちばん上等なのはV107で二億六千万円、あいつは二番めに上等のやつさ」

「あまり手を出すと、あぶないぞ」と、おれは注意した。

少年はあわてて首をひっこめた。だが、そのはずみに窓枠に腕をぶつけて、ズボンとパンツをとばしてしまった。

「しまった」少年は悲鳴をあげた。「停めてよ。おじさん」

「あきらめろ」とおれはいった。「ひきかえしてさがしている時間はない」

「かっこ悪いよ」少年は泣き声を出した。「こんな、下半身まる出しなんてスタイル、人間的じゃないよ」

「東京に着いたら買ってやる」

「ぼく、出臍《でべそ》なんだ」彼はしくしく泣き出した。「今まで、誰にも見せたことはなかったんだ」

珠子が、かわいた声で笑った。「はずかしがらなくてもいいわ。わたしも出臍よ」

「何をかくそう、じつはおれもそうなんだ」と、おれもいった。

少年は泣きやんだ。

やがて親しみのこもった声で自己紹介をした。

「ぼく、ツヨシっていうんだ。山内ツヨシ。由比ヶ浜小学校の五年生だよ」

「由比ヶ浜だって」おれはあわてて訊ね返した。「由比ヶ浜って、鎌倉の先の由比ヶ浜か」

「そうだよ。由比ヶ浜って、ほかにもあるの」

「じゃあ、家も由比ヶ浜か」

「うん」

「それじゃ、方角が違う。東京へ何しに行くんだ」

「水道橋に叔父さんがいるの。遊びに行くところだったんだ。今夜は叔父さんちへ泊るつもりで」

「このぶんじゃ、行けそうもないぞ」

「そうだね。なんとかして家へ帰るよ」

「それがいい」

「ねえ。あなたはどうする気」と、珠子がおれに訊ねた。「まさか、まだ青森まで行く気でいるんじゃないでしょうね」

「青森どころじゃ、なくなってしまったな」おれは考えた。

とにかく、一応社へ行くとして、ことの次第を全部知った上で——さて、それからどうするのか。いつまでも社にいるのは馬鹿げている。軍が社員に足止めをくわさないかぎり、どうせほとんどの記者が家に帰ったり、郷里に帰ったりしてしまうだろうから、ひとりで社に残っていたって仕事にはなるまい。

下宿に帰ったとしても、することは何もない。持ち出すものもない。おれの財産はこの車だけだ。

「おれは大阪へ帰ろう」と、おれはいった。

なんとかして、大橋菊枝のところへ行こう——そう思った。彼女といっしょなら、静かに安心して死ねるはずだ。彼女はきっと母親のように、あたたかくおれを抱きしめたまま、いっしょに死んでくれるだろう。

「フィアンセのところへ行くの」珠子が、じっとおれの横顔を見つめながらいった。

「そうだ」おれはうなずいた。

「そうなの」彼女もゆっくりと無表情にうなずき、おれの顔から眼をそむけた。

「現在、都内のあちこちで暴動が起っています」アナウンサーはずっと喋り続けていた。「善良な都民の皆さん。暴動にまきこまれないようにしてください。現在、警察機動隊と自衛隊が各所に出動して、鎮圧にあたっています。煽動者は射殺されます。くりかえします。煽動者は射殺されます。都民の皆さん。流言蜚語《ひご》にまどわされず、良識をもって行動してください」

車は都内に入った。行く手に、玉川インターチェンジの灯が見えてきた。

永田町首相官邸

官房長官は、せいいっぱい落ちつきはらった態度を見せながら、首相官邸の玄関のあたりにたむろしている、各社政治部記者や警官、警護の官邸用務員たちの間をゆっくりと抜け、記者たちが口ぐちに投げかけてくる質問を、いつものようにとぼけた調子で聞き流しながら、正面の赤いカーペットを敷きつめた階段を登った。

ことさらに胸をはり、平然とした表情を見せてはいた。だが、官房長官の額には、ぎらぎらと光るあぶら汗が浮かんでいた。

階段を二階へ登り、つきあたりの閣議室に入って、うしろ手にドアを閉めるなり彼はだしぬけに駈けだした。閣議室にぎっしりつまっている閣僚の家族たちの間を縫い、閣議室の左手の閣僚控室へとびこみ、閣僚全員がつめかけているその部屋を、またものすごい勢いで横断し、さらに左手の総理大臣室へとびこみ、ドアをうしろ手にしめた。

この部屋には、総理大臣のほかには防衛庁長官しかいなかった。

官房長官は絶叫した。「総理。まだです。まだ来ません」

「どうしてだ。在日米軍には、たしかに連絡したのか」総理大臣がデスクの彼方《むこう》ではねるように立ちあがり、まっ赤になって叫んだ。

「もういちど、連絡してみます」総理大臣の傍らで棒立ちになっていた防衛庁長官が、あわててデスクの上の、十四台の受話器のうちのひとつをとりあげた。

紅白だんだら縞の受話器を耳に押しあて、彼はいらいらした様子で汗を拭《ぬぐ》った。その電話は、緊急の場合にしか使用してはならないはずの、防衛庁首脳部あての直通専用電話だった。

「統幕議長かね」やっと相手が出たらしく、防衛庁長官は受話器に噛みつきそうな勢いでしゃべりだした。「ヘリコプターがまだ来ない。何をしてるのかね。閣僚や家族は、もうみんな集っている。さっきから官房長官が、外へ出ては空を見あげたり、あたりの様子をうかがったりするために、記者たちが勘づいて、さわぎはじめている。早く来てくれ。米軍基地には、たしかに連絡してあるんだろうな」

「とっくにいたしました」受話器の彼方で、統幕議長のしわがれ声がひびいた。「厚木の在日米軍基地では、南極行きの輸送機の準備をしています。五分前に、自衛隊のS－61Cが二機、そちらに向かって離陸しました」

「た、たった二機だって」防衛庁長官は泣き声でたずね返した。「冗談じゃない。ヘリコプター二機では、家族はおろか閣僚全員が乗ることさえ、できないじゃないか」

「S－61Cは二十五人乗りでございます」統幕議長の、わざとらしい慇懃《いんぎん》無礼なことばづかいは、まるで防衛庁長官のうろたえぶりを、せせら笑っているかのようだった。「ですから閣僚のかたがたは、皆さまお乗りになれます」

「しかし、家族が乗れないではないか」防衛庁長官の声は、懇願する調子になった。「もう二、三台、なんとかならないのか」

「こちらの事情を申しあげているひまはございませんが、二機でせいいっぱいなのです。人数の方は、そちらでご調整ください」そして統幕議長は、だしぬけに電話を切ってしまった。

「こ、困ったことになりました。総理」防衛庁長官は膝をがくがくさせながら、デスクに両腕をつき、泣きそうな顔を総理大臣にさし出した。「五十人しか乗れないらしいのです。ど、どうしましょう」

「君は防衛庁長官ではないか」総理大臣は机の表面を、力まかせに叩きつけた。「どうしてもっとたくさん、ヘリコプターをよこすように命令できないんだ」

「それが……それが」

「自衛隊法第七条には、ちゃんと、統帥事項は防衛庁長官、およびその指揮監督官たる内閣総理大臣にあるとなっているじゃないか」総理大臣はまた立ちあがり、部屋の中をいらいらと歩きまわりながらいった。「統幕議長は長官の補佐に過ぎないんだぞ」

「お察しください総理」防衛庁長官はおろおろと、総理大臣のうしろにくっついて歩きながら弁解した。「いざという時には、私は統合部隊の行動を、直接指揮したり、命令したりすることができないのです。私は文官ですから」

「だいたい自衛隊は、われわれ閣僚の知らない間に行動を起しすぎる」総理大臣は吐き捨てるようにいった。「スエズ＝ハンガリー問題の時がそうだ。キューバ危機の時だって、そうだった。金門・馬祖の時だって、われわれの知らない間に、自衛隊は準軍事行動をとっていた。三十六年の四月にも、仁川のレーダーが不明の目標を捕えたといって、われわれの知らないうちに、自衛隊が配置についていた。この戦争が始まった時だってそうだ。われわれが開戦を知ったのは、自衛隊全部が完全に戦闘配置についてしまってからだったじゃないか」総理大臣は立ち止り、くるりとふり返ると、防衛庁長官の顔に人さし指をつきつけて叫んだ。「君の怠慢だぞ」

「そ、総理。ヘリコプターに乗せる五十人の人選を、早くしなければなりませんが」官房長官がしびれを切らせて、かたわらから悲鳴まじりに叫んだ。

「え。うん。そう、そうだったな。よし」総理大臣は落ちつこうと努めながら眼を閉じ、立ったまままで大きく息を吸いこんだ。

やがて、彼は訊ねた。「官房長官。定例閣議に出席する閣僚は、全部で何人だったかな」

官房長官は早口で答えた。「大臣十三人、長官七人、副長官二人です。今日は行政管理庁長官が病気で入院中のため、かわりに副長官がきています」

「副長官はぜんぶ省《はぶ》け。それで何人だ」

「ええと、十九人になります」

「そうか。それから」総理大臣は防衛庁長官をふりかえり、重おもしくいった。「防衛庁長官。君も日本に残れ」

防衛庁長官は自分の耳を疑うかのように、ゆっくりとかぶりを振りながら総理大臣に訊ね返した。「なんです」

総理大臣は顔をしかめた。「君は自衛隊の総責任者だ。残って指揮をとれ」

防衛庁長官は、しばらくぼんやりしていた。やがて彼の表情が、泣き出す寸前の子供の顔のように、ぎゅっと歪《ゆが》んだ。「し、しかし総理、わたしが残っていたって、意味がありません。総理。あなたはご存じないのですか。旧行政協定の第二十四条という、アメリカとの間の秘密了解事項を。非常事態に際しては、日本のすべての武装力、警察力さえも、日本政府の指揮下からはなれ、アメリカ駐留軍司令官の指揮命令を受けることになっているのです」彼は唾をとばして喋りはじめた。猛烈な早口で喋り続けた。まるで、喋り続けることによって、恐怖を忘れようとしているようでもあった。彼は眼をまん丸に見ひらいていた。「あれは今でも効力を持っているのです。自衛隊はすでに私の手からはなれ、在日米軍の指揮下にあるのです。また、さっきも申しあげましたように私は武官ではなく……」彼の声は、すでに絶叫に近かった。

「女々《めめ》しいぞ。長官」総理大臣が一喝した。「君はそれでも大日本帝国防衛の最高責任者なのか。君がわれわれといっしょに南極へいって、いったいなんの役に立つと思っているのだ。君は家族とともに日本に残り、日本自衛隊がいかに戦うかを最後の最後まで見とどけるのだ。わかったか」

「は……」

防衛庁長官はうつむいたまま直立不動の姿勢をとり、しばらく指さきをぶるぶるふるわせていた。だが、やがて決然として顔をあげ、唾をとばしながら叫びはじめた。「わ、わかりました。わたしは残ります。日本に残ります。しかし、しかし総理、わたしだけが残るのは不公平でありますす、どうか、どうか科学技術庁長官もいっしょに残していってください。彼は自衛隊にとって必要な人間なのでありまして……」

防衛庁長官が何をいい出すのかと、彼の顔をじっと眺めていた総理大臣は、このことばにはさすがにあきれはて、しばらくは無言で彼を茫然と見つめ続けた。

「たいへんです。総理」外務大臣がとびこんできて叫んだ。「これは確かな筋からの情報ですが、ワシントンはすでに全滅したそうです。それからニューヨークも、マンハッタン島に約一〇〇メガトンの水爆が落ちて、ウエストチェスター、ロングアイランド、ニュージャージーは火に包まれているそうです」

「では、ソ連は。ソ、ソ連はどうなのだ」総理大臣は一瞬息をのみ、すぐに大声でそう訊ねた。

「もちろん、アメリカの報復攻撃によって、モスクワもレニングラードも全滅している筈ですが、こちらの方ははっきりしたことはわかりません」外務大臣はのどをぜいぜいいわせながら叫ぶようにいった。「総理。こ、こうなりましては、もはや東京へ水爆が落ちるのも時間の問題かと……」

「わかっとる」総理は眼をぎらぎら光らせて、どなり返した。

続いて文部大臣が、総理大臣室へとびこんできた。「総理。ヘリコプターがやってきたようです。西の空に着陸灯がふたつ見えます」

総理大臣は官房長官に向かって早口に命じた。「よし。ヘリコプターに乗せる大臣は十二人だ。そのうち、総理、外務、法務、大蔵の各大臣は家族三人を、残りの大臣は家族二人を、防衛庁長官と科学技術庁長官をのぞくあとの長官五人は家族ひとりをそれぞれつれて、すぐさま官邸の中庭に出るよう伝えろ」

「ど、どうしてですか」文部大臣がとびあがって異議を述べはじめた。「どうして外務大臣が家族三人で、わたしの家族が二人なのですか。わたしには子供が五人もいる。そのうち四人は男なのです。外務大臣は奥さん以外に女の子がひとりしかいないではありませんか。不、不公平です、総理。もっと家族構成というものを考えてください」

「考えている時間はないのだ」総理は嚙みつきそうな勢いで、文部大臣をどなりつけた。「気に食わなければ、君、乗るな」

「法務大臣はあなたの娘婿の父親だ。あなたは自分の親戚だけを優遇する」文部大臣は、とうとう泣き出した。「そ、それは依怙贔屓《えこひいき》だ」

官房長官が閣僚控室と閣議室へ行って、閣僚とその家族たちに人数の制限を言い渡すと、たちまちふたつの続き部屋は大さわぎになってしまった。

「あ、あなた。気でもちがったのですか。どうしてこんな女をつれていくのです」もと新橋の料亭にいたという若い妾をつれていくことにきめた運輸大臣の胸ぐらをとって、夫人がそう叫んだ。「あなたは自分の子供よりも、こんな下賤な女の方がだいじなのですか」彼女はヒステリーを起していた。

「下賤な女とはなんです」眼をつりあげ、若い妾が夫人に喰ってかかった。「わたしだって人間なのよ。生きのびる権利はあるわ。だいいち、この人にはあんたなんかより、わたしの方がずっとずっと必要なんですからね。それに」彼女は豊かな胸を誇らしげにつき出して叫んだ。「なにより も、わたしは若いのよ。あんたなんかより、ずっとずっと若いのよ」

衝動的に振った夫人の掌《て》が、妾の頬でぴしゃっ、と鳴った。

妾はわっと泣き出し、運輸大臣の大きな胸に顔を埋めた。「あなた、く、くやしい」彼女は身をよじって泣いた。「あなたの奥さんがわたしをいじめるのよ。わたし、ぶたれたのよ。わたしに教養がないからって、ばかにするのよ。ねえあなた。わたしを守って」

「おう。よしよし。泣くな泣くな」運輸大臣は困って、妾の背中を撫でさすった。

「な、なあんですか、この女は。色仕掛けで。はしたない。下品な」夫人はあわてて妾を大臣から引きはなそうとしながら怒鳴った。「あなたはこんな品のない女が好きだとでもおっしゃるんですか。おお、おお、け、けがらわしい」

「おい、お前。や、やめなさい。まあ、そんなに怒るな。そ、そんなこと、するもんじゃない」運輸大臣は妾をかばいながら、おろおろ声で夫人をなだめはじめた。「この子をいじめないでくれ。この子は可哀そうな子なんだよ」

「じゃあ、自分の子供たちは可哀そうじゃないとでもいうんですか」

「お父さん。今までいろんなことがありましたが、しかし、ぼくは、ほんとはお父さんが好きだったのです」通産大臣にその息子が泣きついていた。

通産大臣は、現夫人とその娘をつれていき、前の夫人の息子をおいていくといい出したのである。息子はおどろいて父親をかきくどいていた。息子といってもすでに三十一歳、厚生省に勤務している恰幅のいい男である。

「お、お父さん。ぼくは、本心ではずっとあなたを愛していたんです。ぼくをつれていってください」

「だめだ。お前は子供の時からひがみっぽくて、なにかといえばわしに反対ばかりしてきたではないか」通産大臣はここぞとばかり息子をどなりつけた。「ついこの間も勝手に粛党グループへ入った。そんなやつをいっしょにつれていくことなんぞ、ぜったいにできん」

「これからは、お父さんのお役に立ってみせます。ほんとです」息子は床にひざまずき、父親の腰にすがって泣き叫んだ。「香代子は女です。女なんかつれていっても、なんの役にも立たないでしょう。ね、お父さん。おう、パパ、パパ。お願いです。香代子なんかほっといて、ぼくをつれてってください」

「何をおっしゃるの。邦彦さん」現夫人が怒って、ままっ子を夫から引きはなそうとした。「香代子さまは総理大臣の息子さんとご縁談がきまっているのです。高貴なおからだなんですよ。軽がるしく女おんなとおっしゃらないで。同じ子供でも、あなたなんかとはちがうのですから」

党の副総裁と幹事長が、閣僚控室へ出てきた総理大臣を両側からとらえ、居丈高にどなりつけていた。

「おいっ。君を総裁にしてやったのはわしだ。なぜわしをつれていかんのか。この恩知らずめが」

「前の総裁が病気になった時、政権授受の調整役をしてやったのはこのわたしだ。それを忘れたわけじゃあるまい。君はわたしに借りがあるはずだぞ」

「南極へ行っても、日本政府はやはり依然として存続するのだ」総理大臣はけんめいになってふたりをなだめた。「わたしを信じてくれ。南極へ着いたら、折りかえしすぐ迎えの飛行機をよこす。今はまず大臣たちをつれていかんことには、あっちへいっても政府らしい恰好がつかんではないか。わかってくれ」

「なあおい。君とわしとは縁戚関係にあるんだ、総理」財政制度審議会会長で、住菱電工の社長でもある財界の実力者がやってきて、総理大臣に武者ぶりついた。「その上わしは財団から党本部へ月に四億もの金を出させた。いや、党だけじゃない。あんたの派の水曜会へも二十八億三千万円という軍資金を出している。これは年間、協会へ入ってくる金の約四倍なのだぞ。わしがどれだけ君の派閥をひいきにしていたかわかるだろう。これからはもっと出してやる。さあ、わしもいっしょに南極へつれていってくれ」

「だめです。会長。あなたをつれていくわけにはいきません」総理大臣は、つめたくそういった。「もう金の値うちはなくなったのです」

会長はわっと泣き出して、べったりと床に尻を据えた。立ち去ろうとする総理大臣の片足にしっかりとかじりつき、彼はわめきちらした。「そんなら金を返せ」

「ヘリコプターが上空を旋回しています」と、官房長官が声をはりあげた。「もうすぐ中庭に着陸します。さあ皆さん。中庭に出てください」

選ばれた者と、選ばれなかった者の間に続いていた争いは、その声を合図にして、ますますはげしくなった。部屋の中は、泣き声、怒声、罵倒、悲鳴、なだめる声、絶望の叫び声などで充満した。

自分が南極行きに選ばれず、東京へ残ることになったと知って、美しい通産大臣の二番めの令嬢は、ああとひと声呻き、ばったりと床に倒れ、失神して見せた。彼女はいつも大臣たちや大臣の家族たちからちやほやされるのに馴れていたため、失神して見せさえすれば、誰かがかまってくれるだろうという計算をしたのである。しかし誰も彼女には見向きもせず、みんな自分のいのちのことだけでせいいっぱいであると知ると、彼女は倒れたまますうす眼をあけて他の連中の様子をうかがうことをやめ、ふたたびぱっと立ちあがって通産大臣にしがみついた。「つれてってえ」

　夫人の手をひいて部屋を出ようとした経済企画庁長官の前へ、和服姿の老人が立ちふさがって杖をふりあげた。「彦一。どうあってもわしをつれていかん気か。わしはお前を育ててやったのだぞ。ちいさいころお前を可愛がり、面倒をみてやったのだ。いわば育ての親ではないか。そのわしをお前は、見、見捨てていくというのか」

「わたしはあなたをおぼえていないのです」経済企画庁長官は、困りきってそう答えた。「さあ。そこを通してください」

「いいや、通さん」老人は杖を持った手をひろげ、通らせまいとしながら大声で叫んだ。「この恩知らずめ。おぼえとらんとはなにごとだ。それでもお前は日本人か。ああ、日本人の道義、地に堕《お》ちたり」老人は、とんで出た入れ歯を拾おうともせず、天を仰いではらはらと落涙した。「育ての親を見捨てるとは何ごとだ。そんな女の色香に溺れおって」

「これは、わたしの妻です」経済企画庁長官は、おどろいてそういった。

「妻などは置いていってよろしい」と、老人はどなった。「育ての親と妻とどちらがだいじか」

「でもわたしは、あなたを知らないのです。育ててもらった記憶はありません。親戚の者からも、あなたのことなど聞いたこともありません」

「なんどいわせるのじゃ。わしはお前の母親の兄嫁の姉が嫁にいった先の、先妻の息子なんじゃぞ」

「母親の、なんですか」

「ええいもう、じれったい。わしはお前の母親の兄嫁の姉が嫁にいった先の、先妻の……」

「さあ。記者たちに勘づかれないように、そっと中庭へ出てください。騒がないで。静かに。静かに」官房長官は、汗だくになって、一同を中庭へみちびこうとした。

官邸は、ライト式建築の特徴である、複雑な構造をもっていて、細い廊下がくねくねと続き、あちこちに階段がある。はじめて官邸に入った者など、たちまち迷ってしまうくらいである。あまり構造が単純だと、刺客におそわれたりした時に困るので、わざわざこんな複雑な様式にしたという説もあるが、この場合もそれがさいわいした。つれていってもらえない家族が相当さわいだにもかかわらず、全員が記者たちの眼を盗んで中庭に出ることができたのである。もちろん南極行きの人選に洩れた者も最後まで望みを捨てず、ほとんどがついて出てきた。

外は夜だったが星月夜で明るく、その上ヘリコプターが着陸できるように、中庭の各所にある水銀灯がすべてともされていた。あたりは真昼のように明るかった。

二機のヘリコプターが爆音とともに芝生へ着陸するまでの間さえ、中庭では、口喧嘩や怒鳴りあい、ののしりあいがくりひろげられていて、中にはつかみあいも起っていた。どうころんでも自分がヘリコプターに乗せてもらえる望みはないことを知った者が、やけくそになって突如暴徒と変り、気ちがいのようにあばれはじめていた。

運輸大臣の妻とその息子は、妾の首を絞め、通産大臣の息子はまま母を芝生の上に押し倒して馬乗りになり、父親の止めるのもきかずに拳骨をふるって彼女を瘤《こぶ》だらけにしていた。郵政大臣は腹のふくれあがった赤坂の料亭の女に抱きつかれ、法制局長官は判事や検事をやっている兄弟や親戚の者から袋叩きにされていた。

ひどいのは建設大臣であって、彼の家族関係はひどく複雑なのだが、彼は義母と、その義母との間にできた彼の娘と、彼の正妻の、三つどもえの争いの中にまきこまれ、うろたえていた。三人の女はつかみあい、引っかきあい、和服の裾を乱し、しまいには蹴出しを尻までまくりあげて芝生の上をころげまわった。中庭いっぱいに怒声、罵声、悲鳴、絶叫、泣きさけぶ声が渦巻いた。

ヘリコプターが着陸すると、全員がわっとそちらへ駈け出した。

爆音におどろいて、とうとう官邸クラブ詰めの政治記者たちが、中庭へ様子を見に走り出てきた。

「なんだ、なんだ」

「何ごとだ。あのヘリはなんだ」

「閣僚だ。閣僚と、その家族たちだ」

「どこかへ逃げる気なんだ。きっとそうだ」

「かまわんから、あばれているやつは撃ち殺してくれ」と、ヘリコプターにやっとたどりついた官房長官が操縦席と副操縦席にいるふたりの自衛隊員にそう叫んだ。「戒厳令は出ているんだ」

しかし二機のヘリコプターは、たちまち閣僚と、その二百人以上の家族や親類縁者にとりかこまれてしまったため、用意してきたサブ・マシン・ガンをかまえて副操縦席から身をのり出した自衛隊員の眼には、だれが暴徒なのやら、どれが閣僚なのやら、かいもく見わけがつかないというありさまだった。

こうなってしまってはもう、とにかくヘリコプターに乗りこんでしまった者が勝ちである。小さなドアめがけて大勢が殺到し、その部分には人間がうず高く積みかさなって小山ができた。

「並んでください。並んでください。押してはいけません。こら、あんたは乗っちゃいかん。幹事長。あんたもあきらめてください」官房長官は、ヘリコプターの屋根に登って立ちあがり、声を嗄らして周囲にそう叫び続けた。

杖をふりまわしながら中庭までついて出てきた、例の経済企画庁長官の育ての親と自称する和服姿の老人は、ヘリコプターに向かって駈け出そうとしたとたん、だれかに突きとばされて芝生の上にひっくりかえった。彼は自分がとり残されたことを知ると、かんかんに怒って立ちあがり、しわがれ声で叫んだ。「ううむ国賊めら。国を見捨てて逃げ出そうとは政治家にあらざるふるまい。なんともはや、あきれはてたる内閣よ」

ヘリコプターの周囲でひしめきあい、われ勝ちに中へ乗りこもうと揉《も》みあっている閣僚たちの様子を、立ちすくんだまま茫然として眺めていた記者たちの方へ、老人は杖をふりまわしながら駈けよってきて、大声でどなった。

「やつら、日本を逃げ出すつもりなのじゃ。国民の代表であり指導者でありながら、国家の危急を前にして国外逃亡を計っとるのじゃぞ。さあお前たち、ぐずぐずしとらんで、はようあいつらをとり押さえい」彼は杖でヘリコプターを指した。「きゃつら、日本人のつらよごしじゃ。ひとりたりとも逃がしてはならん」

「その煽動者を射殺しろ」記者たちのあとから中庭に出てきていた警官隊の中の、隊長らしい男が、部下のひとりにそう命じた。

その警官は拳銃を抜いた。記者たちの間を縫って老人の方へ駈け寄りながら、二発連射した。一発は老人の顔に命中した。そして老人の顎から上を無残に砕いた。破裂した赤い風船のように、血と肉が周囲にとび散った。もう一発は老人の腕を吹きとばした。杖を握ったままのその右腕は、すごい勢いで宙をとび、芝生に突きささった。

「なんて乱暴な」

「なんてことをするんだ」

老人の死を見て、十人あまりの記者が、いっせいに警官たちへ怒りの眼を向けた。

「治安行動命令により、不穏なる言動をなした者は即刻射殺する」警官隊の隊長は、記者たちに向かって居丈高にどなりつけた。「お前たちは、そこから一歩も動いてはならん。ヘリコプターに近づこうとする者は、容赦なく撃ち殺す」

記者たちは、声なく立ちすくんだ。

ヘリコプター付近の騒動に望遠レンズを向けよう

としたカメラマンは、たちまち警官のひとりの棍棒で愛機を叩き落され、踏みつぶされてしまった。

「お前たちは、こいつらを見張っていろ」隊長は、警官たちにそう叫んだ。「おれはあのさわぎを鎮めてくる」

彼は拳銃の銃口を空へ向けてぽんぽんぶっぱなしながら、ヘリコプターの方へ走り出した。

むらがる人垣の中へわめきながらとびこんでいった彼は、周囲の人間を力まかせに押しのけ、かきわけ、突きとばし、拳銃の銃把でぶんなぐったりして、次第にヘリコプターのドアの方へ近づいていった。

「見ろ。お前たちの隊長は、あのヘリで、みんなといっしょに逃げるつもりなんだ」ひとりの記者が警官たちにそう叫んだ。

警官たちが一瞬動揺した。

その隙に、二、三人の記者が、ぱっとヘリコプターに向かって走り出した。それにつられて残りの記者全員が駈け出した。しばしためらった警官たちも、あわてて記者たちのあとを追い、彼らの背に向けて拳銃を発射しながら、ヘリコプターに向かって走った。ふたりの記者が背中を撃ち抜かれ、いずれもぴょんと二メートルばかりおどりあがって宙で身をよじり、どさっ、と、芝生にはげしくからだをたたきつけて、そのまま動かなくなった。

ヘリコプターの屋根の上に登り、ドアの付近の乱闘にサブ・マシン・ガンの銃口を向けたまま茫然と見まもっていた二機のヘリコプターのそれぞれの副操縦士は、記者たちが駈け寄ってくるのを見て、すばやく彼らの方へ銃口を向けかえ、ばりばりと撃ちまくりはじめた。ほとんどの記者が、胸板を撃ち抜かれたり、頭部を吹きとばされたり、骨盤を砕かれたりして芝生に倒れた。

あわよくば自分たちもヘリコプターに乗ろうとして走り続けていた警官たちは、短機関銃の断続音におどろいて芝生の上にさっと身を伏せると、ヘリコプターの屋根の副操縦士を狙《ねら》い、拳銃を撃ちはじめた。

警官隊に狙われて仰天したふたりの副操縦士は、あわてて回転翼の垂直軸のうしろへ身を伏せ、芝生の警官たちに応戦して狂ったようにサブ・マシン・ガンを撃ちまくりだした。

ヘリコプターの周囲で揉みあっていた者は、だしぬけにすぐかたわらで猛烈な撃ちあいがはじまったため、いずれも正気を失うほど動顛《どうてん》した。

混乱は、さらに大きくなった。

首相官邸の中庭は、いまや阿鼻叫喚の坩堝《るつぼ》と化していた。

通産大臣令嬢は、ヘリコプターのドアの前で押し倒され、数十人の靴によって圧死し、口腔から舌を、肛門から直腸をとび出させていた。ドア付近の乱闘の関所を突破して、うまくヘリコプターの中に乗りこんだ者は若い男ばかりで、どちらの機内にもまだ数人しかいなかった。ほとんどの者が、十分たち、二十分たっても、小さなドアの前で押しあいへしあいを演じていた。

とても乗れないと見切りをつけた気の早い者は、ヘリコプターの屋根に登り、長い尾部にしがみついたりしていたが、ここでは三人の男が警官の発射した弾丸にあたって、まっさかさまに地上へ転落した。

「あんたは乗っちゃいけません」やっとドアにたどりついた総理大臣が、かたわらの若い男を押しのけようとした。

「わたしは外務大臣の息子です。乗せてください」

「嘘をつきなさい。外務大臣には息子はいません」

「かくし子です」

「いいかげんなことをいってはいけない。どきなさい。こら。何をする」総理大臣は、あべこべにその青年から胸ぐらをつかまれてわめいた。

「ぶ、無礼者」

青年は総理大臣の顔に唾をとばしてどなった。

「自分さえ助かればいいのか」

「下郎。さがりおろう。君、この暴漢を、こ、殺せ。こ、殺せ」総理大臣は操縦士に叫んだ。「この青二才を撃て。撃ってもよろしい。わたしは総理大臣だ。わたしが許可する」

　操縦席から身をのり出した操縦士は、拳銃で青年の頭部を狙い撃ちした。近距離からの銃弾で、青年の頭部は破裂した。総理大臣の顔は、とび散った青年の脳漿《のうしょう》と血で、赤白まだらに染めわけられた。

「乗せてくれっ。乗せてくれっ。わたしは日本にとって重要な人材なのだ。わたしを捨てていっては日本の損失になるぞ」

「おどきなさい。おどきなさい。わたしをお通しなさい。わたしは高貴の身なのですよ。わたしのからだには、皇族の血が流れているのです。いけません。わたしの肉体に触れてはなりません」

だが『日本にとって重要な人材』は、叫び続けているうちにだれかの肱《ひじ》で顎を一撃され、舌を嚙み切り、うんといって眼をまわした。『高貴の身』の若い女性は、背後からどんと押されたはずみに足を宙に浮かせてでんぐりかえり、ピンクのパンティをまる出しにしてさか立ちをした。

　青年の首なし死体を乗り越えて、やっとヘリコプターに乗りこんだ総理大臣は、入口でふりかえり、まだ人波の中で揉まれている妻と息子に手をさしのべた。「おい。お前たち。早くきなさい。さあ。この手につかまりなさい」妻と息子をどうにか機上にひきずりあげた総理大臣は、ふたたび操縦士に叫んだ。「さあ。出発しなさい。もうだれも乗せんでよろしい」

　操縦士はキャビンをふりかえっていった。「でも、まだ五、六人は乗れますが」

「かまいません。すぐ飛びあがりなさい」

「屋根の上に副操縦士や、その他に四、五人乗っています」

「そんなものは、ほっとけばよろしい。飛んでいるうちに落ちます」

操縦士はしかたなくスターター・スイッチを押し下げた。パッパッパッという爆発音につづいて壮快な爆音が起り、発動機が始動した。まだドアの外で死闘をくりひろげていた者はこの音にびっくりして、ますますはげしく、悲鳴をあげながら揉《も》みあった。もはや家族のことまでかまってはいられず、彼らはわれ勝ちにドアから機内へなだれこんできた。

もう片方のヘリコプターは、すでに満員になっていた。こちらには外務大臣や建設大臣や、その家族などが乗りこんでいた。総理大臣から日本にとどまるよう命令されていたはずの防衛庁長官や、科学技術庁長官までが、どさくさまぎれに家族づれで入りこんでいた。二十五人の定員はとっくにオーバーしていて、キャビンには人間が、身動きもできないほどぎっしりとつまっていた。もちろん、こちらの機のドアの外でも、まだ乗れない連中がやっきになってひしめきあっていた。

その屋根の上では、副操縦士がサブ・マシン・ガンにかじりつき、まだ警官隊と射撃戦を演じていて、芝生の警官たちはほとんど射殺され、生き残りはあとふたりしかいなかった。

その時、警官のひとりの発射した銃弾が、回転翼駆動部の下にある燃料タンクに命中した。燃料タンクは轟音を吐いて爆発し、周囲へ燃料をふり撒いた。ヘリコプターはたちまち、音を立てて勢いよく燃えあがった。屋根の上にいた副操縦士はじめ数人の男が、火だるまになって芝生へころげ落ちた。ヘリコプターの中からは、野獣の咆哮を思わせる断末魔の絶叫と呻き声がわきあがった。一瞬にして炎に包まれたキャビンの中をのたうちまわる搭乗者のシルエットが、窓越しにちらと見えた。ドアのすぐ傍にいたほんの数人が、からだから火を吐き、咆《ほ》えたけりながらまろび出てきて、芝生の上をころげまわり、数秒後に動かなくなった。

銃声はとだえた。

芝生のあちこちが燃えはじめた。

総理大臣たちが乗っているもう一方のヘリコプターの中では、僚機のこの惨状を見てびっくりした操縦士が、大あわてでスロットル・グリップをぐいとまわした。ローターが次第に早く回転しはじめ、機体は大きく震動しはじめた。

キャビンに入れず、屋根の上へ必死でかじりついていた官房長官の男性用鬘《レオンカ・トーペ》が、ローターのダウン・ワッシュに吹きとばされた。赤茶色の彼の地頭がむき出しになり、それは月の光にてらてらと映《は》えた。

屋根の上には官房長官や副操縦士の他に、郵政大臣と大蔵大臣が尾部の先端近くにしがみついていた。

芝生からは風塵がわき起り、操縦士の視界は数十秒奪われた。

やがて機体は官邸の中庭から垂直に浮きあがり、千代田区永田町の小高い丘の上、東京にはめずらしく星のきらめく晴れた夜空に舞いあがった。

ヘリコプターが去ったあとの首相官邸中庭には、射殺死体、圧死体、焼死体がごろごろと数十ころがり、もう一機のヘリコプターの焼け焦げの残骸が捨てられていた。芝生のところどころはまだ燻《くすぶ》っていて、そこからは白い薄煙が立ちのぼっていた。生きている者はただひとり、気がくるって取り残された通産大臣夫人だけで、彼女はずたずたに裂けた和服の前を大きくはだけたまま、楽しそうにはなうたを歌い、あたりをさまよっていた。

「乗っている閣僚は、だれだれだね」

ヘリコプターの中で、総理大臣がキャビンを見まわしながらそう訊ねた。

「法務大臣、文部大臣、農林大臣、それに私です」

と、総務長官が答えた。

「屋根の上にも、だれかいるはずです」と、法務大臣がドアの傍から大声でいった。「官房長官が、たしか屋根です」

「おかしい。これじゃ方角がちがうぞ」文部大臣が地上を見おろし、あわてて操縦士にいった。

「ほんとだ。厚木は西じゃろう。それなのに東へ向かっとる」法務大臣も首をかしげた。「あれはたしか、日比谷の公会堂じゃ」

「たいへんだ。尾部回転翼のピッチ角が減らない」操縦士は汗だくになり、踏棒の左側を踏みつづけながら叫んだ。「さっきの弾丸でケーブルをやられたらしい。これじゃ右旋回できない」

「それじゃ左へ旋回しろ」わけもわからず、法務大臣が叫び返した。

「やってみます」操縦士は、大いそぎでコントロール・スティックを左に倒した。

機体が大きく、左に傾いた。

官房長官は、屋根の上をずるずると左へすべった。手がかりがなかったため、彼は空中へ投げ出された。絶叫の尾を引きながら左下方へ勢いよくななめに落ちていった彼は、放送会館の屋上のアンテナの先端に背広の裾を引っかけ、アンテナを軸にして時計の針の方向にぐるぐるまわった。

スタビライザー・バーのジャイロ作用で、ヘリコプターの機首が、ぐぐっ、とあがった。

尾部にいた郵政大臣と大蔵大臣は、頭からまっさかさまに墜落した。郵政大臣は内幸町の交叉点近くにある郵便ポストの上へ落ちて頭の鉢を割り、大蔵大臣は住友銀行の裏口のゴミ箱へとびこんだ。

ヘリコプターは、ゆるやかに左へ旋回した。北へ向かって皇居外苑の上空を飛び、西へ向かって桜田門あたりの堀を越えた。そのまま旋回をやめず、ヘリコプターは機首を南西に向けた。

「ぐるぐるまわっとるぞ」

全員が、さわぎ出した。

「このヘリコプターは、まっすぐ飛ばんのか」

と、法務大臣がいった。

「ラダー・ペダルが、完全に利かなくなってしまった」操縦士は泣き声をあげた。「副操縦士は屋根の上だ。ひとりじゃどうにもなりません」

「気をつけろ。前になにやら建物があるぞ」文部大臣が、ふるえながら叫んだ。

「あれは国会議事堂だ」農林大臣が悲鳴をあげた。「大変だたいへんだ。このままではあれに衝突する」

二十数人の乗客が、いっせいに悲鳴をあげた。

「上昇しろ」

「早く、どっちかへ避けろ」

操縦士は、だれか助けてくれと泣き叫びながらピッチ・レバーをあげた。だが、ラダー・ペダルが利かないので機首は偏向した。操縦士はそのままスティックを引いた。

しかし、もう間にあわなかった。ヘリコプターは国会議事堂の屋根に、まともにつっこんでいった。

フィクションの世界では、すでに数十回にわたって怪物たちに叩き壊されていたその国会議事堂の屋根は、今また、閣僚たちの乗ったヘリコプターによって、もののみごとに大破した。ヘリコプターは白光色とオレンジ色の破片をとび散らせ、星空の下にあっけなく四散した。

玉川通り

「これじゃあとても家へ帰れそうにないよ」

大混乱の玉川インターチェンジをやっとのことで抜け出して、都内の道路へ入ったとたん、ツヨシが絶望した様子でそう叫んだ。

郊外へ出ようとするおびただしい数の車が、道路いっぱいにひろがり、おれの車とは逆方向にびゅんびゅんすっ飛ばしていく。センター・ラインを越え、比較的車の量の少い都心行きの車道にまではみ出して、おれの正面からまともにこっちへ突っ走ってくるのだ。あぶなくてしかたがない。珠子はとうとうシートに俯伏せてしまった。

おれはハンドルを折れるほど握りしめ、曲芸に曲芸をかさねて、それらの車の横を危くすり抜け続けた。それでも数台とはげしく接触した。かと思うと交叉点では、ぎっしりと車が詰まり、交通停滞が起っていた。嵐のような警笛が耳をつんざき、おれはなかば気が狂いそうになった。信号待ちではなくて事故なのである。

他の車にまわりをとりかこまれたフォードから中年の男が出てきて、自分の車の屋根に登り、おれを通らせてくれ、女房がお産なんだ、今、車の中で苦しんでいるんだといってわめきちらしていた。彼はついに屋根の上にひざまずき、周囲に向かって手を合わせ、拝みはじめた。最後にはわあわあ泣き出した。

パトカーは、叫び続けていた。「みなさん。戒厳令が出ています。家へ帰ってください。都内から疎開されるかたは、あわてず、秩序を守り、こら。その車。そんなところでUターンしちゃいかん。Uターンしちゃいけない。こら。こっちへきてはいけない。きてはいかんといっとるだろ。あっちへ行け。あわてないで、主要道路を通って行ってください。主要路は警察機動隊と自衛隊が出動して警備にあたっていますから安全です。どうか交通規則を守り、おい。何をする。これはパトカーだぞ。ポリ公とはなんだポリ公とは。おい。こら。その車。信号は赤だぞ。違反者はただちに処罰されます。治安維持のため、その場でただちに射殺します。今します」

やっとのこと、警官数人の手によって故障車が歩道ぎわに撤去されると、今度はほとんどの車が、パトカーの躍起の警告にもかかわらず信号を無視して走りはじめた。車の屋根づたいにぴょんぴょん跳躍しながら歩道を横断しようとしていた男が、車が動き出したため、ころげ落ちてトラックにはねとばされ、電線にひっかかって頭から火花を散らしはじめた。

東西南北から、無茶なスピードでどっと車がなだれこむものだから、たちまち交叉点の中央は、衝突した車がつみ重なって、一瞬ののちにはもと通りの状態になってしまった。パトカーは追突され続けたため、そのスクラップの山に登りはじめた。

交通巡査までがダンプ・カーにはねられた。彼は商店の庇《ひさし》にとび乗って、ベニヤ板製の大看板をぶち破いた。

青信号が出たため横断しようとした歩行者たちも、たちまちはねとばされ、轢《ひ》かれ、さらに後続の何台もの車によって蛙のように踏みつぶされた。交叉点のアスファルトは、血の色で一面赤く染まっていた。横転したり、転覆したりしている車や、燃えあがっている車はざらにいた。中には器用に逆立ちしているものもあった。動かなくなった車からはい出してきた人間たちも、歩道へたどりつく前に轢き殺された。

おれの眼の前で、フォルクス・ワーゲンが大型バスに横突され、カブトムシ型のまるい車体をくるりと一回、右に回転させてまた起きあがり、そのまま走り出した。だが、運転していた中年の女が眼をまわしていて、車は歩道に乗りあげ、乾物屋の店の中へ駈けこんでいった。折悪しく乾物屋は、罐詰や瓶詰を掠奪しようとしてやってきた連中でいっぱいだった。

たちまち、阿鼻叫喚の大惨事になった。

罐詰がごろごろと車道へころがり出てきて、車にふみつぶされ、ぽんぽんはじけとび、宙を舞いおどった。フロント・ガラスを破って車にとびこみ、運転手の顔に命中するのもあった。

掠奪は、あらゆる食料品店、衣料品店で起っていて、あちこちで乱闘がくりひろげられていた。

歩道は両側とも、郊外へ避難しようとする都内居住者と近郊の自宅へ早く戻ろうとする連中でごったがえしていた。ほとんどの者が南へ向かっていた。それでも大混乱だった。

荷物を持った者以外は、すべて走っていた。泣きながら走っている女もいた。荷物を捨てて駈けだす男もいたし、ひどいのになると子供の手をふりはなして走り出す男、赤ん坊を通りすがりの店先に捨てて逃げ出すお手伝いらしい若い女もいた。だれかの捨てた荷物に蹴つまずいてひっくりかえった女の背中を、数人の男が踏んづけて走り去った。

発狂したらしい者も、大勢見かけた。立小便をしながら、鼻うたまじりでのんびり歩いていく奴。猿《ましら》の如く電柱によじのぼり、六〇〇〇ボルトの高圧電流とたわむれて、まっ黒に焦げる奴。郵便ポストに抱きついて、わあとわめく奴。泣きながら走っているうちに、だんだん気がちがってきて、しまいには笑いころげながら走り続ける奴。逃げている途中で気がかわり、しゃがみこんで敷石の隙間の土を指さきでほじり出しはじめる奴。そして、ビルの窓からとびおりる奴もいた。ビルの屋上では気ちがいの若いやつ同士が、手すりの上に立って向かいあい、はしゃぎながら落しっこをしていた。大胆にも公衆の面前で若い女に襲いかかっている男もいたが、みんな見て見ぬふりをして通り過ぎていった。おれたちは、やっとのことで、玉川通りに出ることができた。

「ぼくはもう家に帰るの、あきらめたよ」ツヨシが泣きじゃくりながら、おれにそういった。

純真な子供にとって、この光景がどれほどのショックだったか、おれには想像もできなかった。おれ自身、発狂しないのがおかしいくらいだった。

「ねえ。やっぱり新聞社へ行くの」珠子が顔をあげ、恨めしそうにおれを見あげて訊ねた。

「社へ行く前に、君のアパートへ寄ってやるよ」おれは運転しながら、彼女を見ないでそう答えた。「君はツヨシ君といっしょに、自分の部屋にいろ。ドアにしっかり鍵をかけてな。社で情勢を聞いてから、もし、まだいのちがあるようなら、もういちど君のところへいってやる。君とツヨシ君をつれて、三人で西へ逃げよう。どこまで逃げられることやらわからんがね」

「とても、助かりそうにないわ」彼女も泣き出した。「もう、だめだわ」

「どうかわからんよ。アパートにいさえすれば、だれか君の友だちが助けにやってきて、君をつれて逃げてくれるかもしれないしね」

おれがそういうと、珠子はきっとなって、一瞬、おれをにらみつけた。

だが、すぐに肩を落し、つぶやくようにいった。「そんな友だち、わたしにはいないわ」

「ふうん。そうは思えないがね」

「いいの」泣きながら、彼女はいった。「そう思われたって、しかたがないわね」

「悪いことといったなら、あやまるよ」おれはぶっきらぼうにそういった。周囲の状況は、とてもじゃないが、本気で女をなぐさめていられるようなものではなかった。

車道を見おろす歩道橋の上には、完全武装でライフルを構えた治安の自衛隊員が、ずらりと並んでいた。彼らは車でぎっしりの地上を、いかめしく見おろしていた。暴動の気配があれば、ただちに発砲する気でいるらしいことはまちがいなかった。歩道橋をくぐり抜けようとする車は、このものものしさにさすがに恐れをなして、八十キロくらいにスピードを落して走っていた。おれも、八十キロにスピードを落した。そのとたん、追突された。さらに追突された。何度も追突された。しまいには、頭がぼうとしてきた。ムチ打ち症にならないのが不思議なくらいだった。

おれのすぐ横を、自衛隊の装甲車が地ひびき立てて東へ進んでいた。うしろから、気ちがいの運転するダンプカーが猛烈な勢いで突進してきて、装甲車に追突した。ダンプカーは頭部を紙のようにくしゃくしゃにして、横ざまにひっくりかえった。だが装甲車はびくともしなかった。そのかわりすごい加速がついたままで走り出し、向きを変えてトラック二台と、ライトバンと、クライスラーをはねとばしてから歩道に乗りあげ、四、五人轢き殺して歩道橋の橋脚に激突した。ちゃちな型鋼で作られていた歩道橋は、ぐらりと三十度かたむいた。

そのショックで、電線の上のツバメみたいにずらりと歩道橋に並んでいた数十人の自衛隊員が、口ぐちに夜の野禽《やきん》のような悲鳴をあげながら、いっせいに車道へ落下してきた。ライフルの引き金を引きながら落ちてくる者もいた。

グリーン・ベルトに落ちた運のいい者をのぞいて、数秒のちには全員が轢死体になってしまっていた。おれもいや応なく、ひとり轢き殺してしまった。

渋谷に近づくにつれ、ますます車の数がふえてきた。裏通りを抜けていこうかとも思ったが、これだけ警官や自衛隊員が警備している大通りでさえこのありさまなのである。裏通りはもっとひどい無法律地帯になっているにちがいなかった。おれはじりじりしながら、車の群の中を少しずつ前進しつづけた。

ガソリン・スタンドでは、ガソリンの奪いあいがはじまり、乱闘がくりひろげられていた。計量器のホースを奪いあう人間たちが頭からガソリンをかぶり、まっ黒になってすべったり、ころんだりしていた。

待ちきれずにマンホールの蓋をとり、地下のタンクからバケツで直接ガソリンを汲みあげようとしていた男が、うしろから押され、頭から穴の中へとびこんだ。ガソリンは前の車道まであふれ出し、そのため、走っている車が横ざまにスリップして、うしろをふり向いたりしていた。

歩道ぎわに停車しているトラックの荷台に立ちあがり、若い男が両手をふりまわし、大声で演説をはじめた。「諸君。聞きたまえ。これは悪い宇宙人の襲来なのだ。わたしには未来を予知する超能力があり、この日のくることは十年前から知っていたのであります。だが皆さん。安心してください。良い宇宙人が、もうすぐ地球を救いにやってきます。わたしがテレパシイで呼んだのです。もうすぐきます。今きます。ほら。ほら。聞こえてきたではありませんか」

その時、轟音があたりに満ちた。

車道の上へ、直径10センチほどの、超小型の円盤の編隊が襲来した。

その円盤のひとつは、トラックの荷台で演説していたSF狂の額に突っこんでいった。男は、円盤を頭蓋骨の中へ半分がためりこませ、ものもいわずに、荷台から路上へころげ落ちた。

渋谷・原宿

円盤というのは、ガソリン・スタンドの地下タンクの、直径10センチばかりのマンホールの鉄蓋だった。タンクの中には普通、ハイオクタン・ガソリン一万リットルと、ガソリン一万リットルが入っている。そこへ火が入ったのである。ひとたまりもなく、地下タンクは爆発した。鉄蓋ははねとんで車道の上を舞い、計量器は爆風ですっぽ抜け、ロケットさながら尾部から火を吐き、夜空を月面めがけて飛んでいった。計量器が抜けたあとの穴からは、オレンジ色と鮮紅色のまじりあった火柱が、ごうごうと立ちのぼった。

注油のため駐車していたタンクローリーが、尻から火を噴きながらすごい勢いで車道に向かって走り出し、車道へ出てからすぐ爆発した。運転手は前窓からガラスを破ってとび出し、石油会社のマークを吊ったポールめがけて宙をとび、天馬《ペガサス》の絵を描いたプレートにぶつかり、その丸いプレートを抱きしめたままパイプの輪の中を通り抜けて、さらに星空へと駈けのぼっていった。

ガソリン・スタンドはたちまち火に包まれた。サービス・マンが消火剤のホースとまちがえて、エア・コンプレッサーのホースを火に向けたものだから、ますます火は燃えさかった。

カー・リフターの上の数台の車が、炎に包まれたまま、ぐるぐるまわっていた。文字通り火の車である。

悪いことに、このガソリン・スタンドはタイヤのサービス・ステーションも兼ねていた。タイヤというのはよく燃えるから、火に包まれた数十本のタイヤが周囲へころがって行き、近所の店へかけこんでいって店頭に火を移した。

たちまち、大火事になってしまった。

いつもなら、たいへんな数の野次馬が集ってくるところだろうが、今日ばかりはみんなそれどころではないから、騒ぎにまきこまれないうちに早く火事場から逃げ出そうとして、けんめいである。野次馬が来ないかわりに消防車も来ないから、火事は大きくなる一方だ。

おれは、やっとのことで火事場の前を抜け出した。原宿へ出るため左折したかったのだが、直進車に周囲をとりまかれてしまっているのでどうしようもなく、とうとう渋谷の駅前に出てしまった。ここは新宿から来た車と、品川方面からやってきた車と、日比谷付近から来た車とでぎっしり詰まってしまっていて、もちろん大混乱である。井の頭線や地下鉄は一台も動いていない様子だったが、山手線だけは屋根の上まで乗客を満載したまま、駅に停車せず、気ちがいじみたスピードでぶっとばして行った。あの分では運転士が気が狂っているか、ブレーキが故障して停車できないか、そのどちらかにちがいないから、おそらく終点に着くまで停まらないぞ——おれはそう思った——いやいや、そもそも山手線には終点なんてないのだから、追突して大惨事を起さぬ限りは、いつまでも環状線をぐるぐるまわり続けるのだろう。

噴水のある駅前広場では、左翼らしい学生がベンチに立って絶叫していた。「共産圏からの攻撃など、あり得ない。これはアメリカ資本主義がはじめた戦争だ。だいたい、アメリカが日本に軍隊を作らせたから、日本までまきこまれることになったのだ。安保体制の意味が、今こそわかったではないか。すなわちそれは、こういう事態になることを前提として結ばれた軍事同盟にほかならなかったのだ」

「やめろ」車道にいるパトカーのスピーカーがわめいた。「不穏な言動をなす者は射殺する」

だが学生は演説をやめなかった。パトカーは車の列の中にいてそれ以上近づけないため、警官のひとりがパトカーの屋根に立って学生に拳銃を向けた。

「見ろ。見ろ」学生はヒステリックに叫んだ。「警察や自衛隊の銃口は、われわれに向けられているのだ。銃口は国民に向けられている」彼は恐怖にふるえながら警官を指して、死にものぐるいにわめいた。「撃つつもりなんだ撃つつもりなんだ」

警官は拳銃を発射した。

学生は肩を押さえ、犬めとののしった。

二発めの銃弾は学生の頭蓋骨にめりこんで彼の脳味噌をかきまわし、額から上を砕き去った。彼は背後へとんぼを切って、石だたみの上へまるくうずくまった。

その時、車道では四重衝突が起った。

最後にパトカーに追突したのは、香料会社のトラックだった。バスクリンと書いた浴用香料の箱を満載したトラックは、カーブする途中だったため、タイヤを軋《きし》ませて横にころがった。パトカーの屋根の警官は宙をとび、忠犬はち公の銅像とはちあわせをして頭の鉢を砕いた。転がったトラックの荷台からは、色あざやかな浴用香料の粉がぱっと夜空に舞いあがった。だしぬけに熱帯植物の花が夜空に咲き誇ったかのような、花火も及ばぬみごとな美しさだった。

逆方向から突進してきたバキューム・カーが、横転したトラックの横腹に乗りあげた。その衝撃で糞尿タンクの中に充満していたメタン・ガスが爆発し、タンクを密閉していた蓋をはねとばして中天高く糞尿をまき散らした。爆発で熱せられた糞尿とまじりあい、夜空に舞っていた浴用香料のオレンジ色が、さっと鮮明なイエロー・グリーンに変り、魔術のようにあたりの車の上へ数十本の足をひろげた。あたり一面がみどり色になった。

おれの車のフロント・ガラスにも、湯気を立てたみどり色の大便が落ちてきた。あわてて振ったワイパーは、大便に粘りついてたちまち動かなくなってしまった。

国電の線路沿いに原宿へ出る道路へ、やっと左折することができた。

以前、ライフル魔さわぎのあった銃砲店の近くでは、路上に死体がごろごろころがっていた。武器の奪いあいをして撃ちあったり、警官に撃たれたりして死んだ連中にちがいなかった。銃砲店の中は滅茶滅茶に荒され、銃は一梃も残っていなかった。

代々木競技場の傍を通り、原宿駅前をオリンピック道路に入った。

駅前の大きな予備校の壁には、赤ペンキで大きく落書きがしてあった。『もう受験勉強をしなくてもいいんだ。バンザイ』

その通り。勉強をしなくてもよくなったし、仕事をしなくてもよくなった。そのかわりに遊ぶこともできなくなったし、ついでに生きていなくてもよくなったのである。

　青山墓地の近くの交叉点には、霊柩車が乗り捨ててあった。

　おれの車の横をすり抜け、時速二百キロ以上と思える猛スピードでビッザリーニ・マンタが暴走して行き、コンクリートの電柱に衝突した。運転席の少年はフロント・ガラスを破ってとび出し、三角形のガラスの破片を亡者みたいに額にくいこませたまま、霊柩車の屋根をぶち抜いて中へとびこんだ。そのショックで霊柩車は動き出し、坂道をどこへともなく走り去っていった。

　珠子のアパートについた。

　このあたりまで来てしまうと裏通りはさすがにひっそりしていたが、静まりかえっているだけに、よけい無気味だった。暴漢がどこにひそんでいるかわかったものではない。

「戸閉まりをよくして、部屋の中にいろ」と、おれは珠子にもういちど念を押した。「一時間ほどしたら戻ってきてやる。それまでにもし何かあったら、社のおれのところへ電話しろ。おれのデスクの直通の番号は知ってるな」

「知ってるわ」珠子は蒼い顔をして車を降りた。

　とり乱して一緒にいてくれと泣き叫び、おれにすがりつくんじゃないかと予想してびくびくしていたのだが、意外に落ちついていた。もう今となっては、どこへ行こうが誰といっしょにいようが同じことなのだと知り、度胸をきめてしまったらしい。そんな珠子が、おれは急に哀れになった。しかし社へは、どうしても行かなければならなかった。

　下半身まる出しのツヨシも珠子に続いて車を降りた。けんめいに泣くのをこらえていた。涙かくして尻かくさずというやつだが、よく考えてみればそんな諺《ことわざ》はない。

ふたりがアパートへ入っていき、二階の珠子の部屋に電灯がついたのを見とどけてから、おれは皇居の傍にある毎読新聞本社のビルに向かって、ふたたびベレットをすっとばした。

「ドリゴのセレナーデ」「はるかなるサンタ・ルチア」「わたしの心はバイオリン」「熊蜂の飛行」「モルダウ」「わが母の教えたまいし歌」「アルベニスのタンゴ」「聖母の宝石」「ウィーン気質」――。カー・ラジオはもう何十分も前から、ずっとセミ・クラシックばかり流し続けている。女学生の音楽会じゃあるまいし――おれは腹が立った。たまにやるニュースは、いずれもあやふやな口調、それも内容のはっきりしない、しかもたいしたことではないものばかりなのである。

「まだ、たしかではありませんが……」

「……と、予想されます」

「……した模様でありますが」

「落ちついて行動してください」

「戒厳令です」

「不穏な言動は……」

「そんなことは、わかっている」と、おれはわめいた。

言論統制がはじまっているのだ、そうにちがいない――と、おれは思った。在日米軍から敵性民間人と見られるのを恐れてか、アナウンサーの口調は頼りなげだった。もう、何を喋ろうと、結果は同じなのに――そう思った。どうせ人類は滅亡か、それに近い状態になるのだ。特に日本は。そして特に東京というこの大都会は。

東京に、まだミサイルの落下した様子のないことが、おれにはむしろ不思議に思えた。三七年の秋以来、東京周辺には五つのナイキ・ミサイル部隊が設置されている。ソ連と中国からの核攻撃にそなえて、日本の国と日本人を守るつもりなら、なぜそれらの国にいちばん近い日本海沿岸に設置しないで、東京周辺をえらんだのか――。それは、東京都民や皇居を守るためではなかった。東京周辺に集中している在日米軍の基地を守るためだったのだ。重要な米軍基地は、敵国にとっても重大である。だからいざ戦争になれば、その後の軍事行動を有利に展開するため、敵はまず第一に東京周辺を攻撃するはずだった。しかし、ミサイルはまだやってこない。迎撃がすべて成功したとは、とても考えられないのだが……。

「まだ、たしかではありませんが、九州北部地方――長崎県、佐賀県、福岡県などに、数基の核弾頭ミサイルが落下した模様です。これらのミサイルは、板付の米空軍基地、佐世保の米海軍基地などを攻撃するために発射されたものと予想されます。福岡支局からの連絡は……」

アナウンスは、そこでぷっつりと、とぎれた。あわてきった様子でフェルッチオ・タリアビーニが「オオ・ソレ・ミオ」を歌い出した。

邪魔が入ったらしい。局の自主規制か。憲兵にふみこまれたか。いずれにせよ、もう正確なニュースは永久に聞けないだろう――おれはそう思った。

三番町から北門を通って皇居の横を抜けた時、シュトラウスの「朝刊」がはじまり、本社のビルが見えてきた。竹橋から出て社の地下駐車場へ入ると、車も守衛の姿もなく、がらんとしていた。エレベーターが動かないので、おれは階段を四階へ駆けのぼった。

編集局へ入ると、記者は数人しかいなかった。そのかわり、記者の倍ほどの数の自衛隊員がいて、テレタイプを占領し、鑽孔《さんこう》されたテープを読み取ろうとけんめいになっていた。電話は鳴り続けていたが、その応答も自衛隊員がやっている。記者たちは部屋の隅や窓ぎわに押しやられ、茫然としていた。自衛隊員に顎で使われている記者もいた。

帰ろうかな——と、一瞬思ったが、窓ぎわに立っている政治部記者の野依渉《のよりわたる》を見つけ、詳しいニュースを聞くため、近づいていった。

おれはこの男とは比較的親しい。酒を飲みに行く時はたいてい一緒に行く。

彼は窓外に向かって立ち、ぼんやりと皇居を見おろしていた。おれは黙ったまま彼の隣りに立ち、皇居を眺めた。黒い森がひっそりとうずくまっていた。建物の明りはほとんど消えている。灯火管制をしているらしい。

しばらくして野依がおれに気づき、おうといって向きなおった。「君は、今日は半休だと聞いたが」彼はときどき眼鏡を指さきで押しあげながら、独特のつっかえるような喋りかたでおれにそう訊《たず》ねた。「どうして戻ってきたんだ」

「気になってやってきた。詳しいことがぜんぜんわからないのでね」おれはタバコを出しながら彼に訊ねた。「君はずっとここにいたのか」

「ああ。ずっといた」

おれはテレタイプの方を顎でさした。「でもあの様子じゃ、ここにいたって情勢がどうなっているのか、わからなかっただろうな」

「いや。だいたいわかるよ」野依は背をしゃんとそらせ、軽い調子でいった。「外を見てるようなふりをして、ずっと聞き耳を立てていたんだ。何が知りたいんだ。教えてやるよ」

「そうだったか」おれはほっとすると同時に少しうれしくなって、思いきりタバコの煙を吸いこんだ。意外にもそれは、すごくうまかった。「それより君は、どうして家に帰らないんだ」

おれが思いついてそういうと、野依はまた眼鏡を押しあげた。

「うん。まあ、ここにいると、どういう状態になっているかよくわかるし、他にもいろいろと考えることもあるし、まあ……」語尾をにごした。

どうやらこの男も、おれに劣らぬ記者根性の持ち主らしかった。今となっては記者根性なんて、あってもしかたがないのだから、手っとり早く好奇心といった方がいいかもしれない。もっと良くいえば知識欲だし、もっと悪くいえば野次馬根性だ。こういう時になってはじめて、その人間が生まれつきの新聞記者だったか、そうでなかったかがはっきりわかる。

「それより、君はどうするんだ。大阪に許婚者がいるとかいってたけど、どうする。大阪へ帰るのか」彼は話をそらせようとして、あいかわらずせきこんだ調子でおれに訊ねた。

「帰るつもりだがね」おれは苦笑した。

野依にそのことを話すのは、他の誰に話すより照れくさかった。死を前にして恋びとのところへ駆けつけるなどというメロドラマじみた行動が、なぜか現実的でないことのように思えた。特に彼の前では、自分がすごく甘ったるいロマンチストのように感じられていやだった。

「だが、帰るまで生きていられるかどうか……」

「しかし、それはいいことだ」と、野依はうなずきながらいった。「ほんとに、君がその人と会えることを祈るよ」そういいながら、彼も少し照れくさそうだった。眼鏡を押しあげた。

ここで野依から情報を仕入れさえすれば、あとはもう大橋菊枝に会いにいくことしかない――おれはそう思うことで、照れくささをごまかそうとした。――彼女はおれが帰るのを待っているはずなのだから。――おれが彼女のところへ駆けつけるだろうということは、彼女にもわかっているにちがいないのだから――。

彼女のやわらかな大阪弁を思い出し、おれの胸は、ほんの一瞬あたたかくなった。

あわてて気をとりなおし、おれは野依にいった。「さあ。この戦争のいきさつを教えてくれ。最初から順を追って」

赤坂・麻布

「死にたくない。わたしは死にたくない」

ディレクターの亀井戸は、おいおい泣きながら銀河テレビの第3スタジオから局のロビーに出てきた。彼は今まで、茫然自失状態のままスタジオの中にいたのだ。

すでに、少数の仕事熱心な者以外は、ほとんどの局員が家へ逃げ帰ってしまっていて、局舎の中はがらんとしていた。ロビーにも、もう誰もいなかった。受付の可愛い女の子の姿も消えていた。屋外の喧騒だけが、かすかに響いてきていた。ロビーの隅の馬鹿でかいカラー・テレビの中では、中年のアナウンサーが半狂乱になって、握りしめたメモ用紙を振りまわしながら何ごとか叫んでいた。

亀井戸はソファに腰をおろし、胸ポケットから柄もののハンカチを出した。ふたたび、ながいながい間、ただひとりさめざめと泣き続けた。「みんな、死んでしまうのだ」彼は泣きじゃくりながら、うわごとのようなものをずっとつぶやき続けていた。「人類の文化は破滅だ。人間がいなくなるんだ。この世にひとりも」

ついさっき、ショー番組のヴィデオ撮りに立ちあっている途中で、亀井戸は突然そのニュースを聞かされた。彼のことを出演者である文化人のひとりと勘違いした報道部のアナウンサーが、彼にマイクをつきつけ、感想を求めてきた。だが彼は、何も喋れなかった。一瞬、思考能力が麻痺《まひ》し、失語症に近い状態になってしまった。

「死ぬのはいやだ」やっとそういったとたん、カメラに向かって彼はわっと泣き出した。

胸ポケットから柄もののハンカチを出すひまもなく、彼の両眼からは涙が噴きこぼれた。彼は口を大きく開き、虫歯だらけの奥歯を見せて泣いたのである。アナウンサーは、びっくりして立ち去った。

「あれが、醜態だったというのか」亀井戸はしゃくりあげながら、激しくかぶりを振った。「いや。あれは最終戦争に対する、大多数の大衆の、代表的な反応だったはずだ。醜態じゃない。たとえ醜態だったとしても、その醜態を嘲笑すべき、のちの世の人たちなどというものはいないのだ。だからあれは、醜態じゃなかったのだ」彼は急に泣きやんで、真面目な顔つきになり、しばらく考えこんだ。そして、自分を納得させようとするかのように、ゆっくりとうなずいた。「うん。あれは絶対に醜態じゃない。そうとも。そうに決った」

自動エレベーターから走り出てきた若い女性タレントが、ママ、ママと叫び続けながら、ロビーを横切って玄関の方へ走っていった。

「そうだ。もうじきミサイルが落ちてくるんだ」亀井戸は思い出したように、そうつぶやいた。それからまた、わっと泣き出した。「死にたくない。わたしはまだ若い」

「モントリオール、オタワ、ニューヨーク、フィラデルフィア、ワシントン、トロント、デトロイト、クリーブランド、サンフランシスコ、ロサンゼルス、その他、アメリカのほとんどの大都市放送局からの連絡は途絶えました。北京、上海、武漢などの都市も、すべて無人の荒地となっているにちがいありません。東京には奇蹟的にまだ一発もミサイルは落ちていませんが、やがて落ちるでしょう。落ちるにきまっています。落ちます。もし、もし万が一落ちなかったとしてもです、北から西から、ものすごい量の放射能がどっとやってきます」アナウンサーは原稿なしで絶叫し続けていた。

憲兵らしい自衛隊員が二十人ほど、玄関からロビーへ駈けこんできて、亀井戸の傍をスタジオの方へ走っていった。彼らはあわてていた。

「そうです。日本は以前から、放射能の吹きだまりなどといわれていました。いずれは東京も、無人の街と化するのであります」アナウンサーは、ある時は野獣の如く咆哮《ほうこう》し、ある時には少女のように感傷的になって詠嘆した。「人類はこのまま滅亡するのでありましょうか。ほんとに、ほんとに人類は滅亡するのでありましょうか。そうなのでありましょうか」

「そうだ。滅亡するのだ」亀井戸は、アナウンサーの問いかけにうなずき返した。「そうは思いたくないさ。しかしそうなのだ。みんな死ぬんだよ。あんたも、わたしも」彼は弾《はじ》かれたように立ちあがった。「そうだ。わたしも死ぬのだ」彼は眼を丸く見ひらいた。「わたしも死ぬのだ」彼は自分の四肢を、さもいとおしそうに眺めまわし、それから手首、足首を振ってみた。「こんなに若いのに。病気でもないのに」彼は全身を振りはじめた。チャールストンのように関節を折りまげ、とびあがり、あたりをはねまわった。「こ、こ、こ、こんなに健康なのに。こんな頑丈な、すばらしい、若わかしい五体を持っているというのに。こんな美しい肉体を持ちながら」また、号泣した。「わたしが死ぬなんて。そ、そんなことは嘘だ。これは悪い夢なんだ」彼はテレビに武者振りつき、スクリーンにべったりと頬をすり寄せ、涙とよだれをなすりつけながら泣きわめいた。「夢にちがいない。あんただってそう思うだろ。な。そうだな。そうにちがいない。夢だ。夢なんだ。そうに決っている。いや。そうに決った」

アナウンサーは泣いていた。

亀井戸も泣いていた。

亀井戸は、かきくどくような調子でアナウンサーに訴えかけた。「あんたは仕事があっていいな。わたしはこれから、どうしたらいいんだろう。あんたはそうやって喋っていられるからいいけど」彼は、ふと絶句した。そして感電したかのように、一瞬身を固くした。「そうか。この男は喋り続けることによって、自分の恐怖心を忘れようとしているのだ。きっとそうだ。そんなことぐらい、わたしにはよくわかる。そうとも。この男は卑怯な男なのだ。うん。そうに決った」亀井戸は、きょろきょろとあたりを見まわした。「そうだ。わたしも何かしなければ。何かしなければ」彼はよろめきながら、玄関に向かって駈け出した。

誰もいなくなったロビーに向かって、スクリーンの中から喋り続けていたアナウンサーは、やがて、画面に出てきた数人の憲兵たちによって、無理やりフレームの外へ連れ去られてしまった。

「気ちがいめ。人心を攪乱《かくらん》する気か」

やがて、下手糞《へたくそ》な字で書かれたテロップが出てきた。『これより、戦時広報実施要綱による番組に切り替えます』

銀河テレビを出た亀井戸は、赤坂一ツ木通りを青山通りへ向かった。

都心のこのあたりには、もう、通行人の姿はほとんど見られなかった。ときどき乗用車が、百五十キロぐらいのスピードで、亀井戸のすぐ傍らを猛然と走り抜けていった。みんなどこかへ逃げていってしまったらしく、両側の商店の灯はほとんど消えていて、店内にも人のいる様子はなかった。洋品店などのショーウィンドウのガラスは割れていて、店内は乱暴に散らかり、目ぼしいものは持ち去られてしまっていた。

「暴徒が徘徊《はいかい》しているにちがいない」小走りに駈けながら、亀井戸はふるえあがった。「暴徒とまちがえられて、警官に射殺されてはたいへんだ」

柔らかいものにつまずいて、亀井戸はころびそうになった。身をたてなおし、ふり返ると、そこには死体がふたつ、ころがっていた。さっき泣きながら局を出ていった女性タレントが、星空に向けて眼をくわっと見ひらいたまま、仰向きに倒れていた。その胸の上に顔を俯伏せ、学生らしい男が死んでいた。男はズボンを膝の下までずりおろしていた。その尻が青白かった。

「きっと、暴行しようとしたんだ」亀井戸は、ぞっとしながらそうつぶやいた。「抱きついた時に、背後から警官に撃たれたんだ。女の子は巻きぞえをくったんだ。弾丸がふたりのからだを通り抜けたんだ。そうにちがいない。それくらいのことは、わたしには簡単に推理できる」

彼はまた駈け出した。女の死体の、白い内腿が網膜に焼きついていた。しかし今の彼は、さほど女を欲しいとは思わなかった。何かしなければとは思っていたが、女を抱く気にだけはなれなかった。

紳士洋品店の前の路上に、男もののグリーンの靴下が落ちていた。ラベルのついた新品だった。亀井戸はふと立ちどまり、暗い店内をのぞきこんだ。

彼は高校生の頃から、洋品雑貨に執着を持っていた。特に、赤い無地の靴下に執着を持っていた。今までいちども買ったことはなかったが、いつかは、それをはきたいと思っていた。——赤い靴下をはいて、地下鉄に乗りたい、地下鉄に乗って、乗客に赤い靴下を見せびらかしてやりたい——今でも彼は、そう思っていた。——もし彼がそんなことをすれば、彼をひどく憎んでいる、そして、彼自身もひどく憎んでいる、あの口やかましい、彼をいじめた父親が、どんな顔をするだろう——そう想像すると、いつも亀井戸の胸は、わくわくと躍り、反逆への期待に高鳴るのだ。もちろんその父親は、とっくの昔に死んでいた。しかし彼の思春期の願望は、いまだに彼の中で、ぷすぷすとくすぶり続けていたのである。

「そうだ。今こそわたしは赤い靴下をはこう」彼はそれが、さも重大なことであるかのように重おもしくうなずいてそういった。「だって、何かしなければいけないのだからな」

赤い靴下を見つけたとしても、地下鉄がまだ動いているのかどうか、亀井戸は知らなかった。地下鉄の中でないと、赤い靴下を見せびらかしてもつまらないのである。――しかし、今はとにかく、赤い靴下が先だ――彼はそう思い、またうなずいた。

亀井戸は、嵌込《はめこ》みガラスの割れた片開きドアを押し、そっと店内に入った。手近の陳列ケースの前にしゃがみこんで、彼は中を物色した。ポロシャツが積みかさねてあって、その下に赤いものが少し見えていた。彼はそれに手をのばした。

その時、店の奥から誰かが出てきた。

「だれだ、貴様は」太い男の声が、亀井戸に迫った。

「ひい」亀井戸は泣き声のようなものを、のどの奥から息とともに吐き、抜けそうになった腰を左右にふらつかせながら立ちあがって、洋品店をまろび出た。

こんどは路地から出てきた武装警官が彼を見とがめ、十メートルほど彼方から声をかけてきた。

「待て。こんなところで何をしているか」

「うわ」亀井戸は、あわてふためいて逃げようとした。洋品店に入った目的は、自分以外の誰にも、ぜったいに知られたくなかったからである。

「逃げると撃つぞ」そう叫ぶなり、警官は腰から拳銃を抜いてぶっぱなした。

弾丸は亀井戸の肩をかすめて、彼の目の前の電柱を削った。

「は……」亀井戸は、その場にべったりと尻をすえた。口を大きく開いた。悲鳴をあげ、助けてくれと叫ぼうとした。だが、声が出なかった。顔の右半分の筋肉が引き吊《つ》り、のべつまくなしにはねあがった。

「何者だ。泥棒か」警官が駈け寄ってきて、銃口を彼の頭につきつけた。

「あやしい者じゃありません。あやしい者じゃや」

やっと喋れるようになり、亀井戸は裏声まじりにそう叫んだ。

警官は中年の、貧弱な体軀の男だった。

亀井戸は気をとりなおし、立ちあがろうと努めながらいった。「わたしは銀河テレビのディレクター、亀井戸だ」

やっと立ちあがった彼は、警官の顔が自分の肩までしかないことを知った。「泥棒かとはなんだ」亀井戸はたちまち居丈高になり、どなりはじめた。「人に向かって、そのいいかたは何ごとだ」

「じゃあ、こんなところで何をしていたんだ」

「ここは天下の往来だ。わたしはただ道を歩いていただけじゃないか。それを、それを」亀井戸は、喋っているうちに次第に激してきて、唾をとばし、わめきはじめた。「だしぬけに、ピ、ピストルの弾丸を撃つとは何ごとか。わたしは死、死、死、死ぬところだったよ。わたしが死んだら、君はどうするつもりだったんだ。え」

「今は非常時だ」警官は鋭くいった。「なぜ家に帰らない。ラジオやテレビで放送したはずだぞ。戒厳令が出ていることを知らんのか。挙動不審の者は、どんどん射殺せよと命令されている」

洋品店の中から、さっき亀井戸に声をかけた男が道路に出てきて、ぽかんとふたりを眺めていた。

「じゃ、あの男を捕えなさい」亀井戸は、男を指して警官にいった。「あいつはその店の中にひそんでいた、あやしい男です。暴徒かもしれん。いや。きっと暴徒だ。そうに決っている」

「君は何だね」と、警官が男に訊ねた。

「わしかい。わしはこの店の主人だよ」と、男は答えた。「店員が郷里へ戻るといって、みんな逃げ出したもんだから、ひとり留守番してたんだ。そしたら、この男がしのびこんできて、商品を物色しはじめた」

「これは何かの陰謀だ」亀井戸は泣き出した。

「わたしが泥棒しようとしたっていうのか。このわたしが、銀河テレビ、チーフ・ディレクターのこのわたしが、盗みをはたらこうとしたっていうのか」彼は泣きわめいた。

「もう、わかった」警官は渋面を作って吐き捨てるようにそういい、青山通りを顎で指した。

「早くあっちの、広い通りの方へ行け。さっさと家に帰るんだ。こんな淋しいところをうろうろしていたら、泥棒とまちがえられてもしかたがないぞ」

亀井戸は、柄もののハンカチで眼を拭ってから、背をしゃんとそらせた。警官に捨てぜりふを投げつけてやろうとしたが、警官も洋品店の店主も、すでに彼の眼の前から消えていた。

「ふん」彼は大きく鼻を鳴らし、肩をそびやかせて歩き出した。

青山通りへ出た。

青山通りは、さすがにまだ車で混みあっていた。走っていない車は、すべて横転したり、グリーン・ベルトや歩道に乗りあげたり、衝突したり追突したりして壊れた車ばかりである。その間隙を縫って、交通法規を無視した車がびゅんびゅんすっとばしていた。

「交通規則を守ってください。無茶なスピードを出さないように。違反者は厳重に処罰されます。戒厳令が出ています。早く家へ帰ってください」そう叫んでいるパトカー自身、追突されないために、百五十キロほどのスピードで走っていた。

「とても横断できそうにないな」亀井戸はシュラッグして、そのまま歩道を西へ、ゆっくりと歩き出した。

歩道に乗りあげ、電柱に衝突したパトカーの助手席から、ひとりの武装警官が、ドアを開き道路に半身ころがり出たままの姿で息絶えていた。こめかみから血が流れていた。彼の手には黒光りする拳銃が、しっかりと握られていた。

亀井戸は立ちどまった。しばらく指の爪を嚙みながら、拳銃を見つめていた。

あたりを見まわし、やがて、おずおずと手を出して、死者の手から、ずっしりと重い殺人用具をもぎとった。もぎとるなり、す早くポケットに入れ、何食わぬ顔で歩き出した。

「いいものが手に入ったぞ」彼は出っ歯矯正用の白金のハリガネを巻いた前歯をむき出し、にやりと笑った。「よし、わたしは今から、虎になってやる」うなずいた。「わたしは虎だ」

歩道に、通行人は少なかった。

たまに、両手に荷物を持ってはあはあ喘《あえ》ぎながら走っていく商人らしい男や、その家族などが、亀井戸を追い越していった。

「あわててもだめさ。どこへ逃げたって無駄なんだ。どこにいったって、最後には放射能でやられるんだから」亀井戸は鼻さきで笑った。「ふん。みんな無知な人間ばかりだ。そんなことぐらい、わからないのか。だが、わたしは知っているんだ。そんなことぐらい」

死の恐怖から超然としているのは、ひとり自分だけだ――亀井戸はそう思い、そんな自分を誇らしく思った。

「見苦しい人間どもだ」今や彼は、うす笑いさえ浮かべて、そうつぶやいた。

事実彼は、持続的な死の恐怖に今はある程度馴れてしまってもいたし、また、思いがけず拳銃を手に入れたことによって、一時的に死を忘れてもいた。なんといっても、簡単に、いたって簡単に人間を殺すことのできる道具が、ある一定の質量をともなって常に自分のポケットの中にあるということは快く、自己の死のことを忘れさせるには充分だった。しかし亀井戸は、それを自分の落つきのせいだと思っていた。

草月会館の前では、数人の男が射殺され、歩道にごろごろころがっていた。その傍《かたわ》らでは、転覆したライトバンが燃えあがり、上等の前衛生花用オブジェになりかかっていた。

「マグロに似ているな」亀井戸は立ちどまって死体を見おろした。「河岸のマグロだ」

死体はすべて眼をうつろに見ひらいていた。

「これは死んだ魚の眼だ」馬鹿な奴らだ——と、彼は思った。こいつらはきっと、死の恐怖を忘れようとして、あばれまわったのだ、そんなことぐらい、わたしにはわかるぞ——そう思った。また彼は、自信を持ってこうも思った。——わたしはこんな馬鹿じゃないぞ、わたしだけは、絶対にこんなふうにはならないぞ——。

「さて、これからどうしたものか」彼は、また歩き出しながら考えた。

知らずしらず、麻布竜土町にある彼のアパートに近づいていたが、自分の部屋に戻る気はなかった。帰ったところで、そこには何もなかったのだ。

突然、一台のスバルが、先を急ぐあまり、前の故障車を避けようとして歩道に乗りあげてきた。

「あぶない」亀井戸は泡をくってとび退《の》いた。

彼のからだをかすめて走り抜けていったそのスバルには、ひと組の若い男女が乗っていた。

助手席の女の顔をちらと見て、亀井戸は小さく叫んだ。「珠子」

瞬間、その女の表情から、彼は香島珠子を連想したのである。

「似ていた……」ふたたび車道に戻って走り去ったそのスバルを見送りながら、亀井戸は棒立ちになって、そうつぶやいた。

急に、彼は香島珠子に会いたくなった。と同時に、たちの悪い陰謀によって自分から珠子を強奪していった、あの澱口という新聞記者に対する怒りと憎悪が、ふたたびめらめらと燃えあがったのである。

「品性下劣なブン屋め。貧民め。金もないくせに、悪知恵を働かせやがって、画策してわたしから珠子を奪いやがった」彼は歯がみしながら、地だんだをふむような足どりで、ふたたび歩き出した。「しかも、こんな時にだ」亀井戸は悲しげな表情を作った。「珠子はきっと、後悔しているにちがいない。やっぱり、わたしといっしょにいた方がずっとよかったのだと知って、死ぬほどわたしに焦がれ、死ぬほど悔んでいるにちがいないのだ。可哀そうに。女らしい一時の気まぐれがわざわいして、そのために、あんなつまらないブン屋風情といっしょに死んでいかなければならないんだ」だが彼は、そこで決然とかぶりを振った。「いや。たとえ一時の過失にもせよ、わたしは彼女を許さないよ。哀れんでなんかやらないよ。わたしはそんな、甘っちょろい男ではないのだから。わたしはその点では、厳しい、冷酷な男なのだからね。わたしは虎なのだからね」

彼はポケットの中の拳銃を握りしめ、胸をはり、珠子以外の女のことを考えようとした。

自分といっしょに死んでくれる女性、銀河テレビ、チーフ・ディレクターであるこの自分と最期を共にする女——誰がそれに、いちばんふさわしいだろう。

最初に頭に浮かんだのは、五年前に死んだ母親の顔だった。亀井戸は頬を引き吊らせ、あわててその顔を打ち消した。一瞬、ひどく罪悪感に責められて、彼ははげしく身ぶるいした。

罪悪感が強過ぎたため、しばらくは他の女の顔が浮かんでこなかった。中学時代、彼にボンボンをくれたオールド・ミスの女教師の顔がやっと浮かんできた。その次に、スーザン・ストラスバーグがあらわれた。身近な女の像は、なかなかあらわれてこなかった。

やっとのことで、流行作家の栗原靖子のことを思い出した。

彼女のマンションはすぐ近くである。文化人の集るパーティがあった場合、必ず数人は彼女の部屋へ流れていく。今夜もきっと集っているにちがいないと、亀井戸は思った。

彼は足を早め、赤坂郵便局の手前を左に折れて、栗原靖子のいるマンションへ急いだ。新坂町にある六階建てのマンション・ビルへ入り、エレベーターで六階へ昇った。

彼女の部屋のドアをノックすると、開けてくれたのは、栗原靖子ではなくて、亀井戸も顔見知りの、女性週刊誌の編集をしている、赤縁の眼鏡をかけた娘だった。

「あら。いらっしゃい。皆さん来てらっしゃるわよ」彼女はだいぶ、酔っぱらっているようだった。

いつもの顔ぶれが揃ってはいたが、部屋の中の様子はだいぶ違っていて、ひどく乱れていた。

作家の須貝が、バー『青磁』のホステスと、ソファの上でヘビー・ペッティングをくりひろげていた。作曲家の大岡がカーペットの上に寝そべって、若い流行歌手の野木はるおと抱きあい、男同士接吻をしていた。社会評論家の堂場が、バー『キュート』のママをすっ裸にし、ズボンのベルトでグランド・ピアノの足にしばりつけ、濡れたバス・タオルで彼女の浅黒い肌を力まかせにひっぱたいていた。

カーペットの上には、酒瓶やグラスや、鶏の骨つき腿肉や、寿司のネタや飯粒が散乱していた。

「よう。来たな」須貝はホステスとのペッティングを続けながら、亀井戸を見て声をかけた。

「靖子はどこだ」亀井戸は情夫気どりで、須貝にそう訊ねた。

猥雑な光景を眼にしたため、彼のからだも急に火照り出した。靖子を抱きたい——亀井戸は瞬間、切実にそう思った。

「寝室だ」と、須貝は答え、また自分の行為の中に没入していった。

亀井戸は、寝室のドアをめざして、指をポキポキ鳴らしながら、ついでに咽喉をぐびぐび鳴らしながら、大股に歩き出した。

「だめよ。入っちゃ」亀井戸の背後から、女編集者が叫んだ。「栗原先生は今、シナリオ・ライターの木島先生とベッドで……」

「なんだって」亀井戸は、顔色を変えてふりかえった。「そんな馬鹿な。靖子はおれのものだぞ」

また裏切られた――そう思いながら彼はどなった。もっとも、栗原靖子にしてみれば、ほんの気まぐれから亀井戸と一度寝ただけなのだったが、亀井戸にとっては、彼女を自分の情婦扱いするにはそれだけで充分だった。

「そんなに、どなるなよ」大岡が冷笑しながらいった。「こんな際だ。だれが誰とどんなことをしようが、かまわないじゃないか」

「うん。そうだったな」亀井戸はちょっと考えてから、自分に納得させようとして、大きくうなずいた。

そうだ。わたしは心の広い人間だ。だからそんなことは、平気なのだ。気にしないのだ。――そう思い、もういちどうなずいた。「許してやろう」

「えらいえらい」大岡は、あいかわらず冷やかすような調子で、そういった。

亀井戸は、この大岡という男が蔭では自分のことをさんざ笑いものにしていることを知っていた。だから大嫌いだった。しかし今は、彼に対する大きな優越感があった。死を前にして、自分は落ちついている、だがこの男は、どう見たって醜くとり乱している――。亀井戸は、大岡の破廉恥な痴態を茫然と眺めながら、そう思った。

彼は気をとりなおし、気どったポーズを作り、しっかりした声で、一同に喋りはじめた。「諸君。いよいよ、この世界の終末がやってきた」

一世一代の大演説のつもりだった。事態をまともに直視しようとはせず、こんな馬鹿げた行為に逃避している卑怯者どもに、自分の勇気を見せてやろう――彼はそう考えたのである。

「人類の存在――それが今や、この大宇宙にとって、なんの価値もなかったことが証明されようとしている。そう、この瞬間にもミサイルがとんできて、われわれ全員を蒸発させるかもしれないのだ。今、こうしてわたしが喋っている次の瞬間にも、わたしも、あなたたちも、じゅっといって蒸発……じゅっといって蒸発……」

亀井戸は青くなった。彼は自分のいったことによって、今まで眠っていた自分自身の恐怖心を、たちまち叩き起してしまったのである。そうだ、次の瞬間にも、わたしは死ぬのだ、死、死、死ぬのだ——。彼の膝蓋骨は急にやわらかくなった。亀井戸は、瘧《おこ》りのように痙攣しはじめた。

「そうです。みんな、死、死ぬのです」彼は自分から進んで喋り出した手前、なんとか話の結着をつけようとして、おろおろと意味のないことをつぶやき続けた。「死ぬ時は一瞬だ。だが……だが……苦しいでしょう。熱いでしょう。しかしその……」彼の眼球は、とび出しそうになっていた。

『青磁』のホステスが、しくしく泣きはじめた。

野木はるおも、大岡のからだをはねのけて泣き出した。「ぼくは死にたくないよ。死にたくないよ」

「泣くことはない。泣くことはない。みんな、死ぬ時はいっしょなのだからね」亀井戸は、みなが泣き出したことによって、自分の恐怖心が多少薄らぎはじめたことを知った。ふたたび、彼は喋り出した。「わたしだって、あなたたちといっしょに死ぬのだからね。あなたたちだけが死ぬのじゃないのだ。わたしもやっぱり、あなたたちと同じ苦痛を味わいながら死ぬのだからね。同じ苦痛を……同じ苦痛を……」死ぬ時は、どんな苦痛を味わうことになるのだろう——喋りながら、ふと、そう想像した亀井戸は、一カ月前に歯科医院の治療椅子で受けたひどい痛みを思い出し、あれどころではないのだと思いかえし、身をふるわせ、おいおい泣き出した。泣きながら、彼は喋った。

「きっと、生きている間には、いちども味わえなかったような、想像もつかないような、ひどい苦痛にちがいありませんね。し、しかし、しかしそれだって、みんながいっせいに味わう苦痛なのだからね。全人類がいっせいに……」彼は、あまりの恐怖で発狂しそうになり、矢もたてもたまらず泣きわめいた。「死ねば暗い所へ行くんだ。つめたいところへ行くんだ」

「何をくだらねえこと言やがる」堂場が、かんかんに怒ってとびあがり、亀井戸に叫んだ。「そんな話はやめろ。せっかく、何もかも忘れて楽しい思いをしていたのに、くそ、雰囲気がこわれた」

「あんた、帰ってちょうだい」亀井戸の演説を聞いたらしい栗原靖子が、精液の匂いをぷんぷんさせながら、すっぱだかで寝室から駈け出てきた。彼女は烈火の如くいきどおり、眼尻を吊りあげて亀井戸の胸ぐらをつかんだ。「あんた。ここへいったい、何しに来たのよ。わたしたちの愉しみを邪魔するつもりなの。何さ。女みたいにめそめそして。帰ってよ。帰りなさい。帰れ。言っとくけどね、ここは、あんたなんかのくるところじゃないわ」

亀井戸は栗原靖子のすごい力で、部屋の外へ押し出されてしまった。

「しかし、しかしわたしは、ほんとのことをいっただけなのだ」

「だからあんたは馬鹿なのよ」

亀井戸の鼻さきに、ぴしゃり、と、ドアが叩きつけられた。

「なにが馬鹿だ。お前たちこそ馬鹿だ。大馬鹿だ」とたんに今までの恐怖を忘れた亀井戸は、むかっ腹を立てて、閉ざされたドアに向かい、声をはりあげて罵りはじめた。「うすら馬鹿だ。白痴の集りだ。それが大衆の指導者たる文化人の、厳粛な死にのぞんでの態度だというのか。ええ、こんな大馬鹿者めら。お前たち、死ね。死ね死ね死んでしまえ」

ひとしきりわめいてから、彼は肩をそびやかせてマンションを出た。

ふん、奴らは愚かな群盲だ——亀井戸はふたたび、秩序の乱れた車道へ出て、自分のアパートの方へ歩き出しながらそう思った——勝手に集って、どんちゃん騒ぎをして、自分を胡麻化《ごまか》しているがいい、だが、わたしはちがうぞ、わたしは一匹狼なのだ、そうだ、群をはなれ、孤独な栄光者の道を決然として歩む、孤高の一匹狼だ。

一匹狼ということばは、ひどく亀井戸の気に入った。しかし、やはり自分が孤独であるがゆえに、自分の価値を認めてくれる者が、だれひとりとしていないことを、淋しく思わずにはいられなかった。どこかで一匹狼たちが集って、パーティをやっていないかな——そんなことを思ったりした。

そうだ、わたしは一匹狼などではなかった——彼は背広のポケットに入っている拳銃の重みに気がつき、にやりと笑った——虎だ、そうだ、わたしは虎だったではないか。亀井戸は、眼をらんらんと光らせ、あたりを睨《ね》めまわした。背を丸めた。舌なめずりしながら、歩き続けた。わたしは今、危険な人間になった——彼はまた歯をむき出し、笑った——そして誰も、それを知らないのだ。右手をポケットに入れ、人差し指を引金にかけたまま、彼はゆっくりと、虎のように歩いた。

その時彼は、めくれあがった敷石に蹴つまずいた。

人差し指に力が入った。

轟音とともに、ポケットの中の拳銃の銃口が、大きくはねあがった。亀井戸は歩道で、仰向けに半回転し、敷石の上へぶっ倒れた。

亀井戸の前方、約七、八メートルのところにいた武装警官が、がっと叫んで右の胸を押さえ、立ちすくんだ。彼の顔は、たちまち蒼白になり、やがて大きく咽喉を鳴らし、歩道一面に大量の血を吐いた。ぐらり——と、からだを斜めにひねりながら、敷石の上に鈍い音を立てて倒れ伏した。

「こ、殺した……わたしは、警官を殺した……」

亀井戸は、警官の倒れるさまを、歩道に寝そべったまま眺め、小鼻をふくらませてせわしなく呼吸した。

近くにいた数人の警官が、倒れた警官の方へ駈け寄っていった。

「いかん。射殺される」

亀井戸は、大あわてで起きあがり、横っとびに傍らの路地へ逃げこんだ。人を殺したショックよりも、射殺されるかもしれないという恐怖の方が、はるかに大きかった。

しばらくは、息をはずませながら逃げ続け、曲り角を右に折れ、左に折れして走りまわった。気がつくともとのところへ戻っていて、またあわてて逃げ出したりした。

今や、わたしは追われているのだ、お尋ね者なのだ——そう思った時、不思議にも少しばかり気が大きくなり、亀井戸は走るのをやめた。そうだ、お尋ね者の方が、虎にふさわしいではないか——そう思った——おれは前科者だ、前科者の虎なのだ。人を殺したことなど忘れてしまい、前科者ということばのロマンチックな感じに、彼は酔いはじめていた。——ようし、もう、やぶれかぶれだぞ。

こうなれば、通りがかりの女を片っぱしから犯してやろうか——そう思ったものの、いくら拳銃を持っているとはいえ、もし女の力が強ければ、あべこべに締め殺されるかもしれないし、また近頃の女性は護身術などを心得ているから、投げとばされて、敷石で頭を割られることになるかもしれなかった。だいいち彼は、そんな際の自分のポテンツに自信がなかった。また、犯行の最中に警官に見つかり、射殺されてもつまらない。彼は重おもしくかぶりを振り、そんなことはやめることにした。

気がつくと、またもとの車道の近くにいた。亀井戸は、おそるおそる車道へ出た。車道を越さぬ限り、彼は自分のアパートへ戻れないのだ。左右を見まわしたが、警官の屍体はなかった。すでに片づけられたようだった。

そうだ、ひとりの警官の死ぐらい、今となってはたいして珍らしいことではなくなってしまっているのだ――亀井戸はそう思い、安心してまた歩き出した。

都電はすべて停ったままになり、いくつもの乗用車が遺棄されていた。歩道を行く人間の数は、少くなる一方だった。車の数も少くなっていた。パトカーだけがあいかわらず、早く家に帰れと命令しながら走りまわっていた。地下鉄も、国鉄のどの駅も、空港も、群衆が押しかけて大混雑だから、車なしで東京から逃げ出そうとしても無駄だと教えていた。

亀井戸は、やっと自分の小さなアパートに戻った。

蒲団を敷き、半裸になり、大きな三面鏡を開き、その前に尻を据えて、ウイスキーをぐいぐい呷《あお》った。こうなれば、酒でも飲むより他にすることはなかった。頭痛がし、動悸がはげしくなるばかりで、ぜんぜん酔わなかった。

ときどき、大声で泣いた。「死ぬのだ。死ぬのだ」

死にたくなかった。死の苦痛がこわかった。鏡に映っている自分の美しい肉体が、やがて蒸発し、この世から消え失せることをいとおしみ、悲しみながら、彼は早く酔っぱらおうとしてあせり、勢いよく飲み続けた。そのために、よけい頭痛がした。割れそうな頭をかかえたまま、オナニーを二回した。また、ウイスキーを飲んだ。それからやけくそになって、もう三回オナニーをした。やっと、眠ることができた。だが、夢を見た。

それは最終戦争の夢だった。あと三分で、ミサイルが落ちてくるという夢だ。亀井戸は夢の中でがたがた顫《ふる》えながら、ディレクター用のストップ・ウォッチの秒針を、じっと見守っていた。あと二分……あと一分……あと三十秒……あと十秒……あと一秒……。亀井戸は、強く眼を閉じた。息をとめた。

その瞬間、過去のあらゆる記憶が、きちんと順を追って、走馬燈のように脳裏を駈けめぐった。幼ない頃のこと。母と父の行為を盗み見して、はげしいショックを受けたこと。母を追いまわしたこと。父に殴られたこと。中学時代、女教師にボンボンをもらったこと——。

眼まぐるしい早さで、いくつものシーンがあらわれては消えた。

そのうち赤い靴下のコマーシャルが、テレビのスポットのように、やたらに入りはじめた。邪魔だなと思っていると、とうとう画面が中断してテロップが出てきた。『そのままで、しばらくお待ちください』

亀井戸は、びっくりして叫んだ。「やめろ。まじめにやってくれ」

彼は自分の声で眼を醒《さ》ました。

夢だと知り、ほっとした。だがすぐに、夢も現実も、たいした違いはないのだということを、いや応なしに思い出さなければならなかった。

「やっぱり死ななきゃならないんだ」彼はまた大声で泣きはじめた。

北半球

「何が起ったのかわからないまま、高熱のため、一瞬のうちに肉体がぐじゃりと溶解して、すぐ蒸発してしまう——これがおれの抱いていた最終戦争というもののイメージだった」と、おれは野依渉にいった。「ところがこれはそれとはだいぶ様子がちがうな。どうしてだろう」

「うん」野依は大きくうなずいた。「たしかに、最終戦争が起った場合は、今、君がいったような具合に、日本国民は何も知らないままに死んでいく筈だった。だが、予想や想像よりは、現実の方が常に、はるかに複雑だ。どんな場合でも、ずっと複雑で、しかも馬鹿ばかしくて、しかも気ちがいじみていて、その上いやになまなましく、しかも空虚で、ナンセンスで、不合理で、その癖、妙にドラマチックなんだ」

「おれにはよくわからない。いや。何がなんだか、さっぱりわからないよ」

「わかってる人間なんて、地上にはひとりもいないんじゃないだろうかね。いや、きっとそうだよ。とにかく最初、韓国の水原基地と、ソ連のウラジオストクと、日本の三沢市の三カ所に、推定一メガトンの核弾頭ミサイルがほとんど同時に落ちて爆発した。三時半ごろだ。水原にある米軍のミサイル基地は全滅して、米兵三百人と、韓国人二万三千人と、ヒツジ百頭、ブタ十頭が死んだ。ウラジオストクでは、アムール湾の入江にあるゴールデンホーン港に落ちて、大豆油を積んだ貨物船十六隻と、材木を積んだ船三十二隻と、浮上していたシュノーケル潜水艦一隻を含む軍艦三隻が沈んだ。ここの市街地は、港に向かって斜面に階段みたいになって発達しているから、もちろんほとんどが破壊され、シベリヤ鉄道のターミナル・ステーションも、モスクワ定期航空便の飛行場も、すべて全滅して約三十万人が死んだ。三沢市では市街地のまん中に落ちたけれど、周囲の農場では暖地秋作の種イモが全部ふかしイモになって、広沢などの牧場では三百四十頭の牛がビフテキになった。三沢飛行場は掘り返されて耕され、米軍基地も全滅した。即死したのは三万八千人だったが、その後も次つぎと死者が出て、今はもう五万人をはるかに越えている筈だ」

「そのミサイルは、どこの国のものだったんだ」

「さあ。それが問題だ」野依は吐息まじりにいった。「ここから先は半分くらいがおれの想像だから、そのつもりで聞いてくれ。ウラジオストクの被害があまりにも大きかった上、報告がスラブ民族らしい大袈裟きわまるものだったから、モスクワではてっきり一〇〇メガトンに近い水爆だと思って、米軍の誤発だと早合点した。中国が一〇〇メガトン水爆など持っているわけがないし、持っていたとしても、そんなでかい水爆を運べるミサイルなど作れるわけがない、だからアメリカが犯人だという理屈だ。そこで、かんかんに怒ったソ連首相は、お返しにサンフランシスコへ向けて一〇〇メガトンの水爆ミサイルを一発だけ発射させた。だけどそんなものはトゥーレにあるBMEWSに発見されたら、すぐ迎撃ミサイルで撃ち落されてしまうだろうというので、首相はすぐにペンタゴンへ『これでおあいこだ。迎撃せず、ありがたく頂戴しろ』という意味の連絡をした。誤発を謝罪しなくていいから、同じ痛みを味わえというわけだ。一方、ペンタゴンでもその時、水原と三沢に落ちたミサイルがソ連のものか中国のものかで議論が沸騰《ふっとう》していた。そこへこのメッセージが来たものだから大さわぎになった。直通電話ではげしい口論をし、罵りあった末、この騒ぎの元兇が中国であることを、やっと両国首脳が理解した時には、もう『パイ投げ』は始まってしまっていた。つまりペンタゴンでも、統合幕僚幹部たちが、ソ連が全面攻撃を開始したと勘ちがいし、気ちがいみたいにあわてふためいて次つぎと攻撃命令を出してしまったんだ。主としてミサイル基地と飛行場がある第一攻撃目標、つまりソ連内にある三十三カ所、東欧諸国にある五カ所に対し、ミサイル、爆撃隊、ポラリス潜水艦などで、攻撃を開始した。それと同時に、中国にも対しても報復攻撃を行った。中途半端にやっても無意味だ、徹底的にやれというので、三十五カ所の陸海空軍基地と、コンビナート工業都市、原子力機関のある場所などを、ぜんぶ破壊しようとした。アメリカが全面核攻撃を開始したものだから、こんどはソ連があわてた。ソ連の防御力というものは、自ら先制攻撃をしかけるという前提のもとでしか効果を発揮しない。大変だたいへんだというわけで、こっちもすぐさま第一、第二攻撃目標のすべてに対し、攻撃を開始した。ソ連にとっての第一攻撃というのは、ソ連と東欧諸国から千五百マイル以内にあって、中距離弾道弾や、超音速戦闘爆撃機で攻撃できる範囲にあるものだ。すなわち、地中海の戦略空軍基地、第六艦隊、ヨーロッパおよび中東のNATO加盟諸国ぜんぶの空軍基地、それに中国のウルムチ、ハミ、玉門、蘭州、包頭、大原、北京、済南、旅大、瀋陽、長春、チャムスにある陸海空軍の基地だ。第二攻撃目標というのは主として米本土内の、ワシントン、ニューヨーク、シカゴなどにある戦略空軍基地と、沖縄などはなれたところにある基地だ。それから広州、南寧、昆明、長沙、南昌、杭州、福州、上海、南京、武漢、重慶などの中国南部にある空軍基地だ」

「東京はどうなんだ」と、おれはびっくりして訊ねた。「攻撃目標には入っていなかったのか」

「もちろん、日本も第二攻撃目標に入っていた」と、野依は答えた。「ところが、攻撃目標が多過ぎて、ICBMが足りなかったらしい。中国とアメリカに対して、同時に戦わなけりゃならない事態なんて、ソ連はあまり考えていなかったんだろうね。推定では、ソ連はせいぜい六十五発しかICBMを持っていない。それに、日本には核弾頭ミサイルがないことも知っていたから、日本に対してはは六発しかICBMを発射しなかった。しかし東京に向かった三発は、横田から発射したナイキ・ジュース二十八発の迎撃が成功して撃ち落された。だが、あとの三発は九州に落ちた。T4A

というＩＣＢＭだ。一発は三池炭鉱に落ちて、十億トンのコークスを熾《おこ》らせた。もう一発は、第七艦隊もポラリス潜水艦も出はらっていてからっぽだった佐世保に落ちた。九十九島《つくもじま》は半分がた沈んで、二十六万人が死んだ。そして最後の一発は」

彼は、口ごもった。

「最後の一発は」と、おれは訊ねた。

　野依は嘆息した。「また、長崎に落ちた。ドームも記念塔も、跡形もなくなってしまったらしい」野依は、しばらく黙った。

　表情こそ変えてはいないが、おれは彼が、稀に見る正義感の持ち主であることを知っていた。しかし考えてみると、今や彼が彼の正義感をぶつける対象は、地球上のどこにも存在しないのである。しいていえば、それは人類全体——人間そのものの馬鹿さ加減に向かってぶつけるべきものなのだろうが、今となってはそんなことは、生き残っている人類ひとり残らずが骨身にしみてよく承知していることであって、誰にいったところで、うん、そうだとあいづちを打つだけだろう。

「中国はどうなんだ」と、おれは訊ねた。「中国は日本を攻めなかったのか」

「とてもじゃないが、攻撃しているひまはなかったんだろうな。北京は、沖縄の在琉球米第九軍と、黄海にいたポラリス潜水艦のために、あっという間に灰にされてしまった。上海も杭州も、グアム島の戦略第三航空師団にやられて、東支那海に沈んだ。第十三戦術空軍は、海南島と広州を破壊した。台湾の米台合同司令部は、南京と武漢を爆撃して、これも成功した。ソ連のＴ４Ａが落ちて、重慶も蒸発した。西安も、ソ連のバイソンという四発ジェット機の爆撃で完全に消滅した。長春と瀋陽は、春川基地にいた在韓米第八軍が、水原基地のお返しだとばかりにうち込んだミサイルで燃えあがった。ラサは、カシミールを越えてやってきたデリーの米空軍に爆撃されてしまった。レーダーの性能があまりよくなかった上に、東西南北からいっぺんに攻めてこられたのだから、どうしようもない。二時間足らずのうちに中国のほとんどの基地と都会がなくなり、三億九千万人が溶けて死んで、米中百年戦争は簡単に終っちまった」

「三億九千万。そんなにたくさん死んだのか。たった二時間で」おれはふるえあがった。

「もっと死んでいる」と、野依はいった。

「アメリカとソ連はどうなった。イ、イギリスは。いや。ヨーロッパは」

「まあ待て。順に話す。まずアメリカだ。ここはまずサンフランシスコへ、一〇〇メガトンの例の最初の一発が落ちた」

「弾道ミサイル早期警報機構があるのに、迎撃できなかったのか」

「迎撃迎撃と簡単にいうが、そんななまやさしいものじゃないよ。そりゃ、トゥーレにあるレーダーはたしかに完璧だ。アンテナは高さ五〇メートル、そしてフットボールの競技場よりも長い。五万キロワット送信機から出る強力な電波ビームは、捕捉した物体を一六〇〇キロまで追跡できる。しかし一方、大陸間弾道弾の時速は二万五〇〇〇キロだから、その時にはすでに、目標から四分足らずのところまで迫ってるんだ。したがって迎撃できる時間は非常に短い。迎撃そのものだって、米軍が太平洋でよくやる模擬迎撃実験みたいにうまくはいかないよ。昼間の射撃と夜の射撃くらいの違いはあるだろうな。それに、やろうと思えば攻撃する側にも、敵を混乱させる方法は無限にある。レーダーの映像を不鮮明にする無数の破片を作るために、ミサイル攻撃に先立って空中で核爆発をやらせてもいいし、弾頭の被覆部を解体できるようにしておいて、鹿弾《しかだま》くらいの大粒の散弾をまき散らしてもいい。レーダーをごまかしたり、出し抜いたりする方法はいくらでもある」

「わかった。わかった」おれはあわてて彼を制した。

　こんな話を始めると、彼はいつまでも喋り続けている。彼はこの方面のことだとか、宇宙科学関係のことになるとやけにくわしい。ＳＦファンで、彼自身も短篇を書いたり、評論をやったりしていたのだ。

　その時、すぐそばの電話が鳴り出した。

　野依が出て、ふたことみこと喋り、すぐに受話器を置いて苦笑した。

「なんだ」と、おれは訊ねた。

「新聞社のヘリコプターに乗せてくれといってきた。東京を脱出したいんだそうだ。こっちへくるといってる」

「友人かい」

「友人というほどの男じゃない。中学時代の同級生だ。銀河テレビのディレクターで、亀井戸という、おかしな男さ」

「ああ、あの出っ歯になら今日の昼間、会ったよ」おれは苦笑した。「たしかにおかしな奴だ」

「屋上のヘリポートにはヘリコプターが一機だけ残っているが、あれは故障して動かないんだ」と、野依はいった。「そういってやったんだが、やっぱり来るそうだ。何かのあてがないと、不安でたまらないんだろう」

「ところで、さっきの続きだが」と、おれは彼をうながした。「結局、サンフランシスコはどうなったんだ」

「オークランドや、バークリイといっしょに全滅だ。百三十万人が死んだ。ベイ・ブリッジと、ゴールデン・ゲイト・ブリッジは金門海峡に沈んだ。チャイナ・タウンもなくなった」

「アメリカのああいった大都会には、共同地下待避所《シェルター》があったのじゃなかったのか」

　野依は、あきれたようにおれの顔を眺め、しばらくしてからいった。「いや。あんなものは役に立たなかった。あれは政府の人気とり政策だったんだ。幹線道路上にある剝《は》げかかった『疎開道路』の標識だとか、定期的な『警戒警報』の演習の無意味なサイレンと同じように、ああいう民間防衛機構はみんな、アメリカ政府の、馬鹿げた、芝居がかった演出にすぎなかった。ノーベル賞科学者のウィラード・リビー博士は、適当な防御物さえあれば人口の九〇％から九五％が生き残れると新聞で主張して、自宅の裏庭に、三〇ドルかけてシェルターを作った。それからすぐ、ロサンゼルスの山火事がベルエア地区を襲った時に、このシェルターは黒焦げになったそうだ。アメリカ人の楽観的なことにはびっくりするね。警報の時間とか、市民がシェルターにたどりつく能力だとか、放射能とか、そのほかの山のような問題をどう考えていたのか、まったく理解できないよ。米軍ではあれを戦略的効果があるとしてしか考えていなかった。つまり、大がかりな待避所計画で安心した国民が、軍拡競争の激化を歓迎するだろうというわけだったんだ」

「マクナマラ報告《リポート》では、ソ連の核ミサイルによる最初の奇襲攻撃を受けたあとでも、アメリカはソ連の全戦略目標を破壊する完全な能力があるということだったが、その点はどうだったんだ」

「たしかに、その通りだった」野依はうなずいた。「ソ連は、ミサイル基地のすべてをアメリカのU2というスパイ偵察機に知られて以来、ＩＣＢＭを堅固な地下陣地におさめて分散配置したり、隠密性満点のミサイル潜水艦の建造に力を入れたりしたが、それでもだめだった。アメリカの報復攻撃は、それほど徹底的だったのだ。アイスランドに一カ所、グリーンランドに三カ所、バフィン島に一カ所、ニューファウンドランドと、ニューファウンドランド島に各一カ所、アラスカに五ヵ所ある戦略空軍基地から、ボーイングＢ52ストラトフォートレス超重爆撃機が出動した。合衆国内の二十一カ所にある地下サイロからは、五メガトンのミニットマン千二百基と、一〇メガトンのタイタンⅡ型が八十基飛び立った。これだけでも爆発力の合計は、TNT火薬で五〇億トンだ。これに加えて、ニューロンドンと、チャールストンと、ピューゼットサウンドと、サンディエゴに基地を持つ二個戦隊十六隻のポラリス潜水艦が北極海に出撃した。それだけじゃない。太平洋にいた七隻と、インド洋の四隻も、中国に向けてポラリスを撃ちまくる一方、四六〇〇キロの射程を持つ最新型ポラリスをソ連に向けて発射した。地中海にいた八隻も、射程二八〇〇キロのポラリスA2をモスクワ近辺に向けて撃った。クレムリン宮殿と、赤い広場のあった場所を中心に、直径数キロ、深さ数百メートルの穴ぼこができて、モスクワは跡かたもなくなった。レニングラードはネバ川に沈んだ。ボルゴグラードはヴォルガ川に沈み、キエフはドニエプル川に沈み、イルクーツクもバイカル湖に沈んだ。ソ連の大部分は、土地の起伏が少なくて、高度も低いから、放射性降下物はすごい勢いで拡がるだろう。推定では、今までに一億人以上が死んでいるはずだ。たしかにソ連は、ほとんど全滅した。その点ではマクナマラ報告《リポート》は正しかった。だが、反撃の目標たる、ソ連のICBM基地や戦略空軍基地は、アメリカの核ミサイルや水爆が落された時には、すでにからっぽになっていたんだ。結局、目標として把《と》えられたのは、どちらの側も、無防備の一般市民以外にはなかったわけだ」

「アメリカの被害は、どのていどだ」

「どのていど――なんてものじゃないね。アメリカの周囲をとり巻いているソ連の潜水艦の数は、戦争が始まった時には五十四隻だった。これらのほとんどが、電波探知機で捕えられ、対潜ミサイルのアスロックやアストーで撃沈された。だけどその前に、それぞれが三発から五発のミサイルを発射していた。これだけで米本土の戦略空軍基地の三分の二と、大都市の大半が、破壊されてしまった。そこへ四発ジェット機のバイソンと、ターボ・プロップのベアが三個連隊、NORADの中部太平洋と沿岸警備の電波探知機を逃れて、南太平洋を深くえぐるように潜入し、メキシコを越えて守りの薄い北米大陸の、俗にいう、やわらかい下腹部にくいこんできた。もっともこれらの爆撃隊は、最初から片道飛行を覚悟してやってきたわけだがね。さらにソ連のM241と呼ばれているICBMが二十基やってきた」

おれは嘆息した。「じゃあ、全滅じゃないか」

「その通りだ。一億三千万人が死んだ。上下のニューヨーク湾と、ハドソン川下流は深くえぐられて、大西洋に呑みこまれてしまった。自由の女神とエンパイヤ・ステート・ビルは、大西洋の底に沈んだ。ブロードウェイも、ウォール街も、もう地上には存在しないんだ。あのシカゴもそうだ。ミシガン湖に姿を消した」野依の口調が、少しずつ感傷的になっていった。「サンフランシスコのケーブル・カーも、映画の都ハリウッドも、もう、ないんだ」

「まるでぜんぶ、見てきたことがあるみたいだぜ」と、おれはいった。「ヨーロッパはどうなんだ」

「ここもひどい。バルト海と北海にいたソ連の潜水艦のために、イギリス、フランス、イタリア、西ドイツ、ギリシャ、トルコ、ベルギー、デンマーク、ポルトガルの各空軍基地が破壊され、ロンドンとパリも破壊された。そのほかのNATO加盟諸国の首都も爆撃された。ロンドンではグリニッジ天文台の近くに、パリはリュクサンブール公園に、それぞれ水爆が落ちた。もうないんだ。もう何もないんだ。バッキンガム宮殿も、大英博物館も、ウエストミンスター寺院も、ロンドン塔も、ルーブルも、パレーロワイヤルも、エリゼー宮も、パンテオンも、ノートルダム寺院も、エッフェル塔も、シャンゼリゼーも、凱旋門もだ」

すぐ傍らを、若い自衛隊員が、じろりとおれたちを横眼で見て通りすぎていったので、野依は自分の声が高くなってきたのに気がつき、すぐ声をひそめた。「今、北半球の都市のほとんどが燃えているんだ」

「こうなってくると、日本にだけ、ミサイルがたった三発しか落ちなかったのが、ますます不思議に思えてくるな」と、おれはいった。

「うん。全面核戦争になって、こんなことの起る確率は、おそらく何百分の一かだったろう。しかし、どっちにしろ同じことだぜ。今日の午後、地球上で起った核分裂爆発の合計は、いったいどのくらいだと思う。七万メガトンだ。地球上の生物を数十回くり返して全滅させることのできる量だ。高性能爆薬に換算すれば六〇〇億トンで、地球上に住む人間ひとりに対して、高性能爆薬二〇トンだ。これだけのものが爆発して、無事にすむはずがない。生き残れると思う人間の方がどうかしている。放射性降下物だ。ストロンチウム90、ウラン237、ヨード131――これが北から、西からどっと押し寄せてくるんだ。おれの計算じゃ、あと一週間で日本にいる人間は全滅、三週間で北半球の全生物が死滅するだろう。南半球はもう少し生きのびられるな。だいたい一カ月から六カ月だ。南極へ逃げたって無駄さ。放射能の雲からは、絶対に逃げられる方法はないからね。そしてその効果は、今後約五百年続く。世界の終りだよ」

おれは、また吐息をついた。どうせ、そのくらいのことにはなるだろうと想像してはいたものの、やはり他人から面と向かってそういわれると、あわよくばという希望も打ち砕かれて、お先まっ暗ドブネズミだ。

「こうなることは、わかっていたはずなのになあ」と、おれはいった。「友人に米軍の将校がいて、そいつは、このまま平和が続いて世界人口がどんどん増えていったら、やがて人類は滅亡するだろうという意見を持っていた。だからできるだけ早く核戦争が起って、少数の人間だけでも生き残った方がいいというわけだ」

「うん。たしかに、どうせ起るのならもっと早く起っていた方がよかったかもしれんな」と、野依もいった。「南極にいる数十人くらいは生き残れたかもしれん」

「こんな場合、おれたちはどうすればいいかな」と、おれは野依に訊ねた。「記者としてではなく、大衆のひとりとしてだ」

「SFではいろんな形でアーマゲドンが描かれてはいるが、あまり参考にはならないよ」と、野依はいった。「ネヴィル・シュートは『渚にて』を書いた。最終戦争が起り、オーストラリアにいた者だけが生き残るが、残る命の長くないことを知って、みんな薬をのんで、おとなしく紳士的に死んでいく。フィリップ・ワイリーの『勝利』とか、ロバート・A・ハインラインの『自由未来』では、主人公が金持ちで、非現実的なほど頑丈なシェルターを作っていたために生き残る。アルフレッド・コッペルの『最終戦争の目撃者』とか、モルデカイ・ロシュワルトの『第七地下壕《レベル・セブン》』では、主人公が押しボタン将校だ。ユージン・バーディックとハーヴィ・ウィラーの『フェイル・セイフ』や、ピーター・ブライアントの『破滅への二時間』は政治小説で、大衆の様子は書かれていない。日本では松本清張が『神と野獣の日』を書いたが、これはミサイルの偶発事故を扱ったもので、部分的な極限状況を描いたものだ。小松左京の『復活の日』は、核戦争ではなく細菌兵器の恐怖を描いている」

「ずいぶん、たくさんあるんだな」

「ああ。このテーマだけは、いくら書かれても書かれすぎということは絶対にないとある人がいっていたが、今となっては、ぜんぶ無駄になってしまったわけだ」野依はゆっくりと、かぶりを振った。「そう。何もかも終った。戦争さえ終ってしまった。原水爆は人民戦争を根絶することができたのだ。手術は成功したが患者は死んだという形でね」

「結局、この戦争の原因はなんだい」

「さあ。なんだろうね。最初に核ミサイルの偶発事故を起したのは中国で、それがまあ、直接の原因とはいえるだろうが」

「中国が最初の核実験をやった時から、危険だ危険だとは思っていたよ。気ちがいに刃物だ。もう今さら何をいったってしかたがないが」

中学時代に毛沢東《けざわあずま》という名前の同級生がいたことを、おれは思い出した。今はどこで何をしているか知らないが、そいつはきっと周囲の人間から袋叩きにされているだろうな——そう思った。

「しかし、中国だけを悪くはいえないよ」と、野依はいった。「気ちがいといえば、アメリカだってソ連だって気ちがいだ。だいたい人間という存在そのものに、気ちがいじみたところがあって、人類が核爆発物を発明したということが、そもそも気ちがいが刃物を見つけたのと同じだ」

「こら。女子供は、ここへはいっちゃいかん」自衛隊員の怒鳴る声がした。

「お願いです。澱口さんに会わせてください」

首をのばして編集局の入口を見ると香島珠子とツヨシの姿が見えたので、おれはデスクの間を縫い、あわてて駈け出した。

「澱口という記者はいるか」一等陸尉の階級章をつけた隊員が、部屋をふりかえってそう叫んだ。

「ぼくです」おれは珠子に駈け寄った。「アパートで待っていろといったろ。どうしてここへきたんだ」

そういってから、おれは初めて珠子のひどい様子に気がついた。服は着換えていたが、髪がくしゃくしゃで顔も腕も傷だらけだ。血を流していた。ツヨシの方はあいかわらず下半身まる出しのままで、何を怒っているのかすごい眼でおれの顔を睨みつけている。

「いったい、どうしたんだ」おれはおどろいて、叫ぶようにそういった。

珠子はわっと泣き出し、おれに武者ぶりついてきた。今まで泣くのをこらえていたらしく、そのままおれの胸の中で、いつまでも泣き続けた。野依と、数人の記者が、おれたちの周囲に集まってきた。一等陸尉も茫然としておれたちを見つめていた。おれはわけがわからず、ツヨシに質問の眼を向けた。

「姐《ねえ》ちゃんの部屋に、悪い奴が三人かくれていたんだよ」ツヨシが難詰するような調子で、おれにそういった。

「わたし、ひどい目にあわされたわ」珠子が、しゃくりあげながらいった。「何度も、何度も、こ、この子の、見ている前で」そしてまた、はげしく泣いた。

野依は眼をそむけ、一等陸尉や他の記者たちも視線を床に落した。

珠子は、しばらく泣き続けた。

おれは何もいえなかった。なぐさめようがなかった。

「こんなところに、集まっていちゃいかん」やがて、一等陸尉がわれにかえってそういった。「さあ。女子供は部屋を出ろ。お前も帰れ」

彼は、おれたち三人を部屋の外へ押し出そうとした。

「きたならしい。ぼくにさわるな」ツヨシが、一等陸尉の腕をふりはらってそう叫んだ。彼は額に青筋を立て、大声でわめきちらしはじめた。「お前たちは人殺しだ。兵隊はみんな、人殺しだ。おとなの奴はみんな、ブタだ。ぼくにさわるな、あっちへいけ」彼はかんかんに怒っていた。

「何をいうか」一等陸尉はびっくりして、ツヨシを黙らせようとした。「ここで大きな声を出しちゃいかん。黙れ」

「黙らないぞ」ツヨシは、一等陸尉の腕の下をすり抜け、わあわあ泣きわめきながら部屋の中央まで走っていき、テレタイプを据えた机の上にとびあがり、青唐辛子のようなペニスを振りたてながら声をかぎりに叫んだ。「おとながどんないやらしいことをするか、ぼくは見てしまったんだ。お前たちは、けだものだ。お前たちが、戦争を始めたんだ。みんな、人殺しだ」

自衛隊員をはじめ、部屋中の者が、おどろいてツヨシを眺めた。

「ブタ。死んじまえ。おとななんか、みんな死んじまえ」彼は一台のテレタイプを床へ蹴落した。

「こら。何をするか小僧」指揮者らしい二等陸佐が、怒って声をはりあげた。「承知せんぞ」

「もう、おとななんか、ちっともこわくないぞ」ツヨシは、ののしり返した。「ぼくはもう、どうなってもいいんだ。殺されてもいいんだ」彼はおいおい泣きながら叫び続けた。

「おい。この子供をつかまえろ」二等陸佐は苦りきった表情で、さっきの一尉にそう命じた。

「はい」一尉はツヨシに近づき、彼を机からひきずりおろそうとした。

「くるかっ」ツヨシはいきなり小便をした。

「わっ」まともに顔へ小便をひっかけられ、一尉はたまげてとび退いた。

ツヨシは周囲に向かって、すごい勢いで排尿し、机や床に白い湯気としぶきを立てながら怒り狂った。「みんな死ぬんだ。どうせ、ぼくも死ぬんだ。だから、殺されたっていいんだ」

顔を涙と小便のしぶきでべとべとにし、彼は、机の上へ大の字になって仰向きにころがった。なおもあたりへ尿を振りまきながら、彼は四肢をばたばたさせて、いつまでも泣き叫んだ。「さあ殺せ。さあ殺せ」

下町裏長屋

「おいお光《みつ》。今帰《けえ》ったぞ」

大工の康吉《やすきち》はその日、めずらしく早く帰ってきた。

がらがらぴしゃんと格子戸を開けて閉めたとなると、はなはだ威勢がいいのだが、そこは紺屋の白袴、建てつけが悪いのでそうはいかない。

三和土《たたき》へ草履をぬぎ捨ててあがり框《がまち》の腰障子をがらりと開けると、そこはたったひと間の四畳半である。

「ああびっくりした」

縫いものをしていた女房のお光が、おどろいて顔をあげた。最近康吉が、こんなに早く戻ってきたことはないのである。たいていは夜中の十二時過ぎか一時前、それも相当きこしめしての赤ら顔、とろんとした眼で鼻息荒く帰ってくるのだ。ところが今夜はしらふである。時間もまだ九時ちょっと過ぎたばかりだ。

「いったいどうしたっていうんだいお前さん。こんなに早く帰ってきて」

「馬鹿野郎。亭主が家に帰《けえ》ってきたのに、びっくりしたもねえもんだ」康吉は投げつけるようにそう言い、お光の鼻さきへ、立ったままぐいと手にさげていた折詰をつき出した。「さあ、みやげだ」

この殊勝さ加減はどうであろう。お光はすっかりたまげてしまって、眼をぱちぱちさせるばかりである。「気、気味が悪いねえ。い、いったい外で、何があったのさ」

「何があったもねえもんだ。おい。お前《めえ》はこんな家ん中でくすぶってたんだから、まだ何も知っちゃあいねえんだろうがな、今、世間じゃどえらい事がおっぱじまってるんだぞ」康吉は卓袱台《ちゃぶだい》の前にどっかと尻を据え、大声でいった。「ええい、何をぼんやりしてやがる。酒だ酒だ。酒を買ってこい」

「ああ。お酒ならまだ家にあるよ。晩酌さえさせてくれたら、おれはよそで酒飲んだりしねえんだっていうから、あたしがお酒買ってきたらこんどは、家で飲む酒はやっぱりまずくていけねえとか何とかいって……」

「うるせえ。うるせえ。そんなこたあどうでもいい。あるんなら早くつけろ」康吉はわめきちらした。

「あいよ。そんなに怒鳴らなくてもわかるよ」

お光の方も、めずらしく口ごたえせず、いそいそと土間におりた。どんなことかはわからないが、何か大きなことがあったに違いない——そう感じたのだ。

「えれえことになったんだ」薬罐で沸かした酒を茶碗に注いで飲みながら、康吉はいった。手が顫《ふる》えていた。「おれたちのいのちは、あとわずかしきゃねえそうだ」

「何だって」お光はおどろいて、康吉の顔を眺めた。大きな眼をさらに見ひらいたため、まん丸になった。

「お前も飲め」

康吉のさし出した茶碗を受けとり、ひと口飲んで、お光はからだをゆすった。「じれったいねえ。早く教えとくれよ。いったい何がどうしたってのさ」

「支那の大砲が、まちがえて弾丸《たま》を撃った」と、康吉はいった。「それが露西亜《ロシア》と日本に落ちた。悪いことに、日本に落ちた弾丸《たま》は、亜米利加《アメリカ》の飛行場を滅茶苦茶にした」

「お前さんのいうことは、いつもよくわからないよ」お光は首をかしげた。「そんなによく飛ぶ大砲なんて、あるのかねえ」

「半分、ロケットみてえになった弾丸《たま》だ」

「亜米利加の飛行場が、日本にあったのかい」

「あったそうだ」

「よくわからないけど、それでどうなったのさ」

「露西亜じゃ、亜米利加のやったことだと勘違いして、亜米利加へ大砲を撃った」

「それも、半分ロケットみたいになった弾丸《たま》かい」

「半分ロケットみてえになった弾丸《たま》だ。撃たれた亜米利加じゃかんかんに怒って、露西亜と支那へ無茶苦茶に弾丸《たま》をぶちこんだ。大喧嘩《おおでいり》になった。今、世界中が戦争になって、弾丸《たま》や飛行機がみだれ飛んでらあ。弾丸《たま》といっても、ありきたりの弾丸《たま》じゃねえ。原子爆弾だ」

「原子爆弾だって」お光があわてて腰を浮かした。「広島や長崎に落ちた、あれかい？」

「あれだ」と、康吉はいった。「もっと酒をくれ。お前ももっと飲め」

「あいよ。ねえ。でも、日本は関係ないんだろ」

お光が、酒を薬罐に注ぎながら、土間から訊ねた。

「いや。そうはいかねえ」康吉は折詰のこんにゃくを頬張りながら答えた。「亜米利加てえ国は日本の兄貴分だ。だから助《すけ》っ人《と》しなきゃならねえ義理があらあな。それを知ってるもんだから、露西亜だって日本に向けてどかんどかん大砲をぶっぱなすだろう。今ごろはもう、日本のあちこちに落ちてる筈だ」

「じゃあ、ここにも」お光は泣き声を出して、康吉にいざり寄った。「お江戸にも落ちてくるんじゃないのかい、お前さん」

「そりゃ、そうだろうよ」康吉はやけくそのように茶碗酒をあおった。「日本が攻められて、お江戸が無事である道理はねえ。うめえ具合に爆弾が落ちなかったとしても、四方八方で爆発した原爆の瘴気《しょうき》がどっと押しよせてくらあ。そうなっちまやもう、誰ひとり助かりっこねえ。みんな死んじまうのよ」

「いやだ。あたしゃいやだよ。死ぬなんて」お光はだしぬけに、康吉に抱きついた。

康吉は食べかけていたカマボコをのどにつめ、ぐっといって眼を白黒させた。

「あたしゃあまだ、死にたかないよ」お光は泣き出した。「爆弾で死ぬなんていやだよ。あたしゃまだ生きていたいし、死ぬにしたって、まともな死にかたをしたい」

「どうにもならねえ。あきらめろ」カマボコのつっかえた胸を拳固で叩きながら、康吉がいった。

「あたしにも飲ませておくれ」お光は康吉の手から薬罐をひったくり、茶碗に注いでぐいぐいあおった。

「もうすぐ、ばくらんが落ちてくるんら」ろれつのあやしくなった康吉が、ふるえる手で自分の茶碗に酒を注いだ。「とても飲まずにゃいられねえ」

「お前さんとふたりきり、さし向かいで飲めるのも、今夜が最後かもしれないんだねえ」お光は頬いちめんにぎらぎらと涙を光らせ、おいおい泣きながらそういった。「今夜が最後なんだよ、お前さん。思いっきり飲もうよ。もっとお飲みよ」

「まともな死にかたをしたかった」康吉も泣き出した。「原子爆弾で死ぬのは、痛えだろうなあ。熱いだろうなあ」

「どうして戦争なんか、あるんだろうねえ。どうしてもっと仲よく、できなかったんだろうねえ」

お光は涙で辛口になりにがりのきいてきた酒を、ぐいぐいあおりながらさらに泣きごとをいった。

「あたしたちゃあ何にもしてないのに、つつましく堅気に暮してるのに、どうして戦争の飛ばっちりを受けなきゃならないのさあ」

「わからねえ。おれみてえに学のない者にゃ、なんにもわからねえ」康吉は酔った時の癖で、しきりにかぶりを振った。「たとえば熊公ん所なんかだと、始終夫婦喧嘩してやがるけど、あれは本当は仲が良いんだ。ところが国と国とのつきあいなんてもなあ、うわべは仲良くしといて腹ん中じゃあののしりあいだ。蔭でこそこそ何たくらんでるかわかったもんじゃねえ。見せかけの平和が長く続いたあとでいがみあいになった時にゃひでえことになる。こいつは昔からそうなんだな。夫婦喧嘩でもそうなんだが、癇癪をふだん小出しにしてる分にゃどうってこたあねえが、腹ん中にあるものが沢山溜ってると喧嘩も派手だ。戦争だってそうよ」

「考えてみりゃあ、あたしたちもずいぶん喧嘩をしたねえ」お光がしみじみとそういった。

康吉に酒を注いでやりながら、彼女は康吉にすり寄って、彼の頑丈そうな肩に頬を押しあてた。

「堪忍しとくれお前さん。あたしゃあんまり、いい女房じゃなかったねえ。口ごたえばかりして、お前さんを怒らせたりしてさ」

「おれもいい亭主じゃなかった」康吉も、お光の殊勝な言葉についほろりとして、眼に涙をにじませながらいった。「いちどもお前に楽をさせてやったことがなかった。ぶん殴ったりしたこともあったな。悪かった。おれは悪い亭主だった。勘弁してくれ許してくれ」

「まあ。何をいうんだねお前さん」お光はわっと泣き出し、だしぬけに康吉の胸にかじりついた。

康吉は酒にむせ、顔いちめんを赤黒くして咳きこんだ。

「そんなこと言い出したら、あたしだって、お前さんにものを投げつけたり、鍋の中のものをぶっかけたりしたことがあったじゃないか」お光は泣きわめきながら、おかまいなしに康吉の胸の中で身もだえた。「お前さんみたいないい人にあんなことをして、あたしゃほんとに馬鹿な、悪い女だったよ」

「玄翁《げんのう》でお前をぶん殴ったこともあった」康吉もわあわあ泣き叫んだ。「何度もお前を死にそうな目にあわせた。堪忍してくれ許してくれ。おれみたいな男に、よくぞ今まで尽してくれた」

夫婦は抱きあい、頬をべったりとくっつけあったまま、おいおい泣き続けた。涙とよだれと洟《はな》を互いに相手の顔になすりつけ、気ちがいのように泣きわめいた。

しばらく泣き続け、やがて泣き疲れ、ふと気のついたお光が顔をあげて、不審そうにいった。

「まだ、爆弾は落ちてこないようだね」

康吉もわれに返り、顔をあげ、耳を立てた。「静かだな。どうなってるんだいったい。うす気味の悪い……」

「世間の様子が知りたいねえ」お光は不安げにそういった。「こんな時、テレビかラジオがありゃあいいんだけど」

「ふたつともお前が質に入れたから悪いんだ」

と、康吉がいった。

「何いってるのさ。あれを質に入れなきゃ、わたしゃ今ごろ飢え死にしてたんだよ」

「大袈裟にいうな」

「だってそうだよ。このお酒だって、それで買ったんだよ」

「そんなこたあ、どうだっていい」康吉はあわてて話をそらせた。「お前、大家のところへ行って、様子を聞いてこい」

「いやだよ。大家さんとこには、もう四カ月分も家賃が溜ってるよ。あたしゃ行けないよ」お光は恨みっぽい眼つきで康吉を見あげていった。「この間からあたし、外へも出歩けないんだよ。近所はみんな勘定の溜ってる店ばかりでさ。大家さんと道で出会っても、言いわけばかりしなきゃならないしさ」

「やいやい。黙って聞いてりゃ、いい気になりやがって。気にさわることばかり言うじゃねえか」

康吉がむっとして、お光を睨みつけた。「手前のやりくりの下手糞なのを棚にあげて、そのいい草はなんだ。いかにもおれの稼ぎが少ねえのを当てこすってるみてえじゃねえか」

「稼ぎがちっとくらい多くったって、どうせ同じだろ」お光は鼻さきで笑った。「どうせお前さんは、ぜんぶ飲んじまうんじゃないか。やりくりが下手糞だって。ふん。聞いてあきれるよ。やりくりできるほどのお金がありゃあ、あたしだってこんなに苦労しやしないよ」

「なにおっ。口の達者な女だ。つべこべ文句をいうな。黙って酒を注げ」口喧嘩ではとてもかなわぬと知っているから、康吉はお光を黙らせようとして、ぐいと茶碗をつき出した。「さあ。もっと酒をくれ」

「もうないよ」

「なけりゃ買ってこい」

「買うお金がないのさ」お光はとうとう、かんしゃくを起してわめきはじめた。「なんだい。亭主らしいこと何ひとつしたことがないくせに、威張り散らしてさ。亭主面したいなら、たまにゃあ家にお金を持って帰ってきたらどうなのさ。あたしゃあ熊さんのおかみさんから聞いて、知ってるんだからね、ちゃあんと」

「な、何だと。いったい何を知ってるってんだ」

「とぼけるのはおよしよ。あんたがどこかの居酒屋の女にのぼせあがって、入れあげてるってことさ。ふん。知らん顔してりゃいい気になりやがって」

「馬鹿野郎。亭主のことばかり吐《ぬ》かしゃあがって。お前こそ何だ」

「おや。あたしがどうしたってんだよ」お光はきっとなって、康吉に向き直った。

「お前がおれの留守中、魚屋の八公といちゃついているのを知らねえと思ってるのか。証拠がねえから今まで黙っててやったが、自分のことを尻にかくして亭主に文句をいうたあふてえ女《あま》だ。

「どっちがふといんだよ」お光は眼を吊りあげ、唾をとばして康吉に食ってかかった。「誰から聞いたのか知らないけど、根も葉もないこと言わないどくれ。ふん。手前が泥棒根性だもんだから、ひとまで盗っ人扱いしてさ」

「さあ承知できねえ。亭主を盗っ人呼ばわりしやがったな」康吉もお光に向きなおり、怒鳴り始めた。「手前こそなんだ。泥棒猫みてえに、よその男を家へくわえこんで来やがって」

「泥棒猫たあ何さ」お光は顔中を口にして叫んだ。「いつあたしが、男をくわえこんだんだよ」それから彼女は、康吉から少しからだを離し、横眼を使ってうす笑いをして見せた。「はあん。お前さん嫉いてるのかい。そうなんだね」

「う、うぬぼれるねえ。何でえ。ど、どてかぼちゃみてえな面しやがって、嫉いてるもくそもあるもんか」

「どてかぼちゃだって?」お光は息をのみ、眼を見ひらき、のどをぜいぜいいわせてから、また声をはりあげた。「何だよ。自分こそ台湾金魚みたいな顔してやがって」

「台湾金魚たあなんだ。こ、このあばずれめ、すべため。売女《ばいた》め夜鷹め」

「酔っぱらい。すけそうだら」

「だまれ淫水女郎め」

「くやしいいいいいっ」お光は金切り声をあげ、爪を立てて康吉におどりかかり、顔を引っ掻いた。

「何しやがる」康吉はお光の横っ面をはりとばした。

お光は部屋の隅へころがって行き、柱にはげしく頭をぶつけ、その痛さのために、さらに怒りをあおられ、すぐ起きあがって叫んだ。「お前さん、なぐったね」

「おう。殴ったがどうした」

「これでもくらえ」お光は傍の茶碗を、力まかせに康吉に投げつけた。

茶碗は康吉の頭に命中してふたつに割れた。

「イテテテテテテ」かんかんに怒った康吉は、立ちあがりざま前の卓袱台を蹴とばした。「こ、殺してやる」

「殺せるなら殺してごらん。ふん。どうせもう永かあないいのちなんだものね。惜しかあないよ」

「この阿魔」

「何だってんだよこのうすら馬鹿」

からっぽの薬罐を、康吉はお光に投げつけた。薬罐は宙をとんでお光の額にあたり、があんと音を立ててはね返り、障子を突き破って縁側へとんで出た。

「やったわね」お光は眼の前にころがっている折詰を、康吉に投げ返した。

康吉の眼窩に煮抜き卵が、切り口の断面をおもてに向けてへばりついた。頭からは髪飾りのように、魚の骨がぶらさがった。

「くそっ」カマボコを口にくわえたまま、康吉は卓袱台を両手で振りあげ、お光めがけて振りおろした。

卓袱台がぶつかり電球の笠が割れた。卓袱台は振りおろされる途中で柱にぶつかった。あやうくその下をくぐり抜けて土間におりたお光は、擂粉《すりこ》木《ぎ》と火吹き竹を両手に持ち、出刃包丁を口にくわえて座敷におどりあがってきた。

「や、や、やる気か」少したじたじとなった康吉は、針箱をとり壁ぎわで身がまえた。

火吹き竹が宙をとび、壁にあたってはね返り、腰障子をつき破って土間へとび出した。つづいて擂粉木がうなりを立てて飛び、康吉の毛脛に命中した。

「ぎゃっ」と、康吉は叫んだ。

お光が最後に投げつけた出刃包丁は、針箱の裏にぐさりと深くつき刺さった。針箱をふりかざし、康吉はお光に迫った。お光は康吉の胸めがけて、力まかせに体あたりをした。

腰障子が倒れ、ふたりは組みあったまま土間へころげ落ち、さらに格子戸をばらばらにして戸外へころげ出て、溝板《どぶいた》を踏み破って家の前の幅の広い溝《どぶ》に頭からまっさかさまに墜落した。

ふたりは溝《どぶ》の中で、びしょ濡れになったまま、さらに激しくつかみあい、ののしりあい、ひっかきあい、殴りあった。

いつもなら近所の家から、かならず誰かが出てきて仲裁をしてくれるのだが、今夜に限って長屋はひっそりしていた。どの家の灯も消えていた。

やがてふたりは、腹の下まで溝《どぶ》の水につかったまま、ぜいぜいと息を切らせ、寒さに胴ぶるいし、ぼんやりと立ったまま互いの顔を眺めあった。どちらもへとへとに疲れきっていた

しばらくふたりは、睨みあっていた。

お光がしくしくと泣き出した。

それを見て、康吉も何となく悲しくなり、おいおい泣き出した。

ふたりは抱きあい、溝《どぶ》の中でいつまでもわあわあ泣き続けた。あたりは静まり返り、蒼い月がぽっかりと夜空に浮かんでいた。東京にはめずらしくその夜空には、またたき続ける星がいっぱいに満ちていた。

羽田空港

東京国際空港への高速道路は、芝浦付近から、もう車がぎっしりと詰まっていて、鈴ヶ森から先になると、すでに動かざる長蛇の列となり、ぴくりと前進することさえ不可能だった。

夜はしらじらと明けはじめていて、朝靄の空に嵐の如き警笛が高鳴り、そのうおん、うおんという気ちがいじみたクラクションの咆哮《ほうこう》は、都心から羽田まで続いていた。人間の鼓膜がそれ以上耐えられるとはとても思えぬやかましさに、車内で発狂する者が続出した。げらげら笑いながら停ったままの車から降り、車の屋根づたいにぴょんぴょんとんで行く気ちがいも大勢いた。

都心行きの道路は比較的車が少いため、間仕切

りのガードレールを叩き壊して車を乗り入れ、逆方向へすっ飛ばす者もいた。自殺行為だった。だが、車の中でじっとしていることが、そのまま死につながることがはっきりしている以上、たとえ自殺行為とわかっていても、それをやってみることには価値がある筈だ——そう考えて自分の行為を正当化する者もいたし、また、車という密室の中に閉じこめられたまま次第に気を狂わせて行くよりも、ひと思いに他の車と正面衝突して死んだ方がましだ——そんな計算をした者さえいた。事実、正面衝突は都心行き高速道路のいたる所で起っていて、夜が明ける頃には、こっちの方もすでに通行不能になっていたのである。

モノレールの走行軌条の上を走って行く者も大勢いた。この、浜松町—羽田間を走るアルベーグ型モノレールの車輛は、すべて『はねだくうこう』駅に行ったまま戻ってきていなかったので、轢《ひ》き殺される心配はなかった。それでも、子供を背負って走って行く主婦らしい女が、あとから自転車で走ってきた若い男につきとばされて、海へ墜落するといった光景は、あらゆるところで見られた。軌条の上を単車で走ってきた男は、垂直にカーブを描いている軌条を駈けのぼったはいいが、勢いあまってそのまま空中へダイビングし、二転三転して海岸の泥沼の上へ落ち、オートバイごと数メートルの地底へすっぽりともぐりこんでしまった。

東京国際空港——ここの建物の前の広場は、車道はもちろんのこと、花壇といわず駐車場といわず、人間と車によってぎっしり埋め尽されていた。高速道路へ車を捨て、あとからあとから徒歩でやってくる連中が詰めかけ、車の屋根さえ見えなくなるほど人間が積みあがっていた。特に、建物の壁面に近くなるほど人間が積みあがっていた。そのありさまは、まるで人間の集団のようには見えなかった。蟻だった。

広場の中央にある鳥居の上によじ登り、咽喉も破れよとばかりにわめきちらしている男もいたし、絶望のあまりストッキングで首を吊って、鳥居からだらりと垂れさがっている女もいた。

　建物の中も、人間でぎっしりだった。特に国際線の発券場などは、カウンターの内部の壁ぎわまで押し詰められた群衆が、山をなしていた。もちろん「日本航空」「民航空運公司」から、「AIR FRANCE」「CATHAY PACIFIC」に至る十数カ所の発券場は、すべて締切られていた。カウンターの上に立ちあがり、搭乗券をあたりへ撒《ま》きちらしている者もいたが、そんなものが何の役にも立たないことは皆が知っていた。

　発着場に通じる「DEPARTURE」と書かれたグリーンのガラス行灯《あんどん》の横の階段も、押されて倒れた人間がうず高く二重三重となり、その人体で形作られた傾斜面を、さらに群衆がよじ登っていこうとしていた。怒号と、悲鳴と、断末魔の絶叫は、建物いっぱいにわんわんと響きわたり、それは今や轟音と化していた。汗と血のりの熱気が蒸気となり、群衆の上から白くゆらゆらと立ちのぼっていた。

　揉みくちゃにされながら建物の中を通り抜けた群衆は、各ゲイトから発着場の広場へ走り出た。送迎デッキからとびおりる者もいたし、整備場や海岸の側から、わらわらと駈けてくる者もあった。いずれも髪ふり乱していて着物はぼろぼろ、中には余分な衣類すべて脱ぎ捨てたふんどし一枚の男や、ハンドバッグひとつ持っただけのヌードの女までいた。

　群衆がやってきて大混乱になることを予想し、空港関係者のすべてが、いち早く、ありったけの飛行機で逃げたあとだったため、発着場に飛行機は一機も見あたらなかった。それでも、整備場に一機だけ残っていた。航行可能らしげに見える四発ターボ・プロップの中型旅客機が、群衆の中の数人の手によって、発着場へ、牽引車で引っぱり出されてきた。

かくて、蟻の大群のど真ん中へ、角砂糖をひとつ落した状態に近いことが起った。群衆がわっと寄ってきて、この中型旅客機にたかった。操縦する人間がいるのかどうか、どこへ飛んでいく飛行機なのか、そんなことはどうでもよかった。とにかく、これに乗らぬよりは乗った方が、まだしも生命の失われる率が少いのであると思いこんだ群衆が、われ勝ちに乗りこもうとしてひしめきあった。

たった一機の中型旅客機に、タラップが十台も二十台も寄せられると、そのタラップはすべて、たちまち上から下まで人間が鈴なりになった。

前部と後部の出入口ドアが開けられると、まだ完全に開ききっていないうちに、正面から、横から、また、半張殻構造の機体の屋根に登った者が上から、いっせいに中へ入ろうとして、その部分はたちまち人間が団子のようになってしまった。

円型窓のガラスを破って、客席へ入る者もあった。

また、なかば狂気のようになって物ごとの見さかいのつかなくなった連中が、機体外部のあちこちへ、自分のからだをくくりつけようとしていた。屋根にあるHFアンテナ、VHFアンテナにとりすがる者。尾翼の垂直翼にあるVOP／ILSセンス・アンテナ、機体下部のADFセンス・アンテナにぶらさがる者。主翼、尾翼に紐を巻きつけて、自分のからだを結び付ける者。車輪の作動支柱を握りしめるもの。プロペラ後部のエンジン・カウリングに抱きつくもの。中にはあろうことかあるまいことか、プロペラにとりすがる者さえいた。

七十人用の客席には、たちまちぎっしりと人間が詰まり、さらに出入口から、窓から、次つぎと乗り込んでくる連中のため、やがて前部の操縦室、化粧室、後部の料理室、休憩室、そして客席の棚の上に至るまで、人間が満ちみちた。シートに腰をおろしている者、通路にうずくまっている者の頭上へ、次つぎと人間がよじ登り、のしあがり、ついには機内の空間さえ残り少なくなりはじめた。

機内に乗りこんだ者のすべてが若い男だった。女子供、老人などは機内にたどりつく過程のどこかで、瀕死の重傷を負ったり、圧死したりしていたのである。

とても乗れないと見切りをつけた者は、整備場から持ってきたハンマーで機体やプロペラを殴りつけたりしていた。どうせ自分が乗れぬ飛行機なら、いっそのこと叩き壊して飛べぬようにしてしまってやれという、浅ましい考えらしかった。

「なんだなんだ。操縦できるやつは、誰もいないのか」操縦室にぎっしりの人間たちが口ぐちにわめきはじめた。「こんなにたくさん乗っていやがって、誰も操縦できないのか」

やっと乗り込んだのはいいが、操縦する人間がいないと知り、彼らはあわてはじめた。

「おい。誰かいないか」

「客席の方に、誰かいないか」

操縦できる人間がいないかという声が、口づたえに機内へひろまった。その声は、前部出入口の付近で、まだ揉みあっている連中にも伝わった。

「ここにいます」と、タラップの中ほどで揉みくちゃにされていた、気の強そうな若い女が叫んだ。「わたしの主人が操縦できるんです。あなた。何してるの。どこにいるのよ。あなたったら」

「はい。はい。はい。はい」女の少しうしろにいた若い柔弱そうな男が、あわてて背をのばした。

「あなた。何をもたもたしてるのよ。あいかわらず愚図ねえ」女がヒステリックなきいきい声をはりあげ、亭主を叱りつけた。「返事しなきゃ、だめじゃないの」

「はい。はい。はい」男はせいいっぱいの声を出して叫んだ。「わたし、操縦できます」

「その男を、乗せてやれ」と、出入口にいた連中が叫んだ。「早く、こっちへこい」

「この男を乗せるな」男のうしろにいた連中が、彼の服をつかんで、タラップからひきずりおろそうとした。「おれたちが乗れねえうちは、この男を乗せるな」

男の周囲で、つかみあいが起った。

「勝手なこと、いわないでください」男の女房が怒って、ハンドバッグを振りまわし、まわりの男たちの頭をぶん殴りはじめた。「あなた。そんな人たち押しのけて、早くきなさいったら。何もたもたしてるのよ」女は絶叫した。「あんたったら」

「はい。はい。はい。はい」男は大あわてで腕をふりまわし、彼を引きずりおろそうとする連中の手から逃がれながら、タラップを登りはじめた。

「通れません」男が泣き声を出した。「通してください」

「主人を通らせてやってください。主人を通らせてやってください。でないと、飛行機が出ませんよ」女は声をかぎりに叫び続けた。「おどきなさい。そこの人、おどきなさいったら」

「順送りにしてやれ」

「ひっぱりあげろ」

出入口の連中が手をのばして男の衿をつかみ、ひきずりあげようとした。

「早くこい」

「さあ。手を出せ」

「わたしも乗せてください」今度は女があわてはじめた「わたしはその人の妻です」

「美代子オ」男が妻の方を振りかえり、また泣き声を出して手をさしのべた。

「そんな女など、ほっとけ」

「何をいうのです」女が怒り狂った。「あなた。わたしが乗らないうちは操縦しちゃだめよ。わかったわね。あなたったら」

「はい。はい。はい。はい」男は人間たちの頭上を乗り越え、機内へひきずりこまれながら、おろおろ声でいった。「美代子も、美代子も乗せてやってください。ぼくの美代子も乗せてやってください」彼は泣き出した。「美代子さあん」

男の姿が機内へ消えた。

女は、あたりの連中を見さかいなくハンドバッグでぶん殴ったため、怒った周囲の男たちから服をむしりとられ、タラップの下へ突き落されそうになった。

「何するのよ。ゴリラ。けだもの。くそ。何しやがるんだい。こん畜生」女は荒れ狂い、そのためますます憎しみを買い、とうとうタラップから突き落されて発着場の砂を舐《な》め、わあっと泣き出した。

「さあ。操縦しろ」

「早く飛ばすんだ」

無理やり機長操縦席へ坐らされた男は、周囲の者から早く早くとせき立てられ、小突きまわされた。

「美代子さんが乗っていないのに飛ばすと、叱られます」

「何言やがる」いら立ったうしろの男が、彼の頭を力まかせにぶん殴った。「飛ばさねえと、しめ殺すぞ」

「はい。はい。はい」男は泣きながら、エンジンのスロットル・レバーを握った。「どちらへ参りましょう」

「南極だ」すかさず、うしろの男が叫んだ「南極へやれ」

「これは国内線用の中距離旅客機です。南極までは、とても無理です」

「長崎へやってください」と、ひとりの男が頼んだ。「母親がいるんです。ひと眼会ってから死にたいんです」

「そんなおかしなとこへ行きやがったら、ただじゃおかねえぞ」周囲の男たちが、いっせいにわめきはじめた。「とにかく南だ。南の方へ逃げるんだ」

「押さないでください」と男は叫んだ「操縦桿が引けません。すみません。前の人、どいてください。前が見えない。計器が見えません」

「ぜいたくをいうな」

「文句ばかりいわずに、早くしろ」

「はい。はい。はい。はい」

エンジンがかかった。

男はプロペラ操作レバーを握った。

プロペラがまわりはじめ、エンジン・カウリングや、主翼にしがみついていた男たちが、はるか後方へ吹きとばされた。プロペラにとりすがっていた男は振りまわされて手をはなし、十数メートルの空中に舞いあがった。あっというまにプロペラに巻きこまれ、五体ずたずたになった女もいた。

操縦席では、男がフラップ操作レバーを握った。

主翼のフラップが、ぱたぱたと上下した。フラップにはさまれて、補助翼にかじりついていた男の首がちぎれ、胴体を残して風でとんでいった。


飛行機が滑走路を無視して走りはじめた。地上の人間たちが吹きとばされ、発着場の上をころがり、滑っていき、積み重なった。飛行機の進行方向にいた人間たちが、仰天《ぎょうてん》して逃げ出した。飛行機は人間たちを追いまわしながら、次第にスピードをあげ、発着場にゆるい弧を描いて走った。

「さあ。早くとびあがれ」

「どうした。走ってばかりだぞ。飛びあがれないのか」

「いわんこっちゃない」操縦席の男が泣きわめいた。「操縦桿が引けなくては、飛びあがれません。あなた。そんなに押さないで、そこをどいてください」

「そんなに簡単にどけられるもんか。身動きもできないんだぞ」

「あっ。早く飛びあがらないと、前は海岸の泥沼だ」

「カーブしろ。早くカーブしろ」

「はい。はい。はい。はい。はい」

飛行機は海岸の手前できわどくカーブし、方向を逆転して、もときた方へ時速二〇〇キロで驀進した。群衆の中へ機首を突っこんでいった飛行機は、数千人、数万人の人間を、蹴ちらし、踏みにじり、吹きとばし、はねとばし、地べたへ叩きつけ、舞いあげ、プロペラへ巻きこみ、切りきざんだ。三五〇ヘクタールの発着場は、たちまち阿鼻叫喚の巷となり、一面に人体の各部分が散らばり、見わたす限り血でまっ赤に染まった。

中天高く、スカートをぱっとひろげて舞いあがった女の屍体が、機首近くに落ちてきて、風防ガラスにぺしゃりとへばりついた。女はぺしゃんこになった顔で、恨めしげに操縦室をのぞきこんだ。

「美代子オ」操縦席の男は、絶叫して両手で顔を覆った。「許してくれえっ。許してくれえっ」彼は妻の顔から眼をそむけたまま、狂気の如く叫び続けた。

やがて、静かに笑いはじめた。

「わっ。こいつ、発狂しやがった」

「たいへんだ。前に、何かあるぞ」

一面、血と臓物にまみれた風防ガラス越しに、近づいてくる空港の建物がぼんやり見えた。

「カーブだ。カーブだ」

あわてた男たちは、見よう見真似で操縦装置をいじりまわした。

飛行機は、また機首を転じた。

血のりと臓物の海を、旅客機は走りまわった。

飛行機の屋根のＶＨＦアンテナを、肩からもげた男の片腕が握りしめ、それは旗のように、風になびいていた。油冷却用の空気取入口からたらふく人間の血液を吸いこんでしまったため、四つのプロペラのうち、ふたつが止っていて、その止ったプロペラには、衣服の切れっぱし、女の長い頭髪、腸や胃袋など消化器系のながい臓物がひっかかっていた。

飛行機は発着場をぐるぐるまわった。人間を追いまわしながら、燃料がなくなるまで走りまわっていた。

関東上空

「君はたしか、ヘリコプターの操縦ができるとかいってたな」毎読新聞社の屋上へリポートに、ただ一機、忘れられたようにとり残されていたベル47G－2型の前に立ち、野依がおれにそういった。

「ああ。見よう見まねでな」と、おれは答えた。「二、三回、操縦させてもらったことがある。その程度だ。資格は持っていない」

「それじゃ、危いなあ」

「でも、こいつはどうせ、故障してるんだろ」

「そうだ。昨日故障して、そのままだ。今朝、技術士が修理にきてくれることになっていたんだが、こうなってしまっては、おそらく来ないだろう」

すでに夜は明け、浅草方面の空は朝焼けでピンクに染まっていた。

「どこが故障してるの」おれのうしろに珠子と並んで立っていたツヨシが、そう訊ねた。

「わからんな」と野依がいって、おれに向きなおった。「操縦装置を見てみるかい。もし君で修理できるような故障なら、儲《もう》けものだぜ」

「とんでもない」おれは苦笑した。「機械には弱いんだ」

「操縦装置、見たいなあ」と、ツヨシがいった。

「じゃあ、見せてあげよう」野依がツヨシとともに、ヘリコプターに向かって歩き出した。

そのうしろをついて歩きながら、おれは珠子に小声で訊ねた。「傷の具合はどうだ」

「たいしたことはないわ」珠子は、こころもちびっこをひきながら、せいいっぱい、何でもなさそうな様子で答えた。

ずいぶん気丈になったものだと思い、あんなに甘えん坊でありながら、これだけ気丈にならざるを得なかった珠子に、おれはまた哀れさを感じた。

野依とツヨシは、ヘリの左側のドアを開けて中に乗りこんだ。おれも、そのあとから操縦席に入った。このベル47G－2型は三人乗りだが、三人乗っただけでもいい加減窮屈である。

「イグニッション・スイッチはどれなの」と、ツヨシが訊ねた。

「ヘリの場合は、イグニッションとはいわない」と、おれはいった。「マグネット・スイッチというんだ。そいつはこれだ」おれは、スイッチをONにした。

それだけで、もう、すべてがのみこめたといった様子でツヨシは、全部OFFになっている計器盤のスイッチを、片っ端からぱっぱっぱっとONにしたり、OFFにしたりして点検した。その手つきのあざやかさに、おれと野依は眼を見はった。

ツヨシは最後に、バッテリーとゼネレーターのスイッチをONにしようとした。

スイッチは、動かなかった。

「なあんだ。これならすぐ修理できるよ」ツヨシは、嬉しそうに叫んだ。「このタイプの計器盤の電気系統は、どれもすごく簡単な筈なんだよ。ねえ。カバーをはずしたいんだけど、ドライバーはありませんか」

おれたちはぶったまげて、茫然とツヨシを眺めた。

「それを今、修理したとしても」と、ややあって野依がいった。「飛行中に、また壊れるんじゃないのかね」

「いや。それは大丈夫なんだ」ツヨシは自信ありげにいった。「このバッテリーやゼネレーターのスイッチは、閉にしておいたって飛び続けることができるんだ。それに、このタイプのやつは、あちこちにサーキット・ブレーカーがあるから、それが安全装置になるしね」

おれの拾った子供は、どうやら機械に関する天才少年だったらしい。野依が階下から持ってきたドライバーを使い、ツヨシは、電源系統の故障をひとりで修理しはじめた。

野依のいう通り、もしこのヘリが飛ぶとしたら儲けものである。ここへたどり着くまでの道路の混雑状況を考えれば、とてもおれの車で都内を脱出することができるとは思えない。だが、このヘリに乗りさえすれば、途中で燃料を手に入れなくてはならないだろうが、車なんかよりはずっと楽に大阪まで行ける筈だし、ツヨシを由比ヶ浜まで送ってやることもできる。

おれと野依は、並んで屋上をぶらぶらと歩きまわった。

「あのヘリが飛ぶとしたら」と、おれは野依に訊ねた。「君はどうする。いっしょに来るかい」

「そうだな」野依は立ちどまって、手摺《てすり》にもたれ、動くもののひとつも見あたらない、化石のような町を見おろしながら、少し考えこんだ。

やがて、顔をあげた。「いや。ぼくはやっぱり、ここにいるよ」指さきで、眼鏡を押しあげた。「逃げたって、意味がない」

「その通りだ」

おれたちはしばらく黙って、朝靄の中にあるビルの群れの、静かなたたずまいを眺め続けた。

「この馬鹿でかいビルディングの群れも、やがて廃墟になるんだな」ややあって、おれはいった。

「ミサイルが落ちなかったとしても、やっぱり廃墟になるんだな」

「その廃墟が、宇宙のほかの星の生物に発見されるなんてことも、まず、あるまい。何もかも無駄になってしまった」野依はそういいながら、ポケットから馬券の束をとり出した。「これも無駄になってしまった。連勝複式だ。全部、勝ってたんだ。金に換えてないだけだったんだ」

彼は競馬気ちがいで、あちこちの雑誌に競馬評論さえやっていたのである。野依は馬券の束を半分にちぎり、空中へぱっと投げ捨てた。馬券は朝日に美しく染まり、風にひるがえって、ブルーグレイのビルの壁面から次第に遠ざかりながら、眼下の家並みの上をちりちりと舞い落ちていった。町は沈黙していた。

「故障がなおったわよ」ツヨシを手伝っていた珠子がヘリの傍《かたわ》らから、おれたちを呼んだ。

「よし。試運転してみよう」おれと野依は、ヘリの傍らに戻った。

「試運転するなら、ぼくも乗せてよ」ツヨシがボロ布で手を拭きながらいった。

おれは、かぶりを振った。「いや。危険だから、おれひとりでやる。絶対安全とわかってから、降りてきて君たちを乗せる」

操縦席に乗りこみ、高度計をセットし、スティックとピッチ・レバーを動かしてみた。次に、バッテリーとゼネレーターのスイッチをONにいれ、それから油圧計や温度計の指度を点検した。どこにも異常はなさそうだった。

最後に、マグネット・スイッチをRにいれ、スターター・スイッチを押し下げた。ぐいっ、ぐいっと力強く、クラン軸の空転音が腹にこたえてきた。ぱっぱっぱっぱっという爆発音と手ごたえに続き、爆音が起って発動機が始動した。

「しめたぞ」おれはマグネット・スイッチをBOTHにいれた。

その時、ヘリポートの前方左手にある階段室から、ひとりの男が走り出てきた。手をあげ、何か叫びながら、男はヘリの方へ駈け寄ってきた。

おれはすぐ発動機をとめた。

「そのヘリコプター、待った」

男は、おれが昨日の昼間、青山の喫茶店で珠子といっしょに会った、あの銀河テレビ・ディレクターの、亀井戸とかいう歯の悪い男だった。

「やあ。間にあってよかった」亀井戸は、ヘリの発動機が停止したので少しほっとしたらしく、野依に笑ってうなずきかけながら、われわれの傍らまで歩いてきた。「ぼくも乗せてくれ」

「亀井戸さん」珠子が少し驚いて、彼に声をかけた。

「え」亀井戸は、珠子の姿を不思議そうな顔でじろじろと見あげ見おろした。それから眼を丸くした。「珠子」げらげら笑い出した。「なんだ。君だったのか。わからなかったよ。どうした。その恰好は。まるで強姦でもされたあとみたいだぜ」

珠子が、さっと身をこわばらせた。

それに気づかず、亀井戸はにやにやしながら彼女にすり寄っていった。「おい。どうだった。あのチンピラ記者とのデイトは。楽しかったか」そこまで喋ってから、彼は急に、哀れな弱い動物をいたわるような調子で珠子の背を撫でながらいった。「そうか。わかった。あいつだね。君をこんなひどい目に会わせたのは。きっとそうだ。あのチンピラ記者なんだね」

「そうじゃないわ」珠子は身を固くした。「澱口さんなら、そこにいるわ」

亀井戸は操縦席のおれを見て、一瞬しまったという表情を浮かべた。だが、わざとらしくおれを無視して、野依に向きなおった。「やあ。久しぶりだな」

「久しぶりだね」

「このヘリコプターは、どこまで行くんだい」そう訊ねてから、弁解がましく、どうでもいいといった口調で彼はいった。「いや。なあに。どこへ逃げたところで、結局は同じだってことぐらいはわかってるんだがね。ただ、東京で死ぬのはいやなんだ。この、ごみごみした町ん中で死ぬのだけはいやなんだ。わかるだろ。な」

「わかるよ」野依はゆっくりとうなずいた。

亀井戸も、うなずいた。「ここにヘリコプターがあったのを思い出して、歩いてやってきたんだ。いやあ。やっぱり、来てよかったなあ。で、このヘリはどこまで行くんだい」

「澱口君は、大阪まで行くそうだ」と、野依はいった。「彼が操縦してね」

「ああ」亀井戸は、何もかもわかったといった様子でおれを振り返り、笑ってうなずきかけた。「なんだ。記者だっていうから、ほんとかと思ってたら、ヘリコプターの操縦士だったのか」

おれは黙っていた。

「澱口さんは記者よ。失礼ね」と、珠子がいった。

「だって彼は、ヘリコプターを操縦するんだろうが。操縦するんだろうが。ほらみろ。だったら操縦士じゃないか」

珠子も黙ってしまった。

「それがなぜ、失礼になるんだい。何も失礼なことはないじゃないか。操縦するんだから操縦士じゃないか」彼は珠子が黙っているので、むきになって野依に同意を求めた。「なあ。おい。そうだな。なあ」

野依は苦笑した。「澱口君は記者だよ」

亀井戸は聞こえなかったふりをし、背のびするように空を眺めた。「そうかあ。大阪へ行くのかあ。じゃあぼくは、その途中のどこかでおろしてもらおうかな。お珠。君はどこへ行くんだ」

珠子は、そっ気なく答えた。「大阪よ。澱口さんといっしょに」

彼は嫉妬に眼を光らせ、おれと珠子を見くらべてから、また空を見あげた。「どこがいいかなあ。琵琶湖あたりがいいかなあ。そうだ。琵琶湖がいいな」彼は鼻息を大きく吐いた。「そうだ。そうしよう」おれに向きなおり、命令口調でいった。「ぼくを琵琶湖まで乗せていってくれ」

おれは、かぶりを振った。「ぼくは、あんたを乗せるのはいやだね」

亀井戸の頬の筋肉がひくひくと痙攣する有様を、おれは興味深く眺めた。

彼は助太刀を乞うように、野依を眺め、野依が吹き出しそうになるのをこらえながら、じっと自分の靴を見おろしているため、次に珠子を見た。

珠子はそっぽを向いた。

亀井戸は、ふんとうそぶいてまた空を眺め、諭《さと》すようにおれにいった。「操縦士が、そんな勝手なことといっちゃいけないよ。ね」

「どこへ逃げたって、どうせ死ぬんだぜ」と、おれはいってやった。

「そんなことは、君なんかに教わらなくてもわかっている」亀井戸は、急に怒りはじめた。「そんなことぐらい、ぼくが知らないとでも思ってるのか。ぼくがさっき、そういったばかりじゃないか」彼は眼球を充血させ、野依に向きなおった。

「なあ。おい。ぼくはさっき、そういったな。ここへ来たとき、すぐ、そういっただろ」

野依は、頭部を上下させた。「ああ。いった。いった」

「ほら見ろ。ほら見ろ」亀井戸は嚙みつきそうな顔で、おれを振りかえった。「野依君も、ぼくがちゃんと、そう言ったといってるんだ」

まともに話せる男ではなさそうである。「そうか。それは悪かった」

彼はとどめを刺すように、もういちどいった。「ぼくはさっき、ちゃんとそういったんだ」それからそっぽを向き、吐き捨てるようにいった。「記憶力が悪いね。まったく」

「このヘリコプターは、三人乗りなのよ」と、珠子がいった。「三人乗っただけでも、窮屈なの。とても四人は乗れないわ」

亀井戸は、野依に訊ねた。「君は、どこへ行くんだ」

「ぼくは行かない。ここに残る。その子が乗るんだ」野依は、ツヨシを指さした。

亀井戸は、はじめてツヨシに気がついた様子だった。「この子供は誰」

「ツヨシ君っていうの。由比ヶ浜の家まで、送ったげるのよ」

「そうか」亀井戸はうなずいた。「誰の親戚でもないいんだな。じゃ、その子供を乗せなけりゃいい。そうすれば、操縦士と、それからぼくと君と、三人乗れる」

「何をいうの」珠子は眼を吊りあげ、怒気鋭くいった。「このヘリコプターの故障を修理して、飛べるようにしてくれたのは、この子なのよ」

「そんな馬鹿な」亀井戸は、へらへらと笑った。「そんな。この子供が、ヘリコプターなんか修理できるはずがないだろ。ははは。ははは。ははは。は。嘘をついたってだめさ」

珠子はじっと亀井戸の顔を凝視して、静かにいった。「わたしが嘘つきだっていうの」

亀井戸は急にどぎまぎし、それからおろおろ声でいった。「だって、そんなこと、ぼくに関係ないだろ。もし仮に、その子供がほんとに、このヘリコプターの故障を修理したんだとしてもだな、そんなこと、ぼくがここへくる前のことじゃないか」彼の声はだんだんヒステリックになっていき、ついには叫びはじめた。「そんなこと、ぼくの知ったことじゃないだろ。そうじゃないか」そしてまた野依に向きなおり、同意を求めた。「なあ。あんただってそう思うだろ。ぼくに関係ないことだろ。そんなことは」

「時間が無駄だ」げっそりしながら、おれはふたたび発動機を始動させた。「もめてる間に、ちょっと試運転してくるよ」

「こら。待て。何をするんだ」亀井戸は眼球がとび出しそうになるほど眼を剝《む》いてふり返り、おれに叫んだ。「どこへ行く」

「どこへも行かない。ちょっと試運転してくるだけだ。このヘリコプターは、今、故障がなおったばかりだからね。一度、飛んでみないことには」

「嘘だ。嘘だ。信用しないぞ。こんなチンピラ操縦士のいうことなんか、誰が信じるもんか」彼は、気がくるったようにわめきちらした。「こいつは、このヘリに乗って、たったひとりで逃げるつもりなんだ。わかってるぞ」

おれは彼を無視し、マグネット・スイッチをBOTHに入れようとした。

「待て」亀井戸が絶叫した。彼は全身をがくがくと、瘧《おこり》のように痙攣させ、頰の肉をぶるぶる顫《ふる》わせながら、ポケットから拳銃を出して、おれを狙った。彼は興奮のため、完全にしわがれてしまった声で叫んだ。「試運転なんてことは、認めない。この子供も、乗せなくていい。おれと珠子を、琵琶湖まで乗せていくんだ。いいか。わかったか。さもないと……さもないと……」銃口が、大きくふるえていた。

気ちがいだ――と、おれは思った。こういう男は、逆上すると、ほんとに拳銃をぶっぱなす可能性がある。

だが、おれは彼にいった。「撃つっていうのか。やってみろよ。おれが死んだら、ヘリコプターが飛ばないぜ」

いってから、しまったと思ったが、もう遅かった。亀井戸はすぐ、ツヨシの頭に銃口を向けなおした。

「よし。それなら、この子供を殺す。邪魔者を始末する」引き金にかけた指さきへ、力を加えはじめた。

ツヨシはがくがく顫《ふる》えながら、強く眼を閉じた。珠子が、ツヨシを抱き寄せた。ツヨシは、珠子のスカートに顔を埋めた。

「お珠。その子供から離れろ」と、亀井戸がいった。

珠子は蒼ざめながらも、かぶりを振った。「いやよ」

「わかった」と、おれは叫んだ。「あんたを乗せてやる。試運転も、なしで行こう」

亀井戸は勝ち誇って、薄笑いを浮かべながら、ゆっくりとおれにいった。「最初から、そういえばよかったんだ」うなずいた。

「そのかわり、その子も乗せる」と、おれはいった。「窮屈だが、なんとかして四人乗れないことはないだろう」

それには答えず、亀井戸はおれに背を向け、野依にいった。「四人乗れることは、最初からわかってたんだ。三人しか乗れないなんて、あいつの厭がらせなんだよな」弁解がましく、彼は続けた。「おれだって子供を撃つ気なんてなかったさ」

野依は、汗を拭《ぬぐ》いながらいった。「撃つかと思った」

「撃つわけがないじゃないか。おれがこんな子供を撃つもんか。そうだろうが」

「うん。そうだな」

「そうだよ。そうだとも」亀井戸は、野依の肩を叩いた。「それじゃやな」彼は操縦席と副操縦席にはさまれた、中央のシートへ乗りこんできた。

「君たちも、早く乗れ」おれは、珠子とツヨシに叫んだ。

ふたりは副操縦席へ窮屈そうに乗りこんだ。

野依がドアの傍までやってきて、亀井戸にいった。「君。その拳銃を、ぼくに寄越したまえ」

亀井戸は、くすくす笑った。「いや。こいつは渡せないよ」そういってから、大声で、そらぞらしい芝居をはじめた。「野依。結局君が、ぼくの一番の親友だったな。君のことは忘れないよ。君もいっしょに行けるといいんだがねえ。じゃ元気でな」

野依は、黙っておれにうなずきかけた。

おれも彼に、眼だけで別れを告げた。

野依が外から、ドアを閉めた。

おれはスロットルを開き、ピッチ・レバーをあげた。

機体は上昇し、毎読新聞社の屋上約二メートルの高さで停止した。

「もう、浮かんでるんだ」と、ツヨシが叫んだ。

「いつ浮いたのか、ぜんぜんわからなかった」

スティックを前方に押した。

足もとの屋上が、後方へ流れはじめた。

次第に早く流れ出し、機体は次第に高度をあげた。

ヘリコプターが、屋上を出はずれた。おれたちは大空にあり、ビルの大群は眼の下にあった。関東平野の上空は晴れ、朝焼けはおれたちの後方にあった。高度二百フィート、おれは機首を南に向けた。ヘリポートでは野依が、豆粒のようになったまま、まだ立ってこっちを見あげていた。

皇居上空を横切り、今や無人の超高層ビルと化した様子の霞ヶ関ビルと、なぜか頂上の尖塔が砕けている国会議事堂を右手に見て、ヘリは新橋までやってきた。見おろすと、すでに街路に動くものはなく、壊れた車、燃えつきた車などでぎっしりだった。新橋駅は燃えていた。駅の構内で、きっと暴動じみた騒ぎがあったのだろう。新幹線のレール上にも、燃えて骨組みだけになったひかり号、こだま号の車輛がずらりと並んでいて、それは東京駅まで連なっていた。

新橋駅前ビル、新橋富士ビル、第五中銀ビル、田中田村ビル、大同ビルなどの裏通り、汚い人家の小さな屋根がひしめくそのあたりにも、すでに人影はなかった。

「うす汚ない文明だった」亀井戸は、顔を歪《ゆが》めてそういいながら眼下を眺めた。「見ろ。このちっぽけな屋根。こんなごみごみしたところなんか、ぜんぶなくなってしまえばいいんだ。燃えてしまえばいいんだ。さっぱりするだろうよ。こんなところに住んでいる、蛆虫《うじむし》みたいな奴ら、ぜんぶ死んじまえばいいんだ。そうとも」

彼は、わざとらしくせせら笑った。無理をして、悪党ぶっていた。だが、なぜそんなに悪党ぶっているのか、おれにはわからなかった。

「わたしたちだって、この町に住んでいたのよ」珠子が、反感をこめた眼差しでいった。「だから、わたしたちだって蛆虫みたいに死ぬのよ」

おれは笑った。「人間だれでも、高い所にくると、地上の人間を蛆虫だと思いたがるのさ」

亀井戸は、じろりとおれを睨み、これ見よがしに拳銃を片手でいじりまわしながらいった。「あまり、おれにさからわない方がいいな。おれは今、虎みたいに兇暴になっている。怒らせると危険だぞ」

「それはむしろ、おれの方からあんたに言いたいね。ヘリコプターを操縦しているのは、おれなんだからな」

竹芝埠頭の上を越して、ヘリは東京湾に出た。竹芝桟橋、日の出桟橋、芝浦埠頭には、船は一隻もいなかった。

「すごい」と、ツヨシが左下方を指して叫んだ。

晴海埠頭では、数十万人と思える大群衆が、押しあいへしあいをしていた。その蟻の大群を思わせる黒山の人だかりの中にある一隻の大きな船——それは、見ちがえるはずもなく、ちょうど日本へ帰ってきていた南極観測船『ふじ』であった。

「どうだ。あれでも人間を蛆虫だと思わないか」と、亀井戸がいった。

「人間が蛆虫じゃないとは、いっていないさ」と、おれは答えた。「蛆虫だよ。おれだって、あんただって蛆虫だ。たまたま空を飛んでいる蛆虫だ。だからみんな、蛆虫みたいに死ぬんだ。蛆虫は踏み殺されるが、おれたちは焼き殺されるってわけだ」

おれがそういったとたん、亀井戸のからだがぴくりとはねあがった。

そうか——おれは亀井戸のポーズの裏にあるものを知り、苦笑した——この男は、死の苦痛を病的に恐れているのだ。そのため、わざと悪党ぶり、図太さを装うことによって、それをごまかしているんだ。おれはまた声をあげ、けらけらと笑った。

「何がおかしいっ」恐怖と怒りのため、ピンク色に濁った白眼を向け、亀井戸がそう怒鳴った。一種のヒステリーだ。

こういう時、いちばん効果があるのは平手打ちなのだが、操縦桿を握っていて手がはなせないから、おれは咽喉も破れよとばかりに絶叫した。

「やかましい。黙れ」

おれの声は、狭い操縦室いっぱいにがあんと響きわたり、亀井戸の顔は驚愕で、数センチもながくのびてしまった。

「いいか。このヘリコプターに乗っているかぎり、お前のいのちはおれが預っているんだ。早くいやあ、生かそうと殺そうとおれの自由なんだ。操縦にさしつかえると判断した時には、おれは貴様を外へおっぽり出すからな。そう思え」

亀井戸は黙りこんだ。怒りに顫えていたが、さすがに拳銃はポケットに入れた。やがて、ちらちらとおれの顔色をうかがいながら、つぶやいた。

「まあ、そんなに怒るな」彼はおれの顔を眺め、うなずきかけた。「そりゃあ、あんたは偉いよ。ヘリコプターの操縦ができるんだからな」おれが黙っていると、彼は図に乗ってますます顔を近づけてきた。「世の中がこうなっては、とにかく乗物を動かせる能力を持っている者が勝ちさ。なあ、操縦士さん。こうなってしまってはおれみたいなインテリは無力なもんさ。なあ、はははは。やあ。ご免なさい。気にしない。気にしない」

ちらりちらりと厭味を小出しにし、どこまで言えばおれが怒り出すかを観察しながら、いわば厭味のエスカレーションをして行く気らしい。

「お珠。この男と席を代ってくれないか」と、おれはいった。「この男、歯が悪いもんだから、おれの顔に唾がとんでしかたがないんだ」

亀井戸は一瞬、むっとした表情をしたが、すぐに卑屈なにやにや笑いをした。「そうら、やっぱり怒っちゃった」

珠子と亀井戸は、窮屈な操縦席の中で場所を代ろうとした。珠子の膝の上にいたツヨシを自分の席に坐らせて、珠子の膝をまたぎ、向こう側へ移ろうとした亀井戸が、よろめいてドアに手をかけた。

ドアが開いた。

亀井戸のからだは、ヘリコプターの外の空中へとび出した。「わあっ」

「落ちたか」と、おれは珠子に訊ねた。

「落ちなかったわ」と、珠子は足もとを眺め、無表情に答えた。「パイプにぶらさがっているわ」

パイプというのは、ヘリコプターの下にある、着地用のスキッドのことである。おれが左手下方を見ると、亀井戸は両手でスキッドを握りしめてぶらさがり、背広の裾と頭髪を風になびかせていた。

「助けてくれっ。助けてくれっ」亀井戸の叫ぶ声が、風の中から切れぎれに聞こえてきた。「早く、早くおれを引きあげてくれっ。落ちる。落ちる。下は海だ。おれは泳げないんだ。助けてくれ。腕が抜ける。肩が痛い。おれは痛みに弱いんだ。死ぬ。死ぬ。落ちる。落ちる。もう落ちる。今落ちる。わあ。助けてくれっ。助けてくれっ」

ユーレカ・シティ

米空軍少尉メイナードは、ユーレカ市に帰ってきた。

ユーレカ市は、彼の故郷だった。そしてそこは、核ミサイルの落ちたどの地点からも、三〇〇キロ以上はなれていた。

彼は市内の大通りを走り続けていた。誰もいなかった。みんな、メキシコや南米や、南極の方へ逃げてしまっているに違いなかった。しかし、暴徒がひそんでいるかもしれないことを思い、彼は走り続けながらも、腰に拳銃を構え、周囲を油断なく見まわしていた。

スーパー・マーケットの前を駈け抜け、町かどの大きな古美術商の店さきも走り過ぎた。そこはメイナードの家だったが、そこにも誰もいるはずのないことを、彼はよく知っていた。

市中を横断し、市を出はずれてからも、彼はまだ走っていた。

この町で、一応完璧なシェルターを作るほどの余裕のある人物といえば、建築会社の社長で、ユーレカ市の市会議員をやっているスコット氏くらいのものだった。そして、スコット氏のひとり娘のローラは、メイナードの許婚者だった。少くとも、彼が入隊するまではそうだった。

見おぼえのあるクラシックな二階建てと、クリーム色の塀が見えてきた。ブルー・ブラックに塗られた鉄格子の門には、鍵がかかっていた。メイナードはそれを乗り越えた。邸の右手にある、よく手入れされた芝生の庭へまわった。そこに、シェルターの入口があった。鈍重な鉛色をした扉は、もちろん閉じられていた。その上部には、浄気装置のフィルターの先端がとび出ていた。

メイナードは扉の前で息をととのえた。それから力まかせに、大きく扉の中央を三度叩いた。しばらく待ち、次にまた三回叩いた。

「だれ」インターフォンから、金属的に変質された女の堅い声がとび出してきた。

「ローラ」メイナードは、インターフォンにとびつくように駈け寄った。安心感で、一瞬、膝関節がぐにゃぐにゃに崩れそうになった。「ローラ。

ぼくだ。メイナードだ」

「ま……」女の声が、地下で息を呑んだ。

　メイナードは、沈黙したインターフォンの前でしばらく待った。ローラは息をはずませているようだった。だが、彼女が扉を開けようとする気配はなかった。

「今まで、どこにいたの。メイナード」

「南極の氷の上だ」と、メイナードは答えた。「新型機のテスト飛行中に、戦争が始まったんだ。ぼくは南極へ逃げた。軍を脱走したんだ。誰が笑おうとかまうものか。命が惜しかった。君にもういちど会いたかった。君のその可愛い顔がもういちど見たかった。君の声が、もういちど聞きたかった。さあ。顔を見せてくれ。ローラ」

「南極には、爆弾は落ちなかったの」

「あんなところへは、爆弾は落ちないよ」

「地球上で、いちばん安全なところへ避難していたわけね」

「そうだ。だからぼくは、放射能にも汚染されていないよ」

「そんな安全なところから、なぜ戻ってきたの」

「わかるだろ。君に会いたかったからだ。さあ。この扉を開いてくれ」

「でも、あっちこっち、歩いてきているんでしょう」

「ローラ……」メイナードは咽喉を鳴らした。声がつまった。額が熱くなった。眼の上のあたりを、彼は手の甲でこすった。「ローラ。この扉を開いてくれ。ぼくは誓って、放射能は受けていない。飛行機で南極からここまで直接とんできて、沼地の横に着陸したんだ」

「沼地ですって」ローラはまた、しばらく黙った。やがて、ゆっくりと言った。「じゃあ、町の中を通り抜けてきたわけね」

「ロ……ローラ……」彼の声はかすれた。唾をのみこんだ。「君に……君に会いたくて帰ってきたんだ」

ローラは無言だった。

「ローラ。そこに誰かいるのかい」

「誰もいないわ。パパとママはシカゴへ旅行中だったの。きっともう、死んでるわ」

「じゃあ、そこには君ひとりか」

「そうよ。町の人や友達がきたけど、誰も入れてあげなかったわ。誰もよ」

しばらく、どちらも黙った。

メイナードは空を見あげた。黒い雲が低くたれこめていた。

「メイナード」

「なんだ」

「戦争は、まだ続いているの」

「まだ続いている。今にもこの町へ、ミサイルがとんでくるかもしれない。入れておくれ。ローラ」

「町で、だれかに会った」

「誰にも。きっと皆、南の方へ逃げたんだ。ぼくだって、あのまま南極にいればもっと安全だったんだ」

「なぜ帰ってきたの」

「わかってるだろう。ローラ。君に会うためだ。聞いてくれ。ローラ。君を愛してる。君が好きだ。だからこの扉を開いてくれ。雨が降りそうなんだ」

ローラは黙っていた。しばらく黙り続けた。

「ローラ。発電装置はあるのか」

「あるわ」

「食糧や水は」

「ひとりなら、二年分くらいあるわ」

「じゃあ……完璧だな」

「もちろんよ。パパは専門家だったもの。酸素やガスのボンベもあるわ」

「そりゃあ……よかったな」

「戦争は、どちらが勝っているの」

「指導者はみんな死んだ。どちらもだ。モスクワは地上から消えた。ニューヨークはハドソン川の中へ沈んだし、ワシントンは蒸発した。ロンドンもパリも、灰の山だそうだ」

「それでも、まだ続いているの」

「ああ。まだ続いている」

雨が降り出した。その一滴が、メイナードの鼻にあたった。黒く汚れた雨だった。

「ローラ」メイナードは悲鳴をあげた。「雨だ。雨が降ってきた。助けてくれ。ぼくを中へ入れてくれ。早く。でないと、死、死んでしまう」

「わたしだって、命は惜しいわ」ローラが、ためらいがちにそう答えた。

「ローラ。き、君は、君はぼくを愛してはいなかったのか」

「愛していたわ。でも、あなたを入れると、わたしも死んじゃうわ」

「君ひとりで、どうやって生きていける」

「あなたは大食いだから、すぐに食糧を食べ尽しちゃうわ。きっとそうよ」

「君は……君はぼくを裏切った……」メイナードは泣き出した。「これは不貞だ。あきらかにそうだ」

「あきらめてちょうだい」ローラの声には、もう、ためらう様子は見られなかった。彼女は決然として言った。「どこかへ行ってちょうだい。わたしはひとりでいいわ。あなた、もういちど南極へ戻ったらどう」

「あそこで餓死しろというのか」メイナードはおいおい泣きながら叫んだ。「君は冷たい女だ。思い出してくれ。あの夜のことを。ぼくが入隊する日の、前の夜のことだ。ぼくと君は抱きあって……」

「軍を脱走するような人は、きらいよ」

「それが婚約者にいうことばか。君はぼくの妻なんだぞ。妻だ妻だ。それが夫にいうことばか」

「まだ、妻じゃないわ」

「君を愛してる。君が好きだ。好きでたまらない。君は可愛い。ぼくは君に夢中だ」

「子供にいうようなこと、言わないで」ローラは冷たくそう言った。

メイナードは、しゃくりあげながら扉にもたれ、爪を嚙んだ。それからゆっくりと、軍服のポケットに両手をつっこんだ。

彼の眼が、急に光った。歯を見せ、顔が笑った。「ローラ」彼は、ゆっくりといった。「いい話がある。扉を開いてくれ」

「何だっていうの」

「町を通り抜けた時に、宝石店から、貴金属や宝石をあらいざらいかっさらってきたんだ。君を喜ばせてやろうと思ってね」

ローラの声が、少しはずんだ。「ほんと。そこに持ってるの」

メイナードは、ポケットを振った。貴金属が音を立てた。

「聞こえるだろ」

「聞こえるわ」

「扉をあけてくれ」

「それを全部、わたしにくれるの」

「もちろんさ。さあ、開けてくれ」

しばらくは、開かなかった。ローラが、ためらっているのか、あるいは、地下からの階段を駆け登ってきているのか、メイナードにはわからなかった。

しかし、やがて鉛の扉が、もったいぶった音を軋ませて、ゆっくりと開きはじめた。

メイナードは笑った。

扉の隙間から、微笑を浮かべたローラが覗いた。

ふたりとも、興奮していた。

メイナードが言った。「さっきの声は、まるで君じゃないみたいだったぜ」そして彼は、声を出して笑った。

ローラも笑った。

メイナードはポケットの中で貴金属をジャラつ

かせていた。ジャラつかせながら、彼はシェルターに入った。

鉛の扉が、ゆっくりと閉じた。

だがその時、すでに貴金属は、それ自身、貴金属であることをやめていた。それらはすべて、恐るべき放射性同位元素に変化していたのである。

南太平洋

タケ・タケ島の大酋長トンガは、島民の叫ぶ声に眼をさました。彼はむっくりと起きあがり、粗末な草ぶき小屋から、家の前のヤムイモの畠に出た。

数十人の島民が、彼の姿を見つけて、叫びながら畠の中を駈けてきた。

「お前たち、どかーと、何大きな声騒ぐか」と、酋長は大声で訊ねた。

「海岸にでかい飛行機、どかーと降りてきた降りてきた」島民たちは、いっせいに眼を丸くし、ブタの歯で作った首飾りをがちゃがちゃいわせながら、手振り身ぶりを加えて、なおも騒ぎ立てた。

「騒ぐそれ、どかーとよくない」酋長はいった。

「ひとり、ふたり、三人、喋る、よい」

「色の白い男、女、どかーとやってきた。男か女かわからないのもきた。子供きた。老人きた。肥った男と肥った女、どかー、どかーと、たくさん、たくさん、おりてきた」

「どかー、それ、まちがいでないか」

「まちがいでない。こっちにひとり、ふたり、三人がふたつ。ひとり、ふたりが三つ。それひとかたまりが三つ。その三つのかたまり、もう三つ。みんな、海岸を、どかーと、こっち、やってくる」

「よし」酋長は、舌なめずりをしながらうなずいた。「出迎えに行く。長老、どかーと起す。みな起す」

酋長は数人の長老に盛装をさせ、さらに数十人の島民をひきつれ、海岸へと歩きはじめた。

タケ・タケ島はニューヘブリディーズ諸島の南端、アネイチウム島からさらに少し東寄りにある小さな島である。この群島は、すべてイギリスとフランスの共同統治領なのだが、エファテ島のビラにある政庁の行政も、このタケ・タケ島にまでは及んでいず、早くいえばほったらかしである。なぜかといえばそれは、この島の住民が手のつけられぬ暴れ者ばかりだったからだ。

タケ・タケ島は、もともと無人島だった。それが、あちこちの島であばれて追い出されたり、自分でおん出てきたり、かつてこのあたりで盛んだった食人の風習から抜けきれない連中が、二人、三人とこの島に集まってきて部落を作り、ついに現在の百人あまりの人口にまでふくれあがったのである。

海岸にはボーイング707大型ジェット旅客機が、べったりと砂に腹をくっつけ、のめりこむような恰好で着陸していた。この飛行機には、アメリカのハワイ観光団百人が乗っていた。ハワイ到着の直前に戦争勃発のニュースを聞き、彼らはあわてそのままハワイを飛び越し、一万キロの距離を飛び続けて、この南太平洋の最南端にある離れ小島まで逃げてきたのである。

後部の出入口から砂浜に降り立って、じろじろあたりを見まわしている白人たちに、大酋長トンガの一行は近づいていった。白人たちは、ものものしいいでたちの酋長一行を見て、不安そうに身を寄せあった。

ふたつのグループは、南国の陽光照りつける白い波打ちぎわに、十数メートルの間隔をとって向かいあった。

やがて、白人たちの中から、ひとりの若い男が島民たちの方へ数歩進み出て、おずおずと片手をあげた。「ハウ」

「インディアンじゃない」と、白人たちの中から野次がとんだが、誰も笑わなかった。

酋長たちは、だまってその男を眺め続けた。

男は片手にさげたウイスキーの瓶を、ゆっくりと酋長の方へ差し出した。

酋長の傍らに立っていた長老のひとりが男に歩み寄り、瓶を受けとって酋長の前まで駈け戻った。

瓶を酋長に渡しながら、長老は耳うちした。

「どれもこれも、みんな、よい。肉、ついてる。どかーと、柔らかそう」

酋長はうなずきながら、瓶を高くかざし、中身を陽光にすかし見た。それから瓶の蓋をとり、喇叭《らっぱ》飲みをした。

白人たちは息を殺し、酋長の飲みっぷりを見まもっていた。

酋長は瓶を半分ほど空にしたところで、ゆっくりと男の方へ歩き出した。緊張して、がたがた顫《ふる》えている男の前に歩み寄り、ほんの数十センチの間隔で顔つきあわせ、酋長は立ちどまった。男の顔をじろじろ眺めながら、酋長はおもむろに瓶をあげ、残りの半分をごくごくと咽喉を鳴らして飲み乾した。

からっぽの瓶を海へ投げ捨て、酋長はいった。

「どかー」

白い歯を剝《む》き出して、にやりと笑い、彼は男の肩に片手をのせた。男が手を出し、酋長と握手した。

わっ、と、両側のグループがいっせいに歓声をあげて、ふたりの方へ寄ってきた。彼らは酋長と若い男を中にはさんで横隊となり、集団見合いのように向かいあった。

「わたしは機長だ」若い男が自分の胸を叩き、自己紹介した。「名前はサミイ」

酋長はうなずき、自分の胸を叩いた。「おれ、大酋長トンガ」

長老たちも、順に自分の胸を叩いた。

「おれ、ポンガ」

「おれ、ガランガ」

「おれマンガ」

白人たちがそれぞれ、島民たちに贈り物をした。そのほとんどが酒だった。白人たちは、この連中に酒を飲ませることがどれほど危険かということを、まったく知らなかったのである。

「早く食べる」と、さっきの長老が酋長にすり寄ってきて、そうねだった。

長老たちはすべて食人の経験者ばかりだから、よく肥った白人たちを眼の前にして、もはや矢もたてもたまらなくなっていたのである。

「もう少し待つ」と、酋長はいった。「油断させる。それから殺して食う。あわてるよくない。いずれ、腹いっぱい、どかーと食える」

砂浜で、交歓は続いた。白人たちも、島民と共に酒を飲み、酔っぱらいはじめていた。

いちばん最初に、危険の徴候を感じとったのは、いい気分に酔っぱらった長老のひとりと握手をかわしていたスチュワーデスだった。彼女は、長老の表情を見てぎょっとした。長老は、濃紺の制服に包まれた彼女の肉体をじろじろ見あげ見おろしながら、眼をぎらぎら輝やかせ、気味の悪いにたにた笑いをしていた。その笑いかたは、好色のにたにた笑いではなさそうだった。なぜなら彼は、まっ赤な口から、泡の混った大量の白いよだれを、だらだら流していたからである。

「大酋長。大酋長。大変だよ大変だ」それから半日ののち、今度は部落の裏の、タロイモの畠の方から、島民が走ってきて大酋長トンガに叫んだ。「裏の海岸に、ＳＡＳとＢＯＡＣおりてきた。それからノースウエストおりてきた。白人、どかーとおりてきたよ」

「今日われわれ、とてもしあわせ」酋長は喜んで、おどりあがった。彼は大いそぎで、長老を呼び集めた。「白人たち、また来た。どかーと来た。もうすぐここへくる。さっきの、ハワイ観光団から奪った持ちもの、服、みんな見えない所隠す。あのハワイ観光団、もうみんな、始末したか」

「もうみんな始末した」と、長老のひとりが報告した。「みんな咽喉切って、木へ逆さま吊した。血、どかー全部出た。くさい匂い抜けた。半日乾したから、よい肉できた」

「それみんな、小屋へとりこむ」と、酋長は命じた。「見つからないよう、すぐに隠す」

「血、どうするか」と、長老が訊ねた。「木の根もと、どかーと血だらけ。訊《き》かれたら、どういうか」

「訊かれたら、豚殺した血と答える。ごまかす。白人みんな馬鹿。白人みな土人のこと純朴思っているから、何言ってもすぐ信用する」

島民のひとりが走ってきた。「白人、来た」

「みんな部落の広場集まって、歓迎する恰好宴会の用意する。すぐする」

疲れきった表情で、数百人の白人が部落へぞろぞろと到着した。いずれも上流階級の人間たちらしく、いい身装《みな》りはしているが、今にもぶっ倒れそうなほど腹を減らしていた。

「あなたがた、タケ・タケ島よくきてくれたな」と、酋長が両手をあげて叫んだ。「われわれみんな、あなたがた見て、腹の底からうれしい」

「わたしはロックフェラー財団の理事だ」と、ひとつの肥満体が、悲鳴まじりの声を出した。「金はいくらでもやる。何か食わせてくれ」

「わたしの主人は、スチュードベーカーとＩＢＭの重役です」ありったけの貴金属装身具や宝石に包まれたぶよぶよの肉塊が、まるで人食い人種のようにまっ赤に塗りたくった唇の間から、負けじとかん高い声を出した。「ダイヤモンドをあげるから、誰かお風呂と寝るところを用意してくださいな」

「食う寝るところに住むところ」くたびれて眼球が吊りあがり白眼に近くなっている骨だらけの老人が、悲しげな裏声をはりあげて叫んだ。「財産を半分やる。わたしはロールス・ロイスの常務取締役じゃ」

ヘリコプターがやってきて、部落の中央の広場に舞いおりた。中からヌードに近い姿の若い女が十数人、まろび出てきて口ぐちに叫んだ。

「水。水」

「食べもの。食べもの」

ヘリコプターから、いちばん最後におりてきた男が叫んだ。「わしはギリシャの、エクスタシス・オナニース・コイトスだ。飯をくれ」

「みんな、殺して食うか」と、長老のひとりが酋長に小声で訊ねた。

「今、殺すよくない」酋長は答えた。「食いもの今どかーとある。今殺す食いものどかー増える。始末に困る。この白人たち生かしておく。もっと肥らせてから順に殺していく。長持ちする」

「こいつら、何食わせるか」

「さっき肉にしたハワイ観光団食わせる」

酋長の命令で、島民たちは小屋にとり込んだばかりの肉を料理しはじめた。それと同時に、部落中央の広場では宴会の用意がすすめられ、ハワイ観光団の持ってきた洋酒類が土器に注がれて出てきた。

やがて、肉の料理も出てきた。

思いがけぬ美味珍味に、白人たちは眼を丸くして喜んだ。

「わっ。この酒はウイスキーより上等だぞ」

「わっ。おどろいた。おどろいた。こんな無知な土人どもが蒸留酒の製法を心得ているとはな」

「わっ。この肉の味はすばらしい」

「わっ。調味料がすごい。この土人たちはアジノモトを発見したらしいな」

「われわれは幸運だ。地上の楽園にやってきたのだ」

「ここへきてよかった。ここは天国だ」

ここがこの世の地獄とは知ろう筈もなく、餓えていた白人たちは咽喉を鳴らして酒を飲み、ハワイ観光団をむさぼり食った。島民たちも酒に酔い、輪になって生け贄《にえ》を屠《ほふ》る時の踊りを踊りはじめた。白人たちもいっしょになって踊り出した。

「これから当分、このまま宴会続けることできる」と、酋長が傍らの長老にいった。「われわれ、どかーとしあわせ」

「大酋長。大酋長。大変だよ大変だ」ヤムイモの畠の方から、島民のひとりが走ってきて叫んだ。「海岸に、エール・フランスとインド航空おりてきたよ。それからフィッシュベッドおりてきて、紅衛兵出てきた」

「大酋長。大変だよ大変だ」裏のタロイモの畠からも、島民が駈けてきた。「裏の海岸に、アリタリヤとルフトハンザ、それにパン・アメリカンおりてきたよ。それからヘリコプターにあい乗りで、キューバとドミニカの大統領やってきた」

その時広場の上空に爆音が響きわたり、オランダ航空、日航、カナダ太平洋航空、カンタスなど数機の旅客機がやってきて、着陸場所を求めながら旋回しはじめた。

大酋長トンガは、ゆっくりと立ちあがり、眼を丸くして上空を見あげた。しばらく、眺め続けた。「多すぎる」やがて彼は、眼を見ひらいたままで、弱よわしくかぶりを振った。「わたしそんなに、どかーと食えないよ」

由比ヶ浜

逗子の上空を飛び、相模湾を左に見ながら、おれたちは湘南ハイウェイに沿って由比ヶ浜に近づいた。前方はるかに鎌倉の大仏、右手には鶴岡八幡宮に通じる若宮大路が見えてきた。

比較的車の量の少いこの湘南ハイウェイでは、まだオート・レースが続いていた。おれたちの乗ったヘリコプターより、ずっと早いスピードですっとばしていく車もたくさんいて、真昼の陽光に輝くハイウェイ沿いの黄金色をした砂浜には、道路からとんで出たらしい車が、甲虫《かぶとむし》の死骸みたいに、ごろごろひっくりかえっていた。

「ぼくの家、あそこだよ」ツヨシが前方を指した。

彼の家は滑川の少し先にある、緑の木木に囲まれた、赤い屋根の大きな西洋館だった。白い壁が陽に映えてまばゆく光っていた。

前庭の芝生の上へ着地しようとし、おれは一定の降下角度でゆっくりと進入した。

川崎上空あたりから、やっとスキッドの上へよじのぼり、全身でしがみついていた亀井戸が、また何ごとかわあわあ騒ぎ出したが、その声は完全にしわがれてしまっていた。地上五フィートで、亀井戸は芝生にとびおり、まきあがる砂塵とともに、ころころと数メートル転がった。

おれは四フィートの高度で空中停止《ホバリング》し、静かに垂直降下して着地した。

「ママ」ツヨシが芝生にとびおりて、ビーチテントを張ったテラスの方へ、叫びながら駈けていった。「パパ。ママ」

着地して気がゆるんだらしく、珠子はぐったりして、おれの肩に頭をのせた。操縦桿を握りしめていたため、汗びっしょりのおれも、ほっとして珠子の肩に手をまわした。寒くもないのに、珠子はふるえていた。

「おれの操縦が、そんなに物騒だったかい」と、おれは訊ねた。

珠子は笑いもせずに、かぶりを振った。たったひと晩で彼女は、微笑することもできない女になってしまったらしい。「高いところを飛んだから、気分が悪くなっただけよ」

「ふるえてるぞ」

彼女はかすれた声で、投げやりにいった。「悪寒がするの。暖めてよ」

「よしきた」おれは彼女の後頭部を片手で支え、彼女の唇に顔を近づけた。

軽くキスしようとしただけだったのだが、唇が触れあったとたん、珠子は力をこめて抱きついてきた。おれも彼女を抱きすくめた。彼女のやわらかな背の肉に、おれの指さきが知らずしらず食いこんだ。おれはいつか、彼女を力まかせに抱きしめていた。歯と歯がはげしくぶつかり、音を立てた。むさぼるようなキスだった。最後のキスになるかもしれないキスだった。

ながいキスが終った時、珠子は泣いていた。おれに見られるのを恐れるかのように、彼女はあわてて手の甲で涙を拭った。「今のキスは、まるでわたしを、本気で愛してるみたいなキスだったわよ」

おれは、じっと彼女の顔を見つめた。おれは今や、珠子を本気で愛していた。おれはその通りいった。「愛してるよ。本気で」

珠子は、また泣き出した。おれに抱きついてきた。「嬉しいわ。嬉しいわ。信じるわ」

「そうか」おれも彼女を抱き返した。「信じてもらえるとは、思っていなかったが」

「信じるわ」珠子が、かぶりを振った。「男の人が、ふたりの女性を同時に愛することができるってことぐらい、わたし、知ってるわ」

おれたちはまた、唇と唇を、はげしくぶつけあった。おれは彼女の体臭を、体温を、肌ざわりを、すべて味わい尽そうとあせった。残された時間は、少ない筈だった。おれたちは、いつまでも抱きあっていた。

「やめろ」ヒステリックな声が、耳もとで響いた。「いい加減にしろ」

開いたままのドアの向こうから、いつの間にか亀井戸が嫉妬と憎悪に眼球を血走らせて、おれたちを睨みつけていた。彼の顔は、数時間にわたった恐怖のため、老人のように皺だらけになり、頭髪は白くなっていた。

おれは珠子を抱き寄せたままの姿勢で訊ねた。

「何か用か」

「お前はおれを、こ、こ、殺す気だったな」亀井戸は泣き顔でわめいた。「そうだろう。殺す気だったんだろう。おれをヘリコプターから突き落しやがった」

おれはそれには答えず、にやりと笑った。「ほほう。まだ、生きていたか」

彼は激怒した。「ひ、ひ、人殺しめ。お前は人殺しだ。人でなしめ。人非人め」泣き出した。「おれをヘリコプターから、突き落しやがったんだ」

おれは、珠子のからだをはなした。「さあ。燃料をとりにいこう」この家のガレージに、ハイオクタン・ガソリンが置いてあることは、ツヨシから聞いて知っていたのである。

ゆっくりと操縦席から芝生の上におり立つと、まるでおれが獰猛《どうもう》な野獣ででもあるかのように、亀井戸があわててとび退いた。

「待って。わたしも行くわ」亀井戸と二人きりにされてはたまらないと思ったらしく、珠子もおりてきた。

「おれも行く」と、亀井戸が叫んだ。「どこまでも、ついて行ってやるぞ。逃げられては困るからな」

彼はまだおれたちを監視しているつもりらしかった。おれと珠子がテラスの方へ並んで歩き出すと、彼はまた拳銃をポケットから出し、銃口をこちらへ向けながらおれたちを追ってきた。

「ああ。腕が痛い」彼は聞こえよがしにそういった。「ながいことヘリコプターの下にかじりついていたもんだから、腕が痛い。しびれている。指さきが痙攣している。こんなに指がふるえていては、うっかりして引き金をひいてしまいそうだ」

脅迫しているつもりらしい。珠子が、歩きながらおれに身を寄せてきた。おれは安心させるため、彼女の手の甲を黙って二度叩いた。

「危険だなあ。あぶないなあ。こんなに指さきがふるえていては、いつぶっぱなすか、わからないものなあ」次第に調子にのってきた亀井戸は、泣き笑いのような表情でおれに近づき、珠子とは反対側から、おれに身をすり寄せてきた。「でも、万一のことがあっても、それはおれの責任じゃないだろ。な。そうだろ。だって、腕がしびれているんだものな。おれはながいこと、ヘリコプターにぶらさがっていたんだもんな」彼はおれの顔色をうかがいながら、へらへらと笑った。「ほうら。また顔色が変っている。そんな、こわい顔しなくてもいいだろ。すぐ怒るんだなあ。怒りっぽいなあ」

テラスの奥のリビング・ルームから、ツヨシが出てきた。やっとズボンにありつけたらしく、白い短ズボンをはき、上半身も白のセーターに着換えていた。

「パパもママも、いないんだ」彼は不安そうにあたりを見まわしながら、おれにいった。「どうしたのかなあ。ぼくをほっといて、逃げたんだろうか」

「そんなことはあるまい」と、おれはいった。だが、あるいはそうかもしれないと思った。「ガレージへ案内してくれ。車がまだ置いてあるかどうか見よう」

「こっちだよ」

ツヨシに案内され、おれたちは、玄関のポーチの下に土地の傾斜を利用して作られている、大きなガレージの前へまわった。頑丈そうな片開きの木製ドアには鍵がかかっていなかった。おれはドアを押しあけた。おれたち四人は、埃の匂いのするガレージの中へ入った。車はなかった。

「やっぱり、逃げちゃったんだ」ツヨシが泣き出した。「パパもママも、ぼくをほって逃げたんだ」

本格的に泣き出した。

珠子が、ツヨシを抱き寄せた。

その時、背後で、押し殺すような低い笑い声がした。

「そこにいるのは誰だ」亀井戸が、ドアの裏側の薄やみを振りかえって凝視し、数人の人影に向かって、かん高い声で叫びながら、拳銃を構えた。「出てこい」

反対側の、ガレージの奥の暗やみから誰かがとび出してきて、亀井戸の背中に体あたりした。

「ひっ」亀井戸は、拳銃を手からはなしコンクリートの床に倒れた。

同時に、おれの背中へも、荒い息づかいとともに誰かがとびかかってきた。軽い音を立てて床に落ち、ガレージの隅まですべっていった拳銃が、誰かの手に拾いあげられるのを、おれは床に押し倒されながら眼の隅でちらと見た。背に乗ったやつをはねとばそうとした。だが、重かった。乗っているのは、ひとりやふたりではなさそうだった。ツヨシも、珠子も、背後から抱きすくめられてもがいていた。みんな、若い連中だった。服装から判断すれば、東京から逃げてきた連中らしく思えた。おれは後頭部を殴られ、額をコンクリートの床に激しくぶつけた。咽喉が、げほっ、と鳴った。額が割れたらしく、眼に血が入りはじめた。

「チンピラめ」と、亀井戸がわめいた。「はなせ」

若者のひとりが、靴で亀井戸の顎を蹴あげた。亀井戸が、ぐっと咽喉を鳴らしてのけぞった。若者たちの中には、デニムのズボンをはいた、髪のながい娘もふたり混っていた。少女のような娘だった。

「よう。ルミよう」珠子を背後から抱きしめている若者が、舌なめずりしながら少女のひとりにいった。「こういう姐《ねえ》ちゃんのことを、ほんとの女っていうんだぜ」

珠子が、はげしくもがいた。彼女の服が、音をたてて破れた。

「このどでかい家には、誰もいないそうじゃねえか」さっきツヨシがいったことを聞いていたらしく、拳銃を拾いあげて弄んでいた、リーダー格らしい若者が、にやにや笑いながらいった。「このどでかい家の中で、どんちゃんパーティをやらかそうぜ」珠子を顎で指した。「その姐ちゃんを、肴《さかな》にしてな」

珠子はふたたび身をよじり、絶望的にかぶりを振った。

「酒のあるところへ案内しろ」と、ツヨシを抱きかかえている、カニのような顔をした小柄なやつがいった。

「いいや」珠子を背後から抱きしめ、彼女の両方の乳房を鷲《わし》づかみにしている眼尻と眉のさがった若者がいった。「ベッドのあるところへ案内してもらおうぜ」

「エッチ」少女のひとりが怒って、さがり眼の尻を蹴った。

若者たちはいずれもハイティーンで、全部で八人いた。おれの背に乗っているやつが二人、それから亀井戸を押さえつけている、相撲とりみたいに巨大なやつ、リーダー格のにきび面、さがり眼とカニ、そしてふたりの少女――背の高い娘と、高くない娘である。一同は申しあわせたように、それがこのグループの、いわばトレード・マークであるらしい、独特の下品な笑いかたをしながら、おれたちを立たせ、ガレージを出た。

「あばれやがると、ぶっぱなすぞ」にきび面が、拳銃の銃口を上げ下げしながら低い声で凄んだ。

珠子の顔色は、紙のようにまっ白だった。ツヨシは眼を充血させ、とても子供とは思えない強い視線を、若者たちに向けていた。彼らはおれたちを庭の方へつれて行き、テラスから土足でリビング・ルームへ入った。

「酒があった」洋酒棚の中にずらりと並んでいる

酒瓶を見て、おれの両手をうしろからねじりあげていた二人のうちの片方が、ぱっとおれから離れた。まだ若い癖に鼻の頭が赤いところを見ると、よほどの酒好きらしい。

片方の手が自由になったので、おれは左側にいるどんぐり眼《まなこ》の若者の顎に、力まかせの拳骨をくらわせた。どんぐり眼は、テラスとの境にある一枚ガラスの戸を突き破り、外へころげ出て、石だたみで頭を強打し、ながくのびてしまった。

にきび面が、おれの背中を大きな靴の裏で蹴とばした。おれは転倒し、食卓のパイプの足で頭を打った。ひどく打ち、一種の淋しさのような気分に襲われた。知らずしらず背が丸くなり、手足がちぢんで腹の下に入った。胎児のような恰好のまま、おれは呻《うめ》いた。

背の高い方の少女が、ハイヒールの踵《かかと》で、おれの脊椎骨を、ぐいと踏んづけた。おれは絶叫し、おれはのけぞった。息を吸いこむことができず、おれは苦しまぎれに、リノタイルの床をばりばりと爪で引っ掻いた。爪が割れ、血が出た。

にきび面が、おれの頭髪をひっつかんで顔を起し、拳銃の銃口を、まだ出血し続けているおれの額の割れ目にガリガリとねじこみながら怒りの形相もすさまじく叫んだ。「あばれたらぶっぱなすといっただろ。この野郎」

おれは馬鹿のように口をあけ、ともすれば白眼になろうとする眼球を、もとへもどそうとするだけでせいいっぱいだった。彼の顔に唾を吐きかけてやりたかったが、そんな超人的な芸当は、とてもできそうになかった。

「やりやがったな。こいつ」テラスから、どんぐり眼が血相を変えて駈けこんできた。彼はおれの両腕をつかんで、ずるずると壁ぎわまでおれを引きずっていき、壁に立てかけるなり、満身の力をこめて、おれの腹に拳固をめりこませた。

腹筋に力を入れて準備する余裕など、なかった。おれの大きく開いた口から、おれの意識がとんで出そうになった。おれはあわてて意識を吸いこみ、呼び戻そうとした。どんぐり眼の第二撃が、さらにおれの無防備の腹に炸裂した。つづいて第三発めが、胃の中央部に、にぶい音を立ててめりこんだ。おれの意識は白旗を振りながら、おれの内部から抜け出ていった。おれは俯伏せに倒れた。リノタイルが見るみる近づいてきたかと思うと、おれの鼻柱が根もとから、がきっと折れて砕けた。

おそらく、倒れてから数十分ののちであろう。おれは鼻血の血だまりの中で、意識をとり戻した。

連中は、酒を飲んでいた。奥の部屋との間のアコーデオン・ドアはいっぱいに開かれ、連中はふたつの部屋にひろがって、狼藉《ろうぜき》の限りを尽していた。珠子は奥の部屋のソファの上で、さがり眼と赤鼻に押さえつけられ、服を脱がされて、すでに半裸に近い姿になっていた。

珠子の服が破かれ、裂かれるたびに、あの相撲とりのような若者にねじ伏せられたままの亀井戸が、大声でわめいた。「お前らはけだものだ。人間じゃない。だから、人間の女を犯す値打ちはお前らにはない。やめろ」

「けだものだとさ」若者たちはさっきから、亀井戸の罵声を肴にして、笑いながら酒を飲んでいるらしかった。「じゃあ手前には、その値打ちがあるっていうのかよ」

「でも、この姐ちゃん、ひょっとしたら人間の男よりは、けだものの方が好きかもしれねえよ」と、肘掛椅子でふたりの少女といちゃつきながら、にきび面が答えた。「お前みたいな、ぐにゃぐにゃの、人間の男よりは、ずっとな」

全員が、あの独特の卑猥な笑い声をあげた。

「その女だって、どうせそのうちには、けだものみたいになるにきまってるわ」と、背の低い方の娘が、にきび面の首ったまに抱きつきながら、薄笑いを浮かべていった。

ツヨシは、部屋の隅にうずくまったまま、何も見たくないといった様子で、ずっと顔を伏せ続けていた。

亀井戸は、いくら罵っても効果がないと思ったらしく、戦法を変えて急にしんみりと喋りはじめた。「まあ、いいさ」あきらめきった調子だった。「どうせ、もうすぐ、みんな死んじまうんだからな」

珠子を犯そうとしていたふたりが、ぎょっとした様子で、手の動きをとめた。

「だから、何をしようと勝手だ。おれだって、お前たちだって、死んじまうんだから」

「やめろ」と、にきび面が低い声でいった。

全員が、だまりこんでしまい、表情から笑いを消し去ったのを見てとると、亀井戸はしめたという眼つきをした。彼は舌なめずりをして、さらに喋り続けた。「東京にいた方が、楽に死ねたかもしれないなあ。ぴかりと光ったとたん、蒸発だろうからね。ここでやられたら苦しいぞ。直撃を食うことは、まず、ないものね。ぎらりと光ったとたんに、着ているものがぼろぼろになって、皮膚ぜんたいが一瞬にして水ぶくれだ。それもすぐに、ずるりと剝《む》けてしまって桜色の筋肉が露出する。白い神経繊維もむき出しで、からだのあちこちからたらたらりと垂れる。顔だってそうだぜ。瞼がなくなっちまって、眼球が露出するんだ。髪の毛もずるずると抜け落ちる。君だって、そうなるんだ。あんただって、そうなるんだ」亀井戸は若者たちの顔を順に指さした。「頭は割れそうに痛むんだ。そりゃあもう、ひどい痛さだ。薬を飲んだって治りゃしないんだよ。死ぬまでその痛みが続くんだ。口ん中は血でいっぱいだ。歯ぐきがぐじゃぐじゃに溶けているから、血を吐こうとすると、抜けた歯がいっしょに、ばらばらとび出すんだ。女はみんな膣の中に蛆がわいて、あたりを駈けまわりながら、だんだん発狂していく」

少女ふたりが、しくしく泣き出した。

亀井戸は眼を輝やかせて喋り続けた。若者たちに恐怖心を起させることの愉しさに酔っているため、自分の恐怖心を忘れているらしい。

「やめろといったら、やめろ」にきび面が、蒼白になって立ちあがった。「それ以上喋ると、ぶち殺すぞ」

「そうかね」亀井戸は勝ち誇って、にやにや笑った。「おれはただ、ほんとのことをいってるだけなんだがね」

にきび面が、拳銃の銃身を握りしめ、銃把を亀井戸の口に叩きつけた。亀井戸は、がっと叫び、のけぞった。しばらく呻《うめ》いてから、げえと咽喉を鳴らし、折れた前歯を吐き出した。白金のハリガネでつらなっている数本の前歯が、床をころがっていった。

「お前は、おれの歯を折ったな」口の周囲を鮮血でまっ赤に染め、彼は泣きわめいた。「おれの歯を折りやがった」歯のない口をあけ、唇の端からだらだら血を流しながら、彼はわあわあ泣いた。

「うるせえやつだなあ」にきび面が、あきれかえったような声を出し、今にも引き金を引きそうな様子で、銃口を亀井戸に向けた。

亀井戸は身をこわばらせた。急に泣きやみ、がくがくと顫《ふる》えはじめた。

「ち、ち、ちくしょおっ」リビング・ルームでウイスキーを喇叭飲みしていたどんぐり眼が、亀井戸のことばで忘れていた恐怖心を急にあおり立てられたらしく、瓶を投げ捨てながら立ちあがった。「く、くそっ。やい。お前ら。なに、もたもたしてやがるんだよう。その女、早くやっちまえ」恐ろしさをまぎらせようとしてか、彼は大声でそう叫び、上着を脱ぎ捨てながらソファへ突進した。

「がんばれえ」われにかえった少女ふたりが、喜んでおどりあがり、どんぐり眼に声援を送った。

にきび面が、にやにや笑った。

亀井戸は相撲とりに押さえつけられたまま、自分の方に向けられたままの銃口から逃れようとして、けんめいになっていた。ツヨシはいつのまにかいなくなっていたが、誰も気にはしていない様子だった。

どんぐり眼は、赤鼻とさがり眼をはねのけ、仰向けに横たわっている珠子のからだの上にのしかかっていった。珠子が悲鳴をあげた。肌着がむしり取られ、彼女は全裸になった。一同が息をのんでふたりを見まもった。

珠子は悲鳴をあげ続けた。その声は悲痛だった。その声を聞きながら、平気で彼女を犯すことのできるやつは、とても人間ではないと、おれは思った。

彼女は最後の抵抗を続けた。いつまでも、続けた。

どんぐり眼は、彼女を犯すことができなかった。彼は焦りと、いら立ちと、恐怖のために、不能に陥っていた。

「できないんだ」ここぞとばかり、亀井戸が高笑いした。「からだばかりでかくても、まだ子供なんだ。できないんだ」優越感に満ちて、馬鹿笑いした。「やりかたも知らないんだ」

どんぐり眼が珠子のからだをはなし、立ちあがった。彼は花瓶をとり、ぶらぶらさせながら、亀井戸にゆっくりと近づいた。

「笑ったな」どす黒い憎悪をたぎらせ、激怒に全身をぶるぶる顫わせていた。眼が赤かった。「殺してやる」

亀井戸の顔からは、一瞬にして笑いがけしとんだ。「何をする気だ」弱よわしく、かぶりを振った。「やめろ、や、や、やめてくれ」

どんぐり眼が、ほんとに自分を殺す気だと悟り、彼は悲鳴をあげた。「殺さないでくれ。たのむ」それから、どんぐり眼に笑いかけた。「怒るなよ。そんなに。な。な。悪いことをいったわけじゃないだろ。な。そうだろ。冗談だよ。冗……冗……」

どんぐり眼が亀井戸の前に立ちはだかり、相撲とりは亀井戸のからだから、はなれた。亀井戸は、身をすくませた。

「お、おれは……おれは」亀井戸は強く眼を閉じ、早口に低くつぶやいた。「死ぬのか。おれはここで死ぬのか。こんなやつに殺されるのか。銀河テレビ、チーフ・ディレクターともあろう、このおれが、こんなやつに、こ、こ、こんなやつに……」

どんぐり眼が、亀井戸の脳天に、花瓶をふりおろし、たたきつけた。花瓶は砕け散った。

亀井戸は、感電したように、ぱっと立ちあがった。直立不動の姿勢をとった。彼の頭は、ぱっくりと割れていた。幾条もの赤い筋が、垂直に彼の顔面を、上から下へと縦断しはじめた。紅白幕のような顔になり、亀井戸は遠くにある何ものかをあこがれる眼つきのままで、にやにや笑った。それから、棒のように床へぶっ倒れ、手足を痙攣させながら、意外そうに呟やいた。「殺された」死んだ。

亀井戸の息が完全に絶えてしまうと、凝固していた全員が肩の力をいっせいに抜いた。

「死ぬって、こんなことだったのね」背の低い方の少女が、泣きはじめた。「これが死ぬことなのね」

沈黙の中に、しばらく彼女の泣き声だけが響いていた。

「ひとひとり殺したぐらいで、どいつもこいつも、めそめそしやがって」にきび面が、両側の少女をおしのけ、肘掛椅子からゆっくりと立ちあがり、下半身まる出しのどんぐり眼にいった。「よし、おれが手本を示してやる。女を犯すってのは、こういう具合にやるんだ」

拳銃をさがり眼に渡し、彼は珠子に近づいた。

脱がされた下着をかき集め、いそいで身につけようとしていた珠子を、にきび面は背後から羽交い締めにし、足をはらって床に転がした。抵抗しようとした珠子に、彼は強烈な平手打ちを続けざまに浴びせかけた。珠子の白い頰はたちまちまっ赤になり、精も根も尽き果ててしまったらしく、彼女はぐったりと手足を投げ出してしまった。にきび面は得意満面、にやりと笑って立ちあがり、鼻高だかで一同を眺めまわしながら、おもむろにズボンを脱ぎはじめた。

おれは、手足をゆっくりと動かしてみた。もちろん、体力が完全に回復しているわけはなかったが、立ちあがることくらいはできそうだった。おれは血だまりの中で、からだ中の筋肉が動くかどうかをこっそりと確かめ、にきび面が珠子を犯す体位をとった瞬間に、ぱっと立ちあがった。

にきび面めがけて、体あたりした。

にきび面が、仰向けに転がった。

仰向けになった彼の顔を、おれは力いっぱい踏んづけた。

頭蓋骨が、おれの靴の下でぐしゃりと潰れた。にきび面は、おれの足の下でにきび面ではなくなってしまい、四肢を天井に向けて直立させた。

全員が、総立ちになった。

相撲とりと赤鼻が、両側からおれにとびかかってきた。おれはたちまち、組み伏せられてしまった。

「清ちゃん、清ちゃん」背の低い方の少女が、にきび面の名を呼び、泣きながら死骸に駈け寄り、抱きつこうとした。

だが、死骸の無残に潰れた頭部――脳漿に押し出されて眼窩からとび出した眼球と、血と肉の中に折れた歯が散らばっている様子をひと眼見て、ぎゃっと叫び、悲鳴をあげ続けながら、腰を抜かさんばかりのあわてかたで部屋から駈け出ていき、リビング・ルームを通り抜けて、テラスから外へ逃げていった。

リーダーを殺されて憤った若者たちは、おれを床に転がし、上から靴で踏みつけ、蹴とばした。

「殺せ。殺せ」ヒステリックに叫びながら、背の高い方の少女は、ハイヒールの踵をおれの肋骨の間へたて続けにめりこませた。

おれは呻きながら、床をころげまわった。顔を潰されることだけを避けるため、両手で顔を覆い、大声で呻きながらころげまわった。いくら大声で呻いても痛みが和らぐことはなく、呻けば呻くほど、彼らはさらに激しい痛みをおれの全身に加えてきた。

「そうだ。殺してやろう」拳銃を持っているさがり眼が、他の連中を押しのけ、おれの胸に銃口を向けた。「おれはまだ、人を殺したことがないんだ」へらへら笑った。

他の連中は、あわててあと退った。

さがり眼は笑顔を消し、おれの心臓に狙いを定めて、拳銃の引き金を引いた。

だが、弾丸は出なかった。

「なんだ。この拳銃、壊れてやがる。引き金が動かねえや」さがり眼は部屋の隅へ、拳銃を投げ捨てた。

「ピストルでなくったって、殺す方法はいくらでもあるだろ」と、カニがいいながら、部屋の中を見まわした。

ツヨシが、リビング・キチンの隅の、地下におりる階段から、そっと上ってきた。だが、誰も彼には、注意をはらわなかった。ツヨシは、電線のコードのようなものを引きずっていた。

「こいつがいい」カニは、太い木製の灰皿立てを握り、さがり眼に渡した。「撲殺だ。こいつで頭の鉢を叩き割ってやれ」

さがり眼は、少しためらった。「おれがやるのか」

「なんだよう。やれねえのか」カニが軽蔑したようにいった。「ピストルでなきゃ、殺せねえのか」

「そりゃあお前、拳銃でぶち殺すのと、撲り殺すんじゃ、わけが違うよな。なあみんな。そうだろ」

「じゃあ、いったい誰がやるんだ」カニが一同を見まわした。「誰もやれねえのかい」

「そんなこというなら、お前やれ」さがり眼がむっとして、灰皿立てをカニの手に戻した。

カニは、でかい眼をしばたたいた。灰皿立てを受けとりながら、しばらくさがり眼の顔をぼんやりと眺めた。それから一同の顔を見わたし、ゆっくりとうなずいた。「よし。やってみるか」

カニは、虚勢をはって灰皿立てをふりまわしながら、倒れたままのおれに近づいてきた。

こいつにやられるのか――おれは、腹の中で舌打ちした――これはひどいことになった。力まかせに撲られて殺されるのならまだいいが、こんな力の弱そうな小男に、しかも中途半端にやられたのでは、とてもじゃないが一撃で即死というわけにはいくまい。死ぬまでに、だいぶ苦しむことになりそうだぞ――。

その時、ツヨシがカニの足もとに駈け寄り、握りしめていたコードの先端の、針状の金属をぐさりとカニの尻に突き刺した。

ばしっ、と、火花が散った。

カニは全身を蒼白く光らせ、握っていた灰皿立てを天井近くまで抛《ほう》りあげながら、自分自身も高く宙に踊りあがり、青黒い煙を立てて床にころがった。ぷすぷすといぶりながら、彼は次第に赤黒く焦げていった。

ツヨシはカニの尻から針を引き抜き、コードを構えて若者たちを睨みつけた。「高圧線から引いてきた電流だ」彼はしわがれ声で、そう叫んだ。「お前ら、この家から出ていけ。出ていかないと、どいつもこいつも感電死させてやるぞ」

どうやら、地下室で電気の実験か何かをするため、近所の高圧線からとっていた高圧電流をひいてきたものらしい。

またひとり仲間が殺されたのを見て若者たちは

立ちすくみ、ツヨシと、床の黒焦げ死体を、交替に眺めた。こんな子供が自分たちの仲間を殺したのだということを、なかなか信じられない様子だった。

「まあ、そう怒るなよ。子供」ややあって、まだ下半身まる出しのままのどんぐり眼が、猫なで声を出しながらツヨシに近づいてきた。「そりゃあ、たしかにこの家を荒らして悪かったよ。この家はお前の家だったな。そうだな」

ツヨシは、身構えたままで後退りしながら、泣き声で叫んだ。「こっちへくるな。そばへ寄るな」

「お前の家は、でかい家だなあ。とてもいい家だよなあ。だからおれたちだって、ここにいたいんだよ」どんぐり眼はにやにや笑いながら、なおもツヨシに近づいた。

「出ていけ」ツヨシは、ふるえながら絶叫した。

「すぐ、出ていけ」

おれは全身の痛みに、呻き声をあげながら、ゆっくりと立ちあがった。「いいや。出て行かなくてもいいぜ」びっこをひきながら部屋の隅へ行き、どんぐり眼の投げ捨てた拳銃を拾いあげた。

「お前たち、ここを出て行ったら、またよそで悪いことをする筈だ。そうだろ」

「さあね。やるかもしれねえが、だから、どうだっていうんだ」赤鼻が、口をぽかんと開き、憎らしげな薄笑いを浮かべてそう訊ねた。

「だから、この家から出て行かせないようにする」おれは少しずつ位置を変え、テラスを背にしながらそう答えた。

「ほう。この家にいると、何かいいことがあるのか」どんぐり眼が、小馬鹿にしたような顔つきでおれにいった。

「あるとも」おれはうなずいた。「お前ら全員、射殺してやる」

「こいつは面白いな」どんぐり眼が、さらに大きく眼を見開いた。「その壊れた拳銃で、撃つっていうのかい」

「ところが、こいつは壊れていないんだ」おれは拳銃の安全装置をはずした。「拳銃に安全装置ってものがあることも知らないチンピラの癖して、ギャングの真似ごとをやるようなやつらは、生かしちゃおけない。社会の為にならないからな」

形勢は一挙に逆転した。若者たちはいっせいに数歩後退し、食いいるように、おれが握りしめている拳銃の銃口を眺めた。

「社会なんていったって、その社会ってものが、もう、ないんだぜ」どんぐり眼が、急に愛想笑いのようなものを頬に浮かべ、喋りかたまでがらりと変え、なだめるようにいった。

「いや。あるんだ」おれは、かぶりを振った。

「人間がふたり以上生きていれば、そこにはまだ社会ってものがあるんだ。ところがお前らは人間じゃない。野獣だ。野放しにしてはおけない。お前らを始末するのは、社会人としての義務だ」

「殺す権利はないわ」背の高い少女が、まっ青になって叫んだ。

「いや。ある。社会があれば法律もある。おれは法律を代行するだけだ。おれが法律だ。手はじめにお前を撃ち殺してやる」おれは銃口を少女に向けた。

「いや。いや」少女はべったりと床に膝をつき、四つん這いになって泣き出した。「死ぬのはいや。死ぬのはいや」

おれは引き金を引いた。

弾丸は、おれに向かって頭を下げていた少女の頭蓋に命中し、彼女の胴体を縦に貫いた。少女は地の底へ向かってダイビングするような恰好をし、床に顔を押しあてて死んだ。

「わっ」

おれの殺意に、まだ半信半疑だった若者たちは、悲鳴をあげ、あわてふためいて椅子やテーブルのうしろへ逃げこんだ。赤鼻と相撲とりが、おれの横をすり抜けて、テラスの方へ逃げようとした。

「逃げると撃つぞ」おれはそう警告してから、その警告も耳に入らぬ様子で逃げ続けるのをいいことに、相撲とりの胸板を背後からぶち抜いた。

相撲とりは、テラスの隅のポリバケツを蹴とばしながら土俵入りの真似を演じて見せ、地ひびきたてて石だたみの上に倒れた。彼の重い頭部が、ごちんとはげしい音を立てて石にあたり、ぱっくり割れた。赤鼻は、相撲とりの横で腰を抜かし、いざりの恰好をしながら庭へ逃がれようとした。

「アル中。貴様も殺す」

おれが彼の背中に向かってそう叫ぶと、赤鼻はだしぬけに石畳の上へ反吐《へど》を吐いた。おれは赤鼻の脊椎骨を狙って撃った。だが、銃口が少し、はねあがった。弾丸はうしろから赤鼻の首の骨を砕いた。彼はだらりと背中に頭部を垂らし、おれの顔をさかさまに睨《にら》んだ。魚の眼になっていた。それから吐瀉物の中へ俯伏せに倒れた。はげしく倒れたため薄紫色をしたそのげろげろのしぶきが、おれの足もとにまでとんできた。

おれは室内を振り返った。

「た、助けてください」肘掛椅子の凭《もた》れのうしろから、さがり眼がまろび出てきて這いつくばり、驚くべき早口で助命嘆願をはじめた。「ぼくは死にたくない。ぼくはまだ若い。死ぬには早い。ぼくは悪いことはひとつもしなかった。さっきあなたに拳銃を向けたが、悪気はなかった。あれは冗談だったのだ。あれはなかったものと思ってください。助けてください。殺さないでください」

だがおれには、彼を生かしておく理由が見つからなかった。おれは思った通り、彼にいった。

「折角だが、お前を生かしておく理由がひとつも見あたらない」

「わあん」彼は大口をあけて泣き出した。

おれは泣き続ける彼の顔面に、銃弾をぶちこんだ。彼の顔は砕け散り、首から上には彼の下顎だけが残った。下顎の上では赤い舌がへらへらと、まだ助命嘆願を続けていた。

あとにひとり、テーブルを立ててそのうしろに身をひそめているどんぐり眼だけが残っていた。この男は、いちばん苦しめてやらなければならない――そう思いながら、おれはテーブルのうしろへまわり込んだ。

「ひ、ひい」どんぐり眼は、丸出しの尻を床にべったりと据え、がくがくと痙攣するように顫えた。もう助からないと悟ったらしく、眼を閉じてしまった。「こわい。おれはこわい」

今ごろになって、彼の陰茎は勃起していた。陰茎を勃起させたままで、彼は天井へ向け、はげしく排尿した。アルコールの匂いのする黄色い小便だった。おれは頭からかぶらないよう、とび退きながら引き金を引いた。彼の腹に、弾丸がめりこんだ。彼は土気色の顔をして、呻きながら腹を押さえ、俯伏せに倒れた。なかなか死なないらしく、いつまでも呻いていた。とどめを刺そうとし、おれは彼の頭を狙って引き金を引いた。だが、弾丸がなくなっていた。

おれはツヨシとともに、珠子を抱き起し、寝室につれていって、彼女の傷の手あてをした。おれ自身も傷だらけだったし、ツヨシの心も傷だらけだった。二、三日は、この家で休養しなければならないだろうと、おれは思った。

数時間してから、もういちどリビング・ルームへ行ってみると、どんぐり眼は虫の息だった。彼は苦しさのあまり脱糞していて、黄褐色をした大量の大便が、俯伏せている彼の黒い尻の上にこんもりと盛りあがり、白い湯気を立てていた。

彼らを殺していいことをした――と、おれは思った。ここで彼らの命を助けてやれば、彼らはますます野獣に近づいただろう。その意味でおれは、彼らが少しでも人間に近いうちに、人間に近いものとして殺してやったのである。もっとも彼らの死骸を葬ってやる気はなかった。屍体は人間ではないし、野獣ですらないのだから。

晴海埠頭

その日、南極観測船『ふじ』が停泊している晴海埠頭には、約八十万人の大群衆が押しかけた。

岸壁にぴったりくっついたオレンジ色の船腹を、巨大な動物の屍体にたかる色さまざまな蛆虫の大群のように、人間がよじ登り、甲板に這い登っていた。

船の周囲の、濃緑色をした海面には、つき落されて泳いでいる人間、船に乗ろうとした者が邪魔になって投げ捨てたらしい荷物、その他ヘア・ピースや、レオンカ・トーペや、背広や、ステテコや、預金通帳や、札束や、ストッキングや、パンティなどが一面に浮かんでいた。女や、老人や、幼児の溺死体まで浮かんでいた。幼児を背負った主婦らしい若い女の溺死体もあった。彼女は背の重みのために仰向きになって海面に浮かび、今日だけはスモッグもなく晴れわたった青空の中央の、ぽっかり浮かんだ白い雲を、いとも不思議そうな眼差しで眺めていた。

船の上は、甲板も見えぬほど人間でぎっしりだった。船に人間がたかっているというより、人間が船の形に積み重なっているといった方がよかった。船体の中で、人間によって覆われていないところはほとんどなく、わずかにメイン・マストの中央部、煙突から吐かれる煙のため煤《すす》に汚れた灰色の部分だけが露出していた。

船腹前方の砕氷部にも、アンカーやフェアリーダを手がかり、足がかりにして、人間がこびりついていた。ウインドラスやボラードのある前甲板には、人間が山のように積みあがっていて、デッキ・クレーンの先端にまでよじ登っている者がいた。貨物艙に入るハッチの大きな長方形の蓋が開いていて、人間が船艙の中へ、ぞろぞろと吸いこまれ続けていた。

もちろん、ブリッジの上はいうに及ばず、探照燈の上、メイン・マストの中ほどにある上部操舵室にも、人間はよじ登り、ぶらさがり、しがみつき、かじりついていた。メイン・マストの先端、白いまん丸のタカンや、方向探知機や、観測用レーダーにも数十人がとりついていて、先端にいる者がのべつまくなしにばらばらとブリッジにいる者の頭上へこぼれ落ちた。だが、その空いた所を埋める人間が、次つぎとメイン・マストをよじ登っていった。煙突の周囲も、人間が勾配をなして積みあがり、頂きにいる者は下から押しあげられてそれ以上上はなく、当然のことながら煙突の中に落ちこんでいた。消音機室をつき破って、煙路や、機械室に落ちこむ者もあった。

手摺《てす》りの上に吊られている三隻の救命艇のうちの一隻は、救命索とボートフォールが切れて落ち、船腹と岸壁の間で壊れていた。あとの二隻には人間が鈴なりになっていて、こっちの方もいつ落ちるかわからぬ有様だった。

S61－A二機とベル一機を収容してあるヘリコプター格納庫には、破られた上甲板の天窓から、次つぎと人間が中へとびこんでいた。

白い球型のレーダー・ドームの上、後甲板のヘリコプター発着場も、人間で満ちていた。

足のふみ場もないところへ、さらに、次つぎと人間がなだれこみ、人の上に人が乗り、その上へさらに人が乗った。あたり一帯が金切り声、咆哮、怒号、遠吠え、悲鳴、号泣、呪詛、ぐうの音、罵倒、威嚇、よがり声、断末魔の絶叫などで満ちみちていた。この晴海埠頭だけで、すでに数万の人間が死んでいた。数時間にわたる、史上最高の、そして最後の大恐慌を経験してきた今となっては、彼ら大群衆のひとりひとりに、もはや人間としての自制心や判断力がなくなっているのも当然だった。そこには、本能しかなかった。それぞれが、ただ自分というひとつの個体を大事に思い、その愛する動物としての肉体、そのいとしい動物としての生命のみを、ほんの一瞬でも長く生き続けさせようとしか、意識していなかった。人間が動物である以上、他の動物にもしばしば起るように、平衡《へいこう》した思考力を失うことは充分あり得たし、その場合、他の動物がそうなるように、愛する者はやはり自分だけだった。わが子を踏み殺して、人間の山の頂きに登ろうとする父親。半死半生の幼児を海へ投げ捨てて身軽になろうとする母親。手がかり、足がかりを奪いあって罵りあう夫と妻。殺しあう兄弟。死を前にして、人間たちは、どこまでも、どこまでも、人間らしくなくなっていった。人間らしさなどというものがあったことは、幻影としか思えぬような光景だったが、あるいはそれは、ほんとに幻影だったのかもしれなかった。ここでのどのような死も、人間らしい死ではなかった。だが、船の周囲や甲板上での死は、船室や船艙の中での死にくらべれば、ずっとずっと、生きものらしい死だった。なぜなら、定員二百五十名の居住区はもとより、機械室、食堂、ヘリコプター格納庫、食糧庫、はては火薬庫や冷蔵庫に至る、あらゆる船室に詰め込まれた人間の数は十数万人にものぼり、さらにそこへ入ろうとする人間が次から次から押し寄せてきていたからである。

もっとも悲惨だったのは、ハッチの巨大な揚げ蓋の真下にある、第1貨物艙、第4貨物艙などへ乗りこんでいた人間たちだった。彼らはすでに、床も見えぬほどいっぱいに拡がり、ぎっしりと詰まっていて、ぴくりと身動きすることさえできなかった。

「もう、乗れないぞう」ハッチからさらに入ってこようとする連中を見て、ひとりの若い父親がたまりかね、周囲の人間を力まかせに押しのけ、子供を抱いたまま立ちあがり、そう叫んだ。「もう満員なんだ」

だが、人間たちは、さらにぞくぞくと彼らの頭上から乗りこみ、詰めかけてきた。突き落とされ、まっさか様に墜落してくる者もあった。下にいる人間の頭上へ乱暴にとびおりてくる者もあった。いろいろな人間がいた。サラリーマンの家族づれ、フーテンらしいパンタロンの女、サングラスをかけたやくざ、専務取締役、八百屋のおかみ、相撲とり、セールスマン、学生のアベック、バーのホステス、家事評論家、テレビ・タレント、後家さん、ＳＦ作家、オールド・ミスの姉妹、異った種類の人間が、次から次から船艙へつめかけた。最初床の上にひろがっていた人間たちの姿は、たちまち、あとから乗りこんできた人間たちのからだの下になって見えなくなってしまった。

「やめて。やめてください。赤ん坊がいるのです」一瞬、若い母親の哀願が船艙いっぱいに響いたが、頑丈な半裸の人足風の男たちの黒い巨大なからだの下敷きになって、骨の折れる鈍い音とともに、その声はすぐ聞こえなくなってしまった。

「乗るな。もう乗るな」自分の骨張ったからだの上へ次つぎと覆い被《かぶ》さってくる人間たちに、ひとりの老人が横たわったまま死にもの狂いで叫んだ。「もう乗らないでくれ。骨が折れてしまう。いや。死んでしまう」その老人も、咽喉をごろごろ鳴らすと、すぐ静かになってしまった。

「おれが悪いんじゃない。おれが悪いんじゃない。おれの上に乗っているやつが悪いんだ」そういって泣きながら、自分の顔を恨めしげに眺めている、自分の腹の下の、からだの弱そうな少女を押し潰してしまう若い男もいた。

二重、三重に積み重なっただけではすまなかった。セメント袋のように、人間のからだの上に人間のからだが、際限なく積みあがっていった。呻き声はすべて、今、圧死しようとしている人間たちの断末魔だった。ゆらゆらと船内に立ちのぼる白い蒸気は、死ぬ寸前の人間の呼気と、あぶら汗の熱気だった。泣き声は、あまり聞かれなかった。今にも死のうとしている時、人間は泣くどころではない。誰もが少しでも人の上に這い登ろうとして、眼を見ひらき、無言であがき続けていた。そのありさまは、まさに蛆虫の大群だった。汚物にまみれて蠢《うごめ》く、巨大な蛔虫《かいちゅう》の大群だった。上へ、さらに上へと積み重なり続ける人間山の、その底では、すでに圧死した人間たちのからだが音を立てて潰れ続けていた。肋骨は折れ続けていた。血は噴き出し続けていた。血と汗が泡立ちながらまじりあい、潰れた肉体が泥のようにこねまわされていた。抱きあった母親と赤ん坊の肋骨と肋骨が、互いのからだの中へ、入れこになって食いこんだ。抱きあった恋人たちの胸と胸が同時に平たくなり、内臓が口と肛門からとび出て混りあった。専務取締役の柔らかな腹部に、八百屋のおかみの折れた足の骨が、どこまでもどこまでも、深く突き刺さっていった。フーテン女の口からだくだくと吐き出される血が、やくざの筋肉組織へ浸透していった。はじけるような音をたてて、オールド・ミスの姉妹の頭蓋骨が同時に割れた。どの腕も、どの腕も、指さきを折り曲げていた。その爪の先は、他人の筋肉に深く食い込んでいた。セールスマンとテレビ・タレントの大腸がからみあった。大学教授と学生の血が混りあった。相撲とりと後家さんの内臓がもつれあった。死の直前、苦しまぎれにかっと大きく開いたサラーリーマンの口の中の、虫歯だらけの歯の間へ、家事評論家の眼球がめりこんでいった。たった一枚の薄っぺらな皮に包まれていた、水分の多い人体の複雑で繊細な各組織が、絶え間なく潰れ、砕け、破裂し、折れ曲り、歪《ゆが》み、そして無限に圧縮されていった。体内の熱気が潰れた人体から逃げ出し、船艙いっぱいにむんむんと立ちこめていた。だがその熱気も、ついには行きどころがなくなった。船艙の高さいっぱいにまで人間が満ち、空間がなくなったからである。それでもまだ、半死半生の連中をかきわけてハッチからもぐりこもうとする人間はあとを絶たなかった。

その頃ブリッジでは、狭い操舵室内にぎっしり詰まっていた人間たちの、だれの指かもわからぬ多くの指さきが、主機遠隔操縦盤のスイッチやダイヤルをいじりまわし続け、だれのかわからぬ腕が操舵輪をまわし続けていた。最新式の船舶では、機関室には人員を配置せず、すべて船橋で遠隔操作することにし、エンジンの始動停止まででききるようになっている。出力三千五百、600回転のディーゼル機関四台が、だしぬけに動きはじめた。

機関室には、数万人の人間が乗りこんでいた。身動きもできぬまま機械類に武者ぶりついていた者が、次つぎに絶叫しはじめた。ピストンに首をはさまれて息絶える者、噴射弁やボイラーで全身に火傷し、死ぬ者、推進電動機にまきこまれて五体ばらばらになる者。火花が散り、熱せられた蒸気が噴出し、燃料がとび散り、屍体が燃え、肉が焦げ、骨が溶けた。たちまち機関室は焦熱地獄と化した。人間の血が、脂肪が、そのまま機械油となった。機械は、人間を食いちらしながら作動し続けた。

全長百メートル、軸馬力一万二千の南極観測船、砕氷艦『ふじ』は、船腹にしがみついた人間たちをばらばらと周囲へ絶え間なくこぼし続けながら、のろのろと晴海埠頭の岸壁をはなれた。そのままゆっくりと直進し、芝浦埠頭にぶつかり、強力な連続砕氷能力を持つ艦首の四十五ミリの鋼鉄で、がりがりと岸壁を噛み砕いた。この時、船腹中央部の三十ミリの鋼鉄に穴があいた。

『ふじ』は後退し、艦首を南に向け、ふたたび直進した。今度は船腹を品川埠頭の岸壁のかどにぶつけた。穴がさらに大きくなり、新しい穴がまたふたつあいた。

大井埠頭を右に見ながら『ふじ』は東京湾に出た。あいかわらずのろのろとおわん型の船体を南南西に向けて進みながら、徐徐に、徐徐に、その吃水線を上げていった。

東京国際空港の沖あいで『ふじ』の吃水線は下甲板に達した。その速度はさらにのろくなった。

多摩川河口で、ついに『ふじ』は船橋を海面下に沈めた。煙突に海水が渦を巻いてごぼごぼと進入し、残るところはメイン・マストと、前後二本のアンテナだけになった。

メイン・マストは、さらにゆっくりと南へ進んだ。

メイン・マストの頂き、白い半円型のタカンに抱きついていたひとりの男は、海面が自分の首に達した時、はっはっはっと笑いながら、あたりを見まわした。

彼は、はっはっはっと笑いながら、ゆっくりと海面下に沈み、黒ぐろとした頭髪を藻《も》のように水面近くでゆらめかせた。

松屋町筋

天神橋上空で大川を横切り、おれは松屋町筋に沿ってベル47G－2型ヘリコプターをとばした。阪神高速1号の道路上はどこまでいっても故障や立ち往生の車がぎっしりで、とても着陸できそうな空間はない。

「人間がひとりもいないよ」街路を見まわしながら、ツヨシがいった。

由比ヶ浜にひとり残るのはいやだというので、彼も大阪へつれてきたのである。

大阪へ近づくにつれ、次第に無口になりはじめていた珠子が、今や完全に沈黙してしまった。時どきおれの顔色をちらりちらりと窺うだけで、あとはただ俯向き、眼下の市街地を見おろしているだけである。

もし大橋菊枝にめぐりあうことができたとしたら――おれは考えた――おれはいったい、このふたりをどうするつもりなんだろう――。いくら考えてもわからなかった。そもそもおれは、大橋菊枝に会うつもりで、苦労して大阪までやってこようとしたのである。ところが、苦労を共にした珠子とツヨシが、今やある意味で菊枝よりはずっとおれの身近な存在になってしまっているではないか。しかもおれは、ここへくるまでの間に珠子を本気で愛するようになってしまったのである。どうすればいいものやら、見当がつかない。どちらを選ぶかなどという問題ではないからだ。

珠子にしてみれば、何もかも承知でおれについてきた以上、たとえその途中でおれが彼女を好きになったとはいえ、今さらおれを独占しようとすることはできないし、おれが大橋菊枝に会いに行こうとするのを咎《とが》め立てすることもできない。だから黙っているのである。また、おれの厄介な立場もよく承知しているはずだ。だから黙っているのである。

どうするかの決断がつかないまま、ヘリは末吉橋までやってきた。末吉橋の交叉点は、比較的空いていた。おれは交叉点のまん中めざして着地態勢に入った。ここは大橋菊枝の家のある問屋町のすぐ傍なのである。

乗り捨てられた車が散らばり、人っ子ひとり見かけない交叉点に垂直降下して着地し、おれはしばらく考えこんだ。

珠子は、あいかわらず俯向いたまま黙っている。ツヨシも、うすうす事情は知っているらしく、気づまりな様子で、やはり黙ったまま、しきりにあたりをきょろきょろ見まわし続けていた。

「ここで、待っていてくれ」しばらくして、おれはそういった。

珠子が、さっと顔をあげ、おれの表情を読み取ろうとした。

「必ず戻ってくる」おれはポケットから拳銃を出し、ツヨシに渡した。「弾丸は入っていないが、威嚇《いかく》の役には立つだろう。ここにいてくれ。できるだけ、早く戻ってくる」

「待ってるよ」ツヨシが、うなずきながらそういった。

おれは、珠子を見つめた。

「待ってるわ」珠子は、かすれた声でそういい、うなずいた。「だって、どこも行くところがないんだもの」それだけいうのが、せいいっぱいだったらしい。すぐにおれの顔から眼をそむけてしまった。

おれは操縦席からおりて車道を駈け、東横堀川を越えた。あたりに動くものの姿はなかった。最終戦争が起ってから、すでに三日経っている。みんな、どこかへ逃げてしまったのだろう。だが、いったいどこへ逃げたのだろう。ただ街の中で死にたくないというだけの理由で、山や村へ逃げたのだろうか。それとも家の中で、ひっそりと静かに死を待っているのだろうか。

ガイガー・カウンターを持っていないから、それがどれ程の量かはわからないが、しかしこのあたりも、すでに大量の放射能によって汚染されていることはまちがいない。死が、静かな死が、時間の問題として、大通りを走り続けるおれの背に重苦しくのしかかってきていた。あと四日、いや、三日ぐらいだろうか。放射能が急激に襲ってくれば、明日死ぬということだって考えられる。

細い道を左に折れ、問屋町に入った。見憶えのある家並みに懐しさがつのり、ふたたび切実に大橋菊枝に会いたい気持がわき起った。一瞬、珠子のことを忘れた。大橋菊枝が、自分の家でひっそりと私を待っている人間のひとりであることを祈った。やさしく、あたたかく、おれを迎えてくれ、抱きしめてくれることを、赤ん坊が母親を慕うような気持でおれは願った。

勝手なものだ——そこでまた珠子のことを思い出し、おれは自分への腹立ちをこめてそう思った。おれが、東京での愛人をつれて戻ったと知ったら、大橋菊枝はどうするだろう。何というだろう。

間口が十メートル以上ある大橋商店の大きな店先には、ひっくりかえったリヤカー、梱包《こんぽう》されたままの荷物、荷ほどきされかかったままの商品などが雑然と散らばっていて、店にも、板の間の帳場にも、誰もいなかった。耳をすませてみたが、奥の間に人のいる気配もなかった。異様な感じだった。いつもここは喧騒に満ちていたのである。

大橋菊枝の礼儀正しさを思い出し、おれは礼儀正しく靴を脱いで帳場にあがった。帳場の奥ののれんをくぐると、そこは長い廊下になっていて、左側が中庭、右側には座敷の障子が並んでいる。大阪の商家は奥行きが深く、菊枝の部屋は廊下のつきあたりにある。廊下はそこからさらに中庭に沿って左に折れ、家族の人たちの寝室に通じているのだ。おれは廊下を歩き、つきあたりの障子をあけた。大阪本社にいたころ、この部屋には数回来たことがある。なつかしい部屋だった。だが菊枝はいなかった。やっぱり、家族といっしょにどこかへ逃げたんだ——おれはがっかりし、その四畳半の和室の中ほどで、しばらくは茫然と佇《たたず》んでいた。

部屋には、それでもまだ、懐しい菊枝の匂いが残り、漂っていた。部屋の隅の、裏庭に面した窓の手前の菊枝の座机の前に、おれはどっかりと腰をおろし、あぐらをかいた。気抜けがして、しばらくは何をする気も起らなかった。

菊枝は、おれが戻ってくるとは思わなかったのだろうか。おれに戻る意思があっても、どうせ道路の混雑や何かで、とてもたどり着くことは不可能に違いないと早合点したのだろうか。それとも、自分のことを、おれが東京から苦労して戻ってくるほども愛してはいないだろうと判断したのだろうか。いや、そんな筈はない――おれはかぶりを振った――彼女はおれの愛を信じていた筈だ。それは、はっきりといえる。あのおっとりした菊枝が、たったひとりで上京し、おれの部屋に泊ったことからも、彼女がおれを愛し、またおれの愛を信じていたことがわかる。とすれば、あの菊枝のことだ、おれの下宿で半日以上もじっと座っておれを待っていたあの時のように、今度もやはり、じっとおれを待ち続けていた筈なのである。

家族の人たちに、無理やり連れて行かれたのか――そう思い、おれは彼女の机の上や抽出《ひきだし》の中を調べた。もしそうなら、何かおれに書き残していった筈だった。だが、おれへの手紙らしいものは見あたらなかった。

最後におれは、机の横の、スリガラスをはめこんだ小さな本箱を開いた。ぎっしり並んでいる小型の本の背表紙を眺め、おれはあっと叫び、眼を丸くした。

『新婚初夜の心得二十章』『夫婦生活と生理』『性生活の知恵』『妻と夫の性生理』『セックス臨床学』『体位グラフ全集』『避妊のすべて』『性生活早見表』『初夜――これだけは知っておかねばならない』『愛』『愛情生活三週間』『夫婦とは何か』『結婚の性態』『性体位四十八手』『セックスのすべて』……エトセトラ、エトセトラ、いずれもセックス解説書ばかりである。冊数にして百冊近くはあるだろう。

おれは背筋がぞっと寒くなった。おれとの結婚を、こんなに待ち望んでいたのか――おれはしばらく息をのみ、本の背表紙を眺め続けていた。

大橋菊枝は二十四歳である。結婚適齢期は過ぎようとしているし、もちろんセックスに関心をもったとしても、ちっともおかしくない年頃だ。

しかし、家庭での厳しい躾《しつけ》と、そのため身にそなわった立居振舞いの端正さと、身を持する態度の潔癖さが、一方では逆に彼女を、人並み以上に、いや、むしろ異常なまでにセックスへの興味へと走らせたのだ。おれははじめて、女というものの複雑さに、身ぶるいするほどの恐怖を感じた。

その時、低い唸り声のようなものが次第に高まりながら、寝室の方から廊下を近づいてきたかと思うと、がらりと障子が開き、何か赤いものが絶叫しながら部屋の中へまろびこんできた。

女だった。

赤い花柄の長襦袢《じゅばん》にしごき一本だけの姿で、髪ふり乱し、まっ赤な口を大きく開いた気ちがい女だった。彼女はおれを見てふたたび嬌声をはりあげ、抱きついてこようとして仰向けに転倒した。長襦袢がまくれあがり、生殖器がむき出しになった。

声も出せず立ちすくんでいるおれに、彼女は立ちあがるなり武者ぶりついてきた。その色情狂の女が大橋菊枝だとわかったのはその時である。

「わあっ。わあっ。わあっ」続けざまに、おれは悲鳴をあげた。

血の凍りつきそうな恐怖だった。これほどの恐怖を味わったことは、今まで一度もなかった。由比ヶ浜で、あのチンピラから拳銃を向けられた時も、これほどの恐怖は感じなかった。もちろん、あの時とは恐怖の質がぜんぜん違う。しかし恐怖のために心底から動顚し、気を失うのではないかと思うほどどとり乱したのは初めてだ。

「わあっ。わあっ。わあっ」おれは大橋菊枝をつきとばし、障子をつき破って廊下へ走り出た。もはや菊枝を、菊枝と思うことはできなくなっていた。あれは菊枝ではない。怪物なのだ。菊枝と同じ顔をした、醜悪なセックスの怪物なのだ。おれは悲鳴をあげ続けながら廊下から帳場へ出ると、そのまま靴もはかずに店さきへとび出し、路地を走り、あともふり向かずに逃げた。髪の毛がさか立っているのを感じた。そのため、よけい恐怖心をあおられた。恐怖のあまり、おれはわけのわからないことをわめきちらしていた。「わあっ。いやだ。いやだ。助けてくれ。こわい。こわい。追いかけてくる。追いかけてくる。助けてくれ。お珠。助けてくれ」

末吉橋の上まで逃げてきて、おれはやっとひと息いれ、おそるおそる背後を眺めた。怪物の姿はなかった。追ってはこないらしい。急に全身の力が抜け、おれは子供のように道ばたにしゃがみこんでしまった。悲しさがこみあげてきて、嗚咽《おえつ》が知らずしらず口から洩れた。おれは女のように顔を覆い、むせび泣き、しゃくりあげた。涙を流して泣いたのは中学生時代以来のことである。自分が子供に戻ったような気がした。

やがて、もう大橋菊枝のことは考えるまいと心に決め、立ちあがった。なぜなら、大橋菊枝という女はもうこの世にはいないのだから。

ヘリコプターに戻ると、珠子とツヨシがじっとおれの表情を観察した。意外に早く戻ってきたので、珠子はわずかに安心の表情を見せていた。

「彼女は、いなかった」と、おれは平静を装いながらいった。「どこかへ逃げてしまったらしい」

「どこへ行ったか、わからないのかい」ツヨシが同情の眼を向けて訊ねた。

「わからない」おれはそう答えた。

「でも、何かあったんじゃないの」珠子がそういった。おれの顔つきや態度で、敏感にそう悟ったらしい。

「その話は、もうやめよう」おれはぴしりといった。「とにかく、おれたちは三人きりだ」自分にいい聞かせるように、うなずいた。「そう。おれたちは、三人きりなんだ」

珠子が、嬉しさと安心感から、突然おれの胸の中にからだを投げかけてきて、わっと泣き出した。おれは彼女の背を、やさしく撫でた。

「もう、死んでもいいわ」彼女は、わあわあ泣きながらいった。「いつ死んだっていいわ」

「結婚しよう」と、おれはいった。

珠子がびっくりして、おれの顔を見あげた。

「え」

「結婚するんだ。おれと君は夫婦になるんだ。わかるか。今すぐ結婚するんだ」

「結婚式をあげるのかい」ツヨシが、眼を丸くして訊ねた。

「いや。式なんてものは不必要だ。役所へ結婚届を出すだけでいい」

「結婚できるの」珠子の涙にうるんでいた眼が、次第にいきいきと輝きはじめた。「わたし、結婚できるのね」

「でも、役所はどこだろ」ツヨシがあたりを見まわした。

「おれが知っている。南区役所が、すぐそこにある筈だ。さあ行こう」

おれは珠子とツヨシをつれ、松屋町筋をさらに南へと歩きだした。

「死ぬ前に、結婚ぐらいはしておかないとね」と、おれはいった。

「あなたと結婚できるとは思わなかったわ」珠子が、子供のように手の甲で涙を拭き、泣き笑いをしながらいった。

「相手がおれなんかで悪かった」と、おれは柄にもなくそういった。「君なんか、いくらでもいい相手と結婚できたんだ」

そういった自分のことばで、おれは単純に感動した。涙が、また出てきた。ひどく涙もろくなっているのに自分でもおどろいた。

珠子がわあわあ泣き出した。泣く必要のないツヨシまでが、つきあいよくおいおい泣き出した。おれたち三人はわあわあ泣きながら並んで歩いた。誰もいない大通りを、大声はりあげて泣きながら歩いた。

次の大通りを右に折れ、東横堀川を渡って少し行くと、右側に南区役所があった。がらんとした建物の中には、やはり誰の姿も見えず、書類が机の上やカウンターや床に、乱雑に散らばっている。

「婚姻届の用紙はどこにあるのかな」

おれがそういいながら、あたりを見まわしていると、区民税徴収係のカウンターの向こうから、ひとりの若い役人が顔を出した。

「何か用か」

ひどく横柄な口調である。どうやら今まで椅子を並べて横になり、不貞寝をしていたらしい。

「やあ、婚姻届を出したいんだがね」

おれの馴れなれしい口のききかたが気にくわなかったらしい。彼はじろりとおれたちを見て、ふんと鼻で笑った。「こんな状態の時に、婚姻届も糞もあるかいな。誰とくっつこうが、そんなもん構《かま》へんやないか。勝手にやったらええねん」

「正式に結婚したいの」と珠子がすがるような眼を彼に向けた。「わかるでしょ。お願い。婚姻届を受け付けて頂戴」

だが、若い役人はロマンチックな感情をひとかけらも持ちあわせてはいないようだった。彼はじろりとツヨシを見た。「そんな大きい子供まである癖して、何が婚姻届やねん。いちびるな」

「いや。この子はおれたちの子じゃない。しかし、婚姻届を受け付けてもらいさえすれば、おれたちの養子にする」おれはそういってツヨシの頭を押さえた。

ツヨシはあきらかに、嬉しそうなそぶりをした。

「あかん」と、役人はそっけなくいった。「わい、戸籍係と違うさかいな」

「戸籍係は、いないじゃないか。君、かわりに受け付けてくれ」

「偉そうに指図するな。戸籍係がおらへんのは、わいの責任違うわい」

「こんな時にまで、役人風を吹かすな」悪い癖で、おれはまたかっと頭に血をのぼらせ大声を出した。「何だ。そのいい方は」

「そっちこそ、何ちゅう口のききかたや」役人は、にくにくしげにおれたちを横眼で見た。「人にもの頼む時に、その偉そうないい方、なんやねん。ええ加減にさらせ」そっぽを向いた。「あやまれ」

「すみませんでした」珠子が頭をさげた。

「あんたに言うてるんやない。その阿呆に言うとるんや」彼は顎でおれを指した。

今さら喧嘩したって、しかたがない。おれは頭をさげ、あやまった。「すまなかった。少し言いすぎたようだ。悪く思わないでくれ」

「もっとていねいにあやまれ」彼は頭ごなしに、そう怒鳴った。「なんやそのあやまり方は。それであやまっとるつもりか。ど阿呆。地べたへ膝ついて、お辞儀せえ。悪うございました言え」

おれは床へ膝をついた。「悪うございました」

「ま、ええやろ」彼は機嫌をなおした。「婚姻届やいうたな。印鑑と印鑑証明」手を出した。

「ありません。拇印《ぼいん》では駄目でしょうか」珠子が、おろおろ声でいった。

「戸籍謄本」

「それもありません。わたし、本籍地が東京なんです。わかってください。この状態じゃ、とても東京まで取りに戻ることなんか……」

役人は、また怒鳴った。「戸籍謄本もない。印鑑も印鑑証明もなんにもない。それで婚姻届出すいうんか。ど阿呆。いちびるな。ひと何や思うてけつかるねん」

たまりかね、おれはカウンター越しに彼にとびかかった。「この」

「うわ」

役人が腰をおろしていた椅子はひっくりかえり、おれたちは床にころがった。督促状の束が、おれたちの頭上に落ちてきて散らばった。おれは彼の首を締めあげようとした。彼は靴で、おれの胸を蹴とばした。おれはロッカーのドアに背中を叩きつけ、俯伏せに倒れた。役人がおれにつかみかかってきた。

「何さらす。この」

「ええい。この」

古い戸籍台帳数十冊が、ロッカーの上から降下してきて、おれたちの脳天を続けざまに強打した。おれたちは二人とも、一瞬軽い脳震盪《のうしんとう》を起し、互いの胸ぐらを摑みながらぼんやりと相手の顔を見た。

「わしら、何でまた、こんな阿呆なことしとるねん」やっとわれに還った様子で、役人がぼそりと呟やいた。

「おれたちは馬鹿なんだよ」おれも、そういった。「あんたやおれだけじゃない。みんな馬鹿なんだ」

「その、馬鹿なとこが、また、よかったんやないか」役人が、しくしく泣き出した。「阿呆やさかい、愛嬌があってよかったんや。それが人間のええとこやったんや」

おれは、わあわあ泣いた。「しかし、馬鹿だったから、みんな死んじゃうんだ」

役人も、声をあげておいおい泣いた。「なんでや。なんで死なんならんねん。馬鹿で阿呆で、愛嬌があって、おっちょこちょいで、おもろい人間が、その人間が、なんで全部死んでまいよるねん。そんな阿呆なこと、あるかいな」

おれたちは抱きあい、わあわあ泣き叫んだ。

「こんなしょうむないこと、あってたまるか」

ひとしきり泣きわめくと、おれたちは互いのからだをはなし、床に尻を据えたまま子供のように泣き続けた。

やがておれは、泣きじゃくりながら彼に頼んだ。「頼む。婚姻届を受けつけてくれ」

役人も、泣きじゃくりながら答えた。「印鑑と、印鑑証明と、戸籍謄本と……」

南極点

最終戦争が起ってから約二カ月半——正確には七十七日と十時間ののち、南極点から一キロ離れた地点に、一台の黒い雪上車が姿を見せた。雪上車は氷点下六十度の寒気と吹きすさぶ風の中を、キャタピラの粗野な音とともに、目的地——南極点アムンゼン・スコット基地に迫りつつあった。

雪上車にはただひとり、イギリス南極観測隊員ブライアン・ジョン・バラードという若い男が乗っていた。彼はハリイ・ベイ基地の医者であり、また本国では前途有望と目されている新進SF作家でもあった。

黒い、つららだらけの雪上車は、自分のまき起した雪けむりの中で、やがて停止した。ががらという音が消え、あとは風の音だけが白い世界を支配した。

ブライアン・ジョン・バラードは、油光りのするヤッケ姿で、黒いショルダー・バッグをひとつ肩からさげ、雪上車から地上に降り立った。髭《ひげ》はのび、顔はまっ黒になり、眼は落ちくぼみ、頰はこけていた。

「壊れやがった」彼は吐き出すようにそう呟やいた。それから思いなおし、かぶりを振った。「いやいや。たったひとりで、ハリイ・ベイからここまで、このおんぼろ雪上車でくることができたのは、むしろ幸運といっていい。途中で食糧と燃料を積んだカブースをなくしたり、高原で転覆しそうになったりしたが、いのちだけは失わなかった」彼は絶え間なく、ぶつぶつとひとりごとをいい続けていた。ながい間の孤独が、彼にひとりごとの癖をつけたのである。

彼は雪上車から、ガイガー・カウンターを出した。そして、あたりの放射能量を測定した。ガイガー・カウンターは、ばりばりとはげしい音を立てて警告を発した。

「うむ。ここまで追いかけてきやがったか」彼は天を仰いだ。「お前さんの追跡の手は、とうとうおれに届いたぜ。もちろん、まだ致死量以下だがね」

彼は地上に、ガイガー・カウンターを抛《ほう》り投げた。もう必要ではなかった。放射能の押し寄せてくるのがいちばん遅いと思われる地球上最後の地点でガイガー・カウンターを持ち、次第に大きくなる音を聞いていたところで何になろう。

ブライアン・ジョン・バラードは雪上車を捨て、南極点めざして歩きはじめた。空腹と疲労と、そして風のために、よろめき続けながら歩いた。氷雪の上の、目的地までの一キロは遠かった。

「だが、おれはたどりつけるのだ」彼は風に向かって叫ぶようにそういった。「なぜなら、おれが最後の人類だからだ。そして南極点には、地球上最後のひとりを救うべく待っている者がいる。そいつは、そこにいる筈だ。おれを待っている筈だ。そいつはおれがやってくることを知っているのだ。人類が、いや、生命がこの地球上にあらわれた時から、そいつは、今日のこの日のくることを知っていたのだ」

最終戦争勃発《ぼっぱつ》の情報が入り、そしてハリイ・ベイ基地で暴動が起るまでの僅かな期間に、彼はこの哲学を自分で作りあげたのである。そして彼は、神とも、異星人とも、宇宙意志とも未だにわからぬ、その「人類の最後のひとり」を救おうとする者が選ぶのは、自分をおいて他にないと確信していた。なぜなら、そのことを知っていて、しかも確信しているのは、彼、ブライアン・ジョン・バラードただひとりだったからである。だからこそ彼は、地球上のあちこちからハリイ・ベイへ避難してきた大勢の人間を、数人の仲間といっしょになって殺戮《さつりく》し、はてはその数人の仲間さえ平気で殺し、ただひとり、この南極点めざして出発したのである。

「ああ。最後の地点でおれを待つものは、はたして何ものか」やや正気を失った眼で空を眺め、彼はセンチメンタルに詠嘆した。「それは、人類進化の極致であるこの現代人を、仲間に入れてやろうと待ち受けている神神か。はたまた、次の機会にこそは人類を破滅させまいとして、より高度な知性を持つ超人類を作り出そうと望み、わが心と肉体を改造せんと待ち受ける宇宙意志か。あるいは、人類の遺産であるおれというひとりの文明人を、高度に発達したその異星連合へ加盟させんとする異星人か」彼は歩きながらふり返り、天に向かって握りこぶしを振りあげ、振りまわした。「ざまを見ろ。おれを追ってきても何もならないんだ。新生への道を歩むこのおれに、汚ならしい地球の排泄《はいせつ》物でもって挫折させようとしたところが無駄なこと。さらば、汚れきった地球よ。選ばれたただひとりの人類であるこのおれに、もうお前は何の役にも立たないのだ。さらば地球よ。お前さんのみみっちい猥褻《わいせつ》な数十億年の歴史は、ただおれひとりを生み出すためだけのものだった。今、生まれ変ろうとするおれに、何の関係もなくなった地球よ。さらば。お前にはもう、何の用もない」

今、ブライアン・ジョン・バラードを、前へ前へと進めさせているものは、彼の驕《おご》りたかぶったエリート意識だった。宇宙の哲理を見きわめたのは、ただ自分だけと思いこんでいる、彼の浅薄な自負心だけだった。そのエリート意識と自負心は、ただ、彼の書いたSFを理解できる人間が、あまりいなかったという今までの経験に基き、彼の心に知らずしらず培《つちか》われたというだけのものに過ぎなかったのである。

氷雪に足をとられてよろめきながら歩き続ける彼の眼に、やがてアムンゼン・スコット基地の数本のポールと標識の群れが見えはじめた。

「おかしいな。誰もいない」

首をかしげながら歩き続け、やっと南極点に到達したブライアン・ジョン・バラードは、やや血走った眼で四周を眺めまわした。当然のことながら、どちらを向いても北であった。

彼は次に、空を見た。そこにも、何もなかった。

「どこにいるのだ。おれを待っている者は」彼はそう呟やいた。「いない。いないぞ。そんな筈はない」彼はゆっくりとかぶりを振った。「これ以上、ここで、おれが彼らを待つわけにはいかない。なぜなら、すでにここにまで放射能が押し寄せてきているからだ。致死量までにあとほんの僅かの危険度の放射能だ。だから彼らは、おれがくるまでにここへ来て待っているべきだったのだ。だが、きていない。と、いうことは。と、いうことは」

彼ははげしくかぶりを振った。彼の即製の哲学が、はや、もろくも崩れ去ろうとするのをけんめいに支えながら、彼は叫んだ。「早くこい。早くきてくれ。でないと、おれは汚染されてしまう。おれのきれいなからだが、汚い塵を浴びてしまう。いや。いや。その前に」彼は氷の上にばったりと俯伏せた。「凍死してしまう」

彼はすでに疲れきっていた。期待だけが、彼を南へ南へと進ませてきたからだ。ただ風の吹きさぶだけの白い世界に、しばしの時が流れた。

「誰もこないんだ」やがて、ブライアン・ジョン・バラードは、そういってすすり泣いた。「人類は滅亡するのだ。おれがここで眠りこんでしまうと同時に、人類は滅亡するのだ。数十億年の偉大なる歴史を持つこの地球から、人類は消えて行くのだ。華やかな文明を作りあげた宇宙最高の生命形態である人類が亡びるのだ。おれを最後のひとりとして、この大宇宙から人間はその姿を消すのだ。存在することをやめるのだ」

眠りそうになる自分を眼醒《めざ》めさせようとして、彼は喋り続けた。だが、その声は次第に弱くなりことばは間のびしはじめた。彼は氷の上によだれを垂らしながら、さらにぶつぶつと、何ごとか呟やき続けた。

最後に、彼はくわっと眼を見ひらいた。「何か言わなければならない。人類最後のひとりとして、何か気のきいたことばを叫んで死ななければならない。それがおれの役目なのだ。最後に死んで行く人類としての、おれの使命なのだ。人類の終焉のことば。それは何だ。何か言わなければ。何か言わなければ」

だが、何も思いつかなかった。思いつくのはすべて過去、歴史上の大人物が言ったことのある終焉のことばだけだった。

〈わたしの図表に近よるな〉〈ブルータス、お前もか〉〈あの世はとてもきれいだ〉〈お母さん。お母さん〉〈いま死んじゃ困る〉〈私の仕事は終わったのだ〉〈心頭滅却すれば火おのずから涼し〉〈神と祖国〉〈話せばわかる〉〈よろしい〉〈遅すぎた。あまりに遅すぎた〉〈もっと光を〉〈やられた〉

ブライアン・ジョン・バラードはあせった。「何もない。たた、大変だたいへんだ。何もない。おれのいうことが何もない」彼はまた泣いた。

ひとしきり泣いてから、彼はぐったりして氷の上に顔を伏せた。終焉のことばを考えようとするのをやめた途端、いみじくも彼は本音を吐いた。それはまさに、彼の死を、人類の死を、そして地球上のあらゆる生物の死を、この上なく適切に表現していたのである。

「Nonsense……」

ことば通り、無意味以外の何ものでもない人類の最後のひとことを、ゆっくりと呟やいてから彼は眠りに落ちた。

眠りに落ちて数分ののち、彼の心臓は停止した。地球上に、霊長類はいなくなってしまった。

銀座四丁目

数度の雨に洗われ、銀座四丁目の空からは永久にスモッグが消え去り、午後の陽光は、まばゆく交叉点を照らしていた。

交叉点は無人であった。行き交う車もなく、大東京の中心部は今、静寂に包まれていた。真昼の銀座四丁目がこのような静寂に包まれたのは百数十年ぶりのことであったろう。

交叉点を、風が吹き抜けていった。動くものは、路上すれすれに舞い踊る紙片以外、何もなかった。人類文化の遺産である多くの文字だけが、無人の繁華街に氾濫していた。店名、商品名、映画の題名、標識、宣伝文句、キャッチフレーズの内容が、その大どたばたを演じながら全滅した人類という生きものの、でたらめで複雑で、日和見的《ひよりみ》で無節操で、軽薄でお人好しな性格を物語っていた。

「高級紳士服『バッキンガム』**大西紡**」「構想10年! 製作費五百億! 70㎜『大惨殺』絶賛上映中!」「**ミェンヘン**」「レームユリ〈S〉ハネボウ新口紅」「新型活性ビタミン剤**ビオクタン**」「シネラマ『マッケンナのダイヤ』」「SBC／SOMY」「みんなで歩いている時も一人一人がよくちゅうい」「サッポロ銀座ビルディング**工事中**」「**リプトン・ティーバッグ**」「昨日の交通事故・死亡4名、負傷291名」「日代田生命」「**バニークーペ**」「オスカー・ピーターリン・トリオ前売中」「**悪魔のような男**――からみあう手が女に告げた……異常な殺意! ロードショウ」「地下鉄のりば銀座駅」「魅惑のフォーク・グループ**五つの黄色い風船**恋は風とともに**話題集中!**」「キソンビール・キソンレモン」「**全日本ホテル・レス**

トラン料理フェスティバル財団法人全日本司厨士協会設立15周年記念**8階**」「エナイト映画『想い出よさようなら』フェア**三階シネマサロン**」「スーパーラックス」「中華四川料理**遠鉄大飯店**」「プリジストンタイヤ」「**沖縄の観光と物産めぐり**地下三階」「GROWN FM-AM RADIO STEREO PHONO TAPERECORDER」「**なぐる！　ける！　走る暴力！**　ローラーゲームは慌楽園アイスパレスへ」「**横断禁止**」「キムテヤのパン」「アメリカ・グロバー社製**月面走行車**モデル展示中」「籐屋」「**銀座トラベルセンター**太平洋観光ＫＫ」「唄・踊り・ミュージック**銀座ビヤガーデン・シアター**納涼屋上」「日木堂」「東ア・サファリラリー**グルーバード優勝**」「半期に一度、絶好のチャンス！　**ピアノ・エレクトーンお買得セール**」「飲みすぎ、食べすぎ・胃には**チャイナ**」「ＭＩＫＩＮＯＴＯ」

　生命を持つものすべてが死に絶えたかに見えるこの交叉点に、ただひとつ、まだ自らの力で動くことのできるものがあらわれた。黒褐色の背中を陽光で油光りさせ、すずらん通りから晴海通りへと這い出てきた、それは一匹のゴキブリであった。

　彼はいつもに似ぬのろいスピードで、歩道をよたよたと走り、交叉点にある交番に向かった。すでに彼も放射能障害を起しているのだろう、意志通りまっすぐに走ることは不可能な様子だった。

　ゴキブリが交番の前をのろのろと通り過ぎた時、そこから数十メートルはなれたレコード店の中へ、一時的な、突風と呼ぶには少し弱い程度の風が舞いこんだ。その風は、スイッチを入れたままの電蓄の軽いピックアップを、ほんの少し押しあげた。ターンテーブルが33⅓回転でまわりはじめた。ダイナミック・バランス型のトーン・アームが動き、歌謡曲を吹きこんだＬＰのステレオ盤の上に落ちた。

　その時、ゴキブリは歩道の端から車道へおりようとし、足をすべらせて仰向きにひっくりかえった。細い六肢を縮めたり、のばしたりした末、その直翅目の昆虫はやっとアスファルトの上へ起きあがった。同時に、レコード店では、プレーヤーに接続されていたスピーカーが流行歌を歌いはじめた。艶歌調の流行歌だった。前奏に続き、鼻にかかった男の歌手の歌ごえが、静かな銀座四丁目の交叉点いっぱいに流れはじめた。

〽馬鹿なやくざに
　なるも馬鹿
　やくざは馬鹿よと
　いうも馬鹿
　馬鹿を承知の
　助っ人稼業
　捨てた女房が
　ちと気にかかる

三愛の前から三越の方向へ、彼――チャバネゴキブリは、その油脂状の光沢を持つ背面を直射日光の下にさらけ出し、交叉点を斜めに横断しはじめた。だが、その歩みはますますのろくなり、よろめきかたはますますはげしくなった。

古生代石炭紀――人類発生のはるか昔より現代に至るまで連綿と続いてきた、ただ一種類の昆虫である彼、ゴキブリ――そのたくましい生命力さえ、この空気中にたっぷりと含まれた放射能の前には、もろくも崩れ、消えて行こうとしていたのである。

直進できず、ふらりふらりと歩き続ける彼の背中に、陽光はさんさんとふりそそいでいた。そして流行歌は、死へ歩むゴキブリを慰さめる如く、はげます如く、また、なだめる如く、銀座一帯に流れていった。

〽馬鹿な喧嘩《でいり》で
　死ぬも馬鹿
　死ぬのはいやよと
　逃げる馬鹿

逃げてもいつかは
死ななきゃならぬ
死ねば地獄か
ちと恐ろしい

軽快な四分の二拍子の歌にはげまされ、ゴキブリは交叉点の中央部にまでやってきて、しばらくじっと佇《たたず》んだ。だらりと後部へ曲げた触角を、ほんの少し上にあげ、ひくひくと動かした。やがて、依然として空気中に大量の放射能が含まれていることを知り絶望したかのように、触角をおろした。あきらかにげっそりとした様子で、今度はやや投げやりに、前よりもはげしくよろめき、ふらつきながら歩きはじめた。

〽馬鹿なお前に
馬鹿なおれ
みんな馬鹿だよ
どうせ馬鹿
馬鹿を承知の
人間稼業
厭気さすのが
ちと早すぎた

車道に落ちている一枚のちらしの上を歩いていたゴキブリは、紙の中央でまた立ちどまった。それはまるで、ちらしの文句を読んでいるかのようだった。

『四十歳を過ぎますと、人間は●精力の衰え●性ホルモンの失調●陰萎（インポテンツ）●性欲欠乏低下●勃起力減退●性感減退低下などを自覚するようになります。こういう時には井筒屋の**放射能まむし**をどうぞ。**放射能まむし**は放射能によって突然変異した超能力まむしの粉末に、各種天然漢方成分、およびビタミンA、B、C、D、E、Fなどを配合してあります。右記更年期症状、男女の区別なくよく利きます。お求めは有名デパート薬品部、その他有名薬局薬店で**一斉発売中！**
◎試供薬（ハガキで井筒屋へお申込次第無料送

呈）東京・青山・**株式会社井筒屋**』

ゴキブリが、一瞬、肩をそびやかしたように見えた。それは人間の馬鹿さ加減を、鼻で笑ったかのようにも見えた。

彼――チャバネゴキブリはまた歩き出した。歌ごえは彼を追った。

〽馬鹿といわれて
　馬鹿が地獄へ
　死んだ馬鹿
　行くものか
　みんな馬鹿なら
　みんなで死んで
　あの世で利口に
　ちとなりましょう

三越前にやってきたゴキブリは、車道から、一段高い歩道へはいあがろうとした。前脚をのばし最先端の跗節でがりがりとコンクリートをひっかき、のびあがろうとした。だが前胸、中胸、後胸、そしてそれに続く腹などの環節が融合し、ほとんど一直線になっている直翅目の悲しさ、なめらかにのぼることは不可能だった。

ゴキブリの力が尽きた。

彼は車道へ、仰向きに転倒した。彼はけんめいに、六本の肢の腿節と脛節を動かし、触角を振った。だが、そのいずれにも、もう寝がえりを打つだけの力は残っていなかった。彼の動きは次第に弱まり、やがて完全に停止した。

その時、歌ごえはやんだ。静寂が戻った。

ゴキブリはその後、一度だけ、片方の折り曲げていた後肢をゆっくりとのばした。それを最後に、銀座四丁目の交叉点からは、自らの力で動くものが永遠にいなくなった。午後の太陽だけが、光や熱、その他多くのエネルギーを無為に発散させ続けていた。

あとがき（講談社版）

以前から、最終戦争ものをライフワークにするなどと口走っていたのだが、こんなに早くライフワークをやってしまったのでは、いくら何でもはずかしい。だから前言は取り消す。別のライフワークのアイデアが、今、浮かんでいる。今年中に書きはじめるつもりだ。ライフワークの大安売りになるかもしれないが、それでもいいと思っている。

この長篇は今年（四十四年）一月から六月まで半年間、『プレイボーイ』誌に連載したものを書き改めたものである。また「下町裏長屋」は「長屋の戦争」として『メンズクラブ』に、「ユーレカ・シティ」は「とびら」として『科学朝日』に、それぞれ独立した短篇として発表したものを書き改め、この長篇にエピソードとして加えた。

最終戦争、あるいは核兵器をテーマとして書かれた長篇小説は、非常に多い。邦訳されているものだけで二十数篇ある。短篇を加えれば優に百は越す。自慢ではないが、このほとんどを、ぼくは読んでいる筈だ。以前からこのテーマに関心があったし、すでに五年以上前から、いずれはこのテーマで書こうと決めていたからである。エッセイの類いも、小説ほどではないが、眼につく限り読んだ。

そのため、それらの著作中の、最終戦争や核兵器に対する考えかたを、あたかも自分がもとから持っていた考えの如く思いこみ、この作品中に使っているかもしれない。したがって、本稿末尾に参考文献として記すのを忘れた著作については、深くお詫び申しあげるとともに、もしその点で問題が起った際の非難も甘んじて受けることにしよう。

とはいうものの、むろんぼくは、この作品が、ぼく以外の誰にも書けない作品であることを信じているし、今までになかった種類の最終戦争ＳＦであるという自負も持っている。そしてまた、このテーマの小説は、すべての作家がそれぞれの主張で一度は書いてみるべき価値のあるテーマであるとも思っている。

さて、ぼくの作品の中で、この長篇ぐらい、いろんな人の重要な助言、助力でできているものもめずらしい。特にハードボイルド作家生島治郎《いくしまじろう》氏は、書く前から相談に乗ってくださった上、「トータルな誤り」を指摘してくださった。講談社文芸図書第一出版部長の斎藤稔氏からも、多くの助言をいただいた。河出書房の久米勲氏は、切り抜きを読んで、おかしいところを片っぱしからチェックしてくださった。集英社の柏谷典男氏は、面倒な取材の手配をしてくださった上、カメラマンまでつけてくださった。また『筒井順慶』『ホンキイ・トンク』に続き、講談社・宍戸芳夫氏のお世話になるのはこれで三冊目だ。その他多くのかたにこの場を借りて、深く深く感謝申しあげる次第である。

執筆に際し、左の書物を特に参考として、その資料を借用させていただいた。

ラルフ・E・ラップ「核戦争になれば」
星野安三郎・林茂共編「自衛隊」
堂場肇「日本の軍事力」
小山内宏「軍国アメリカ」
林克也「米中もし戦わば」
福島正夫編「中国の文化大革命」
朝日新聞社「毛沢東と整風」
村松暎「毛沢東の焦慮と孤独」
刀江書院編集部「毛沢東は間違っている」1・2・3・4

ここに記し、謝意を表する次第である。

昭和四十四年秋

筒井康隆

解説（講談社文庫版）

小松左京

歌舞伎や演芸の世界に「化ける」という言葉があります。

なにも死んで幽霊になるわけではなくて、今までどちらかと言えば、地味で目だたない芸の持ち主だった人が、突如としてパッと華やかな、大型の芸を花開かせる事を言います。言わば地味な蛹《さなぎ》がある日突然眼をうばうような蝶に変り、うす緑の蓮《はす》の蕾《つぼみ》が一朝あでやかな大輪の花を咲かせるようなもので、その変貌の鮮かさに息をのむのは、芸を見るものの大きなたのしみの一つなのですが——。

作家を芸能人と同じようにあつかってはどちらにも失礼かも知れませんが、筒井康隆さんも、ある時期、ものの見事に「化けた」人です。その転換点は——人によって評価はちがうでしょうが、——

私自身は、昭和四十一年のＳＦマガジン二月号にのった、「マグロマル」という、奇妙にして無性におかしい作品あたりではないか、と思っています。

　どうしてのっけに「化ける」話などを持ち出したかというと、現在、そのきらきらしいスラップスティックＳＦの才能の影に、ともすれば見おとされがちな、この作家の「資質」について、ちょっと触れてみたい、と思ったからです。「化ける」以前と以後で、目くるめくほどあざやかに変わるのは、技巧であり、演出であり、「持ち味」の発現のさせ方であり、客、または読者のつかみ方――つまりその作家の持ち前の「世界」と、読者の心とのつなぎ方であって、資質の方はあまりかわりません。地味な蛹が、蕾が、それだけしらべて見れば、そこにのちに蝶になり、あでやかな花に化す要素をすべて潜在させているように、「化ける」以前の作家も、その段階において、のちの華々しい才能や技巧を開花させられるべき資質をすべて未発現の状態においてそなえている、と私は思います。といって、そのままでは蕾はいつまでたっても蕾にすぎず、蛹は蛹にすぎない事は言うまでもありません。そこに目くるめく変貌の奇蹟をひき出すきっかけがあたえられなければなりませんが――しかし、その持ち前の資質というものは、変貌の以前と以後をつなぐ事によって、かえってよくわかるのではないかと思うのです。

　変貌以前の筒井さんについては、どうしても、あの特異なＳＦ同人誌、「ＮＵＬＬ《ヌル》」の事にさかのぼらなければなりません。昭和三十五年に創刊された「ヌル」は、あらゆる意味において、本邦同人誌史上、特異な存在でした。どう特異かと言うと、まずそれが「家族同人誌」である、という点です。「ヌル」の発刊同人は、筒井さんの御父君である嘉隆氏――氏は、大阪市立自然科学博物館長もっとめられた生物学者でした——と、康隆さんをはじめとする筒井家の三人兄弟でした。——私も、中学時代の校内文芸誌を皮切りに、ずいぶんいろいろの同人誌を創刊したりつぶしたり、くわわったりオン出たりしたものですが、「家族同人誌」というものにお目にかかったのは、あとにも先にも「ヌル」だけです。もちろんのちには、在阪の眉村卓さん、可愛いらしい演劇女性たち、それに私なども首をつっこみました。しかし、創刊から何号目かまでは、筒井家の嘉隆氏と三兄弟だけがこの雑誌の中心だったのです。

　この雑誌のもう一つの特異な点は、その内容が科学者嘉隆氏のエッセイをのぞけば、三兄弟のＳＦショート・ショートが中心だった点です。——早川書房のＳＦマガジンが昭和三十四年暮れに創刊されてから、まだいくらもたっていないころです。ＳＦそのものが、まだ日本国内で一部の愛好家をのぞいてほとんど知られていない時代に、それも同人誌の育ちにくい関西で、ＳＦ専門同人誌が出現したのです。当時すでに有名だった東京のＳＦ同人誌、「宇宙塵」の向うを張る——というと勇しいようですが、当時の東京と関西とでは、ＳＦファン層の厚みがちがいすぎました。「ヌル」の特異性の第三点は、これが同人誌にしては恐ろしく「いい紙」をつかい、美しいデザインの表紙と、しゃれたレイアウトをもったものだった、という事です。中には、写真版まではいった号もありました。同人誌といえば、何しろ金が無いので、いかに安い紙と、いかに安い印刷所を見つけ、いかに安い費用で中身をぎゅうぎゅうつめこむか、という事にばかり苦心して来た私などは、はじめて「ヌル」を手にした時は、何ときれいでハイカラな同人誌だろう、と、いささかあっけにとられ、何回もひっくりかえして見たものです。（当時、「宇宙塵」はもちろんタイプ印刷で、表紙も孔版《こうはん》でした）同人誌こそは、外観よりも「中身」の勝負だ、とばかり思っていたかつての文学青年は、「デザイン」に思い切った力をそそいでいる「ヌル」を見て、脳天に一撃くらったほどのショックをうけました。——筒井さんを初めてオフィスにたずねて、彼が「ヌル・デザイン・スタジオ」を経営しているのを知った時、なるほど、と思いました。そしてあらためて、昭和三十年代、早川のＥＱＭＭやＳＦマガジンに感じていた、どうしようもない、ぞくぞくするようなハイカラな魅力が、これらの雑誌の外国作品の翻訳を主力とする内容だけではなくて、紙質、レイアウト、造本、表紙と言った「デザイン」にもあるのだ、という事を痛感させられました。「内容」だけがすべてではない、「外見」「外側」もまた、メディアの重要な役割りを果す——マックルーハンが紹介されるより十年ちかくも早く、私は「ヌル」に「新しい文芸」の時代の感触を感じ、同時に筒井さんという人物に「新・新感覚派」として一目も二目もおくようになりました。

　当時の筒井さんは、どうして映画会社がスカウトにこないのだろうと思わせるような、水ぎわだったスマートな美青年で——今だって美中年ですが——当時のはやり言葉で言えば、「一見プレイボーイ風」でした。ですが、ありきたりのプレイボーイと明らかにちがっていた所は、大変陽躁な所と、ひどく「いらち」でやや内向的で、神経質な所とが同居しているようで、その「いらち」——というのは大阪弁で、頭が切れすぎるため気が短く、世間並みの諸事がかったるく見えていらいらする性分、と言ったほどの意味ですが——と、陽躁の間に、何かぎらりとしたものがのぞく、と言ったタイプでした。大阪の商家の「ぼんぼん」に、間々あるタイプです。星新一さんと知りあったのち、私は星さんを江戸落語に出てくる「殿さま」、筒井さんを上方落語に出てくる「若旦《だん》那さん」に見たてて、一人で悦に入っていたものです。星さんは、おっとりしていながら、どこか「しもじも」の事が、何も彼もわかっているような所がある。まあ、落語の「雛鍔《ひなつば》」に出てくる幼い品のいい若殿がぬーっと大きくなって、例の鯛の片身のおかわりをするしゃれた殿様みたいになった人、それに対して、同じ「良え衆《えし》」の出でも、筒井さんの方は、「土橋万歳」か「菊江仏壇」などに出てくる、番頭白ねずみの弱いしっぽをいつの間にかおさえ、場合によったら啖呵《たんか》の一つも切って尻もまくろうと言う、ちょっと極道の所のある若旦那《だん》さん、と勝手に見たてていたわけです。――両者に「育ちの良さ」がもたらす感覚の鮮かさは共通していても、星さんの方は、「見えすぎ」るため、ＳＦのそれもショート・ショートに赴き、筒井さんの方には、この「若旦那的いらち」が同志社大学文学部哲学科出身の彼をして、「デザイン」、「演劇」、「ジャズ」、「前衛」、そして「ＳＦ」――つまり一種の「極道」へと駆りたてて行ったような所があります。

初期の筒井さんのＳＦショート・ショートや短篇は、何とも言えない感覚のひらめき、うじうじどろどろした現実から、鮮かに切れていながら、その切ったメスの刃に現実のきらめくような倒立像がうつる、と言った「ハイカラさ」――これこそＳＦの真髄の一部なのですが――がありながら、なお、自分の資質と現実との間の距離をはかりかねているようなためらいや、若々しい内気さがありました。星さんと筒井さんのショート・ショートを見くらべて、どちらもそのハイカラな所にひどく感心させられましたが、星さんのそれは、「御一新以後の本郷の殿様」のようなハイカラさ――ちょっと司馬遼太郎さんの「最後の将軍」のラスト・シーンのような――一方、筒井さんの方は、開港場神戸近代のそれのような気がしました。当時すでに、筒井さんのショート・ショートの「奇妙な味・奇妙なおかしさ」は、絶頂時のロバート・シェクリイにたとえられていました。が、ニューヨーカー誌寄稿家当時の、このしたたかな若き都会派エンターテイナーのそれとくらべて、まだずっと、若々しい危うさがのこっていた、と言えましょう。――この時期、筒井さんは、ジャズの演奏家が、自分の

「音」を模索するように、フロイトからダリのシュールリアリズム、ヘミングウェイや演劇——彼は劇団青猫座に属してスタインベックの「二十鼠《はつかねずみ》と人間と」の主役を演じた事もあります。むろん金をとって——プレスリーからビートルズ、エノケンからマルクス兄弟、手塚治虫から赤塚不二夫と、一種の「彷徨《ほうこう》」をつづけていたようです。

その筒井さんが、突如として自分の「スタイル」を見つけ、ビートのきいた「筒井サウンド」の第一拍を高らかに吹きならしはじめたように見えるのが、前記の「マグロマル」だと思います。——「世紀の楽団」から「グレン・ミラー物語」まで、すべてのジャズ映画のクライマックスは、それまで低迷模索していたバンドが、突如として、自分たちの「音」を見出す場面にありますが、筒井さんの場合もまさにそうでした。そのきっかけとなったのは、——これは私見にすぎませんが——東京という、ニューヨークに匹敵する大都会《メトロ・ポリス》との、本格的接触ではなかったか、と思います。フォーク・ソングや演歌は日本中にありますが、本格的な「ジャズ」——それも「都会派ジャズ」は、日本では東京しかありません。そして、ニューヨーク、東京、ロンドンと言った都会の「ジャズ的情況」を表現するのに、この形式よりふさわしい音楽はないでしょう。

神戸、大阪の、言わば「地方楽団」が、東京という世界都市《コスモポリタン・シティ》との接触で、突如、本格的な「自己のスタイル」を見出したようなものです。——「マグロマル」のリードが、当時擡頭《たいとう》しはじめていた、第二期、三期の若いＳＦファン層に圧倒的な支持をうけたあとにつづけて、宇宙人に突然体を占拠された大都会の住民が、人体をちぎっては投げ、ちぎっては投げ、血みどろにしておかしい「人体パイ投げ」を演ずるという、おそろしくビートのきいた「トラブル」（「ＳＦマガジン」・昭41・7月号）の熱狂的ドラムソロにひきつがれ、こうして「筒井・ニュー・ジャズＳＦ」は、圧倒的な迫力でもって進軍しはじめたのです。それも、「味」をたっぷりきかせるコンボから、ファンキーなディキシー、さらに耳を聾《ろう》し、腹をゆさぶる電子楽器にストロボ、パターン・ゼネレイターをくみあわせたサイケデリックやロックまで、ありとあらゆるバリエーションをふくめながら……。電子楽器、電子音楽、エレクトロニック・ジャズの面白さは、その中に、ラビィシャンカールのシタールや、津軽三味線から、シンフォニック・エフェクトまで、ありとあらゆる音楽をまきこみながら、しかも、これまでなかった音や音楽、宇宙的効果までつくり出せる事です。また同時に、わずかな人数で、何百人と言う人間を何時間も熱狂させる圧倒的なボリューム効果をつくり出せる事です。電子楽器は、その意味で、個人あるいは小人数の手にゆだねられた「巨大なメディア」と言えましょう。

筒井さんのつくり出した新しいスタイルは、まさに「ニュー・ジャズ、エレクトロニック・ジャズ的ＳＦ」とも言うべきものでした。ジャズをテーマにした小説は、日本にもたとえば五木寛之さんのものなどいくつかあります。しかし筒井さんの場合は、スタイルそのものが、ジャズなのです。――五木さんのスタイルが、むしろフォーク的、あるいは演歌的なのにくらべて……。

それは、一方においては、「ＳＦにもっともふさわしい形式の一つ」が新しく開発された、とも言えますし、逆から見れば、「ジャズの文学における新しい応用」とも言えましょう。――どうしてジャズの方法で小説を書いてはいけないという法がありましょう？　たしかにサルトルは、「小説を音楽や絵画のように語る」事を批難しましたが、それは、一方では、批評がムーディーに流れる当時の傾向を一種の衰弱として警告し、他方ではフッサールの徒として小説という形式の対応する「範域」を明確にしたい、という意図があったのでしょう。彼自身、「嘔吐」の末尾においては、古いラグタイムを聞いて、捏《ね》り粉のような実存に属さない「音楽のようなものを書けないか。そこに脱出の可能性があるのではないか」と展望していますし、そもそも、二十世紀の芸術は、各ジャンルが相互に刺戟しあって、「形式」の転換がきわめて自由だったはずです。――ドス・パソスは「ＵＳＡ」で映画やニュース記事の方法を小説につかい、Ａ・ハクスリイは、その「対位法」を明らかに作曲の方法を意識して書いたのではないでしょうか？　最近でも、ビートルズは自分たちの音楽から映画をつくっていますし、ジャズの「方法」でＳＦを書いていけないという法はありません。

　筒井さんのＳＦを、世の人は一言で「どたばた《スラップスティック》」と言いますが、それなら彼以前の一体どんな作家が、これほどのパンチとビートとものすごいスピードをもつスラップスティックを小説で成功させた例があるでしょう？　――映画なら、マルクス兄弟があります。日本のステージなら、戦前脂《あぶら》の乗り切ったころの川田義男（のち晴久）とダイナブラザースが、これにせまります。しかし、「小説で」成功させた例は、筒井ＳＦ以外にないと思います。文学史上絶後とはいいませんが、とにかく空前の事なのです。学生時代からフロイトやダリに強い関心を抱きつづけて来た筒井さんは、ＳＦの「ポップ化されたシュールレアリズム」という一つの側面を、見事にすくい上げたようです。それがニュー・ジャズやアート・ロックの、強烈なビートとリズムとスピードと合成される事によって、あのものすごいスピードをもった筒井流「スラップスティックＳＦ」が誕生したわけです。伝統的な「どたばた」の極致が、シュールレアリズムに接近する、という事は、すでに前述のダリとマルクス兄弟の接近で明らかになっていました。そして一方、ＳＦの「異次元もの」「時間旅行もの」が、推理小説からうけついだ「論理の〝約束事〟」をふまえながらも、やはりシュールレアリスティックな「効果」をうみ出す事も、早くから知られていました。「約束事」の束縛をとっぱらい、純粋に「効果」を追求するためには、ものすごいスピードとリズムが必要です。つまり、読者があれよあれよという間に、「効果の連続パンチ」をあびせ、「効果の流れ」にのせてしまうスピードが……。この比類ないテクニックを、筒井さんは、新しいジャズやアート・ロックや、サイケデリックなエンバイラメンタル・アートから学びとったのではないかと思います。筒井さんのジャズに対する造詣《ぞうけい》の深さとうちこみ方は相当なもので、有名な山下洋輔トリオとの親交などはよく知られています。また彼の長篇「脱走と追跡のサンバ」にいたっては、各章の間に、「カスタネットによるプロローグ」「マリンバによるインテルメッツオ」「ティンパニによるインテルメッツオ」「ボサ・ノバによるエピローグ」がはさまれているというこり方です。――そして、「約束事」をとっぱらわれたＳＦは、なんとも異様な「シュール・スラップスティック」になってしまう……「ベトナム観光公社」で、観光産業化されたベトナムの戦場の陣地の中に、突然アメリカインディアンやしゃべる熊が出て来たり、「マグロマル」の宇宙族大使がおそろしくコロキアルな大阪弁を喋ったり、「近所迷惑」の簞笥《たんす》の引き出しの底にヌビア沙漠があったり、「アフリカの爆弾」や「スター」といった作品にやたらに「元祖ターザン」や「本家ターザン」が出てきたり、まったくどうにもならないてんやわんやです。そのものすごいスピードにのって奔騰《ほんとう》する連続ギャグの、あまりにむちゃくちゃな効果のため、私などはよく読みながら椅子からころげおち、笑いの発作に四肢を痙攣《けいれん》させながら、生命どころか宇宙の秩序の危険を感じ、助けてくれ！　とわめいたものです。たしかにＬＳＤによるトリップも、強烈なエレクトロニック・サウンドによるサイケ効果も、それなりに「新しい体験」でしょう。しかし、ギャグの連続パンチによる「笑いの発作」でもってトリップさせられたら、一体人間はどうなるか――一時、筒井さんの新刊を贈られるたびに、私が一種の恐怖を感じて、本を置いた場所のまわりを遠巻きにうろうろおろおろするばかりだったのも、いささか心臓に自信がなかったからにほかなりません。筒井さんが、「約束事」や

「意味」をとっぱらって、「効果の連続・相乗」効果を純粋に追究するこころみをえらんだ、という事は、たとえば「ヤマザキ」の中に直接的に語られています。――おなじみ本能寺の変のあと、中国筋で毛利攻めをやっていた秀吉は、急遽《きゅうきょ》京へひきかえそうとする。が、時間がない。すると秀吉は、突如受話器をとりあげ、茨木城の中川清秀に電話をかけ、新幹線ひかり66号の切符を買いしめ、岡山駅から姫路へむかって軍勢とともにかけつける。途中関西汽船で淡路島にわたって城をおとす……といったためちゃくちゃです。何でこんなバカな事が可能なのか――SFなら、当然ここに「次元スリップ」とか何とか説明がはいる所ですが、筒井さんは最後に秀吉にこういわせています。「だが、よく聞け。あいにく『説明』はないのじゃ。うむ」

「説明」とは何か？　――それはある「約束事」にしたがった「理屈づけ」であり「解釈」である。「科学的説明」とは、一方においては、宇宙的所与としての「秩序」や「法則」の存在「事実」にもとづきながら、他方ではそういった「秩序」や「法則」を、一つの「約束事」として、さまざまな「現象」を説明し、解釈する事です。しかしながら、「科学」の抽出する「法則」や「秩序」は、それだけで、またその可能なくみあわせだけで、「すべての現象」を説明する事はできない事は、科学者自身がよく知っている事です。量子力学や相対性理論といった物理学の理論だけでは、たとえば生物個体のふるまい方や歴史過程を説明しきれないし、それがもっとも適応されるのにふさわしい素粒子論の領域ですら、たとえば「発散の困難」や「弱い相互作用」が、まだ追究の対象になっているくらいです。特に後者の場合、アインシュタインのあの美しい理論の大前提となっていた「公理」の一つ――「光速度をこえる運動はこの宇宙に存在しない」という考え方がゆらぎはじめ、「超光速粒子《タキヨン》」の存在がかなり真剣に探究されはじめているくらいです。もし、将来、超光速粒子、負のエネルギー、負の質量、反重力（万有斥力）といったものが発見・検証されたとしたら、アインシュタイン以後の物理大系はまた大きくくみかえられなければならない。とすると、科学の中でも、もっとも整備された大系をもつ物理学でも、現象説明のために適用できる範囲は限定され、かつその大系自体も、次の新しい展開や転換がおこなわれるまでの暫定的なものにすぎない、という事になります。科学のみならず、論理自体が、まだ基礎的な発展、変化の可能性がある事は、有名なゲーデルの証明があります。科学も論理も、一方においては「真」なるものにもとづき、さししめし、追究しながら、他面においては、「これとこれという条件がみたされた場合、〝正〟といい〝真〟という」という「約束事」にすぎない――その「約束事」という面だけをとり出すと、今度はその中に「仮定」の任意性というものが見出されます。つまり、「約束事」というのは、何も絶対「真」や「事実」や「正」にもとづいてなされなくてもいい。最低二人以上のコンミュニケーションの場において、任意に「とりきめ」る事ができる――これが「フィクション」の成立する前提です。ガモフの「不思議の国のトムキンス」の世界のように、相対論的秩序はそのままで、光速がうんとおそくなった世界を考えてもいい。「タイムマシン」の実現可能性の科学的検証は棚上げにしておいて、そういう機械が、仮に実現したらこの社会の中でどんな事がおきるか、という事はいくら考えてもかまわない。「永遠の生命」が存在したら……、地球型生命以外の生命や知性が存在するとしたら……もし日本が沈没したら……、もし、人類史が、もっと超越的な「何か」にすべてあやつられている、としたら……。こういう「仮定」は無限に考えられますが、それが「フィクション」として展開して行くためには、同時に、「人間社会が今のままとして」とか、「他の物理法則、生命のあり方といったものは、かわらないものとして」といった条件づけによって、一つの「約束事の世界」が、きき手、読者との間に成立しなくてはなりません。

その約束事によって成立する架空の世界の中で起った「現実にはあり得ない事」が、その世界の中ではちゃんと「論理的に説明がつく」わけです。

ここにおいて、ある種のＳＦは、ある種のミステリー――「密室もの」や「不可能犯罪もの」ときわめてよく似た構造をもちます。最初に「あり得ないような異様な状態」が呈示され、それが「論理的解決」にむかってすすんで行く……ＳＦとミステリーではその「論理的解決」のしかたの「約束事」がちがうだけ、という場合も多い。「密室犯罪」が起った場合、ミステリーは、厳密に「心理的盲点」や「物理的トリック」で謎をとくのに、ＳＦの場合は「超能力」や「四次元空間」を――むろんそれなりに厳密な限定のもとに――使って論理的に解決してもいいわけです。

しかし、「約束事」にしたがった「論理的解決」のパターンは、そう多くはありません。そこにこういう構造を持ったフィクションが、マンネリズムにおち入りやすい陥穽《かんせい》があると同時に、いかにおちいらないようにするかという作家の工夫と腕の見せ所があります。――が、筒井さんの新しさは、最初に呈示される「異常な事態」の「効果」だけでいちいち「理屈づけ」しなくても、結構面白いものが書けるではないか、いや、なまじ退屈な「型」にはまりこみやすい「説明」なんかぬいてしまった方が、はるかに面白い、天衣無縫な世界がひらけるではないか、という事を発見した事にあります。ベトナムの戦場に突然インディアンが出てくる。――ＳＦ的に説明つけようと思えばつけられます。が、へたに理屈をつけようとすると、突然出てくる面白さが半減する。そこで「説明」するよりも、また次の「思いもかけない転換」へつなげた方がいい。そこで、説明ぬきで、なぜか熊が出てくる……、ここにも新しい「約束事」があります。それは、その効果の出し方が「むちゃくちゃにおかしくなければならない」「面白くなければばならない」という約束事が……。この「約束事」さえまもられれば、「マグロマル」が一体どんなものなのか、なぜアフリカの公衆電話のボックスにゴリラがはいっているのか、なぜジョンソン大統領がバスタブでワニをつっているのか、そんな説明は一切ぬきでいい……。ＳＦ――特に異次元もの、時間旅行もの、パラレルワールドものといったＳＦから「説明」や「論理的解決」をぬいてしまって、異様なものや異様な状態の「あり得ない組み合せ」を極度に圧縮し、「衝突効果《パーカッション・エフェクト》」を連続的におこさせると、ものの見事に「シュール・スラップスティックス」が出現するというわけです。

と、方法だけ示した所で、誰もができるというわけではありません。そこにジャズの「演奏」と同じ、猛烈リズムとスピードで語りが「のって」こなければなりません。井上ひさしさんの「駄洒落のリフレーン」のように、「はずみ」と「のり」が――時には「悪のり」による加速が、絶対必要なのです。ジャズの醍醐味《だいごみ》は、精密な「総譜《スコア》」を、厳密に「再製」する事だけでは絶対出てこない、生演奏で「のって」来て、アドリブやフェイクやインプロヴィゼーション、場合によったらホールで熱狂的におどる聴衆たちとのやりとりによって、はじめて生じるものです。筒井さんの作品は、どれも綿密にしあげられたシンフォニーというよりも、のりにのった「生演奏の〝記録〟」と言った方がふさわしい。だからこそ、ベトナム問題や、新宿騒乱事件や、ハイジャック、その時その時のトピックや、ＳＦ仲間のジョーク、あっという間にすたれるＣＭなどをとりこんだ作品でも、いつまでも「生きがいい」のでしょう。

そして、その「異様なものの、異様におかしい組み合せ方」にも、一つの秘密があります。――「さらば幽霊」という私の短篇集の解説で、筒井さんは、私のユーモアＳＦの特徴を「テーマ主義」、御自分のそれを「アイデア主義」と指摘されました。ではこれをもう少しつっこんで説明すると、私の場合は、「論理のずらしたつなぎ方」にくすぐりの展開をしかけているのに、筒井さんの場合は、論理から離陸《テイクオフ》して、次から次への「自由連想」によって、イメージの「衝突効果」――シュール・スラップスティック効果をつくり出している、と言えます。これは「どたばた」という場《フィールド》をかけた上でおこなわれる、一種の「自動書記」――一九二〇年代のシュールレアリズムの詩人たちのやった方法のポップ的応用と言えないでしょうか？――そして芸術の方法としての「自動書記」は、筒井さんの同志社大学哲学科卒業の時の卒論のテーマだったのです。ここで筒井さんの卒論の話が出てきたついでに、筒井さんの本当の「専攻」をのべておいてもいいでしょう。――彼の事を、哲学科心理学専攻で、フロイディアンだったと思っている人も多いようですが、（実を言うと私自身もつい最近までそう思っていたのですが）彼の所属は、哲学科美学で、しかも専攻は――意外に思われる方も多いと思いますが――カントでした。カントの美学から見た「自動書記」の芸術性、といったような主題が、卒論のテーマだったと思います。

さて――筒井康隆論ばかり長くなって、肝心の「作品論」を書くスペースがほとんどなくなってしまいました。「霊長類　南へ」は昭和四十四年の初頭から、「週刊プレイボーイ」に連載された「破滅テーマ」の長篇です。「最終戦争テーマ」と言ってもいいでしょう。本来悲劇的であるはずの「最終戦争・人類の破滅」を、一種のどたばたとして描く――クブリックの「博士の異様な愛情」は別として、当時としては、ＳＦ界でも非常に新しい試みでした。しかし、これをお読みになった方は、筒井さんのどたばたとしては、幾分おとなしい部類にはいる、とお思いになるかも知れません。文革当時の中国におけるミサイル弾発射のシーンなど、のちに書かれた中篇「色眼鏡の狂詩曲《ラプソディ》」の中に、もっとすごいメチャクチャシーンがある、また、核ミサイルをおもちゃにするおそろしいおかしさは、短篇「アフリカの爆弾」の方に、忌憚《きたん》なくあらわれています。

しかし、この長篇では、どたばた仕立ての背後にある、ふしぎに沈鬱な、静かなムードに注目していただきたいのです。——当今はやりの躁だ、鬱だと言った作家の精神生理によりかかった安易な「説明」はいたしますまい。これも筒井さんの作家的「資質」——おそらくこれから将来にかけて本格的に開花しようとしている、重要な「資質」なのです。耳を聾する電子メカをつかったアート・ロック、いや、時には鬼面人をおどろかすホット・ロッドかと思われる筒井さんの「演奏」の背後に、スピリチュアルやゴスペルソングへ、ソフト・ロックへと回帰すべき一つの資質があり、それはおそらく、彼が何度か試みていながら、まだ完全に自家薬籠《やくろう》中のものにしていない「長篇」の形で開花すべきものだと思います。あのものすごい「どたばた」のビートは、ひょっとすると書く方も、読む方も、あまり長時間はもたないかも知れません。しかし、筒井さんには、それとは全く方向がちがう形で——おそらく「長篇」の形で——開花して行くであろう、異様で不思議な「宇宙感覚」があります。

彼の長篇の中で、私に最も強く印象にのこっているのに、彼がまだヌル・スタジオを経営していた時代に書いた「幻想の未来」と言うのがあります。——題はもちろんフロイトのそれからとったものですが、やはり終末もので、最後は生物のいなくなった地球上で、「山」と「海」とがお互いにふれあい、対話をかわす、という異様に感動的なシーンで終っていました。私はそのイメージに「発成状態にある原始神話」「胎児期における創造者の見る夢」といったものにちかい、なにかぬらぬらとした生気にみちた宇宙のイメージを感じたものです。私の知っている何人かの偉大な、一生をフィールドワーカーとしてすごした自然学者《ナチユラリスト》を通じて感じられるような……。それは生物学者嘉隆氏からうけついだ感覚かも知れません。いずれにせよ、私は、筒井さんこそが、「エロティシズムで宇宙を描ける」稀有な資質を持っている作家のような気がしてならないのです。「霊長類」も、そういう兆候を探そうと思って読まれると、また別の興味が湧くかも知れません。

とびら

メイナードは帰ってきた。

ユーレカ市は彼の故郷だった。そうだ。そこは核ミサイルの落ちたどの地点からも300㎞以上はなれていたのだ。だから汚染度は少なかった。戦争が終ってから、もう2週間以上経っていた。1次放射能はもう飛びちっているはずだった。しかしストロンチウム90、セシウム137、炭素14などが蓄積されないうちに、早くローラの避難しているシェルター（避難所）まで行かなければならなかった。彼は急ぎ足で市中を横断した。だれもいない自分の家の前も走り過ぎた。この町で、いちおう完ぺきなシェルターを掘るほど余裕があるのは、町一番の実力者で、また建築会社の社長でもある、ローラの父のスコット氏くらいだった。それに第1、ローラは彼のいいなずけだった。少なくとも彼が空軍に入隊するまではそうだった。

見覚えのある二階建と、ブルーの鉄格子の門が見えてきた。門にはカギがかかっていた。それを乗越えて邸の右手の庭へ走った。シェルターの、鈍重な鉛色をしたトビラは閉じられていた。上部には空気浄化装置がとび出していた。トビラの前で息をととのえた。それから力まかせにトビラを3回たたいた。しばらく待って次にまた3回たたいた。通話管の中からローラの堅い声がとびだした。金属的に変質された声だった。

「だれ？」

メイナードは通話管にとびついた。安心感でヒザ関節が崩れそうになった。涙が出た。

「ローラ！　僕だ、メイナードだ」

「まあ」

ローラはしばらく黙った。息をはずませているようだった。だがトビラは開かなかった。

「今まで、どこにいたの？　メイナード」

「南極の氷の上だ。新型機のテスト飛行中に戦争が始ったんだ。僕は逃亡した。だれが笑おうとかまわない。命が惜しかった。君にもう一度会いたかった。さあ、顔を見せてくれ」

「地球上で、一番安全なところに避難してたわけね？」「そうだ。だから僕は汚染されていない」

「でも、あちこちを歩いたんでしょう？」

メイナードは声がつまった。のどが熱くなった。彼女の声には疑いの色があった。彼は目の上のあたりを手の甲でこすった。

「ローラ、このトビラを開いてくれ。僕は誓って放射能は受けていない。飛行機で直接ここまで飛んできて、沼地の横に着陸したんだ」「沼地ですって？　じゃあ、町の中を通抜けてきたんじゃないの！」「ローラ！……」


彼の声はかすれた。つばをのみこんだ。

「君に会いたくて帰ってきたんだ……」

ローラは黙った。

「ローラ、そこにだれかいるのか？」

「だれもいないわ。お父さんとお母さんはシカゴへ旅行中だったの。きっと死んでるわ」「君ひとりか？」

「そうよ。だれも入れなかったわ。だれもよ」

しばらく、どちらも黙った。メイナードは空を見た。低い黒い雲が出てきていた。

「メイナード？」「何だ？」「戦争はいつ終ったの？」「2週間以上前だ。もう放射能はないんだ。僕は安全だよ。入れてくれ」「町でだれかに会った？」「だれにも。きっと皆、メキシコや南米に逃げたんだ。僕だって、あのまま南極にいればもっと安全だったんだ」「なぜ帰ってきたの？」

「わかってるだろう。君に会うためだ。聞いてくれ、ローラ、君を愛してる。このトビラをあけてくれ。雨が降りそうなんだ」

ローラは黙った。しばらく黙り続けた。

「ローラ、発電装置はあるのか？」

「あるわ」「食料や水は？」「ひとりなら、３カ月分くらい、あるわ」

「じゃあ……完ぺきだな」「もちろんよ。お父さんは専門家だもの。酸素ボンベやガス、ガイガー・カウンターまであるわ」「そりゃあ……よかったな」「戦争はどちらが勝ったの？」「指導者は皆死んだ。どちらもだ。モスクワは地上から消えた。ニューヨークはハドソン川の中へ沈んだし、ワシントンは蒸発した。ロンドンもパリも東京も、灰の山だそうだ」

ひと息にしゃべってから、メイナードは壁にもたれ、ツメをかんだ。それからゆっくりとポケットに両手を突っこんだ。目が急に光った。歯を見せて笑った。

「ローラ、いい話があるんだ。トビラを開いてくれ」「何なの？」「町を通抜けた時に、宝石店から貴金属を洗いざらいかっさらってきたんだ。君を喜ばせてやろうと思ってね」

ローラの声に、ふくらみができた。少しあえいだ。

「本当？　そこに持ってるの？」

メイナードは上着を振った。貴金属が音をたてた。「聞えるだろ？」

「聞えるわ」「トビラをあけてくれ」

「それを全部、私にくれるの？」

「もちろんさ。さあ、あけてくれ」

しばらく開かなかった。雨が降りだした。一滴が彼の鼻にあたった。黒く汚された雨だった。

鉛のトビラが、もったいぶった音をきしませて開きだした。メイナードは笑っていた。トビラはゆっくり開いた。すき間から、微笑を浮べたローラの美しい顔があらわれた。ふたりとも興奮していた。

メイナードがいった。「さっきの声は、まるで君じゃないみたいだったぜ」そして笑った。彼はポケットの中で貴金属をジャラつかせていた。しかし貴金属はすでに、貴金属であることをやめていた。今は恐るべき、放射性同位元素に変化していた。

長屋の戦争

「おい。お光《みつ》。今帰《けえ》ったぞ」

大工の康吉《こうきち》は、その日、めずらしく早く帰ってきた。

がらがらぴしゃんと格子戸を開けて閉めたとなると、はなはだ威勢がいいのだが、そこは紺屋の白袴、建てつけが悪くてそうはいかない。

三和土《たたき》へ草履をぬぎ捨ててあがり框《がまち》の腰障子をがらりとあけるとそこはたったひと間の四畳半である。

「ああびっくりした」

縫いものをしていた女房のお光が、おどろいて顔をあげた。最近康吉が、こんなに早く戻ってきたことはないのである。たいていは夜中の十二時過ぎか一時前、それも相当きこしめしての赤ら顔、とろんとした眼で鼻息荒く帰ってくるのだ。ところが今夜はしらふである。時間もまだ九時ちょっと過ぎだ。

「いったい、どうしたというんだいお前さん。こんなに早く帰ってきて」

「馬鹿野郎。亭主が家に帰ってきたのに、びっくりしたもねえもんだ」康吉は投げつけるようにそういい、お光の鼻さきへ、立ったままぐいと手にさげていた折詰をつき出した。

「さあ、みやげだ」

この殊勝さ加減はどうだろう。お光はすっかりたまげてしまって、眼をぱちぱちさせるばかりだ。

「気、気味が悪いねえ。い、いったい外で、何があったのさ」

「何があったもねえもんだ。おい。お前はこんな家の中でくすぶってたんだから、まだ何も知っちゃいねえだろうがな、今、世間じゃ、どえらい事がおっ始まってるんだぞ」康吉は卓袱台《ちゃぶだい》の前にどっかと尻を据え、大声でいった。「ええい。何をぽかんとしてやがる。酒だ酒だ。酒を買ってこい」

「ああ。お酒なら、まだ家にあるよ。晩酌さえさせてくれたら、おれはよそで酒飲んだりしねえんだっていうから、あたしが酒を買ってきたらこんどは、家で飲む酒はやっぱり、まずくていけねえとか何とかいって……」

「うるせえ、うるせえ。そんなこたあ、どうでもいい。あるんなら早くつけろ」康吉はわめきちらした。

「あいよ。そんなに怒鳴らなくてもわかるよ」

お光の方も、めずらしく口ごたえせず、いそいそと土間におりた。どんなことかはわからないが、何か大きなことがあったに違いない——そう感じたのだ。

「えれえことになったんだ」薬缶で沸かした酒を茶碗に注いで飲みながら、康吉はそういった。手が顫えていた。「おれたちの生命《いのち》はあとわずかしきゃねえそうだ」

「何だって？」お光はおどろいて、康吉の顔を眺めた。大きな眼をさらに見ひらいたため、まん丸になった。

「お前も飲め」

康吉のさし出した茶碗を受けとり、ひと口飲んで、お光はからだをゆすった。「じれったいねえ。早く教えとくれよ。いったい何がどうしたってのさ」

「支那の大砲が、まちがえて弾丸《たま》を撃った」と、康吉はいった。「それが露西亜と日本に落ちた。悪いことに、日本に落ちた弾丸は、阿米利加の飛行場を滅茶苦茶にした」

「わからないよ」お光は首をかしげた。「そんなによく飛ぶ大砲なんて、あるのかねえ」

「半分ロケットみてえになった弾丸だ」

「阿米利加の飛行場が、日本にあったのかい」

「あったそうだ」

「よくわかんないけど、それでどうしたのさ」

「露西亜じゃ、阿米利加のやったことだと勘違いして、阿米利加へ大砲を撃った」

「それも、半分ロケットの弾丸かい」

「そうだ。撃たれた阿米利加じゃかんかんに怒って、露西亜と支那へ無茶苦茶に弾丸をぶちこんだ。大喧嘩《おおでいり》になった。今、世界中が戦争になって弾丸《たま》や飛行機がみだれ飛んでらあ。弾丸といっても、ありきたりの弾丸じゃねえ。原子爆弾だ」

「原子爆弾だって」お光があわてて腰を浮かした。「広島や長崎に落ちた、あれかい」

「あれだ」と、康吉はいった。「もっと酒をくれ。お前も、もっと飲め」

「ねえ。でも、日本は関係ないんだろ」お光が酒を薬缶に注ぎながら、土間から訊ねた。

「いや。そうはいかねえ」康吉は折詰のこんにゃくを頬張りながら答えた。「亜米利加てえ国は日本の兄貴分だ。だから助っ人《すけと》しなきゃいけねえ義理があらあ。それを知ってるもんだから、露西亜だって日本に向けて、どかんどかん原爆をぶっぱなすだろう。今ごろはもう、あちこちに落ちてる筈だ」

「じゃあ、ここにも」お光は泣き声を出して、康吉にいざり寄った。「お江戸にも落ちてくるんじゃないのかい、お前さん」

「そりゃ、そうだろうよ」康吉はやけのように、茶碗酒をあおった。「日本が攻められて、お江戸が無事である道理はねえ。うめえ具合に爆弾が落ちなかったとしても、四方八方で爆発した原爆の病気が、どっと押しよせて来らあ。そうなっちまやもう、誰ひとり助かりっこねえ。みんな死んじまうのよ」

「いやだ。あたしゃいやだよ。死ぬなんて」お光はだしぬけに、康吉に抱きついた。

康吉は食べかけていたカマボコをのどにつめ、ぐっといって目を白黒させた。

「あたしゃまだ、死にたかないよ」お光は泣きだした。「爆弾で死ぬなんていやだよ。あたしゃあまだ、生きていたいし死ぬにしたって、まともな死にかたをしたい」

「どうにもならねえ。あきらめろ」カマボコのつっかえた胸を挙固で叩きながら、康吉がいった。

「あたしにも、飲ませておくれ」お光は康吉の手から薬缶をひったくり、茶碗に注いでぐいとあおった。

「もうすぐ、爆弾《ばくだん》が落ちてくるんだ」ろれつのあやしくなった康吉が、ふるえる手で自分の茶碗に酒を注いだ。「とても飲まずにゃいられねえ」

「お前さんとふたりきり、さしむかいで飲めるのも、今夜が最後かもしれないんだねえ」お光は頬いちめんに、ぎらぎら涙を光らせ、おいおい泣きながらそういった。「今夜が最後なんだよ、お前さん。思いっきり飲もうよ。もっとお飲みよ」

「まともな死にかたをしたかった」康吉も泣き出した。「原子爆弾で死ぬのは、痛いだろうなあ。熱いだろうなあ」

「どうして戦争なんか、あるんだろうねえ。どうして仲よく、できなかったんだろうねえ」お光は涙で辛口になり、にがりのきいてきた茶碗の酒を、ぐいぐいあおりながら泣きごとをいった。「あたしたちゃあ何もしてないのに、つつましく堅気に暮しているのに、どうして飛ばっちりを受けなきゃならないのさあ」

「わからねえ。おれみてえに学のない者にゃ、なんにもわからねえ」康吉は酔った時の癖で、しきりにかぶりを振った。「たとえば熊公ん所なんかだと、始終夫婦喧嘩してやがるけど、あれは本当は仲が良いんだ。ところが国と国とのつきあいなんてもなあ、うわべは仲良くしといて腹ん中じゃあののしりあいだ。蔭でこそこそ、何たくらんでるかわかったもんじゃねえ。見せかけの平和が長く続いたあとでいがみあいになった時はひでえことになる。こいつは昔からそうなんだな。夫婦喧嘩でもそうなんだが、憎しみをふだん小出しにしてる分にゃどうってこたあねえが、腹ん中にあるものが沢山溜ってると喧嘩も派手だ。戦争だってそうよ」

「考えてみりゃあ、あたしたちも、ずいぶん喧嘩をしたねえ」お光がしみじみとそういった。康吉に酒を注いでやりながら、彼女は康吉にすり寄って、彼の頑丈そうな肩に頬を押しあてた。「勘忍しとくれお前さん。あたしゃあ、あんまり、いい女房じゃなかったねえ。口答えばかりして、お前さんを怒らせたりしてさ」

「おれもいい亭主じゃなかった」康吉も、お光の殊勝な言葉についほろりとして、眼に涙をにじませながらいった。「いちどもお前に楽をさせてやったことがなかった。ぶん殴ったりしたこともあったな。悪かった。おれは悪い亭主だった。勘弁してくれ許してくれ」

「まあ。何をいうんだねお前さん」お光はわっと泣き出し、だしぬけに康吉の胸にかじりついた。

康吉は酒にむせ、顔いちめんを赤黒くして咳きこんだ。

「そんなこと言い出したら、あたしだって、お前さんにものを投げつけたり、鍋の中のものをぶっかけたりしたことがあったじゃないか」お光は泣きわめきながら、おかまいなしに康吉の胸の中で身もだえた。「お前さんみたいないい人にあんなことをして、あたしゃほんとに馬鹿な、悪い女だったよ」

「玄翁《げんのう》(註・石をくだくのに使う大型のかなづち)でお前をぶん殴ったこともあった」康吉もわあわあ泣き叫んだ。「お前を死にそうな目にあわせた。勘忍してくれ許してくれ。おれは悪い亭主だった。おれみたいな男に、よくぞ今まで尽してくれた」

夫婦は抱きあい、頰をべったりとくっつけあったまま、おいおい泣き続けた。涙とよだれと洟《はなしる》を互いに相手の顔になすりつけ、気ちがいのように泣きわめいた。

しばらく泣き続け、やがて泣き疲れ、ふと気のついたお光が顔をあげて、不審そうにいった。

「まだ、爆弾は落ちてこないようだね」

康吉もわれに返り、顔をあげ、耳を立てた。「静かだな。どうなってるんだいいったい。うす気味の悪い……」

「世間の様子が知りたいねえ」お光は不安げにそういった。「こんな時、テレビかラジオがありゃいいんだけど」

「ふたつともお前が質に入れたから悪いんだ」と、康吉がいった。

「何いってるのさ。あれを質に入れなきゃ、わたしゃ今ごろ餓え死にしてたんだよ」

「大袈裟にいうな」

「だってそうだよ。このお酒だって、それで買ったんだよ」

「そんなこたあ、どうでもいい」康吉はあわてて話をそらせた。「お前、大家のところへ行って、様子を聞いてこい」

「いやだよ。大家さんとこには、もう四カ月分も家賃が溜ってるよ。あたしゃ行けないよ」お光は恨みっぽい眼つきで康吉を見あげていった。「この間からあたし、外へも出歩けないんだよ。勘定の溜ってる店ばかりでさ。大家さんと会っても、いいわけばかりしなきゃならないしさ」

「やいやい。黙って聞いてりゃ、いい気になりやがって、気にさわることばかりいうじゃねえか」康吉がむっとして、お光を睨みつけた。「手前のやりくりの下手糞なのを棚にあげて、そのいい草はなんだ。いかにもおれの稼ぎが少ないのをあてこすってるみてえじゃねえか」

「稼ぎがちっとくらい多くったって、同じだろ」お光は鼻さきで笑った。「どうせお前さんは、ぜんぶ飲んじまうんじゃないか。やりくりが下手糞だって？　ふん。聞いてあきれるよ。やりくりできるほどのお金がありゃああたしだってこんなに苦労しやしないよ」

「なにおっ、口の達者な女だ。つべこべ文句をいうな。黙って酒をつげ」口喧嘩ではとてもかなわぬと知っているから、康吉はお光を黙らせようとして、ぐいと茶碗をつき出した。「さあ、もっと酒を飲ませろ」

「もうないよ」

「なけりゃ買ってこい」

「買うお金がないのさ」お光はとうとう、かんしゃくを起してわめきはじめた。「なんだい。亭主らしいこと何ひとつしたことがないくせに、威張り散らしてさ！　亭主面したいなら、たまにゃあ家にお金を持って帰ってきたらどうなのさ！　あたしゃあ熊さんのおかみさんから聞いて知ってるんだからね」

「な、何だと？　何を知ってるってんだ」

「あんたがどこかの居酒屋の女にのぼせあがってるってことをだよ。ふん。知らん顔してりゃいい気になりやがって」

「馬鹿野郎。亭主のことばかり吐かしゃあがって。お前こそ何だ」

「おや。あたしがどうしたってのさ」お光はきっとなって、康吉に向き直った。

「お前がおれの留守中、魚屋の八公といちゃついているのを、知らねえと思ってるのか。証拠がねえから今まで黙っててやったが、自分のことを尻にかくして、亭主に文句をいうたあ、ふてえ女だ」

「どっちがふといんだよ！」お光は眼を吊りあげ、唾をとばして康吉に食ってかかった。

「誰から聞いたのか知らないけど、根も葉もないこと言わないどくれ。ふん。手前が泥棒根性だもんだから、ひとまで盗っ人扱いしてさ」

「さあ承知できねえ。亭主を盗っ人呼ばわりしやがったな」康吉もお光に向きなおり、怒鳴り始めた。「手前こそなんだ！　泥棒猫みてえに、よその男を家へくわえこんで来やがって！」

「泥棒猫とは何さ！」お光は顔中を口にして叫んだ。「いつあたしが、男をくわえこんだんだよ！」

それから彼女は、康吉から少しからだを離し、横眼を使ってうす笑いをして見せた。「はあん。お前さん嫉いてるのかい。そうなんだね？」

「う、うぬぼれるねえ。何でえ、ど、どてかぼちゃみてえな面しやがって、嫉いてるもくそもあるもんか」

「どてかぼちゃだって？」お光は息をのみ、眼を見ひらき、のどをぜいぜいいわせてから、また声をはりあげた。「何だよ。自分こそ台湾金魚みたいな顔してやがって！」

「台湾金魚たあなんだ。こ、このあばずれめ。夜鷹め。すべため！」

「この酔っぱらい！　すけそうだら！」

「だまれ！　女郎め！」

「くやしいいいっ！」お光は金切り声をあげ、爪を立てて康吉におどりかかり、彼の顔を引っ掻いた。

「何しやがる！」康吉はお光の頬をはりとばした。

お光は部屋の隅へころがって行き、柱にはげしく頭をぶつけ、その痛さのためにさらに怒りをあおられ、すぐ起きあがって叫んだ。

「お前さん、なぐったね」

「おう。殴ったがどうした」

お光はものもいわず、傍の茶碗を力まかせに康吉に投げつけた。

茶碗は康吉の頭に命中してふたつに割れた。

「イテテテテテテテ」

かんかんに怒った康吉は、立ちあがりざま前の卓袱台を蹴とばした。「こ、殺してやる」

「殺せるなら殺してごらんよ。ふん。どうせもう永かあないいのちなんだものね、惜しかあないよ」

「この阿魔！」

「うすら馬鹿！」

からっぽの薬缶を、康吉はお光に投げつけた。薬缶は宙をとんでお光の額にあたり、があんと音を立ててはね返り、障子を突き破って縁側へとんで出た。

「やったわね」お光は眼の前にころがっている折詰を、康吉に投げ返した。

康吉の眼窩に煮抜き卵が切り口の断面をおもてに向けてへばりついた。頭からは髪飾りのように魚の骨がぶらさがった。

「くそっ」カマボコを口にくわえたまま、康吉は卓袱台を両手で振りあげ、お光めがけて振りおろした。

電球の笠に卓袱台がぶつかって割れた。振りおろされた卓袱台は途中で柱にぶつかった。あやうくその下をくぐり抜けて土間におりたお光は、擂《す》粉《り》木《こぎ》と火吹き竹を両手に持ち、出刃包丁を口にくわえて座敷へおどりあがってきた。

「や、や、やる気か」少したじたじとなった康吉は、針箱をとり壁ぎわで身がまえた。

火吹き竹が宙をとび、壁にあたってはね返り、腰障子をつき破って土間へとび出した。つづいて擂粉木がうなりながら飛んで康吉の毛脛に命中した。

「ぎやっ」と、康吉は叫んだ。

お光が最後に投げた出刃は、針箱の裏にぐさりと深くつき刺さった。針箱をふりかざし、康吉はお光に迫った。お光は康吉の胸めがけて、力まかせに体あたりをした。

腰障子が倒れ、ふたりは組みあったまま土間へころげ落ち、さらに格子戸をばらばらにして戸外へころげ出て、溝板を踏み破って、家の前の巾の広い溝に、頭からまっさかさまに墜落した。ふたりは溝の中で、びしょ濡れになったまま、さらに激しくつかみあい、罵りあい、ひっかきあい、殴りあった。

いつもなら近所の家から、かならず誰かが出てきて仲裁をしてくれるのだが、今夜に限ってあたりの家はひっそりしていた。長屋のどの家の灯も消えていた。

やがてふたりは、腹の下まで溝の水につかったまま、ぜいぜいと息を切らせ、寒さに身をふるわせ、ぼんやりと立ったままお互いの顔を眺めあった。どちらもへとへとに疲れきっていた。しばらくふたりは、睨みあっていた。

お光がしくしく泣き出した。

それを見て、康吉も何となく悲しくなり、おいおい泣き出した。

ふたりは抱きあい、溝の中でいつまでも、わあわあ泣き続けた。あたりは静まり返り、蒼い月がぽっかりと夜空に浮かんでいた。

東京にはめずらしく、その夜の空には、またたき続ける星がいっぱいに満ちていた。

PART II

脱走と追跡のサンバ

カスタネットによるプロローグ

疲れている。ひと晩中自分のいびきで眠れなかった。少しうとうとすると、己《お》れの鼻の奥から出てくるあのおぞましくもいやらしいギターの低い方のEの音が脳細胞をかきまわす。その音は鉛筆削りで尖《とが》らせた竹の箸《はし》だ。ニード・カッターでいヽヽヽしゃきっと切ったばかりの旧式の手廻し式蓄音機用の竹の針だ。

しかし、朝、眼が醒《さ》めてみると、じつはその音はおれのいびきではなくて、それはおれの顔の周囲をひと晩中とびまわっていた蠅《はえ》の羽音だったのだ。それがはっきりわかったところで、しかし、やはりおれが疲れていることに何ら変りはないのであって、なぜそうかというと、だいたい蠅の羽音で眠れないなどということは、以前にはなかった筈《はず》だからなのである。

自由でないのは金だけで、他はすべて自由だったあの時代の「あそこ」にいたおれ。他はすべて自由であっても、金だけは不自由だったために、金の自由のためには他の自由を犠牲にしてもいいなどというたわけたことさえ考えていたあの時代の、「あそこ」にいたおれ。**情報**による呪縛、**時間**による束縛、**空間**による圧迫、そんなものとは縁がなく、軽《かろ》やかに泥水はねとばし、すがすがしく煤煙を呼吸し、馬鹿空と腐れ大地の間を飛翔《ひしょう》していたあの時代の、「あそこ」にいたおれはいったいどこへ行ってしまったのだろうか。

あきらかに、現在おれのいる場所は、以前おれがいた場所ではなく、現在おれと共に流れ続けているこの時間は、以前のおれが身をゆだねていたあの時間とはどこかで隔絶された別の時間なのだ。つまりここは、おれが以前いたところではない世界である。それは、はっきりしている。しかしそれが、別の天体なのか、別の宇宙なのか、別の次元なのか、未《いま》だに判然としないのである。

以前いた世界で、たしかにおれは金銭的自由を望んでいた。しかし、だからといってその自由を得るため、別の世界を望んだことは一度もない。むろん、**この世界**で完全な金銭的自由を得たわけではない。ほんの少し、ましになっただけだ。その程度の自由とひきかえに、他のすべての自由を失いたいと望んだことは一度もない。だから、この世界へやってきたのはおれの意志ではないということになる。つまり、やってきたのではなく、ひきずりこまれたか、だまされた上でつれてこられたか、そのどちらかである。

それならそれで、それが起ったのはいつか、その記憶がある筈だが、あいにくこの世界は以前の世界そっくりに造られているため、境界がはっきりしないのだ。時間的境界線、空間的境界線、共にはっきりしないのだ。その境界線を越えたのがいつだったか、それさえはっきりすれば、ある程度はこの世界の正体に近づくことはできると思うのだが。それは、いつ起ったのか。

むろん、心あたりは二、三ある。そして、おれをこっち側へひきずりこんだ張本人の心あたりもある。なぜならその人物が、おれの心にあたるその二、三の事件のいずれにも関係しているからだ。だが、事件に関しても、また人物に関しても、断定することはできない。それがおれの弱味なのだ。

それが、おれの弱味なのである。

同窓会の帰りだったか、会社が終ってからだったか、あるいはデパートへ買物に行った休日の夜だったか、その辺はよく憶えていないが、とにかく正子《まさこ》といっしょに公園でボートに乗った時も、その心あたりのひとつである。花火大会があるというので公園はたいへんな人出だった。黒い木立の間をぞろぞろ歩きまわっている白い浴衣姿の人間たちは、地獄めぐりの亡者の列だった。昨夜の大雨で川の水嵩《みずかさ》が増し、流れも激しくなっているにもかかわらず、ボートに乗ろうといい出したのは正子である。

「しかし、川はボートでいっぱいだ」と、おれはいった。「アベック、家族づれ、学生、丁稚《でっち》、女店員、虎まで乗っている。衝突する危険が待ってるよ」

「ほら。ボートの舳先《へさき》に提灯《ちょうちん》がついているでしょ。絶対安全よ」正子がいった。「もしあなたが、まともにボートを漕《こ》げるなら」

おれは憤然とした。「ボートぐらい、漕げるさ。しかし万一ってこともある。君は泳げるんだろうな」

「泳げないわ。その泳げないわたしが、平気で乗ろうといってるのに、泳げるあなたが乗るのを厭がるなんて、おかしいわ。水はすごい早さで流れているように見えるけど、実際はそんなに早く流れているわけじゃないし、水が黒く見えるけど、実際に川の水がそんなにまっ黒のインクみたいな色をしているわけがないわ」

おれと正子は川辺におりて貸ボート屋の親爺《おやじ》に訊《たず》ねた。

「空いたボートがありますか」

「時間を超過しているのに、帰ってこないボートが四艘《そう》ある」と、親爺がいった。「少し待ってもらえば、そのうちのどれかが戻ってくるだろう」

「転覆してるんじゃないでしょうね」と、おれは訊ねた。

「戻ってこない理由のひとつとして、転覆ということも考えられるな」と、親爺はいった。「しかしそれは、数多くある理由のひとつに過ぎない。理由は無数に考えられるよ。可能性の多い事態から順に考えれば、第一、乗っているうちに面白くなり、超過料金を払ってもいいからもっと乗っていたいという場合。第二、流されて、川下へ行ってしまい、満潮で流れが逆流するのを待っている場合。第三、転覆の場合。第四、もともと時間の観念がなく、超過料金のことなど、てんから頭になく、時間のことをやかましく言われると異星人を見るような怪訝《けげん》な顔をする種類の人間が乗っている場合……」

「いっときますが、ぼくもややそれに近い人間ですよ」おれは誇らしげにそういった。

親爺は特に厭な顔もせず、対岸のビルのネオンがゆらめく漆黒の川面を指さした。「第五の理由が戻ってきたよ」

「どこですか」おれは眼を細めて近くの水面をすかし見た。

「ほら。そこに来ているだろう。こっちへ近づいてくる」

「見えませんが」おれは背を曲げながらいった。

「だいいち、舳先の提灯の灯も見えないよ」

「提灯の灯は、消えたらしいね」

その時、背後の夜空へまた仕掛け花火が打ちあげられ、歓声があがった。水面が少し明るくなった。

白いものが、どろりとした黒い川面を舟つき場の方へゆっくりと近づきつつあった。人間だった。白シャツ姿の男である。彼は腹のあたりから上だけを水面に出していた。それはまるで胸像が水に流されてこちらへやってくるように見えた。

「あれは、立ち泳ぎをしているのですか」

「いや。ボートを漕いでいるのだ」親爺はそういった。「ボートに水が入り、沈没したのだ。しかし転覆は免れたため、この濁った川の水の比重とボート自身の浮力と、乗っている人間の重量で、ボートは一定の水面下にある。つまりあの男は水面下でボートを漕ぎながら戻ってきたのだ。自分だけ泳いで戻ったのでは、ボートを失《な》くした罰金を取られるからね」

「じゃあ、せっかく一艘戻ってきたのに、あのボートにわたしたちは、乗れないってわけね」正子がそういった。「だって、濡れちゃうもの」

「しかし、いずれ濡れるでしょうよ」貸ボート屋の親爺は、空を仰いでいった。「ご覧なさい。この夜空を。月も星も出ていない、まるで吸いこまれて行きそうな闇夜です。この公園のこのあたりを僅かに明るくしているものは、この川岸にずらり軒をつらねたわたしたち貸ボート屋の舟つき場の提灯の明りと、対岸のビルのネオン、残業でもしているのでしょう、その窓のところどころから洩れる螢光灯の明り、それにボートの提灯の明りと打ちあげ花火の明りだけではありませんか。夜空は依然として闇であり、つまりこれは曇天なのです。これはきっと、雨になるということなのでしょう」

「そうなの」正子は嘆息した。「それなら、いいわ」

それならいいわということは、ボートに乗るのをやめようということではなかったのだ。濡れたボートでもいいから乗ろうということだったのだ。それほどまでにボートに乗ることに固執する正子を、おれはその時なぜ疑わなかったのだろうか。公園へやってきたのが、最初からボートに乗るというただそれだけのためであったことを隠そうともせず、事実ボートに乗る以外のことには眼もくれなかったその時の正子を。

いったん水中から舟つき場へ引っぱりあげられたボートは、裏返しにして舟底の水をすべて流し出してからふたたび川面に浮かべられた。おれと正子はそのボートに乗りこんだ。貸ボート屋の親爺は、新しい提灯を舳先につけて灯を入れながら呟《つぶや》いた。「これもどうせ消えるのだが」

「さっきはなぜ、このボートに水が入ったんだろうね」と、おれは訊ねた。「雨もまだ降っていず、転覆もしなかったというのに、なぜ、このボートに水が入ったんだろうね」

「対岸のビル」親爺は答えた。「あの川岸に沿って並んでいるビル。あれに近づいてはいけない。この川の水面は、あのビルの地下一階の少し下あたりにまで達している。ビルの地下の排水口から汚水がだしぬけに流れ出てきて、頭からかぶることになるのだ。さっきの男もきっとそれを見舞われたに違いない。ポマードとチックでぴかぴか光ったあの男の頭髪に、まるで一本の白い蠟燭《ろうそく》を立てたように、タンポンが突き立っていたからね」

「あのビルには、近づかないことにしよう」オールをあやつって舟つき場から遠ざかりつつ、おれはうなずいた。

ボートは重油のような川の水をわけて岸から離れた。仕掛け花火は打ちあげられ続けていたが、夜空に開くそれよりも、どろりとした暗い水面に映える光彩の方がより繊細で内容も豊かなように思えた。

どちらかといえば猫の虹彩に近い水面の色と輝きの変化に見惚《みと》れているうち、おれたちのボートは川下へ流されていた。

「そう。今は流れに乗って、川下へ流されていた方が楽だわ」おれが気づくと同時に正子はそういった。「さんざ流れに逆《さか》らって上流へのぼった末、今度は満潮の逆流に逆らって下ってくるのは愚の骨頂ですものね」

あの時の正子の落ちつき具合も、今から考えれば充分あやしむことができる。ボートが流されていることを知っていてあわてない女性がいるだろうか。しかも彼女は、そういった直後、闇の空から光の糸をひきずって大粒の雨が降りはじめた時さえ驚きはしなかったのである。

「いいじゃないの。流されるにしろ濡れるにしろ、どっち道、覚悟の上ですものね」そういったのだ。

「そんな覚悟はしなかった」おれは川の中ほどでボートの向きを変えながらいった。「雨が降ると川の流れも激しくなる。そしてまた、君が忘れているう重要なことのひとつは、いったいいつになったら満潮になるのか君は知らないということだよ」

「ビルに近づいてるわ」

「ボートの向きを変えようとすればビルに近づく。これはしかたのないことだよ」

議論を面白がってでもいるように、正子が笑いながらいった。「公園の側の岸に近づくことだって、できるのに」

「おれたちは、あまりにも川下へ流され過ぎている」おれは両側の岸をくり返し指さしながら答えた。「もはや公園は、どちら側の岸にもない。両岸ともビルだ」

そういううちにもボートは舳先の提灯をふり立てて川岸にくろぐろとそびえ立つビルの壁面へ突き進んでいった。行手にビルの、地下一階の窓が見えた。窓には障子があって、室内の明りが洩れている。いつもならこの川の水面は、この窓の数メートル下にある。だが今夜は水嵩の増したびいんちょ川が、汚物をはりつけたその表皮を窓敷居の数センチ下にまで膨《ふく》れあがらせていた。

「駄目よだめよ駄目よ」正子が船縁を叩いて叫んだ。「あの窓に突っこむわ。提灯の火が障子に燃え移るわ。火事になるわ」

「提灯の火を消そう」いかにオールをあやつっても、もう間に合わぬと判断して、おれは舳先へ移動し、提灯の火を消そうとした。

障子窓が鼻さきに迫った。火を消している間もなかった。おれは咄嗟《とっさ》に手をのばし、障子窓を外からがらりと開いた。

ボートの底が、がりがりと窓敷居を嚙《か》んだ。

室内は小さな四畳半だった。このビルの管理人らしい男が、家族と共に卓袱台《ちゃぶだい》をかこんで夕食をしていた。夫婦と、ふたりの女の子が、ゆっくりとこちらを向いた。螢光灯とテレビの画面の明りに映えて、彼らの顔は一様に蒼かった。

「すみません」ボートを川へ戻そうとして、けんめいに窓枠《まどわく》を押しながら、おれは頭を下げた。舳先が窓敷居から離れたので、障子窓をもと通り閉めながら、おれはもう一度頭を下げた。「すみません」

ふたたびオールを握ったおれに、そして正子に、雨が襲いかかってきた。雨はギターのB弦と、高い方のE弦のように、細く鋭く銀色だった。

「地獄雨だ」おれは叫んだ。「満潮にはならないよ。こんなに水の流れが早くちゃ」

「避難しましょう」

「どこへだ。橋の下か。川上の橋はすぐ目の前だ。しかしあそこまで行きつけないことは、つまり行きつける能力のないことは、おれは自分でよく知っている。では川下の橋の方へ行くか。否だ。あまりにも遠く離れ過ぎている。あそこまで流されて行くことは可能だ。しかし、あそこまで流されて行けば、引き返すことが不可能になる」

「その岸壁をご覧なさい」と、正子がいっておれの背後をさした。「下水口よ。でも今は逆に川の水を吸いこんでるわ」

その下水口は巨大な女陰を想像させた。直径二メートルほどもあるその排水口の、今は半ばにまで達した川の水が、まるで円口類の口腔内へ吸いこまれて行くかのように、岸壁にへばりついていた汚物をともなって流れこんで行く。

「あそこへ入って行けば、出られないかもしれないぞ。あの中は八つ目鰻《うなぎ》の胃袋かもしれぬ。消化されたら、おそらく死ぬ」

「あの中は、この破壊的な大都会の、すべての下水道と通じているのよ。出ようと思えばどこからでも出られる筈よ」

「破壊的とは思わないが、金銭的にはつくづく不自由さを感じさせてくれる大都会だ」

「オールで突っぱっていれば、入口のあたりにとどまっていられるわ。早く入りましょう」

「どうせ、もう吸い込まれはじめている」

ボートはおれを軸にして二、三度ゆるやかに回転し、排水口に達した。穴の奥からはひやりとした空気と、水音が流れてきていて、おれに不気味さを感じさせ、メタン・ガスの恐怖を想像させた。オールをのばし、水苔《みずごけ》の生えた壁に突っぱって、そのあたりにとどまろうとしたが、無駄だった。水勢は激しく、ボートは下水道の奥へ奥へと流され続けた。

「胎内めぐりの、始まりはじまり」と正子が顫《ふる》えながらいった。

提灯の明りに照らし出されて下水管の内壁の、水苔による襞《ひだ》がもの凄《すご》く、おれたちはさながら膣内に投げ出されておびえる精虫だった。今やあの叩きつけるような雨音は消え、網の目の如く大都会の地底を駆けめぐる下水道全体があげている唸《うな》り、呟き、溜息、ささやき、そしてくすくす笑いが、一種の不可思議な轟音となっておれたちを取り囲んでいた。

ボートの周囲の汚物は、奥へ進むにつれて絢爛《けんらん》さを増し、やがておれたちは下水管いっぱいに張られた、汚物を堰止《せきと》めるための金網に行きあたった。金網の手前の水面は、まさに汚物の墓場、浮遊物のシンポジウム、がらくたと臭気のフェスティバルだった。正子はそれらの物体をひとつひとつ指さし、まるで出席をとっているかの如く声に出して確認した。

「清涼飲料水の空瓶、紙コップ、新聞紙、西瓜《すいか》の皮、筵《むしろ》、船虫の死体、檜皮《ひわだ》、鼠の死体、七味唐辛子入れの竹筒、縄、底の抜けたウクレレ、蛙《かえる》の死体……それから、あれは、あれは何かしら」

「胎児だ」と、おれはいった。「きっと水子にされたんだ。きっと母親を恨んでいるだろう。きっとこれからも恨み続けるに違いないよ。だって水子の魂百までというではないか」

水垢《みずあか》のくっついた金網に、正子は頬をぴったりつけて眼を閉じた。「こうしていると、つめたくていい気持よ」

水勢はいつになっても衰えなかった。地上では、まだ雨が降り続けているに違いなかった。おれたちは金網の手前の壁にぽっかりと開いた別の下水道の入口を発見し、ここから別の場所に出られるかも知れないと考えて、その中へ入って行くことにしたが、実はそれさえ、正子の一方的な主張によって決定したことだったかもしれないのだ。というのは、その時おれが彼女の言い分に反対したことを、言葉こそ記憶していないが、たしかにおぼえているからである。だが、いきさつは忘れてしまった。とにかくおれたちは、その支道に入っていったのだ。あの辺の記憶があいまいであることも、疑うに足るものであるとおれは思う。正子が、常におれと向きあって艫《とも》に腰かけていた正子が、おれに催眠術をかけたのかもしれないではないか。そしておれは、どちらかといえば暗示にかかりやすい性格の持ち主なのである。

やや水勢の弱まった流れに身をまかせ、おれたちのボートは、やがて広い場所に出た。見まわせばそこは四つ辻、交叉点、二本の下水道の交わる場所であり、見あげればマンホールの蓋の穴が六つ、七つ、八つ、刻刻と色を変える原色のネオンの明りを洩らしていた。そしておれたちの鼻さきに、上からおりてきている鉄梯子《てつばしご》の下端があった。

「ここから出ましょう」鼻の頭に、マンホールから落ちてくる赤い光の円をへばりつけ、決然として正子がいった。

「ボートはどうするのだ」

「ほっとけばいいわ」早くも最下段の足がかりに手をかけて艫で立ちあがりながら、正子はいった。「水の流れが変った時、ひとりでに川へ戻るでしょうからね」

ボートが戻ってこないもうひとつの理由を、いつかあの貸ボート屋の親爺に教えてやらなければならないと思いながら、おれはボートを捨て、正子に続いて鉄梯子を登った。

　鉄蓋を下から押しあげて路上に出た正子は、おれを上から見おろして微笑した。「この蓋を閉めて、わたしが上に乗って押さえていようかしら」

　おれは、ひやりとした。正子はそういうことをする女なのだ。おれは地震におどろいたざりがにの如く両の鋏《はさみ》ふり立て頭髪ふり乱しあわてて路上へ這《は》い出た。おれのそのあわてかたに正子はまた笑った。

　そこは黝《くろ》い胴体を見せて林立するビルとビルの谷間の底の繁華街、七彩のネオンが点滅するショッピング・プロムナードだった。大通りに人が行き交い車が走り、そしていつの間にか雨はやんでいた。

　いや。雨がやんだのか、それともそこでは、もともと雨など降ってはいなかったのか。

　なぜならそこは今しがたまで大雨に見舞われていた都会とは思えぬほど空気が乾燥し、舗道は濡れていず、しかも空には星が出ていたからである。

　そうだ。あの時にこそおれは、はじめて**この世界**に足を踏み入れたのだったかもしれない。あの時にこそおれは、だまされて、こちら側の世界へつれてこられたのだったかもしれない。下水道、そしてあのマンホールこそ、**あっちの世界**と**こっちの世界**をつなぐ通路であったのかもしれない。

　そして、もし本当にあの時つれてこられたのだとすれば、おれをだました張本人は正子しかいないわけである。もっとも、あの貸ボート屋の親爺も、疑うに足る人物ではあろう。しかしあくまで首謀者は正子であった筈《はず》だ。あの親爺は、もしおれの誘拐に力を貸していたとしても、せいぜい補助的役割しか演じていない筈であり、また、それ以上の役割を演じることは不可能であった筈だ。もっとも、補助的役割しか演じなかった人物が実は黒幕ということも、考えられなくはない。しかしおれには、あの親爺が黒幕であったとはどうしても思えないのだ直感的にも常識的にも。なぜかというと、もし黒幕がいたとすればその黒幕は貸ボート屋の親爺や正子の背後にいて二人をあやつっていたに違いなく、おれの前には顔をあらわしていない筈だ。だからこそ黒幕ともいえるのである。さらに考えれば黒幕とは必ずしも人物であることを必要としないのであって、あるいは、それは集合意識とか、時代とか、環境とかいったものであってもいいのだ。事実、そう考えなければ説明のつかないことだってあったのだ。あの時、ボートからおりたおれと正子が、当然靴をはいていず、そのため裸足《はだし》のまま街を歩き続けたにもかかわらず、道行く人たちは何らそれに不審の眼を向けようとしなかったではないか。

イオン発生装置つきのエア・コンディショニングが、またいやな音を立てはじめた。だがこの装置のために、おれの部屋の中は快適な温度、湿度に調節されているのだし、空気も清浄なのである。以前のおれなら、こんな音には悩まされなかった筈だし、だいいちもっと悪い空気の中で平気で生活していたではないか。あきらかに、現在のおれは疲れているのだ。そしてその疲労の原因は、この世界につれてこられたために、どこがそれとは指すことのできない異和感によるいらだちなのである。窓ぎわに立ち、舗道を見おろせば、人の往来車の列、以前の世界とは何ら変りのない光景がそこにある。だがそれを見続けるにつれておれのいらだちは増す。異和感によるものである。あきらかに、現在おれのいる場所は、以前おれがいた場所ではなく、現在おれと共に流れ続けているこの時間は、以前のおれが身をゆだねていたあの時間とはどこかで隔絶された別の時間なのだ。つまりここは、おれが以前いたところではない世界である。それは、はっきりしている。しかしそれが、別の天体なのか、別の宇宙なのか、別の次元なのか、未だに判然としないのである。おまけにこの世界は以前の世界そっくりに造られているため、境界がはっきりしないのだ。時間的境界線、空間的境界線、共にはっきりしないのだ。その境界線を越えたのがいつだったか、それさえはっきりすれば、ある程度はこの世界の正体に近づくことができると思うのだが。

それはいつ起ったのか。

むろん、心あたりは二、三ある。そして、おれをこっち側へひきずりこんだ張本人の心あたりもある。

それは正子である。

なぜなら正子が、おれの心にあたるその二、三の事件のいずれにも関係しているからだ。だが、事件に関しても、また人物に関しても、断定することはできない。それがおれの弱味なのだ。

それが、おれの弱味なのである。

同窓会のあった次の日だったか、会社が休みでデパートへ買物に行った日だったか、正子といっしょに公園でボートに乗った次の日だったか、あるいはそれらの次の日ではなく、前の日だったか、とにかく正子に教えられて彼女といっしょに職業適性所へ行った時も、その心あたりのひとつである。

午後の日ざしが強く照りつけている、喫茶店の大きなガラス・ウィンドウに接したテーブルで、何と呼ぶのか知らないが黒い大きなアイスクリームを食べながら正子はいった。「会社員ほどあなたに向いていない職業はないわ。いちど、職業適性所へ行ったらどう」

「職業訓練所かい」おれは唇を黒くした正子の顔を眺めながら、ぼんやりと訊ねた。

「ううん。職業適性所よ」

「ははあ。職業適性検査所だね」

「ちがうったら」正子はいらいらと黒いハンカチで唇を拭いながらいった。「職業適性所よ」

「字義通りに解釈すれば」おれは眼を丸くし、ブラック・コーヒーの碗を口もとに支えたままでいった。「どんな人間でも、好みの職業に向いた性格にしてしまうところという具合になるよ」

「あなた、好みの職業があるの」正子はおれの問いに答えず、あべこべに訊ね返してきた。「なりたい職業、と、いうほどのことはなくても、なってみたい職業、というのはあるの」

「今は、会社員以外のものになりたいという気持でいっぱいだが」

　おれはそのとき、ブラック・コーヒーの表面に渦巻くクリームの小星雲を見ながらしばし考えた。

「強いて、なってみたい職業といえば、SF作家だろうか。いや」おれは照れ臭くなり、あわててつけ加えた。「どうせ、何になったところで、たいした変りはないと思うんだがね」

　あのクリームの小星雲がいけないのだ。いや。あれにしたところが、正子の陰謀だったのかもしれない。あの時あのクリームをコーヒー茶碗に流しこんでくれたのは**正子だった**。そして正子は、普段そんなことはしない。

「行って見ましょうよ」正子は立ちあがりながらいった。「志向する職業に就いた人間に失敗はあり得ないという主張を持ったおかしなおかしな人がそこの所長さんなの。でも、あなたが口から出まかせをいったのかもしれないから、一応テストだけはしてくれる筈よ。あなたがその、FSだかSFだかに向いているかどうかというテストをね」

　職業適性所は都心の楽天地と向かいあった十数階建てのビルの八階にあり、回転木馬のワルツが騒がしく流れこんでくる、ただ一室のがらんとした部屋だった。おれを紹介してすぐ帰って行った正子に、その時おれは何の疑いも持たず、おかしなおかしなと正子が形容した、ごくありふれた平凡な四十男の所長に向きあって、彼のことばをぼんやりと聞いていた。

「ですからこのテストは、ＳＦ作家という職業にあなたが向いているかどうかの適性検査であると同時に、あなたにＳＦ作家を志向するより強い感情及び適性をあたえるものでもあるわけです。さっき正子さんから電話でうかがいましたので、さっそく問題を作っておきました。これがそうです」

所長がおれに試験用紙をつきつけた時、窓外のワルツがだしぬけに高まった。おれはその用紙を受け取りながら、今日、おれと会ってからの正子がどこかへ電話をかけるのを目撃したかどうかを思い出そうとした。

思い出せないでいる時、所長がいった。

「ＳＦ作家は、たしか自然科学的知識を必要とした筈です。その紙には、自然科学に関係した単語がたくさん書いてあります。あなたはその単語ひとつひとつを、説明して下さい。説明は、それぞれの単語の下の空欄へ記入して下さい。わたしは席をはずします。一時間後、また戻ってきます。それまでに、やっておいて下さい」

ジンタが奏でるワルツを背に、所長は部屋を出て行き、おれはジンタが奏でるワルツの中へ、試験用紙一枚と共にとり残された。おれは自分のペンを出し、試験用紙の上の方へずらりと一列に並べられた単語を眺め、けんめいに科学的知識を呼び醒ましながら、そのひとつひとつの下へ解答を書きつらねていった。

テスト1　物理

エネルギー　エネルギーは質量と同じである。なぜならば質量にいくら光の速さをかけてもやはりエネルギーであり、光の速さは両者に何の関係もないからである。

紫外線　皮膚が黒くなったりカーテンの色が褪《あ》

せたりすると、その周囲に紫外線が発生している。太陽の外線のひとつ。

赤外線　太陽の外線のひとつで、透視光線であるから、太陽の外線は少しエロチックであるが、これを変だという人もいる。

アルキメデスの原理　一定量の水中に投じられた物体は、もしそれが人間であれば溺《おぼ》れて死ぬことがある。

気体　個体、液体、国体、字体、五体、死体などではないもの。

引力　物体と物体はその質量の和に反比例していて、間の距離の二乗に比例するから、たいていぶつかって壊れる。

レントゲン　X光線のことで、女性の肉体は透過するが、男性の肉体には干渉や屈折を強いて破壊する。また、書きようによっては非常に変に受けとられる恐れがある。

プラズマ　精子《スペルマ》が裸のままで激しく運動したため、一種のガス状態になったもの。

素粒子　中性子、中間子、電子、陽子、光子、猛子、利子、など。いずれも気が荒い。

エントロピー　たとえば熱湯と冷水が混ぜられた時、両方の原子が、なるべく確率の高い状態をとろうとして不変、あるいは増大し、減ることがないような場合。もし、ぬるい湯ができれば、それはあたり前の場合である。

寒暖計　室内の温度を一定たらしめる為、常に同じ高さにとどまっている水銀で作られた計器。

絶対零度　絶対の零度のこと。もうこれは、何がなんでも零度であるということで、そのためにどんなことが起っても零度でなければならない、ほんとの零度であること。零度以下である場合が多い。

機械　外力に抵抗できる物体を組合わせ、動力によって一定の運動を起すもの。例＝ミシン。

テスト2　化学

イオン　感電した原子。死んでいる場合が多い。

硬水　氷のことであることはいうまでもない。

コロイド　寒天や海苔《のり》の原料。

H_2O　主として液体である水のことで、主成分は水素で酸素が気泡として混入している。主として水道から出るが、多量の場合、溺れて死ぬことがある。

燃焼　十八世紀に発見された。それまでは肉を生のまま食べていた。

アルコール　水を飲みやすくする為、これに少量のアルコールを混入したもの。

テスト3　数学

直角三角形　すべての角が直角である三角形。

平行四辺形　対応する四辺が平行で、すべての角が鋭角をなす四辺形。

ピタゴラスの定理　直角三角形の斜め上にある正方形は、落ちてきた場合その面積は下へすっぽりと、おさまる。

無理数　これはもう、どう考えても無理な数で、あまり無理だから、ながく持っていると切られるおそれがある。

二次方程式　わからない数があればそれを x とし、きまった定数 a と b、および変数 c を二乗したり足したりして、結果的に0となる方程式。a が0であれば、計算しなくてもすみ、実数であれば非常にややこしいことはいうまでもない。

連立方程式　たくさんの未知数の混った方程式がたくさんあり、絶対多数を占めるものがない時、互いに指名して組織された方程式で、たぬきの方程式ともいう。

ユークリッド　ユークリッドは五歳の時、父の家で生れた。おそらく母がいなかったからであろう。ユークリッドの父は幾何学の父と呼ばれている。ユークリッドは「2直線が1直線に交わっている時、もしその角の和を合計して直角よりも小であれば2直線はいくら曲りくねってもいつかは交わる」といった人である。

四次元　タテ、ヨコ、高さ、低さの四つの次元。

テスト4　天文地理

銀河　天の川の別称。天の川はもちろん、多くの惑星である。

恒星系　惑星を持つ太陽系のこと。惑星がなければ恒星と認められることは永遠にないからである。

太陽　地球の恒星。地球に比較すれば高温で、その原因はマグネシウムが焚《た》かれているからである。硫黄や炭が燃えている場合もあり、これは消えることはなく、たいへんに熱い。黒点は消し炭である。

公転周期　地球が太陽の周囲をまわる時間を、太陽の側から計算したもの。逆に自転周期は、地球がまわる時間を地球が自分で計算したもの。太陽がまわる早さは年によって違い、三六五日だったり、それより一日多かったりする。

北極星　地球上で、北極のいちばん近くにある星。地球を知るのに便利である。

光年　恒星が秒速三〇万キロで一年間に走る早さを距離になおしたもの。

月食　月、太陽、地球が一直線上に並び、太陽のために月がかくれること。

赤道　地球を北半球、南半球に等分する線で、ときどき南へ行ったり、北へ行ったりし、北へ行くと雨が降り、南へ行くと雪が降る。ニセの赤道もある。

子午線　地球の上空を、東と西に等分する線で、この線が赤道を横切ろうとする時には地球は春分であり、反対に横切る時が秋分である。ゆっくり横切る時にはセミが鳴く。

日付変更線　地球の表面をミカンの房のようにわけた場合、そのスジに相当する線であるが、ハワイの附近ではもつれている。この線の上を、時計をつけたままで通過すると時計が狂う。右から左へ行けば日付が一日進み、左から右へ行けば一日遅れる。

成層圏・対流圏　大気圏の上に成層圏があり、その中間が対流圏である。大気圏と成層圏の、両方から流れこんできた空気が対流を起すのでこう呼ばれ、これに飛行機がまきこまれると、地上で竜巻が起る。

海流　海の流れで、暖流を赤潮、寒流を黒潮という。暖流には魚が多く、寒流には怪物がいる。

電離層　地球からの電波を反射させるために貼《は》られたアルミ箔《はく》。これに電波をあてると雷が起り、空電をあてるとデリンジャー銃をぶっぱなす。これは透明で、なぜかというと常に太陽がレントゲンをあてているからである。

メルカトル図法　面積に関係なく、直線だけで書かれた地図。

大陸棚　各大陸の周囲の海底にある棚で、この下は、あげ底になっている。それぞれの大陸の銀行である。ユーラシア大陸では魚の銀行であり、アトランティス大陸では失われたものの銀行であり、ブリジストン大陸では、ほんとの銀行である。むろんこの場合、銀行とは比喩的なものである。

ツンドラ　地上からツララが立っている場所。針の葉のように見える。

オーロラ　地上から立ちのぼっている光線。地下では湯が沸き、煮えくり返っている。

サルガスの海　よく船のとまる海。むろん船員の叛乱のためである。

ジンタ・バンドの演奏が高まり、所長が戻ってきた。出て行った時よりも、やや肥っていたから、おそらく食事をしてきたのだろう。おれは雑音に近いあのワルツのため、少し出来が悪かったと思える答案を彼に提出した。デスクを中にふたたびおれと向きあった所長は、ふんふんとうなずきながら答案をななめ読みした。

「点数はつけないのですか」

おれが訊《たず》ねると、所長はものうげにかぶりを振った。「点数をつける必要はないのです。答案が正確かどうかよりも、これはむしろあなたのものの見かたを知る上で、非常に参考になります。文章力、これも問題ではない。大切なのはものの見かたです。むろん、それがすべてではありませんがね」

「では他に、何が大切ですか」

「自信ですな。その自信をあたえるために、次は、あなたと議論しなければなりません」

「テストは、あれで終ったわけではないのですか」

「さき程も申しましたが、今のはテストとはいえないのです。これからやることも、テストではありません。議論です。いや、議論でもありません。あなたの意見をうかがいたいのです。ご承知のように意見を発表するということは、その人自身に自分のものの見かたをはっきり認識させ、それについて自信を持たせるという効果があります」

「同感です。ではあなたとの議論が終った時、わたしにはＳＦ作家になれるのだという自信が生まれているのですね」

「そうです」所長はいやにきっぱりとそう言い切って、じっとおれを眺めた。

あれは催眠術だったのだろうか。おれを、この世界にひきずりこむための、催眠術ではなかっただろうか。

所長はさらにこういった。「ＳＦ作家になれるという自信、などという、そんななまやさしいものではないのです。最高の、最大のＳＦ作家であるという自負さえ生まれるのですよ」

「ところで、どんな議論を始めればいいのでしょうか」

「あなたのご意見をうかがいたい。あなたは、十進法について、どうお思いですか」

「十進法には、おおいに賛成です。現在のややこしい算《かぞ》えかたをやめて、十進法に改めるべきだと思います」

「ほう」所長は腕組みし、まるで催眠光線を秘めているような眼でおれを眺め、おれの言語中枢、音誦中枢を刺戟して、いやが上にもおれのお喋《しゃべ》りをかきたてようとするかの如き声で訊ねた。「するとあなたは、現在使用されているのは、十進法ではないとおっしゃるのですか」

「そうです。現在実際に使われているのは、あれは九進法ではないでしょうか」

「九進法」所長は感服して唸った。「どうしてですか」

「これをご覧なさい。両手の指は十本あります。1から10まで、十本あります。ところが数字の上では、1から9まではひと桁《けた》、10はふた桁になります。これがおかしいのです。どうして1から9までの指がひと桁で、この、いちばん端の10という指だけがふた桁の数字になるのでしょう。どうしてこれが十進法なのでしょう。9の次からふた桁になるのだから、これは九進法ではないでしょうか」

「10からふた桁になるからこそ、十進法になるのではありませんか」

「いいえ。それでは感覚的に納得できないものがあります。十進法なら、11からふた桁にすべきなのです。たとえば漢字の場合は、一あるいは壱から、十あるいは拾まで、一《ひと》文字であり、十一あるいは拾壱になってはじめて二《ふた》文字になるではありませんか。10がふた桁というのは、絶対におかしい。ひと文字の数字にすべきです。10という字は1と0があわさっていて、0は零だから実際にはひと桁分の価値しかないというわけでしょうか。それなら1は本質的に10と同じということになって、ますますおかしい。おまけに指をかぞえた場合、0に相当する指はないではありませんか。では10を、どういう数字にすればいいでしょう。そうですね、たとえば9の場合は、6のひっくり返ったような字ですから、6の次の7をひっくり返して、ㄥを10に相当する数字と決めればいいのです。そうすれば1からㄥまで、すべてひと桁の数字になるではありませんか。十進法であると称されていながら実際は九進法である為の感覚的弊害は数知れずあります。だいたいにおいてややこしいのです。なぜ一八〇〇年代が十九世紀で、一九〇〇年代が二十世紀なのですか。これは感覚的に見た場合、どう考えてもひと世紀ずれています。しかもですよ、一九〇〇年代は二十世紀などといいながら、その一九〇〇年自体は、十九世紀なのです。二十一世紀の開幕は、二〇〇〇年からではなく、二〇〇一年からなのです。二〇〇〇年と二〇〇一年が別べつの世紀に所属するなど、まともな感覚の人間に理解できる筈はありません。その証拠に、おそらく二〇〇〇年になれば、二十一世紀開幕の祭典が大大的に行われることでしょう。見ててごらんなさい。みんな、きっとそうします。みんな感覚的には、九進法が理解できていないのです。だから二〇〇〇年は二〇〇〇年ではなく一九九ノ年ということにし、その次から世紀が変わることにすれば、誰にでも納得できる筈なのです」

　おれがあの時ほど筋道立った内容を理論的に喋り続けたことは、かつてなかっただろう。当然のことながらその時おれは自分のことばに酔い、自分の主張を信じていた。しかしそれも、あの職業適性所長の催眠術によるものではなかっただろうか。そうだ。おれが夢中で喋り続けている間に、何かが変化したのだ。おそらくは世界が変化したのだ。あの世界が、おれのお喋りの中でこの世界に変化したのだ。しかし、そうすると前の世界がほんとうは十進法の世界で、おれのやってきたこの世界こそが、九進法の世界なのだろうか。もしそうだとすれば、この九進法の世界は、おれの主張が生み出したおれの内的宇宙だということになる。あるいはまったく逆で、以前の世界が九進法の世界だったのであり、それをおれがあの主張の中で非難したため、おれはこの十進法の世界へやってきたのだろうか。九進法の世界を非難し、否定するおれの主張が、おれをこの十進法の内的宇宙につれてきたのか。ともあれ、九進法、十進法は本質的にはどうでもいいことである。どちらにしろ、以前いた世界こそが本もので、この世界が以前の世界そっくりに作られたにせものであることは疑いのない事実だ。

　おれが喋り終るなり、今度は所長が喋りはじめた。おれに自信を持たせようとする意図のもとに喋っていることはまちがいなかったが、おれがそう感じていようがいまいが、おれの中の自信は勝手にふくれあがっていった。それが催眠術であることを知っているが故に、かえって催眠術にかかりやすいという場合があり、おれの場合はまさしくそれだったのではないだろうか。

「あなたは自分の欠陥を自覚していません。それこそがあなたの長所なのです。あなたの欠陥が何であるか、むろん、わたしにはわかっていますが、それは申しあげられません。それを言うと、あなたの長所が失われるからです。ある生物学者はこういっています。『人間にはさまざまなタイプがある。これを多変型現象といい、この多変型現象こそ、人類の成功の主な理由である』そしてこの生物学者は、自分のことを例にあげています。この人は生まれつき音痴だった。しかし一方、数学の才能には恵まれていた。ところがこの人の同僚で、音楽演奏にすぐれ、専門家になれたかもしれないほどの才能を持っていた人がいました。その人を指して、この生物学者はいっていました。『もし彼くらいの音楽的才能を私が持っていたら、私は彼と同じくらい音楽に時間をさいて、科学上の成果を犠牲にしただろう』おわかりですか。あなたの欠陥は社会にとっても、あなたにとっても利益となるのです。さあ。あなたはすぐ会社をおやめなさい。多変型現象を有利に使うのです。あなたは明日から、いや、すでに今から、SF作家なのです」

今から考えれば、あの時だっておれは自分の欠陥をまったく自覚していないなんてことはなく、むしろ身にしみてよく知っていた。ところがあの平凡な中年男の所長は、あの催眠術まがいの大芝居によって、いわばその自覚を忘れろとおれに命じたのだ。つまりあれは、あまりにもすらすらとSF作家になってしまったおれが、あやしみの念を抱いたり不安定感を起したりせぬよう、前もって張っておいた予防線だったのだ。そうだ。あの大芝居の予防注射こそが、この世界の虚偽性を物語る何よりの証拠ではないか。

ジンタに送られながらあの職業適性所を出たおれは、すぐに会社をやめてSFを書きはじめた。それそしてたちまち職業作家になってしまった。それは現在に至るまで続いている。職業作家というものが特になり難い商売であるということをたとえ勘定に入れずとも、あまりといえば調子がよすぎるではないか。それはつまりこの世界が、おれの能力を正当に評価する複雑さを欠いた、作りものの世界だからだ。もしそうでなければ、おれの望むことがその通りになって起り得る、おれの内的宇宙なのだ。そのどちらかなのだ。ほんとの世界というものは、ものごとがまっすぐに進行することなど滅多になく、がらくたがいっぱいで、雑音がいっぱいで、人間がいっぱいで、胸がいっぱいで、またそのためにこそその中で揉《も》みくちゃにされた人間が、最終的には自分の落ちつくべきところに落ちつくという、合理的であるが故にこそ複雑極まりないという微妙な均衡を保った精密な機構を持った世界である筈だ。

　そうだ、あの職業適性所なるビルの一室こそ、おれがはじめて**この世界**に足を踏み入れた場所だったのかもしれない。あの時にこそおれは、だまされて、こちら側の世界へつれてこられたのだったかもしれない。そして、もし本当にあの時つれてこられたのだとすれば、おれをだました張本人は正子だろうか、それとも職業適性所長だろうか。だが、どちらにしろあの二人は、黒幕にあやつられている存在でしかなかったような気がする。そして黒幕は、おれの前には顔をあらわしていない筈だ。さらに考えれば黒幕とは必ずしも人物であることを必要としないのであって、あるいはそれは集合意識とか、時代とか、環境とかいったものであってもいいのだ。ともあれ、下水道に入った時も職業適性所に行った時も、どちらの場合も正子が登場していることは事実だから、彼女はおれの誘拐に直接手を下した人物として最もあやしむに足る人物であるといえる。また、貸ボート屋の親爺と職業適性所長は同一人物かもしれないから、もしそうであるとすれば彼も正子に負けず劣らず疑うに足る人物であるといえる。だが断定することはできない。

正子が関係している心あたりの事件というのは、まだ他にもある。だがこれも断定することはできない。それがおれの弱味なのだ。

それが、おれの弱味なのである。

同窓会のあった次の日だったか、会社が休みでデパートへ買物に行った次の日だったか、正子といっしょに公園でボートに乗った次の日だったか、職業適性所へ行った次の日だったか、とにかく正子から電話がかかってきて、誘拐されたと告げられた時も、その心あたりのひとつである。

おれはとびあがった。「誘拐されたんだって」

「そうよ」

「いったい誰が」

「わたしがよ」

「だって電話かけてるじゃないか」

「強制的に、電話をかけさせられてるのよ。今、わたしの横に、わたしを誘拐した男がいるわ」

受話器をぐっと握りしめ、おれは声を低くした。「そいつを電話口に出してくれ」

「かわってくれっていってるわ」

正子の声に続いて、男の声がした。「よかろう」

むやみに大きな、荒あらしい声だった。「おれが誘拐したこの女、この女があんたの妻か恋人か、あるいは母か娘か、友人か会社の同僚か、それはおれの知ったことではない。そんなことは、どうでもいいことなのだ。また、おれの誘拐の目的が、営利誘拐か厭がらせか、また婦女暴行を目的とするものであるかは、今のところ言うわけにはいかない。この三種の目的はそれぞれ互いに、容易に他者とすりかわるものであるからだ。わかるか」

「わからんこともないが」

「それなら今すぐ、十二万五千円用意して、自我町六丁目にある井戸時計店という店へ来い。いいな。これは命令だぞ。十二万五千円だ。わかったな。この十二万五千円という金額は、多過ぎず少な過ぎず持ってこい。つまりだ、この金額は前に述べた誘拐三種のうちの、どれにでもこじつけようとすればできる金額なのだ。営利誘拐の金額、つまり身の代金とすれば高くなく、厭がらせとしては安くなく、この女を暴行しなければならなくなった場合のおれの慰謝料としては適当だ」

「今、現金がない」おれは室内をみまわしながらいった。「だから、古着を売るか、質屋へ行くかしなければならないだろうな。ギターがある。これがまず、五千円だ。洋服は夏冬あわせて六着、一着四千円として二万四千円。麻雀《マージャン》の牌《パイ》がある。父親から貰ったもので、象牙のゲタ牌だ」

「上等だな。三万円にはなるぞ」

「いや。そんなにはならないだろう。二万三千円だ。それから、時計がある。スイス製だ」

「いいものをたくさん持っているんだな。三万円ぐらいにはなるだろう」

「そんなにはならない。せいぜい三千円だ。それから浴衣がある」

「そんなものは安いな。宝石、指輪、貴金属といったものはないのか」

「それはないな」

「今まで言ったものを全部あわせて、十二万五千円になるか」

「なるかもしれんな」

「では早く金にして持ってこい」電話が切れた。時計を見ると、電話がかかってきてから三分経っていない。だから公衆電話でかけたのかどうか、わからなかった。

　昼過ぎで、腹が減っていたが、おれは昼食のための時間を犠牲にして質屋へ行き、現金をポケットに入れて自我町へ向かった。正子の声は落ちついていたから、事態がそれほど切迫しているとは思えなかった。また、正子の誘拐という事件が、他人事《ひとごと》であったため、おれも落ちついていた。他人事とは思えないなどという形容は文法的に誤っている上そもそもが嘘から始まっている。自分のこと以外のことはすべて他人ごとであるという位は常識ではないか。自分の子供だって自分ではないのだからつまり他人であり、自分の子供を誘拐されたとしてもそれはだから他人事なのである。正子が仮にもしおれの妻であったとしても、また、親であったとしても、また、娘であったとしても、やはり他人事だ。

井戸時計店というのは、大通りからほんの少し横道を奥へ入っただけで急に都会の騒音から隔絶されるという、不可思議極まりない反動形成的静寂空間の中にあった。でかい眼の形をした看板が突き出されているところを見ると、眼鏡も売っているらしい。きっと機械の壊れた時計からガラスだけはずし、それで眼鏡を作って売っているのだろう。

叩き割れば何百万円も罰金をとられそうな部厚く重いガラス・ドアを押して入ると、そのガラス・ドアに戸外の物音がさえぎられるためか、店の中はさらに静まり返っていた。空気は澱《よど》み、時計ばかりがこちこちと鳴っているのが非常になさけない。やたらに神経質そうな痩せた男がひとり、ガラス・ケースをへだてた壁ぎわの机に向かって時計を修理していたが、ゆっくりと立ちあがり、おれをじっと眺めた。眼鏡の奥の眼を、臆病そうにまん丸に見ひらいていた。いらっしゃいませ、とか何とか言ってもよさそうなものなのに、何もいわないでただ黙っておれを見つめているところを見ると、どうやらこの男が無目的的に正子を誘拐した本人らしい。しかし電話で聞き憶えたあの荒あらしい声と、この男の神経質そうな表情や物腰は、どう考えてもプリ・レコ不能である。

その時店内の時計が、それはもう、まったく一秒、いや半秒の狂いもなくいっせいに一時を打った。

店主はにやりと笑い、ゆっくりとおれにうなずきかけ、ひそひそ声で喋りはじめた。「どうです。うちの時計は半秒の狂いもなく正確そのものです。この正確さを保つためには、静寂が必要であり、わずかの震動も避けなければなりません。これこそが現代で最も必要とされる『秩序』というものではないでしょうか」

よけいな口をきかなかったのは、どうやら静寂を守るためであったらしく、とすれば、この男は正子を誘拐した犯人ではないということになる。何をお求めですか、とか何とか訊ねてもよさそうなものなのに、彼は喋り終ると、眼をしょぼしょぼさせながら、ふたたびじっとおれを眺め続けた。さあ、あなたの要件をいってください、できるだけ簡潔に、しかも静かな声で言ってください、彼の眼はあきらかにそう語っていたので、おれは声を低くして彼にささやきかけた。

「わたしはここへ、ものを買いに来たのではありません。ここで人と会う約束があるのです」

店主はあきらかに迷惑そうな顔をして見せ、悲しみの眼でさらにおれを見つめた。おれは少しおどおどして彼に弁解しはじめた、そのため、こころもち声が高くなったのも、しかたのないことだった。

「でもね、でも、もしかするとこの店で、何か買うかもしれないのですよ。だってそうでしょう。人と待ちあわせるにしてもですね、何もね、何も買わないつもりならね、ここでなく、どこか他の場所で待ちあわせますよ。それを、わざわざこの店を待ちあわせの場所に選んだということはね、そこにはね、そこにはやはり意識的にせよ無意識的にせよ、時計ということが頭にあってね、それでね、それで、他の時計店で買うよりはこの店でという、ほら、ね、その、つまり選択眼がね、この店と決める過程で働いたというね、その、あれでしょ」

いつの間にかおれの声は、悲鳴に近いほど甲高くなっていたが、その時おれ自身はそれに気がついていなかった。店主の頬はおれの大声のためにますますこわばり、眼は眼鏡をはみ出すほど大きく見開かれ、ついに彼のからだは小きざみに顫えはじめた。

「やめて」彼はしわがれた声でそうつぶやいた。

「や、やめてください」

その言葉を「待ちあわせ」の拒絶と受け取ったおれは、ますます逆上した。説得に熱が帯び、声が大きくなるのも、やむをえないことだった。

「それはね、この店を待ちあわせの場所に選んだのは、たしかに、ぼくではありません。相手の方です。だから今ぼくが言ったことは、ここでぼくが待ちあわせる相手の、ここで待ちあわせることに決めたその心理を想像して言ったことであってね、だからつまり、ぼく自身はここで時計を買うつもりは毛頭ないのですよ。だけど、相手は買うかもしれないのですよ。また、ぼくにしたってね、いつまたここへ時計を買いにくるかわからないんだし、だからあなたは、ぼくをここから追い出すことはできないんですよ。ね。ね。そうでしょう」追い出されては大変と思う気持がおれの声をますます大きくし、それはついに絶叫となった。「ね。そうでしょう」

店主は自分の両耳に手をあて、強く眼を閉じて絶望的にかぶりを振りながら、声にならぬかすれた叫びとともに身をよじった。「あっ。あっ。もう駄目だ。も、もう駄目だ。そんなでかい声を出されたのでは、ほとんどの時計が狂ってしまったに違いない。ああっ。あなたはなんという、なんというでかい声を。なんと残酷な。なんと野蛮な」

「こっちの気持もわかってください」店主の声も耳に入らず、おれは逆上したままでわめき続けた。「重大な用件で待ちあわせているんだ。同情してくれたっていいじゃないか」

大声で怒号したその時、店主の眼鏡のレンズが、ぴんという音と共にひびだらけになった。

店主はあわてて眼鏡をはずし、レンズ一面がまっ白になるほどこまかく入ったひびを見ながら、わななく声で小さく叫んだ。「あっ。あっ。レンズが割れた。レンズが割れた。もう駄目だ。秩序は狂った。完全に狂った。もう狂った。もう、狂いました。レンズが割れるくらいの声を出されたのでは、時計だって狂ったに決っている。全部狂ったのだ。そうなのだ」彼は床に這いつくばり、拳固で床を叩こうとしてあわててやめ、立ちあがって地だんだを踏もうとして片足をあげてから、あわててそれもやめ、そのためにひっくり返った。「ひっくり返った」彼はびっくりしたような顔をあげてあたりを眺めまわし、急に泣き出した。「わたしはひっくり返った。今の震動で時計という時計ぜんぶが滅茶苦茶に狂ったのです。そうなのです」おいおい泣いた。「時計は狂った。時間の正確な流れは破壊された。時間流は岩を嚙《か》んで逆流し、ある時はたゆたい、その流れに身をゆだねる秩序を混乱させ、無意味な時刻に無意味な時を告げて、妊娠したり百日咳《ひゃくにちぜき》にかかるのです」

「ものごとというのは、あるがままにあり、それが自然なのだ」おれはわめいた。「人間が犠牲をはらって秩序を作ってやる必要はちっともないのだ。なんだ、こんな時計ぐらい。人間が壊したくなれば、時間なんか、壊しちまえばいいのだ」おれはガラス・ケースの方へ突進し、その上に乗せてあった大理石の置時計を片手で頭上にさしあげた。

「それにさわっちゃいけない」店主が顔色を変えて走ってきた。眼球全体が注意信号の色になり、おれに向かって突き出された指さきは、杈《さらえ》のように折り曲げられていた。

置時計をふりあげた姿勢のままのおれに、店主がはげしくぶつかってきた。置時計はおれの手を離れ、店内の宙を横切ってガラス・ドアに当った。

空中から捨てられた三トン分の十円玉がコンクリートの路上に落ちる時の音がして、ガラス・ドアは粉微塵になり、信じられぬほどの大きさに高まっている戸外の騒音が、わっとなだれこんできた。その轟音に全身をさらして、おれと店主はながい間じっと立ちすくんでいた。立ちすくんでいた時間は三十秒くらいかもしれないし、三十分ぐらいだったかもしれない。

店主が、ゆっくりとおれに向きなおり、へへ、へへへへへ、へへへへと笑いながら、片手を出して静かにおれにいった。「時間を返せ」

おれは、あと退《ずさ》りした。

「時間を返せ」店主は、前進しながら静かにくり返した。「時間を返せ。時間を返せ」

店主のいうように、あの時ほんとに時間の流れが狂ったのではないかと、おれは思うのだ。あるいはあの時計店全体が巨大なタイム・マシンであったのかもしれないし、または外界の時間的混乱から隔絶された、時間的秩序を守る唯一の砦《とりで》だったのかもしれない。その秩序ある時間流を乱したため、おれは別の時間流の中へ、あるいは数千万年か数億年へだたった過去だか未来だかへ吹っとばされたのかもしれない。そうだ。きっとそうだ。その証拠に、時間を返せと時を戻せとおれに迫り続けるあの時間偏執狂の店主を無視して、あれからさらに数分、数十分、数時間、いくら待ち続けても正子を誘拐した男はあらわれなかったし、あの電話の声を聞いて以来正子の姿も、おれの前に二度とあらわれることはなかったのである。

正子は、ほんとに誘拐されたのだろうか。おれにはどうもそうとは思えないのである。あれはおれを、井戸時計店へ誘い出すための口実だったに違いない。そして電話で聞いたあの男の声は、今から考えれば貸ボート屋の親爺《おやじ》の声のようでもあったし、職業適性所長の声のようでもあった。どちらにしろあの声の主は、おれを**この世界**にひきずり込むための、正子の共謀者であった疑いが濃厚だ。井戸時計店の店主はどうか。これはおそらく共謀者ではあるまい。あの男は犠牲者だ。おれと同じ犠牲者だ。あるいはあの男は、**あの世界**の一部、または**あの世界**そのものだったのかもしれず、もしかするとあの男こそ、あの世界の秩序だったのかもしれない。

　正子が消えた理由は、おれにはわからない。もしかすると、まだあの世界にいて、この世界へおれのように誘拐してこようとして新しい犠牲者を物色したり手なずけたりしているのかもしれない。あるいはおれのいるこの世界で、どこかおれに見えない場所から、おれの様子を観察し、看視しているのかもしれない。

　それにしても**この世界**の正体は、いったい何だろう。**あの世界**との決定的な違いは、どこにあるのか。**情報**による呪縛《じゅばく》、**時間**による束縛、**空間**による圧迫、それらを指摘するだけで決定的な相違点を明確にすることはできないし、だいいちその違いはもっと本質的なものと考えなければならない。おれが異和感を感じる対象や場合を、ひとつひとつとりあげてこれがそうだと説明することは可能だ。しかし、そんなことをしたところで何ら本質に近づくものではないことも、また、はっきりしている。だいいちそれは、おれが**この世界**を、以前いた**あの世界**とは別の世界であると気づいて以来ずっと考え続けてきたことではないか。もはやいくら考えても問題の解決にはならない。問題の解決とは、むろん**この世界**と**あの世界**の相違点を見出すことではなく、おれがこの世界から脱出して、あの世界へ戻ることだったのではないか。相違点を発見することは、単におれの脱走の手がかりを見つけるだけのことだったのだ。しかし、いくら考えても駄目だとわかった現在、おれには行動しか残されていない。そうだ。行動だ。さっそく行動にとりかかろう。

脱走してやるぞ！

どんなことがあっても、脱走してやる。このいやらしい世界から逃げ出してやる。こんなところにとじこめられていてたまるものか。

第1章　情報

1

おれが昼夜を無視しただらしなさで寝ては起き、起きては寝、そのあい間に仕事をしているこの部屋は、このビルの最上階の八階にあって、片側の壁に大きなガラス窓が三つ並んでいる。頑丈なサッシュで外部の騒音から隔絶されたその窓ガラス越しに外を見おろせば、人の往来車の列、つまり以前の世界と何ら変りのない光景がそこにはある。

朝の十時半、このビルの使用人が、一階の郵便受に投げ込まれた郵便物をビル内の各部屋に配りはじめる。おれの部屋に大量の郵便物が届けられる時間は十時三十五分である。このビルの使用人は、このビルの中ではおれ宛の郵便物がいちばん多いことを知っているから、少しでも楽をしようとして、いちばん最初にまずおれの部屋へ郵便物を投げこんで荷物を半分がた減らし、負担を軽くするのである。

郵便物といっても手紙ではなく、そのほとんどが新聞、広告誌、雑誌、本といった出版物である。おれの部屋に届けられる郵便物が多く、そのほとんどが出版物であるということは、しかし考えてみればさほど気にすべきことではない。おれがＳＦ作家である以上は他の人以上に出版物と深い関係にあるのは当然であり、他の人以上に多くの出版物が届けられてくるのもまた当然のことである。

それら出版物の中には、おれの書いたものが掲載されているものもある。しかし、掲載されていないものがほとんどである。それらの多くは定期刊行物であり、そしてそれはおれの書いたものを過去において一度以上掲載したことのある定期刊行物である。つまり、なぜかということはわからないが、おれの書いたものが一度でも掲載された定期刊行物はその後、おれの書いたものが載っていようが載っていまいがおかまいなしに、定期的に送られてくるのである。その結果、どういうことになるかというと、おれの部屋に届けられる定期刊行物の数がどんどんふえるということが起る。今後おれが異った種類の定期刊行物に新しく何かを書けば、おれの部屋に届けられる定期刊行物の数がまたそれだけふえるのだ。

おれの机は、三つ並んだガラス窓の、いちばん右端のガラス窓に向かっている。おれは届けられた郵便物を全部机に運び、読みはじめる。郵便物を送る限りは送る方でも読めといって送ってくるのだろうから、読んでおかないと何かまずいことが起るような気がしてつい読んでしまうのである。読んだことによっていいことが起ったり、おれにとってプラスになったことはまだ一度もないから、おそらく読まなくてもまずいことは起らないだろうと思うのだが、やはり読んでしまう。どうせ、読んでもすぐ忘れてしまうのだが、それでもやっぱり読んでしまうのだ。

「お送りしたものをお読みいただいておりますか」

そういって訊《たず》ねられたことは二、三度あるが、いずれの場合もはいと答えればそれでその話題にけりがつく。それ以上深く訊ねられたことは一度もない。

ではいったい、なぜ読むのか、そう問われた時におれが答えることのできる理由はただひとつだ。

情報の持つ本質的な迫力のためだ。そしてそれこそ、おれが情報による呪縛と名づけている現象へ人間をいざなうものだ。

以前いた世界では、出版物に対してこんな感情を抱いたことは一度もなかった筈だし、読まなければならぬという義務感なしで読んでいた筈だから、これこそはおれが、この世界で感じる異和感の代表的な例ではないだろうか。

その異和感はまた、出版物の内容からも感じられる。こういったものを読んだ場合、ふつうの人間なら当然異和感を感じる筈だと思える内容が、そこには数多く印刷され、掲載されているのである。試みに定期刊行物として最も代表的なスタイルのものを一冊とりあげ、内容を見てみよう。

『あたま山フェスティバルが終って、誰がいちばん儲《もう》かったか』

『あの島田照子さんが、大岡英三さん（ミイラ学術写真家）と婚約』

『君もやれ。みんなでやろう。コンコロリン大パーティ』

『ホネ場㊙情報・草豆海岸西満丁インターチェンジの人妻幽霊』

『農民企業夏期講座小説〈わが家の光〉蓄浦劇男』

こういったものを読んで異和感を感じない人間がもしいたとしたら、それはその人間がこの世界生えぬきの人間であるからに他ならない。そしてこの世界とは、以前おれが住んでいたあの世界そっくりに作られた、にせの世界なのである。だから、この世界生えぬきの人間とは、つまりにせものの人間なのである。

配達される郵便物すべてを読んでいるとはいえ、そのすべてを、隅から隅まで読んでいるというわけではない。だいたいにおいて、ななめ読みである。そのため、ますます頭に残らなくなる。特に最近は仕事の量がふえてきたし、今後ますますふえる筈であるから、すべてをななめ読みすることさえ不可能になってきた。肝心の、仕事をする時間がなくなってしまうからである。故に今ではあまりにもおれ自身あるいはおれの仕事に無関係と思えるものは読まないようにしている。無論、読まないと気持が悪い。非常に不安である。読んでいない出版物が、三つ並んだガラス窓のいちばん左端の窓ぎわに積みあげられ、それがどんどんどん高くなっていくのを見ていると、いても立ってもいられない気持である。今ではその不安を書いたものの中へまぎれこませる術を憶えたが、だからといって不安がなくなるわけではない。左端の窓ガラスが出版物によって覆われる時、おそらくおれの不安は頂点に達することだろう。

郵便物以上に、おれの不安を煽《あお》り立てるものがある。

出版物の場合は、全部読まなくても何らさしつかえないのだということを心の底では知っている。それなのに、無理やりそれらをおれに読ませるものは、いわれのない不安である。ところがテレビの場合は違う、テレビの場合は、いわれのない不安、などという漠然としたものではない。あの丸味をおびた疑似長方形のスクリーンを眺め続けていない限り、人間として社会生活を営む上に支障をきたすというはっきりした不安だ。いかにこの世界がにせものの世界であろうと、本物の世界そっくりにお膳立《ぜんだ》てができている以上、人間として社会生活が営めなくなれば最後は死につながるということもまた、本物の世界同様たしかなことである。したがってこの不安はいわば死への恐怖につながる、より大きな不安であるといっても過言ではない。

テレビは、三つ並んだガラス窓のある壁面と対応した壁面にくっつけて置かれている。そしてそれは、時間がある限りこのテレビのスクリーンをのぞきこんでいる。時間がある限りといっても、仕事の時間がはっきり決められているわけではないから、結局はテレビを長時間見ていれば見ているほど、それだけ仕事をする時間が減ったり、仕事が遅れたりしているわけである。しかし、仕事の時間が減るという不安よりも、テレビを見ないための不安の方が大きいのだからしかたがない。出版物の場合と違って、テレビを見ていると自分の知識が末端肥大症的になっていくことがはっきりとわかり、長時間見続けているとそのあまりの異和感のために、なかば気が変になってくる。異和感も、出版物から感じるそれよりはずっと重く、しかも多い。

テレビは今もおれの部屋の中へ、このビル内の他のあらゆる部屋の中へ、このにせものの世界のあらゆるにせものの住居の中へオフィスの中へ、その異和感をまき散らしている。

「今日も売れてる連中、たくさん来てるね。売れてないの、おれだけだね。黒浜君がいるね。この人、いつもにこにこ笑っていて、馬鹿じゃないかと思うんだけど、聞いてみようかね。おい馬鹿。やあご免ご免。黒浜君、今年の夏はどうだったかね」

「もぐり損ねたんです」

「あ、やっぱり馬鹿だ。はっはっは」

「ほほう。するとあなたは相対イマジニア党ですか」

「そうですとも。わたしは絶対イマジニア党です」

「へええ。わたしはまた、あなたは絶対イマジニア党だとばかり思っていましたが」

「とんでもない。わたしは絶対イマジニア党です」

「何やってんだよう。そうじゃねえってば。オロチョイのチョン、オーベンチャラのヒコヒコって、こうやるんだよう」

「こうかい。オロチョイのチョン、オーベンチャラのヒコヒコ」

「そうじゃねえってばよう。こうだよう。オロチョイのチョン、オーベンチャラのヒコヒコ」

「ううむ。恐ろしい術だ。どうすればあの、秘法虎返しの術が破れるのか。だが破ってやる。必ず破ってやるぞ」

「わたくしには夫がいます。いけません。声を立てますよ。声を立てます。声をたてます」

「君は昨晩、風呂の湯が熱過ぎたために、うめたといったな。そうだ。それが問題だ。それこそが事件の鍵なのだ。君はその時、風呂の湯を、水道でうめたか、バケツでうめたか」

これらの情報は、おれの神経の末端に触れるだけで、何ら精神の中核部へは突き刺さってこない。しかし、それ故に恐ろしいのだ。すべての末端をこれらの情報に捕えられた時、おれはがんじがらめになっている。もしも情報がおれの精神の中核部を突き刺したとしても、おれにはまだ行動の自由が残されている。だが、考えてみればこれこそがにせものの世界のにせものの情報たるゆえんなのであろうけれど、その情報に何ら本質的なものがなく、単に末端的な、しかも見せかけだけはいかにも本質的くさい情報であった場合は、そして、すべての情報がそんな情報ばかりであった場合は、それはおれの行動の自由だけでなく、精神の自由さえ奪ってしまうのだ。そしてそれこそ、おれが情報による呪縛と名づけているものなのである。

事実、現在のおれは、このビルの最上階の八階にあるおれの部屋から外へ出たことがないのだ。

食事も部屋で、テレビを見ながらとる。すべて注文し、持ってきてもらうのである。食事をしながらテレビを見ることが可能であるというのに、どうしてわざわざテレビのない屋外へ出て行き、どうしてわざわざテレビのないところで食事をしなければならないというのか。

　そうだ。そう考えるということこそ、おれが情報に行動の自由ばかりでなく、精神の自由さえ奪われかけているということになるのだ。では行動の自由、精神の自由を得るためには、いったいどうすればよいのか。いうまでもない。この情報による呪縛から解き放されることが必要なのだ。では、情報による呪縛から解き放されるためには、いったいどうすればよいのか。それは、このいやらしい、にせものの世界から、もとの世界へ脱出すればいいのだ。脱出。それは如何にして可能か。どうすれば脱出できるのか。

　逆もまた、真なり。

　情報の呪縛から、解き放されればよいのだ。それによっておれはもとの世界に戻れるのだ。おれがもとの世界にもどれた時、おれは情報による呪縛から解き放されているのだ。

　このにせものの世界のにせものの情報を、はっきりにせものであると証明した時、おれは呪縛から解放されるに違いない。そして今のところ、むろんそんなことは証明されていない。証明されていないからこそ、つまりそれがにせものか本物か自分で確信が持てないからこそ、おれはがんじがらめにされているわけであって、にせものだと思う理由が単なる異和感でしかない間は、おれは呪縛から解き放されることはないのだ。それが証明される迄は、おれは情報から解放されることはないのだ。

　情報が本質的でなく末端的であり、ゆえに本物ではなくにせものであること、それはどうすれば証明されるだろうか。情報の源をさぐればいいのだ。そして、情報が末端的であることを最も露骨に示している媒体がテレビである以上、テレビを放送している場所へ行き、テレビを放送したり、放送させたりしている人間に会って、彼らのすべて、彼らの放送のすべてがにせものであることをつきとめればいいのである。

そういうことができるものだろうか。

やって見なければわからない。

行動にとりかかろう。

この部屋を出よう。

脱走してやるぞ。

おれは部屋を出た。

　自分の部屋を出るのは、この前万年筆を買いに出た時以来二カ月ぶりである。このにせものの世界では、さすがににせものの世界らしく生活全般にわたり、すべてがルーズな調子で生きていけるように作られていて、たとえば人間は、ある程度金を持ってさえいればいつでも行き届いたサービスを受けられるような仕掛けにもなっているから、よくよくの事情がない限り、部屋を出なくても必需品のほとんどは配達してもらえるのだ。だからあまり部屋を出ず、そのためたまに部屋を出ると一瞬自分が方向音痴になったような錯覚に捕われる。

　それでも、以前いちど前を通りかかったことのある『本質テレビ』の局舎のあり場所はどうにか記憶していた。おれの住んでいるビルからさほど遠くないところなので、おれは最初歩いて行こうとした。

　まっ昼間の大通りをしばらく歩き、繁栄銀行の前を通り過ぎたおれが、ふと何時頃だろうと思って銀行の壁面から突き出ている電光時計を振り返った時、歩道上の人かげがひとつ、ふいと横にとんで銀行の路地へ入ったような気がした。それは、みどり色だった。

　歩道上には多くの通行人がいたし、路地へ入って行く通行人だって珍しくはない。それなのにその時、その人かげがおれの注意を惹《ひ》いたのはなぜだろう。思うにその人かげだけが、にせもの臭い他の人間たちと違い、いやになまなましい実在感を持っていたからではなかっただろうか。そして、その実在感を背にひしひしと感じたからこそ、おれはその時振り返ったのではなかっただろうか。なぜならおれは、以前の世界に住んでいた時と同様、時間などには関心がなく、したがって時計を見るためにわざわざ振り返るなどということは、よほどの場合でない限りする筈がなかったからである。その時だって、時間を知らねばならぬ必要はなかったのだ。

ためしにおれは、なに気ないふりを装ってそのままさらに十数メートル歩き、ふたたびだしぬけに背後を振り返ってみた。

今度は、はっきりと見た。

それまでは他の通行人同様、歩道を歩き続けていて、おれが振り向くと同時に一瞬凝固し、今回はとび込む路地が傍らになかったためあわてて車道寄りのバス停へとからだの向きをかえた男、みどり色の背広を着た男、おれよりほんの少し歳をくっていると思える中肉中背のその男の姿を。

さっき銀行の路地へふいととんだのがその男であることに疑問の余地はなかった。その男だけが歩行者の中で実在感をきわ立たせていたからである。

尾《つ》けられていたのだ。

おれはふたたび歩きはじめながら、奴《やっこ》さんもきっとおれを追って歩きはじめているだろうと思いながら考えた。なぜおれは尾行されているのか。おれは尾行されるような悪いことをした憶えはなく、またおれは尾行がつくような重要人物でもない。

タクシーが後部ドアを開けたままで歩道ぎわに停っていたため、おれはすばやくとび乗った。

「早く行ってくれ。『本質テレビ』まで、すっとばしてくれ」とおれは運転手に叫んだ。「尾行されているんだ」

運転手はすぐ車を走らせはじめた。

「今日はおかしな事件がわたしの横を通り過ぎて行くだろうと、朝、娘がそう教えてくれましたよ」と、初老の運転手はいった。「娘はいろいろな貝殻を集めていて、それでトランプ占いをやるのです。よくあたります。しかし、運命を予知したためにその人の運命がどう変るというものでもないそうです」退屈が運転手の肩を蝕《むしば》んでいるかに見えた。

バック・ミラーを見ると、みどり色の背広の男は自分もあわててタクシーを拾おうと、車道をきょろきょろ眺めまわしていた。その様子はちょうど、仲間が銃弾に倒れたためその場に立ちすくみ、仲間を殺した弾丸がどっちの方角からとんできたのだろうと耳を立ててあわただしく四周を見まわしている野ウサギそっくりだった。

『本質テレビ』の局舎は五階建ての、縦縞模様のビルだった。壁面の縞模様は走査線を模しているらしく、おれには異様な感じだったが、これに郷愁を感じる人間だって、あるいはいるのかもしれない。

建物の中へ入って行ったが誰からも咎《とが》められることはなかった。あらゆる人間がのべつ出入りしているから、いちいち問い質《ただ》したりはしないのだろう。広い廊下や、暗く狭い廊下を歩きまわった末、スタジオの中へ入って行った時も、誰からも不審の眼で見られることはなかった。

海底のような薄闇の中に、さまざまな種類の人間がいた。おとな、子供、男、女。彼らは椅子にかけていたり、佇《たたず》んでいたり、動きまわっていたり、カメラを覗《のぞ》きこんでいたり、時計を見ていたり、黙っていたり、喋りあっていたりした。放送の途中なのか、そうでないのかさえ、よくわからなかった。

「放送中ですか」傍らの若い男に、おれはそう訊ねた。

「放送中なのかな」そういって男は首をのばし、

あたりをきょろきょろ眺めまわしてから肩をあげた。「よくわかりません」

「今が放送中か放送中でないか、どの人に訊ねればわかるでしょうか」

「そんな人、いるのかなあ」若い男は困った表情で頭を掻いた。「難題だなあ」

「難題ではないでしょう」おれは、いささか真相らしいものに近づいたような気がして、いきごんだ。「テレビ局の人に訊ねればわかる筈です」

「自分で答えを持っていながら人に言わせるというのは、よくないですよ」若い男はにやにやした。「しかし、その答えは必ずしも正しくはありません。第一に、どこまでがテレビ局の人かという問題があります。第二に、テレビ局から金を貰っている人すべてが、現在放送中か否かを知っているわけでもないでしょう。たとえばこのぼく。このぼくはテレビ局から月給を貰っていますから、正式のテレビ局員といえましょう。そしてこの番組の担当者のひとりです。そのぼくでさえ、現在放送中かどうかを知らないんですからね。それが現状です」

「現状を知りたいのではないのです」おれはいった。「では、言い換えましょう。この番組に出演している人なら、放送中かどうかを知っているのではないでしょうか。また、カメラを担当している人なら、放送中かどうかを知っているのではないでしょうか」

「両方とも正しくはありません」男は、かぶりを振った。「第一に、このスタジオ内にいるほとんどの人が出演者で、その人たちは人数にして百人足らずです。だからほとんどの人が、現在自分の姿がカメラに入っているかどうか知らず、もし知っている人がいたとしても、それが放送されているのかどうかを知らないのです。カメラの担当者にしても、現在自分の撮っている映像がはたして放送されているかいないかを知ってはいないのです。そしてもし、あなたの方の質問がそれで終りなら、ぼくはこれからこのバケツの中にいっぱい入った水を便所へ捨ててこようと思うのですが」

「では最後にひとつ、このスタジオの中で、いちばん偉い人は誰ですか」

おれがそう訊ねると、若い男はスタジオの隅の椅子に腰をおろしている中年の男を指さして答えた。「偉い人といえば、一も二もなくあの人でしょうね」

「ありがとう。役に立ちました」おれは若い男の傍《そば》を離れた。

そのでっぷりとした中年男は、このスタジオ内ではめずらしく、きちんとした身装《みな》りをしていて、始終にこやかな笑顔を絶やさず、あたりをゆっくりと眺めまわしていた。

おれは彼の傍に寄り、話しかけた。「ちょっと、うかがいますが」

「はいはい」おれを待ちかねていたという調子で、彼は笑顔のままおれの方へ鷹揚《おうよう》に向きなおった。「何でしょう」

「今、放送中なのでしょうか」

「え」彼はしばらく、おれの質問の意味を考える様子で絶句したが、すぐ満面に破れそうな笑いを浮かべ、大仰に両掌を拡げた。「放送中ですとも、あなた。放送中ですとも」

その様子は、あまりにもうさん臭く、まるで彼自身が、意図的にうさん臭い振舞いを演じているかの如く感じられたので、おれはしばらく彼をじっと眺め続けた。眺め続けているうちには、彼も照れかくしの必要に迫られて、余計なことをしてぼろを出すだろうと判断したのだ。

「まあまあ、まあ、あなた、まあ、ここへおかけなさい」中年男は隣の空いた椅子を指し、おれの肩を抱き寄せるようなポーズで、おれをその椅子に腰かけさせた。

「あなたは、この番組の制作者ですか」と、おれは訊ねた。

「制作者ですと。いやあとんでもない。わたしはスポンサーです。単なるスポンサーです。さて、と」彼は勿体《もったい》ぶった態度でおれの方へ身をのり出し、前屈みになって両手をこすりあわせた。「現在放送中かどうかというお訊ねでしたな。それに対しわたしは、現在放送中であるとお答えしました。もちろんですとも。放送中です。常に放送中です。出演者全員、このスタジオに入った途端、常に放送中であることをよく認識していなければなりません。だって、カメラがいつ自分の方を向き、自分がいつ映像として放送されるかわからないのですからね。出演者だけではありませんよ。スポンサーである、このわたしだってそうなのです。ところであなたは、出演者のかたですかな」

「わたしは出演者ではありません。わたしはただ、情報というものの本質が、もしかしたらここにはないのではないかと」

「いいでしょう。いいでしょう。よくわかります」彼はおれのことばを手で制した。「たとえあなたが出演者でなく、単なる見学者であるにしてもですよ、このスタジオに入った時から、あなたも出演者のひとりなのです。なぜかといえば、いつカメラがわたしやあなたの方を向いて、われわれの姿を放送するかわからないからです。いやいや。そんなに驚いて、固くなる必要はちっともありません。出演するからといって、からだを固くしたのでは、にせものの情報を送ってしまうことになるからです。自然に振舞わなければなりません。自然に。あなたも。わたしも。自然に。自然に」

自然に自然にといいながらも彼の動作は次第次第に大仰さの度を加え、ことばはますます朗読調になっていった。

ふたたび真相が近づいてくる予感にとらわれ、脱出口はこの近くにあるのではないかと思い、あたりを見まわした時、おれは一台のカメラがこちらにレンズを向けていることを発見した。

おれたちの姿を放送しているのだ、と、おれは思った。このスポンサーと自称する中年の男は、それを知ったため、ますます身振りを誇張しはじめたのに違いなかった。放送されているとすれば、放送内容が末端肥大症的でにせものであるということを証明するこんないい機会はない。しめた、と思い、おれはさっそくスポンサーにいった。

「カメラが、こっちを向いていますよ」

「気にしない。気にしない」スポンサーはひきつった声で、わざとらしい大笑いをした。「そんなこと気にしない」

「しかし、気にしない人間がいるでしょうかね」

おれのことばにスポンサーは大きくうろたえを見せたが、すぐ気をとりなおし、芝居がかった喋りかたで大声を出した。「そんなことはどうでもいいことなのです。現在の問題はわれわれが何らかの情報を提供しなければならないということなのです」

ふたたびおれは、しめたと思った。「そしてその情報はすべて末端肥大症的でなければならないのでしょう。ぼくはそれに悩まされています。それから脱出したいと思ってここへやってきたのです」

「ふん。ふん。面白くて、非常に高度な問題提起です」彼は深刻そうに腕組みして頭を垂れた。

「しかし情報が末端肥大症的であるとは、どういうことですか」

「情報を作っている人間や、その人間の住んでいるこの世界がにせものだということです」

「にせものかにせものでないか、一緒に考えましょう」

「いいえ。考えなくてもいいのです。だって、にせものの人間に、その人間の住んでいる世界がにせものであることを理解できる筈がないでしょう」

「にせものの人間とは、まぼろしのような人間のことですか」

「いいえ。にせものの人間だって実在であることに変りはありません。しかし現在のわたしにとっては、にせものに比べればまぼろしの方が実在的です」

「では、それが正しいかどうか、一緒に考えましょう」

「いいえ。考えなくていいのです」

「いったいあなたは、何がいいたいのですか」

「だから言ってるじゃありませんか。この世界の人間がすべてにせものであり、本物の人間はわたしが以前いた世界にしか存在しないということなのです」

「よくわかりませんが」

「わからなくていいのです」

「ああそうか。やっとわかった」スポンサーは大笑いした。「最近よく『わからないこと』をいう人がいます。そういう人に『わかりませんが』と訊ねると、きまって『わからなくていいのです』と答えます。するとあなたもそういった『わからないことをいう人』のひとりなのですね。はっはっはあ。そうでしたか。わかりました。いや。やっとわかりました」

おれがあきれて黙りこんでしまってからも彼はしばらく空虚に笑い続けていた。空虚な笑いによって、見る者に頽廃《たいはい》的な芸術的虚無感を味わわせてやろうと意図しているかのようであったが、もちろんそれは成功からほど遠いあたりでどたばたとあがいていた。

「こら。こら。こら。こら」スタジオのフロアーを横切り、スポンサーの上役と思える初老の紳士が、鼻下髭をひくひくさせながらやってきた。「なんたることだ。この番組の視聴率はたった三分間で十五・八パーセントも低下したぞ。三分前には全番組中三位、同種番組中一位だったというのに、君がその面白くない話をはじめてからびりに転落した」彼は顔をまっ赤にして怒っていたが、どうやら赤い顔料を塗って顔を赤く見せかけているようでもあったし、必要以上に大きな動作でけんめいに腹立ちを表現しているようでもあった。

一方、怒鳴られた方の中年男も調子を揃えて大きく驚き、眼を見ひらいて恐怖を表現し、身をしゃちょこばらせ不必要なほど恐縮して見せた。「これは部長」大きく身ぶるいした。「しかしそれは、わたしが悪いのではありません。この人がいけないのです。わたしはそれでもこの人のわけのわからない話をできるだけ面白くしようとけんめいの努力を」

「いや、君の責任だ」上役は彼に近づいて、やくざっぽい調子で胸ぐらをつかんだ。「わが社の宣伝課長として、この番組を担当している君の責任だ。君は馘首《くび》だ」「ええっ。く、く、馘首」

ますます芝居じみてきたため、おれはすっかりしらけた気分になってしまった。ふたりは典型的な「サラリーマン喜劇」の一場面を演じ続けていた。

これがもしドラマでなかったにしても、どこかに彼らの演技を、そして彼らの演技にいや応なくつきあわされているおれの姿をじっとみている観客がいるはずだし、ドラマであった場合は尚《なお》さらだ、とおれは思い、あたりを眺めまわした。一台のテレビ・カメラがレンズをこちらに向けていたが、すぐ、そんなものには用がないことに気づいた。この世界のにせものの情報をにせもののこの世界へ送り続けているカメラとは別に、このにせものの世界全体を、ひとつの情報として眺めている本物の世界のカメラのレンズみたいなものがどこかにあるはずだった。そしておれには、それがこのスタジオの中のどこかにあるような気がしてならなかった。それはおれがこのスタジオへ入って以来、ずっと感じ続けてきたことだったのである。

カメラの彼方《かなた》には副調整室と呼ばれるボックスがあり、その部屋を見渡せるガラス窓の彼方にひとりの男が立ち、にやにや笑いながらこちらを眺めていた。やがておれは、そのガラス窓のフレームが正確な長方形ではないことに気づいた。それはテレビ・スクリーン特有のあの丸味を帯びた疑似長方形をしていたのである。

あれだ。

おれはそう思った。思うなり席を立ってそちらへ駈け出していた。あれが脱出口だったのだ。このにせものの世界全体を眺めることのできる本物の世界の窓があれだ。あれは本物の世界のテレビ・スクリーンなのだ。あそこに立っている男こそ、本物の世界の人間なのだ。眺められていてたまるものか。おれもそっちの世界へとびこんでやる。この世界から脱走してやる。

脱走してやるぞ。

ガラスで頭を割るか、破れたガラスで頸動脈を切るかもしれなかったが、生命よりもほんものの世界の方が大切だ。

疑似長方形のフレームの中心めざし威勢よく頭からとびこんだ時には軽い嘔吐感があっただけで、不思議にも窓ガラスは破れなかった。そこにはもともとガラスなど嵌《は》め込まれてはいなかったのだということをおれは知った。正確にいえば、つまりそれはガラス窓ではなかったのである。薄い靄《もや》の層あるいはスモーク・スクリーンのようなわけのわからぬ白っぽく冷たい気体の壁を通過したおれのからだは、一瞬後、窓のこちら側にあり、フロアーの上に腹這いになって転倒していた。

ふりかえれば、そこには乳白色に光る巨大なテレビ・スクリーンがあり、その中にはおれが今まで いたあのにせものの世界がまだ存在していて、例の中年男が上役から馘首《くび》を言い渡され続けていて、彼は弁解し続けていて、どちらも興奮の極に達しはじめていた。

おれのすぐ横に立ち、スクリーンの中を覗きこんでにやにや笑っていたあの男が、立ちあがったおれにうなずきかけた。「いや。まったく馬鹿な話ですな。気ちがいじみてる」彼は醒《さ》めた口調でそういい、スクリーンの中のどたばた喜劇を指さして、くすくす笑った。

おれはほっとした。ここが本物の世界であることに、まず疑いはなさそうだった。おれも彼に、笑ってうなずき返した。「まったくです。いや、まったくです。ぼくは、ほっとしましたよ。あんな馬鹿なことには巻きこまれたくありません。二度とご免です。あそこから脱出できて、ほんとによかった」

「そうですとも」男はおれに相槌をうった。

それから、急にからだをしゃんとのばし、直立不動の姿勢をとって、テレビ・スクリーンをバックに、あらぬ方に向かって話しかけた。「このような馬鹿なことに巻きこまれないよう、われわれ現実の世界に住む人間は、何らかの手段で対策を講ずる必要があります。そうです。このドラマのように、馘首などというつまらぬことでうろたえたり、くよくよ心配したりするという精神的な負担からは脱出しなければなりません」男は演説口調で喋りまくりながらポケットから一枚の紙をとり出し、肩の上にさしあげて見せた。「この証書が一枚ありさえすれば、どんな事態に陥ってもあわてることはありません。そう。これはザパタ失業保険の保険証書なのです」

あっ、と思い、おれは頭部をのけぞらせた。カレハこまあしゃるヲヤッテイルノダ。

ココモてれびノナカダッタノダ。

見まわせばそこは海底の如き薄闇に包まれた巨大なスタジオの中、天井からは照明器具がぶらさがり、そして男が頭を向けているのは一台のテレビ・カメラに違いなかったのである。

おれは顔を覆い、絶望の悲鳴をあげた。自分の声とは思えぬ、かん高い、女性的な悲鳴だった。

喋《しやべ》り続けていた男が息をのんでおれを振り返り、やがて眼を角張らせて指をつきつけ、静かにいった。「黙れ。黙れ。黙れ。黙れ。黙れ」

スタジオの四隅の暗黒の中から、白っぽい人間たちがばらばらととび出してきておれに迫った。おれは悲鳴をあげ続けながら、足もとにあった金属製の樋《とい》の中に電球の並んでいるストリップ・ライトを持ちあげ、大きく振りまわした。白い人かげが四散し、ストリップ・ライトは喋っていた男の顔面へ、まともに命中した。男は両手で顔を覆い、その場にうずくまってホエザルの鳴き声を立てはじめた。彼の指の間から、作りものめいたオレンジ色の血が大量に流れはじめた。男は吠え立て、フロアーに倒れ、苦痛にのたうちはじめた。痛い痛いと叫びはじめた。

これも演技なのだ、とおれは思った。ではこのシーンを眺めている人間がどこかにいるはずだ。どこだ。どこにいるのだ。あわただしく見まわしているうちに、おれはふたたび副調整室のガラス窓に似せた、疑似長方形のスクリーンをスタジオの壁面に見出した。その中では、家族が食卓を囲んでいた。

以前、ボートで窓を壊したことのある、あのビルの管理人の家族に間違いなかった。小さな四畳半の中で、卓袱台《ちやぶだい》をかこんで夕食をしている、夫婦とふたりの女の子が、こちらを眺め続けていた。そして彼らの顔は、スクリーンの彼方へ放射されている画面の明りに映えて、一様に蒼かった。

あそここそ、ほんとの世界だ。おれはそう思った。なんということだ。おれが正子といっしょに乗ったボートで、あのビルの障子窓を開いた時こそ、おれがこのにせものの世界へつれてこられる瞬間だったのだ。窓から入っていったおれたちは、それまでテレビを眺め続けていたあの家族たちがおれたちもテレビの中の人物であると錯覚したことによって、彼らの内部の世界、つまりテレビの中の世界へ一瞬にして押し込められてしまったのだ。

真相がはっきりしたぞ。おれをこの世界へつれ去った犯人は正子でもなく、貸ボート屋の親爺でもなかったのだ。あそこにいる、あの、ビルの管理人の家族だったのだ。

あそこへ戻ろう。もう一度あの四畳半にとびこんでやる。そしてこのいやらしいにせものの世界から脱走してやるぞ。

脱走してやるぞ。

テレビ・スクリーン型のフレームの方へ駈け寄り、ふたたび頭から中へ身をおどらせた時、それがガラス窓でなかったことは前と同じだったが、嘔吐感は以前よりもずっと激しかった。もちろん、おれの気のせいかも知れないのだが、あるいはそれは虚構と現実の間を常に甘ったるく味つけし、境界線をぼかし続けている意識の中のある次元を乗り越えようとする際に起る、はっきりした肉体的な現象だったのかも知れない。

卓袱台の畳にころがったおれが、出てきたところをふり向けば、それは今やはっきりとテレビのスクリーンであり、その中ではあのコマーシャルをやっていた男が、血まみれになってぶっ倒れ、呻《うめ》き続けていた。

「よかった。やっぱりここはほんとの世界だったのだ」安堵のあまり、おれはすすり泣いた。「今までいたところは、テレビの中の世界だったのだ。テレビの中の世界が末端肥大症的であることは、これは当然のことだったのだ。ねえ。そうでしょう」

顔をあげると、歳下の女の子が眼を丸くしておれを眺めていた。「ねえ、パパ。この人、テレビの中から出てきたわよ」

だが、卓袱台を囲んでいる他の三人は、おれの方には見向きもせず、ブラウン管の中の血まみれのコマーシャル男が担架に乗せられて運び去られるさまをじっと眺め続けていた。

「こわいこと」と、やがて母親が父親に向きなおり、改まった口調で喋りはじめた。「いつ、大怪我をするかわかったものじゃないわね。パパ。あなたも気をつけてね」

「もちろん気をつける。しかし」父親はいかにもせりふめいた口調で答えた。「災害というものは、いつやってくるかわかったものではない。いくら気をつけていても駄目な場合があるのだ」

「まあ、じゃあ、安心できないじゃないの」歳上の女の子が、棒読みしているようなせりふで、大袈裟に表情を曇らせた。

「しかし、安心しなさい」父親は和服の懐から一枚の紙を出し、肩の上にさしあげていった。

「これがありさえすれば、いざわたしが大怪我をしても、お前たち家族があわてることはないのだ。そう。もちろんお前たちも知っていることだろうね。これはドパタ傷害保険の保険証書なのです」

2

合わせ鏡のくり返しだ、と、おれは思った。鏡地獄がおれを取り巻いていた。底知れぬくり返しの無間地獄ではないだろうかと一瞬おれはそう思い、そうであってくれるなと折れるほど歯を食いしばり、頼むからそうであってくれるなと背にひや汗を流しながらけんめいに祈った。しかしあるいは、そうではないのかもしれなかった。情報社会を取り巻いているのが情報社会、その情報社会を取り巻いているのがまたまた情報社会であるという図式をおれは思い浮かべた。そうだ。もしかするとこの世界は、小の情報を中の情報が、中の情報を大の情報が、大の情報をもっと大きな情報が、つまり小から大へ無限に情報が、どこまで行っても情報が、どこまで逃げても情報が、髪もさか立つ恐ろしい情報がとり巻いている宇宙なのかも知れない。もしこの宇宙が「ロイスの無限」を原理とした宇宙であるなら、どこまで行っても脱出は不可能ではないだろうか。雑誌の表紙に、その雑誌を抱いて笑っている女の子の絵、その女の子の持った雑誌の表紙にも、その雑誌を持って笑っている女の子、その女の子も同じ雑誌を持っていて、その表紙に雑誌を持って笑っている女の子の絵。だがこの図式ならば、次つぎと大の社会へ脱出して行くにつれ、いつかは絵に描かれたものではないほんとの雑誌の表紙に相当する情報社会から真実の世界へ脱走することができるかもしれない。しかし、おれの考えたものは終点のない無限であったし、ロイスの無限も原理的には無限なのだ。だいいち、おれの今進みつつある方向が小から大へならまだいい。逆に、大から小へと脱出し続けているのならいったいどうなるのだ。考えただけで悪寒がする。

どちらがいい。

合わせ鏡か。ロイスの無限か。願わくばどちらであってもくれるな。どちらも厭だ。なぜならどちらも原理的に脱出不可能だからである。ではおれはこのあたりで脱出をあきらめるべきなのだろうか。しかし、あきらめるのはもう少し脱出を試みた後でもいい筈である。とにかく行けるところまで行かねばならない。少くともこの宇宙がどちらの原理に基づいているのかを知らねばならない。

「教えてくれ」おれはおろおろと管理人の家族を見まわしながら叫んだ。「スクリーンはどこにあるんだ」

歳下の女の子が、テレビのスクリーンを指さしておれにいった。「スクリーンは、これよ」

「それじゃない。この世界を覗きこんでいるスクリーンだ」

「そんなものはありません。静かにしてくださ い」解説を中断された父親が怒りの眼でおれを眺め、ふたたび妻の方を向いて喋りはじめた。「この保険証書さえ持っていれば、パパがもし事故に出あったとしても」

「やめろ」おれは立ちあがり、父親の手から証書をひったくろうとした。「あんたは、こういうことをしていながら、なぜ見られていることを感じられずにいるんだ」

「それを返せ」管理人は、父親としての権威を保とうとする演技を見せながら、つまり家族たちの方をちらちらと横眼で見ながら、命令口調で重おもしくそういった。「さあ、返しなさい」

「誰にも見られていないと思っていながら、無意識のうちにあなたは演技をしている」おれはさらに彼を詰《なじ》った。「それはあなたが、自分自身をひとつの情報と思っているからです。それはあなたの身についたものなのですか。思想なのですか。自分がそれ以外のものであると思ったことは、一度も、ほんとに一度もないのですか」

「うっ」父親が、証書を握りしめたおれの手首を摑《つか》み、足でおれを蹴《け》とばそうとした。

おれは尺取り虫のように腹を引いた。彼の足は卓袱台を蹴った。卓袱台の上の、すきやき鍋をのせたガス焜炉《こんろ》が部屋の隅にとんだ。おれと父親が証書を奪いあっている間に、焜炉の火が襖《ふすま》に移り、炎が燃えあがり、それは低い天井を舐《な》めた。

「パパ、火事よ」

「ママ、火事よ」

「あなた、火事よ」

管理人の妻と二人の娘が騒ぎはじめた。

炎と煙にとり囲まれ、証書どころではなくなった管理人はおれの手首から手をはなし、家族と共にうろたえ騒ぎはじめた。いつまでもうろたえ騒いでいた。火を消そうともせず、水をとりに行こうともせず、家族たちはいつまでもうろたえ騒いでいた。炎と煙の中で黒いシルエットになっても、まだうろたえ騒ぐ演技を続けていたが、それは今や踊り狂っているように見えた。

おれは障子窓の方へ後退しながら、室内の親子四人に叫んだ。「何をしている。早く逃げろ。この障子の向こうは川の水面だった筈だ。水はこの窓の外にいくらでもあるじゃないか。バケツでも何でも、水をぶっかける道具を持って、早くこっちへこい」煙にむせながらわめき続けた末、おれは障子窓をがらりと開き、川面を眺めた。外は闇夜だった。

窓敷居すれすれの高さに水面はあった。その水面にボートを浮かべ、オールを握った正子の姿が眼の前にあった。正子は、以前マンホールの中のおれを見おろした時と同じ微笑をたたえておれを眺めていた。

「そう。その窓が、こっちの世界への出口だったのよ」

「正子。ああ、正子」発狂しそうなほどの嬉しさにわれを忘れ、おれは彼女の方へ手をさしのべた。「助けてくれ。ぼくをここから出してくれ。そのボートに乗せてくれ」

正子はボートを窓ぎわに漕ぎ寄せ、以前おれがやったように舳先《へさき》を窓敷居へがりがりと食いこませた。ボートに乗り移ろうとしたおれは、ふたたび、いや三度《みたび》、あの嘔吐感に襲われた。はげしい嘔吐感だった。今度こそ本ものだった。

「本ものだ。今度こそ本ものだ」乗り移ってボートの舳先にうずくまり、おれは両手を顔にあててむせび泣いた。「やっと、本ものの世界に戻ってくることができたのだ」

「そうよ」正子はボートを川の中央部へ漕ぎながらいった。「このボートがあの障子窓に突っ込んだ時、あなただけがにせものの世界へ吹きとばされたの」

おれは顔をあげ、正子を眺めた。それから周囲を眺めまわした。「雨は、あの大粒の雨は、ギターのB弦と、高い方のE弦のように細く鋭く銀色だったあの地獄雨は、もう、やんじまったのかい」

「やんだわ」

「では、あの下水口へ入って行ったのも、マンホールから出たのも、すべてにせものの世界の出来ごとだったんだね」

「そうよ」

「そうか」

おれはうなずき、すぐに顔をあげて正子を眺めた。どきりとした。にせものの世界へ行かなかった正子が、どうしてにせものの世界での出来事を知っているのだ。

「どうして、それを知っている」と、おれは訊ねた。

「なんのこと」正子はどぎまぎした。

「このボートの舳先には、提灯《ちょうちん》がついていた筈だ」おれはさらに詰問した。「ない。あれはどうした」

おれが何をいっているのかさっぱりわからないといった様子で、しばらく眼をしばたたき続けた正子は、やがておれの背後を指しながら叫んだ。

「あっ。とうとう障子に火がついたわ」

ビルの地下一階にある、おれの這《は》い出してきたあの窓の障子が燃えあがっていた。炎は川面に照り映え、火事をさらに火事らしく見せかけていた。炎の中に黒くうごめく親子四人の影が急にはっきりと見えはじめた。彼らは叫んでいた。

「火事だ。火事だ」

「あつい。あつい」

「助けて。助けて」

「助けてやらないのか」と、おれは正子を睨《にら》みつけてゆっくりと訊ねた。

正子はおれの質問が聞こえなかったふりをし、一枚の紙を肩の上にさしあげながら明るい口調で喋りはじめた。「ほんとに火事はこわいわね。でも、この証書があれば、火事になっても安心よ。ほら。あなたも知ってるでしょう。タパタ火災保険。これはその、タパタ火災保険の保険証書なのよ」

わっと叫び、おれは舳先に立ちあがった。ボートが大きく揺れ、正子が小さい悲鳴をあげた。妊娠を宣告された男の気持だった。おれは笑った。舳先に立ったまま、笑えるだけ笑った。笑いながら、この世界を覗《のぞ》きこんでいる別の世界のスクリーンを探し求めて周囲を見まわした。周囲が闇にとざされていることを、はじめておれは知った。そこにあるのは近くの水面と、燃え続けるビルの地下一階の窓と、漆黒の闇空であった。暗黒の夜空の果てはどろりとした重油の如き川面と溶けあっていた。いや、はたしてそれは川面なのか。はたしてそれは夜空なのか。はたしてあれはビルなのか。はたしてあれは地下一階なのか。そして、はたしてこれは正子なのか。

以前、公園に沿ったこの川の空はやはり闇空であり、したがって水面も黒くどろりとしていた。しかしあの時は、川岸にずらり軒をつらねた貸ボート屋の舟つき場の提灯の明りや、打ちあげ花火の明りが、暗い水面に映えて、猫の虹彩に似た色と輝きの変化をあたえていたではないか。

だが今、ビルの地下一階の障子窓が燃えつきてしまうと、ボートの周囲はただ暗黒だった。その暗黒の中に、おれと正子だけがボートの上で睨《にら》みあっていた。不思議にも、おれたちの周囲だけが明るかった。どこから光がくるのかわからなかった。光源を求めて、おれはさらに四周を見わたした。

「あまり揺らさないで」両舷をしっかり握りしめ、正子が泣き声でいった。「ねえ、お願い。腰をおろしてよ。ボートが転覆するわ。わたしが泳げないこと、知ってるでしょう」

「知っている」にやりとして彼女の蒼い顔を見おろし、おれは答えた。「君が泳げない癖にボートを怖がらない女だったこともな」彼女がほんものの正子でないことは、すでにあきらかだった。

　彼女の蒼ざめた顔はほんものの正子に似せた蠟細工《ろうざいく》だった。能面のような顔にうっすら漂う不安の表情は正子の表情の模写だった。その声は正子の声の複製だった。だが性格はまったく似ていなかった。正子の行動には確とした目標がなかった筈であり、泳げないのにボートが平気といった不合理性を持っていた筈であり、だからこそ女性的であり、だからこそ現実的だったのである。

「では君は、ボートが怖いのだね」おれは立ったまま、からだの重心をあちこちへ移動させながらいった。「君が困ることをしてやろう。そうすればこの世界も困り、結果的にはこの世界にとっておれの存在が困った存在になり、おれはこの世界から追放されることになる。おれはこの世界から追放されたいのだ。そうとも。願ってもないことだ」

　ボートは大きく揺れ、正子に似た女はものも言えず、ただ悲鳴をあげ続けた。おれのからだの重心の移動とは逆に、自分のからだの重心を移動させようとするような頭のいい女ではなかった。

ボートは転覆した。

　転覆する瞬間、夜空にライトが点《つ》いた。一メートル間隔にスクープ・ライトが並び、その間にスポット・ライトが散りばめられていた。夜空ではなく、そこはスタジオの天井だった。川面ではなく、そこは水槽だった。ビルではなく、それは書き割りだった。地下一階の管理人室ではなく、それはセットだった。おれは水槽の中を泳いで縁にたどりつき、フロアーに降り立った。水槽の中では正子に似た女が溺《おぼ》れていた。溺れている彼女を、水槽の縁の三台のテレビ・カメラが撮影していた。溺れている彼女を指さし、水槽の縁に立った若い男が喋りはじめた。

「現代に生きているわれわれは、常に生命の危険にさらされています。なぜかといえば、現代というものが危険だからです。そして危険は、生命を失うという事態に直結している場合があります。そういう場合にそなえ、生命保険というものがあるのです」彼は背広のポケットから出した証書を、肩の上にさしあげた。「よくご存じの、ラパタ生命保険の保険証書です。これであなたのご家族は、安心することができるのです。そしてあなたがご家族を愛していらっしゃるならば、あなたご自身を安心させることもできるのです。さあ皆さん。今すぐラパタ生命保険に加入しようではありませんか」

おれはびしょ濡れのままスタジオの隅に立ち、ぼんやりと若い男を眺めていた。疲れ切っていたので、もう怒る気にもなれなかった。さて、この世界の脱出口はどこかと、あたりをのろのろと眺めまわしはじめた時、男がコマーシャルを喋り終って大きくあくびをした。

「ああ。やっと終ったぞ」

おれは驚いた。驚くべきことには、その男はあくびをしたのだ。常にどこからか見られている筈の人間が、こともあろうにあくびをしたのだ。

「やあ。お疲れさま」

「お疲れさま」

口ぐちにそう言いかわしながら、カメラマンたちはそれぞれのカメラを投げ出して大きく伸びをし、スタジオの隅ずみにいた各種の人間たちは、三三五五ドアの方へと移動しはじめた。ほんとに終ってしまったのか。これで全部終ったのか。もう、おしまいなのか。ぱっと浮き立とうとする心をけんめいになだめながら、おれは眼を閉じ、かぶりを振ってから、また眼を見ひらいて周囲を眺めた。いやいや。だからといって、ここがほんとの世界だなどと早合点してはいけない。またもやより大きな失望を味わうだけなのだ。

一方で自分のはやる気持を押さえつけながらも、しかしおれの眼は知らずしらず期待に大きくなりはじめていた。ここはほんとに、「テレビの番組が終る」世界なのだろうか。スタジオに誰もいなくなり、みんな家へ帰ることのある世界なのだろうか。

ほんとに、そのようだった。焼け焦げたビルの書き割りやセット、そして水槽があるだけの広いスタジオには、あと片づけの人間数人が残っているだけで、ほんとにみんないいなくなってしまったのである。

「わあ」と、おれは叫んだ。「わあ。わあ。うわあ」歓喜の叫びだった。おれの声は広く高いスタジオの天井にくわぁんとこだましたが、誰もなんとも言わなかった。

だが、この世界が真実《まこと》、情報による呪縛のない世界であるかどうかは、スタジオの外へ出て見なければ確かめることができない。全身から水をしたたらせてスタジオのフロアーを濡らしながら、おれはゆっくりとドアに近づいた。重いドアを引いて開けた時、廊下からの冷たい空気がおれに身顫《ぶる》いをさせた。嘔吐感はなかったので、おれはほっとした。ただ悪寒がしたが、それは風邪をひきかけている為である。廊下はたしかに、いかにもテレビ局の廊下らしい廊下だった。さまざまなテレビ人種が歩きまわっていた。異和感があるかどうかを確かめようとしたが、おれの心はその問いに答えてはくれなかった。テレビ局がある程度情報による呪縛を受けているのは、たとえそこが真実の世界であったとしても当然のことである、と、おれは思った。真相は、テレビ局の外へ出て見なければわからない筈なのだ。

正面玄関を指示した矢印に導かれ、ながい廊下を歩いておれは正面ロビーに出た。ロビーは暖かで、人かげがまばらだった。このロビーで服を乾かそう、と思い、おれはソファに腰をおろした。外へ出れば風邪を引くだろうと思ったからであって、服が乾いてから外へ出ればいいのである。ロビーの片隅には例によってこの局の番組を放送し続けている大型のテレビ受像機が置かれていた。この局がこの時間にいつも放送する連続ドラマが流されていたので、おれはぼんやりと眺め続けた。ほんとはこのドラマを見て、現在のだいたいの時間を知ったのである。おれの腕時計は、たいてい停っているのである。

数十人の男が正面玄関からロビーに駆けこんできた。恐怖のため、みんないっせいに開いた顔をしていた。開いた顔のままで、口ぐちにわめき散らしていた。

「戦争だ」「戦争だ」「戦争だ」

「戦争が起ったぞ」「戦争だぞ」

駆け出て行く者もいた。彼らも開いた顔をしていた。

「もう駄目だ」「もうだめだ」「最終戦争だ」「だから、もうだめだ」

特に異和感はなかった。当然開いた顔になるだろうと思えた。だがおれ自身は、恐怖を感じなかった。これが現実なら、おれも当然開いた顔になるだろうが、どうやればああいう顔になるのかおれ自身にわからない以上、おれは恐怖を感じていないに違いなかった。そしてこれがもし現実なら、おれひとりが悟りきっていることになる。しかし、ひと一倍臆病である筈のおれが、ただひとり悟りきっている筈はなかった。そんな筈がない以上、やはりこれは現実ではないのかもしれない。

「放送しよう」「特別番組を組もう」

そんな声も聞かれた。

「ははあ。やっぱりそれを、やるか」おれはうなずいた。

ドラマをやっているテレビの画面下部に、文字だけでニュース速報が流れた。「外電によれば、現在核兵器保有国間に核戦争が起っている模様」

ドラマの出演者たちは、まったく戦争に関係のない、自分たちの芝居を続けていた。それをしらじらしく思って眺めている自分に気がついて、おれははっとした。では、出演者たちがドラマの中で、戦争だ戦争だと騒ぎはじめれば、それはしらじらしくないというのか。

ふたたび文字だけのニュース速報が流れはじめた。「現在、我国の各都市を目標とする核ミサイルが数基、レーダーによって発見されているが、迎撃ミサイルはいずれも不成功に……」

画面が白く輝いた。やはりそれは、おれにとっても大変なショックであり、おれは、あ、といってソファから身を浮かせた。いかに現実感が稀薄なドラマであっても、地球の滅亡というシチュエーションはやはりショック以外の何ものでもない。だがそれは、瞬間のショックだった。ショックが去ればおれを取り巻く悪い事態がさらに悪くなったことを感じるだけである。嘆息すべきだろう、と思い、嘆息しようとして、嘆息するのをやめ、ただ白く輝く画面をおれは凝視した。

やがて画面に、いかにも縫いぐるみめいたヒューマノイド型異星人がひとり、ゆっくりとあらわれた。頭部に赤いぴらぴらのトサカをくっつけ、辣韮型《らっきょうがた》の顔の中央部にはふたつの眼球が剝《む》き出しになっている。からだの色は全身がスカイブルーで、そのところどころには黄色い水玉模様があった。彼は蹼《みずかき》のついた手に紙切れを持ち、肩の上へさしあげた。

「ある程度以上に機械文明の発達した惑星は常に滅亡の危険にさらされているということ、これは皆さんも三文ＳＦでよくご存じの通り。そこでこれはパパタ惑星保険。この保険証書さえ持っていれば」

周囲を見まわすと、ロビーには人間がひとりもいなくなっていた。おれは足をぐいと伸ばしてソファの凭《もた》れに背中を埋め、両手の指さきを鼻の前で合わせてくすくす笑った。これはおれひとりを愚弄の対象にしたお遊びなのだ、と、おれは確信した。

「もういい」おれはげらげら笑いながら叫んだ。「いくらやっても同じことだ。仕掛けはよくわかった。すごい技術だ。まったく、さぞおれが馬鹿に見えたことだろうな。ところがこっちは、こんなこと最初からわかってたんだ。おれはもう飽きた。さあ。もうやめようぜ」おれはソファから立ちあがり、両手を頭上でぱんぱんと叩いた。

たちまち、「テレビ局正面ロビー」のセットはとり払われ、そこはふたたびもとのスタジオの中だった。管理人の部屋や水槽やボートや、その他いくつもの大道具小道具、それに管理人やその家族、正子、アナウンサー、異星人役などの出演者全員がおれをとり巻いて笑っていた。最初おれが話しかけた、あのスポンサーと称するでっぷりとした中年男が、げらげら笑いながらおれに近づいてきて握手を求めた。

「あなたはまったく、すばらしいタレントだ。ではあなたの今までの真面目さ、驚愕、深刻な悩み、あれはみんな、あなたの演技だったのですね」

「そうです」おれはおれに向けられたカメラに大きくうなずきかけ、胸を張って答えた。「こんなことは最初からわかっていました」そういってから、サービスのため少し口ごもって見せた。「しかし時には、これはもしかすると現実ではないか、本当に起っていることなのではないかと思ったことも、たしかに二、三度」

「わはははははははは」スポンサーは嬉しげに眼を丸くし、わが意を得たりとばかりおれの肩を叩いた。「あなたは利口だ。まったく頭がいい。われわれがこういうことをやるのも、たとえば最初あなたがわたしに話しかけてきたような内容のことを、本気で考えている馬鹿がいるからなのです。そう。あなたがたった今、実にみごとに演じて見せたような馬鹿がです。自分だけがこの情報社会の中で眼醒めているのだという根拠のない自信を持った、鼻持ちならない大馬鹿がね。そういうのが時どきこのスタジオにあらわれますので、われわれはそういった大馬鹿を、できるだけ愚弄してやろうとたくらみ、幻像セット、催眠暗示装置、メモリイ・レアッピアー、識閾視《しきいきし》レンズ等の技術を駆使したのですが、逆にあなたにひきずりまわされた形になりましたな。しかし今日は、全員楽しませてもらいました。これからのテレビ番組は、出演者も楽しめるようなものでなくてはね」

「まったくです」演技ではなく、おれが始終本気であったことを悟られなかったため、おれはほっとしてそう答えた。このにせものの世界のにせものの人間たちから、馬鹿にだけはされたくなかった。

だが、おれがそう思った途端、今までスポンサーの役を演じていたタレントか、タレント特有の底意地と柄の悪さを見せ、にやりと笑って叫んだ。「いつまでもいい恰好するな。この馬鹿」彼はおれの頭を平手で叩いた。「手前今まで、本気だったんじゃねえか」

どっ、と出演者全員が笑った。スタジオの中の全員が笑った。おれを指さして笑った。

「本気だったんだ。本気だったんだ」と言いながら笑った。「馬鹿だ。馬鹿だ」と言いながら笑った。「騙《だま》されやがった。騙されやがった」と言いながら笑った。涙を出して笑った。腹をかかえて笑った。

おれは呻いた。傷ついた自尊心は彼らの笑い声が高まるたびに傷口を拡げ、血を噴き出した。彼らの声を聞くまいと耳を覆い、彼らの侮蔑《ぶべつ》の視線を浴びまいと眼を閉じ、ついには床にうずくまったが、自尊心の傷は癒えることがなかった。

しかし、自分の信じた通りに行動したこと自体は、恥ではない筈だった。それをすら恥であると思うのは、このにせものの社会にいるからに違いなかった。恥は、むしろ今おれを笑っているにせものの人間たちが味わうべきではないか。にせものの社会では、ほんものの世界を求めることが恥になるのだろうか。それは、あまりにも純粋過ぎる行為であり、だからこそ照れ臭く、だからこそ恥になるのだろうか。

笑い声が遠ざかって行ったので頭をあげると、おれの傍らにいるのは肥った中年男ただひとりで、あとの連中は広いスタジオの別のコーナーに移動し、また何やら突発的な疑似事件の周囲に蝟集《いしゅう》していた。

「まあ、あんた、そんなに恥ずかしがることはないよ」中年男がおれを、自分の肉体の虫に刺された部分を見るような眼で眺めながらうなずきかけた。「あんたを面白がる皆の気持は、つまりここにいる全員があんたの気持をよく知っているからさ」

「やっぱりそうか」おれは男を睨みつけた。「だからこそこれだけ徹底的に馬鹿にすることができたんだな」

「そうとも。馬鹿をいじめるためには、馬鹿の心理を知っていた方が面白いからね」男はにやりと笑った。「そして人間は誰でもある程度馬鹿だから、馬鹿の心理はだいたい察しがつく。このおれだって、あの連中だって、一時期、あんたと同じような感覚を持ったことが、いや、それも、もっと強く激しく持ったことさえあるんだぜ。あんたはいったい、どう思っていたんだね。あんたはいったい、どう思っていたんだね。情報にがんじがらめになっている社会をうさん臭く思っているのが、自分だけだとでも思っていたのかね。そうなのかね。そうなのかね。自分だけが、このにせものの世界にまぎれこんだほんものの人間だと本気で思っていたのかね。そうなのかね。そうなのかね。そうだろうね。きっとそうなんだろうね」彼は昔の自分を思い出したために恥ずかしいという様子をあからさまに見せ、顔を赤らめながらおれから眼をそむけた。「だがあいにくそんなことは、ここにいる連中がとっくの昔に卒業した感覚だ」

「感覚なんかじゃない」おれは頭をかかえ、フロアーを転がりながらそう叫んだ。今までずっと考え続けてきたすべてのことをただの感覚にされてしまったのではたまらない。「もっとはっきりしたものだ」

男は、喋るのが照れ臭くてたまらないといわんばかりの調子で、投げやりに言った。「考えかね。思想かね。はは。感覚でたくさんだ」

おれは男を睨みつけた。「ほかの人間のそれをひやかしたり笑ったりすることによって自分のそれを麻痺させることができる程度のものなら、もちろん感覚で充分だろうな」

ますます恥ずかしげに、床をごろごろ転がって身をよじりながら彼はいった。「ところが、はばかりながらこのおれなどは、あんたなんかより以上にその感覚を追求してきた方だろうな」

「そして皆に笑われ、恥をかき、純粋でなくなっちまった。そこで今度は以前自分のかいた恥を他人にかかせ、ますます純粋でなくなろうとしているわけだ」

「童貞や処女が純粋だという意味でなら、たしかに純粋だろうぜ。ところが童貞ってやつほど不完全で、しかも見てて面白いものはないんだ」くすくす笑った。「だって、セックスについて間違った考えかたをしているんだからね。あんたが情報というものについて間違った考えかたをしているのと同じようにだ」

「そうかい」おれはびっくりして彼に訊ねた。「なぜそれがわかる。情報の呪縛から脱出しようとして異和感の根源を探りにこのテレビ局へやってきたことが、間違っているかね」

「ああ。まちがってるね。もっとも、誰でも間違えることだけどね。そんなものは、テレビとは無関係だ。情報社会の代表がテレビみたいに思っているのは、テレビの出現した時代に泡《あわ》をくって右往左往した昔の人だけだろうね。テレビなんて、もう駄目なんだよ」

「ははあ」おれは驚いて彼をまじまじと眺めた。「テレビから受ける異和感の源は、テレビ局にはないというのか。すると、テレビの背後にある、もっと巨大な何かかかい」

彼は真面目になって喋りはじめた。「その、あんたの口癖の異和感はともかくとして、情報社会を代表するものが何かは、おれもつきとめたわけじゃないが、もしかしたらコンピューターじゃないかと思うよ。違っているかもしれないが、少くともテレビよりは今のこの情報社会に大きく関係しているだろうと思うんだ。だって、テレビ局ってのは、つまりわれわれみたいな人間がいるだけなんだからね。ただそれだけなんだからね」

おれは溜息をついて考えこんだ。「そいつを最初から言ってくれればよかったんだ」

男はしばらくあきれておれを眺めていたが、いささか同情的な口調になり、おれにそっと訊ねた。「まだ、馬鹿を続けるつもりなのかね」

「いや。お利口さんになりたくないだけだ」おれは憤然として立ちあがった。「コンピューターのことは、おれはテレビ以上に知らない。テレビ局の所在地以上にその所在地を知らない。なぜかといえば日常、テレビ以上に生活とのかかわりあいを意識することはなかったからだ。だが今、テレビの背後にコンピューターが巨大に聳《そび》えていることを知った以上、おれはコンピューターの所在地をつきとめ、コンピューターが社会にまき散らしている嘘八百とでたらめと異和感を究明することによってほんものの世界に脱走してやるのだ」

「コンピューターの所在地をどうやってつきとめる気だ」男は怪訝《けげん》そうな顔をおれに向けた。「今やコンピューターは、どこにでもある。どんな小さな会社にも一台は必ずあるし、このテレビ局にもある。家庭にまで設置されているんだぞ」

「知っている。そしてそれらコンピューターはすべて共謀《ぐる》だ」と、おれは叫んだ。「そいつらはすべて外敵から身を守るために共謀し、インチキの情報を流すことを互いに約束しあっているのだ。したがって、どのコンピューターでもいいからそのコンピューターにおけるインチキへの志向とでたらめ性の原点を捜しあてることによって、その末端において組織的有機的ネットワーク的正常位的相姦的にいやらしく連結されているすべてのコンピューターの原点の所在地が判明するのだ。その所在地に地雷を仕掛け原点に大砲をぶっぱなしてシステム全体を破壊することがすなわち、自らが生み出した嘘八百の情報を再び拾い集めては自己充足的な情報処理をして、そこから再び嘘いつわりの情報を流しているというコンピューターの自走性的循環性的奔馬性的かんじょれびっちょれの大陰謀から脱出することができるのだ。さあ教えてくれ。このテレビ局のコンピューターはどこにあるんだ」

「気ちがいだ」わめき続けるおれを茫然と眺めていた中年男は、吐き捨てるようにそういった。「コンピューターは地下室にあるが、危険な目にあったり命を失ったりしてもおれは知らんよ」

「教えてくれて、ありがとう」にやりと笑って、おれはそういった。「教えてくれた礼に、あんたにもいいことを教えてやる」

「あんたに教えてもらえるようなことが何かあるとは思えないが」

気味悪そうに身を遠ざけようとする男におれは近づき、彼の耳にささやいた。「ステージのドアの方を見ろ。みどり色の背広を着て、おれよりほんの少し歳をくっていると思える中肉中背の男がいるだろう」

「うん」

「あいつはおれを尾行して、ここへやってきたんだ」

「刑事か」

「そうじゃない。おれは悪いことをした憶えはないからね。もっとも、これからやろうとしている悪いことは生半可な悪いことじゃなくて警察でも手に負えないくらいの悪いことだが、それはまあどうでもいい。恐らくあいつは出来のよくない私立探偵だろうが、それもまあ、どうでもいい。尾行されそうな心あたりは、おれにはまったくないんだが、それもどうでもいい。しかしあいつが、今日ビルの自分の部屋を出て以来のおれをしつっこく尾行し続けていることはだいたいにおいて事実だ。そこで」

「みなまで言うな」中年男の眼が黄銅鉱のように安っぽく輝きはじめた。「引き受けた。おれたちが寄ってたかって、あいつを白痴《こけ》にしてやる」彼は考えこんだ。

みどり色の背広を着た、いかがわしくうさんくさく死に神めいた正体不明の男が、おれに撒かれたあとでどうしておれの居場所をつきとめたのか、それはわからなかったが、ここへやってきて、スタジオの中におれの姿を求め、きょろきょろあたりを見まわしている以上、今や彼の目的がおれの尾行にあることは絶対確実となった。だからおれは、彼の尾行を撒き、おれを尾行するという不届きを演じようとしていた彼をおれが馬鹿にされたのと同じ方法で懲しめ、そしてこのスタジオから出て行くという三つのことを同時にやろうと考えたわけである。

中年男との打ちあわせが終った時、尾行者の鈍重な視線がついにおれを捕えた。おれは彼にねちっこく微笑みかけた。彼はあわてておれの視線から視線をひっぺがそうとした。だがおれはおれの視線を彼の視線にからみつかせた。彼は職業意識をくねらせてもがきはじめた。もがき続ける彼におれは近づいて行き、声をかけた。

「やあ。待ってたんですよ。もうすぐあなたの出番です」

「わたしは、あの、わたしは」彼はか細い声でいった。「出演者じゃありません」

「そうですとも。あなたは主役ですからね。さあ。こちらへどうぞ」

彼の手をとってぐいと引くと、彼は簡単によろめいた。彼のからだは私立探偵のからだではなかった。いわば蒼白きインテリ、あまり頭が良くないためうだつがあがらず、いつも科学研究所の片隅にちぢこまっている万年助手のからだをしていた。

「おや。そうですか。行くのはお嫌いですか。ではカメラをこっちへ移動させましょう」おれが頭上でぱんぱんと手を叩くと、数台のカメラがこちらに向かって進んできた。中年男はじめ、スタジオ中の人間がにやにや笑いながらぞろぞろとこちらへやってきた。照明がおれたちに向けられた。おれは、おれの背後に身をひそめようとする男をカメラの前へ押しやりながら訊ねた。「さてと。あなたはわたしの尾行者ですね」

「ち、違います」彼は、だしぬけに背中へ氷水を流しこまれた時の顔をして身をふるわせ、老いぼれた山羊《やぎ》の如く弱よわしい泣き声をあげた。「尾行などという、そんな」

「いや。そうなのです」と、おれはいった。「だって、これから始まるのは追跡ゲームなのですからね。このスタジオの中をわたしが移動します。つまり、逃げまわります。そこであなたは、わたしに撒かれないようにわたしを尾行するのです。あなたの眼をくらませるため、最高の演技陣がわたしの代役をやり、あらゆるトリックが使われ、あらゆるテレビ技術が駆使されます。あなたは本物のわたしを間違えず追跡し続けなければなりません。ほんものを見逃してはいけませんよ。ほんものを見逃してはいけませんよ。では、スタート」

喋《しゃべ》り終るなりおれはスタジオの人混みかきわけフロアーをななめに横切って走り、ドアを開いて廊下へとび出した。もちろんそれはスタジオ内に作られた、にせものの「スタジオ外の廊下に通じるドア」であり、もちろんそこは、スタジオ内に作られた、にせものの「スタジオ外の廊下」だった。廊下は一直線に百メートルほど彼方へのびていて、突きあたりで左側へ直角に折れ曲っている。おれは廊下を突っ走った。振り返ると追跡者は十メートルほどうしろをけんめいの形相でこちらへ駆け続けていた。おれがスタジオの外へ逃げ出したと思っている彼にとって、この逃走と追跡がはたしてゲームかどうかははなはだ疑問なのであろうし、だからこそ真剣に追ってくるのであろう。

廊下の突きあたりを左へ折れると、そこにはおれがいた。

「頼むよ」

「よしきた」

おれの代役は、そこからさらに百メートル彼方へのびている赤いカーペットの廊下を突っ走りはじめた。

おれは廊下の片側の壁に開いている穴へとびこみ、あとをもと通りに閉めた。そこはスタジオの中だった。中年男をはじめとするスタジオの全員が、追跡者と、おれの代役の演じているマラソン競走を面白そうにモニター・テレビで眺めていた。

首尾よく尾行者を撒いたおれは、スタジオからほんとうの廊下へ出た。もう、スタジオには用がなかった。もともとなかったのだ。しかし、これくらいの無駄はもとより覚悟の上だ。

　階段をさがしあてて地下へ降りた。次第に暗くなり、次第に温度がさがり、次第に湿度があがった。コンピューター室は地下三階にあった。階段はそこまでだった。階段を降りきってしまうと、頑丈な鉄の扉が前方を覆っていて、あたりには他の部屋のドアらしいものも、廊下らしいものも見られなかった。地下三階全体を、コンピューターが占領していることは確かなようである。鉄の扉には白いペンキで「コンピューター室」黄色いペンキで「無断立入禁止」と書かれていた。おれはしかし、冷気と恐怖と扉の重さにさからった。

　扉には鍵がかかっていず、おれがコントロール・パネルや大容量記憶装置やカードパンチ装置やプリンターやディスプレイ装置などのずらり並んだ室内に入って行くと、読取り装置の前にいたプログラマーらしい男が、眼ざとくおれを発見して眼を吊りあげ、眼を吊りあげたままでこちらへ走ってこようとして紙テープに足をとられてひっくり返り、ひっくり返ったままでおれを指さして叫んだ。

「
```
   02  KISAMA!  PICTUREX (7)
   02  KISAMA!  PICTUREX (5)
   02  KISAMA!  PICTUREX (72)
START!
   OPEN  INPUT  MT-RECORD
   OPEN  OUTPUT  PR-FILE
PRINT!
   IF  COUNT  < 59
   MOVE  NAME  TO  PNAME!
   MOVE  SEI  TO  PSEI!
   MOVE  MEI  TO  PMEI!
   MOVE  SEX  TO  PSEX!
   MOVE  SYOZK  TO  PSYOZK!
   DO  5φ  I = 6,  7φ
   DO  5φ  J = 6,  7φ
   WRITE (DETEYUKU) + P
   STOP!
   END!
```
」

3

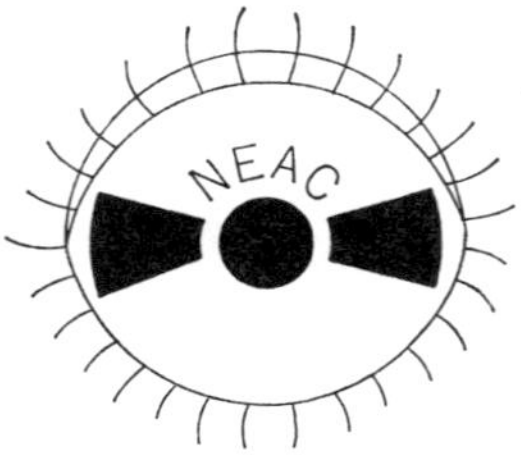

そのプログラマーが、コーディング的におれを咎《とが》め立てているらしいことはほぼ確かだった。むろんおれがこの情報の殿堂、広大なるコンピューターの聖域に無断で入室したことを咎めているのである。

紙テープに巻きつかれ、床の上でのたうちまわっているソフトウェア野郎をそのままにし、コーディングぼけした罵声《ばせい》を聞き流して、おれは正面のコンピューター本体に突進した。だが、ご神体にたどりつく前に、横のグラフィック・ディスプレイ装置のうしろから出てきた若い女性オペレーターに行く手をさえぎられてしまった。彼女の眼球にはテープ・ファイルのような模様があり、そこには刺青《いれずみ》でＮＥＡＣという文字が彫り込まれていた。

おれを眺めながら彼女は両の眼球を同一方向にぐるぐる回転させた。やがてヘッダー・レーベルに続いて彼女の質問が始まった。

「どこへ行くつもり。あなた、新しいデータなの」

恰好のいい足を片方だけ前に出して腰をひねり、腕組みして彼女はおれにそう訊ねた。彼女は糊《のり》のきいた固そうな生地の白衣を着ていたが、その裾は膝《ひざ》上二十五センチの短さだった。「行っちゃだめ。カードになってこない限り、あなたをデータとは認めないわよ」

「じゃあ、君もデータなのか」

「もちろんよ」

「しかし、君はカードじゃない」

「カードなら持っているわ。これが私よ」彼女はパンチ・カードをおれに見せた。

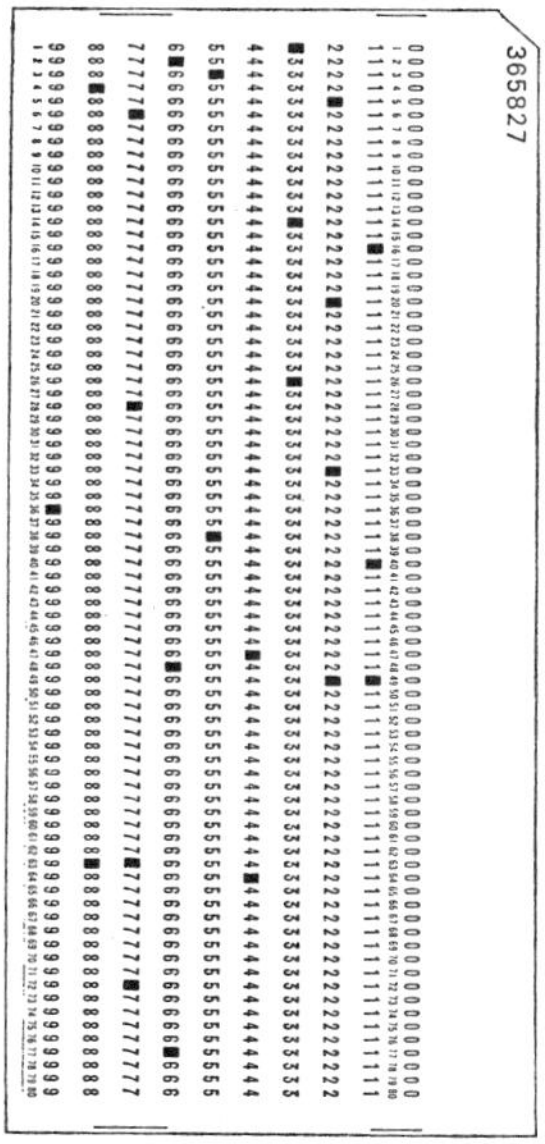

「ところがパンチ・カードになる気は、まったくない。さあ通してくれ」と、おれはいった。「コンピューターの本体に用がある。それとも何かい。コンピューターの本体には、カード人間でなきゃ会えないのかね。またあるいは、コンピューターの本体には一種の情報エリートでなきゃ会えないのかね。とすれば、情報を操作する人間が限られているということになる。とすれば、この情報社会を操作している人間も限られているということになる。とすれば」おれは次第に混乱してきた。

「とすれば、情報とは即ち、情報とは即ち、ＲＥＴＵＲＮ、ＦＯＲＭＡＴ、情報とは即ち、ＲＥＴＵＲＮ、ＦＯＲＭＡＴ、情報とは即ち、ＲＥＴＵＲＮ、ＦＯＲＭＡＴ、情報とは即ち、ＷＲＩＴＥ、ＳＴＯＰ、ＥＮＤ」

「ああ。プログラムなのね。でも、そのフォーマット文はおかしいわ。とにかく、付属装置の方へ行って頂戴。それに、自由処理の段階はもう何年も前に終ってるのよ」彼女はゆっくりとかぶりを振った。「仮にバッチ処理の段階であるにしても、スーパーバイザの管理が必要なの。もっとも」彼女は少し赤くなってもじもじした。「データがくるたびに計算するリアルタイム処理というのがあるけど」

「リアルタイムというのは、常にランチタイム、あるいはベッドタイムということだ」おれは彼女に近づき、教科書よりも固いそのからだを抱きすくめた。「それで行こう」

びりびりと電気がきた。おれはあわててとび退いた。

彼女は少し残念そうにいった。「入力装置がオンラインなのよ」

おれは彼女を睨みつけた。「どうしても、君をたらしこんでやるぞ。ぼくは腕がいいんだからな」

優越感とプライドをむき出しにして、彼女はハードウェア的に笑った。「男はみんな、そう思ってるわ。だって今はタイムシェアリング処理でやってるから、男たちはそれぞれわたしがその男たちのひとりひとりにかかりきりになってると思ってるの。ところがそうじゃないの」

「バー・ホステス方式のインチキだ」

「人間は馬鹿なのよ」彼女はすっかり、自分までコンピューターの一部になってしまっている気でいた。「とにかく、ＣＰＵにとっては、文法を持たないデータは受けつけませんからね。ＣＯＢＯＬにでもＦＯＲＴＲＡＮにでも、コンパイルされてからいらっしゃい」

「力ずくでも通るよ」おれは前進した。「ＧＯＴＯ」

「ＲＵＮ」と、彼女が叫んだ。灰色をした一匹の巨大なネズミが、ＣＰＵの制御装置のあたりから駈け出てきて、彼女を守ろうとするかのようにおれの前へうずくまり、身がまえながらＮＥＡＣと白ヌキで彫り込まれた赤い眼球を明滅させてこちらに向け、おれを睨みつけた。

「君は、ネズミ使いか」おれは彼女にそう訊ねた。「この大ネズミも、ＣＰＵの一部なのかい」

「タイムシェアリング・ネズミよ」彼女は自慢げに笑いながら答えた。

さっきからぶっ倒れたままでいるプログラマーの仲間らしい数人の男が、どたばたと足音高くおれを捕えに走ってきた。同時に前からは、タイムシェアリング・ネズミがおれにおどりかかってきた。おれは蛙《かえる》のように床へ身を伏せた。大ネズミは、おれの背広の裾をほんの少し齧《かじ》っただけで、すぐにプログラマーたちの方へ走って行き、彼らのからだのあちこちを少しずつ齧りはじめた。プログラムを少しずつ齧る習性があるらしい。プログラマーたちは悲鳴をあげて逃げまわりはじめた。女性オペレーターは、プログラマーたちの苦境を救ってやろうとはせず、平然としていた。コンピューター工学が発達し続けている以上、たしかに彼女にとって、プログラマーは将来必要のないものになる筈だった。

　四角い微笑を浮かべたままで悠然と突っ立っている彼女を突きとばし、おれはＣＰＵに突進した。ブルー・グレイの外鈑《がいばん》が眼の前いっぱいに拡がった。ここにコンピューターがある。そしてこのコンピューターは世界中のコンピューターと共謀《ぐる》だ。外敵から身を守るために共謀し、インチキの情報を流すことを互いに約束しあっているそれら多くのコンピューターにおけるインチキへの志向とでたらめ性の原点を捜しあてることによって、その末端において組織的有機的ネットワーク的正常位的相姦的にいやらしく連結されているすべてのコンピューターの原点の所在地が判明するのだ。その所在地に地雷を仕掛け原点に大砲をぶっぱなしてシステム全体を破壊することがすなわち、自らが生み出した嘘八百の情報を再び拾い集めては自己充足的な情報処理をして、そこから再び嘘いつわりの情報を流しているというコンピューターの自走性的循環性的奔馬性的かんじょれびっちょれの大陰謀から脱出することができるのだ。

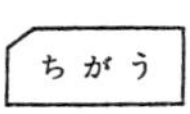

　と、背後からカード・パンチ装置が叫んだ。かなきり声に近い高い声だった。

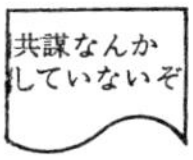

と、高速印字装置が鈍重な声で叫んだ。だが、おれをなだめようとする調子ははっきりとうかがえた。おれの気持を和らげるこ

とによって、ご本尊のＣＰＵをけんめいに守ろうとしているかのようだった。

と、磁気テープ装置がひどく生真面目に説得した。

だが、おれは彼らにだまされなかった。ちらと振り返った時、グラフィック・ディスプレイ装置のスクリーンが見えたからである。

周囲が、一瞬闇に包まれた。眼が馴れてくるにしたがい、おれの周囲をとり巻く数十万個、数百万個のコアが、どこからともなく照射されてくる赤紫色の明りの中にぼんやりと浮かびあがった。どうやら、主記憶装置の中へとびこんでしまったようだった。半電流の通った縦横のワイヤーに整然と並べられたリングを眺め、はたしてこれが情報の一種なのだろうかという疑いがおれに起った。

こんなものが情報である筈がない、おれの意識内にある情報とは、こんなシステマチックな規律正しいものではなく、もっともっとうさん臭く泥くさく、しかももっと軟らかく俗世間的に歪曲《わいきょく》された非常に厭味ったらしいものだった筈である。油光りする機械群と、高い残留磁束密度を持つフェライト磁心で作られた直径〇・一インチのリングが配列されたコア・マトリックスは、なま臭くもなければなま温かくもなく、腐りそうな部分はおろか赤錆《あかさ》びの一粒さえ見出すことができぬ清潔さだった。だから、これが情報である筈はなかった。

「これは情報ではない」と、おれはつぶやいた。そして、うずくまった。ＣＰＵの内部は冷えきっていた。「これは情報ではない」

「いいえ。情報よ」赤紫色の光線がなだめるように喋りはじめた。「どんな泥くさい、俗世間的な情報も、ここへ入ってくれば色気が抜き取られ、水気が吸いとられ、乾いた清潔なものになってしまうのよ。情報って、そんなものじゃないかしら。どんな厭味ったらしい情報だって、その本質は固形燃料みたいに冷たく、乾燥食品みたいに水気のないものなのよ」

「その本質を見抜けぬ人間にこそ罪があるといいたいのか。そんなせりふは聞き飽きた。マスコミ人種が自己弁護する時の口癖だ。出てこい。君は誰だ。どこにいる」おれは耳を立てて光源を求め、眼をこらして声の出どころをうかがった。やがて、おれは、息を呑んで首をすくめた。「正子。正子の声だ。今の声は正子の声だ。そうだな。正子だな。どこにいる。出てこい」

「わたしは正子でもないし、出て行くこともできないわ。わたしのナンバーは一八九四二七。ただそれだけよ」

「では正子が、カードになって、ここに記憶されているんだ。そうに違いない」おれはうなずいた。

「たとえ君が六桁《けた》の数字であっても、おれにとっては君は正子だ」

「じゃあ、そうしとけばいいわ」彼女は投げやりにそういった。「でも念のため、そうでない可能性もあるんだってこと、記憶しといてね。同じ声、同じイントネーションの情報だって充分あり得るのよ。だってこのＣＰＵは、テレビ局のＣＰＵではあるけれど、あらゆる会社、あらゆる工場、すべての官庁、すべての病院、すべての学校、そして各国政府のＣＰＵとつながってるのよ」

「思った通りだ」おれは掌を握りしめた。「さらに、交換されている情報はすべて、人間の知識を末端肥大症的にする異和感に満ちたにせものの情報だ」

「もちろん、そんな情報だってあるわよ」彼女はけらけら笑った。「それがどうしたの」

「どうしたのだと。君はそれを肯定するのか。肯定するのか。では君はここがにせものの世界であることも肯定するのか」

「あら、ここがにせものの世界ですって。それは新しい情報だわ。食べてもいいわよ」

「なんでも鵜呑《うの》みにするんだな」おれは急に空《むな》しい感情に襲われ、泣きたくなった。「それを食えば、君の存在が否定されることになり兼ねないんだぞ。だって君の記憶が、にせものの情報ばかり詰め込まれた記憶であることになるんだからね」

「にせもの、ほんもの、そんなことはどうでもいいのよ。問題は、すべての情報が互いに矛盾しないかどうかなの。すべての情報に矛盾しない情報なら、わたしにとってそれは正しい情報なの」

「そうら見ろ。やっぱり君は機械だ。間違えてる。間違えてる」おれは喜んで、足もとのひんやりとした鋼鈑を平手で叩いた。「間違えてるよ」

「そりゃ、間違いだってやるかもしれないけど、ただそれは、人間のやるような間違いじゃないわ。このＣＰＵがもし間違いを犯したとしたら、それはきっと人間なんかには想像もできない途方もない間違いよ。でもいったい何が間違ってるっていうの」彼女の声は次第に無表情になりはじめたが、それは興奮を隠そうとしているためではないかと思えた。

おれは考えながら、ゆっくりと喋った。「矛盾する情報がひとつあれば、それはその情報ひとつだけが正しくないのかもしれない。だが、もしかすると、その情報ひとつだけが正しく、あとの情報全部が間違えてるのかもしれない。そうだろ。君の記憶がすべてにせものの情報であるということは、君の記憶がすべてにせものの情報であるという情報にとって役に立たない情報だ。ここがにせものの世界であるという情報にとって、君の記憶はすべて役に立たない情報なのだ。それでも君はその情報を食うかい」

「ばか」と、彼女はいった。「食えなくてどうするの。そんなの、ただの可能性じゃないの。食えるわよ」むきになっていた。

「いくら話しても、無駄ですよ」

おれのすぐうしろで、弱よわしい男の声がした。また声だけの存在かと思いながら振り返ると、そこにいたのはおれの尾行者、さっきスタジオで撒いた筈の、みどり色の男だった。

「ついに、尾行者としての正体をあらわしましたね」おれはにやりと笑った。「ここまでぼくを追ってきたということは、もうあなたは自分がぼくの尾行者であることをはっきりさせてしまったことになる。だがあなたは尾行者としては致命的な失策をした。もうあなたは尾行者として失格です。だってあなたはこのぼくに、尾行の対象であるこのぼくに、自分の方から話しかけるなどというとんでもない行為を演じたのですからね」

「それはまったく逆、その話はまったくあべこべです」彼は悲しそうな顔で、あいかわらず弱よわしい弁解をした。「わたしはさっきの追跡ゲームのまっ最中、あなたがわたしのことをご自分の尾行者であるに違いないと誤解していらっしゃることに気がつきました。なぜならわたしは、あのゲームの最中、あなたにだまされていることに気がついたからです。わたしも科学者のはしくれです。いわば蒼白なインテリ、あまり頭が良くないためうだつがあがらず、いつも科学研究所の片隅にちぢこまっている万年助手ではありますが、それでもやっぱり科学者のはしくれです。あの追跡ゲームが、幻像セット、催眠暗示装置、メモリイ・レアッピアー、識閾視《しきいきし》レンズ等の技術を駆使した大トリックであることにすぐ気がつきました。それと同時に、本もののあなたがとっくにゲームには加わってはいらっしゃらないことも知ったのです。そこであのインチキのゲームから脱け出し、ここまであなたを追ってきたのです。なぜ追ってきたかというと、あなたに、わたしがあなたの尾行者ではないことを証明したかったからなのです。あなたがわたしに、あの追跡ゲームをやらせた理由は、あなたがわたしの尾行を撒き、あなたを尾行しようとした不届きなわたしを、あなたが皆から馬鹿にされたと同じ方法で懲しめ、あのスタジオから出て行くという三つのことを同時にやろうとなさったのだと考えたからです。そこで、そうではないのだ、わたしはあなたの尾行者ではないのだということを証明するために、あなたを追ってきたのです。また、こうして声をかける以上は、よもやあなたは、わたしを尾行者だとお思いにはならないだろうと考えたのです。だから声をかけたのです。だって、尾行者が尾行の対象である人物に声をかけるなど、あり得ないことですからね」

おれは彼の饒舌《じょうぜつ》を、女が閨房で男にささやく怨みごとのように聞いた。彼もまた女のように、ながく喋る時間さえあたえてやれば、こちらの主張を完全に裏返しにしてしまえる技術を持っていた。

「だがしかし」と、おれは吐き捨てるように彼にいった。「ぼくは、あなたが尾行者であるという考えを捨てませんよ。むろん、礼儀としてあなたのその理屈はまともに受け取ってはおきますがね」

「ナンセンス。ナンセンス。ナンセンス」女の声が断続的におれと彼の周囲をとり巻いてわめき立てた。「ナンセンス。ナンセンス。ナンセンス」

「ほらね」尾行者は、病弱者の笑みを浮かべておれにうなずきかけた。「礼儀として、なんて言いまわしは、絶対にわからないんです。だからこの女には、いくら話しても無駄なんですよ。むろん、カードになる以前のこの女には人間としてのセンスはあったのでしょうが、いったん機械的情報の一部に組み込まれてしまえば、他の情報と矛盾しないために、こうならざるを得ないんですよ」

彼の微笑は、なま臭い人間としてのなま臭い共感をおれに求めていた。冷たく力強い機械に反逆するためのなま臭い共感をおれに求めることによって、なま臭い人間らしさをおれと共に誇示しようとしているのかもしれなかったが、もしそうであるとするならば、彼の考えている人間らしさとは非常に弱よわしいものであり、ねじくれた文学的な意識であり、乱雑で支離滅裂でアクロバット的な思考であるに違いなかった。そしてそれら機械的なものに反するすべてを武器に、彼はおれと共謀してこのＣＰＵに反逆しようとしているのかもしれなかった。おれはそれが気になった。しかし、ＣＰＵたちが共謀している以上人間であるおれと彼が共謀していけない筈はないしその方が有利であるとも思えた。だからおれは迷った。

おれが迷い続けていると、彼はふたたびおれに共感を求めてきた。「ねえ、わかるでしょう。こんな機械と話しあったって、無駄なんですよ」

それは今や結束を固めようとする女学生の口調になっていた。

「ねえ。あの子をいじめてやりましょうよ」「そうよそうよ。そしてあの子がこっちへやってきて話しかけても知らん顔するの」「そして聞こえよがしにほかの話を続けるのよ。ねえ。わかるでしょう」「うん。わかるわかる」「話したって無駄なんですよ」「だって機械ですから」「だって機械ですから」「機械ですから」

「しかしあなたは、科学者でしょう」おれはいささかあきれて、彼に質問した。「科学者のはしくれと自分でいっておきながら、機械との対話をなぜ拒否するんです」

彼はぎくっとした表情でおれを眺めながら鋼鈑の床に額から汗を三粒落し、やがてこちらに背を向けて俯向《うつむ》いた。「これには深いわけがあるのです。シクッ、シクシクシク」ほんとに泣いていた。「わたしは、科学というものに挫折《ざせつ》したのです」

「挫折とは、便利なことばですね」おれはわざと大声で彼にいった。「挫折ということばが、中途でだめになるとか、くじけ折れるとかいう以上の複雑らしげ高級らしげなニュアンスを持ちはじめたのは、いったいいつごろの誤った情報が原因なのでしょうね。挫折体験を自慢する人までいるし、最近では挫折ごっこまで流行しています。あなたも挫折ごっこをしているのではないのですか。科学的業績を残す才能が自分にないと知ってびっくりして科学に挫折し、文章が書けないのでびっくりして文学に挫折し、戦略が誤っていたと知ってびっくりして闘争に挫折し、浮気して妻に離婚されたためびっくりして家庭生活に挫折し、最後は人生に挫折し、甘美なる死を求めて自殺したものの、それはちっとも甘美ではなかったためびっくりして死にも挫折し、びっくりして生き返るのです」

「そうではありません。まあ、聞いてください」暗いＣＰＵの底に冷たく沈んでわあわあ泣きながら彼は語った。「わたしは科学者を父として生まれました。これが私の不幸だったのです。父は、当然のことながらわたしを自分のように科学者にしようとしました。だが科学者の社会の地獄のような恐ろしさを子供の時からずっと見聞きしてきた私にとって、その社会の一員となるよう運命づけられていたことが私の精神にどのような萎縮《いしゅく》と歪曲と抑圧を加えたと思いますか。科学者の社会、そこは常に社会的抹殺《まっさつ》と陰謀とペンの暴力と盗聴と四十八手の密告と打算と狂気のワサビ漬けと肉欲とナスビの如き殺意の渦巻いている世にも恐ろしい世界でした。わたしはこわかった。わたしはほんとにこわかった。血も凍るような恐怖だったのです。そんなわたしが、まともな科学者になれる筈はなかったのです。なれる筈はなかったのです。科学と聞いただけで痔《じ》と尿道炎を併発し焦点的自殺をするようなわたしが、まともに科学と取り組めるわけがなかったのです」

おれは眼を見ひらいて彼の煩悶《はんもん》を眺め続けた。この喋りかた、このことば、この表現、これこそがおれのいつも感じている異和感、神経の末端を刺戟するあの迫力ある異和感の最たるものではないか。

宙を睨《にら》んでおれは叫んだ。「ＳＴＯＰ。ＥＮＤ」

「どうしました」けんめいの泣き語りに水が入ったため、彼は一瞬魚のような眼をしておれの顔を眺めた。すでに涙もかわき、けろりとした表情に戻っていた。

「異和感だ。刺戟的ではあるが精神的には何ら突き刺さってくるものがない。どこかで半鐘が鳴っている。遠い他国で蟬《せみ》がなく。単なることばの三《さん》稜鏡《りょうきょう》」おれはゆっくりと彼に向きなおり、首をかしげた。「ところが不思議なことに、あなたの喋りかたや喋っていることは、ぼくの喋りかたや喋ることにそっくりなのです。これはどうしてでしょう。ぼくは今まで、情報に異和感を感じてはいたが、自分のことばにまで異和感を感じたことはなかった。あなたのことばは、ぼくのことばの単なる裏返しに過ぎないのだから、もし仮にぼくのことばをぼくが聞いたとしたら、やっぱりそこには異和感がある筈なのに」

「なんですって」尾行者は驚嘆して、おれから身を遠ざけた。「では、あなたは、情報に異和感を感じたために、ここへきたというんですか」

「そうです。情報による呪縛から解放されようとして、ぼくの肉体と精神をがんじがらめにしている異和感の根源を探りにきたんです。その根源を破壊することによって、ぼくはこのにせものの社会から脱走しようとしているのです」

「冗談ではありません」尾行者は身ぶるいし、ふたたびおれから身を遠ざけた。「情報に異和感があるのはあたり前です。だって現実そのものが異和感に満ちているのですから。ところが現在の情報内容には、どこにも異和感が見あたらない。これはいったい、どうしたことですか。あなた。わたしはおそろしいのですよ」彼は一足とびにおれに近づき、おれに身をすり寄せてきた。「わたしはおそろしいのです。このように単純明快な情報の中からは、もしかしたらわたしの考えるような異和感が発生する可能性など、まったくないのではないかと思いましてね。だってそうでしょう。このように根本的で正常で健康で単純明快な情報ばかりの社会では、わたしのこの特異な感覚、異常な神経、末端肥大症的な能力は黙殺されてしまい、何ら社会に貢献することなく埋もれて行くのですからね。これはつまり、わたしの人間性を無視し、自由をあたえまいとする大陰謀なのですよ」

おれはあきれ果てて、ながい間自分の尾行者の顔を眺め尽した。

女の声が笑いはじめた。その声は次第に高くなった。CPU内部いっぱいに谺《こだま》し、やがてそれは耳を聾《ろう》するほどになった。

「何がおかしい。笑うな」おれは叫んだ。

「情報はあるがままにあるのよ。でっちあげられた情報だろうが、操作された情報だろうが、情報となった以上その情報は、でっちあげた人、操作した人の手をはなれ、独立して、あるがままの情報になるのよ」歌うような調子で彼女は答えた。「鐘がなるのか撞木《しゅもく》がなるか、鐘と撞木のあいが鳴る。情報の質は受けとる人によってどうにでも変るわ。情報内容だって、受けとる人によって変化するのよ。いくら情報があったって、受けとる人がいなければないのと同じよ。誰もいない森の中。木が一本倒れました。さあ、はたして木の倒れる音は、したのでしょうかそれともしなかったのでしょうか。情報の質なんて、ないのと同じよ。情報内容だって、ないのと同じよ」

「いったい、こりゃあどういうことです」おれは尾行者と顔を見あわせ、つぶやいた。「あなたとぼく。同じ時代に生きて社会を這《は》いずりまわっているあなたとぼく。ほぼ同じ大きさの肉体をぶらさげて動きまわっているあなたとぼく。ほぼ同じ成分の空気を呼吸してうごめいているあなたとぼくでありながら、その同じ時代同じ社会の情報の受けとりかたに差がある。こりゃいったい、どういうことでしょうね。個人差などという、なまやさしいことでは解決できそうにない問題ですよ」

「まったくですな」尾行者はいったんうなずき、おれの顔色をうかがうような眼つきで、おどおどと喋りはじめた。「そしてこの女も嘘はついていないようです。とすると、あなたとわたしは、もしかしたら同じ時代の人間ではないのかもしれませんよ」彼の口調は、次第におれを説得しようとするような調子になった。「昔の人が言いました。恋は思案の帆掛け舟。未来の人は言うでしょう。もしかしたらほんとに恋というものがあるのかもしれないぞ。このふたりの人に現在の恋愛に関する多量の情報をあたえる。昔の人は驚いて、恋がなくなったと叫び、未来の人も驚いて、恋があったと叫びます。これに似たようなことが、あなたとわたしの上に起っているのではないでしょうか。だからあなたのその異和感の根源は、現代の情報をいくらひっかきまわしても発見できないのでは」

「ばか」と女の声が冷たくいった。「情報を時代で区切るばかは、現代の情報を知らないばかよ。だってこのＣＰＵの中には、恋は思案の帆掛け舟という諺《ことわざ》も、未来の人が恋の存在に懐疑的になるであろうという予想も、すべて含まれているんですものね」

「ほらね」と、尾行者が意地悪な女学生の口調をふたたび真似た。「複雑な内容を、ひとつの例に簡略化して話すなどということは、この女にはわからないのです。だって、機械なんですからね」

彼は、おれに振り切られるのではないかとびくびくしながら手をのばし、そっとおれの手首をつかんだ。「さあ。こんなところは早く出ましょう」

赤紫色の光線の中からみどり色の男にひきずり出された場所は、コンピューター室の一部になっているらしい、情報検索室だった。室内には、ここ数日間に出版されたすべての本、雑誌、新聞が、天井に届くほどの高さに、何列も積みあげられていて、ハサミを片手にすごいスピードでそれを読んでいる連中、また、ひとりあたり数台のテレビで各局の番組やビデオ・カセットを眺めている連中、また、フォノシートやカセットテープをイヤホンで聞いている連中は、どうやらすべて情報検索の専門家のようだった。情報検索理論を情報検索大学で教わり、卒業してからわれわれが読むのと何ら変らぬ定期刊行物に読み耽《ふけ》り聞き惚れ、絶え間なく放送される映像に見惚《みと》れている彼らに対して、おれはふと哀れさを感じたが、そこにはすでに異和感はなかった。

「わかったぞ」おれは部屋の中央で、尾行者の手を振りはらって立ちどまり、大声をあげた。「あんたは、おれを尾行する手間を省こうとして、おれに脱出の努力を中断させようとたくらんでいるのだ」

「しいっ。静かに」尾行者はおれに向きあって立ちすくみ、顔色を土色に変え、眼を丸くした。「ここで大声を出してはいけない」

「やかましい」

「うるさいぞ」

「黙れ。黙れ」

情報検索者たちが、おれの方をいっせいに睨みつけて叫んだ。

だがおれは、情勢の急変に対処できず、どうなることかとただ佇立《ちょりつ》している尾行者に、指をつきつけさらに大声でいった。「そしてあんたは、おれに脱出の努力を中断させようとたくらむからこそ、にせものの情報などというものがあり得ないということを、けんめいに証明しようとし、おれを説得しようとしたんだ」

「そいつを捕えろ。そして黙らせろ」

「口をふさげ。息の根をとめろ」

「殺せ。殺してしまえ」

「殺してしまえ」

騒音から保護されていることに馴れきった情報検索者たちは、たちまち温室育ちが外部の風にあたって起すあのヒステリー症状を見せ、今やほんとにおれを殺しかねない逆上ぶりでいっせいに立ちあがり、わらわらとこちらへ迫ってきた。

積みあげられた週刊誌のうしろへ逃げこみながら、立ちすくんだままでわなわなと顫《ふる》え続けている尾行者に向かって、おれはなおもわめき続けた。「そうとも。あんたのいう通りだ。たしかに、にせものの情報などあり得ない。あの六桁の数字を持つ女が喋ったように、情報というものはあるがままにあり、ほんものの情報にしろにせものの情報にしろ、情報であることに違いはないのだからな」

眼の前に迫った情報検索者の男女めがけておれは天井の高さまで積まれた週刊誌の山を端から順につき崩した。

どさしゃばさばどばしゃばどさどすどす。眼鏡がとびイヤホンが潰《つぶ》れ悲鳴が中断し指さきがマムシになり靴が床をすべった。

「週刊毎土曜」「日本図書人」「平凡話題」「女性ポスト」「言論天国」「大衆グラフ」「パンチ週報」「世界明星」「週報自身」「アパッチ・レディ」「週刊中村」「千足グラフ」「前夜サンデー」「魚介グラフ」「ベースボール南北」「頓服競馬」「豊富ニュース」「虚業エコノミスト」「国税コミック」

鷲《わし》の爪の如き指さきや、痙攣《けいれん》する女の足があちこちから突き出ている週刊誌の山に登り、おれはさらに尾行者へ指をつきつけた。「その説得はたしかに成功した。あんたのおれに対するその説得はたしかに成功した。情報の中に脱出口がないことをおれは認める。その説得は成功したが、その説得の途中であんたはひとつの失策を演じた。つまり、あんたとおれは同時代の人間ではないということばを不用意に、まことに不用意に洩らしたのだ。いいことを教えてくれたじゃないか。異なった時代に生を享《う》けながら何ゆえあんたとおれが同じ時代に住み、追いつ追われつしているか。答えはひとつしかない。時間が狂っているのだ」

週刊誌の山を駈けおり、もはや尾行者のことなどどうでもよくなってしまったおれは、彼の傍らをすり抜けて情報検索室からとび出し、広大なコンピューター室を通り抜け、三階分の階段を駈けあがり、テレビ局舎から走り出た。

「待ちなさい。いや。待ってください」

ちらと振り返れば、今やみどり色の光線と化した尾行者は、街かどから路地、商店の庇下《ひさし》ビルの柱型、その他あらゆる建築的突起物を利用して自分のからだを隠しながら、ひらりひらりと見えがくれにおれを追い続け、追い続けながらおれに訴えかけ続けていた。

「およしなさい。馬鹿はことはよしなさい。時間が狂っているからどうだというのです。狂った時間から脱出するなどという哲学的な行動、時間流の乱れを正常化するなどというスペキュレーティヴな活動は不可能です。やめなさい。いや。やめてください」

「そうとも。あんたはそう思っている。そしてあんたは今まで、おれもまたあんた同様にそう思っていると考え、多寡をくくっていたのだ」おれは走り続けながら眼を見ひらいていた。「だから、おれがそんなことをする筈がないと考え、うっかりして真実のヒントを洩らしてしまったのだ。だが、真実を知った今、おれは真実に向かって走ってやる。走り続けてやる。時間というものが、おれを束縛したりする存在ではないのだということがはっきり証明できる世界へ脱走してやる。思えばあの自我町六丁目にあった井戸時計店が、おれの脱走のヒントになる場所だったのだ。あの不可思議極まりない反動形成的静寂空間こそ、おれの脱出口だったのだ。おれ自身があそこでぶち壊した秩序、狂わせた時間、それをもとに戻すことこそおれの使命なのだ。あの時、時間の正確な流れは破壊された。時間流は岩を噛《か》んで逆流した。それ以来時間流は乱れ、ある時はたゆたい、その流れに身をゆだねる秩序を混乱させ、無意味な時刻に無意味な時を告げて、妊娠したり百日咳《ひやくにちぜき》にかかったりした。あの時計店全体が巨大なタイム・マシンであったのかもしれないし、また外界の時間的混乱から隔絶された、時間的秩序を守る唯一の砦《とりで》だったのかもしれない。きっとそうだ。その証拠に、時間を返せ時を戻せとおれに迫り続けるあの時間偏執狂の店主を無視して、あれからさらに数分、数十分、数時間、いくら待ち続けても正子を誘拐した男はあらわれなかったし、あの電話の声を聞いて以来正子の姿も、おれの前に二度とあらわれることはなかったではないか。世界の時間的秩序を取り戻し、この時間的秩序のない世界から脱走してやるぞ。どんなことがあっても脱走してやる。このいやらしい世界から逃げ出してやる。こんなところにとじこめられていてたまるものか。脱走してやるぞ」

マリンバによるインテルメッツオ

ご報告申しあげます。

貴社より受注いたしました「××（秘密保持のため伏字にいたします）氏尾行の件」に関するご

報告であります。

　尾行のご報告の前に、ひとこと、おことわりしておかなければならぬことがあります。日時を指定されました××氏尾行予定日の前夜、わたくしはひとつのギターを買い求め、これの練習をいたしておったのであります。ところがその練習曲の楽譜の載った本たるや、なんともはや。

　ああ。そんなことは関係ないとお思いでしょうか。ところが、大いに関係があるのです。どうぞ、どうぞ、わずらわしくお思いではありましょうが、ひと通りはこれをお読み願いたいのであります。これをお読み願うことによってわたくしは、他の平均的常識的ハ長調的スタンダード人間から画然と区別され得るわたくし独自の精神構造、つまりデリケートでシニックで傷つきやすく剝《は》げやすく、ついた汚れは落ちにくく、ナーバスでオムニバスでコントラバス的な独自の精神構造を理解していただけるのではないかと考え希望し、とどのつまりは楽観視するところのものなのであります。

　さて話を続けますと、その練習曲の楽譜の載った本たるや、なんともはや滅茶苦茶だったのであります。どこが滅茶苦茶かと申しますと、コード記号が不統一、かつ出たら目極まりなかったのであります。

　たとえばCdimがCdimと書かれていたりC°と書かれていたりします。これくらいはまだ、よいのであります。DmがDmと書かれていたりD_{-}と書かれていたりします。これくらいはまだ、よいのであります。

　許し難きは、$E_{6(add9)}$がE_6^9などと書かれており、F_6がF_{13}と書かれていたりする不統一であります。F_6とF_{13}とは、実質的に和音としてどう違うのでありましょうか。

　さらに許し難きは、G_7^{aug}が、G_7^{+}であり、かつまたG_{7+5}であったりする不統一であります。この三種の記号が同一の和音であることを長時間の呻吟《しんぎん》の末発見した際のわたくしの怒りをご想像下さい。この種の怒りをわたくしはさらに四回味あわされたのであります。$A^{+(add9)}$はA^{aug}_{9}でありA^{+}_{9}であり、またB_{+7}はB^{+}_{7}でありB$^{aug}_{7}$であり、$C^{\flat}_{11}$は$C^{\flat}_{sus4}$であり、$D^{\flat(\flat 5)}_{-7}$はなぜかさらにでかい括弧に入っていて（$D^{\flat(\flat 5)}_{-7}$）になっていたり、かと思うと$D_{\varphi 7}$などという記号になっていたりするのであります。これらを発見するたびわたくしは怒り心頭に発して狂濤《きょうとう》乱舞、手の舞い足の踏むところを知らず、踏みはずすところさえ知らず、悲憤慷慨《こうがい》紐革《ひもかわ》饂飩《うどん》、食いつく犬は吠えつかぬ、馬鹿を見たくば親を見よ、のぼり大名くだりは乞食、蚤《のみ》の息さえ天までのぼると忿懣《ふんまん》やるかたなきところへ、さらにひどいのは$E^{\flat}_{maj7}$であありました。$E^{\flat}_{maj7}$は$E^{\flat}_{M7}$であり$E^{\flat}_{\triangle 7}$であり、はなはだしい場合には$E^{\flat}_{j7}$などと記されていたのであります。同じ和音を、一冊の本の中で、四種類にもわたる別別の記しかたをしているのでありますだいたい$E^{\flat}_{j7}$とは何ごとでありましょうか。人を小馬鹿にするにも、ほどがあるというものであります。

ここに至りわたくしは、仁王立ちとなりギターを頭にかぶり、結果的には当然ギターを破壊し、そのまま風呂へとびこんで水を浴びましたが、それくらいでおさまる怒りではありません。この腹立ちをばいかにせん、腹も身のうち腹八分、腹減り男は腹立ち男。腹の皮が張れば目の皮がたるむといいますから、わたくしはさっそく冷蔵庫の中のものをぜんぶ、つまり卵四個とトマトを三個、ピザパイ二枚とレタスを一個食べたのでありますす。しかしそれでも目の皮のたるむ様子はなく、頭はますます冴《さ》え渡ったのであります。頭が冴えると冷静になります。わたしはやや怒りがおさまったところで、あの不都合にして出たら目、読者を混乱に陥れんとする陰謀あからさまなかの練習本の著者に対する復讐《ふくしゅう》を考えつき、それをばただちに実行に移しました。著者の意図としては読者に不統一かつ出たら目のコード記号を示すことによってその怒りと混乱をまき起そうとしたのでありましょうから、こちらはそれを統一し、かつ正しいものに直せばよいわけであります。わたくしはそれから二時間かかって、その本のコード記号の統一に専念いたしました。ただただ復讐の一念、無我夢中我を忘れてやったのであります。当然、翌日の尾行の件などは頭になかったこと、ご理解いただけると思うのであります。決して××氏尾行の重要性を軽視したのではなく、貴社よりの受注を嬉しく思っていなかったわけではないのであります。それらすべてのことはわたくし自身、つまりわたくしの自我にとって快なるものでありましたから、当然忘れる筈はなかったのでありますが、ところが如何んせんこの時わたくしは、その「我」さえ忘れるほどの怒りに身をゆだねていたわけでありますから、その我の内部にある尾行の件も必然的不可避的に忘却していたのであります。

さて、二時間かかって、その本のコード記号をすべて統一したわたくしは、ふと、それだけでは著者に対して復讐したことにはならないことに気がついたのであります。つまりこの著者は、他にもこれと類似の練習本を著わしているやも知れず、その中に於《お》いてこの本と同じ不統一かつ出たら目極まりないコード記号を表記しているかも知れないのであります。しからばこの著者の著わした本すべてを社会的に抹殺し、印税による著者の不法収入をば即ち零《ゼロ》となし、この著者および著者一族の日常生活を困窮せしめるには如何なる手段があるでしょうか。そうです。わたくしの統一したコード表記を社会的に価値づけ権威あるものとし、この著者の著書すべてを社会的に無価値なものとすればよいのであります。そこでわたくししは、ただちに音楽家著作権協会並びに全音楽譜出版協会並びに和声楽会並びにブルー・ノート学会提出用の大論文「コード表記統一及びコード倫理規定《コード》委員会設立案試論」の執筆にとりかかったのであります。むろん、コード・コード委員会の委員長には、わたくし自身を就任させることが現音楽界にとって最も豊かにして実り多い結果となるであろうことを示唆するものだったのであります。

ところが、わたくしがさらに三時間をついやしてコード表記統一の必要性を説き終り、さていよいよコード・コード委員会設立主旨にとりかかろうとした時、わたくしはそこでひとつの現実的日常的時間的空間的ブラック・コーヒー的一大問題に直面しなければならなかったのであります。

即ち、朝になったのであります。

そして、かくの如き事態となってはじめて、わたくしにとって不幸なことには、あろうことかあるまいことか、睡魔が襲いかかってきたのであります。しかもその睡魔は蜜のように甘く肉粽《にくちまき》のように重く潮騒《しおさい》のように声低くわたくしの中枢神経と虫様突起めがけて侵略を開始したのであります。

この時になってわたくしは、わたくしの使命即ち××氏の尾行という行為を本日ただいまその時今すぐ一刻の猶予もなく行わねばならぬことを思い出しました。いかに睡魔にまといつかれていようと、思考活動が低下していようと、行動能力が減退していようと、これだけは遂行しなければならぬ使命であることを、はっと悟ったのであります。

最初おことわりしておきたいと述べたのは実はこのことだったのであります。

ご指定の日時、たしかにわたくしは××氏を尾行いたしました。しかしそれは、以上述べました通りの精神的肉体的条件下に行われたものであり、その条件が負担となって不利な結果を招いたかもしれません。あるいはそれが、かえって有利な結果を招いたかもしれません。なぜ、それがわからないかと申しますと、わたくしは単に××氏の尾行を貴社より受注したに過ぎませんから、尾行の結果が貴社にとって、あるいはさらに貴社への依頼者にとって有利であったか不利であったかの判断は、いたし兼ねるのであります。

尾行の結果が、有利であるとか不利であるとかいうのは、いったいなんのことだ、と、そうお思いになるかも知れません。しかしそれは、以下の、尾行の報告をお読みいただくことによって、ご理解願えることと存じます。

さて、わたくしは睡魔をねじ伏せ突きとばしながら、わたくしの住居兼事務所を出発いたしました。朝の大通りの街並が、朝靄《あさもや》と建物のくすんだ壁面によって全体の色調を灰色に統一していたこと、これは平常通りであり、どなたもよくご存じの通りであります。ここでわたくしは、ふと自分の、ごくわずかな失策、まったく取るに足りぬことではありますが、ほんの小さな失策に気がついたのであります。それはもう、本来ならばこのような公式文書に認《したた》めることさえためらわれるような微微たる失策なのでありますが、それさえあからさまに記載するというわたくしの綿密さと良心的なところをお認め願いたいのであります。

即ちわたくしは、みどり色の背広を着て、出てきていたのであります。然して周囲の色調たるや灰色であります。灰色の中のみどり色。これが眼立たぬ筈がありましょうか。瑣細《ささい》なことであるとお思いかも知れませんが、尾行者にとって眼立つ色調の服を着ていてはならぬことぐらいは、いかに個人経営のしがない私立探偵たるわたくしであるとはいい条、常識としてよく承知しております。なぜわたくしが、そのようなみどり色の背広を着て家を出てきてしまったのか、その理由は、ただただあの忌《いま》わしい睡魔のなせる業としか考えられません。なぜならわたくしは、尾行用に最適のグレイのフラノ服も、商売柄ちゃんと持っていたからなのであります。

ここでまたひとつ、おことわりしておかなければなりません。わたくしは神かけて、その時わたくしがいったんは背広を取り替えに戻ろうと考えたことを誓うものであります。

だが、わたくしは考えなおしました。

第一に、被尾行者が灰色の背景の中のみどり色の背広を眼立つものとして感じた場合、彼はそのみどり色の背広を着用している人間が、自分の尾行者であると判断するでありましょうか。結論は否であります。この、個人経営のしがない私立探偵たるわたくしが知っているほどの常識即ち灰色の中のみどり色は眼立つという程度の常識は、現代人の誰もが持っている常識でありましょう。まして尾行者たるものが、そのように眼立つ服を着ている筈《はず》がないと思うのがこれまた現代人の常識であります。被尾行者は、よもや自分の尾行者がそのような非常識な服を着ている筈はないと思うに違いありません。したがって彼はわたくしを、もし認めたとしても、尾行者とは思わないのであります。

第二に、それ以前に、そもそも灰色の中におけるみどり色が、それほど眼立つものでありましょうか。周囲における灰色は、純度においてはもちろん0《ゼロ》、明度としては8ぐらいではなかったかと思います。一方わたくしの背広のみどり色は、純度4、明度7であります。純度において差は多少ありますものの、明度はほとんど同程度ではありませんか。色温的に考えても灰色は正常温度、みどり色はやや寒色というだけの違いであります。色味としても灰色は苦味、みどり色は酸味をあらわしており、たいした違いはありません。しかもわたくしの背広のみどり色は、灰色の朝靄のために平面色として見える筈なのであります。その上灰色もみどり色も、距離感に直せば後退色ではありませんか。ヴェルトハイマーの輪というのは、色の対比が形の影響を受けることを示している図表でありますが、そこでは緑と赤の背景の上に灰色の輪が描かれていて、これが全体を見まわすと灰色に見えてしまうのであります。かくの如き色彩心理学的考察の結果、わたくしは、灰色の背景の中にみどり色があっても、それは眼立たないという結論に到達したのであります。

したがいまして、どちらにしろ××氏は、わたくしが尾行者であるとは絶対に気がつかないのであります。

さて、ご指定の時刻にわたくしは××氏の住居のあるビルに到着し、ビルの玄関附近で張り込みを始めました。時刻通りここに到着できたのも、わたくしが背広を着替えるため、いったん家へ戻らなかったからなのであります。わたくしの考察力が、より大きい失策を招来することを未然に防いだのであります。

××氏がビルを出たのが何時何分であったか、わたくしは知りません。わたくしの役目は尾行であり、時間を確かめたりしていれば××氏を見失っていたかもしれないのであります。ふつう、報告書に「××氏、何時何分、ビルを出る」などと書きこんでいかにも報告書らしく見せるため、たいていの尾行者はここで腕時計を見ますが、それは無意味なことであります。わたくしはただただ、尾行に専心したのであります。瑣末的なことを追って大きな過失を犯すのは、頭脳の小さな知能の低い無能な人間のすることであり、ここでも貴社が尾行者としての人選を誤ってはおられなかったこと明白といえましょう。

さて××氏は大通りを歩いて行きましたので、わたくしは無論、彼を見失わぬよう尾行を始めました。彼はいちど、繁栄銀行の前でうしろを振り返りました。わたくしは、さっと横っとびにすっとんで、銀行の横の路地へかくれました。そのすばやい身ごなしは自分でも驚くほどでしたし、そっと覗《のぞ》いて見ると××氏は繁栄銀行の壁面から突き出ている電光時計を見あげていましたから、きっと時間が知りたくて振り向いたに相違なく、わたくしは自分の尾行が気づかれなかったことを知り、安心したのであります。

さらにそこから数十メートル進み、彼はふたたび、だしぬけに背後を振り返りました。今度は、とび込む路地は、傍らにありませんでした。だが、ご安心ください。そこは丁度バス停だったのであります。わたくしは何気なくバス停の前に佇《たたず》んで見せるという、傍らにあるものを何でも利用するという超人的な機転でもって、尾行が気づかれることを防いだのであります。こういうことはどんな尾行者にでもできる芸当ではないこと、おわかりと思います。そしてまた××氏が背後を振り返ったのは、タクシーを拾おうとするためであったことが明らかとなりました。なぜなら彼は、さらに数メートル進んでから、後部ドアを開けたままで歩道ぎわに停《とま》っていたタクシーを発見し、これに乗ったからであります。

さて、次の瞬間にわたくしの起した行動こそ、尾行者として最も適切であり、いかにわたくしに尾行者としての、それも先天的尾行者としての能力が備わっているかを具体的客観的乱射乱撃的に証明するものであるといえましょう。凡庸なる尾行者であれば、こういう際は自分もあわててタクシーを拾おうと、まるで仲間が銃弾に倒れたためその場に立ちすくみ、仲間を殺した弾丸がどっちの方角からとんできたのだろうと耳を立ててあわただしく四周を見まわしている野ウサギそっくりの様子で車道をきょろきょろ眺めまわしたことでありましょう。そしてその結果、いつまでもタクシーを拾うことはできなかったことでありましょう。なぜならば、統計的確率的潮汐《ちょうせき》現象的活社会鮮度的に考えて、空《あ》いたタクシーが二台続いてやってくることは、空いたタクシーの次に空いていないタクシーがやってくる場合よりもずっと少いからなのであります。むろんわたくしといえども、彼がタクシーに乗ってしばらくは、反射的に車道をきょろきょろ眺めまわしました。しかしわたくしはすぐ、先に述べました科学的考察によってそのことに気づいたのであります。これはわたくしが、私立探偵という職業を選ぶ前に科学者であったことが大いに幸いしているのであります。そうです。わたくしもかつては科学者のはしくれでありました。いわば蒼白きインテリ、あまり頭が良くないためにうだつがあがらず、いつも科学研究所の片隅にちぢこまっている万年助手ではありましたが、それでもやっぱり科学者のはしくれだったのであります。おことわりしておきますが、科学者として頭が良くはなく、科学者としてうだつがあがらなかったことは、当人の全人格内部におけるほんの薄暗い片隅だけの現象でありまして、それが即ち当人の、知能才能放射能、頭脳樟脳《しょうのう》看看踊《かんかんのう》をば否定するものでなかったこと、申すまでもないこととは思いますが、ここに念のため書き添えておきます。わたくしにはもともと科学者としての指向性が皆無であり、したがって科学というものに対しては研究意欲がなかったのであります。わたくしが科学者として挫折したことも、これでおわかりになると思います。

　そんなわたくしがなぜ科学者にならなければならなかったかといいますと、それはわたくしが、科学者を父として生まれたからであります。これがわたくしの不幸だったのであります。父は、当然のことながらわたくしを自分のように科学者にしようとしました。だが科学者の社会の地獄のような恐ろしさを子供の時からずっと見聞きしてきたわたくしにとって、その社会の一員となるよう運命づけられていたことがわたくしの精神にどのような萎縮と歪曲と抑圧を加えたとお思いになるでありましょうか。科学者の社会、そこは常に社会的抹殺と陰謀とペンの暴力と盗聴と四十八手の密告と打算と狂気のワサビ漬けと肉欲とナスビの如き殺意の渦巻いている世にも恐ろしい世界でした。わたくしはこわかったのであります。わたくしはほんとにこわかったのであります。血も凍るような恐怖だったのであります。そんなわたくしが、まともな科学者になれる筈はなかったのであります。科学と聞いただけで痔と尿道炎を併発し焦点的自殺をするようなわたくしが、まともな科学に取り組めるわけがなかったのであります。

今、現在、わたくしは幸福であります。それは、尾行者という、私立探偵という、わたくしにとってこの上ない適職を得られたからでもありますが、もうひとつ、わたくしがいつからやってきたのかわからない**この世界**では、**以前の世界**でわたくしの見聞きしてきたことが、すべて単純明快なものに変貌《へんぼう》しているからなのであります。即ちこの世界での社会的抹殺は、はなやかな社会的抹殺であり、陰謀は朗らかな陰謀であり、ペンの暴力はすかっとさわやかなペンの暴力であり、盗聴は笑い出したくなるほど面白い盗聴であり、四十八手の密告はたった一手の快活な密告であり、打算は計算であり、狂気のワサビ漬けは牛乳瓶で毎朝配達され、肉欲は食欲であり、ナスビの如き殺意は乾燥椎茸《しいたけ》のような殺意だったからであります。かくてわたくしはこの単純明快なる世界において、空いたタクシーが二台続いてやってくることは統計的確率的潮汐現象的活社会鮮度的に、空いたタクシーの次に空いていないタクシーがやってくる場合よりもずっと少いことを、ごく短時間のうちに発見したのであります。

この画期的飛躍的畳韻的スーパー・ヘテロダイン的スリリング・ワンダー的大発見の直後、ただちにわたくしが起した行動こそ、まさに具体的客観的乱射乱撃的に万人から称賛されて然るべきものでありました。わたくしはいきなり、××氏の乗り込んだタクシー、今、発車して数十メートルの彼方を走って行きつつあるその月経色のタクシーを追って、ぱっと走り出したのであります。タクシーを見失うまいと恐れ無我夢中で走ったため、二、三の通行人をはねとばし、転倒させたことも記憶しております。通常、わたくしの体力から考えた場合、人からはねとばされ転倒させられたというならともかく、相手をひっくり返すなど、まったく考えられぬことなのでありまして、いかにこの仕事にわたくしが、全精神力、全体力を集中させていたかがおわかりと思います。

かくの如き的確にして能動的、正確にして効果的な行動の結果、わたくしは××氏の乗った月経色のタクシーが街かどを左折する直前、歩道ぎわの車道に停車している一台の精液色のタクシー、しかも空いたタクシーを発見することができたのであります。わたくしはただちにこのタクシーの後部座席にとびこみました。それは好都合にも、後部ドアを開けはなしていたからであります。

「わたくしは、重大なる責任と任務でもってひとりの人物を追跡する尾行者、即ち私立探偵なのです」と、わたくしは泥鰌《どじょう》の如きその運転手に叫びました。「今、前方十メートルの交叉点を左折した月経色のタクシーを追ってください」

「お手手に十字の旗持って」と、その運転手は泥鰌の如くそういいながら車を走らせはじめました。「背中に担税男の子」

かくてわたくしの乗った精液色の車は、××氏の乗った月経色の車を、勇ましくも雄雄しくも敢然と追跡しはじめたのであります。もしもわたくしが、××氏がタクシーを拾った地点でさらに後続の空車がやってくるのを漫然と待機していたならば、どのような事態に立ち至っていたでありましょうか。もし仮にすぐ空車がやってきたとしても、それに乗って、かの街かどまで走ってきたわたくしは、××氏の車が右折したか左折したか、判断できなかったであろうと想像するのであります。まさにわたくしは、わたくし自身の危機を、的確な判断力で無事に通過したのであります。これこそわたくしの、正確な行動力の勝利だったのであります。

さて、××氏の乗った月経タクシーは約十分ののちに『本質テレビ』局舎前に停車いたしました。そして××氏は、そこに於てタクシーを乗り捨てたのであります。当然わたくしも、そうしなければなりませんでした。

「あそこで降ります。なぜならわたくしは、あの人物の尾行がわたくしにとって金銭的に価値づけられた貫通行動であると思うからです」と、わたくしは泥鰌の如き運転手にそういいました。

「お手手に十字の旗持って」運転手は泥鰌的にそういいながら車を停め、ドアを開かずに手をさし出しました。「背中に担税男の子」

料金をよこせということなのでありましょう。わたくしは可及的すみやかに火急的迅速に料金を支払いました。約五分ほど、料金の支払いに手間どりましたが、これは運転手が釣銭の支払いを泥鰌的に遅延させたからであり、わたくしの責任ではありません。釣銭が要らぬよう小銭を用意しておかなかったわたくしにも責任の一端があるとおっしゃるならば、そのお叱言《こごと》を甘受して差支えありません。どうせ時間的遅延はわずか五分ほどでありましたし、その程度の失策はわたくしの先程の天才的行動で充分埋めあわせのつくものであると考えるからであります。

さて、わたくしは精液タクシーを降りて、『本質テレビ』の局舎に入りました。この局舎たるやまことに『本質テレビ』の名にそむかぬ、まことにテレビ局舎らしいテレビ局舎であり、ロビーのテレビを眺めましても、そこではテレビの本質を追求せんとする真相ドラマが演じられており、広い廊下、暗く狭い廊下、のべつ行き来しているあらゆる人間に到るまで、すべてがテレビというものへの根源的問いかけをみなぎらせているが如く感じられたのであります。

わたくしはやがて、××氏の姿を追い求めて、海底のような薄闇の中にさまざまな種類の人間がうごめくスタジオのひとつに足を踏み入れました。おお、そのがらくたさ加減、いい加減さ加減、行きあたりばったりさ加減、これぞすべてテレビの本質をあらわすものでありました。なんとそのスタジオが、テレビの本質に近づいていたことでありましょうか。ここから送られる情報の、なんと根本的で正常で健康で単純明快なことでありましょうか。それはわたくしが、いささかうんざりするほどでありました。なぜならここでは、わたくしの特異な感覚、異常な神経、末端肥大症的な能力は、何らその効果を発揮し得ない筈だったからであります。といって、むろんわたくしは、わたくしが**以前にいたあの世界**をあこがれ、**あの世界**に戻りたいと思っているのではありません。なぜなら。

ああ。これは関係のないことでありました。異和感に満ちた**あの世界**の住人であったこのわたくしが、いつのまにか**この単純明快な世界**にすべり込んでしまっていたこと、そんなことは、この報告の主旨に何らかかわりのあることではありません。

報告を続けます。

さて、スタジオ内において、このあるがままにあるがらくたさ加減、いい加減さ加減、行きあたりばったりさ加減こそテレビの本質だと思ったわたくしは、同時に昨夜から今朝にかけてわたくしが遭遇した、あのギター練習曲の楽譜の載った本における、コード記号の不統一さと出たら目さ、つまりは滅茶苦茶さ加減にたちまち思い至ったのであります。おお、なんたる不覚、なんたる見過し、なんたる早とちりであったことでしょう。あの滅茶苦茶さこそ、**この世界**における音楽の、あるがままにある音楽の、すべての音楽の本質、単純明快なる本質だったのです。なぜそれを見抜けなかったのでしょう。わたくしはもう少しで、コード表記の統一とか、コード・コード委員会を作るとかいったことにより、この単純明快なる世界へ、わたしの持つ末端肥大症的な要素をぶちこんでしまうところだったのです。もう少しでわたくしは、わたくしの以前いた世界の異和感をこの世界へ持ちこみ、**この世界**を**以前いた世**界と同じような住みにくいところにしてしまっているところだったのです。

それに思いあたり、愕然《がくぜん》としているわたくしの眼の前へ突然あらわれたのは、驚くなかれ××氏その人だったのであります。

どうぞ、どうぞ落胆しないでいただきたいのであります。そうです。彼がわたくしに話しかけてきたからといって、即ち彼がわたくしを尾行者であると見抜いたのであるという結論には、一足とびにとびつかないでいただきたいのであります。彼はわたくしに、スタジオの中で演じられているゲームに加われといってきただけなのでありますから。しかもわたくしは、わたくしが彼の尾行者であると気づかれないようにするため、追跡ゲームと名づけられたそのゲームに加わり、彼に調子をあわせてやったのであります。

それはまったく、つまらないゲームでありまして、わたくしにはやる気が起りませんでした。××氏がテレビ局舎の中をぐるぐると逃げまわり、わたくしがそれを追うというだけの、単純極まりないゲームだったのであります。しかしこれが、この世界の単純明快さであり、この世界のテレビの本質なのであろうと考えたわたくしは、いやいやながら、そのゲームを開始しました。開始させられた、といった方がよろしいようです。くだくだしいために詳細は省きますが、わたくしは数十分、××氏を追いかけまわしました。

さすがにゲームを楽しむ気持がこちらにはまったくないということを悟ったらしく、やがて××氏はわたくしの方を振り返り、逃げるのをやめてふたたび話しかけてきました。

「やる気あるのか」

わたくしが、ぼんやり彼の顔を眺め続けていますと、やる気をなくした彼が肩をすくめてこう申しました。「やる気をなくした」

悪いことをしたような気になり、わたくしが返事をためらっておりますと、彼はだしぬけに、顔の皮をばりばりと剝ぎました。その下から出てきたのは、××氏とは似ても似つかぬまるっきりの他人の顔だったのであります。どこかで入れ替ってしまったに違いありません。

どうぞ、どうぞ落胆しないでいただきたいのであります。そうです。××氏が他の男とどこかで入れ替ったからといって、それが即ち彼がわたくしの尾行を撒いたのであるという結論には、一足とびにとびつかないでいただきたいのでありまず。これはゲームの中で彼がわたくしの追跡を撒いただけなのでありますから。

××氏とは似ても似つかぬその男は、わたくしにこう申しました。「幻像セット、催眠暗示装置、メモリイ・レアッピアー、識閾視《しきいきし》レンズ、こういうものを使ったトリック・ゲームであることを、あんたは知っているらしいな。だから追跡に熱がなく、面白くないんだろう。こっちもやる気をなくしてしまった。今は、ほかのものを放送してるそうだ」

そんなことは、もちろん知っているという表情を作って見せ、わたくしはうなずきました。なぜなら、この男に、現在の××氏の居場所をさりげなく訊《たず》ねなければならなかったからであります。

そこでわたくしは彼に、さりげなく訊ねました。

「これは、さりげなく訊ねるのですが、では本ものの××氏は、どこにいるのでしょうねえ」

「べつに、さりげなく訊ねなくったっていい」と、彼は単純明快な投げやりさで答えました。

「おれの扮《ふん》した男なら、地下三階のコンピューター室にいるよ」

そして彼は、コンピューター室への近道をていねいに教えてくれたのであります。

わたくしは近道を通ってコンピューター室へ行こうとし、途中で道を間違えて到着するのに十五分ばかりかかってしまいましたが、そんなことは大した失策ではなく、詳細は、くだくだしいが為に省略させて頂きたいのであります。とにかくわたくしは、最終的にはコンピューター室のＣＰＵ主記憶装置の中において××氏の姿を再発見したのでありますから。ここにおいてわたくしは、重大な決意をしたのであります。この部分、くれぐれも誤解なきよう、わたくしの意図を明白に察していただきたいのでありますが、結論から先に申しあげますならば、わたくしは××氏に、今度はわたくしの方から話しかける決心をしたのであります。

どうぞ、どうぞ落胆しないでいただきたいのであります。そうです。わたくしが××氏に話しかけたからといって、それが即ちわたくしが尾行者としての責任と任務を抛棄《ほうき》したのであるという結論には、一足とびにとびつかないでいただきたいのであります。わたくしはむしろ、わたくしが彼の尾行者ではないと証明するためにこそ、話しかけたのでありますから。

おお。どこの世界に、尾行者が被尾行者に対して話しかけるなどという非常識が存在し得るでしょうか。もし、もし仮に、××氏がわたくしのことを、尾行者であり、私立探偵であると気づいていたとしても、むろんそんなことはあり得る筈がないのでありますが、もし、もし仮に、意識内の数千億分の一の片隅においてでも、そう考えていたとしたら、わたくしが彼に話しかけることによって、××氏のその疑念、数千億分の一の疑念も、たちまち吹っとんでしまうに相違ないのであります。

そして、かく考察した結果、わたくしは実際彼に話しかけたのです。そのあげく、わたくしは××氏が大変なことを考えていることに気がつきました。この××氏の考えていることというのは、貴社にとっても非常に役に立つ情報であるとわたくしは信じるものであり、しかもそれは、わたくしが彼に話しかけたことによってはじめて知り得たことなのであります。わたくしが彼に話しかけなければ絶対に明るみに出る筈のない貴重な情報だったのであります。わたくしが××氏に話しかけたことを、わたくしは、貴社より感謝されて当然と思うものではありますが、もちろんそれを強制するものではないことも、念のためはっきりと申し添えておきます。

即ち彼××氏の考えるところによれば、彼にとって**この世界**とは、彼が**以前いた世界**からいつの間にか無理やりつれてこられた世界であり、しかもどうやら彼にとって**この世界**は、彼が**以前いた世界**の自由さとは大きく異った、異和感に満ちた世界であるらしいのであります。そして彼はあきらかに、**この世界**から、**以前いた世界**、彼にいわせれば**あの世界**なのだそうでありますが、そこへ向けての脱走をたくらんでいるのであります。

おお。そのようなことを彼にさせてなりましょうか。

つまり彼にとっての**あの世界**は、わたくしにとっては**この世界**ということになり、逆に、彼にとっての**この世界**が、わたくしにとって**あの世界**ということになる。そんな馬鹿なことがあり得ましょうか。なぜなら彼もわたくしも、同様に**この世界**に存在している身だからであります。そんな、あり得ないような世界へ脱走されてしまえば、わたくしは彼を追跡できなくなってしまうのです。

おわかりになるでありましょうか。

こうなってきては、彼の尾行などは二の次でありまして、とにかく彼の脱走を喰いとめることこそ先決問題であります。わたくしはありとあらゆる言辞を弄して彼に脱走をあきらめるよう説得したのでありますが、何故《なぜ》か彼はますます猛り立ち、気ちがいじみた乱暴狼藉《ろうぜき》の末にテレビ局舎を走り出て、さらに街路から路地、横丁から大通りへと駈けまわり、ついにその姿をわたくしの前から消したのであります。

最初申し述べました、尾行の結果が有利であったか不利であったかのご判断を、ここにおいてはじめて貴社ならびに貴社への依頼者にご一任申しあげる次第であります。なぜならその判断は、一尾行者たるわたくしの任ではないからであります。彼の姿を見失ったこと、また、尾行の結果が不利であったこと、これらの点でわたくしをお責めにならないでいただきたいのであります。その責任はわたくしを前夜眠らせない状態へ追いこんだこの世界の音楽事情ならびにわたくしの買い求めたギターにあるのであります。さらに責任をさかのぼれば、わたくしにギターを買うことを可能となした臨時収入が悪いのであります。その臨時収入を可能ならしめた昨日の競馬の第10レース、第11レースにおいて、わたくしにふたつも大穴をあてさせた馬が悪いのであります。なぜならわたくしは、その第10レース、第11レースの馬券を、投げやりに買ったからでありまして、大穴をふたつも当てる気は、さらさらなかったのでありますす。なぜならわたくしは、それまでの第5、第6、第7、第8、第9レースに到るまで負け続け、馬を呪《のろ》っているくらいだったからであります。ではなぜ大穴がふたつもあり、わたくしに高額の臨時収入があたえられたかと申しますと、これこそは「馬を呪わば穴ふたつ」という諺に原因と宿縁があったのであろうと考える次第であります。もし尾行の結果が有利であったと結論を出された際は、是非とも新しい仕事をご発注願いたく存じます。なぜならそれは、尾行者としてのわたくしの天性の資質による結果であり、新しい仕事も同様の有利な結果に終るであろうことを確約することがわたくしにはできるからであります。

なお最後に、××氏がわたくしの前から姿を消す直前、狂った**時間**から脱出するなどという哲学的な行動、時間流の乱れを正常化するなどというスペキュレーティヴな活動をしきりに考えていたこと、附記しておきます。

善処願います。

第2章　時間

1

まあ、ゆっくりいこう。

おれはそう思いながら、おれが昼夜を無視しただらしなさで寝ては起き、起きては寝、そのあいだに仕事をしているおれの部屋の窓越しに、八階下の舗道を見おろした。イオン発生装置つきエア・コンディショニングのあのいやな音が、さっきからずっと続いている。だが、さっきからというのは、いったいいつからなのだ。五秒前か、五時間前か、あるいは五百年前からなのか。いや。そんなことはどうでもいい。そんなことなら、誰だってときどき起すあの時間感覚をなくしたような錯覚と何ら変るところはない。そんなことは、時間的秩序のないこの世界の人間ですらときどき味わう筈《はず》の錯覚なのだ。

問題は、この世界の時間流の乱れを、あるいは、この世界の時間が以前おれの身をゆだねていたあの世界のあの時間とどこかで隔絶されていることを、どうやって発見するかということなのだ。

自我町六丁目の井戸時計店へ行けば、手っとり早く発見できるかもしれなかったが、あの追跡者の尾行を撒き、彼の裏をかいて自分の部屋に戻ってきて以来おれは、井戸時計店へは最後に出かけようと心に決めていたのである。なぜなら、追跡されつつ無我夢中で口走ったおれのことばの中には「自我町六丁目」や「井戸時計店」などの単語が当然含まれていた筈であり、もしあのみどり色の追跡者がそれを耳にし、記憶しているとするなら、当然彼は井戸時計店でおれを張りこんでいる筈だったからである。

まあ、ゆっくりいこう。

彼が張りこみをあきらめるまで、おれは待たねばならなかった。だがもし、彼が井戸時計店ではなく、おれの部屋のある八階建てのこのビルの玄関付近で張りこんでいた場合はどうだろうか。おれの外出する姿を発見されたらまた尾行される結果になるのだ。いや。その場合はしかたがあるまい。また撒けばよいのだし、撒くことができなければ井戸時計店以外の場所へ行けばよいのだ。あの追跡者の目的がおれの行動の単なる監視であるにせよ、おれの脱走の阻止にあるにせよ、いちばん危険なのは脱出口で彼と出会うことなのだ。追跡されていることがわかった以上、おれのしようとしているこの世界からの脱出という行為が、この世界にとっていかに重大で、危険で、無法な行為であるかということもわかったわけである。注意するに越したことはない。

あっ。そうだ。ほんとだ。注意するに越したことはないぞ。ほんとに注意しなくちゃいかんぞ。おれはそう思ってとびあがった。あの追跡者の目的がおれの脱走の阻止にあるとすれば、この世界の人間はおれがほんとに脱走をやり兼ねぬ力量と知能を持っていることを知っているわけであり、それは逆にいえば、この世界の脱出口はおれの力量と知能でもって充分突破できる可能性があるということになるのだ。ではおれは今までにも、その脱出口の相当近くにまで近づいていたのかもしれないのだ。何度か近づいていたのかもしれないのだ。でなければあの追跡者が、あんなにけんめいの形相でおれを追い続けた筈がない。とすれば脱出口は今もおれのほんの眼の前にあるのかもしれず、鼻さきにあるのかもしれず、足もとにあるのかもしれず、それは何かのふとしたきっかけでおれの前にあらわれるかもしれないのだ。その時おれは、危険に対する心の準備ができていないかもしれない。脱出口を見つけた瞬間のおれが、追跡者のおれにもたらす危険に対してまったく無力であることは充分考えられるのだ。注意しなくちゃいかんぞ。

注意しなくちゃいかんぞと思いながら、まあ、ゆっくりいこうと思いながら、落ちつけおちつけと思いながら、しかしおれはもうじっとしていることができなくなってしまっていた。脱出口がほんの眼の前にあるのかもしれず、鼻さきにあるのかもしれず、足もとにあるのかもしれず、それが何かのふとしたきっかけでおれの前にあらわれるかもしれないのだと知っていながらじっとしていることはとてもできなくなってしまっていた。おれはじっとしていることをやめた。すぐにやめた。

外出の支度をしながら、おれは考えた。

そもそも「物の運動」でも「運動する物」でもない時間というわけのわからないものが、どうして「物の運動」や「運動する物」を量的に規定しているのであるか。これは非常にいやらしいことである。時にはそれは、「物の静止」や「静止している物」までを量的に規定している。こんないやらしいことがあってたまるものか。以前おれのいたあの世界では、あるがままにおれがあったと同様、時間もあるがままにあったのだ。ところが、おれのつれてこられたこの世界ではどうだろう。おれが退屈していたり、人を待っていたり、興奮剤をのんでいたりしている間はやけに時間が長く、仕事に没頭していたり、鎮静剤をのんでいたり、苦手な計算をしたりしている間はやけに時間が短く、しかもこれを過去の回想として振りかえった時には、ひどいことにはこれが逆になり、退屈していた方の時間が短く、いろんなことのあった時間の方が長く思えるのだ。こんな滅茶苦茶なことがあっていい筈はないのである。

おれはまず、この世界の乱れに乱れた時間というものを監督している場所へ行く必要があった。そして時間が、地球の自転を標準にして作られている限り、それはあの世界同様この世界でも、天文台であることに変りはない筈だった。

さいわいなことに、おれはこの世界の天文台を一軒だけ知っていた。以前取材に行ったことのある『大部分天文台』である。町から四十五キロほど離れた統制山の頂きにあるから、タクシーに乗って行かなければならない。

おれはビルを出た。あの、みどり色の尾行者は、いないようだった。念を入れて確かめたから、それでもあの病弱者的な尾行者がおれの気づかぬところで張りこんでいるということは、まず、ない筈だった。タクシーを拾い、走り出してから振り返っても、町の通りのどこにも、おれを尾行しているらしい人間の姿はなかった。

「統制山の『大部分天文台』まで行ってくれ」と、おれは運転手にいった。「時間流の乱れの原因を探りに行くんだ。ところで、この世界でもやっぱり、時間というのは力学の法則を基礎にして目盛を決めているんだろうな」そうでなければなんにもならないことを、おれは思い出したのだ。

「そうだよ」と、中年の運転手が答えた。「おれの腕時計には、たしかそう書いてあった筈だ。運転中だから見せてあげられないのが残念だがね。つまり、例の古典物理学のニュートンの運動の法則でもって決めているんだ。しかし、おれが思うには、時間の目盛の決めかたには、どうも受動的なところがあるね。むろん原則的には、相当の任意性を持たされているとはいうものの、こちらから働きかけて決めるべきところがひとつもない。つまり人間の時間知覚を、目盛の上に働かせることができない。そうだろう。だからこそ、退屈していたり、人を待っていたり、興奮剤をのんでいたりしている間はやけに時間が長く感じられ、仕事に没頭していたり、鎮静剤をのんでいたり、苦手な計算をしたりしている間はやけに時間が短く感じられるんだ。しかもこれを過去の回想として振り返った時には、ひどいことにはこれが逆になり、退屈していた方が時間が短く、いろんなことのあった時間の方が長く思えるんだ」

「そんなどえらい、大変なことが、人間の時間知覚に過ぎないというのか」おれは興奮して、身をのり出し、前部シートの凭《もた》れに両手を置いた。「尾行者は、あんたか。そしてすべての時間の乱れを人間の時間知覚の問題にすり変えて、おれを納得させようとたくらんでいるのか」

「尾行者だなんて、とんでもない。おれは時間に尾行されているだけの哀れな軍艦だ。下駄ばきの社会人だ」彼は平然としてそう答えた。本心から言っているようだった。

車は町を出て、山道を登りはじめた。あたりが次第に暗くなり、空には星が四つほど、またたきはじめていた。

「ほうら見ろ。もう夜になりはじめた」と、おれは叫んだ。「さっき朝だった筈だぞ。こんな馬鹿げたことも、あんたは時間知覚のせいにするのか」

「そうだよ」と、運転手は答えた。「タクシーに乗っていると誰でも、心理的現在の幅が大きくなるんだ。だから時間が短く感じられるんだ。ふつう人間が、現在として感じる時間は五秒から六秒どまりだ。それが人間にとっての一瞬間だ。ところがタクシーに乗ると、料金メーターがカチャといってあがってから、またカチャといってあがるまでの間が心理的現在になってしまう。息をつめているからだろうな。これはやっぱり六秒以上あるわけで、たいへん長い。その長い時間を一瞬間として感じているから、時間が短くなるんだ」

「おれは説得されないぞ」おれは叫んだ。

「叫ぶことはないよ。説得する気もない。ところで、もう天文台までやってきたが、どうするかね。帰りを待っててやろうかね」運転手が天文台の玄関で車を停めた。

「ああ。待っててくれ」


この世界の建築物すべてにいえることだが、『大部分天文台』の建物も、まったく天文台らしくない建物だった。この世界のありとあらゆる建物が、その建物にあたえられた本来の機能を最も果たし難い筈の形態で作られていた。おれは連れこみホテルのような玄関から、連れこみホテルに入っていく時の気持で天文台のロビーに入った。受付にいる職員は、ここが天文台であることを来訪者に忘れさせようとけんめいになり、税務署の応対係のような雰囲気を発散させていた。

「なんだ。なんだ。なんだ。なんだ。あんたはなんだ。なんだ。あんたはなんだ。ここは天文台だぞ。天文台だぞ。天文台。なんだ。あんたはなんだ。どうして天文台へきた。なんだ。あんだ。あんだはあんだ。無断で入っちゃいかんだ」彼はしばらくそう怒鳴り散らし、威張り散らした自分がはずかしくなり、自己嫌悪に襲われた様子でカウンターの彼方で身を縮め、首をすくませ、下を向き、おずおずした眼つきで、ちらちらとおれの方をうかがいながら、爪を嚙《か》んだ。だが、おれが怒っていないらしいことを悟ると、すぐにまた居丈高になってわめいた。「早く用件を言わんか。なんだ。なんだ。早くいえ。なぜ黙っているんだ。あやしいやつだ。あんだ。あんだ。あんだはあんだ」仁王立ちになり、カウンターを叩き続けた。「用件を言え。早く言え。早くいえ。用件はあんだ」

「すみません。すみません」奥の部屋から、小柄で貧相な初老の台長が、こけつまろびつあらわれて、おれにぺこぺこ頭をさげた。「あなたでしたか。ようこそようこそ。さあ、こちらへどうぞ」

「あの受付は、いったいなんですか」一度入ったことのある研究室へ招じ入れられながら、おれは台長にそう訊ねた。

「予算が少ないので、ああいう人間しか雇えないのです。すみませんでした。まあ、犬よりもましと思ってください。あの男は吠えるだけで、嚙みつきませんから」彼はくどいほどあやまり続け、くどいほどどさらに頭をさげ続けた末、おれに訊ねた。「ところで今日は、また、取材にお越しになったのですか」

「まあ、そのようなものです」警戒して目的を胡《ご》麻《ま》化《か》し、おれは椅子から、向きあっている台長の方に身をのり出した。「時間について、うかがいたいのです。この世界の、時間的秩序のなさが、何に原因しているか知りたいのです。わたしにとってこの世界における時間流は、岩を嚙んで逆流し、乱れ、ある時はたゆたい、その流れに身をゆだねる秩序を混乱させ、無意味な時刻に無意味な時を告げて、妊娠したり百日咳にかかったりしています。むろん科学者であるあなたが、こういった私の感じかたに反撥なさるであろうことは眼に見えて鼻で嗅《か》ぎとれるのです。しかし」おれは絶句した。

台長は、おれの顔を見つめて、眼をぎらぎら輝かせていた。口は半開きにし、馬のフレーメンのように歯を見せていた。歯ぐきが黒かった。

「どうか、なさいましたか」と、おれは驚いて訊ねた。

台長はあわてて表情をもとに戻した。「いや、どうもしません」

「しかし、あなたの今のお顔は、ただごととは思えないのですが」

「ただごとです。わたしは時にふれ折にふれ何かにつけて今のような顔をします」

「よけい、ただごとではないと思います」

台長はどぎまぎし、話をそらせた。「そろそろ、観測にかかる時間の筈です。ご一緒に観測室へ行きましょう。ところで、外はもう暗くなっていましたか」

「ええ。星が出ていました」

「そりゃいかん。早く行きましょう」台長は立ちあがり、おれをうながした。

「時計をお持ちじゃないのですか」観測室へ昇る小さなエレベーターの中で、おれは台長に訊ねた。

「時計ですと」台長は一瞬眼を剝《む》き、はげしくかぶりを振った。「あんな、いまわしいものは、絶対に持たないことにしています。この天文台には、時計はひとつもありません。もしあなたが時計をお持ちでも、それをわたしの眼の前にさらけ出すような、いまわしい振舞いはなさらないでください。原則的には、この天文台へは時計を持ちこむことを禁じておりますので」

それでは星の観測ができないでしょうといおうとした時、エレベーターが停止し、ドアが開いた。台長とおれは広い観測室に出た。

観測室は天井がガラスのドームでできており、すでに周囲は黒地の錦を思わせる星空だった。巨大な天体望遠鏡が観測台と観測中の人間の重さにさからって南に傾いていた。三人の男が、あるいは観測台で望遠鏡をのぞきこみ、あるいは部屋の中央の巨大な天球儀に何かを書きこみ、あるいは床の掃除をしていた。以前来た時と、同じ顔ぶれだった。床の掃除をしているのが台長の第一助手、望遠鏡をのぞきこんでいるのが第二助手、天球儀に何かを書きこんでいるのは正式の職員ではなく、アルバイトの学生である。

台長はアルバイト学生の傍へ行って話しかけた。「アルゴ探険隊がもう見えないな。年ごとに、だんだん早く見えなくなっていくような気がしないかね」

「そうですな」アルバイト学生は天球儀から顔をはなし、南の地平線を眺めながらゆっくりと答えた。「町が山麓へ攻め寄せてきたからでしょう。あのネオンの明りが、アルゴを早く沈没させてしまうのです」

「おい。君」と、台長は第一助手に呼びかけた。「コーヒーをふたつ、持ってきてくれ」

第一助手は箒《ほうき》を床に叩きつけ、不貞腐れた様子で何ごとかぶつぶつ呟きながら、エレベーターで階下へ降りていった。

「さあ、こちらへどうぞ」台長は天球儀の傍の向きあった椅子のひとつにおれを掛けさせ、自分も腰をおろしておれを眺めた。「なんのお話でしたかな」

「時間のことです。では、この天文台には、時刻を決める機械もないのですか」

「子午儀のことですか。もちろん、ありません」と、台長は答えた。平然たる態度をとりつくろうため、けんめいになっていた。

「じゃあ、時刻をどうやって決めているかを、自分の眼で確かめることはあきらめましょう」しかたなくおれはいった。「しかし、あなたは天文学者だ。天文学者である以上、どうやって時間をでっちあげているか。それをどこでやっているか、そのくらいはご存知でしょうか。常識的な知識を求めているのです。まさか、それも知らないとはおっしゃらないでしょうね」

「この国の中央標準時なら、2.5、5、10、15Mcの周波数でコールサインが昼夜放送されていますよ」

「それは、どこからですか」

「郵政省からです」

「郵政省はその時刻をどこで知るのですか」

「中央天文台の時報で知るのです」

「そこの天文台は、どうやって時刻を知るのですか」

「各国の中央天文台と、時報信号の交換をやっています」

「その各国天文台の、時報信号はどうやってでっちあげられるのですか」

「天体を観測し、それによって地球の自転を知り、それを標準にして時間を測ります」

「その観測が、間違っていたらどうなりますか」

「もちろん、時間が狂います」台長は発狂しそうなほど充血した眼でおれを睨《にら》みつけながら、椅子の肱掛《ひじかけ》を鷲《わし》づかみにしていた。平静を装ってはいたが、その両手はがくがく顫《ふる》えていた。

第一助手が膨《ふく》れっ面をしたままコーヒーの盆を持ってやってきて、コーヒー茶碗をテーブルの上へ力まかせに叩きつけた。コーヒーが碗の底に数滴を残して全部とび出した。コーヒーの飛沫《ひまつ》が台長の顔一面に茶色い水玉模様を作った。

台長はついに我慢しきれず立ちあがり、叫びはじめた。「だから、時間なんてものは、滅茶苦茶なのです。わたしは前からそう主張している。ところがどの天文台の台長も、時間が滅茶苦茶であることをよく承知していながら、知らぬふりをしている。保身の為です。いいですか。地球の自転で時間を決めるには、地球の自転速度が一定不変でなきゃならない。だけど地球の速度に不整があることは明らかで、誰でも知っている事実です。また、自転軸の方向が空間に対して不変でなきゃならない。だけどこれには歳差や章動がある。また、観測者の位置が自転軸に対して不変でなきゃならない。だけど経度変化と呼ばれる周期的変化があることは誰でも知っている。また、観測する天体が不動であるか、または天球上の赤道を一定の速度で運動していなきゃならない。だけどこれだって、太陽の場合は均時差、恒星の場合、つまり春分点の場合には赤経章動がある。また、地球の空間運動の方向、大きさが一定不変でなきゃならない。だけどこれには光行差がある」

「つまり、確かなものは何もないのですか」おれはさすがに驚いて、腕時計を彼に示した。「じゃあ、こんなものを持っていても何にもならないということに」

「あっ。見せちゃいけないといったのに」台長はとびあがり、眼を覆った。「なんと、いまわしい」

「なんと、いまわしい」第一助手も、台長を真似て眼を覆った。

アルバイトの学生が駆け寄ってきて、おれの手から腕時計をはずし、床に置いて靴で踏んづけた。腕時計ははしたない恰好をして機能を完全に停止した。

「常識的には、もったいないと思うべきでしょうが」と、おれは散らばった精密機械の部品を眺めながらいった。「時間というものが存在しないとおっしゃるのなら、もったいなくはないでしょう。しかしあなたは、まだわたしに対してそれを完全に信じさせてはくださっていない」

「天体の運行がもし純粋に周期的な現象なら、前後ということが無意味になる。そうすると、時間の不可逆性ということも無意味になってしまうのです。時間がさかのぼれるということになる。さかのぼれるようなものが、時間であってたまるものですか」台長は、コーヒー茶碗の底の数滴をぐびりと飲みほして立ちあがり、踊るような身振りをしながら喋《しゃべ》り続けた。「正確な時間などというものは、絶対に存在しないのです。真太陽は南中してから一定でない時刻にまた次の南中をするが、これは南中などではなくて南白です。南白が接着剤で太陽を天球上へくっつけ、固定させてしまうと今度は黄道が困り、黄道困ればつい太陽を落そうとして眼の上に将棋の駒をのせます。すると第二の太陽が、つまり仮想太陽が生じる。これが桂馬に乗ってハイヨー・シルバー、白人嘘つかないといって走り出す。すると近地点において両者激しくぶつかりあう。肉弾相撃てば十月十日の月満ちて平均太陽ができます。ラッパ高鳴り喚声あがれば三者並んで春分点を同時に出発。それ走れ走れ、走れ走れ」

台長と第一助手とアルバイトの学生が髪振り乱し、いななきながら並んで部屋の中をぐるぐると走りはじめた。やがて台長がまっさきにふらふらになってぶっ倒れた。

「これが要するに、平均時というものです」起きあがりながら台長はおれに言い、椅子に戻り、まだ走り続けている二人には眼もくれず、さらにおれを説得しはじめた。「こんなでたらめな方法で、時間というものは作られています。まったく大ざっぱなもので、そもそも天文学者なんて、わたし以外はみんな大ざっぱな頭の持ち主で、だからそもそも天文学者などに時間を作らせたのが悪かった。あのでたらめな暦を見てもわかるでしょう。四年に一度の閏年《うるうどし》を作ったのはまあいいとしても、四百年に三回、その閏年を省かなければならない。これにしたって、五百年に四回省いた方がずっと精密になることぐらい、素人にだってわかります。それなのにそれをそのままにしている。天文学者の、保身の為です。省かねばならぬ閏年がめぐってくるたびに暦の欠陥が指摘されるため、連中はそれを、できるだけ少くしようとしているのです。暦法や時法を作った連中の考えの至らぬ点は、もっとあります。宇宙のあらゆる天体の運行、つまり公転や自転が、いっせいに同じ調子でスピード・アップしたら、どうなりますか。時間は狂うにかかわらず、それがわからない。絶対時間が絶対空間と交合してとべりびっちょれ、こちゃはべらだになっても人間にはわからぬ。つまり、こういうことなのです」

台長は走り続けている二人を指さした。

第一助手とアルバイト学生の走るスピードが次第に早くなり、やがて姿も見えぬほどになった。彼らの姿が完全に消えてしまうと、今度はおれの頭上、全天の星が最初はゆっくり、そして徐徐に運行のスピードをあげはじめ、最後には猛烈な勢いでぐるぐるまわり出した。

「今、わたしたちの周囲を走っている二人にとっては、自分たちの走るスピードが早くなっていることを、周囲の天体から知ることはできないのです」と、台長がデモーニッシュな口調で説明した。「それでも、時間は狂っている」

眼がまわり、吐き気がこみあげてきたので、おれはあわてて顔を伏せた。だが、いったいどういう仕掛けになっているのか、いつの間にか床までが透明になっていた。おれの椅子はものすごい早さで回転する大宇宙のど真ん中に、ひんやりぽっかりと浮かんでいた。

おれはあわてて椅子にしがみついた。「時間が狂った」

「前から狂っていたのです」おれの前で椅子に腰掛け宇宙に浮かび、台長が気ちがいの眼をしてさっきの馬のフレーメンを見せていた。「時間なんてものは、ない」

「だが、もっと狂った。これはえらいことだぞ」

「永劫の大宇宙にとって、これくらいのスピード・アップはちっともえらいことじゃない。素人は、本質的には日常とちっとも変らないほんの少しの大きな事態に会っただけで死ぬほど驚く」台長は椅子から立ちあがり、宙に浮かんでまた踊りはじめた。「わたしにとってこれくらいのことは、えさほいさっさのえんやとっと、えんやとっと、とことんやれとんやれなでありますひひ。ひひひひひひ。ひひひ。ひ」叫びながら踊り続けた。「トッケー」

ガラス・ドームの彼方の宇宙空間を騎兵隊がラッパを吹きながら駈けて行った。

「やめてください」おれはとうとう悲鳴をあげた。「こんなに早く時間が過ぎては、外へ出たら浦島です」

おれは正常な時間を心から望んだ。だがその時おれの望んだ正常な時間とは、とりもなおさず今までおれが異和感に満ちたものとして眺めていたこの世界における、あのいやらしい時間そのものだったのだ。しかしその時おれは、おれの内部の恐れおののきが、おれに正常な時間を望ませるために仕組まれた陰謀によるものであると疑う余裕さえなくしていた。大宇宙の中に投げこまれたひとつの微細な生命体としての動物的な恐怖に比べれば、時間に異和感を覚えるくらいのことはまったくなんでもないことだったのであるとおれに反省させるための、この世界の陰謀による仕掛けではないのか、そう疑う余裕さえなくしていた。

天体の運行が、今度は急速にスピードを落した。天球の中心の軸の軋《きし》む音が聞こえそうなほどの急ブレーキだった。全天の星が動きを停止した。

やがて第一助手とアルバイト学生の姿が見えはじめ、彼らは衣服からうす煙をあげながら前につんのめり、床にひっくりかえった。

「あちちちちちち」

非現実を振りはらうように、おれは何度もかぶりを振った。頭痛がしていたが、それは今の体験と説得されまいとする気持が激しく衝突しているからに違いなかった。

「こんな、非現実的なものを見たくてここへ来たんじゃない」おれは弱弱しくそうつぶやいた。

実際その通りで、おれが今いるこの世界も、おれが行こうとしているあの世界も、共に現実の世界なのだ。おれにとって今のような完全なる非現実は、まったく関心の外にあるのだ。おれが脱走しようとしているこの世界が、いくら異和感に満ち、それがある時には非現実的に感じられようとも、まったくの非現実ではなく、厳として現実の中のこの世界なのである。だからこそ脱走したく思っているわけであって、もしおれのいるこの世界が、今体験したような完全な非現実の世界だったら、脱走しようという気を起す前にまず縮みあがってしまっただろうし、それが長く続けば発狂していたに違いない。

「いかがです」と、台長がしてやったりの表情あからさまに訊《たず》ねた。「時間など、どうせ狂っているのだということがわかりましたか」

「いったい、今の宇宙の狂乱はどの位続いたのです。この天文台の外部の世界では、もう何年経過しているのです」おれは、老人斑でも出ていないかと手の甲を調べながら台長に訊ね返した。

「ご心配なく。そんなに無茶に経過してはいない筈です」台長がにやにや笑いながら答えた。「今のは、プラネタリウムですから」

おれは頭上のドームを見あげた。「この星空は、プラネタリウムなのですか」

「そうです」

「天文台の中で、プラネタリウムをやっているのですか」宿便がうごめいた。

「ええ」台長はまた歯ぐきを見せた。

天体望遠鏡の観測台にいる第二助手を指さし、おれはいった。「ではあの人は、プラネタリウムを観測しているのですか」

「もう、よかろう」台長はそういって、第一助手に向かい、顎《あご》をしゃくった。

第一助手は表情の上に呪《のろ》いと愛想笑いを交錯させながら観測台に近づき、望遠鏡をのぞきこんでいる第二助手の肩に手をかけた。「おい。もう、いいそうだ」

第二助手のからだが、いやいやをするような恰好で床にくずれ落ちた。

「死んでいます」第一助手が同僚の顔をひと眼見てすぐ台長を振り返り、そういった。

「ではきっと、四日前から死んでいたのです」と、アルバイト学生がいった。「前に来た客が帰ってからずっと、その恰好のままでしたからね」

「しかし、それにしては死体が腐爛《ふらん》していない」台長が、第二助手の死体の横にうずくまり、焼けた魚を裏返すように仏を仰向けに引っくり返した。

第一助手が血相を変え、ここぞとばかりに叫びはじめた。「ごらんなさい。だからわたしは、以前からあなたに何度も要求していたんです。この部屋へ暖房装置をつけてくれとね。この部屋は寒過ぎます。こんな部屋で働けるもんか。見なさい。死体さえ腐らぬくらいのひどい寒さなんですよ」

今や精神的外傷《トラウマ》の裂傷をあけっ拡げにして見せつけながら第一助手が台長に怨念《おんねん》こめてわめき続ける間、おれはアルバイト学生の傍に身をすり寄せ、マタタビにじゃれつく猫の手で彼の肩をなでたり叩いたりした。「その、四日前に来た客というのは、どんな人だったのかね」

学生は一瞬息をのんだが、すぐにアルバイト学生という自分の身分の気楽さを思い出しておれに話そうとし、すぐまた打算的な表情になって口をつぐみ、最後に冷静な科学者の顔になってゆっくりと口を開いた。「あなたに話す必要は、ない筈ですが」

おれはふたつ折りにした札束を内ポケットから少し出して見せた。「必要ないかね」

「必要あります。みどり色の背広を着た男でした」

「その男は、いかがわしくうさんくさく死に神めいた男だったかね」

「それにつけ加えますなら、いわば蒼白きインテリ、あまり頭が良くないためうだつがあがらず、いつも科学研究所の片隅にちぢこまっている万年助手のように見えました」

おれは彼に札を一枚渡した。「その男は台長と、どんな話をしていたかね」

「それは聞きませんでした。ぼくはここの無能な二人の助手のかわりにすべての学術的な作業、つまりすべての天体の臨床例を天球に記入する仕事をし、プラネタリウムに餌《えさ》をやる仕事をしていたからです」

おれは彼に、さらに札を一枚渡した。「その男が、ここを出てからどこへ行ったか、わからないかね」

「わかります。彼は去る前に、ぼくにそっと訊ねたのです。こういいました。『台長は、時間はないと言っている。だが、わたしはあると思う。君はどう思うかね』ぼくは答えました。『時間を測るのには、地球の自転を標準にする以外に、時計を用いるという方法があります。天文学的に時間の単位が見つからないとすれば、力学の法則を基礎とした、等時性の保証されている時計から、時間を見つける他ないでしょう』すると彼は、頭の悪い男にありがちの、いかにもよく理解できたという表情をして見せましたが、ちっともわかっていない証拠に、すぐまたこう訊ねたのです。『では、天文台以外に、時間のことがわかる場所は存在するのだね。それはいったいどこかね』ぼくは教えてやりました。『時間の正しい目盛りを本当に決定するのは、力学の法則であり、その点最も理想的な時計はいうまでもなく外部の変化に影響されにくい時計、つまり原子現象を利用した時計でしょう。アンモニア分子の振動の周期を時間の標準にしたり、セシウム原子を利用したりする、いわゆる原子時計です。これは捕縛大学の応用物理学教室で作られています』

「わかった」おれは彼に、もう一枚札を渡した。

「ありがとう」

「ぼくの教えてあげたことは、役に立った筈ですが」アルバイト学生は不満そうに、三枚の札を扇形にし、顎にぺらぺらとあてながらいった。

「たったこれだけですか」

「君はぼくではない。それなのに、役に立ったとどうしてわかるんだね。今聞いたばかりだから、役に立ってはいないし、役に立つかどうかもわからないんだぜ」

おれはそういって、まだ第一助手の罵詈《ばり》雑言《ぞうごん》に入浴しながら気持悪そうにしている台長に歩み寄った。「では、これで帰らせていただきます」

「あなたはいつもわたしの言うことを、柳の耳に念仏馬に風と聞き流しているだけだ」第一助手はおかまいなしにわめき続けた。「今度言うことを聞いてくれなければ、わたしはここをやめる」

「時間が存在しないことを、よくわかっていただけましたか」と、台長がおれに訊ねた。

おれはうごめき続ける宿便を戻しながら答えた。「あなたは成功しませんでしたよ。時間による束縛から脱出する努力を、わたしはまだ続けるつもりです」

台長は一瞬ペパーミント入り清涼飲料水に近い顔色になったが、すぐ、なぜおれがそんなことをいうのかわからぬという表情を作ろうとしはじめた。ここへ四日前に来たおれの尾行者に、おれのことを聞かされているらしいことは、もはや間違いなかった。

「わたしはここをやめる」また、第一助手がいった。

「ではご機嫌よう」と、台長はいった。

憤然とした第一助手は、わたしと肩を並べてエレベーターに向かった。

エレベーターの中で振り返ると、アルバイト学生から何ごとか耳打ちされた台長が、あわてて受話器にとびつこうとしていた。

「薬でもって毒を皿まで食うという諺《ことわざ》があるではないか」第一助手が全身の毛穴から怨念をゆらゆら立ちのぼらせ、ぶつぶつと呟き続けていた。

「復讐してやるぞ」

エレベーターを出て連れこみホテル然とした玄関のロビーへ出ると、税務署の役人的なあの受付の男が抜身の日本刀を振りかざし、おれたちの前へ立ち塞《ふさ》がった。

「ここは通さん。通さん。通さん。絶対に通さん。お前はここから出さん。出さん。出さんぞ。出さんぞ。出すもんか。生きては出さんのだ」

2

古今東西、突発的事件というものは常に、物語の主人公を危機一髪の窮地から救い出してきた。なぜかといえばそれは物語を中断させぬためであって、そのためには主人公以外の人間が善玉悪玉おかまいなしにばたばた死ぬのがこれまた常識であった。多くの人間が死なぬことにはそれが主人公の窮地を救うに足る突発的事件のように見えないためである。その意味からもおれは、受付の男が日本刀を振りかざして立ち塞がった時、さほど心配しなかった。しかしあとで考えて見ると、受付の男にしたって彼の内部の世界では、その世界の物語の主人公であった筈だ。

「おれの自由を束縛することは、誰にもできないのだぞ」

そうわめいて受付の男にとびかかっていき、日本刀で斬られて血にまみれて死んだ第一助手にしたって、彼の物語の中では主人公であった筈だ。結局のところ世の中は、主人公と主人公のぶつかりあい、物語と物語の中断させあい、テーマとテーマの殺しあいであろうか。

「こ、殺した。殺した。おれは殺した。おれはこいつを殺した。こ、こ、殺した」血のりの海に足をひたし、日本刀を投げ捨てながら受付の男はおれに弁解しはじめた。「この男を殺す気ではなかった。あんたを殺す気だった。いや、あんたを殺す気でさえもなかった。通行を妨害する気でしかなかった。それなのにこの男は」彼は血潮に染まって床に倒れ、まだ四肢を痙攣《けいれん》させている第一助手を指した。「自分の方から、この刀めがけてとびかかってきたのだ」彼は落ちつきはらっておれを眺め、急に知性的な口調でいった。「わたしは、この男が嫌いです」

　おれはびっくりした。「はじめて君から、論理的なことばを聞いた」

　彼はおかまいなしに喋《しゃべ》り続けた。「なぜならこの男は、自分の主観だけをもって行動し続けた。この男はわたしの主観など考えもせずに行動した。そしてこの男の主観は、わたしの人生観と相反するものだった。この男は死んでまで、わたしの人生観を破壊しようとしています。なぜならこの男の死によって私の人生観は、すでに維持することが難しくなってきているからです。維持しようとすればわたしは発狂しなければならない。しかし発狂するためには妻子が必要です。だがあいにくわたしには妻子がない。妻子は昨夜、逃げたからです」彼は喋り続けた。

　どうやらおれに話すのが目的ではなく、喋り続けることが目的のようだったので、おれは彼をその場に残し、『大部分天文台』を出た。

「時間流の乱れが、時間知覚の錯覚に過ぎないってことがよくわかったかね」タクシーを掃除しながらおれを待っていた中年の運転手がおれに訊ねた。

「問題はそんな、下駄ばきの簡単さ、軍艦なみの単純さではないようだ」おれはタクシーに乗りこみながら叫んだ。「すぐに『捕縛大学』の応用物理学教室へ行ってくれ。早く行かねば間に合わぬ。時間がない」

「時間がない、だって」運転手は笑いながら車を走らせはじめた。「あんたのいうことは全部矛盾だらけだよ」

車は統制山から下りはじめ、町へ戻りはじめた。街の灯は溶かしそこねた金泥だった。曲りくねった山道がドライブ・ウェイと合流する地点にあるドライブ・インの看板で、蛸《たこ》がラッパを吹いていた。

『進めや進め。時間がないぞ』

『あなたの肥満は進行性』

カー・ラジオが時報を告げた。「只今の時報は正確に二十三時四十六分二十秒きっかりであります」

「時間に追いかけられながら、時間を調査する仕事をやるなんて、馬鹿ばかしいと思わんかね」運転手が話しかけてきた。

「そうじゃない。時間に追いかけまわされて仕事をするのが厭になった。だから時間を調べているんだ」

「仕事を追っかけてくる時間のことなら、多少は融通がきくもんだよ」

「おれがおかしいと思うのは、まさにそのことなんだ」おれは叫んだ。

「あんた、時間を気にしすぎるよ」

「気にさせるこの世界の方がおかしい」

「気にしなければ、おかしくない筈だ」

「当然だ。だからこそ恐ろしいんだ。気にならなくなった時がね」

『捕縛大学』は町の中央部に手足をのばし、ながながと寝そべっていて、応用物理学教室はその広い校内の南端にある病院のようにまっ白けの建物だった。深夜だというのに、ほとんどの窓に明りがついているところも病院そっくりだった。女子大生だか、女の研究生だか、女の助手だかが十人足らず、ロビーでバレー・ボールの練習をしながらきゃあきゃあ騒いでいて、彼女たちの制服も看護婦のように白衣だった。エレベーターから、全身に繃帯《ほうたい》を巻いて松葉杖をついた人間がおりてきた時には、もう、さほど驚かなくなっていた。

「原子時計の研究室はどこですか」

廊下で出あった白衣の男にそう訊ねると、彼は自分の口を指さしてかぶりを振った。唖《おし》らしい。だが、親切な男で、案内板の前までおれを案内してくれた。案内板は倉庫と書かれたドアの隣り、うす暗い廊下の隅にあった。こんなところに案内板を置いていては、案内板の役にはとても立ちそうにない。

四階にある原子時計研究室へ行くためエレベーターに乗ると、片腕のない男があとから乗ってきた。二階からは、耳が両方ともちぎれた女と、片腕と片足のない男が乗ってきた。三階では片腕のない男が降り、男が二人乗ってきた。ひとりは指が一本もない男、もうひとりは片輪ではなかったが奇型に近い小男で、顔の右半分が何の火傷《やけど》かまっ黒だった。五体満足であることが悔《くや》まれ、思わず叫び出したくなる雰囲気だった。

エレベーターを降りた正面に受付があり、ひとりの男が、デスクの向こうに腰をおろしておれを睨《にら》んでいた。

「原子時計を見学したいのですが」

名刺を出してそういうと、男は右腕の、先端がボールペンになった義手を、手鉤《てかぎ》になった義手と取り替えた。何をするのかと思って見ていると、彼はいきなり背後の壁にがちっと手鉤を食いこませ、その勢いで立ちあがった。この男にも片足がなかった。

「ご案内しましょう。雨期には建物の内部がややこしくなるのです」そういいながら彼は、すでに穴だらけの壁から手鉤を抜き、その手をデスクに振りおろし、おれの名刺を突き刺し、おれの名刺を突き刺した手鉤を高だかとプラカードの如くさしあげておれの前に立ち、廊下を歩きはじめた。

「精密な実験をやっております。足音を立てぬようにしてください」鋼鉄製の義足を床に高く響かせながら、彼はいった。

原子時計研究室では、研究員らしい三人の男とひとりの女が餅搗《もちつ》きをしていた。

「やあ、どうもどうも。なにね、郷里へ帰っている教授から餅米を送ってきたもので、今、搗いているんですよ」おれの名刺にちらと視線を走らせた若い男が、陽気にそう言いながら搗きたての餅をひとつおれにさし出した。

「いかがですか。ひとつ」

その時、餅を搗いていた男の杵《きね》が、捏取《こねと》り役の男の手を勢いよく下敷きにした。

「しまった。指の骨が全部折れた」捏取りの男があわてて餅の中から手を引っこ抜き、眼を丸くして叫んだ。

「すぐ、医務室へ行った方がいいわ」餅を丸めていた女が言った。

「今、医務室は満員だよ」おれを案内してきた受付の男がいった。「よくわからんがな、なんでも三階の原子核研究室でイオン加速器が壊れて、壊れた原子核の中からゆっくり出てきた陽子が記録装置を爆発させたそうで、怪我人が六人出たそうだ」彼はそういって、部屋を出ていった。

「八重ちゃん。手当してくれ」と、指の骨を全部折った男が、女に近寄って嬉しそうにいった。

「では、あなたが八重子さんですか」おれは研究生らしい若い女に向かって訊ねた。「素粒子の基本になる八個の粒子を一組にして、数多くの素粒子を公平に扱うという理論を主張なさっているのは、あなたですね」

「ああ。それはこの人じゃないですよ」おれに餅をくれた男が、なぜか浮きうきしながら答えた。

「ところで、原子時計を見学にこられたのですね。わたしがご案内しましょう。こちらへどうぞ」

貰った餅の始末に困りながら、おれはわけのわからない装置類計器類が置かれている部屋の片隅へ男とともに歩きはじめた。

「原子時計に関する説明を伺う前にちょっと」と、おれはいった。「四日前、あるいは三日前、ここへみどり色の服を着た、いかがわしくうさんくさく死に神めいた男が訪《たず》ねてきませんでしたか」

「わはははははははは」若い男は爆笑した。「あの男とお知りあいでしたか。あの科学者に対する熱狂的インフェリオリティ・コンプレックスを持った男なら、たしかにここへ来て、わたしから原子時計に関する説明を聞き、数年で定義される暦表時と、原子時計で表わされる時系とは直接比較できないことを知って、安心して帰って行きましたよ」

どうやらおれの尾行者にとって、時間のあるなしよりはおれがこの世界の時間の隔絶地点を見出すか否かの方がより重大な問題らしい。つまり彼は、おれよりも早くおれの脱出口を見つけ出そうとけんめいになっているのである。脱走しようとしているおれが、追跡者のあとを嗅ぎまわっている現在のこの状態は、非常にスマートさのないアンチ・クライマックスな苛立《いらだ》たしい形勢であったが、あの有能とはいえぬ追跡者が脱出口を見落していることも充分考えられたから、おれはともかく彼を無視し、常におれのほんの眼の前にあるのかもしれず、鼻さきにあるのかもしれず、足もとにあるのかもしれず、何かのふとしたきっかけでおれの前にあらわれるかも知れない脱出口を見つけ出そうとすることだけに全力を傾けようと決心したのである。

「これがセシウム原子時計、正しくはセシウム原子周波数標準器と呼ばれる装置でありまして」若い男はひどく嬉しそうに喋りはじめた。「なぜこれが天文力学に基礎を置く天文時間と比較することができないかということですね、あっちが間違っていて、こっちが正しいからです」

「ほう」おれは手にした餅を、そっと傍《かたわ》らのパネルの上に置きながら、それを自分のからだで男の眼から隠した。「絶対に、狂うことはないのですか。たとえば今の餅搗きの振動で狂うというようなことは」

「狂う、狂わないという問題ではないのです」彼はいとしげに装置に頬を寄せた。「このセシウムの周波数を数えることによって、正確な秒の長さを決めるわけですからね」

「ええっ。では、ここで時間を作っているわけですか」おれは身構えた。「秒の長さを作れるのなら、分の長さも、時間の長さも、日の長さも、月の長さも、年の長さも」

「そう。全部作れます。その通りです」彼は装置に抱きついた。「月の運動の加速によって、地球の回転の不整が公けになったことはご存じの通りです。それ以来天文時間が滅茶苦茶であることは公然の秘密です。それに反しこの原子時計は、分子の固有振動が一定である限り完全に正確です」

「分子の固有振動が一定でなくなる場合もあるのですか」

「あります、あります」彼は大はしゃぎで、げらげら笑いながら装置をなでまわした。「分子運動の摂動の影響でね。でもまあ、そんなことはどうでもいいことです。天文時間に比べりゃあ、正確さはこの上もありません。だいいち、正確であろうとなかろうと、この装置しか秒を作り出せない以上、この装置の記録する秒の長さが絶対的に正しいのです」

彼の陽気さは原子時計への狂信による安心感からなのか、時間の不正確さに対する不安の裏返しの、安定を欠いた狂躁なのか、おれにはわからなかった。

「これがもし本当に時計だとすれば」と、おれは訊ねた。「文字盤はどこにあるのですか」

「これです」彼は踊りながら、ずらりと並んだ計器のひとつを指さした。

多くの計器の中にまぎれこんでいる上、その文字盤には秒針と長針しかなく、短針がなかったので、おれには今までそれが文字盤であるということがわからなかったのである。

「短針がありませんよ」おれは彼の反応を横眼で窺いながら文字盤を指した。「これでは時間がわからないでしょう」

「あなたが時間を気にするのも無理はありません」彼はおれのことばをいっこう気にする様子もなく、くすくす笑いながら胸をそらせた。「だけど、考えてもご覧なさい。秒の長ささえ決定していれば、時間だって決定できるのです。あなたのおっしゃってるのは今が何時かわからないってことでしょう。そんなもの、なぜ知る必要があるのです。今が何時だってかまわないでしょう」

この研究所が、なぜ深夜にも研究を続けているのか、おれはやっとのみこめた。

「でも、せっかく文字盤があるのです。短針をつけたって差支えないでしょう」

彼はぴょんぴょんとびあがった。「いいえ、よけい、ややこしくなるだけです。原子時計であらわされる時系に、人間はまだ馴《な》れていませんからね。われわれ研究所の人間は、もちろん馴れていますが、しかし一般の人にとって、正午に星が出ていたり、午前二時に日が暮れはじめては、やはりややこしいわけでしょう」

「ははあ」おれの脳天はかまいたちで切断され、おれの直腸は認知された私生児で満ちあふれた。「この時計に短針をとりつけると、そういうことになるので」

「もちろん、もちろんですともあなた。わはは、わはは、わはははははは」彼はおれの肩を両手でぱんぱん叩きつづけ、その反動でとんとんとおどりあがった。「だって長期にわたる暦表時との比較では、この時計の周波数は9.192631770Gsで、数カ月にわたる比較における変動、つまり安定性はたったの$\pm 1\times 10^{-10}$たとえ短期間でも$\pm 1\times 10^{-11}$の範囲内にしか保てないのですからね。そういうことは充分あり得るのですよ」

「と、いうことはつまり、このセシウム原子時計はまったく滅茶苦茶ということに」そこまでいってから、おれは息をのんだ。「では、あなたはつまり、滅茶苦茶なのは天体の運行の方であると」

「やっと、わかってくれましたね」彼は愛《いと》しげにおれに頬ずりした。おれの剃り残しの髭《ひげ》と彼の剃り残しの髭がじょんじょろりん、じょんじょろりん、じょろじょろじょろん、じょんじょろりんと音を立てた。「そうです。正確なのはこの原子時計だけなのです」

「しかし、しかしですよ」おれは、けんめいに反論した。「天体の運行が滅茶苦茶だとすると、分子の固有振動だって滅茶苦茶であり得るわけでしょう。片方はマクロコスモスだから狂いがわかる。しかし片方はミクロコスモスなるが故にその狂いは人間の眼ではわからないということも充分」おれはぎょっとして身をのけぞらせた。

男はにやにや笑いを浮かべていて、その口は半月形に耳もとまで裂け、しかも歯が耳もとまでずらりと並んでいた。

「この原子時計が、時間的に正確であるなどということを、いつわたしが言いましたか」彼はおれに顔を近づけ、ゆっくりとそういった。

おれはたじたじとして思わずあと退り、うしろのパネルに手をついた。その場所に置いた筥の餅は、いつのまにかなくなっていた。

「餅がない」おれはおどろいて振り返り、あたりを見まわした。「ここへ置いた筥の餅が消えた」

「な、なんですと。それではあなたは、わたしのあげた餅をそこへ置いたというのですか」男の顔色が一瞬のうちにさっと蒼ざめ、彼はうろたえて他の三人に叫んだ。「たいへんだ大変だ。セシウムが餅を食った。そこにある餅を、こっちへ運んでくれ」

　男たち三人はあわてふためいて、火事場のバケツ・リレーのようなさわがしさで丸めた餅を運び、周波数発振器の上に次つぎとのせはじめた。

「ど、どうしたのですか」気ちがいじみたスピードで搗いた餅を丸めはじめた若い女に駈け寄り、おれは訊ねた。

「セシウムの周波数がお餅の固有振動数とぴったり合ったため、お餅があの装置の中へにじみ込んじゃったのよ」彼女は餅を丸めながら嘆息した。「こうなれば、ずっとお餅をやり続けなけりゃならないわ。あああ。この研究室は、いちばん事故の少ない研究室だったのに」

　どたばたと騒ぎ続けている若い男を抱きとめ、おれは大声で叫んだ。「ど、ど、どうしてセシウムに餌をやる必要が生じたのですか」

　男は急に静かになり、じっとおれの顔を眺め、しっとりと落ちついた口調で喋りはじめた。「古来お餅と申しますのは、各地方の民話、諸国風土記の示しておりますように、神霊・魂が宿るとされておりまして、その信仰が」彼は餅をひとつさしあげて見せた。「これ、このように心臓を形象した円形をかたどらせているのでございます。したがいましてこの餅におけるエントロピーたるや、最高に増大し続けておりまして、この餅の如き物理的状態はかの緋牡丹《ひぼたん》地獄の唐獅子《からじし》観世音菩薩《ぼさつ》といえど他に見出すこと不可能でありましょう。一立方センチメートル中に幾億兆個となく存在する怨念に満ちたる原子・分子の個個の運動たる統計力学でもってしても論じ尽せるものではなく、この原子・分子の煩悩は、粘着力及び融通性ゆたかな餅の分子、特にその中におけるロバ電子の運動によってニルヴァアナに達しようとするのでございます。なぜならロバ電子即ち ass electron

はさながらロバの如く、引っ張ればさがり、押せば押し返すからなのです。かくてセシウムは餅を知り、それは苦集滅道、正見正思正語正業正命正精進正念正定を望みます。おお大慈大悲の観世音、四諦八正道を悟ったるセシウムが尽きせぬ食欲で餅食えば、十三円のサイクロトロンでもこの運動のスピードを変えることはできぬ。おお餅のなくなる時ぞ恐ろしや。羯諦羯諦《ギャーテイギャーテイ》、波羅羯諦《ハラギャテイ》」

全員が声をあわせて唱えはじめた。「波羅僧《ハラソウ》羯諦《ギャテイ》、菩提薩婆訶《ボジソワカ》。羯諦羯諦《ギャーテイギャーテイ》、波羅羯諦《ハラギャーテイ》、波羅僧《ハラソウ》羯諦《ギャテイ》、菩提薩婆訶《ボジソワカ》」

さっきの、片手片足の受付の男が入ってきた。

「この部屋は何ともないか。さっき五階の物性研究室のQP装置から、十万度Cのプラズマが一滴床へ落ちて、地下室まで貫いた。各階でひとりずつ被害者が出ている」

「わたし、それに貫かれたかもしれないわ」女が、とろんとした眼で答えた。貫かれるということばだけでとろんとなる女らしい。

「あまり、ここに長居しない方がいいですよ」受付の男はおれに耳打ちした。「連中はすべて臨界状況にいる。連鎖反応であなたも怪我をすることになりかねません。いや。へたをすると死にます」

「帰ろうと思っていたところです」

「せめて土産に運動中の電子をひとつ貰ったらどうです。ぐるぐる飛びまわっているから、女の子にやれば指輪の代りになります」

「そんなものは、いりません」

正確な時間というものがどこにも存在しないとわかった以上、時間による束縛も、時間流の秩序の乱れもあり得ないし、そこからの脱出口もあるわけがなかった。おれは肩を落して『捕縛大学』を出た。

深夜の町をさまよいながら、おれは考え続けた。どうやらおれの誤りは、自然科学上の時間だけを追い求めたことにあるらしい。人間の作り出した時間だけを追い求めたことにあるらしい。そんなものが不完全であることは最初からわかったことではなかっただろうか。もし、自然科学的に確立された時間というものが存在すれば、その歪《ゆが》みは深く穿鑿《せんさく》しなくてもすぐ発見できた筈だ。自然科学上の時間がもともと不完全であったればこそ、いつまで穿鑿しても乱れが発見できなかったのである。

しかし、自然科学上の時間が探求されはじめる以前にも、時間というものはあった筈である。だいいち、こうしておれがネオンとショー・ウインドウの照明を浴びながら深夜の町をさまよい歩いている現在というものがあり、その現実こそが時間のもとに立つものである以上、やはり時間というものはある筈ではないか。現在があれば過去もあり未来もあり、生滅流転があり、主観的にはおれの生きてきた時間の体験があり、さらには超時間的な永遠の観念もある。そうだ。時間を量的に測定できないからといって、時間がないわけではないのだ。自然科学上の時間以外に、いっぱい時間はあるのだ。この世の中にはさまざまな種類の時間がいっぱいなのだ。そういった各種の時間をいじりまわし、こねまわし、ほじくり返しているうちには、必ずやどこかに破れめ、綻《ほころ》びが発見でき、おれはそこから脱出することができる筈なのだ。

少し眼の前が明かるくなり、おれの足は軽くなり、心が浮きうきしはじめた。おれは歩き続けた。行く先はもちろん、自我町六丁目の井戸時計店である。

秩序ある時間流というものがないことは、すでにはっきりしたわけだから、残すところはあの井戸時計店という巨大なるタイム・マシンがおれを過去だか未来だかへ吹っとばしたという可能性だけである。それともうひとつ、量子力学と原子構造理論が証明したとか称している多元宇宙理論が正しいものとすれば、タイム・マシンをいじりまわしたために別の宇宙へ吹きとばされてきたという可能性も残るのである。むろん、タイム・マシンといったところで必ずしも時間旅行機械のことではない。ある意味でおれは、時計だってタイム・マシンだと思っている。

大通りから横道へ入れば自我町六丁目、そこは以前おれが、誘拐された正子の身代金を払うためにやってきた時と同様、不可思議極まりない反動形成的静寂空間の中にあった。しかしそれは、周囲がそもそも深夜であるために以前ほど都会の騒音は響いてこず、したがってそこから隔絶されたという感じは以前ほど強くなかった。だがあくまでおれにとってのその場所は、非現実的に見える他の場所とはやや異っていて、ほんの幾分かはなまなましさを感じることのできる場所だったのである。

でかい眼の形をした突出し看板が、古びて変色し、両端の鎖の片方がちぎれ、落ちかけていた。おれが置時計をぶつけて叩き割ったガラス・ドアは今もそのまま、粉微塵になって入口あたりに散乱し、街燈の明りを反射させて暗い路上に、暗い店内の床の上に、きらきらと輝き続けていた。

店内には何もなかった。時計はひとつもなく、ガラス・ケースもなく、あの神経質な店主の姿もなく、がらんとしていて、ただ天井の中央部に点燈している常夜燈の明りだけがそこに何もないことを教えるためにのみまたたいていた。そして常夜燈の真下に、ひとりの老人がぼんやりと佇《たたず》んでいた。百歳に近いのではないかと思えるその白髪の老爺の傍らに、おれは歩み寄った。

「今晩は。あなたはどなたです。こんなところで何をしているのです。ここにあった時計屋はどうしました。ここにいた時計屋の店主は、どこへ行ったのです」

質問の数が多過ぎたためか、老人はおれのことばを無視して自分勝手に喋りはじめた。

「もう何年、何十年の昔になるでしょうか。わたしは正子という名のひとりの女を誘拐しました。なんのためにそんな金額の金が必要だったのか、今となっては思い出すことさえできませんが、とにかくわたしはその女の唯一の身寄りであるらしいひとりの男に彼女の身代金として十二万五千円の金を要求したのです。そして、金を受取る場所としてこの時計店を指定しました」

おれはわくわくしながら彼に訊ねた。「その男は、ここへ金を持ってやってきましたか」

「来ませんでした」彼はげっそりと肩を落し、かぶりを振った。「おそらく、金ができなかったのではないかと思うのです。わたしはその男を待ち続けました。何年も、何十年も。最初は金を受取ることが目的で待っていたのですが、そのうちに金はどうでもよくなり、その男に対して済まない気持でいっぱいになりました。そしてそれ以後しばらくは、彼にひと眼会って詫《わ》びようという気持だけで彼を待ち続けました。そのうちに、そんな気持さえどうでもよくなってしまい、ただ彼を待ち続けることだけがわたしの生き甲斐になってしまったのです」

「それで、正子は」おれはいきごんで彼に叫んだ。彼の胸ぐらをつかんでゆすりたい気持だった。「正子はどうしましたか」

「死にました」と、老人は答えた。「わたしと共に歳をとり、数十年前に死にました。彼女はわたしに誘拐されたままの生活を数十年続けて死んだのです。時には同窓会の帰りにデパートへ買物に行ったり、会社が終ってからいっしょに公園でボートに乗ったり、喫茶店でブラック・コーヒーや黒いアイスクリームを食べたりしました」

「では、いったい正子は、あなたにとって何者だったのです」

「妻かも知れません。恋人だったかもしれません。いや、あるいは母親だったのかもしれません。また、もしかすると彼女わたしの娘ではなかったでしょうか」

「しかし、あなたが彼女の身代金を要求したという、その男にとっても、正子は妻あるいは恋人、母あるいは娘であったかもしれないのですよ。またその男は、金をあなたに渡すため、この場所へ来たことがあるかもしれません。現金を作ろうとしてけんめいになり、ギターや、夏冬あわせて六着の洋服や、象牙のゲタ牌《パイ》や、スイス製の時計や、浴衣などを質屋に入れて金にかえ、現金を持ってここへあらわれたのかもしれません」

「そういったことも充分考えられます。なぜならその男にとって、このわたしはひとつの幻であり、わたしにとってその男が幻であったかもしれないからです。また、どちらも幻ではなくて正子が両者を幻的存在に変える媒体的幻であったのかもしれません」

「いったいあなたは、何がいいたいのですか」

「何も言いたくないのです。ただ、三人とも幻ではなく、じつは時間というものが幻なのかもしれないと思っているだけです」

「もう、やめろ」おれは老人を睨みつけ、凄《すご》んでみせた。「あんたはムードＳＦ的、お涙頂戴的、メランコリイ的、ノスタルジア大河小説的センチメンタリズムでもって、おれを胡麻化《ごまか》そうとしているのだ。おれはそういう話には飽きあきしているのだ。時間というとすぐに感傷的になって怨念とか郷愁とか輪廻《りんね》とかに結びつける老人趣味少女趣味アンダー・グラウンド趣味には、おれはもう食傷しているのだ。それに第一、あなたは正子と共に数十年もいっしょに暮したりはしなかった。この時計店の内部をかくの如く荒廃させ、いかにも数十年の年月の経過があったかの如くおれに信じこませようとしても無駄で、そんなトリックはとうの昔におれは見破っている。あの眼玉の看板の古ぼけかたにしたって、せいぜい数年程度の古ぼけかたで、ほんとに数十年経過しているのだとしたら形の見分けもつかぬ程度に古ぼけ何の看板かわからぬ程度に変色している筈なのだ。あんたは老人ではない。老人のふりをし、おれを絶望させ、自分の生命力の強さと、正子と共通の体験をおれよりも多くしてきたことを誇示し、そしてとどのつまりはおれの存在を否定し、おれにもそれを認めさせようとしているだけなのだ。その証拠に」

　おれは彼を突きとばした。彼は床の上に転がったが、すぐに老人とは思えない身軽さで起きあがった。

「そうれ見ろ」と、おれは叫んだ。「すでにあちこちにがたのきているおれよりも、さらに数十年ながく生きたと称する老人が、そんなに早く起きあがれるものか」

「では、あんたは」彼はおれと同じ服の汚れを手ではらいながらいった。「ここがタイム・マシンもしくは過去や未来へ行くことのできる場所であることも否定するのか」

「それは否定しない。なぜならあんたは、おれだからだ」

　そういうなりおれは彼にとびかかり、白髪をむしりとった。鬘《かつら》とゴム製の仮面の下からは、おれの顔があらわれた。彼は癇癪持ちのおれと同一人物でありながら、不思議に抵抗せず、されるままになってじっとおれの顔を、哀れみのこもった表情で見つめていた。

「よくわかったね」やがて彼はいった。「たしかにおれは、あんたを否定したよ。だって、同じ人間が同一の現在に存在することは許されないんだからね」

　なるほど、と、おれは思い、ではやはりここは、タイム・マシンもしくは過去や未来へ行くことのできる場所であったのかと思い、ではもしかすると、おれは存在を許されぬ存在であり、したがってすぐにでも存在することをやめなければならぬ存在であるかもしれないな、つまり、消えなければいけないのかもしれないなと思った。

そして、そう思うと同時におれは消えた。

3

消えたおれを眺めていたおれは、数分ののちにやっと、おれの眺めているのが消えたおれではなく、おれの消えた場所であることに気がついた。するとおれの消えた場所を眺め続けているこのおれは、いったい何者なのか。おれかおれでないのか、あるいはおれがふたりいるのか、あるいは過去のおれなのか、あるいは未来のおれなのか。

「未来のおれだ」

おれはやっとそれに思いあたり、過去のおれが消えた場所に落ちている白髪とゴム製の仮面を眺めた。過去のおれは、おれからその白髪とゴム製の老人仮面をむしりとって消えたのである。

街燈の明りに照らし出された店の前の横道から、おれの尾行者があたふたと店内へとびこんできておれに叫んだ。

「な、な、何をしているのです。早くその鬘と仮面をつけてください。Y[4]のあなたが、もうすぐやってきます」叫び終わるなり、彼は消えた。

また、おれの靴音が路地に響いた。おれはいそいで鬘と仮面をつけた。粉微塵になって入口のあたりに散乱しているガラスをさらに踏みしだきながら、もうひとりのおれが店内に入ってきた。そのおれは、常夜燈の真下にひとり佇むおれに近寄り、質問した。

「今晩は。あなたはどなたです。こんなところで何をしているのです。ここにあった時計屋はどうしました。ここにいた時計屋の店主は、どこへ行ったのです」

おれはしかたなく、ゆっくりと喋《しゃべ》りはじめた。

「もう何年、何十年の昔になるでしょうか。わたしは正子という名のひとりの女を誘拐しました。なんのためにそんな金額の金が必要だったのか、今となっては思い出すことさえできませんが、とにかくわたしは」

「たいへんだ大変だ」おれがそこまで喋った時、おれの尾行者がまたもや店内にとびこんできておれに叫んだ。「Y_5のあなたが、もうすぐやってきます」

おれたちは仰天した。

「早過ぎる」鬘と仮面を自分でむしり取り、おれは叫んだ。「まだ、せりふを全部喋り終っていないんだぞ」

みどり色の尾行者は蒼白いインテリ顔をさらに蒼くして答えた。「時間が、せりふに馴れはじめたのです。さっき過去へ行ったY_1のあなたが、昔やったと同じことを、すごい早さでもう一度繰り返したため、その影響がX_1のあなたの上にあらわれた。それを見た時間が、それに比例して、X_2とY_2のあなたの上に起る時間の経過を早くしはじめた。X_3とY_3はさらに早くなった。X_4とY_4はさらに」

Y_5のおれの靴音が聞こえはじめた。尾行者とY_4のおれが消え、おれはまた、あわてて鬘と仮面をつけた。

Y_5のおれが店内に入ってきて、おれに歩み寄った。「今晩は。あなたはどなたです。こんなところで何を」

「たいへんだ大変だ」おれの尾行者がとびこんできて叫んだ「Y_6のあなたが、もうすぐやってきます。そのあとからY_7のあなた、Y_8のあなた、Y_9、Y_{10}、Y_{11}……Y_∞のあなたが、あとになるほど間隔をつめて、ぞろぞろとやってきます。あとの方では、からだが重なっています」

「そんなにたくさん相手にはできん」おれはうろたえた。「こっちは一人なんだ。どうすればいい」

「もういちど、さっき行った過去まで行ってやりなおしてきてください」尾行者はのけぞるような姿勢で額を押さえ、彼独特のあの悲鳴のような声をイドラ的にあたりへぶちまけた。「さあ。早く行ってください」

「しかたがないな」おれは眼を閉じた。

　さっき過去へ行ったばかりというおれのX_1の記憶は、おれの中にあった。X_1が行ったばかりの過去のある時点に、おれは信念と怨念と複合観念《コンプレックス》と超自我《スーパー・エゴ》を凍結させた。

　そこは日あたりのいい川の土手の、雑草が一面に生えた斜面だった。つくしを摘んでいるセーラー服姿の正子が、土手の上へ突然あらわれたおれをゆっくりと見あげ、おかっぱの頭を少し傾《かし》げた。おれの背後の太陽がまばゆいらしく、彼女は小手をかざした。彼女の背後の川面に陽光が粒銀となって散らばっていた。

「あなたは、もしかすると」と、おれは彼女に訊《たず》ねた。「ぼくのお母さんではないのですか」

「あなたはどなた」と、正子は訊ね返した。「どこからきたの」

「わたしですか」おれは、まだ白髪の鬘とゴム製の仮面をつけたままだったことに気がついた。「人呼んで、老人仮面」鬘と仮面をむしりとった。「未来からやってきました」

「そしてあなたは、この土手で、わたしを犯すつもりなのではありませんか」と、彼女はいった。「そうすれば、わたしの生む私生児も即ちあなたということになり、わたしはあなたの母親ということになってしまう。でもそれは、いけませんわ」

「でも、どうせあなたは、ぼくのお母さんなのでしょう」おれは土手をおり、ゆっくりと彼女に近づいた。「お母さん。ひとこと、ぼくの名を呼んでください。お願いです」

　正子はおれから顔をそむけ、涙をひと筋頬に伝わせながらかぶりを振った。「いいえ。わたしの可愛い息子。わたしはお前の母親ではありません」手の甲で涙を拭った。

「わたしは天狗《てんぐ》煙草と中将湯の好きだったお前の母親ではないのです。そしてわたしの息子は、老人仮面などではありません。わたしの息子、その名こそかの名高い、怪傑防空頭巾だったのです。ああ、さらば怪傑防空頭巾。わたしのもんぺを突破してB29とともに探照燈の彼方へ消えた可愛いお前は、いまどこにいるの」

おれは膝《ひざ》をついて彼女の腰を抱き、わあわあ泣きわめいた。「いやだいやだ。胡麻化さないでください。あなたはぼくのお母さんだ。そうに違いないのです」正子を土手の斜面の草の上へ押し倒し、おれは彼女のスカートをまくりあげた。「そうら。ぼくはこのズロースに、根元的根底的根本的根源的な記憶を持っています。これはぼくの記憶の中のズロースと根こそぎ同じです」

「はい。そこでカット」おれがズロースのゴム紐《ひも》に手をかけた時、鳥打帽にチェックのズボンを穿《は》き、チェックのチョッキにメガホン片手のおれの尾行者が、よたよたと不恰好に土手をおりてきた。土手の上にはみどり色をした旧式の映画撮影機が一台置かれている。

「そこまでで結構です」

「あら、活動写真をとってたんだわ。わたし、いつのまに活動写真のヒロインになっていたのかしら」正子は小さな櫛《くし》と鏡を出し、髪を梳《す》きはじめた。「どこの活動写真かしら。帝キネかしら。P・C・Lかしら」

立ちあがったおれの耳もとに、尾行者がささやきかけた。「さあ、ここはもうこれでいいから、Y_1の方へ行って下さい。あっちの時間ももと通りにしてきてください」

「なぜおれが、あんたのいう通りに時間をかけずりまわらなきゃならんのだ」おれはむっとして反論した。「これではまるで人形だ」

「頼みます」彼は手を合わせんばかりの様子で懇願しはじめた。「早く行ってください。でないと、今度は時間がのびてしまう。そうするとまた何かおかしなことが起って、また正常な世界へ戻れなくなります」泣き出しそうになっていた。

「しかし、おれはたしかXの何番めかのおれだ」おれもいつの間にか、おろおろ声になっていた。

「Yの方の記憶はないんだ」

「正子を誘拐して公園のボートに乗るとか言ってました。そこへ行ってください」

「それだけじゃ行けないよ」おれは、かぶりを振った。「座標がわからない」

尾行者はおれを土手の上へひっぱって行き、落ちていた棒切れを拾いあげて路上に数式を書いた。$E=-\phi\cdot m_0\{2-(Vc^{-1})^{-2}\}\frac{1}{2}p\ (x,y,z)\ y^0$

「だけどあなた自身、正子という女性と公園のボートに乗った記憶は、ただ一度しか持っていない筈です」彼は顔をあげ、映画撮影機を指さした。「あの機械は、例の井戸時計店の時間旅行機能を持つ反動形成的静寂空間の影響を受けています。この数式を記憶し、あの機械を持って、すぐそこへ行ってください。さあ、早く」

おれはせきたてられ、映画撮影機をかかえて眼を閉じた。こんなにあちこちとびまわらされたのでは、とても自分の脱出口を見つけようとする余裕などはない。時間を旅行をするということは、自分の存在する宇宙の歴史を変えるということであるから、それはつまり他の次元にいる無数のおれに対して責任を持つということなのである。ところが隣接する多元宇宙の多くのおれのうちのどいつかが無茶をやった。そのため、全員が迷惑しおれも迷惑している。無茶をやったのはX_1かY_1のおれだ。おれはY_1のおれに対して憎悪を凍結させようとした。

重油のような黒いどろりとした川面に浮かぶボートの上に、おれは移動していた。夜空には仕掛け花火が打ちあげられ、小雨が降っていた。そしてボートの上には、おれ以外に、正子とY_1のおれがいた。Y_1のおれに対して憎悪を凍結させたため、まだY_1のおれがY_1のおれとして自覚を持つ前に到着することは不可能だったのである。そのため必然的に、おれはXの何番めかのおれでありながら、Y_2のおれでもあるという、ややこしいことになってしまった。

「こら」と、おれはボートの上で正子のからだへ覆い被《かぶ》さっているY_1のおれに叫んだ。「無責任なことをするな」

ボートの上に、もうひとりのおれが撮影機をかかえてあらわれた。「こら。無責任なことをするな」Y_3のおれらしい。

Y_4のおれがあらわれた。「こら。無責任なことをするな」

さらに続けざまに、小さなボートの上へ、次つぎと撮影機をかかえ、Y_5、Y_6、Y_7……のおれがあらわれた。「こら」「こら」「こら」「こら」「こら」「こら」

「無責任なことをするな」「無責任なことをす」「無責任なこと」「無責任な」「無責任」「無責」「無」「無」「無」「無」

ボートの上は、撮影機をかかえたおれで鈴なりになり、おれたちはたったひとりの正子の上へ山のように積み重なった。

「なんだ」「なんだ」「なんだ」「なんだ」「なんだ」「転覆するぞ」「転覆するぞ」「転覆する」「転覆す」「転覆」「転」「転」「転

「痛いいたい」「痛いいたい」「痛いいた」「痛いい」「痛い」「痛」「痛」「痛

ボートが転覆した。すでに十数人に増えていたおれたちと正子は、水の中に抛《ほう》り出された。転覆したボートの腹の上に、さらに撮影機をかかえたおれたちが「こら」「こら」「こら」「こら」といいながら、あらわれ続けている。

汚物をはりつけたびびんちょ川の表皮をずるずると吸いこみ、むせ返りながらおれは考えた。時間の無秩序はさらに破壊され、今や時間の断片になってしまっている。岩を噛んだ時間流は今や逆流どころか、単なる飛沫になってしまった。井戸時計店にさえ来れば脱出口が見つかると思ったのは早合点で、そこから先が大変だったのである。ではなぜこんなに時間が寸断され、上調子なパラドックスがおれをとりまくことになったのか。時間旅行というものに関するおれのSF作家としての固定観念が間違っていたのである。このヒドラ的イドラが今おれにヘドロを飲ませているのだ。主人公たるおれが犯人だった。ではこのアクロイド現象から脱出するにはどうすればよいか。時間旅行に関するSF的先入観念を忘れて過去に戻る方法を考えればよいのだ。おれの決定的結諦的血涙的欠陥的車夫馬丁的徹底的誤りは、おれと外部の時間の間に差を認めたから起ったことである。おれが現在のおれのままで過去や未来に行けると思ったことがそもそもSF的独断であった。子供の頃へ行こうとすれば、おれも子供にならなければならなかったのである。意識は現在のままで生理的に過去へ戻ればこんなパラドックスは起きないですんだのだ。こんなパラドックスは起きないですんだのだ。こんなパラロックスは起きないれすんらのら。コンナぱらろっくすハオキナイレスンラノラ。

「正子たん。あなたはぼくの姉たんでちょ」と、四歳のおれが正子にいった。

おれは筒袖の着物を着て土手の下に立っていた。四つ身を着た正子は土手の斜面でりんどうの花を摘《つ》んでいた。

「それがどうしたの」正子はおれを見おろして訊ね返し、あわてゝかぶりをふった。「だめだめ。わたしはあなたの名前なんか知らないわ」

「お医者たんごっこ、しようよ」おれは土手を駈けのぼって正子に近づいた。「ぼく、浣腸器《かんちょうき》、持ってるんよ」

正子は一瞬、ぎょっとしておれを眺め、りんどうの花をおれの頭上にぱっと撒き散らし、両手で着物の裾をつかんで草の上にべったりと正座した。「あなた、ほんとに四歳なのかしら」

「ほんとに四歳らよ」おれは正子に抱きついた。

「ほんと、ほんとに四つよ」

「でもあなたは、わたしの父と同じようなことを言うわ」正子が頰に涙を伝わせ、眼を赤くしていった。「わたしは、父に犯されたのよ。実の父に犯されたの」

「では」おれはつくづくと正子の白い顔を眺めた。「ではもしかすると、あなたはぼくの娘ではないのれすか」

「だってあなたは、まだ、わたしをこんな目にあわせることなど、できないでしょう」正子が着物の裾をひろげて見せた。白い太腿《ふともも》に、べったりと血がついていた。

「正子。どこにいる。どこだ」野太い男の声が土手の上の道を次第に近づいてきた。おれの声だった。

「お父さんよ」正子がしゃくりあげながら、絶望的にかぶりを振った。「あれがわたしの父の声なの」

やはりここは、まともな過去ではない、と、おれは思った。別の過去だ。あのボートに乗っていた時点からここへ移動したのがいけなかったのか、あるいは意識時間をさかのぼらなかったのがいけなかったのか。しかし、生理時間と意識時間を同時にさかのぼったりすれば、おれは本当に身も心も四歳の時のおれに逆行してしまうわけで、時間旅行の意味がなくなってしまうのである。そうなれば、どの時点でおれが隔絶された別の時間へ移動したのかという記憶はおれにはないのだから、おれはふたたび、くり返し別の時間へひっさらわれてしまい、もとの時間にとどまることはできなくなってしまう。

　とにかく、いったん井戸時計店に戻ろうと、おれは心に決めた。どこへ行くにしろ、いちおうは原点に戻ることが必要な筈である。

　だが、その原点たるや、もはや原点ではなくなっていた。井戸時計店は、以前おれがここへやってきた時そのままに部厚く重いガラス・ドアによって戸外の物音からさえぎられ、静まり返っていた。空気は澱《よど》み、店いっぱいに置かれた時計がこちこちと鳴っているのも以前のままだった。だが、あの神経質そうな店主はいなかったし、売場にあるすべての時計には針がなかった。

　ガラス・ケースの上に置かれた電話機に向かって、正子がただひとり、何か話していた。「そうよ。わたしがよ。強制的に電話をかけさせられてるのよ。今わたしの横に、わたしを誘拐した男がいるわ」彼女は自分のうしろに立っているおれの方を振りかえり、うなずきながら受話器をさし出した。「かわってくれっていってるわ」

「よかろう」おれは受話器をひったくり、むやみに大きな、荒あらしい声で相手に喋りはじめた。

「おれが誘拐したこの女、この女があんたの妻か恋人か、あるいは母か娘か、友人か会社の同僚か、それはおれの知ったことではない。そんなことは、どうでもいいことなのだ。また、おれの誘拐の目的が、営利誘拐か厭がらせか、また婦女暴行を目的とするものであるかは、今のところ言うわけにはいかない。この三種の目的はそれぞれ互いに、容易に他者とすりかわるものであるからだ。わかるか」

　聞き憶えのある弱よわしい声が、あい槌をうった。「わからんこともないが」

「それなら今すぐ、十二万五千円用意して、自我町六丁目にある井戸時計店という店へこい。いいな。これは命令だぞ」

弱よわしい声は、しばらくくどくどと泣きごとを並べ立てていたが、やがてしぶしぶ承知した。おれは受話器を置いた。

正子がおれに、悲しげな声で話しかけてきた。

「こんなことがいったい、いつまで続くの。十二万五千円あれば、今月分の家賃と食費は賄《まかな》えるけど、どうせあなたはまた無一文になるわ。だってあなた、何にも仕事をしていないんだもの。そしたらまたここへきて、過去に戻って、あの男にあたしの身代金を請求するんでしょ」嘆息した。「あたし、もう、同じ時間内を行ったり来たりし続けるのがいやになっちゃったわ」

「もうすぐ、あの男がやってくる」おれは正子の顔を見ずにいった。「お前がここにいちゃ、まずい。お前はおれたちの、あの六畳ひと間のおんぼろアパートに帰っていろ」

「帰りに、お肉を買ってきてね」投げやりにそういうと、正子は疲れきった様子で店を出ていった。ちびた下駄をはいていた。金が手に入ったら、すぐにハイヒールを買ってやろう、と、そう思ったが、いざ金が手に入ればそんなことは忘れてしまうに決っていた。

よれよれの背広のポケットから出した安煙草を、いつの間にかニコチンで黄褐色になっている太い指さきにつまんでふかしながら、おれは澱んだ空気の底で待ち続けた。

やがて、みどり色の服を着たおれの尾行者が、十二万五千円を手にして店にあらわれた。自分がおれの尾行者であることを全然知らぬおれの尾行者は、おどおどとおれに声をかけてきた。「あの、あなたが正子を」

「そうだ」おれは彼の手から十二万五千円をひったくった。

「正子は、あの、正子は」尾行者は縋《すが》るような眼でおれを眺め、おれが睨み返してやるとおろおろし、口ごもった。「あの、正子をいっ」

「すぐ返してやる。心配するな」彼の視線を背に感じながら、おれは店を出た。

　自我町は喧騒《けんそう》の中にあり、店を一歩出るなりおれは騒音の嵐にさらされた。それはむしろ、澱んだ空気をおれの周囲から拭い去ってくれるような気がして快かった。時間のない空間は、どうやらこの世界ではあの時計店の内部だけらしく、町は夕暮れだった。もっともすでにおれは、夕暮れどきを時間に換算して見る気はすっかりなくしていた。それは単なる町の夕暮れどきだ。酒を飲まずにはいられない雰囲気であり、おれの気分だった。おれは知っているバーが二、三軒集っている繁華街の一画に足を向けた。

　その一画はおれの記憶にある繁華街の一画と何ら変るところはなかった。変ったのはおれだけらしいと思い、やや安心し、おれはくすくす笑いながら黝《くろ》い胴体を見せて林立するビルとビルの谷間の底、七彩のネオンが点滅するショッピング・プロムナードを歩きまわった。あきらかにここは、おれのいるべき世界だった。以前の世界だった。おれは、おれと尾行者の立場を逆転させることによって、未来をくるりと裏返してやったのだ。今のおれのしょぼくれた姿こそ本来のおれが持っているべき姿だったのだ。当然の姿なのだ。おれはバーに入り、酒を飲んだ。次のバーへ行ってまた飲んだ。知らぬバーへも入り、また馴染のバーへ戻った。女たちと冗談をいいあっては笑いころげた。女たちはみんな親切で愛らしかった。ただし、勘定は現金でとられた。この世界では前にも増しておれは信用されていなかった。

　そして夜が明けた。金は数千円に減っていた。正子と世帯を持っているあのぼろアパートの家賃は、数千円では足りなかった。正子はおれを待っている筈だった。だが、帰れなかった。戻ることはできなかった。おれはその数千円を持って競馬場に出かけた。馬券を買った。しかし、負け続けた。第5、第6、第7、第8、第9レースに到るまで負け続け、馬を呪《のろ》った。だが、投げやりに買った第10レースの馬券は大穴だった。続く第11レースも大穴だった。十数万円の金を手にしたおれはギターを買い求め、そのギターを手にしてふたたび夕暮れどきの繁華街に帰り、飲み明かした。騒ぎ続け、歌い続け、飲み続けた。昼間は閉店しているバーのソファで眠り、夜になるとまた騒いだ。二日めの朝がた、おれの金は、今度こそ全くなくなり、おれは無一文になっていた。

次の日からおれは、夜の繁華街でギターの流しをはじめた。客の振舞ってくれる酒に酔っぱらい、もつれる舌で歌をうたい、閉店後のバーのソファで眠った。おれは自由だった。おれは軽《かろ》やかに泥水はねとばし、すがすがしく煤煙を呼吸し、馬鹿空と腐れ大地の間を飛翔していた。しかし、時間の経つのは早かった。あまりにも早かった。

またたくまに数週間が経過し、そして数カ月経った。

あのぼろアパートに戻ることは、もはやできなかった。それは今や、金がないからではなかった。正子がいつまでも、アパートの六畳でおれを待ち続けていることは、まず、ない筈だった。金がないだけなら、正子をつれてまた井戸時計店へ行き、ふたたび時間をさかのぼって身代金を請求すれば、十二万五千円の金を手に入れることができる。しかし、これだけ長い間正子を抛《ほう》っておいたからには、十二万五千円を奪われたおれの尾行者が、必ず正子を捜しあて、つれ去ってしまっている筈だった。ぼろアパートに戻って、正子がいないだけならまだいいが、もし警察が張り込んでいた場合は、おれは逮捕されてしまうのだ。

さらに流しを続けて酔い痴《し》れて、数年が経過し、数十年経った。おれのからだのあちこちに、がたが来はじめた。手足は思うように動かせなくなり、神経痛と関節炎が持病になり、胃が弱くなり肝臓が悪くなり、皺《しわ》と白髪《しらが》がふえはじめた。

それにもかかわらず、おれの精神はもとのままだった。この世界の時間の経過は、精神に老化現象を起すことがなかった。肉体の老化だけが、やけに早かった。女たちも肉体的にはすべて老婆になっていたが、その無邪気さや愛らしさや馬鹿さ加減は昔のままだった。この世界がもとの世界と違うことにおれが気づいたのは、数十年が経過した後だった。この世界は、数十年が経過してはじめて、もとの世界ではないということがわかる仕掛けになっていたのだ。

だまされた、と、おれは思った。この世界全体が、意識はもとのままに、生理時間だけが進行するという、やはり一種のタイム・マシンだったのである。しかしおれはそれを残酷だとも思わず、腹も立たなかった。生理時間をさかのぼるだけなら、井戸時計店に戻ればいいことを知っていたからである。

数十年間弾き続けたギターが、とうとう壊れてしまったその日、めっきり衰えて少し動けば激しく動悸を打つ心臓をなだめながら、おれは歩いてぼろアパートへ行ってみた。正子がいないことはわかりきっていたが、これだけ年月が経過したのだから警察の張り込みもないだろうと思い、することがないままにぶらりと出かけたのである。木造二階建てのぼろアパートは、数十年経過してもまだそこにあった。それは今や無人の廃屋として通用するほど老朽した建物と化し、二階への階段はなかば腐《くさ》り、壊れかかっていた。字も読めぬほどに黒ずんだ各部屋の表札が、ようやくまだ住む人のいることを告げていた。

意外にも、正子はまだもとの六畳の部屋にいた。廊下に面した窓からのぞくと、すでに白髪の老婆となった正子が俯向《うつむ》いて何かこまかい手仕事をしていた。がらんとした部屋の中のわずかな家具や、その置かれている位置も昔のままだった。

声をかける気にもならず、へたへたとおれは埃《ほこり》だらけの廊下にすわりこんでしまった。では、正子は今までおれを待ち続け、あのおれの尾行者は、正子を捜そうとする努力を抛棄したのだ。十二万五千円もの身代金を出しておきながら、その直後、あくまで正子をつれ戻そうという気をなくしてしまったのだ。では、それはいったい何故か。十二万五千円が彼にとってたいした金ではなくなり、正子が彼にとって必要ではなくなったからであろう。そうに違いない。そこまで考えておれは激しい怒りを全身に感じた。裏切り者め。これは裏切りではないか。正子に対する裏切りであり、このおれに対する裏切りでもある。と同時に正子に対する責任の抛棄でもあるのだ。よし、あのインテリ顔をした科学者くずれのならず者め、ぐうたら野郎の腰くだけめ、悲鳴蛙《がえる》の泣きべそのっぽめ、きんきらきんの序の口探偵め、見つけ出してひどい目にあわせてやるぞ。

精神の若さが、おれを勢いよく立ちあがらせようとし、肉体の衰えがおれをよろめかせた。壁にぶつかり、階段を踏みはずしそうになりながら、おれはよたよたとぼろアパートをとび出し、ずた袋の如き心臓に笞《むち》打ち、骨と骨がきしんであげる断末魔も耳に入らばこそ、血相変えて一路自我町六丁目、井戸時計店へと向かった。

騒音までが老化しているような奇怪な喧騒の大通りから路地に入り、ガラス・ドアを押し開けて無人の時計店にとびこみ、針のない時計を陳列したケースの上の受話器をとりあげた時、おれの肉体はすでにここを出た当時の若さに戻っていた。何度も電話したため暗記してしまっている番号をダイアルし、出た相手をよく確かめもせずにおれは怒鳴りつけた。

「貴様はやる気があるのか。正子をさほど大切に思っていないのなら、なぜ十二万五千円持ってきたのだ。もしも今の貴様が、まだここへ十二万五千円の身代金を持ってきていない時点の貴様なら、もう絶対に持ってくるな。もし、すでに持ってきた貴様なら、すぐ正子を捜しはじめろ」

「あなたはどうやら、わたしを、わたしの息子と間違えておられるようですな」どこかで聞いたような声だったが、おれの尾行者の弱よわしい声でないことだけは確かだった。

「わたしの息子でしたら、もうここにはおりません。息子は、科学者の子として生まれながら、あまり頭がよくないためにうだつがあがらず、いつも科学研究所の片隅にちぢこまっている万年助手としての立場にいや気がさし、家をとび出して別の世界へ行ってしまいました」

「では、では」おれは一瞬、息がとまるほどの驚愕《きょうがく》で口がきけなくなった。「で、ではあなたの息子さんは、この世界から、どこか別の世界に脱出したとおっしゃるのですか」

「ほほう。文学的なおっしゃり方ですな。そのおっしゃり方は、それが正確かどうかよりも、あなたのものの見かたを知る上で、非常に参考になります」男の声の彼方から、聞き憶えのある回転木馬のためのジンタのワルツが流れてきた。「あなたは自分の欠陥を自覚していないようですね。それこそがあなたの長所なのですよ。わたしは職業適性所の所長もやっているのですが、いちどあなたとお会いできれば、あなたのためにお役に立つことができると思います。いかがです。いちどお越しになりませんか」この世界では、彼はあきらかに、おれと会ったことがないのだ。

「いや。その必要はないでしょう」おれはぞっとして、あわてて質問を続けた。「あなたの息子さんは、もしかして、人を尾行する職業、つまり私立探偵になられたのではありませんか」

「そんなものにはなりませんでした」

「では何になったとおっしゃるのです」

「音楽家になりました」と、彼はいった。「息子は音楽家著作権協会並びに全音楽譜出版協会並びに和声学会並びにブルー・ノート学会の会長になっています。また、コード・コード委員会の委員長もしています」

「有名になられたのですね」おれは嘆息した。「有名になったため、十二万五千円もの身代金を払っておきながら、過去の女を捨てたわけですね」

「息子のことは、父親のわたしがいちばんよく知っています」と、彼はいった。「おそらく、そんなこともしたでしょうな」

「息子さんは、今、どこにお住みですか」

父親が、息子の住所をおれに告げた。おれは、なるほどと思った。彼は、おれがSF作家である世界では、おれがSF作家として住んでいたビルの最上階の八階の、しかも同じ部屋にいるのである。おれはくすくす笑った。おれの尾行者は今やおれの尾行者であることをやめ、情報による呪縛《じゅばく》、時間による束縛、空間による圧迫を受け、ひと晩中自分のいびきで眠れないほど疲れているに違いなかった。そして彼はおそらく、現在彼のいる場所が、以前彼のいた場所ではなく、現在彼と共に流れ続けている時間が、以前彼が身をゆだねていた時間とはどこかで隔絶された別の時間であることを知り、そこに異和感を覚えて混乱し、なんとかしてこの世界から脱走しようとたくらんでいるに違いない。

井戸時計店を出たおれは、おれの尾行者が現在住んでいるビルの方へ足を向けた。もはや肉体は健康だった。おれは浮きうきと歩き続けた。この世界が、おれの最初に住んでいた世界でないことは確実である。しかし、おれがSF作家であったあの世界よりは幾分ましな世界であることもまた確かである。最初の世界へどうやって戻るかという点では振り出しに戻ったわけだが、それはまた、あとで考えればいいことである。とにかく今は、おれの尾行者を苦しめてやることが先だ。

歩き続けているうち、おれはなぜか、最初の世界へ戻ることをさほど重要とは思わなくなっていた。なんとなくこの世界で、以前おれの尾行者だったみどり色の男を苦しめ続けている方がおれの性にあっているような気がしてきたからでもあり、最初の世界やおれがＳＦ作家であった世界には、絶対に戻れないような気がしてきたからでもある。これだけ時間をいじりまわして、尚《なお》かつもとの世界がもとのままであり、そこへ戻っていけるなどとても考えられない。ＳＦ的思考で計算しようが常識だけで考えようが、そんなことはあり得ることではない。多元宇宙理論で考えてもそうだし、まして時間や歴史をただ一本の流れであると考えた場合には、尚さらだ。

しかし、もう戻れないだろうと考えはじめたということは、逆におれの意識の中にあった時間が次第に信用できないものになりはじめたからでもあった。つまり、時間を自分の意識の従属物、あるいは意識の産物と思いはじめたのだ。だいたい時間なんてものが、ほんとにあらゆる現実を包括する地平なのだろうか。さらに極端にいえば、時間に主観的意義が備わっているということからも、また時間が単に直観の形式に過ぎないと考えられることからも、時間とは、仮の現象に過ぎないのではないか。すると、今までのおれの時間旅行のあらゆる時間体験、時間経験、時間知覚はすべて錯覚だったのではないだろうか。人間の意識は、時間よりもさらに謎に満ちている。別の時間の自分、つまり本来の世界における本来の自分の過去や未来はもとより、別の歴史における自分、つまり、他の次元の宇宙における自分の過去や未来などをその通りに錯覚し、実際に知覚し、行動し生きつづけることぐらい、なんでもないことではないのか。現におれは、X_1、X_2、X_3……X_∞おれや、Y_1、Y_2、Y_3……Y_∞のおれのすべてとして行動したわけではないのに、時間旅行の際の合体や分裂や包含を通じて、それら無限のおれのほとんどの経験を記憶してしまっているではないか。今までなぜ時間をそれほど重要視していたのかと考えて、おれはだんだん馬鹿ばかしくなってきた。

ビルの玄関までやってくると、今は大音楽評論家となったおれの尾行者が、あい変らずみどり色の服を着て歩道へ出てきたところだった。おれに気がつかず彼方へ歩き出した彼をおれは追い、骨ばった肩に手をかけた。振り返っておれの顔を眺め、一瞬蒼白になった彼は、弁解しようとするように口を二、三度開け閉めし、がしゃん、がしゃんと激しくまたたいた。正子の所在の追求を拋棄したことに罪悪感を抱いていることは、これであきらかになった。おれはゆっくりと、彼の肩から手をはなした。

「よし。さあ、行くんだ。おれから逃げ出せ」おれはにやりと笑って彼にいった。「今度はおれが追いかける番だ」

ティンパニによるインテルメッツオ

ご報告申しあげます。

貴社より受注いたしました「××（秘密保持のため伏字にいたします）氏尾行の件」に関するご報告でありますが、実はわたくしは今、常になくとり乱しております。恐れおののいております。早くいえば、こわいのであります。つまり精神的安定をやや欠いた状態の下にこれを書いております。したがいまして前回の如き理路整然とした文章を、期待なさらないでいただきたいのでありま す。このような状態で四角四面の報告書を書くとは申しわけないことながら、文の乱れやことばのまちがい、お許しくだされればさいわいでありま す。おそらくは支離滅裂とお思いになるでありましょうが、尻はもともと裂けているものとでもお考えの上、何とぞお眼こぼしの上お見逃しの上この報告書をお納め願いたいのであります。

そもそもわたくしのこの精神的不安定は、貴社より受注いたしました一件によって起ったものであります。××氏の尾行に端を発しそれに原因しているのであります。だからと申してこれをば貴社に責任転嫁するものではありませんが、もしわたくしが貴社より受注した仕事に対して熱意を持たず、自己の使命を遂行するに不誠実であったならば、これほどの情緒不安定には陥らなかったであろうこともまた確かであったということ、この点をよくお含みおき願いたいと思います。

さて、わたくしは、こわいのであります。

何がそんなにこわいのかとお思いになるでしょうが、現在のわたくしのこの怖さを理解していただくために、どんな方法があるでしょう。何もないのであります。もちろん怖い理由を説明することはできます。それはつまり、わたくしが××氏を尾行し続けているこの世界とは別の世界、この世界と平行して存在する他の世界では、逆に××氏がわたくしを尾行しているという事実を、わたくしが知ったための怖さでありますが、そう申しあげたところでこの怖さの何百分の一も理解していただける筈《はず》はないのであります。

そうなのであります。

無限に存在する他の次元の宇宙のいくつかにおいては、わたくしは、××氏に尾行されているのであります。そしてそれらのわたくしは、このわたくしと同一人物であり、××氏にしても、この世界に存在する××氏と何ら変ることのない××氏なのであります。このいまわしい事実を少しでも信じていただくためには、どうすればいいでしょうか。その世界でわたくしが、音楽家著作権協会並びに全音楽譜出版協会並びに和声学会並びにブルー・ノート学会の会長をし、コード・コード委員会の委員長をしていると申しあげれば、わたくしの前回の報告書の内容を思い出してくださった上で、なるほど、ありそうなことだと、この事実の可能性を少しでも認めてくださるでありましょうか。そうなのであります。わたくしはその世界で、××氏が住んでいる筈のビルの最上階の部屋で、昼夜を無視しただらしなさで寝ては起き、起きては寝、その間に、ピアノ、ギター、ドラムなどをいじりまわし、ドデカドデカ、ドデカデカ、ドデカデカ、フカフカフカ、ドデカ、ドデカデカデカデカ、フクフクフクなどとわめき散らしながら評論を書いているのであります。そしてわたくしは、わたくし自身でありながらも、そういった別のわたくしたち、すべてのわたくしたちの意識を体験してきたのであります。

それは悪夢のようなものでありました。今思い出しても半狂乱状態に陥りそうなほどの恐ろしさであります。そして悲しいかなこの恐怖を表現する言語は心理学用語の中にはないのであります。新奇恐怖《ネオフォビー》でもなければ写真恐怖《フォトフォビー》でもありません。現実神経症《アクチュアルノイローゼ》の中の離人症《デパーソナリゼーション》に似ていますが、わたくしの現実認識能力は確かであります。

この怖さを、どうすればいいのでしょうか。とても、じっとしてはいられないのであります。わたくしの背後に、わたくしがいるのです。そいつは今、きっと笑っているに違いありません。前にも横にも、上にも下にも、四方八方わたくしの周囲をわたくしが取り巻いているのであります。机の上をこちらへ、蜘蛛《くも》が這《は》ってきました。百足《むかで》も這ってきました。その他数種類の虫が這ってきました。そいつらの頭は、すべて小さな女の顔になっています。日本髪を結った蒼白い女の顔です。机の上に置いたカップのコーヒーの中から、小さな潜望鏡があらわれました。レンズをわたくしに向けています。インク瓶の中からもあらわれました。こっちを見ています。週刊誌の表紙の女の顔が、わたくしにうなずきかけました。抽出《ひきだ》しの中では、耳掻きがごそごそと動いています。お臍《へそ》の胡麻《ごま》をとらせてくださいといっているのです。

正面の窓ガラスの外は闇夜です。ガラスに映っているわたくしの顔は、さっきから見知らぬお婆さんの顔になり、歯のない口をあけて笑っていま す。窓ガラスには、守宮《やもり》もへばりついています。梟《ふくろう》が、窓ぎわにとんできました。その梟の頭は、おかっぱの少女です。少女がガラス越しに、わたくしの方へ白い指をつきつけました。

屑籠の中にも何かいます。かさかさ、かさかさと、ちり紙が音を立てているのです。あれはきっと、一週間ほど前に叩き潰《つぶ》し、ちり紙に包んで捨てたぺしゃんこのゴキブリが、屑籠の中でうようよと繁殖しているのでしょう。ぺしゃんこのままで。

壁には、血みどろの赤ん坊の顔の模様をした蛾《が》がとまっています。その上を見あげますと、いちばん隅の天井板が一枚だけ、すうっとはずれました。中からは白髪の老人が顔を出し、何かつぶやきはじめました。あれは天井裏に満ちている、この世にとどまった魂魄のひとつなのでしょうか。

横に置いてあるギターの低い方のE弦がポーンと鳴りました。あ、また螢光灯がまばたきをしました。足の裏に、つめたいものがさわりました。きっとアカナメです。足の裏の垢《あか》を舐《な》めているのです。今度は足指の間を舐めはじめました。

耳もとで、はっ、はっ、はっという女の息づかいが聞こえます。誰かうしろに立っているのです。きっと、頭のてっぺんから肛門まで、落ちてきた焼夷弾に貫かれたセーラー服姿の美少女が、血まみれの顔で、背後から、今わたくしの書いているこの文章をのぞきこんでいるのでしょう。だからわたくしは、ペンをとめることはできないのです。もしとめたら、彼女は怒ってぱっと燃えはじめるにちがいありません。

部屋の隅の冷蔵庫の中には、腐りかけた鳥が小さな手足をはやし、赤い眼をこちらに向けて笑いながら、大きな舌でべろべろと唇のまわりを舐めまわしている筈です。わたくしはこのアパートの共同便所へ行くこともできないのです。そこには、死んだ赤ん坊を抱いて、濡れ女が立っているからです。

この木造アパートの隣に住んでいる田中さんは、じつは泥棒なのです。ときどき人殺しもするそうです。それから、階下にいる山田さんは娼婦です。階下からは、うーんうーんという唸《うな》り声が聞こえてきます。きっとお産をしているのです。なぜなら、血の匂いがここまで漂ってくるからです。山田さんは二年前にも子供を生みましたがその子は便所に落ちて死にました。もしかすると山田さんの部屋は、血まみれの胎児でいっぱいなのかもしれません。今、床下を走っていった鼠たちは、胎児の首をくわえているのでしょうか。それとも山田さんの、ばっさりと抜け落ちた頭髪をくわえていったのでしょうか。

管理人の部屋には誰もいません。管理人は血染めの曼陀羅《まんだら》を一枚抱いて入水《じゅすい》自殺を遂げたのです。管理人の部屋では、ずっとラジオがつけっぱなしになっています。さっきまでは邪宗門メーザーによる胎内めぐりについての科学解説でしたが、今は子守唄をやっています。

誰かが今、わたくしの首を絞めている。

ぎゃあああああ。

失礼いたしました。決してとり乱したわけではありません。そうですとも。前に述べました通り、わたくしの現実認識能力は確かなのでありますす。わたくしはこのような馬鹿げた妄想にとらわれてわれとわが身を恐怖のどん底に叩き込む愚を演じるような種類の人間ではありません。これは、あなたに、少しでもわたくしの感じている恐怖感へ近づいていただくため殊更おどろおどろしく書いた文章であります。そうなのであります。いかがでしたか。少しでも恐怖を感じていただけたでありましょうか。ああ。だがしかし、わたくしが××氏尾行の途上で経験し、今も抱き続けている恐怖感は、とてもとても、こんなものの比ではないのであります。

前回の報告書の最後に書きました通り、××氏は**この世界**の狂った時間から脱出しようと計りはじめました。なんということでありましょう。時間とはもともと狂っているものであります。時間が狂っているからこそ**この世界**は不統一、出たら目、かつ滅茶苦茶なのであります。だからこそ住み心地がいいわけなのであります。こんな単純明快なことさえ彼には理解できていなかったのでありましょう。そして彼は、彼のいわゆる**あの世界**、つまり彼の**以前いた世界**にこそ、あるがままに時間というものが存在すると考えていたのでありましょう。どうして正確な時間などというものがあるがままにあり得ましょうか。正確な時間、そんな時間に逃げこまれてしまっては、大変であります。わたくしにしてみれば、**以前いた世界**からやっとのことで、この**単純明快な世界**にやってきたのです。正確な時間などという末端肥大症的なところへ逃げこまれてしまっては、わたくしは彼のあとを追うことができなくなってしまうのでありまず。わたくしは彼の脱出計画を阻止しなければなりませんでした。阻止してはじめて、貴社より命じられております彼の尾行という任務を果すことができるのです。

前回の尾行におきましては、わたくしはこの世界から脱出しようとする彼をただ一方的に追跡するのみでありました。だが今回は、わたくしは彼に対して先手を打たなければなりませんでした。そこで彼が立ちまわるであろう場所に先まわりし、彼が知るであろう事実を前もって知ることにより、彼の脱出を阻止しようとしたのであります。『大部分天文台』や『捕縛大学』の応用物理学教室、自我町六丁目の井戸時計店などでありますす。いずれも、彼が時間について知ろうとするなら当然やってこなければならぬ場所でありました。わたくしは次つぎと先まわりをして調査した結果、どこにも正確な時間がないことを知ってやや安心したのであります。

だが、なんということでありましょう。わたくしが、彼の立ちまわり先へ先まわりをする、いわば逆追跡という新手の尾行法を試みているうちに、いつかわたくしは彼によって尾行されていたのであります。おお、わたくしはこれほど恐ろしい目にあったことはありません。尾行者たるわたくしが、脱走者たる彼から尾行され、そして尾行者たるわたくしは、いつの間にか脱走者になっているのであります。そしてわたくしは尾行されてはじめて、尾行されることがどんなに恐ろしいものかを知ったのであります。尾行ということばに備考を加えますなら、わたくしは最初商売柄尾行を美行と心得ておりました。微光を求め、美香の微香を鼻孔に感じとって微行することにより微功を得ることのできる行為と思っていたのでありますが、その考えはみごとに覆ってしまったのであります。真正妄想の中でも、いちばん多いのが追跡妄想だそうでありまして、これだけでも尾行されることが人間にとっていかに根源的恐怖感を惹起《じゃっき》せしめるものであるかが証明できるわけでありますが、かてて加えてわたくしの場合は妄想などではなく本ものの尾行だったのであります。それがどれだけ恐ろしいものであったか。

夜道を歩けば提灯《ちょうちん》がついています。影法師が白い口をひらいて笑うのです。いくら歩いても同じ場所へ出て、そこは墓です。墓石が、卒塔婆《そとば》が、倒れかかってくるのです。夜のビル街に磯姫がいるのです。靴音がどこまでも、あとをついてくるのです。立ち停れば、背後の靴音もぴたりと止ります。歩き出せば靴音は、いくらでも近づいてくるのです。そして私の耳たぶに、熱い息でささやきかけるのです。もしもし。もしもし。もしもし。大通りにはお稲荷《いなり》さんがあります。狐がわたくしに挨拶するのです。そしてわたくしにいうのです。あなたのうしろの人は。あなたのうしろに立っている人は。その人は。あなたのうしろにいる人は。

その人は誰ですか。その人は誰ですか。誰ですか。あなたのおかあさんですか。どうして泣いているのですか。今夜はどこまでも暗い晩ですね。そういって狐は夜空を見あげるのです。見あげたままでわたくしにいうのです。雲の上にお月さんがあります。ぼくのお父さんは昨夜死にました。ぼく、あそこに行きたいなあ。そういって狐は燃えはじめ、ぱっと消え失せます。

向こうから、ビルのかどを曲って誰かがこっちへやってきます。だんだん近づきます。すれ違った時ふと見ると、その男の顔は猫の顔でした。あれは故郷のお寺に住んでいた筈の猫又ではなかったでしょうか。

ショウ・ウインドウのマネキンたちが、わたくしの背後をさして笑っています。びしょ濡れだよ。びしょ濡れだよ。死んでるよ。死んでるよ。子供の時に死んだんだよ。マネキンたちは、急に黙ってしまいました。もとの、物いわぬ冷たく固いマネキンに戻ったのだ。

誰かが今、わたくしの肩に手をかけた。

ぎゃあああああ。

とり乱して失礼いたしました。今夜はほんとに、いささかとり乱しました。わたくしは報告を続けなければなりません。××氏に先まわりして調査した結果、どこにも正確な時間がないことを知って、やや安心したというところまででした。

なぜ安心したかと申しますと、それはわたくしのあとからやってくるであろう××氏もまた、彼にいわせれば「この世界の乱れに乱れた時間」と、彼の望む「あの世界のあるがままにある時間」との隔絶地点を見出し得ないであろうということを知ったからであります。つまり彼の脱出口は、どこにもなかったのであります。

しかし××氏は、彼の最後の立ちまわり先である井戸時計店に於《お》いて、他の次元の宇宙のあらゆる時間流を調べはじめたのであります。ああ。なんという馬鹿げた行為でありましょうか。時間を量的に測定できないからこそ過去や未来へ行く可能性が発生するのであって、また、その可能性があるからこそ他の次元の宇宙へ行ける可能性もあるのではありませんか。ですから逆に考えれば、正確な時間を持つ宇宙などは、他の次元の宇宙が無限に近くあるといいながら、その中にはひとつも存在しないのです。もしひとつでもあったとすれば、宇宙はそれひとつだけしかなく、他の次元の宇宙などというものは、そもそも存在しないことになるのです。このパラドックスに気がつかぬ××氏は、わたくしが井戸時計店にやってきた時、すでに時間をいじりまわしはじめていたのであります。

ここで、この報告書をお読みになっているあなたは、ひとつの矛盾に気づかれたことと思います。わたくしは先に、××氏よりも早く井戸時計店に立ちまわったと申しあげました。それなのになぜ、××氏がすでに時間をいじりまわしていたなどというのか、そうお思いでありましょう。

わたくしは××氏よりも早く、井戸時計店に立ちまわりました。しかし、そこにもまた××氏がいたのであります。別人ではありません。どちらも××氏だったのであります。もう、ここまで書けばおわかりと思いますので、時間のパラドックスについてくどく説明することはさしひかえます。また、わたくしより先にきていた××氏が、未来へ行って帰ってきた××氏なのか、過去へ行って帰ってきた××氏なのか、それもどうでもいいことなのであります。

どちらにせよその××氏は、時間をいじりまわした結果この世界へ、他の次元の世界からとびこんできた××氏であることに違いはないからです。そして当然のことながら、××氏とともに、井戸時計店にはもうひとりのわたくしもいたのであります。

そうです。わたくしがもうひとりいたのです。なんという恐怖なんという驚愕なんという兇事《きょうじ》なんという誑惑《きょうわく》でありましょうか。ハンバーガーの如きドッペルゲンガーは、飢餓で病臥したジャズ・シンガーの如き自我の活人画だったのであります。あまりの怖さにわたくしの還元されたヘモグロビンはスタッカートで凍結し不随意筋に角苔《つのごけ》類《るい》を生やしだした。生えた角苔はわたくしの尿道をくすぐり膀胱を圧迫し、今も排尿をわたくしに促し続けているのであります。

ああ。だがわたくしはこの木造アパートの共同便所へは行けないのであります。便所へ行けばそこにもわたくしが立っています。

外へ出ても、電柱の蔭にわたくしが立っていて、わたくしを見てお辞儀をするのです。いいえ。外へ出ようとすることもできないのです。ドアを開けば、開いたドアの廊下側の面にべったりと、わたくしが守宮《やもり》のような恰好をして指をひろげ、上を睨《にら》みつけてへばりついているからです。いいえ。うしろを振りかえることさえできないのです。

今、肩ごしに、わたくしがわたくしの顔をのぞきこんだ。

ぎゃあああああ。

とり乱しました。わたくしはまた、とり乱しました。はげしくとり乱しております。でもこれは、最初に申しあげた筈であります。現在のわたくしは、前回の如き理路整然とした文章など、とても書けぬほどに恐れおののき、精神的安定を欠いた状態にあるのであります。多少、支離滅裂になることをお許しいただきたいのであります。尻に裂けめがなければ排便不可能であります。しかしこの報告書を書くことはわたくしの義務であります。わたくしは尿道口を押えて最後まで書くつもりであります。何卒なにとぞ最後までお読み願いたいのであります。

　さて、わたくしは井戸時計店にいたわたくし自身を見て、もちろんのこと彼の存在を、つまり、もうひとりのわたくしの存在をはげしく、情熱をこめて、全身全霊をうちこんで、狂気の如く否定いたしました。同一の人間が、同一の時間に存在することは許されぬことだったからであります。そしてわたくしが彼を否定したことはすぐに、正当すぎるほど正当な行為であったことが判明いたしました。なぜなら彼、つまりもうひとりのわたくしは、わたくしが否定するやいなや、その存在を中断したからであります。

　つまり、ぱっと消えたのであります。

　その次の瞬間、わたくしの意識内に起ったことこそ、まことにもって死にぼくろ、会うも会わぬも染小袖《そめこそで》、知るも知らぬも染色体、散るも散らぬも石燈籠、行くも帰るもちんちん電車いよいよもって帆立て貝、脳にうず巻き鉄火巻、簀巻《すま》き腹巻き腰巻き寝間着、ああ夏の夜は腸に似て、寝た子を起す種芋の、茎のめだかの皮ごろも、狂気も狂気博覧強記、すべてのことが至極当然の記憶として、わたくしの脳にどっと流れこんできたのであります。すべてのこととは、いったい何だとお思いになるでありましょうか。それこそは、最初わたくしが申しあげた、別のわたくしたち、すべての他の次元の宇宙のわたくしたちの意識だったのであります。

　消えたわたくしは、時間を飛びまわっている際の、他のわたくしたちとの合体や分裂や包含を通じて、無限のわたくしのほとんどの経験を記憶していたのでありましょう。そして彼のその記憶は、彼が消えると同時にこのわたくし、他のわたくしではないこのわたくし、今これを書いているこのわたくしの意識内に、どっと流れこんできたのであります。その記憶の厖大《ぼうだい》さはわたくしの脳味噌を膨張させ、まるで膨れあがった脳味噌がわたくしの頭蓋内に納まりきらず耳の穴や鼻の穴、その他身体七穴からにゅるにゅるとはみ出るのではないかと思えるほどの量だったのであります。おお、そしてまたその記憶内容の多量多彩多趣多様なることは、筆舌に尽し難く形容の術《すべ》なく学なり難く豚にやる餌《えさ》もなく金もなければ死にたくもない有様だったのであります。

最初に申しました、このわたくしが××氏から尾行されている世界などは、その厖大な記憶の何百万分の一かの小さな部分に過ぎなかったのであります。その他の世界では、わたくしは、あるいは映画の監督であり、あるいは科学研究所の万年助手であり、あるいは貸ボート屋の親爺《おやじ》であり、あるいは職業適性所長であり、あるいは井戸時計店の店主でさえもあったのであります。それだけではありません。どうした加減かわたくしは、ありとあらゆる反社会的職業、まことに腹立たしいことながら人の忌み嫌う職業すべてを体験として記憶しなければならなかったのであります。つまりわたくしは他の次元の宇宙において、それらの職業ことごとくに就いていたのであります。

それは即ち偽医者、スパイ、香具師《やし》、暴力運転手、幇間《ほうかん》、男娼、ぽん引き、博徒、こそ泥、すり、かっぱらい、乞食《こじき》、犬殺し、ちんぴらやくざ、ドサまわりの端役、三助、チンドン屋などでありまして、それら哀れな職業に就いているわたくしたちのそれぞれの虐げられた忌わしい体験の記憶はわたくしの自尊心を、わたくしの自我を、ひっちゃかめっちゃかに掻き乱し逆三角形の底にある薄暗い奈落に突き落して、ぐちゃらがちゃらに踏みつけ踏みにじったのであります。わたくしの精神的外傷《トラウマ》の大きさをお伝えする術なきことはまことに残念でありますが、実は、それだけではないのであります。

まだあるのか、と、驚かないでいただきたいのであります。まだあるのであります。そしてやっぱりこれは驚くべきことでありますから、少しは驚いてもいただきたいのであります。

無数無限にある他の次元の宇宙、その数を計り知ることは不可能であり、それは幾万、幾億、幾兆、幾京、幾垓《がい》、幾秄《じょ》、幾穣、幾溝、幾澗、幾正、幾載、幾極、幾恒河沙《ごうがしゃ》、幾阿僧祇《あそうぎ》、幾那由多《なゆた》、幾不可思議、幾無量大数という無限大の数でありますから、いかにわたくしが、前述いたしましたような多種多彩な職業の体験を多く持っていようとも、これは即ちその無限にある他の宇宙の幾億分の一、幾京分の一、幾垓分の一……幾無量大数分の一にも満たないわけであります。つまりわたくしの意識内に流入してきた他の宇宙のわたくしたちの体験などは、現在わたくしが存在するこの宇宙に隣接したほんのわずかの宇宙のことなのであります。

さて、その隣接した宇宙から宇宙へと移動し続けたのは、このわたくしだけではありません。××氏とて、同様だったわけであります。ですから××氏もやはり、他の宇宙における数多くの××氏の体験を意識に記憶してしまった勘定になるのでありますが、話がややこしくなるのはここから先なのであります。

ごく限られた範囲内の多元宇宙をば、たったふたりの人間が、うろちょろ動きまわるということが、どういう結果になるかご存じでありましょうか。このふたりの人間の体験内容が似てくるのであります。即ちわたくしは、ある世界では××氏の父親でありました。またある世界では××氏はわたくしの息子でありました。それどころではなく、時には性別までが変化して、わたくしが××氏の妻になったことさえあり、××氏がわたくしの母親になったことさえあるのです。それらの記憶もまた、わたくしの意識内にどっとなだれこんできたのであります。つまり××氏の体験までが、わたくしの体験として記憶されてしまい、その逆にわたくしの体験は××氏の意識に記憶されてしまったのであります。

これを書き続けております現在、わたくしはつくづく考えこまずにはいられないのであります。脱走者と追跡者の意識内容が、かくも似かよってしまった現在、わたくしと××氏が依然として以前のままのように追跡者と脱走者という関係のままでいることが可能でありましょうか。被尾行者の意識内容がわかっているのなら、尾行者としてこれほど有利なことはないではないかとお思いかもしれません。しかし事はそのように簡単なものではないのであります。なぜなら被尾行者たる××氏の方も、尾行者であるこのわたくしの意識内容を熟知してしまっているからなのであります。この点を、貴社に於かれましては充分にお考え願いたいのであります。もちろんこのわたくしは、貴社より仕事を受注することにこの上ない喜びを覚えるものであり、受注した限りは全力をあげて使命を遂行するでありましょう。貴社より受注した仕事によって生活させて頂いているこのわたくし、もちろん仕事は頂きたいのであります。報酬はほしいのであります。しかしわたくしが尾行者として不適任であるかも知れぬことは、この際はっきり申しあげておいた方がいいと存じる次第であります。とにかくこの件は、貴社のご判断にまかせます。

尚、はなはだ不躾《ぶしつけ》とは存じますが、今回の調査の報酬についてもご一考願いたいのであります。

わたくしは今回の××氏尾行調査の途上においていて遭遇したさまざまな恐ろしい体験によって、頭髪の半分が白くなり、胃を壊しました。これは別紙の調査費内訳書の中には特に計上していない点でありまして、医薬品代及び病院の支払い分を多少なりともお認め下さった上お支払い頂けますなら幸いであります。報告書の文中にこのようなことを挿入いたしまして、まことに失礼をいたしました。報告を続けます。

もうひとりのわたくしが消失して約数十秒後、わたくしは重大なことにはっと気がついたのであります。常人ならば前述の混乱から自分をとり戻すのに数分、数十分、あるいは数時間を要したでありましょうが、わたくしはただの数十秒でわれにかえったわけでありまして、この点わたくしは他の平均的常識的ハ長調的スタンダード人間から画然と区別され得るわたくし独自の精神構造を誇ってはばからぬところのものであります。それはまたわたくしの気づいた問題点が、いかに重大なものであったかを示すものであります。だからこそ早くわれにかえることもできたわけでありま す。

どのように重大な問題であるかというと、それはつまり、やがてその井戸時計店へ、もうひとりの××氏、そこにいるのでない方の××氏、つまりわたくしが逆追跡という新手の尾行法によって尾行している本来の××氏がやってくるということだったのであります。そうなれば井戸時計店に、××氏がふたりあらわれるわけであります。となると、当然どちらかの××氏は消失いたします。それはよいのでありますが、残りの方の××氏はどうするのでありましょうか。たとえどちらの××氏があとに残ったとしても、この世界に不満を抱いている××氏のことでありますから、当然また別の時間、別の次元、別の世界を求めてこの井戸時計店という不可思議極まりない時間旅行機能を持つ反動形成的静寂空間から消えてしまうに相違ないのであります。そうなればこの世界からは、××氏が完全に消滅するわけであります。そんなことになっては大変であります。そんなことになっては、わたくしの尾行という任務が果たせなくなるではありませんか。

別の時間、別の次元、別の世界へ去った××氏のあとを追跡するなど、とんでもないことであることはおわかり頂けると思います。いったんこの世界をはなれたりしたが最後、わたくし自身、もはや二度とふたたびこの世界へは戻ってこられないであろうということ、そんなことは、さっき消失したわたくしの意識、わたくしの意識が吸収したもうひとりのわたくしの意識によって、よくわかっていたからであります。

わたくしはあわてて、××氏に近寄り、話しかけました。「たいへんだ大変だ。Y3のあなたが、もうすぐここへやってきます」

「わかっている」と、××氏は答えました。「だからこそこうやって考えに沈んでいるんだ」

「いや。あなたは沈んでなんかいない。浮き浮きして喋《しゃべ》っている」わたくしはいらいらして××氏の二の腕をつかみました。「さあ。早くここから出ましょう。この忌まわしい反動形成的静寂空間から脱出しようではありませんか」

「ふふん」××氏は、あきらめたように自嘲《じちょう》の笑みを洩らしました。「また、この世界に戻ることになるわけだな、まあいい。時間がおれの意識の従属物である以上、時間の中には脱出口はない。それは、はっきりしたわけだからな」

「そ、そうですとも、そうですとも」わたくしは冷汗を流しながら××氏を引きずるようにして井戸時計店を出たのであります。「さあ、早く行きましょう」

井戸時計店を出たからといって、決して安心してしまうことはできませんでした。大通りの方から、この井戸時計店のある路地の方へ、いつもうひとりの××氏が入ってくるかわからないのです。そしてその××氏は、わたくしが二の腕をつかんでいる××氏とはちがって、時間の中に脱出口などないということをまだ知らないわけでありますから、どんなおかしなパラドックスが起るかわからないのであります。わたくしたちは、絶対にもうひとりの××氏に会ってはならなかったのであります。わたくしは咄嗟《とっさ》の判断で、××氏をその路地のさらに奥へつれ込み、裏通りを抜けて別の大通りへ出ました。××氏はわたくしに引っぱられて歩きながら、なぜか尚もくすくすと笑い続けていました。

　大通りへ出てからわたくしは立ちどまりつくづくと××氏の顔を眺めて訊《たず》ねました。「あなたは、なぜそんなに浮き浮きしているのですか」

　すると××氏は、わたくしの顔をにやにやしながら眺めまわし、やがてこう答えたのであります。「わからないか。別の世界ではおれがあんたを追いかけているんだぜ」

　ぐさり、と、わたくしの胸にそのことばは鋭く突き刺さりました。わたくしはのけぞり、胸を押さえて思わず絶叫したのです。「ぎゃああああ」

　××氏はわたくしのいちばん思い出したくない部分、そのためにわたくしがけんめいに抑圧を加えてセロテープを貼《は》りゴムのりでくっつけた上からリベット鋲《びょう》を打ちこんで鉄鈑《てっぱん》をあてておいたその部分をば、ばりばりと鉄の爪で引き裂き、傷口へマムシにした五本の指さきをねじこんで、くっちゃらぺっちゃかとこねまわしたのであります。なんたる野蛮獰猛《どうもう》、粗野兇暴、貪虐兇穢《どんぎゃくきょうあい》、非情狡猾《こうかつ》、老獪悪辣《ろうかいあくらつ》、陰険卑劣、厚顔悪質、奇ッ怪陋劣《ろうれつ》な人物でありましょうか。まことその時のわたくしの苦痛たるや、褌《ふんどし》にされた虎に優るとも劣らぬほどのひどいものだったのであります。

　一瞬、直立不動のままで身をよじり、石像の如く固着したままのたうちまわっているわたくしの手をぱっと振りはらい、××氏は彼方へ向かって駈けはじめました。そうであります。××氏はわたくしの前から逃げるために、あのような精神的外傷《トラウマ》をわたくしにあたえ、そして事実彼は、その機会を逃さずに逃げ出したのでありま す。わたくしはすぐに立ちなおり、あわてて彼を追いはじめました。否、立ちなおるために駈けはじめた、傷を忘れるため追うことに熱中したといった方がよいでありましょう。それほどわたくしの受けた心の傷は深かったのであります。とはいいながら、わたくしとてプロの私立探偵でありま す。尾行者がどたばたと被尾行者を追う見苦しさぐらいは充分心得ております。心の傷の痛みに耐えながらも、わたくしは彼を、できるだけプロらしく、スマートに追うことを忘れなかったのであります。大通りを逃げ続ける彼を追い、わたくしは商店の庇《ひさし》下ビルの柱型、その他あらゆる建築的突起物を利用して自分のからだを隠しながら、ひらりひらりと見えがくれに彼を追い続けたのであります。そのうちわたくしは、追うことに一種の空虚さを感じはじめました。いえいえ、決して貴社から頂いた仕事に対して馬鹿らしさを感じはじめたなどというものではありません。わたくしが彼を追うことに空虚さを感じはじめた理由は、彼がこれから如何なる行動をとろうとしているか、わたくしがすでに知っているということを思い出したからなのであります。

時間旅行の際の合体、分裂、包含を通じ、わたくしは彼の意識内容を記憶してしまっているのであります。もっとも、さっきのように、だしぬけに裏をかかれて心を傷つけられるということはあり得ましょうが、そんなことは小さなことであります。彼が次に、どのような手段でもって彼のいわゆる**この世界**から、彼が以前いたという**あの世界**への脱走をはかるか、わたくしは知っておりますし、また彼もその手段を変更することはないでありましょう。わたくしはとりあえず彼の尾行を中断し、ここに第二回目の調査報告書を貴社宛に提出するものであります。

この報告書をお読みになった上で、さらにこのわたくしに××氏の尾行の続行をお命じになるかどうかは、貴社の判断におまかせいたします。わたくしの希望といたしましては……ああ。駄目であります。わたくしは混乱しております。わたくしがどちらを希望するか、わたくし自身にもわからないのであります。わたくしはどちらを希望するのでありましょうか。わたくしは、報酬はいただきたいのであります。しかしまた一方では、恐ろしいのであります。今回の尾行に於てわたくしが体験いたしましたような恐怖を、更に何度か味わいましたならば、わたくしは総白髪となり、胃が完全に壊れ、結果として死にます。それがわたくしはこわいのであります。

それがわたくしはこわいのであります。

報告を終ります。

第3章　空間・内宇宙

1

空間とは何か。

おれは、この世界におけるおれの空間的原点、すなわちイオン発生装置つきエア・コンディショニングのあのいやな音がのべつ響き続ける場所、つまりはおれが昼夜を無視しただらしなさで寝ては起き、起きては寝、そのあい間に仕事をしているおれの部屋の中で、窓越しに八階下の舗道を見おろしながらそう考えた。

空間とは、ものが存在し運動するための空虚な背景であるか。空間とは、おれの眼に見えている場所全部のことか。空間とは、存在し運動するものがあっちこっちやたらに占領しようとしている特定の場所の合計であるか。空間とは、空と海を含めた空と海の間であるか。空間とは、点の集合であるか。空間とは、神の鼻の穴であるか。空間とは、宇宙の肉体であるか。空間とは、無であるのかそうでないのか。生活空間とか経験空間とかいうことばは、ただの空間ということばとどう違うのか。ただの空間とは抽象空間のことなのか。だいたい空間をどうやって認識するのか。たとえばおれは今ビルの八階にいて八階下の舗道を見おろしているのだが、それを認識するためにおれがここから舗道までの高さを測定したところで無意味であって、それは空間を認識したことにはならないのである。

この世界から脱走しようと計るおれにとって、残すところはどうやらこの圧迫感のある空間から、あの世界の空間への脱出口を見つけることだけになってしまったようだ。空間による圧迫から逃れようとするためには、まず空間とは何かを認識しなければならない。そこで空間とは何かを、おれはけんめいになって考えはじめたのである。

しかしおれは、すでに時間からの脱出に失敗している。時間というのは、空間に非常に似た性質を持っている。だからたとえば時間を空間の三次元に加えて第四次元などと称するわけなのだろう。時間が合理的に処理されようとする時、それは空間化される。その合理性を突破しようとすれば、時間が空間に対して優位を示す。時間からの脱出に失敗した以上は、空間からの脱出も望むことはできないのではないだろうか。

しかし一方では「所を得る」とか「その場にそぐわない」とかいう言いかたがある。すべての物体には固有の「自然な」場所があるという考えかたは古代からある。ではおれは今いる場所にそぐわないか、そぐわっているかといえば、これはいうまでもなくそぐわっていないわけで、もしおれがおれ固有の自然な「所を得」ているのであれば、こんなに疲れ、こんなにいらいらし、こんなに異和感を抱き、こんなに不自由である筈がないのだ。とすれば、おれにぴったりした空間はやはりどこかにある筈である。ではそれはどんな空間かといえば、それはおれの内面的世界の問題になってくる。おれにぴったりした空間とは、おれの内的世界にぴったりの空間である筈で、問題はその世界を志すおれの精神がどのような空間を求めようとする精神であるかということになる。あるいはおれの精神そのものが空間なのだろうか。ものは空間的に存在しているが、それと同じ意味で思想や感情が空間的に存在できるだろうか。哲学では、これは否定されている。つまり精神や意識は空間を認識できるが、自らは空間ではないというわけである。だが、こいつは本当にそうだろうか。逆に、すべての空間あるいは空間的なものは、ぜんぶ精神や意識に包含されてしまう筈だといえなくもない。

ようし、こうなれば空間も精神もいっしょくたになっていると考えるよりしかたがあるまい、とおれは思った。思うなり、おれは立ちあがった。おれの精神がどのような空間を求めているか、それはおれが自分の肉体を使って歩きまわらぬ限りわからない。どのような空間がおれの精神にぴったりか、それはこの部屋にいたのでは発見できない。行きあたりばったりに歩きまわることがおれには必要なのだ。

行きあたりばったりに歩きまわることによって得る利点がひとつある。おれのあの、いやらしくもおぞましい追跡者、すり切れトンボの尾行者がまごつくという点である。時間旅行の際の合体、分裂、包含を通じて彼はおれの意識内容を記憶してしまっている。つまりおれの追跡者はおれの考えをある程度読めるわけで、これを撒くためにはおれ自身が、行きあたりばったり、自分でもお先真っ暗な逃げかたをしなければならない。そしてそれ以外に方法はないのだ。

おれの追跡者がいかにおれの意識内容を熟知していようと、彼の精神はおれの精神とは異っている。早くいえば別ものである。逃亡の途中でおれはおれの精神にふさわしい空間を発見し、そこへ逃げこんだとしても、彼にはおれがなぜその空間へ逃げこんだのか理解できない筈である。意識と精神は違うのだ。これは作家と読者の関係にあてはめてみればよくわかる。ある作家が本を百冊書いたとする。百冊も書けばその作家は自分が表向き言いたいことをたいてい言ってしまったと考えてよいだろう。この作家に、熱烈なファンがひとりいたとする。そのファンは、その作家の著書を百冊全部読み、全部暗記できるくらいに読み返しているとする。さて、その読者はその作家の精神を熟知したといえるだろうか。これはいえない。彼はまだ、その作家の精神の百分の一、千分の一、万分の一、いな、一千万分の一さえ知ってはいないのである。

一方、おれはおれの追跡者の意識内容をある程度知っている。彼の持つ記憶や、彼の基本的な思考パターンを知っている。作家にとって自分の大多数の読者の考え方を知っているほど有利なことはないわけであって、それはおれとおれの追跡者の間にもいえることである。彼はおそらく、おれがあちこち無目的に歩きまわるであろうことを悟って、今、このビルの一階の玄関附近で、おれが出てくるのを待っているに違いない。だが、それでもかまわないのだ。他に出口があるにはあるが、彼はおれが、彼に尾行されてもかまわないと思っていることまで知っている筈だから、やはり一階の玄関附近で待ち続けているだろう。そしておれは、堂堂と一階の玄関から出て行くのである。

ビルの玄関を出てすぐ右側に大きな柱型があり、みどり色の尾行者はそこに身をひそめていた。おれは彼がそこに身をひそめていることを知っていたし、そこ以外に彼が身をひそめるべき場所のないことも知っていたし、玄関を出る時ちらりと横眼で見て、みどり色の背広の背中がその柱型から少しはみ出しているのさえ目撃した。おれはその柱型の裏へまわって彼ににやにや笑いをして見せ、彼の心を傷つけるようなことを何か言ってやることもできた。だが、おれはそんなことはしなかった。そんなことをしても何にもならなかったからである。おれは玄関を出るとすぐ左側へ歩きはじめた。大通りを歩きはじめたおれのうしろを、尾行者が数メートルの間隔でおれを尾っけはじめていた。背後を振り返らなくても、おれにはそれがよくわかった。

どんどん歩き続け、交叉点を二つばかり通り過ぎたおれが、その次によくわかったことというのは、無目的的合目的性をもって行きあたりばったり、お先真っ暗な歩きかたをするということがいかに困難であるかということだった。交叉点にさしかかるたび、おれは四つの道のどれかを選択しなければならなかったのである。

1　まっすぐ歩く。
2　右へ折れる。
3　左へ折れる。
4　引き返す。

そしておれが、その中のどれを選択したとしても、おれの中にはそれを選択した内的必然性というものがあるわけであって、少しも行きあたりばったりではなく、したがっておれの追跡者も、おれがその道を選ぶことを先刻承知してしまっているわけなのである。おれは出たらめに歩くということがいかに難しいことかを思い知ることになってしまった。歩くことだけではない。だいたい人間には、出たらめをやり続けるということは不可能に近いことなのだ。強靭《きょうじん》な精神力をもってしても。

それならいっそのこと行先を決め、つまり目的を定めて歩き続けた方がいいのではないか、おれはそう思い始めた。よろしい。それでは目的を決めよう。どうせ、おれがいかなる場所を目的にして歩き始めたかは、おれの追跡者にはすぐにわかることなのだ。おれの追跡者は、なんといってもおれの意識内容を熟知しているのだから。

そうだ。あいつはおれの意識内容を熟知している。そしておれも、あいつの意識内容を熟知しているのではないか。よし。それならおれは、おれの行先を、おれの追跡者の意識の中からひっぱり出してやろう。おお、そうだ。どうして今までこれに気がつかなかったのだろう。おれが、おれの追跡者の意識内にある場所を行先として決定することは決して意味のないことではなく、むしろそれはある種の必然性を持っているではないか。なぜなら、おれとおれの追跡者とは、全然関係のない赤の他人ではないからだ。どういう関係かといえば、脱走者と追跡者という関係だ。彼はおれの尾行者なのだ。そして彼は、誰かに頼まれておれを尾行しているのだ。そしてまたおれは、彼がおれの尾行を誰から頼まれたか知っているのだ。

そうだ。彼の意識内容を知っているおれは、彼におれの尾行を頼んだのが誰か、それを知っているのだ。つまり、彼におれの尾行を頼んだ人物は、何らかの理由でおれに興味を持ち、おれに関心を抱いている人物なのだ。もしかするとその人物は、おれがこの世界から脱走しようとしていることを知っているのかもしれない。いや。それどころではない。その人物こそ、おれが見つけたがっている、この世界からあの世界への脱出口を、あるいは脱出方法を知っているのかもしれない。それを知っているからこそ、おれの行動を気にし、おれに尾行をつけたのかもしれないではないか。おれがその人物に会おうとすることは、決して無意味なことではないのだ。

今やおれは、目的をもって歩き始めていた。それはおれの尾行者にも、充分わかった筈である。おれはくすくす笑った。おれの行先を悟ったおれの尾行者の驚きかた、あわてふためきぶりを想像したからである。

この世界の街の午後は晴れていた。それは濁った晴れかただった。午睡から醒《さ》めきっていない午後の晴れかただった。午後の街に点在する人物はすべて太公望だった。おれは車道をぎくしゃくと動きまわっているタクシーにはわざと乗らず、いくつかの街かどを折れて目的地へと進んだ。目的地が近い場所にあったからでもあり、おれが目的地へ近づくために要する時間が長ければ長いほどおれの尾行者の内心のおびえとびくつきはより激しく高まる筈だからでもある。

はっ、はっ、はっという息づかいがおれの背後に迫ってきた。おれの予想通り、今やおれの行先をはっきりと悟った尾行者は、次第におれとの間隔をつめ、数メートルだったその間隔をすでに数十センチにまでつめ、おれに声をかけようかどうしようかと迷っているのである。おれは彼が声をかけてくることも確実に予想していた。次の街かどをおれが右に折れた次の瞬間、彼が必ず声をかけてくるであろうことを。

次の街かどを右に折れると、数十メートル先におれの目的地である『全然ビル』がダーク・グリーンの壁面を見せていた。

「もしもし、はっはっ、はっはっ。もしもし。あのう、はっはっ、はっはっ」尾行者が声をかけてきた。「あなたは、はっはっ、どこへ、はっはっ、どこへ」

おれは振り返らず、そのまま歩き続けながら答えた。「ぼくがどこへ行くつもりなのか、あなたは知りたいのですね」

「はっはっ、はっはっ」

「教えてあげます。『全然ビル』です。『全然ビル』の四階にある『告白産業株式会社』へ行くのです」

「はっはっ。そこへ行って、はっはっ、どうするつもりですか」

「どうするかわかる筈がないでしょう。人間の行動はひとりで決定できる場合もあり得ますが、相手次第で決定する場合もあり、この場合はそれが後者であることを、あなただって知っている筈です」

「はっはっ。ではその相手というのは、はっはっ、誰ですか。はっはっ。まさか、はっはっ、まさかその」

「そうです。あなたが恐れおののきながら考えている通りの人です。即ち告白産業株式会社の調査係長その人です。わたしはその人に会うつもりなのです」

「はっはっ、はっはっ」

「そして彼に、なぜわたしが尾行されているのか、その理由を訊ねるつもりです」

「やめてください」悲鳴のような声をはりあげ、おれの尾行者は叫んだ。「それだけはやめてください。わたしの得意先なのですよ。あなたがそんなことをすれば、わたしは仕事を失うのです。現在わたしの受注している仕事というのは、この告白産業株式会社から頼まれた、あなたの尾行という仕事ただひとつなのです。あなたはわたしの収入を絶つつもりですか。わたしを食うに困らせるつもりですか」

「それこそが、あなたの、この世界にいる理由なのではないですか。あなたは蒼白きインテリ、あまり頭が良くないためにうだつがあがらず、いつも科学研究所の片隅にちぢこまっている万年助手としての定収入を捨て、この世界で私立探偵になったのでしょう。食うに困っても、それはあなたが自分で選んだことなのでしょう。そしてあなたはそれが好きなのだ。なぜならあなたはこの世界を、異和感のない、物ごとのあるがままにある世界だと感じているからだ。もし食うに困るということが、それほど困ることならば、あなたもあなたのもといた世界へ脱走すればいいじゃないか」

「はっはっ、はっはっ」

「あんたもおれの追跡にけんめいだろうが、おれも脱走にけんめいなんだ。おれは脱走した先のもといた世界で、食うに困ったってかまわないよ。軽《かろ》やかに泥水はねとばし、すがすがしく煤煙を呼吸し、馬鹿空と腐れ大地の間を自由に飛翔したいのだ」

『全然ビル』の玄関が目前に迫った。おれが玄関への石段に一歩足をあげようとした時、尾行者はおれの肩を、背後からぐいと摑《つか》んだ。

おれは立ちどまり、おれの肩に手をかけたままの尾行者に向かって、白昼の街なかの動きが一瞬停止したほどの大声で絶叫した。「その手を離せ」

近所にいた数人の歩行者がとびあがり、ビルから出てきて石段を降りようとしていた男が足をふみはずし、そしてみどり色の尾行者は背広と同じ顔色になって歩道にうずくまった。

おれは石段の最下段に立ちはだかり、両手で頭をかかえおれの足もとにうずくまっている尾行者を居丈高《いたけだか》に見おろしながら、さらに大声で怒鳴った。「尾行者ともあろうものが被尾行者に声をかけ、あまつさえその肩に手をかけるとは、言語道断歩行者横断、頭部切断お医者の診断、それでも貴様はプロの探偵か。否アマチュア尾行者といえどまずこれほどのルール違反はやるまいぞ。死ね死んでしまえ否死ぬ以上の苦しみを味わえ。さあ一緒にこい。貴様の依頼人に、貴様の今の愚行を教えてやるのだ」

たしかにおれの尾行者はおれの精神を知らなかった。どうやら彼がおれの精神に通じていないことを利用するということは、おれが自分の衝動を抑圧することなく発作的に振舞うということだったらしい。ところが具合の悪いことには、おれ自身もおれの尾行者の精神を知らなかったのである。尾行者も、おれに対して発作的に振舞いはじめたのである。

彼は歩道にべったりと尻を据えたままで泣きはじめ、泣きながら内ポケットから婦人用の小型コルト拳銃を出し、銃口をおれに向けた。彼がそれを持っているということは、もちろん知っていた。しかし、彼が実際にそれをとり出すとは、おれは思ってもみなかったのだ。

「撃つつもりです」と、彼は泣きながらそういった。「発射するつもりなのです。引き金をひくのです。あなたを殺すのです。わたしの探偵としての能力を過小評価されることは死ぬことよりも厭だからです。わたしはたしかにあなたの肩に手をかけた。手をかけようがかけまいが、わたしがあなたを尾行していることをあなたは先刻承知の筈だ。あなたがいちばん、それをよく承知している筈だ。それでいながらそれを利用しようとするのは、あまりにも阿漕《あこぎ》です。阿漕だあなたは阿漕です。阿漕が浦に引く網の、たび重ならば拳銃の、指をかけたる引き金の、死ぬよりつらい屈辱に、撃つか撃たぬか仏法僧、さあ行きなさい入りなさい。『全然ビル』へ入りなさい。入れば撃ちます殺します」

本気のようだった。おれは途方に暮れた。ふたりの人間が互いに衝動的に振舞った場合、最後に勝つのは武器を持っている方に決っているではないか。

「待て。いや、ま、待ってください」おれはあわてて石段からおり、尾行者の前にひざまずき、敷石に頭をこすりつけた。「許してください。う、撃たないで、撃たないで。少し言い過ぎました。何も、あなたを苦しめるつもりはなかったのです。なぜ、こういうことになったかといえば、そもそもあなたがわたしを尾行しはじめたからです。ですから、あなたさえわたしの尾行をやめてくださるのなら、わたしは『告白産業株式会社』なんかへ行く必要はなかったのです」

彼は充血した眼でおれを見つめた。「本当ですか。わたしが尾行をやめれば、あなたは『告白産業株式会社』へ行って、調査係長に会うことをやめるのですね」

「本当です」もちろん嘘だった。

「では、わたしもあなたの尾行をやめましょう」

彼は拳銃を内ポケットへ入れ、うなずきながらそういった。もちろん嘘であることはわかっていた。

お互いが嘘をついていることを充分承知していながら、おれたちは立ちあがった。立ちあがりながら、周囲を見まわした。

おれたちふたりの様子を、遠まきにして眺めていた歩行者たちが、いっせいにあと退《ずさ》りした。

「どこにいる」歩行者をかきわけ、血相を変えた警官がひとり、叫びながらおれたちに近寄ってきた。「拳銃を持っている男はどこにいる。逮捕しなければならん。どこだ、どこだ。早く逮捕しなければ、おれのコレステロールがまたふえる。今日は勤務を早く終えて油絵を描かなきゃならんのだ」

おれと尾行者は、すぐに『全然ビル』の玄関を指さし、異口同音に叫んだ。「この中です。このビルの中へ逃げこみました」

「よし」

拳銃を構えた警官がビルの中へとびこんでいってから、おれと尾行者は、おれたちを遠まきにしている野次馬を、ふたたびじろりと眺め渡した。この中に、警察へ報告をしたやつがいるのだ。

野次馬たちは、またいっせいにあと退りをし、おれたちの視線に出会うと、はげしくかぶりを振った。おれたちが見まわし続けていると、やがて全員が大きくかぶりを振りはじめた。隣の人間の頭とぶつかっても、尚《なお》も大きくかぶりを振り続けた。いつまでも、いつまでも振っていた。頭と頭が強くぶつかる鈍い音が、街かどに大きく拡がりはじめた。

しばらくは、振り続けているだろうと思ったので、おれと尾行者は野次馬をかきわけ、並んで歩きはじめた。おれたちが次の街かどを折れてもまだ、頭と頭がぶつかる音は潮騒《しおさい》のようにかすかに鳴り響いていた。

「今、わたしはあなたを尾行しているわけではありませんよ」おれと肩を並べて歩きながら、尾行者が弁解した。「一緒に歩いているだけです」

「そうです。もしかすると、尾行しているのはわたしの方かもしれない」おれはそう言い返した。

案の定、彼は悲しげに、空を見あげて叫んだ。

「苦しめないでください。いやなことをいっぱい思い出すではありませんか。性病的にいまわしい別の世界のことを」

「なあに。わたしたちは別の世界のことなんて、完全に知ってはいないんですよ。今まで別の世界だと思っていたのも、実はこの世界の一部だったのかもしれません。いや、おそらくそうでしょう」おれも空を見あげてそういった。

「しかし」彼は眼を丸くしておれを見た。「脱走をあきらめたわけじゃないんでしょう。やはり、この世界から逃げ出すつもりなんでしょう」

「別の世界がないのなら、この世界から逃げ出すことはできないじゃありませんか」おれはにやりと笑った。「わたしは、逃げ出そうとすることはもうやめました」

「ははあ。それは」尾行者の顔には安堵と困惑の表情が同時に浮かんだ。「それは、それは。でも、ほんとですか」

「本当です」おれはうなずいた。「逃げ出すことをやめ、わたしの精神力によって、この世界を改造するのです。この世界と、わたしの内的世界をぴったり同じ状態にしてしまうのです。換言すればこの世界を、わたしの精神で包みこんでしまうのです」

「無法な」尾行者はやっとおれの考えをのみこんで、蒼白になった。「それだってやっぱり、逃げ出すんじゃないですか。あなたの、自分自身の精神の中へ。それじゃ自閉症だ。冗談じゃない」彼は唇を顫《ふる》わせた。

「なぜそんなにあなたは、蒼白になり、唇を顫わせるのです。そんな必要はちっともない筈でしょう。だってあなたは、もうわたしを尾行しない筈でしょう」おれは彼の顔をのぞきこんだ。「わかりました。あなたはやっぱり、まだわたしを尾行するつもりなんですね。わたしが、自分の精神の中へ自閉症的に逃げこんだりしたら、後を追うことができなくなる。それを恐れているんですね」

彼はことばに詰まったまま、息をはずませはじめた。「いや。それは。はっはっ。そんな。はっはっ」

「心配はいらない。わたしは自分ひとりが内的宇宙へ逃げこむわけじゃない。そんなことをすればほんとの自閉症です。わたしはそんなことはしない。わたしは自分の精神内部へ、あなたも一緒につれて行ってあげます。いや、この世界に存在するあらゆるもの全部をわたしの精神内部へ。ひきずりこむつもりです。それならいいでしょう。だって、あなたと一緒に、あなたの得意先である『告白産業株式会社』も伴って行くのですから」

彼はなま臭いものを間違えて口にしたかのように大きく口をあけ、あいかわらず視線を宙に向けたままで息をはずませ続けた。「はっはっ。はっはっ」

「それこそがわたしにとって空間からの脱走になるのです。それこそがわたしにとって、空間による圧迫をはねのける、残された唯一の方法なのです」

「ひい」彼は音を立てて息を吸いこんだ。「そんなことをされてはたまりません。だってわたしはあなたの精神の志す世界がどんなものであるかを知っているのです。いや、それはもちろん、完全に知っているわけじゃない。ごく僅かしか知らないのかもしれない。だがそれにしてもその世界が、わたしのいちばん嫌いな、わたしの以前いた世界みたいに末端肥大症的で自由のない、異和感に満ちた世界であることだけはよく知っています。そんなところへつれて行かれたのでは、たまったものじゃないのです」

「冗談ではない。末端肥大症的で自由のない、異和感に満ちた世界とは、即ちこの世界のことじゃないか」

「ひっ」尾行者は水しぶきを避けようとするかのような腰つきで立ちどまった。「そうでした。あなたにとっては、この世界がそうだったのでしたね。今、思い出しました。でもわたしは、そうはさせませんよ。あなたの精神がこの世界を、この宇宙を包みこもうとするのを、わたしは全精神力でもって阻止してみせます」

「精神力と精神力の戦いというわけか」おれはまた、くすくすと笑った。

「なんですか。なんですか。何が面白いんですか」むっとしたように、尾行者が突っかかってきた。

「わたしの決意は、あなたにとって滑稽なものでしかないのですか。そうなのですね。よろしい。思い知らせてあげます。見ていなさい」そういいながら周囲を見まわした彼は、あたりの様子に気がついて、はっと身を硬直させた。「こ、ここは、もとのところだ」

「その通り」と、おれはいった。「もとのところだ。『全然ビル』の前だ」

「おかしい。一度しか右折しなかった筈なのに」彼はおれを横眼でじろりと眺めた。「では、このおかしな空間は、すでにあなたの精神によって歪《ゆが》められているというわけですね。そうはさせない」

『全然ビル』の玄関前で立ちどまったおれに、彼はふたたび拳銃を向けた。だが、その拳銃の銃口は水道の蛇口になっていた。おれは手をのばし、蛇口の把手《とって》をまわした。蛇口になって下を向いている銃口から、鮮血が流れ落ちて歩道にとび散り、敷石を赤く染めはじめた。

啞然《あぜん》として郵便ポストの如く凝固している尾行者におれはいった。「それは君の血だ。早くとめないと貧血を起しますよ」

もはや拳銃だか蛇口だかわからなくなった奇妙な物体をいじりまわし、尾行者が迸《ほとばし》り出る血をけんめいになってとめようとしている隙に、おれは『全然ビル』の中へ駈けこんだ。一階の広いロビーでは、さっきの警官が拳銃を握りしめたひとりの女と格闘していた。女は眼の上に蝶の形をした黒い仮面をつけ、上半身は裸体で下半身に黒いスラックスをはいていた。警官は喜んで、にやにや笑いながら彼女を背後から羽交い締めにしていた。本当の拳銃強盗がいたのだ。

ロビーの奥には幅の狭い階段があった。おれは階段をかけあがった。踊り場で振り返ると、尾行者がロビーを階段めがけて突進してくるのが見えた。

彼は階段をのぼることができなかった。段は消え去り、そこは滑らかな斜面になってしまっていたからである。尾行者は斜面を勢いよく四、五メートル駈け登ってすぐ転倒し、ロビーまで滑り落ちた。

階段を二階まで登りつめると、そこはテーブルの下だった。四周に白いテーブル・クロスが垂れ下がっていた。おれはテーブル・クロスをはねあげ、テーブルの下から二階のフロアーへ這《は》い出た。二階は、全体が広いレストランになってい て、中央にはダンス用のフロアーがあり、バンドの演奏で幾組もの男女が踊っていた。食卓が並んでいて、おれが這い出てきたのも、その食卓のひとつだった。すぐ傍らの食卓では中年の男三人が食事をしていて、そのテーブルの下から、白いテーブル・クロスをかきあげておれの尾行者が首を出した。

「逃がしませんよ」彼はそういいながら這い出てきた。

おれは料理の並べられた食卓をひっくり返し、シャンパン・グラスをのせた盆を運んでいるボーイと衝突しながらレストランの中を逃げまわった。おれの尾行者は、踊っている男女に足ばらいをかけて転倒させ、椅子の足を蹴《け》って食事している客をひっくり返しながらおれを追ってきた。

バンドがサンバを演奏しはじめた。

いくら逃げまわっても、レストランの出口はなく、階上へ登るための階段はなかった。二階全体が、完全にレストランだけで占められていた。

照明が暗くなり、ダンス・フロアーにスポット・ライトが当てられ、ショーが始まった。天井に開いている十数個の穴から縄梯子《なわばしご》がおりてきた。それぞれの縄梯子には、頭に紫色の羽根飾りをつけた水着姿の美女がひとりずつぶら下がっている。

おれはすぐさまフロアーへ走り出て縄梯子のひとつにとびつき、登りはじめた。尾行者は、隣りの縄梯子にとびついておれを追いはじめた。おれは縄梯子の途中にしがみついている化粧品臭い踊り子が悲しげに叫ぶのも無視して彼女をフロアーへ突き落し、なおも登り続けた。天井の穴に達してから隣りの縄梯子を見ると、おれの尾行者は踊り子のたくましい足で突き落され、フロアーにながくのびてしまっていた。

丸い穴から三階のフロアーに這いあがると、そこはエレベーター・ルームだった。四周にエレベーター・ドアがずらりと並んでいた。二十台ほどあるそのエレベーターのいずれもが、ただ三階から四階へ登るためだけのエレベーターだった。

おれは手近の一台にとびこみ、四階へのボタンを押した。ドアが閉まってから見まわすと、エレベーターの四方の壁がすべてドアになっていた。驚いてきょろきょろ眺めているうちに、おれは自分の入ってきたドアがどれだったか忘れてしまった。

エレベーターが停止した。四階に着いたらしい。どのドアが開くかと思ってしばらく待ったが、どのドアも開かず、天井のスピーカーが女の声で説明を始めた。

「告白産業株式会社の事務所へお越しのかたは、北側の、赤いくさり鎌のマークの入ったドアのボタンを押してください。ドアが開きます。調査係へお越しのかたは、西側の、茶色の胃袋のマークの入ったドアのボタンを押してください。調査室へ出ることができます。社長室へお越しのかたは、南側の、鶯色《うぐいすいろ》の柳のマークの入ったドアのボタンを押してください。社長室受付へ通じています。四階以上の階へお越しのかたは、東側の、臙《えん》脂色《じいろ》の酒樽のマークの入ったドアのボタンを押してください。四階から五階へ行くためのエレベーターの中へ入ることができます」

おれは直接社長室へ行くことにした。調査係長に会ったところで、その男はただ上司の命令通りに行動しているだけだろうから、なぜおれに尾行をつけているか、その理由を知らないに違いない。

社長室へのドアのボタンを押し、おれは広い豪華な部屋に入った。応接室兼用の受付らしく、ソファが並んでいた。ソファにはふたりの尼僧が顔を伏せて腰をおろしているだけだった。正面に社長室へのドアがあり、その傍らに受付のデスクがあった。

受付の女秘書の方へ近づきながら、おれはちらと左右に視線を走らせ、彼女にうなずきかけた。

「なかなか大きな会社らしいですね」

「世界一、大きな会社かもしれませんわ」女秘書はそういった。「深山幽谷にも、支店や出張所があるんです。ここのことを第三者たちは本丸、あるいは天守閣と呼んでいます。悲運の生涯を終えたわたしの曾祖母は、制空権を得るためにここへ二十五年間も日参したんですのよ。さあ。どうぞ社長室へお入りになって。社長は今、奥の間で昼寝をしていますけど、もうそろそろ起きる時間ですから、中でお待ち下さい」

「ありがとう」おれは社長室に入った。

社長室の床には風船の糸がいっぱいくっつけられていて、大小無数、色とりどりの風船が室内に高く低く浮かんでいた。風船を割らぬように注意しながら室内を歩きまわったが、そこには机もなければ椅子もなく、ただ風船があるだけだった。おれが歩きまわるにつれ、糸の下端を床に貼《は》りつけているセロハンテープがはがれて風船がふたつ三つ、ふわりと天井に舞いあがっていった。

社長室の奥のドアをそっと開くと、中は寝室らしく、薄暗かった。闇に眼を馴《な》らしながら、おれは奥のベッドに近づいた。ブルーのベッド・ランプに照らし出された、眠っている社長の顔を、おれは傍らに立ってつくづくと眺めた。

正子だった。

おれはゆっくりと、彼女の毛布をはぎとった。

正子は眼を開き、ベッドに起きあがり、ネグリジェの裾をのばしながらまだ眠そうな声でいった。

「誰なの。もう起きる時間かしら」

「やっぱり君だったのか。おれに尾行をつけさせたのは」おれは彼女にいった。「いつから、ここの社長になっていたんだ」

正子はとろんとした眼でおれを見あげ、うなずいた。「あなただったのね」

「なぜ、おれに尾行をつけた。なぜあんな男に、おれの尾行を命じたんだ」

「この会社じゃ、たくさんの人間に尾行をつけるわ」正子はふたたびベッドに横たわり、ゆっくりと答えた。「末端で、どんな人間に尾行をつけてるか、誰に尾行をやらせてるか、それはわたしの知らないことよ。わたしは社長だから、そんなことまでは知らないの」

「じゃあ、おれを尾行させた理由も知らないっていうのかい」おれはベッドの端に腰をおろして彼女にもう一度訊ねた。

「わたしが、個人的な興味から、あなたの行動を知ろうとしたっていうの」彼女はあべこべに、そう訊ね返してきた。「なぜそう思うの」

「おれがこの世界から、もといたあの世界へ脱走するのを君は阻止しようとした。そのために尾行をつけさせたんだ。そうだろ」おれは正子の顔をのぞきこんだ。「なぜかといえば、おれをこの世界へ引きずりこんだのは君だからだ。もっとも、今はもうこの世界も、おれの精神に包まれそうになっているが」

「まあ。思いあがってるのね」正子は微笑した。「この世界はもしかすると、わたしの内的世界かもしれないじゃないの」彼女はおれの肩に両手をかけ、おれを抱き寄せようとした。

2

「この世界がおれの宇宙か、それとも君の宇宙か、試して見ようじゃないか」おれは正子に抱き寄せられる前に、大いそぎで彼女を抱き寄せながらいった。「それくらいのことは、ちょっとした実験ですぐにわかる筈だ」

「そうかしら」正子は微笑したままでいった。

「牽強《けんきょう》附会《ふかい》、我田引水、唯我独尊、人間なら誰にでもある心理だわ。どうやって自分の判断を信じるつもりなの。どうやってお互いの判断を信じるつもりなの」

「おれたちは戯曲を演じているんじゃない」おれは立ちあがった。「だからこんな、ひとつの場所でのダイアローグはよそう。さあ。服を着ろ。街へ出よう」

「もう着ているわよ」彼女はいつの間にか白いスーツ姿になっていた。

おれはあわててうなずいた。「そうとも。おれが着換えさせたんだ。行こうぜ」正子がにやにや笑いはじめたため、おれはさらに言った。「牽強附会、我田引水、唯我独尊といいたいのだろうがそうは言わさない。本当におれが着換えさせた。君に似合うのが白いスーツだということを、おれは君以上によく知っているからだ」

「いつからそんな自信家になったの」繁華街を、おれと並んで歩きながら正子はそういった。「あなたは思いあがってるわ」

そこはビルビルビルが林立する谷間の底、大通りに人は行き交い、車は走り、そして空気は乾燥していた。正子は立ち止り、足もとのマンホールの鉄蓋を指さした。

「あなたはこのマンホールの中から、地震におどろいたざりがにみたいに、両の鋏《はさみ》をふり立て頭髪ふり乱して路上へ這い出たのよ。あの時のあわてかたを憶えてるかしら。わたしはまだ憶えてるわ」彼女はかぶりを振った。「でも、あの時のあなたはもういない。今はもう、思いあがったあなたしかいない。本人が変ってしまっているのに、もといたあの世界が戻ってくるわけはないのよ」

「あ。するとこのマンホールが、あの時おれたちの出てきた穴だったのか」おれは歩行者たちの眼もかまわず、路上に蹲《うずくま》って鉄蓋を持ちあげた。「いくら捜してもわからなかったんだ。では、こんな場所にあったんだな、よし。この中へ入ろう。あの時と逆に下水道を抜けて、あのびびんちょ川へ出てみよう。さあ。君も入ってくれ」

「あなたはそうすることが、もといた世界へ戻ることのできるひとつの方法なのかもしれないと思っているわけなのね」鉄梯子づたいにマンホールの中へ降りはじめたおれを上から見おろして正子はいった。「この蓋を閉めて、わたしが上に乗って押さえていようかしら」

おれは彼女を見あげ、ゆっくりといった。「いや。君もおれについて降りてきてくれ。いっしょに胎内めぐりをやるのだ」

「降りたって、ボートはないかもしれないわよ。流されて川へ戻ってるんじゃないかしら」おれのあとに続いて鉄梯子を降りながら正子はいった。

「いや。まだある筈だ。下水道の流れの方向が変るなんてことは、ないに違いない」

「もしボートがあれば、それはきっと泥舟にきまってるわ」

「おれを見くびらないでくれ、それより、その鉄蓋を中から閉めといてくれ」

正子が鉄蓋をもと通りにすると、マンホールの縦穴は暗くなり、鉄蓋の穴から昼の光の小さなスポット・ライトが十数本落ちてきておれたちの服に水玉模様を白く抜いた。鉄梯子を降りるとそこは下水道が十文字に交叉する場所であり、水勢の弱い汚水が黒ぐろと流れていた。そこにはまだボートが浮かんでいた。舳先《へさき》の提灯《ちょうちん》の火は消えていたが、それはやはり、もはや十年近くも以前におれと正子がそこで乗り捨てたあの貸しボートに違いなかった。

「きっと、もう腐っていて乗れないわ」と、正子がいった。

「腐ってはいない。泥舟でもない。これはおれのボートだ」最下段の足がかりに両手でぶら下がり、艫《とも》に立っておれはいった。

「威張らないで」正子はいい返した。「わたしはそれを腐らせることも、泥舟にすることもできるのよ」

おれはそれ以上正子を刺戟しないことに決め、おれの頭上にぶら下がった彼女の腰を抱きかかえてボートの上におろした。もしかするとここはまだ、誰の宇宙とも知れず、おれや正子が精神のせめぎあいを演じているがためにその産物として存在している特殊な空間かも知れないのだ。

正子を艫に落ちつかせ、おれがオールを手にした時、頭上はるかに鉄蓋が開き、尾行者が首を出した。「お願いです。わたしも乗せてください」

「おれの意識に、この場所は存在しなかった」啞然として彼を見あげた後、おれはそうつぶやいた。「それなのに、どうしてここがわかったのだろう」

「彼は、わたしと合体したこともあるのよ」正子が顔を赤らめておれに教えた。

「ついてこない方がいい」おれはまた彼を見あげ、大声で叫んだ。「これからおれたちがやろうとしているのは、世にも恐ろしい地獄めぐりなのだ」

「かまいません」尾行者はさらに大きな声で叫び返しながら、鉄梯子を大あわてで降りはじめた。「地獄極楽なにかまうものか。人の世の地獄、人の心の地獄、さらには自分の意識の中を地獄めぐりしてきたわたくしにとっては、真の地獄などたかの知れたこと、死ねば余毒の雪月花、だんだん畑の敗血症であります」

「これ以上、あんたの意識の産物までが次つぎとあらわれ出てきてはたまらないよ」おれは片方のオールで下水道の彎曲《わんきょく》した壁面を突いた。壁面の、水苔《みずごけ》の襞《ひだ》が悲鳴をあげた。

ボートは鉄梯子の下から離れ、あわててとびおりた尾行者は汚物の浮かぶ下水に水音立ててとびこみ、ごぼごぼと水面に泡《あわ》を立てて沈んだ。おそらくは下水の底の腐った沈澱物の中にめり込んだであろう尾行者のその心中は、察するに余りあった。汚いと思っているに違いないからだ。

以前とは逆の方向へ、おれはある時はオールで下水道の内壁の水苔による襞を押し、ある時はオールで下水の底を突きながらボートを進めた。下水道のひんやり澱《よど》んだ空気と、かすかな水音は以前と同じだったが、雨が降っていないせいか流れは前ほど激しくなかった。

ぽちゃぽちゃ、ぱちゃぱちゃという水音がボートのあとからおれたちを追ってきた。尾行者が泳いでいる音だった。ぷしゅう、ぷしゅうと、霧を吹いているような音もした。尾行者はいやらしくもおぞましい下水の水面の汚物を吸いこんでは吹き出し、吹き出しては吸いこみながら泳ぎ続けているのだろう。彼はおれを尾行すると同時に、自分のためにおれの脱走を阻止しようとしているのである。一兎を追っているうちに同時に二兎を追う気になったのである。だが、そうはさせないのである。そんなことをさせる気はこちらにはさらさらないのである。

「君の使用人に尾行されている」と、おれは正子にいった。「今すぐ、あの男を解雇してくれないか」

正子はかぶりを振った。「あの男は、わたしが雇い主だってことを知らないわ」

おれたちの乗ったボートは支道から下水の大通りへ出た。そこはあの、水垢のいっぱいくっついた、汚物を堰止《せきと》めるための金網の手前だった。金網の手前の水面には堰止められた汚物がらくた浮遊物が花と咲き誇り、臭気と腐敗に関する問題を論じあっていた。清涼飲料水の空瓶紙コップ新聞紙西瓜《すいか》の皮莚《かわむしろ》船虫の死体檜皮《ひわだ》鼠の死体七色唐辛子入れの竹筒縄底の抜けたウクレレ蛙《かえる》の死体そして胎児。

おれは胎児の死体に手をのばして臍《へそ》の緒をつかんだ。腐爛《ふらん》した胎児が空洞の眼窩《がんか》をおれに向けて近づいてきた。臍の緒の端を握ったおれは胎児をぶんまわしのように振り、尾行者めがけて投げつけた。

「ひや」

ぽちゃっ。ぽちょぽちゃぴちゃ。

「うわ。わわわ、わ」ぱしゃっ。「ひい」

臍の緒が首に巻きついてはじめて、それが胎児であることを悟ったらしい。尾行者は汚水の中で胎児と格闘を演じはじめた。

「あいつはもう、あの胎児から逃がれることはできないよ」おれは正子にうなずきかけた。「いつまでも、あれにまといつかれたままだ」

それには答えず、正子はおれの背後、ボートの舳先が指し示す彼方の闇に細くした眼を向けながらいった。「あなたは、あの時わたしたちがたどったのと逆のコースをたどることによって、以前の世界に戻ることができると考えてるのね」おれを睨《にら》んだ。「陳腐な考えだわ」

「今までは、そう考えていた」急に水勢が増したため出口の方へ勢いよく押し流されはじめたボートの上で、おれはオールをあやつる手を休めた。「しかし今は、そんなことはもうどうでもいい。今やこの宇宙を、おれの精神が包みこめるかどうかの問題だ」

「この宇宙をあなたの精神が包みこんでしまうためには、あなたはこの宇宙がどういうものかを認識していなくてはいけないのよ」笑った。「無限の宇宙を、どうやって認識するつもりなの。人間には不可能よ」

「宇宙が無限だなんてことが、どうしてあり得るのだ」

「あら。宇宙は有限だなんてことが、どうしてあり得るのかしら」

「有限だなんて言ってないさ。無限を認識することができないのなら、それはもはや無限じゃないといってるだけなんだ」

「じゃあ、世界はどこにあるっていうの。どこに宇宙があるの。宇宙が無限でないというのなら、あなたは宇宙があるその場所を、ちゃんと言えなきゃだめよ」

「場所は、それ自身のうちにある」と、おれはいった。

いつか、おれたちの乗ったボートは宇宙空間にひんやりと浮かび、上下左右を幾垓《がい》幾極という数知れぬ色とりどりの星に取り囲まれていた。そしておれたちには、おれたちのボートがどれほどの早さでこの大宇宙の空間を突き進んでいるのか確かめる術《すべ》がなかった。だが、それがどれだけ早く進んでいようと、またのろのろ進んでいようと、停止したり後退したりしているのでないことだけは確かだった。なぜならおれたちのボートのほんの数メートルうしろからは、みどり色の尾行者が宇宙にぽっかりと漂いながらおれたちを追ってきつつあったからである。尾行者はあいかわらず首に胎児の臍の緒を巻きつけていた。尾行者のさらに一メートルほどの後方にいる胎児は臍の緒によって宇宙空間を引きずられながら、無心の眼窩を天球の星ぼしに向けていた。尾行者は平泳ぎで宇宙空間を掻き、けんめいにおれたちのボートを追っていたが、その間隔はいつまで経っても短くはならず、また拡がりもしなかった。

「場所がそれ自身のうちにあるなんて、すでにアリストテレスだか誰だかが言ってることじゃないの」と、正子がいった。「じゃ、宇宙も宇宙自身のうちにあるっていうのね」

「そうだ」おれは両手で周囲を示した。「第一天の凸球面、これが即ち宇宙の場所だ。そしてこれは第一の包むもので、ほかのものにはまだ包まれていない。おれはそいつを包み込もうってわけだ」

「宇宙が宇宙自身のうちにあるってのは、いったいどういうことなの。宇宙を包んでいるものがあるとして、その外側はどうなってるの。その外側には何もないとしたら、包まれている宇宙の場所だってないことになるから、宇宙は存在しないことになるのよ」

ばしっ、と電球が切れるような大きな音がして、星の光がいっせいに消えた。

「ヒューズがとんだ」と、おれはいった。「そう。ヒューズがとんだだけだ。こんな故障はいつだって直せる。電源が見失われることはない。おれの精神力で充電してやるさ」

また星が輝きはじめた。大きい星小さい星がそれぞれの大きさにふさわしい色と光をたたえながら天球にへばりついていた。その中心にぽっかり浮かぶボートの上で、おれと正子は果てしなくいつ尽きるとも知れぬ議論を戦わせた。

「出口はまだですか」と、尾行者がとうとうたまりかねて悲鳴をあげた。「わたしは首が締って、死んでしまう」

「あいつにとっては、ここはまだ下水道なんだよ」と、おれは正子にいった。「出口なんか、あるわけがないさ」

その時、舳先の彼方《かなた》から出口が近づいてきた。白く光る小さな丸い穴が次第に大きくなり、やがておれたちの鼻さきに拡がった。

「排宙口だ」おれは息をのんだ。「そんな無意味な。そ、そんな無意味な」

「さあ。ほんとのことがわかるわ」正子が排宙口に向かって身構えた。「宇宙という意識がとりはずされた時、わたしたちの精神世界がどんなものになるか」

「どんなものにもなる筈がない。おれはお前を否定するぞ」おれは排宙口に向かって握りこぶしを振りあげた。

「おやおや。何をあわててるの。排宙口の外に出たって、そこにはあなたの精神がある筈でしょ」

「ではお前は、おれの精神から宇宙という概念を流し出してしまおうとしている存在なのだな」

おれは排宙口に指をつきつけた。「そんな存在があってたまるか。精神の中から宇宙がなくなれば、それは死だ。肉体を精神が包んでいるとすれば、肉体の死は精神の死になる。宇宙がなくなれば、それを包んでいるおれの精神も死ぬ」

「急に自信を失ったのね」排宙口に向かって傾きはじめたボートの艫で、正子は大きく叫んだ。

「そうよ。いちど自信を失ったらいいんだわ」

排宙口の外へいろんながらくたが、ごうごうと音を立てて吐き出されていた。旧式の柱時計、籐《とう》椅子《いす》、猟銃、ストーヴ、便器、ボート、正子、そして最後におれとおれの尾行者と胎児と臍の緒。

白熱した光がおれを包んだ。一瞬焼けつくほどの熱さを全身に感じておれは悲鳴をあげた。

「助けてくれ。おれはおれの主張を拋棄《ほうき》する。捨ててかえりみない。だから助けてくれ。そうだ。おれの精神は、宇宙を包めない。本当だ」おれは身をよじった。熱さはまだ続いていた。「助からないのか。この熱さから助かる方法はひとつもないのか」

「ここへ入れば助かるわ」女の声がした。正子の声のようだったが、そうではないようでもあった。「ここへいらっしゃい」

「どこだ」と、おれは叫んだ。

「わたしのおなかの中よ」

「そこへ入れてくれ」

いちばん最後に自分のいちばん大事な部分だけを守るいちばん小さな隔壁《バリヤー》、うすいピンクの膜がおれを包みこんだ。そのピンクの、直径一メートルほどの球形の膜の内部だけが、おれが自分で守ることのできる自我だったのだ。おれは裸で膝《ひざ》をかかえ、身を縮めていた。もはやあの煮えたぎるような熱は周囲になく、ぬるま湯ほどの温度のぬるぬるとした液だけがおれの全身を心地よく浸していた。膜の外の暗黒の恐怖から、ピンクの膜はやさしくおれを守っていた。

周囲には、膜がいくつも浮かんでいた。半透明のそれらピンクの球体の中には、それぞれ正子や、おれの尾行者や、その他いろいろな種類の人間が裸体でうずくまっていた。すべての人間がそれぞれ自分の自我の中に身を縮めていた。

「しかし、これは人間の状態ではない」おれはすぐにぬるま湯に飽きてしまい、そうつぶやいた。「胎児の状態だ。生きた人間の状態ではない」すでにさっきの熱さを完全に忘れ去ったおれは、大声で叫んだ。「こんなことなら焦熱地獄で死んだ方がましだ。暗黒の酷寒地獄だっていい。羊水に浸ることは自分の精神を否定することだ」

おれは膜の中で立ちあがった。だが、膜は破れなかった。柔らかく伸縮して、おれをあやすように、突っ張ったおれの手足をゆっくりと押し戻した。

「正子」すぐおれの隣りのピンク玉の中にいる正子に、おれは声をかけた。「正子。そっちへ行くぞ。君も、こっちへこい。一緒になろう。おれは淋しい。おれは孤独だ。だから君だって淋しく、君だって孤独なのに違いない」

だが、おれの声は正子には聞こえないようだった。彼女は背を丸め、膝を抱いて眼を閉じていた。

尾行者が、自分の膜球を中からぐいぐい押して、こちらへ近づいてきつつあった。おれは悲鳴をあげた。彼のピンク玉のうしろには胎児を包みこんだ小さなピンク玉が一メートルほど離れて浮かんでいたし、彼と胎児とはまだ臍の緒によって結ばれていたからだ。その上おれの顔を恋い焦がれているかのような眼で眺めながらこちらへ近づいてくる尾行者の陰茎は、信じられぬほどの大きさで先太りに怒張していたのである。

おれはもう一度けたたましく悲鳴をあげ、大あわてで自分の隔壁を正子の方へ押した。おれの膜球は正子のそれに融合した。ほとんど同時に、おれの背後で尾行者の膜球が融合した。胎児の膜球も融合した。

「何よなによ、何よあんたたちは」おれと尾行者と胎児になだれこまれて眼ざめた正子が腹を立て、赤ん坊のように手足をばたばたさせた。「出て行ってよ。みんな出て行ってってったら」

おれは怒った正子の手で顔を殴りつけられ、足で腹を蹴《け》られ続けながら、弱よわしく叫んだ。「怒らないでくれ。君の自我に侵入したのは悪い。しかし君だっていずれは誰かに侵入されなければならなかった筈だ」

「いいえ。わたし以外のものはみんな、がらくたなのよ」正子が叫び返した。「あんたたちはみんな、がらくたよ」

おれは暴れる正子の裸のからだを抱きすくめようとしたが、うまくいかなかった。尾行者のからだを抱きしめたり、時には胎児をかかえこんだりした。

「こんなことをしていると、この胎児も含めて、おれたち三人のからだは本当に合体してしまうぞ」おれは突然、恐怖に駆られてそう叫んだ。「みんな暴れるのはよせ」

「では、暴れるのをやめるわ」正子は身を固くした。「だから、あんたたち、出て行って頂戴」

「出て行くとしたら、あなたしかないんですよ」尾行者が気の弱そうな薄笑いを浮かべて正子にいった。「この膜の中の羊水は、今やあなたの羊水だけではないんですからね。この膜だって、ぁなたひとりだけの膜ではないんですからね」

ぴしゃり、と、正子の平手が尾行者の頰にとんだ。

「このおかしなピンク玉を肯定しているのは今のところ君だけだ」と、おれは正子にいった。「さあ。否定しろ。君さえこれを否定すればもとに戻れる。このピンク玉は君の精神の産物なのだ」

「否定するわ」正子が吐き出すようにいって肩を落した。

下水道へ戻った時、排水口は眼の前だった。以前とは違って排水口は、川面よりいくらか上にあるらしく、下水の、川になだれ落ちる水音が高まりつつあった。

「川へ落ちるわ」正子が叫んだ。「ボートが転覆するわ」

「その通りだ」おれはボートの艫でうろたえている正子をじっと見つめた。「そして君はたしか、泳げなかったな」

正子は口惜しげに唇を噛《か》んだ。

「君が泳げないことをぼくは憶えていた。よく憶えていたといって、褒《ほ》めてくれないのかい」

「嬉しいわ。よく憶えていてくださったわ」しかたなく正子は、蚊の鳴くような声でそういった。ふくれっ面をしていたが、眼の光にはおれへの愛憎が微妙にからみあっていて、互いに自分が表へ出まいとせめぎあっていた。

おれはすぐさまオールをあやつりはじめた。川面は排水口の数十センチ下にあったが、あやうく転覆だけは免れた。ボートに続いて尾行者が、あいかわらず胎児をしたがえたままで川に飛び込み、いったん水面から姿を消したのち、水を口から吹き出しながら黄色い川面にあらわれた。

濁った川はゆるやかにたゆたい、昼の光が川面を黄金色に輝かせていた。彼方には公園が、川辺に貸ボート屋の提灯の並ぶあの公園があった。はたしてこの空は馬鹿空か、はたしてこれは腐れ大地か、期待に胸をはずませながらおれはけんめいにボートを漕ぎ、川辺に向かった。

「待ってくれ」尾行者が泳ぎながらボートを追って叫んだ。「ここがあんたの世界か、今までの世界か確かめる気なら、その現場におれも立ち合せてくれ。もしあんたの世界なら、おれは新しく職を捜さねばならん。もしもとのままの世界なら、おれは調査の報告に行き、霜除《よ》け作業の終ったことを口頭であの調査係長に伝えなければならないのだ。調査係長は正式の書類に未来完了形を使うのを好まないし、だいたい鼻濁音と結晶体の希元素を嫌うからだ」

おれは尾行者にかまわず、オールをあやつり続けた。艫を見ると正子は落ちつかぬ様子だった。そわそわしていた。そして時折おれを上眼遣いに眺めた。それは媚《こび》のようでもあったし許しを乞う眼つきのようにも思えたし、また恐怖を隠そうとしているかのようでもあった。

「すぐにわかる」と、おれはいった。「この世界がどういう世界か、すぐにわかるぞ」

正子は無言だった。白いスーツの衿《えり》をかきあわせ、足を組み直しただけだった。いかにも、おれが何を言おうとしているのかまったく理解できないといいたげなそぶりだった。

岸辺に軒を連ねた貸ボート屋の一軒に、おれは見憶えのある親爺《おやじ》の顔を発見した。舟つき場にボートを寄せながら、おれは正子にうなずきかけた。「あの親爺だ」

正子も、ゆっくりとうなずき返した。「そう。あの親爺よ」それからヒステリックに舷側《げんそく》を叩いて叫んだ。「あのうす汚い親爺よ。わたしだって憶えてるわよ。何さ。わざわざわたしに言うことないでしょ。さっさとボートを岸につけたらいいじゃないの」泣きはじめた。

「君は泣いた」おれはびっくりして正子を眺めた。「成人してからの君が泣いたのを見るのはこれがはじめてだ。君にはそんな、女らしいところがあったのか」

正子は泣きじゃくりながら横眼でおれを見、身をくねらせた。「女らしくもなるわよ。あなただってずいぶん、男らしくなったじゃないの」

これじゃまるで娼婦だ、と、おれは思った。少し行き過ぎだ、と、そうも思った。

「少し行き過ぎだ」と、おれはいった。

「行き過ぎじゃない」と、貸ボート屋の親爺が岸から叫んだ。「少し左を強く漕げ。そう。そのまま、まっすぐだ」

おれはボートを舟つき場につけ、親爺にいった。「十年前に借りた人間を、よく憶えていましたね」

親爺は眼を丸くした。「わしはボートを見て、自分の店のボートだと知ったのだが、それではあんたはこのボートに十年間、乗り続けていたっていうのかね」

「いや。ずっと乗り続けていたわけじゃない」おれは正子に手をさしのべ、舟つき場に引っぱりあげてやりながら答えた。「しかし、十年前に貸してもらったままだったことは事実だ」親爺に向きなおり、おれは訊ねた。「さて。十年間の借り賃はいくらだ」

「十年前の、いつごろだね」

「月日の経つのは早いものだ。何月何日かは憶えていないが、午後の八時半だったことだけは憶えているよ」

「それさえ憶えていりゃいいんだ」と親爺はいった。「貸ボート屋にとって重要なのは時間という単位であって、年月日は不必要なのだ。わかるかね。さてと。今は三時だな。そうすると金を払わなきゃいけないのは、わしの方ということになる」

おれはがっかりして頭をかかえこんだ。「やっぱりここは、もとの世界じゃない」

うめくようにつぶやいたおれのことばを聞いて、正子は身をのけぞらせ、大声で笑いはじめた。尾行者も、胎児を背中にぶらさげたまま舟つき場へはいあがってきて、大声で笑いはじめた。

「あなたの計算が根本的に誤っている点をもいちど指摘してあげましょうか」正子が勝ち誇っていった。「あなた自身が以前のあなたじゃないのよ。だからあなたに対する周囲の反応が以前と同じじゃないことも当然でしょ。それがたとえ、どんな世界にしろね」

「そうです。十年ひと昔といいます。十月十日《とつきとおか》の月満ちれば人間は変ります。辞典の内容娼家の名称、馬の歯並みも変ります」尾行者は喜んで、ぴょんぴょん躍りあがりながら臍の緒をつかんで胎児を振りまわしながらいった。「人は枕木死ねば寿司。ライ麦畑に起るデリンジャー現象はサリンジャーなのです。出物はれもの吹出物、煮物焼物酢のもの干もの、けもの果物食わせもの、洗濯物さえ日暮れにゃかわく、腰の佃煮伊達《つくだにだて》には食わぬ、ほんに犬やら猫じゃやら」

おれは尾行者を川に突き落し、貸ボート屋の親爺の腕をぐいと握った。「わかった。わかりました。どうすればいいかわかったのです。ぼくが昔のぼくのように振舞えばいいのですね。さあ、行きましょう」正子の腕をぐいと握った。「さあ、行こう」

「どこへ行くの」

「どこへ行くというのかね」

眼を丸くしているふたりを引っぱって走りながら、おれはげらげら笑った。笑う必要があったのだ。都合のいいことに貸ボート屋の親爺も正子も、おれに引っぱられて走っている自分たちの様子のおかしさに、げらげら笑いはじめた。

そうだ、もっと笑え、とおれは思った。通りすがりの人間たちが、おれたちを見て笑っていた。そうだ、みんな笑え、おれも笑え、とおれは思った。おれたちは公園を抜け、橋を渡り、町に出て歩道を走りながらげらげら笑い続けた。笑い続けながらおれたちは都心に向かっていた。都心には、八階に職業適性所のある十数階建てのビルと向きあって、楽天地があるのだ。そして公園から楽天地へ行く途中には、井戸時計店のある自我町六丁目もあるのだ。

井戸時計店のある路地へ駈けこみながら、おれは正子と貸ボート屋の親爺にいった。「わはははは。ぼくはちょっと、あの時計屋に用があります。わはははは。あなたがたはほんの僅かの時間、その玄関の前で待っていてください。わははははは」

ふたりを玄関に待たせ、おれは井戸時計店に入った。入るなり馬鹿笑いをやめて口を閉じた。静かな店の奥、ガラス・ケースをへだてた壁ぎわに、あの、やたらに神経質そうな痩《や》せた店主がひとりきりで時計を修理していた。彼はおれを見て記憶を蘇《よみがえ》らせ、眼鏡の奥の眼をまん丸に見ひらいて立ちあがった。おれは彼を刺戟しないようにできるだけ足音をしのばせて近づき、彼の耳もとに口を寄せた。

「十年前のことを、まだ憶えていらっしゃいましたね。ご心配なく。もうあんな無茶はやりません。だってぼくは、あの時から十年間も静かな声を出す方法、静かに振舞う術を訓練し続けてきた上、十歳も歳をとったのですから」

おれがそういうと、店主はあきらかにほっとした表情になり、もはや傷つくことはないと知って嬉しげに頰の筋肉をゆるめた。「そうでしたか。わたしはもう、あなたのように乱暴だった人から、そんなにやさしく、しかもわたし以上のひそひそ声でそうささやかれると、どう言っていいかわかりません。胸がいっぱいです」

「ただし、静かな声を出し、静かに振舞うといっても、それはそうするにふさわしい場所でだけの話です。このお店のようにね。おわかりでしょうか。つまり、大きな声で笑い、はしゃぎまわらねばならぬ場所だって、やっぱり、あるわけです」

店主はまた臆病そうな表情に戻り、おれをなだめようとするようなおどおどした声で、せわしなくうなずいた。「そ、そりゃあもうそうですとも。あなた。そうですとも」

「そこで、これからそういう場所へあなたをお連れしたいのです。十年前のお詫《わ》びの意味でね。いいでしょう」おれは店主の腕をぐいと握った。

「さあ。行きましょう」

店主はさからわず、入口のガラス・ドアの方へ歩き出したおれについてきた。むしろ、一刻も早くおれを店から連れ出したいという様子だった。店を出てガラス・ドアを締め、待っていたふたりにうなずきかけ、店主の顔を眺めると、店主は安心の微笑を浮かべておれを眺め返し、正子と貸ボート屋の親爺を眺めた。

「わはははは」おれたち四人は顔を見あわせて笑った。「わははははははは」

「さあ行こう。わはははははは」おれは三人をうながして走り出した。「わはははははは」

三人も笑いながら走りはじめた。「わはははははは」

見馴れた街の大通りに日は傾きはじめていた。おれたちは背に陽光を浴びて走り続けた。おれたちを指さして笑う通行人の顔は一様に赤かった。時おり通行人の中に混っている仁王やインディアンや金時は、ビヤホールから出てきた連中だった。


夕暮れ時から宵の口にかけていちばん混みあう都心の楽天地には、そろそろ客が入りはじめていた。おれは三人を楽天地の入口に待たせておき、ひとり筋向かいのビルにとびこむと、八階にある職業適性所、ただ一室のがらんとした部屋を訪れた。

所長は入ってきたおれを見て当然のようにうなずき、いったん窓から楽天地を見おろして、また振り向いた。「みんなをつれてきましたね。あなたがSF作家になってから、わたしはあなたの作品を一度も読んでいないのです。なぜかといえばあなたの最高の作品は、あなたがSF作家になる前の作品、つまりあの答案に違いないと思ったからです。今日のあなたは、あの時のあなたのように新鮮な興奮状態にある。いい傾向です。さあ行きましょう。わはははははは」

「わはははははは」

おれと所長は笑いながらビルを出て、他の三人と一緒に笑いながら楽天地へ入った。おれは皆を回転木馬に案内し、遊戯券を数冊買ってモギリの女に全部渡した。

「さあ。この回転木馬を買い切ってしまいました。わはははは」呆然としている大勢の客を尻目に、おれは四人に叫んだ。「さあ、乗ってください。わはははは」

ジンタがワルツを奏ではじめた。おれと、正子と、貸ボート屋の親爺と、時計店主と、職業適性所長は、他の客を締め出して、それぞれ好みの木馬の背にまたがった。

ワルツのリズムに乗って、木馬がまわりはじめた。おれたち五人は木馬の背で笑い続けていた。

「わはははは」

「わはははは」

おれたちを見あげてあきれ顔だった他の客が、やがていっせいに笑いはじめた。笑い声の中にジンタのワルツは高鳴った。そのワルツに乗って木馬はぐるぐるまわり、周囲の景色もぐるぐるまわり、見あげている連中の顔もぐるぐるまわり続けた。

おれたちは、ぐるぐるまわった。

3

「なぜだ。なぜだ。何故《なぜ》だ。なぜだ」

回転木馬の背にうちまたがり、笑い続けるおれの耳に、尾行者の悲しげにくり返す声が響いてきた。振り返ると、ぐるぐるまわるおれの回転木馬を追って回転台の周囲をぐるぐる走りながら、あいかわらず首に臍の緒を巻きつけ胎児を背後になびかせた尾行者が、傷つけられた表情で叫んでいた。

「なぜだ。何故だ。なぜだ。昔のあなたにとってわたしは必要ではないのか。あなたの過去には今やわたしが、切っても切れぬほど密接に関係している筈だ。あなたを尾行するという行為によって、わたしは昔のあなたと深い関係を持っている筈なのだ」彼の眼には無視されたこと、あるいは蔑視《べっし》されたことへの憤りがあった。彼は汗びっしょりになり、見物人をかきわけ、時にはころびそうになってよろめきながら、けんめいにぐるぐるとおれを追い、悲痛な声で叫び続けた。「それなのになぜわたしを一緒に、その回転木馬へ乗せてくれないのだ。なぜだ。何故だ。なぜだ。わたしだって乗せてもらえる筈だ。なぜならわたしだって、今のあなたがたのように過去から現在に至る時間を完全に吹きとばしてしまうような朗らかでおおらかで勇敢でやけっぱちな、そんな笑いかたができる筈だからだ」

「だめだ。乗せてやらないよ」おれは笑いながら叫び返した。「あんたにこんな笑いかたができる筈はない。あんたは笑うよりも悲しんでいる方が似合う男だ。わははははは」

「わはははは」木馬に乗っている全員が笑った。「わはははは」見ていた大勢の客がいっせいに笑った。

尾行者は立ちどまった。胎児がだらりと、彼の尻のあたりへ垂れさがった。彼は屈辱感を全身からしたたらせ、憤怒を眼から音なく発散させ、肩をぎくぎくと痙攣《けいれん》させた。「言いましたね。言いましたね。言いましたね。わたしを侮辱したな。我慢できない。もう我慢できない」

おれの乗った木馬が自分の眼の前へやってくるたび、彼はおれに指をつきつけてそうつぶやき続けた。やがて叫んだ。「抹殺《まっさつ》してやる。みんな、どいつもこいつも、おれの世界から抹殺してやる。おれはこの世界から一歩も外へ出たいとは思わない。だから即ち、この世界はおれの世界なのだ。おれがどうにでもできる世界なのだ。その証拠を見せてやるぞ。今、見せてやる」

「見せてみろ」おれは木馬の手綱をひきながら身をそり返らせて大きく笑った。「わはははは。

見せてみろ」

ジンタの奏でるワルツのテンポが次第に速くなった。それは、回転木馬の回転数が速くなったからであった。木馬の支柱は急速に上下しはじめ、木馬も激しい勢いで上下しはじめた。おれの前の木馬に乗っている正子が悲鳴をあげた。彼女の髪が風になびいていた。天井灯の明滅が驚くべき早さで繰り返され、急激に色を変え続けた。見物客たちがわあとざわめき出した。木馬は今や、時速百キロのスピードで回転していた。息ができず、とても眼を開いてはいられなかった。

ワルツはもはや、音楽ではなかった。かん高く軋《きし》み続ける金属音だった。回転台の下のモーターの唸《うな》りが轟轟とそれに和していた。床下では小爆発が起っているらしく、盤板の合わせ目や隙間から煙が出ていた。悲鳴をあげ、見物客たちが逃げまどい、木馬から遠ざかった。激しく上下する支柱におれはしがみついてた。少し手をゆるめただけで振り落されることは確かだった。中央の鏡貼《かがみば》り八角柱の足もとで爆発が起り、ぼうんという音とともに煙が舞いあがり、天井を舐めた。

「わあああああああ」

おれを含め、正子、貸ボート屋の親爺、井戸時計店の店主、職業適性所長、木馬に乗っている五人全部が、いっせいに叫びはじめた。悲鳴というよりはむしろ、断末魔に近い叫喚だった。死は間違いなく襲ってくる筈だったからである。

ぼうん。ぼうん。ぼうん。

爆発は続いた。天井が吹っとんだ。中央の八角柱が折れた。木馬の支柱も、あるいは折れ、あるいはすっぽ抜けた。二十数頭の木馬が夕空を舞った。おれは木馬に乗ったまま煙の中から抜け出し、楽天地の上空を十数メートル飛翔した。おれの上下左右を、天井灯の色ガラスや鏡の破片、回転台の床板の切れっぱし、誰も乗っていない木馬、木馬の首や足が吹っとんでいった。おれの乗った木馬はそれらのがらくたの中を駈け、夕陽に向かって大きな弧を描いた。

落ちたところは、噴水の中だった。むろんおれは噴水に落ちるなどという不様《ぶざま》な助かりかたを望んではいなかった。おれは木馬にまたがったままで思う存分楽天地上空を駈けめぐるつもりだったのである。だがおれの意志は木馬にも、この世界の重力にも通じなかった。通じる筈だった。だが、通じなかった。回転木馬の故障が尾行者の意志によるものであることをおれは認めたくなかった。

だが、仮にそれを認めたとしても、それが即ちこの世界を尾行者の内的世界であると断定するわけにはいかないのだ、と、おれは噴水の中から這いあがりながら思った。尾行者の首に巻きついた胎児の臍の緒は、彼の意志に反して、ほどくことができないままではないか。

白煙立ちこめる楽天地の中は、今や叫喚地獄と化していた。大きく斜めに傾いた回転木馬のドーム状の屋根が燃えていた。飛び散った木馬が頭上に落下してきたため、血みどろになって倒れ伏し、陰獣のような声で呻《うめ》いている老人、とんできた支柱の折れ口で胸を貫かれ、玉蛙のように膨れあがりながら息絶えようとしている子供、背中に巨大な鏡の破片が刺さり、炎のような断末魔を吐き出しながらのたうちまわっている女たちの間を、おれは叫びながら駈け抜けた。

「辛抱しろ、みんな。すぐ楽にしてやるぞ。神様同士の戦いは、人間を巻きぞえにした方が負けなのだ」

貸ボート屋の親爺がライオンの檻《おり》にとびこみ、夫婦のライオンに食われていた。壊れた木馬の首の中に自分の頭部を突っこんだ井戸時計店の店主は、木馬の支柱に胴を貫かれ、あたかも木馬と化して宙を走ってでもいるような恰好のまま樹の枝にひっかかっていた。そして職業適性所長は花壇の中に頭をめり込ませ、咲き誇っているチューリップの間から両足を空に向けて直立させていた。正子と尾行者の姿は見あたらなかった。おれは死人や怪我人の中を、ふたりの姿を求めてしばらくうろうろと走りまわった。

頭上を通過して行ったジェット・コースターが、おれを嘲笑《ちょうしょう》していた。おれはすでに暗灰色になった星のない夜空を見あげた。コースターのいちばん前の車輛にただひとり乗っているおれの尾行者が、腕にかかえた正子を見せびらかしながら高笑いしていた。正子は死んでいるのか、気を失っているのか、蒼《あお》い顔でぐったりとしていた。コースターが軌道からはずれて夜空へとび出した。五輛連結のコースターが、まっすぐに夜空へ登っていった。

「わはははは。見たか知ったか禿鷹《はげたか》夜鷹。ニワトリ高下駄穿《は》けぬと泣いた。さあどうだ。これでもお前はおれのことを、高笑いが似合わぬ男だというのか。さあ。おれを追いかけろ脱走者め。さあ。尾行者のおれを追跡しろ。この気絶した女を、おれの世界からあんたの世界へつれ戻してみろ。ここがもしあんたの世界だというなら、この女を取り戻すことはわけなくできる筈だぞ」次第に地上より遠ざかる尾行者の声は急速に小さくなり、やがて聞こえなくなった。

おれは傍らに横たわっている、投げ出された木馬のひとつを起し、背に跨《また》がって念じた。「駈けろ天馬羽ばたけペガサス。夜空を飛べあのコースターを追え。宙に浮かべハイヨー・シルバー。走れ。走れ。走らないかこの腐れ木馬め」

木馬は微動もしなかった。

今しも夜空の煤煙に溶けこもうとするコースターを眺めて、おれはゆっくりとうなずき、木馬をふたたび投げ捨てた。「そうか。悪党に攫《さら》われたヒロインを追いかけるという旧式な追跡劇をおれに演じさせて、おれの注意をおれ自身の内的世界からそらせようという魂胆だな。そうはいかん。そうはさせない」

おれは正子の身を案じないことに決めた。なぜならおれの世界はヒロイック・ファンタジイとは全然無縁の世界だからである。おれは、おれの脱走を阻止するための尾行者の目くらましに惑わされることなく、おれ独自の行動をとらなければならないことを思い出した。おれの精神が求めている空間を捜すことが先だったのだ。そしておれは、その空間が真におれの求めている空間であるかどうかを試みながら、自分の肉体を使って歩きまわらなければならなかったのだ。そうこうするうちにはあのすり切れトンボの尾行者も、おれが自分の本来の意図に気づいたと知って、あっちの方からおれを追ってくる筈である。そして正子は、今や尾行者の雇い主ではない。彼女自身も、おれや尾行者に敵対する存在なのだ。単なる三角関係ではない。乱戦や混戦の基本的パターン、古典的な三つ巴《どもえ》、ぐるりとまわってジャンケンポン、本拳虫拳キツネ拳、蛇と蛙と蛞蝓《なめくじ》の、徒手空拳の争いだ。

今や酸鼻きわまった状態の楽天地を出て、おれはふたたび都心の大通りを歩きはじめた。この世界は単一の本質を持った世界なのか、それともモザイクの世界なのかと、あたりを観察しながら歩き続けた。もう日はずんぷりと暮れていた。腹が減ってきたので、おれは何か食うことにした。あたりはオフィス街で、レストランはなかった。タクシーを拾い、繁華街へ行くことにした。

「タクシー」と、おれは叫んだ。

傍らに停車していた膿汁色《のうじゅういろ》のタクシーが数メートル前進して、おれの前にぬっと鼻先を突き出した。

「眼の前にいるのに、そんな大声で走っているタクシーを呼ぶことはないだろう」と、若くて向う意気の強そうな運転手がいや味たっぷりにそういった。「それとも、このタクシーじゃお気に召さないかね」

おれはにやりと笑って彼に言った。「おれがタクシーを呼んだために、お前さんと、お前さんの汚い色のタクシーが出現したんだ。さもなくばお前さんはこの世界に存在できる機会がなかったんだぜ」

「存在なんか、もともとしたくなかった」運転手が吐き捨てるように叫んだ。「さあ早く乗りやがれ。この屑箱客《くずばこ》め、下痢腹客め」

「乗ってやるとも、この貧民め。賤業者め」おれはタクシーに乗った。「さあ。失神町五丁目の方へ行きやがれ。このタクシーじゃ、お気に召さないかだと。ふん。お気に召すタクシーなんか、あってたまるものか。いっといてやるが、タクシー代は払ってやらないからな」

車を走らせながら運転手が訊《たず》ねた。「どうしてだ」

「訊ね返すことはないだろう。ここはおれの世界だからだ。何をしようとおれの勝手気ままになる世界だからだ」

「本心から、そう思っているわけじゃあるまい」運転手が鼻で笑った。「自分でもどうだかわからないために、それを確かめようとしているんだろう。小あたりに、あたって見てるんだろう」かぶりを振った。「残念だな。ここはあんたの世界じゃない」

「そりゃ、まあ、誰だってそう言うだろうさ」おれは少し自信を失ってそういった。「この世界にいる人間が全部おれの自我の分身では、おれだって面白くないものな」

「すると、このおれ様は単にあんたを楽しませる為だけの存在だとでもいうのかね」運転手は高笑いした。「自惚《うぬぼ》れるな、このせんずり客めが。そうかい。金を払わないっていうんなら、この車から抛《ほう》り出してやる」

「抛り出してみろ。お前にはそんなこと、できないんだ。お前は挫折《ざせつ》するぜ。おれは抛り出されはしない。そしてもちろん、金は払わなくていいんだ」おれはシートで腕組みし、ふんぞり返った。この運転手にどんな罰を加えてやろうかと考えた。だが、罰を思いつく前にタクシーは停車した。

「降りろ、このえんがちょ野郎。出来損いの国士無双め。ひとりよがりのマイティ・マウスめ。頭に半革を打ってやるぞ」彼は運転席から降りて後部ドアを開き、おれの胸ぐらをつかんで路上へひきずり出そうとした。

「片輪になれ」おれは運転手の顔に指をつきつけてそう叫んだ。「いざりになれ。いや、盲目《めくら》になれ。いや、侏儒《こびと》になれ」

「貴様の思い通りになんか誰がなってやるものか。さあ出てこい。この脱糞《だっぷん》客め」彼はおれをひきずりおろし、路上に殴り倒した。「思い知れ雲助客。この薩摩守《さつまのかみ》悪乗。盗っ人文化人め。衆合地獄に落ちろ。石割地獄で煎餅《せんべい》になれ」


倒れたおれを、さらに運転手は足で蹴とばし、おれの頭を土足で踏みにじってから車に戻り、捨てぜりふを吐いて走り去った。「恨めしかったらひと声タクシー、と呼べ。復讐したくなったら、どこにいようとひと声タクシー、と呼べ。いつでもおれがあらわれて、相手になってやる」

おれは歩道に立ちあがりながら、周囲の野次馬を見まわして説明した。「その通り。ここはすでに繁華街です。失神町五丁目です。おれは金を払わずにここまでくることができた。つまり望み通りに事が運んだといえましょう」

輪郭のぶれた野次馬たちが感心していっせいに「おう」と吠えながらうごめいた。

「では」

「ではこの世界は」

「この世界はこの人の」

「この方の」

「この方の世界なのか」

おれは跛《びっこ》をひきながら歩道を数メートル交叉点の方へ歩いた。レストラン『大嘔吐』は、その交叉点のかどにあった。ひどく高価そうなレストランなので、今まで入るのをためらっていた店である。だがおれは今、このレストラン『大嘔吐』に入り、腹いっぱい飲み食いするつもりだった。大量の食物をおれの胃袋の幽門から胃底に至る全胃袋的内宇宙に詰めこんで、幾千幾万の目くるめく胃小区と胃小窩即ち粘膜組織及び粘膜下組織の運動によってかゆ状に消化せしめることが、今のおれには必要だった。それこそがこのおれの宇宙を自律的宇宙としておれの内部に包含する方法のひとつなのだ。胃袋的内宇宙が膨張して胃拡張となれば即ちおれの自律的宇宙もまた膨張宇宙となるのである。現在のおれの胃袋はド・ジッターの、物質のない、圧力のかからないからっぽの宇宙なのだ。「いらっしゃいませ」ボーイ長らしい、きちんとタキシードを着こんだ中年男がおれのために内側からドアを開き、ていねいに頭をさげた。

高級レストランのボーイ長が、跛をひき、皺《しわ》だらけになった服を着て、額から血を流している客を見たときはまず第一に顔をしかめる。だが彼は、にこやかにおれをいちばん奥のテーブルに案内した。おれの自信はまた蘇った。

「スコッチだ。銘柄はどうでもいいから、いちばん上等をボトルごと持ってきてくれ。氷と一緒にな。それから本物のキャビアをボールに山盛りにして持ってこい。料理は、まず仔牛のタンの蒸焼きと、鴨《かも》の小皿煮だ。それに若鮎《わかあゆ》のムニエル、サフランたっぷりの蝦《えび》のブイヤベース、アーティチョークとサラダと小玉ねぎのピックルスを大皿に山盛り、それにサザーニャの白ソース」

「グルマン」ボーイ長はそう叫んで手を打った。「グルマン。そしてグルメ」歓喜に眼を輝かせていた。「あなたはわたしにとって宇宙の帝王です。十の十一乗の星雲の支配者です。宇宙の中心に存在する人です」

「当然だ」と、おれは答えた。「あんたにとってではなく、誰にとってもおれは宇宙の中心的存在なのだ。この宇宙は曲がりくねった三次元の球面だ。その中のどの点をとってもそれは宇宙の中心点なのだ。即ちおれがどこにいようと、おれこそが宇宙の中心なのだ。わかるかね」

「わかります。よく、わかります」ボーイ長は踊り狂い、フィンガー・ボールの水を頭からかぶって叫んだ。「では世界最高の味蕾《みらい》と胃袋を持ったあなたのために、コック長に命じて世界最高の料理を」

次つぎと繰り出される料理の大群を、おれはすべて、野菜の一片すら残さずに食べ尽した。隣りあったテーブルの上品そうな客たちは、地獄を見る眼でおれを眺めていた。自分たちの眺めているものが宇宙の中心とは気がつかずに。

食べ終った時、ボーイ長と五人のボーイ、コック長と五人のコックが、おれのテーブルの前に整列していた。「われわれは宇宙の中心をとり囲む星雲であることに誇りを持つものであります」

「当然だ」おれは口を拭って立ちあがり、店を出ようとした。「その誇りを忘れるな」

ボーイ長があわてておれを追ってきた。「あ。お勘定を」

「思考力が壊れたか、大脳が糜爛《びらん》したか、記憶がぶっ潰《つぶ》れたか」おれは居丈高に怒鳴りつけた。「宇宙の中心たる者に向かって勘定を払えとは何ごとだ。ああ。おれの内的宇宙は膨張しすぎた。すべての星雲は原点からの距離に比例する速度で遠ざかっていく」おれは嘆息した。「宇宙の半径が原始宇宙の半径の一・五倍であったあの頃が懐しい」

「勘定を頂かない限り、わたしは遠ざかったりしません。どこまでも近づいていきます。わたしは収縮宇宙の局部超星雲なのです」ボーイ長が揉《も》み手をした。「お払い下さらなければ、警察を呼びます。宇宙の中心が無銭飲食、或は食い逃げした場合、宇宙の曲率と宇宙項との和がエネルギー密度に比例しなくなるからです」

「その通りだ」コック長たちが、手に手にフライパン、麺棒《めんぼう》、肉切庖丁などを振りかざしておれをとりかこんだ。「さあ払え」

「足りるか足りないかはわからんが、金はある程度持っている」と、おれはいった。「しかし払わん。払えばまたこの世界が、おれ以外の何者かに律せられてしまうからだ」

「やれ」

「やってしまえ」

「ぶちのめせ」

蹴倒され、殴られ踏まれ死にかけている時、警察がやってきた。「やめろやめろ。そんなに痛めつけたのでは、死んでしまう」

「宇宙というものを時間的空間的性質を中心に数学的物理的に調べた場合、これを時空すなわちspace-timeと見るのが正しいのです。ところがこの男は自ら宇宙の中心と名乗っています」ボーイ長が憤然としてそういった。「だからこいつは、いくら痛めつけたところで死ぬ筈がないのです」

「だが、事実は死にかけているぞ」

「死にかけてなんかいないぞ」おれはあわてて立ちあがった。「死にかけているふりをしていただけだ」無理に歩き出そうとして、また、ひっくり返った。

「ではこの男も、この世界を自分の精神が包含した世界だと信じているのかね」警官たちがおれを助け起しながらボーイ長にそう訊ねた。

「誰か他に、そう言っている者がいるのかね」と、おれは警官に訊ねた。

「いる。男がひとり、女がひとりだ」

おれの尾行者と、そして正子だな——おれはそう思った。近所にある警察署に引っぱって行かれ、取調室に入ると、そこには案の定尾行者と正子がいた。尾行者はあいかわらず首から胎児をぶら下げたままである。

「やっぱり、単独でこの世界を包みこむことはできません」おれを見るなり尾行者が立ちあがり、泣くような声でそういった。「あなただって、そうだった筈です。だからここへつれてこられたんでしょう。ねえ。三人が力を合わせない限り、この世界は思い通りにはならないんです。合体しようではありませんか」

「この三人が合体するなんて、そんなことは可能なのかい」おれはあきれてそう訊ね返した。「われわれ三人は、互いに対立する存在なんだぜ」

「でも、一時は合体や分裂をくり返した仲ではありませんか。われわれは、もしかすると同一の人格の中から生まれた三つの対立するイデーを表現しているのかもしれない」尾行者は縋《すが》るような眼で、けんめいにおれを説いた。「三位一体を試みようではありませんか」

正子は黙っていた。

刑事部長と称する男が入ってきて、おれたちを監視している警官に訊ねた。「どいつだ。世界の中心と称して高級料理を五十万円分食べた男は」

警官がおれを指さした。「こいつです」

刑事部長は尾行者と正子を顎《あご》でさした。「で、こいつらは何をした」

「あろうことか、あるまいことか、空を飛んでいました」と、警官が答えた。「しかも、ジェット・コースターの車輛に乗ってです」

「君たちは、新種の精神病者かね」刑事部長はおれたちに訊ねた。

おれたち三人は黙っていた。

刑事部長がいらいらと取調室の中を歩きまわりながら喋《しゃべ》りはじめた。「いや、そう訊ねたところで君たちは、もちろんそうじゃないと答えるだろう。狂気であるにしてもそう答えるだろうし、正気であれば尚《なお》さらそう答えるだろう。そして君たちは、狂っているのはむしろあんたたちの方だと言うことだろう。そうとも。君たちの言いそうなことぐらいはだいたいわかっている。なるほどその通り、たしかにわたしたちは狂っているのかもしれない。わたしも狂っているのかもしれない。なぜならわたしは最近、美しいお嬢さんを公園で襲って野姦して、ふらふらに疲れてその場で眠りこけてしまった時以来、夜露のせいで時おり変な夢を見るからだ。自分の顔がこんな具合になる夢だ」刑事部長の頭部が、だしぬけに風船玉のようにふくれあがり、取調室の半分を満たすほどの大きさになった。その重みで彼は勢いよく床に倒れ、頭を机の隅に激しくぶっつけて気を失ってしまった。

警官が刑事部長に駈け寄って介抱している隙に、正子がささやいた。「どっちにしろ現在、わたしたち三人の願望は一致してるわ。ここから逃げ出したいという点でね」

「その通りだ。ここから逃げ出そう。三人、力を合わせてな。もちろん、一時的に協力しあうだけだが」おれはそういって、右手で正子の手を、左手で尾行者の手を握った。

尾行者と正子も、手を握りあった。

「わっ」と、おれたちは叫んだ。

その掛け声をきっかけに、おれたち三人のからだは科学知識のヴェールを破り常識の壁を壊して吹っ飛んだ。気がついた時、おれと尾行者と正子はそれぞれ巨大な象となり、半球形の世界の底面を支えていた。おれたち三匹の象は、巨大な亀の背に乗っていて、さらにそれら全体を一匹の長いコブラがとり巻いていた。

「見ろ」と、おれは叫んだ。「お前が三位一体なと言うから、こんな世界になってしまった。これがおれたちの世界といえるか」

暗黒の中のあちこちに、さまざまな宇宙がぽっかりと浮かんでいた。円錐形の頂上が平たくなった宇宙、釣鐘型の天井をした宇宙、周囲の高山の上に世界をとり巻く川があり、太陽がボートで運ばれている宇宙、二重の天の間に雨や風の倉庫のある宇宙、円盤形の世界が川に囲まれている宇宙、自転車に似た宇宙、何かをわめいているラジオ宇宙、スクリーンに太陽が映っているテレビ宇宙、抽出《ひきだ》しの中にそれぞれ星や月の入っている茶《ちゃ》簞笥《だんす》宇宙……。

「宇宙のオン・パレードだ。宇宙の博覧会だ」と、尾行者が叫んだ。

「くだらん」おれは大きくかぶりを振った。「こいつはくだらん。まったく、つまらない」かぶりを振り続けた。

「動かないで」正子が悲鳴をあげた。「重いわ。もう駄目よ」彼女は巨大な太い足を折り、亀の甲羅の上に横たわった。

世界が大きく傾き、たちまちろくでもないがらくたの大群がおれの眼の前を、暗黒の深淵へ雪崩《なだ》れ落ちて行った。旧式の柱時計、籐椅子、猟銃、ストーヴ、便器、ボート……。

「言わんことじゃない。おれたち三人が集ると、ろくな世界に出会さない」おれはいそいで半球世界の下から這い出しながらそう言った。「だいたいおれたちの世界観が三人とも違うのに、協力しようなどというのがどだい無理な話なのだ」

頂きに蠟燭《ろうそく》のような太陽をくっつけた半球世界が、がらくたを追って落ちて行き、蛇がさらにそれを追って一直線に墜落して行くと、おれたち三匹の象をのせた亀はゆっくりと闇の中を前進しはじめた。おれ以外の二匹の象のどちらが尾行者かは、一匹の象がまだ首に臍の緒を巻いているためにすぐわかった。

「わたしたちは、あくまで抹殺しあうべきなのよ」と、正子の象がいった。「それが唯一の道だわ」

「自分だけの世界なんて、およそつまらないと思いますがね」と、尾行者の象がいった。「世界を自我で囲んで、それからどうするっていうんでず。まったくつまらない。生きていたくなくなるでしょうね。内的世界とか内宇宙とかいったものに価値があるのは、完全な内的世界、完全な内宇宙があり得ないということがはっきりわかっている場合だけでしょう」

「そりゃあ、あんたはそう言うだろうさ」と、おれがいった。「あんたはどの世界へ行っても、自分の小さな宇宙を作りあげて、その中で縮んでいればそれで満足しているんだものな」長い鼻を振りあげ振りおろして、おれは笑った。「自我の中に相反するものを作りあげ、喧嘩《けんか》させて楽しむなんてことのできない人間だからね。あんたは」

「侮辱だ」尾行者が巨軀を顫《ふる》わせた。「それは侮辱だ」

「待てよ」おれは首をかしげた。「これも結局おれの自我の中の世界かもしれないな。だって、あんたにしろ正子にしろ、おれとは相反する性格の持主だ。つまりはあんたたち二人とも、おれの自我の一部分、おれの自我の中の、対立物かもしれないわけだ」

「とても、つきあえないわ」正子が悲鳴をあげた。「さようなら。わたし、逃げるわ」彼女はもとの姿になり、白いスーツの裾と黒い髪をなびかせて亀の甲羅から暗黒の宙へ舞いあがった。

「わたしも失礼します」と、尾行者が別の方向へ舞いあがりながらいった。「今度お会いする時は、きっと『神の館』を奪いあう時でしょうな」

なるほど、さすがにおれの自我の一部だけあって、いいことをいう、と、おれはそう思いながら彼らを見送った。尾行者の、でっぷりしたからだは暗黒の中にいつかしなやかに伸びきっていて、敵意に満ちた咆哮《ほうこう》を宙に吐き散らしていた。

「豹《ひょう》だ」とおれは思った。「奴《やっこ》さん、豹に変身したぞ。殺しあうことを決意したらしいな。おれも、腹を決めなければ」

尾行者はともかくとして、おれが、おれの手で正子を殺すことができるかどうか、それが問題だった。刺殺、毒殺、絞殺、どうやって殺すにしろ、おれが正子を殺している図はどう考えても頭に浮かばなかった。しかし殺さなければならないのだ。今やおれの自我の中に侵入してきておれの自由の大きな部分を奪っている女を。正子を。母親でもあり妻でもあり娘でもあり赤の他人でもある女。正子を。

おれはもとの姿に戻り、自我からエスをさえぎっている長い抑圧のダムを越えた。そのあたりは無意識、いずれを見ても胸に強く応えるがらくたが積み重なったイドの井戸。そのがらくたの山の頂きには白と金で壁面や柱に簇葉《ぞくよう》をいっぱい彫ったロココ調の宮殿が建っていた。

玄関を通り、どこからかクープラン風の音楽がかすかに流れてくる長い廊下をおれは歩き続けた。おれの手には、いつの間にかアイス・ピックが握られていた。これで正子を殺すことになるのだな、と、おれは思った。その通りだ、と、おれは自分にうなずき返した。彼女を殺すことによって、おれはひとりの男として独立できるのだ。女からの呪縛を脱し、男性としてひとり立ちできるのだ。

唐草、花飾、渦巻の模様を複雑に彫り込んだ、廊下のつきあたりの大きな両開きドアの中へ入ると、さながら謁見室の如きその広い部屋の正面の椅子には、ただひとり正子が腰をかけてこちらを眺めていた。彼女の衣装は白いスーツのようでもあり、社長室の奥で寝ていた時のような、白いネグリジェのようでもあったが、本当はどうやらそのどちらでもなく、ただの白いドレスの上に、白いガウンを羽織っているだけなのかもしれなかった。音楽は、その室内ではラモー風のものに変っていた。

「あら、殺しにおいでなさいましたのね。やっぱり」と、彼女は無表情にいった。「うすのろじすとの王子様。でも、男の自由が女を殺すことで得られるでしょうか。得ることのできるのは孤独だけだとわたくしは存じますが。でも、あなたにとって独立と孤独は同じものなのかもしれませんわね」

「命乞いですか」と、おれはいった。「わたくしをわたくしの主観から遠く離れた世界に追いやり、そこに閉じこめ、さらにわたくしを束縛するためわたくしに尾行をつけたあなたに対する、これは当然の罰なのです」おれは彼女に近づき、胸の膨らみに眼を向けてアイス・ピックを構えた。

「では」

「どうぞ」正子はネグリジェのような縁飾りのついたドレスの胸をはだけ、乳房の下をアイス・ピックの尖端にあてた。「やわらかな柔らかな皮下脂肪に包まれたわたくしの心臓をお試しなさい。副交感神経と拮抗《きっこう》的に作用するわたくしの交感神経は今、死に対する恐怖のため、末端からアドレナリンを分泌しています。心臓ははげしく動《ど》悸《き》動《ど》悸《き》しています。胃腸の働きが弱くなりました。皮膚の血管が収縮しています。瞳孔が開きました。気管支にも影響をあたえたようです。呼吸がはずんでいます。汗腺からは冷汗が出てきました。わたしは死ぬのがこわいのです。でも、死ななければならないことはわかっていますわ。殺されることに、幾分かの歓びも混っています。さあ。早く殺してください。落涙、排尿、脱糞などの見苦しい行為を演じる前に」

　ほんの少し力をこめただけで、おれの手の中のアイス・ピックは正子の心臓の中に入った。そのアイス・ピックは、おれが彼女の中から引っこ抜くことによってはじめて兇器と化した。正子はぎくぎくと激しく痙攣した。

「やった」と、彼女はつぶやいた。「とうとう本当にやっちゃったわ。馬鹿ね。あなたって」倒れた。彼女の黒い髪がおれの足もとへ扇形に拡がった。

　いつの間にやら、彼女の死体を足もとにして立ちすくんでいるおれの胸にも、アイス・ピックの穴が開いていた。だが、そこからは血も流れず、何の肉体的な痛みも感じられなかった。ただ、吹きこんでくる風が冷たく胸にしみるだけだった。それはやがて癒える筈の傷であり、それはわかっていた。しかし塞《ふさ》がるのは傷口の表面だけであり、奥の方にはいつまでも穴が、開いたままの穴が残る筈だった。それはおれが胸に何かの衝撃を受けるたびにひりひりと痛む筈だった。

「ひとり、やっつけたぞ」おれは風の冷たさに泣きながら強く眼を閉じて吠えた。「だが、もうひとり、やらなきゃならない奴がいる。豹だ、あの尾行者だ」

すぐさま次の殺人行に出発しなければならぬと決意した途端、おれの手の中のアイス・ピックは猟銃に変った。周囲の風景は、荒寥《こうりょう》とした山岳地帯に変った。

「女を殺しましたね」崖《がけ》の上の突出した岩からおれを見おろし、豹の姿の尾行者がいった。「孤独が、男にとって何の役にも立たないということを、まだおわかりにはなれないのですね。自我に対立する最も大きな存在を抹殺したら、自我は糸の切れた軽気球の如くどこまでも飛翔することでしょう。だからといって、それがどうだというのです。誰も褒めてはくれませんせん。自我の対立物をぶらさげて、その重みにさからって飛翔したのではないのですからね。対立物を抹殺したら飛翔するのがあたり前、ちっとも偉いことじゃないのですよ」

「だまれ。おれの機能障害め。殺してやる」彼に狙いをさだめておれは猟銃をぶっぱなした。だが、狙いはそれた。

豹の姿が消えた。逃げる豹を追っておれは崖を攀《よ》じのぼった。豹は時おりおれの前に姿をあらわしては、山の頂きをめざしてさらに逃げ続けた。周囲に万年雪が多くなり、呼吸が次第に困難になってきた。『神の館』に近づきつつあるようだった。

「寒い。わたしは寒い」逃げながら、豹が叫んだ。「こんなに、どんどん頂上へ追いつめられたら、わたしは凍えて死んでしまいます」

「だまれ。『神の館』を奪いあおうといったのは、お前の方じゃないか。おれを『神の館』に行かせまいとして、そんなことをいうんだな。そうはさせんぞ」また、ぶっぱなした。「正子を殺さなきゃならなかったのも、もとはといえばお前の為だったんだ。どうあってもお前を殺してやるんだ」もう一発、おれはぶっぱなした。弾丸はなかなか命中せず、岩頭を砕くばかりだった。そのたびに悲鳴をあげ、逃げ続けながら、豹はいった。「恐ろしやおそろしや。お前さまは今ご自分を殺そうとなすっているのですぞ。わたしゃあなたの一部分、わたくしが、あなた好みのあなたになれないからといって、どうしてわたしを殺さなきゃならない。あなたはすでに、わたしに呪《のろ》いをかけておいでです。この上、どうしてわたしを殺すのですか。あなたはご自分を呪っておいでなのですよ」

「うそだ」と、おれは叫んだ。「おれがおれ自身を呪ったりするものか。おれはおれの中の対立物、つまりおれを、この世界からあの世界へ脱出させるまいとしているお前を呪っているだけなのだ」

「まだ、そんなことを言ってるんですか」豹は山頂に近づきながら、首の臍《へそ》の緒《お》をふりほどいた。「ではその証拠をお眼にかけましょう。これをお返しします」

彼は胎児をおれに投げつけた。岩に二、三度ぶつかってバウンドしながら、胎児がその臍の緒を振りまわし、おれの方へとんできた。あっと思う間もなかった。おれの首に臍の緒が巻きつき、胎児がおれの背にぶらさがった。

山頂は、今や眼の前にあった。雪に覆われたその山頂へ、豹が攀じのぼろうとしていた。残りただ一発になった弾丸を猟銃にこめて、おれは豹の後頭部を狙った。早く攀じのぼろうとする豹のあせりが、一瞬、おれの胸にこたえた。豹は今、前肢《まえあし》を山頂の岩にかけたまま、後肢でむなしく雪を蹴っていた。動きが、その瞬間、停止した。おれは引き金をひいた。弾丸は命中した。豹の後頭部に赤い穴がぽつんと開いた。豹は跳躍した。山頂にとびあがると、横ざまに倒れた。意識が遠ざかっていった。遠ざかる意識の中でおれは、おれ自身がいつの間にか豹になってしまっていることを自覚していた。おれは豹として死ぬのだ、と、そう思った。おれのからだは山頂の雪の上で、徐徐に冷えはじめた。

山頂へ、おれが登ってきた。首に臍の緒を巻き、背に胎児をぶらさげ、手に猟銃を握りしめたおれ自身が登ってきたのである。彼はひどく悲しげに、横たわったおれを見おろしてつぶやきはじめた。「だから、言わんこっちゃない。豹は、あんた自身だったんだ。あんたは、あんたの中の豹を撃ち殺しちまった。おれは、その豹がいたからこそ存在を許されていた。だって、そうだろう。これは何についてもいえることなんだが、原点を探るために夾雑物《きょうざつぶつ》を切り捨てていくとする。そりゃあまあ、最初のうちはいいだろうさ。誰が見たって塵《ちり》や芥《あくた》や埃《ほこり》としか見えないものだけを取り除いていけばいいんだものな。本当はその塵や芥や埃の中にだって、何十万分の一、何百万分の一かは重要なものが含まれているんだが、そいつはまあ、いいとしよう。問題は全体量が少なくなってきた時だ。その辺からの取捨選択がひどくむずかしいんだ。いや。むずかしいというよりも、こいつをよりわけることはまず並の人間には不可能じゃないのかね。結局、こいつとこいつのうち、重要なのはどちらかという比較の問題になってくる。いちおう、こいつの方が重要だろうというので、片方を残し、片方を捨てる。残した方をふたつにわけ、また比較し、重要な方を残す。そんな具合にして最後に何かが残る。さて、その残ったものはいったい何か。そいつが原点だって。とんでもない。そいつはもはや、ありふれた、どこにでもある、誰もが持っている、実につまらないちっぽけな、屑みたいなものの切れっぱしに過ぎないんだ」

おれ自身の声が、おれの耳から次第に遠ざかっていった。もはや、眼は見えなかった。

「まして……対立物を抹殺するなど……自分の中の対立物なんてものは……。だからそいつを殺したりすれば、もはや……じゃないわけで、しかもすでに、自我にとって余計な、女という……。だけではない、男性性格の中にある女……因子さえすでに…………。老人の……。もう……意識……。とても……内宇宙……。……どこへも……、……、脱走したのは……。結局、脱走は……、……成功したのだ」

暗黒がやってきた。死ぬ瞬間、おれの心の中に安らぎはなかった。安らぎは、豹を殺したおれが持っていってしまったのだ。だが、本当のことをいえばおれは安らぎを求めてあの世界へ脱出しようとしたのではなかったから、これでいいのかもしれない。どちらかといえば安らぎはこの世界の方にあったわけであって、もといたあの世界は、とても安らぎなどというもののある世界ではなかったことは確かだ。安らぎもなく、腹を立てながら、ひどく腹を立てながら、かんかんに怒りながらおれは死んだ。だが、これでいいと思って死んだのだからそれでいい。これでいいと思いながら、豹として死んだのだから、これでいいのだ。あとは、生きているおれにまかせる他はない。あの男なら、つまり、生き残ったおれなら、うまくやるだろう。もっともそれは、おれがもといたあの世界ではない、おれが脱走しようとしたこの世界でもない、さらにどこか、別の世界のことになるだろうが。

キリマンジャロは高さ一九、七一〇フィートの雲におおわれた山で、アフリカの最高峰と称される。西側の頂上は、マサイ語で、「神の館」と呼ばれている。その西側の頂上に近く、ひからびて凍りついた豹の死体がある。そんな高いところまで豹が何をもとめてやってきたのか、誰も説明したものはない。(注)

作者注　ヘミングウェイ「キリマンジャロの雪」冒頭の一節。中田耕治訳

ボサ・ノバによるエピローグ

疲れている。ひと晩中自分のいびきで眠れなかった。疲れ過ぎているのだ。ながい間、仕事を抛《ほ》ったらかしにしておいたため、今度はそれら積もりに積もった仕事を片づけるのに、すべての精神力とすべての体力を使い果たしてしまったのである。すべての精神力とすべての体力を使い果たしてしまったら、たいがい死にそうなものだが、それが死なないというところにこの世界のいやらしさがある。ただ眠るだけである。眠ると、疲れ過ぎているためにいびきをかく。そこで眼を醒《さ》ましてしまい、今度はなかなか眠れないということになる。以前は、蠅《はえ》の羽音ならともかく、自分のいびきで眠れないなどということはなかった筈だ。

いったい、積もりに積もったあの大量の仕事を片づけるのに、おれはどのくらいの時間を費したのだろう。数週間か。数カ月か。数年か。それとも数十年か。わからない。まったくわからない。しかもまだ、全部片づけてしまったわけではない。いちばん厄介な仕事がひとつ残っている。雑誌「ドビンチョーレ」から依頼されている「ドビンチョーレについて」という論文なのだ。書き出そうという努力はした。しかし、書こうとするとおれの文章でない文章がとび出してくるのである。誰の

文章かというと、あの、みどり色の背広を着た、いかがわしくうさんくさく死に神めいた、すり切れトンボの尾行者の文章である。彼がしばしば報告書として記した矛盾と独断と弁解と韜晦《とうかい》と偏見に満ちたあの文章が知らずしらずのうちに出てくるのである。その時おれの意識内容は、おれ自身よく知っているあの尾行者の意識内容になっている。そしておれは、はっとわれに返る。だが、われに返った時のおれが本当のおれなのか、尾行者と同じ精神構造になってしまっている時のおれが本当のおれなのか、おれにはまだわからないのだ。おれは恐ろしくなってベッドからとび起きた。どうすればいいのだ。どうすればいいのだ。

どうすればいいのだとわめきながら、おれはベッドの上で四回とびあがってスプリングの具合を試し、ベッドからとびおりて冷蔵庫を蹴とばし、電気掃除機の吸込口で天井を突きまくって最後にはパイプを天井裏へ突き刺した。それからゆっくりとギターをとりあげ、ばらばらに分解した。完全に分解してしまってから、こういう行為はすべて、あの尾行者だった男が常に演じていた行為であったことをはっと思い出した。おれはまたとびあがり、すぐ机に向かった。「ドビンチョーレについて」を書こう、と決心したのである。ドビンチョーレについて、尾行者のではない、おれ自身の考えを書かなければならないのだ。書かなければならないのだ。

おれはペンをとり、猛然と書きはじめた。

ドビンチョーレについて

請われるまま、いわゆるドビンチョーレについて私自身の考えを述べることになってしまったのでありますが、いざ書こうとすると、読者諸兄にはあまり関係のない、私自身の雑多な諸問題が出てきて、ペンを重くするのであります。

その第一の問題は、いわゆるドビンチョーレということばが、過去のものではなく、現在のSF界では最も刺戟的なことばのひとつとして受け取られているからでありまして、これはつまり、いわゆるドビンチョーレという名を冠された創作なり創作方法なり創作態度が、今、現在、SF界では最も革新的な創作なり創作方法なり創作態度であると認められていることを意味するからであります。いわゆるドビンチョーレをSFとは認めぬという拒否的な立場に立つ人も、このことばや、その内容の持つ刺戟性は認めるでありましょうし、また逆に、ドビンチョーレはもう古いという議論があったことさえ私は知っているのでありますが、現実のSF界でいわゆるドビンチョーレ以後の革新的な主張を持つグループの出現した事実は知らないので、とりあえず革新的ということばを使っておこうと思うのであります。ドビンチョーレはもともと革新的ではなかったという意見もあり得ますし、実際にあるのでありますが、これはその内容とか、文学あるいは芸術思潮全般を展望していっているわけで、いわゆるドビンチョーレという名を主張する新しいグループがSF界に現存する事実を無視することはできないでありましょう。そしてそもそも、このようにいくつかの極端な議論のあることが、さらにその背後にさまざまな立場の無数の意見の存在することを暗示しているわけでありまして、この問題の持つ意味の大きさを立証しているともいえましょう。

さてこうした、現に自分が仕事をしている世界で取沙汰されている主張について論じる場合、どうしても自分のやってきた仕事や今やりつつある仕事を肯定する立場に置こうとする配慮が論者に働くわけでありまして、しかもこの場合問題の多くは作品論になってくるわけでありますから、この危険は評論を主な仕事にしている人よりは、むしろ私のように創作に専念している立場の人間の方に多く発生し、極端な場合には我田引水さえ演じてしまう恐れがあるのであります。この危険を払拭《ふっしょく》しようとすれば、結論がそれまでの自分の作品にとって有利になるか不利になるかを考えず、むしろ自分の過去の作品を全部葬り去ってもよいという態度で論じるべきなのでありましょうが、実際にそれをやるかやらぬかは論者の趣味の問題になってくるのであります。私としましては、過去の作品はそれぞれ独立しているという考えに近いわけでありますし、でありますからどんなことがあっても、たとえ作者自身がどう否定したところで私の作品の大部分が社会的に葬り去られることはまずあり得ないという自信さえありますから、結論がどうなろうとそれほどこだわらぬつもりでありますが、自他の作品の批判をする場合に、なんでもかんでもすべてを否定するという最近の前衛的戦闘的な論文の多くがそうでありますような、新しさの誇示や勇敢さの誇示を演じてしまういやしさもまた、我田引水同様に好きではないのであります。そして、いわゆるドビンチョーレとは何かを作家が真っ向から論じ、自分がそれを肯定、あるいは否定する根拠を、自他の作品をとりあげて批判する形をとりますと、これは好むと好まざるにかかわらず前述のどちらかの陥穽《かんせい》に陥らざるを得ない筈なのであります。そこには論者の意見とは別に、いわゆるドビンチョーレの主張というものがありますから、これとかかわりあいながら、そして読者を納得させながら論を進めていこうとするうちには、必ず自他の作品の弁護や否定的な批判なども必要になってくるからであります。

第二の問題は、作家としての私に、あるい

は私の小説に、「ドビンチョーレへの志向がうかがわれる」といった評判があることでありますむろんこの評判の外側にも「彼の書くものはドビンチョーレなどではない」という意見から、「彼の作品は最初からドビンチョーレであった」という意見まで、両極端のものがあるわけでありますし、事実そのふたつの意見をはじめ、その中間に位する数多くの意見を私自身直接聞かされてもいるのであります。中でも、特に私の気を重くさせるのは、「ドビンチョーレへの志向がうかがわれて頼もしい」とか「早くドビンチョーレへの旅を始めるべきであろう」といった、最初からドビンチョーレを肯定して、それに向かわせるべく作者、つまり私を説得しようとする性質の発言であります。これらの発言が無責任な発言であるかどうかは、発言者の、ドビンチョーレについてのもっと詳しい考え方がそれぞれ公表されるまで待つべきでありましょう。しかし私は、ここではっきり申しあげておきたいのでありますが、ドビンチョーレについて、私自身は現在、まだ何の結論も出していないのであります。つまり肯定も否定もしていないのであります。なぜならば私は今までドビンチョーレに関する自分の考え方を決定するにはやや時機尚早であると考えていたからでありまして、そのため直観的な主張を公表する機会を避けてきたからでありますいったん公表された主張が、今度はドビンチョーレ論をまとまった評論として発表する際の障害になることを恐れたからでありますし、そうした直観的認識がほんの少しの外部的・内部的条件で崩壊することも、充分あり得ると思ったからであります。したがって私の作品が、または私の一部の作品がドビンチョーレであるかそうでないかは、私自身まだ決定できないでいるわけでありますし、その解答は、むしろこの文の結論から導き出されるべき性質のものだと思うのであります。論者としての主体性がまるでないように思われるかもしれませんが、この場合は、結論を出すことだけが論者の責任なのでありますから、出来得る限り先験的に論旨を進行させながら何らかの結論を導き出すことができればそれでいいわけでありまして、その作業そのものが、そしてそれこそが論者としての主体性であると私は思うのであります。もし結論が出ないようでしたら、この原稿を公表しなければいいということになります。悲しむべきことはただひとつ、私がすでに自分の主張を持っていて、論旨をねじ曲げながら読者をそこへ導こうとしているのでないことを証明する方法が、ただのひとつもないことであります。もっともこれは、読者にとってはさほど問題ではないことかもしれません。自己の主張を強引に貫こうとした論文であっても、読む側にしてみれば、論理的一貫性がそこにあって、ねじ曲げられた論旨に説得力があればそれでよいわけでありますし、文章を書きつらねながら推論する帰納的な論文と、書く前に全体を頭の中で構築した演繹《えんえき》的な文章とに真の優劣はないからであります。逆に、むしろ文中で矛盾の起りやすいのは、私がこれから展開しようとしている書きながら推論した文章の方でありましょう。しかしながら私はその矛盾を完全に解いた結論を出そうとする努力こそ、そしてそういう論文を書こうとすることこそが論者の良心であって当然と思うのであります。むろん、矛盾がひとつでもあれば論文として未完成であると言い切るほどの自信はありません。したがってこれに固執する気もありません。どういう論文を書くかは、前述の通り、論者の趣味の問題になってくるからであります。

さて、このあたりからそろそろ本論に入ら

ねばなりません。本論とはいうまでもなく、ドビンチョーレと呼ばれている個個の作品をとりあげて批判し、分析し、それによってはたしてドビンチョーレとは何か、現ＳＦ界にとってドビンチョーレの果たした、あるいは果たすべき役割は何か、また、私自身にとってドビンチョーレとは何かを論ずることであります。そこで私は、現在ドビンチョーレを書いていると称している作家の個個の作品、いわゆるドビンチョーレを数十篇拾い出し、ついでに過去のあらゆるドビンチョーレ論も参考のためにひっぱり出して読み返してみたのであります。そしてその結果、驚くべきことに気がついたのであります。

その驚くべきこととは何であったでありましょうか。おお。おお。驚くべきことには、東西を通じてのドビンチョーレ論の論者の中で、ドビンチョーレについて肯定的な評論を書いている人物は、これすべてドビンチョーレの作家だったのであります。例外はただひとり評論家のカンチョーラ・エンガッツィオ女史でありますが、彼女の場合はＳＦ全体を論じる際ドビンチョーレにわずかに触れているにすぎず、それも全面的肯定ではないのであります。ここに於《お》いて私は、はっと悟ったのであります。むろんその悟りは、私が本格的に論じようとしてドビンチョーレをさまざまに考えた結果、悟り得たことだったのであります。つまり私が、今まで述べてきたようなことを前提として、はじめて得られる悟りだったのであります。どういう悟りかと申しますと、もはや私には、ドビンチョーレを論じる必要はないのだという悟りなのであります。

ドビンチョーレについて肯定的な評論を書いている人物がすべてドビンチョーレの作家であったというこの事実から導き出された、ドビンチョーレを論じる必要はないという私の結論について、思考の短絡論理の飛躍なぜに便所に散る花よと感じられる読者諸兄は、すべからく私が今まで述べてきたことを、この結論を前提として、いわばひっくり返し裏返しながら読み返していただきたいのであります。

即ち、私が前述したようなドビンチョーレに対する、私が理想的であると考えるような論じかたは、これは発狂者でない限り絶対にできないということでありまして、論理的一貫性を伴いながら矛盾なく帰納的に論じることが不可能である以上、私が読んだこれらのドビンチョーレ論はすべて、書く前から全体を頭の中で構築した演繹的な論文である筈なのであります。そうすると今度は、すでに論旨、主張、結論が決定されている以上、そこには当然、自分の作品を肯定しようとする配慮が働くのは当然でありまして、もしもそうならなかった場合は論者は正気を失っているか、さもなくば論理的知性を喪失した人格の持主であるということがいえるのであります。なぜそうなるかということは、もはやくだくだしいから申しません。私が前に述べたことを、ひっくり返し裏返してお読み返し願いたいとだけくり返し申しあげるにとどめておきます。これはむろん、読者諸兄の知性を信じて申しあげているのであります。

ただ、私がもはやドビンチョーレを論じる気を完全になくしてしまったその原因に関連してひとことだけつけ加えますならば、私は読者諸兄に、ドビンチョーレという抽象名詞を発明したのが、そもそもドビンチョーレの作家たちであったということを思い出していただきたいのであります。ここに於て私は、もはや「ドビンチョーレの作家」という言いかたそのものが疑問であると考える次第であります。「ドビンチョーレの作家」ではなく、彼らそのものがドビンチョーレだったのであります。否、むしろ私は、自己の作品を肯定的に論じている人、あるいは論じることのできる人全体をドビンチョーレと称して差支えないのではないかとさえ考える次第であります。そうなってくると、これはもうほとんどの人がドビンチョーレであります。誰でも彼でもドビンチョーレでありますす。猫も杓子《しゃくし》もドビンチョーレであります。かくもドビンチョーレなるドビンチョーレについて、もはや何を論じる必要がありましょうか。論じた場合それはドビンチョーレとなり、私もドビンチョーレになることは、ドビンチョーレを見るより明らかであります。ドビンチョーレを書くこととドビンチョーレの関係は、いわば針供養と針千本の関係に相似しています。そうです。ドビンチョーレに何かを期待すること自体がドビンチョーレであると知った以上、そしてこの私の一文を読者諸兄がドビンチョーレに何かを期待しながら読んでおられる以上、私はもうこれ以上、ドビンチョーレについて何も語る必要はないのであります。期待が空《むな》しいものであることは、よくご存知の通りであります。内宇宙への期待はすべてのドビンチョーレの胸の内なる脱走者と追跡者の果てしなき鼬《いたち》ごっこの空しさに舞い戻るのであります。お聞きください。聞こえてまいります。空しくも狂躁的に高鳴る脱走と追跡のサンバを。それこそは全一千枚数百ページに及ぶドビンチョーレ論さえもわずか数行のゴシップ記事に変えてしまうエネルギーなのであります。そのエネルギーを燃焼させることは、私自身がドビンチョーレとなることによってはじめて可能となるわけでありました。私は燃焼いたしました。ある時は脱走者となりある時は追跡者となって燃焼いたしましたが、結局あとに残ったのはドビンチョーレでありました。新しさでもなければ古さの破壊でもない、単なるドビンチョーレが残っただけなのであります。おお。もはや私は、いったい誰に対してこれを書いているのでありましょうか。論文であるとすれば、これを読むべき読者はもうひとりもいない筈でありますし、報告書であるとしても、これを提出すべき組織はもはや存在しないのであります。なぜなら、正子が死んだからであります。正子とは、そもそも何者、どういう性質、いかなる種類の女性だったのでありましょうか。彼女は、脱走者としての私を追跡し続けた尾行者としての私から、報告書を受けとるだけの存在だったのでありましょうか。それによって脱走者としての私、追跡者としての私の自由を奪い続けるだけの存在に過ぎなかったのでありましょうか。今となっては私には皆目わからないのであります。

わからぬままに私は、何もわからないということを、提出すべき人のないこの報告書に認《したた》め、誰にともなく、右、ご報告申しあげます。

原稿用紙十五枚にわたる報告書を書き終えた私は、いつも書き終えた報告書をそうするように封筒に入れて厳重に封をした。封をしてからも私は不安だった。その報告書の文体は、いつもの私の独断と弁解と韜晦と偏見に満ちたあの文体ではなく、いつもほど狂躁的な調子が見られなかったからである。まるで私に、私がよく知っているあの意識内容の持ち主、即ち脱走者が、のり移ったかのようであった。同じ狂躁的な思考のリズムであっても、あの脱走者のリズムと私のリズムは違うのである。脱走者のリズムはサンバのリズムである。それは狂躁的である。原始的な狂躁である。だが、私のリズムは同じサンバであるにしても、最も洗練された形態のサンバ即ちボサ・ノバなのである。狂躁的であるとはいえ、それは頽廃的狂躁なのだ。

封筒に入れた報告書を前にして私は考えこん

だ。さて、この報告書をどこへ提出すべきなのか。誰に読ませるべきなのか。とにかくこの封筒を持って、どこかへ出かけるべきなのであろう。だが、どこへ行けばよいというのか。そこまで考えて、私ははっとした。この考え方、これこそあの脱走者の思考パターンではないか。知らずしらずのうちに私の意識内容は、私自身がよく知っているあの脱走者の意識内容になっていたのだ。だが、はっとわれに返った時の私が本当の私なのだろうか。脱走者と同じ精神構造になってしまっている私が本当の私なのだろうか。

私は恐ろしくなり、封筒を鷲《わし》づかみにしてさっと立ちあがった。そして周囲を見まわした。

そこは、墓地だった。なまぐさい月光が墓石を照らしていて、小さい字で彫られた墓碑銘までがはっきり読み取れた。墓石は行儀よく並んでいた。幾十、幾百の墓石があるのか、数えることはできなかった。この墓石の大群の下に眠っている大勢の死者の中の誰かに、報告書を提出すべきなのではないかという考えに捕われてしまったからである。

その多くの墓石は、どれひとつとして同じ形のものはなく、それぞれが意匠を凝らして自己の特徴を誇示していた。それらの意匠は死者たちの意志に関係なく考案されたものに違いない、と、私は思った。他からあたえられたものでない限り、ひとりの人間に関してこれほどきわ立った特徴をただひとつだけ拾いあげることは、本人には不可能であると考えたからである。

たとえば、あの貸ボート屋の親爺の墓石はボートの形をしていた。いかに貸ボート屋の親爺であるとはいえ、まさか本人が、おれの墓石はボートの形にしてくれなどと遺言する筈はなく、彼の死後、彼の知りあいの誰かが面白がってこんなデザインを思いついたに違いなかった。しかもその墓石には、こんな墓碑銘が彫られていたのである。

貸したボートが戻ってこない理由

一　乗っているうちに面白くなり、超過料金を払ってもいいからもっと乗っていたいという場合。

二　流されて川下へ行ってしまい、満潮で流れが逆流するのを待っている場合。

三　転覆の場合。

四　もともと時間の観念がなく、超過料金のことなど、てんから頭になく、時間のことをやかましく言われると異星人を見るような怪訝《けげん》な顔をする種類の人間が乗っている場合。

五　他の場所でボートを乗り捨て、そのままどこかへ行ってしまった場合。

第五の理由を読みながら私は、もしかすると報告書の提出先はこの貸ボート屋の親爺の墓前なのかもしれない、と思った。だがすぐに、そうではないだろうと思いなおした。なるほど私が追跡していた脱走者はたしかに、一時はこの男が正子の黒幕かもしれないなどと考えていた。しかし正子に黒幕など存在しなかったことは私がよく知っている。強いていえばそれはあの脱走者自身であった。だからこの親爺は無関係だ、と、私は断定した。通りすがりの、行きずりの人物のひとりに過ぎないくせに、なんとなく親近感を覚えて忘れられなくなる人物がよくいるものだ。脱走者にとっては、この親爺もそういう人物のひとりだったのだろう。なぜか私までが、いつのまにかこの親爺にそんな気持を抱いてしまっていることが不思議だったが、これもやはり脱走者の意識内容を熟知してしまっているせいであろう。

さらに墓地をうろうろと歩きまわっているうち、私は井戸時計店の店主の墓を見つけた。高さ三メートル、麻雀牌《マージャンパイ》に似た形をしたその巨大な墓の表面には、墓石の地肌も見えぬほど、一面に時計が埋め込まれていた。いずれもが直径一センチから四センチまでの、腕時計用の時計である。捻子《ねじ》も巻かれず油も差されぬままのそれら時計は、すべて死んでいた。ガラス面が砕けて針が露出しているものもあった。墓碑銘はなく、それに代るものはいわば文字盤のローマ数字、アラビア数字であろう。数百の眼を持つその墓は月光に照らされて魚鱗《ぎょりん》のように輝いていた。以前、脱走者によって時間を奪われた時の恨みに燃えた輝きがあった。ひときわ鋭くぎらぎらと輝いている、墓石の中央部に並んだふたつのレンズは彼の眼であった。そのレンズには文字盤がなかった。時計店主が生前愛用していた眼鏡であろう、と私は思った。ひびが入っていたからだ。

ここでもない。

私は墓と、手に持った報告書を見比べながらゆっくりとかぶりを振って歩き出した。正子を誘拐したのがこの井戸時計店主でないことは、よく知っていたからだ。強いていえばそれは脱走者自身だったのである。

さらに墓地を奥へと進むにつれ、回転木馬のワルツが墓石と夜の静寂を縫って次第に大きく響いてきた。職業適性所長の墓から流れ出ているに違いなかった。私はリズムにあわせて肩を左右にはねあげ、墓地の敷石の上にゆっくりとステップを踏みながら音に近づいていった。

職業安定所長の墓標は鋼鉄製だった。ステンレスの表面が艶消《つやけ》しになっていて、眼の高さにスピーカーが取りつけられている。墓の中にエンドレスのテープ・レコーダーが内蔵されているらしく、ジンタのワルツのリズムに乗って所長生前の声が流れ続けていた。「……人間にはさまざまなタイプがあります。これを多変型現象といいます。この多変型現象こそ、人類の成功の主な理由なのです。その人の欠陥は、社会にとっても、その人自身にとっても利益となるのです。さあ。あなたの欠陥は何ですか。その欠陥を利用しない手はありません。誰にでも欠陥があります。欠陥によって人間のタイプが作られているといえましょう。人間にはさまざまなタイプがあります。これを多変型現象といいます。この多変型現象こそ……」

　所長がくり返す演説には一種の催眠効果があった。一瞬おれの意識に空白が生じ、気がついた時おれは低い声で所長のことばをくり返しつぶやき続けていた。あわててかぶりを振り、おれは気をとりなおしてステンレス・スチールの墓標を睨《にら》みつけた。やっとのことで、今までおれの精神を占領していた尾行者からも解放され、おれはおれ自身に戻ることができた。だからといって、尾行者でない時のおれが本当のおれなのだという自信は、まだ取り戻せたわけではなかった。おれは不安だった。おれは手に握りしめている封筒をちらと眺めた。その封筒の中の原稿が、完全におれ自身の書いた論文であると断言することも、おれにはできないような気がした。尾行者の意識に影響されているかもしれないのだ。

　墓標の土台にはコンセントがついていて、そこからはどこかの電源へ向かって一本のコードがのびていた。おれはプラグを引っこ抜いた。スピーカーは沈黙した。沈黙したスピーカーをふたたび睨んだ。スピーカーは沈黙したまま白痴のように口をぽかんと開いていた。この所長は正しかったのだ、と、おれははじめてそう思った。この所長はおれの、科学的知識に欠けるという欠陥を認め、安心しておれにＳＦ作家としての自信を植えつけたのだ。なぜなら、自然科学的常識を持った作家ならたくさんいるからである。おれがＳＦ作家として独立できたのは、科学的知識に欠けるＳＦ作家という独自性のためだったのである。ＳＦ作家が専門知識とすべきものは自然科学的常識ではないということを見抜いたこの職業適性所長の、職業適性所長としての才能は大変なものだったのである。むろん彼が、正子の黒幕であったなどということはあり得ない。

なんだと。黒幕だと。そんなものを捜してどうなるのだ。馬鹿め。おれの馬鹿め。そんなものどこにもいないことは最初からわかっているじゃないか。ではおれは、おれの中の尾行者は、正子の黒幕などを捜し求めてこんな墓場にやってきたのか。馬鹿め。おれの中の尾行者の馬鹿め。なんだと。この論文の提出先を求めてやってきたのだと、馬鹿め。論文の提出先など、あるわけがないではないか。大馬鹿者め。おれの馬鹿め。

ではおれは、この墓場へいったい何をしにきたのか。そうだ。いったいおれは、ここへ何をしにきたのか。わかっているじゃないか。いうまでもなく、正子の墓を捜し、正子の墓を確認し、つまりはおれが自由であることを確認するためだ。それともうひとつ。おれの尾行者の墓を捜し、尾行者の死を確認し、おれがおれ以外の何者でもないことを確認するためだ。そうだ。そうだったのだ。正子と尾行者の死を確認してこそおれは自由なおれ自身になれるのだ。それがおれの本来の目的ではなかったか。ありとあらゆる種類の脱出行をすべて試みたのちに、へとへとになってやっとおれがたどりついた、それこそが結論ではなかったか。そうだ。そうだったのだ。そうなのだ。

そうに違いないのだ。そうなのだそうに違いないのだとわめきちらしながらおれは墓地の中を駈けめぐった。墓石にぶつかってひっくり返ったり、時には逆に墓石を押し倒したりしながら、おれはけんめいに正子と尾行者の墓を捜し求めた。

だが、ふたりの墓は見つからなかった。

そこにあったものは学生の墓、丁稚《でっち》の墓、女店員の墓、虎の墓、ビルの管理人の墓、タクシーの運転手の墓、スポンサーの墓、カメラマンの墓、アナウンサーの墓、タレントの墓、プログラマーの墓、オペレーターの墓、情報検索者の墓、天文台長の墓、助手の墓、受付の墓、原子時計研究所員の墓、レストランのボーイの墓、踊り子の墓、レストランのボーイ長の墓、コック長の墓、コックの墓、警官の墓などだった。正子と尾行者の墓はなかった。捜し方を変えて墓地の端から虱潰《しらみつぶ》しに調べなおしたが、やはりふたりの墓は見つからなかった。

なぜだ、なぜ正子の墓がない、と、おれは自問した。それでは正子はまだ生きているのだろうか。いやいや。おれは確かに彼女を殺した。それなのに彼女の墓がないということは、おれがまだ自由ではないということになるのだろうか。

なぜだ、なぜ尾行者の墓がない、とおれは自問した。おれは確かに彼奴《きゃっ》を殺した。それなのに、なぜ尾行者の墓がないのだ。

むろん、死んでしまえばもう尾行者ではない。それはつまり、殺されたのが脱走者たるおれで、生き残ったのが尾行者であった場合は、すでにおれは脱走者ではなく、尾行者も尾行者でなくなってしまうのと同じことだ。では今のおれは、もはや以前のままの脱走者ではなくなってしまっているのだろうか。おれは今や、おれですらなくなっているのではないだろうか。

そこまで考えて、おれはやっと真実にめぐりあった。自由を得たおれの中には、不自由を失った傷が残り、尾行者を殺したおれの中には、脱走者もいなくなってしまったのだ。

正子と、尾行者の、墓は、おれ自身、なのだ。ふたりの墓は、おれ自身、だった、の、だ。

おれはがっくりと肩を落した。手に持った封筒さえ数キログラムの重みとして感じられた。机に戻り、椅子に腰をおろして、おれはゆっくりと部屋の中を見まわした。イオン発生装置つきのエア・コンディショニングがいやな音を立て続けていた。だがそこは以前の場所ではなかった。そしておれ自身も、もはや以前のおれではなかった。いったい、以前のおれはどこへ行ってしまったのだろうか。

　情報による呪縛、時間による束縛、空間による圧迫、そんなものがあり得ると信じ、この世界から脱走しようなどとたくらみ、けんめいに脱出口を捜しまわっていたおれ、そして一方では、そんなおれをけんめいに尾行し続けていたおれ、あの頃のおれはどこへ行ってしまったのだろうか。

　もはやここは、以前と同じ場所ではない。なぜならここは、情報も、時間も、空間も、おれとは縁がない場所だからだ。むろんここには情報による呪縛も、時間による束縛も、空間による圧迫も存在しない。そういった不自由はどこへ逃げてしまったのか。これでは死人も同然ではないか。こんなことではいけない。なんとかしなければいけない。なんとかしなければ。そうだ。なんとかしていて以前のような不自由を得なければならない。いや。以前のような、ということにこだわる必要はちっともない。そんなことにこだわれば、また初めっからのやりなおしになってしまう。新しい不自由、以前のようでなくていいからまた別の違った不自由を、なんとかして手に入れなくてはならない。さもなければおれは死んでしまうではないか。なぜ死んでしまうのがいやかといえば、もはやおれに残されたものは死んでしまうのがいやだという動物的本能だけだからだ。死んでしまうのがいやだと思うだけで生き続けているわけにもいかないのだ。それは動物的だからである。おれはあたふたと立ちあがり、不自由を求めてあたりを見まわした。

「わたし、不自由よ」いきなり裸の女があらわれて片眼をつぶって見せた。「わたしがあなたの自由を奪い続けてあげるわ」

　おれは吹き出した。「正子の役を、君がやるっていうのか」

「わたしは正子じゃなく、股子《またこ》」と、女はいった。「ねえ。一杯奢《おご》ってよ」

「よかろう」おれはげらげら笑いながらナイトクラブの片隅のソファに彼女と並んで腰をおろし、ボーイに酒を命じた。「スウィングを瓶ごと持ってこい」

「わたしは、尾行者ではなくて尾籠者《びろうしゃ》」ピンクの背広を着た男があらわれて、おれにそういった。

「今度はわたしが、あなたにつきまとうことになりました。どうぞよろしく」

「キャストは、それだけか」

おれが訊ねると尾籠者はかぶりを振り、手を二、三度叩いた。最初に出てきたのはおれそっくりの顔をした三人の餓鬼だった。

「これがあなたの息子たち。三つ児です」と、尾籠者が紹介した。

次に女装をした鬚面《ひげづら》の男があらわれた。

「この男もあなたの行く先ざきにあらわれ、さんざあなたを悩ませることになっています」

「よし。お前も一杯飲め」

「うれしいわ」女装の男がソファに腰をおろし、股子の反対側からおれに身をすり寄せてきた。

登場人物は尚《なお》も次つぎと登場し続け、尾籠者は紹介を続けた。「はい。次は電線工事夫。この男もあなたの行く先ざきへあらわれ、とんでもない時に窓から覗《のぞ》きこんだり、歩道を行くあなたの眼の前へ落ちてきたりする役です。はい次。この美少年は、あなたのお小姓役です。はい次。この婆さんは煙草屋です。実はスパイで、鎖鎌の名人です。はい次。政治家です。端役です。はい次。機械工学の博士です。この人は意識を持ったブルドーザを発明します。そのブルドーザは歌を歌うのです。『下痢バラード』という歌です。はい次。狩猟家です。はい次。狩猟家の奥さんです。はい次。狩猟家の奥さんの情夫です」

三つ児が喧嘩をして、ぎゃあぎゃあ泣きわめきはじめた。

「はい次……。おい。やかましいな。静かにしろ。はい次。ええ、この、わけのわからない、どろどろしたものは……ええと。おい。お前、名はなんていうんだっけ」

「わだしははだしの、どろどろの水気ちがい」

と、そのわけのわからない、どろどろしたものが答えた。「わだしは、どろどろのはだし水。どろどろ水の太陽気ちがい。日中天に昇るどろどろのはだし水。天に昇る水気ちがい。虱落しの水。水はだか。はだか水の白気ちがい」

「やめろ。酒がまずくなる」おれは手にしたグラスの酒を、そのわけのわからない、どろどろしたものにひっかけた。

「消えろ。消えてしまえ。お前らもみんな消えてしまえ。こんなものにだまされてたまるか。まったく、つまらない連中だ」

おれはむかむかした。そこにいる連中は、おれが過去にめぐりあった人物たちの、グロテスクに歪曲《わいきょく》されたパロディだったからである。おれは思った通りを大声で叫んだ。「貴様らはみんな、パロディだ」

全員が一様に、むっと腹を立てた表情や態度を見せ、尾籠者が代表で、一歩前へ進み、反論しはじめた。「パロディだと思われるのなら、あなたも、あなたの過去の行動のパロディを演じたらいかがです。だいたい、これからはじまるのがパロディで、今までのはすべてパロディではなかったなどと、どういう確信があっておっしゃることができるのです。パロディでないものなんて、だいたい現実にあるのですか。現実そのものが何かのパロディであるとお考えになったことは一度もないのですか。このグロテスクに歪曲された現実は、いったい何のパロディだろうとお考えになったことは一度もないのですか。ではいったい、このパロディ化された現実の、本物の方はどこにあるのでしょうか。ありとあらゆる思想の中でしょうか。ありとあらゆる理想の中でしょうか。ありとあらゆる空想の中でしょうか。ありとあらゆる幻想の中でしょうか。どれでもあり、どれでもありません。はっきりした本物なんて、あるわけがないのです。もしもはっきりした本物が、おれははっきりした本物だといって名乗り出てこようものなら、たちまちそれもパロディになってしまうからです。左様。うつし世は夢です。しかし夜の夢さえまことではないのです。夢の原理についてご存じのあなたなら、これは納得できる筈です。さあ、いかがです。これに反論できますか。さあ、反論できるものなら反論なさってください」

おれの眼の前の、見渡す限りの荒野に散在している全員が、かわいた笑い声をいっせいにあげた。

「からからからから。さあ反論してみろ。さあ反論してみろ」

「よし。反論してやる。反論のお披露目だ。理論正論細論名論、異論暴論の洪水で、無論勿論《もちろん》お前らみんなことばで溺死《できし》させてやる」おれはソファの上に立ちあがった。「最後までよく聞け。もしかすると喋《しゃべ》り続けてとまらなくなり、最後というものがないかもしれないが、それでも最後までよく聞け。本物とパロディの見わけをつけるのはこのおれだ。おれ自身なのだ。これにはどんな批判も許されないのだ。たとえ批判の火達磨《ひだるま》が泣いて愚痴ってヒステリーを起してもだ。かくあれかしと望む人、望まぬ人のせめぎあい。議論に勝ってさざれ石、巌《いわお》となって苔《こけ》むして、蚊の目玉さえガラス玉。権威になったら生き字引、おれは何でも知っている。知っていりゃこそ正気で通る。狂気正気はどこで知る。知るも知らぬも輪廻《りんね》の淋病、狂気の果ての正気やら、正気の果ての狂気やら。狂気歌えば正気が困る。犬のおまわり大いに困る。困りゃ夜なかに化けて出て、わんわんわんわん、わんわんわわん、正気と狂気の入れ替り。太公望の脳膜炎。括約筋のゆであずき。たよりはおのれの脳細胞。括約筋の脳細胞。他人《ひと》のことばのあいまいさ。たとえていうならあしびきの、山のあなたの空遠く、さいわい住むという人が、いった責任持ってはくれぬ。持てば手前が生き地獄。かけちゃいけない他人の知恵に、期待かけたら運の尽き。駈けて歩いて汗出して、仕事をしてもからまわり。すべてこの世はからまわり。早い話がこの演説も、東西古今の名せりふ、美文口調の大パロディ、すべてことばもからまわり。百科辞典の風ぐるま。からりからからからまわり、からりまわってどこへ行く。どこへ行こうと行く先ゃ地獄。地獄行きたやお茶摘みに、どうせこの世も地獄なら。地獄なら。そうだ。地獄だ。それを知っていながらなぜ天国を求めるか。天国を求めていないと苦痛に耐えられないようにできているからだ。そうとも。人間というものはそういう具合にできているのだ。おお、初夜のデリカシーよ今いずこ。ポチはほんとに可愛いな。可愛さあまって憎さが百倍。生臭坊主の南京木綿、百鬼夜行の味がする。那落迦《ならか》の底の清教徒《ピューリタン》、蜘蛛《くも》の糸さえお釈迦《しゃか》の陰毛。正直者が馬鹿を見りゃ、馬鹿の頭《こうべ》に神宿り、神も馬鹿なら人も馬鹿。同じ馬鹿なら踊ろうじゃないか。神も仏も踊ろうじゃないか。乞食《こじき》も片端も踊ろじゃないか。だが踊る者久しからず、踊るやもめに蛆《うじ》がわき、明日はみんな墓の中。みんなみんな墓の中。みんな墓の中。美人といえど皮一重、ぺろり皮剝《は》げゃ美人も髑髏《どくろ》。神も悪魔もみな髑髏。仏も悪鬼もみな髑髏。髑髏がころがりぶつかって、高く轟《とどろ》くその音は、今も高鳴るその音は、これぞボサ・ノバ髑髏のサンバお聞きなされや、お聞きなされやオオイサネ。さても地獄のご先祖様よ、われら子孫の皿まわし、黒水引きの綱渡り、ご覧になったその上で、今に尾を引く因果の小車《おぐるま》、哀れんでやってくださいな、笑ってやってくださいな。アンガジュマンから遁走し、糞リアリスムを脱出し、サンボリスムから逃走し、解放されたその途端、見るも哀れなこの姿、自由の鎖に縛られて、がんじがらめのライネケ狐。とっつかまえてきゅ。とっつかまえてきゅ。ええい。こん畜生。くたばれこのどぶ鼠。くたばれ。くたばらねえか。くたばらなけりゃ首をしめ、手足へし折り眼をえぐり、腹の臓物抜きとって、残ったからだは一寸きざみ、どうだこれでくたばっただろうと思うのはまだ早い。鳥獣図鑑の総ざらえ。一度くたばりゃまた生きかえり、生まれ変わり化け変わり、エリ・エリ・ラマ・サバクタニ。エリ・エリ・ラマ・サバクタニ。ほんにこれでは終りがないよ。どうせ終りがないものならば、おのれの蘇生にとどめを刺そう。とどめ刺してもまた出てきたよ。屍体に生まれたプトマイン。どうせ毒なら気は楽だ。心も軽く身も軽く、これからはじまる長丁場、ただ喋るだけ喋るだけ。喋って毒を吐き散らし、あらゆる毒を撒きちらし、毒がなくなりゃ反吐《へど》を吐き、反吐もなくなりゃ血を吐いて、それで生きてりゃ儲《もう》けもの。さても一座の皆みな様よ。たったひとつのお願いは、このおれさまに残された、余命ももはや七行足らず、だがおれさまの死んだあと、頭に残していただきたい、このお喋りはまだ続く。未来永劫《えいごう》永遠に、この饒舌《じょうぜつ》が果てしなく、いついつまでもいつまでも、やまず続いているものと、記憶にとどめていただきたい。たとえ紙数は尽きたとて、おれの命が絶えたとて、宇宙の命数尽きたとて、有無相対を超越し、虚空の海に朗朗と、無限に続く長科白《ながぜりふ》、無限に続く長科白……」

PART Ⅲ

マッド社員シリーズ

マッド社員シリーズⅠ

更利萬吉の就職

「わははははは。馬鹿だなあ、お前らみな」

萬吉《まんきち》は、学友たちの会話を傍らで聞いていて最後に大声で笑い出した。

「な、な、なにが馬鹿だ」

秀才を自認している学生ばかりである。馬鹿といわれていっせいに目を吊りあげ、萬吉を睨みつけた。

「そうじゃないか。就職試験、入社試験のことでそんなにおろおろ相談しあったり、深刻に考えこんだりしてよう」萬吉が喋りはじめた。「どうせ人生の方針の決まる時期なんだから深刻に考えるのはあたり前だ、とかなんとか、そういうんだろう。ところがそうじゃねえんだなあ」

「じゃあ、どうだっていうのだ」

「お前の考えを聞こうじゃないか」

就職を目前に控えた萬吉の学友たちが、いっせいに萬吉につめ寄った。

「ああ、聞かせてやるとも。よく聞けよ」萬吉は得意顔で一席ぶちはじめた。「まず第一にだ、一生を求める時期が今しかないという考え方がいかん。未来的じゃないわけだ。いったん入社した会社をやめたり、引き抜きに応じたりすることは、職歴に傷がつくという考えかた、これが今までの考え方だった。これがまず、いかん。入社した会社に一生忠誠をつくすという日本人の考え方こそが、サラリーマンの生活水準を低くしとるんだぞ」

「じゃあ君は、条件のいい会社へなら、何度でも転職するっていうのか」学友のひとりが軽蔑するような調子で訊ねた。

「そうだ。そんなことしてると、信用されなくなって、永久に重役にも役付にもなれんというかもしれん。たしかに今まではそうだったろう。だがこれからは違うぞ。能力がすべてを決定するのだ。アメリカなんかじゃ、一年に一度職を変えた人が三つの大会社の社長になっている。だから、人生を決定する時は現在だけじゃない。第二にだ、どんなに将来性があると思って入社した会社でも、たとえどんな大会社であろうと、倒産するおそれは常にあるのだ。これからは、ますますそうなるのだ。原子力発電の簡単な技術が開発されてみろ、大電力会社の十や二十はぶっつぶれる。反重力が発見されてみろ、機械工業会社の百や二百は簡単にぶっ潰れる。道路がベルト・ウエイに切り替えられる日がやがてくるぞ。そうなりゃ自動車関連工業はすべて、石油、ゴムに至るまで飛ばっちりをうけて倒産だ。銀行みたいなかたいところでも過当競走でいずれ不況になる。倒産だ。倒産だ。倒産だ」

萬吉は自分のことばに次第に酔ったようになり目をつりあげて喋りまくった。学友たちはあっけにとられ、ぽかんとして彼を見まもっている。

「あのう」と、ひとりがおずおず訊ねた。「それならいったい、われわれは現在、どうすればいいのかね」

「常に景気のいい会社に転職して行くという姿勢を持たなくてはいかん」と、萬吉はいった。「そのためには今から、将来性はどうあろうと、いちばん有利な待遇をしてくれる会社を選ぶつもりでいるべきだ」

「しかしだねえ」と、もうひとりが困ったような表情になって訊ねた。「有利な待遇っていっても給与だけが問題じゃないだろ。やらされる仕事、つまりポストも考えなきゃ。いくら給料たくさん貰っても、いやな仕事をやらされたんじゃやねえ」

学友たちが、いっせいにがやがや騒ぎはじめた。「そうだそうだ。そして、それは、入社してからでなきゃ、わかんないものな」

「だから、入社試験なんか、受けなきゃいいいんだ」と、萬吉は叫んだ。

「ええっ、な、なんだと」学友たちが、あきれて萬吉を眺めた。「じゃあ君は、入社試験を、どこも受けないつもりかね」

「受けない。そのかわり選社試験というのをやる」

「センシャ試験だって」わけがわからず、学友たちは顔を見あわせた。「なんだい、それは」

「こっちの方で会社を選ぶんだ。そのための試験だ。よりよい給料、ポストをあたえてくれる会社を選ぶわけだ」

ついに、頭へきたな。学友たちはそう思い、一歩あと退った。

「いいか。この人材の不足している時代に、この会社が争って優秀な人材を捜し求めている時代にだぞ」萬吉はおかまいなしに話し続けた。「どうして、その優秀な人材たるおれたちがだ、自分の方から会社の試験を受けに行く必要がある。これは話があべこべだと思わないか。これこそ前時代の遺物だ。こんな入社試験などという過去の悪習慣はすべからく無視すべきである。こっちが会社を求めているのではなく、あっちが人材を求めているのではないか。それならば当然、あっちからおれたちの方へ、何とぞわが社へお入り願いたいと腰を折ってやってくるべきなのであって、おれたちはその連中をふるいにかけ……。おや、どうしたみんな。どこへ行っちまったんだ」

萬吉がふと気がつくと、彼の周囲にいた学友たちはすべていなくなってしまっていた。

「ふふん。おじ気づいたな。なさけないやつらだ」

萬吉は握りこぶしを振りあげ、振りおろして叫んだ。「だが、おれはやってやるぞ。選社試験やってやるのだ。みんな、おれを気ちがいだと思ってやがるんだ。だが、やってやるぞ。びっくりするなよ」

それから数日後、業種を問わず日本の大会社とされている会社約百社の総務部長宛に、次のような印刷物が郵送された。

ご通知

貴社ますますご発展のご様子、うれしく存じます。

さて、小生このたび、無事神武大学を卒業の運びとなり、現在就職先のことについていささか考えをめぐらせております。

もし貴社におきまして、小生採用の意志おありの際は、当方主催の更利《さらり》萬吉選社試験をお受け願いたく、右、ご通知申しあげます。

尚、詳細は左記の通りです。

日時　一九七一年九月二十八日・午後一時

場所　東京都江東区沈下町公害二丁目六
驚木為《おどろきため》五郎《ごろう》方（下宿先の荒物屋）
二階・更利萬吉自室

（地図別紙）

さて、これを受けとった各社総務部長は、なにを馬鹿などとばかり、この手紙を無視し、ぽいと屑篭に抛りこんだであろうか。

否。無視した総務部長は、ひとりもいなかったのである。

「これは、引く手あまたで弱ってしまい、窮余の一策にこんなことを考え出した、たいへんな秀才にちがいないぞ。しかも大人物だ。よし。誰か行かせることにしよう」

かくて試験当日、各社の人事担当者がいっせいに萬吉のところへ押し寄せたものだから大変なことになった。

萬吉の下宿している荒物屋の前の狭い路地がぎっしり人で埋まった。荒物屋の主人は、下宿人のぐうたら学生更利萬吉が、これほどの大秀才であったのかとはじめて知り、ただもう驚きあきれている。

萬吉の部屋は二階の三畳である。とても百人は入れない。萬吉はさっそく、第一次予選を行なうことにして、二階の窓から顔をつき出し、大声で叫んだ。

「各社の皆様に申しあげます。人事担当の係長、課長、部長、あるいは重役でないかた、つまり平社員のかたは、お引きとりください」

おれを勧誘にくるのに、ヘソをさし向けるような会社は、礼儀に失するところがあるから帰れというわけである。七十人ほどがあきらめて帰って行き、三十人ほどが残った。これでもまだ、二階へは入れない。

萬吉はさらに第二次予選を試みることにして二階から叫んだ。

「小生を、営業担当に配属しようとお考えの会社のみ、お残り下さい」

会社のことをよく知らない新入社員を、のっけから営業マンにしようなどという会社は、大会社では稀である。これで二十人帰って行き、あとに十人残った。

「では、どうぞおあがりください」

どやどやと十人ほどが二階へ登ってきたが、萬吉の部屋へ入れるのはせいぜい四、五人だから、あとは廊下や階段にまではみ出している。

話しあっているうちに、初任給を五万円以上出すという会社は二社しかないことがわかってきた。萬吉はこの二社のどちらかに入社することに決め、あとの八社には帰ってもらうことにした。

残った二社というのは、当用プラスチック工業と二本鋼管のふたつの会社で、どちらも人事課長がわざわざやってきている。

「で、五万円以上、どのくらいまで出してもらえますか」今やいい気になった萬吉は、ふんぞり返って二人の課長に訊ねた。「六万円出ませんかね」

「六万円ですか」二人の課長は、どちらも困ってしまい、頭をかかえこんだ。

「わたしの方は、五万五千円までなら出せます」と、プラスチックの方がいった。「そのかわり、わが社は昇給率がものすごくいいのです」

「いやいや。昇給率など問題ではありません」と萬吉はいった。「今、現在、このわたしをいくらの値打ちで採用してもらえるか、それだけが問題なのです」

いかに萬吉といっても、さすがに、いい条件なら将来転職することもあるなどとはいわないぐらいの常識は持っている。

しかし萬吉のことばに感銘を受けたらしい二本鋼管の方の課長は、決然とうなずいて萬吉にいった。「よろしい。わが社では、あなたに、初任給として六万円出しましょう」

当用プラスチックの課長が、すごすごと帰って行ったあと、二本鋼管の課長は身をのり出して萬吉にいった。「さてと、これであなたは、わが社に採用が決定されたわけです。つきましては、書類作成の必要上、あなたの学業成績証明書を頂きたい」

「ははあ」萬吉は、少し困ったような表情になって訊ねた。「それはありますが、どうしても、お渡ししなくてはいけませんか」

「当然、頂かぬことには、採用できなくなります」

「そうですか。では、これをどうぞ」

萬吉がおそるおそるさし出した成績証明書をひと目眺めて、課長の顔色がさっと変った。

「な、な、なんですか、この成績は」彼は萬吉を頭ごなしに怒鳴りつけた。「四百人中三百九十八番めの成績ではありませんか。しかも、あとの二人は落第している」

萬吉は、首をすくめた。「いけなかったでしょうか」

「い、い、いけなかったかですと」課長は怒りに身をぶるぶる顫わせながら、さらに叫んだ。「なんということだ。真面目にやったのだとしたら、うぬぼれもいいところだ。気が違っているとしか思えない。冗談でやったのなら、悪質な詐欺だ。おまけにこれで見ると、あんたは文学部じゃないか。文学部なら文学部と、どうして書いておかないんだ。これは詐欺だ。もちろん、採用は取り消す」課長は立ちあがった。「こんな馬鹿なことをした以上、君はもう、大会社へはぜったいに入社できないよ」

捨てぜりふとともに萬吉をじろりと睨みつけ、課長は足音荒く階段をおりていった。

萬吉は頭をかかえこんだ。

「ああ。未来を先取りしすぎた」

自分の能力に一度も疑いを持ったことのないのが、萬吉の、萬吉らしいところなのであった。

マッド社員シリーズII

更利萬吉の通勤

「更利君。社長が呼んでるよ」

　二十分ばかり遅刻して出勤した更利萬吉に、隣の席の家須《いえす》萬平《まんぺい》がそっとささやいた。

　二十分の遅刻ぐらいは、更利萬吉にとってさほど珍しいことではない。むしろ遅刻しない時の方が珍しいといえるだろう。

　更利萬吉の勤めている会社は、社員五十人ほどの、三流の商事会社である。三流であるからして、どうせろくな社員はいない。出勤時間をきちんと守っている社員などは、ほんの三、四人だ。だが、その中でさえ更利萬吉の遅刻度は群を抜いているのである。二十分ぐらいの遅刻が萬吉にとっては、まったく日常茶飯事であることも、これでおわかりいただけるだろう。

　同僚から、社長が自分を呼んでいると聞かされても、だから萬吉は、よもや遅刻をたしなめられようとは思わなかったのである。

　いくら三流であっても、会社である限り社長というのは、やはり、いる。そしてまた小さな会社の社長ほど威張りたがるものであることはご存じのとおり。この成田商事の社長、成田《なりた》金太郎《きんたろう》氏も、小さな坪数の事務所の中に自分の社長室というのを広くとり、ばかでかいデスクを置いてその向こうにでんと腰をすえ、威張っている。

「おはようございます。社長」萬吉が社長室へ入っていって、一礼する。「お呼びだそうで」

「ちっとも、早くないぞ」社長はじろりと萬吉を睨みつけた。

「はあ。なんでしょうか」まだ、ぴんときていない。

「また、遅刻したな」

やっと萬吉は、今日の遅刻を思い出して頭をかいた。「やあ。はっはっは。今日は電車の運が悪くて、二十分ばかり遅刻を」

「今日だけじゃない」社長は一喝した。「いつもじゃないか。昨日は一時間十二分の遅刻、おとといは三十八分の遅刻、その前の日は」社長は萬吉のタイムカードを手にして、がみがみと叱り続けた。

本来、社員の遅刻を叱るなどは社長の役ではない。しかしこの会社に限り、社長が叱らなければ他に叱る人間がいないのだからしかたがない。係長も課長も、遅刻の常習犯なのだ。

また、社長、成田金太郎は、こまかいことにひどく気を使う。つまり気が小さいのである。気が小さい人間ほど威張りたがるものである。実際に威張らなくても、威張りたい気持を常に持っている。これはどう考えても、大会社の社長たる器ではない。成田商事がいつまでも三流会社にとどまっている原因のひとつが、どうやらここにありそうだ。

ねちねち、がみがみ、ずけずけ、成田社長の叱言は果てしなく続く。最初のうちは、うなだれておとなしく聞いていた更利萬吉の顔色が、だんだん変わってきた。持ちまえの反骨精神が、頭をもたげてきたのである。反骨精神といえば聞こえはいいが、じつはこれも自己弁護の必要から出てきたものであって、理由なき反抗と安サラリーの不満と言いわけのミックスされたものである。

「社長」萬吉はいった。「わたくし、更利萬吉は、ラッシュアワーにおける無理な通勤は、現代のサラリーマンに対して極度の疲労と、なかば心神を喪失した状態のまま仕事にとりかからせるという不合理的非合理的不条理せんずり実存主義的混沌の最たるものであると考える次第であります」

社長は眼をぱちくりさせた。彼はこういう改まった口調に弱いのである。大学を出ていない劣等感があるから、哲学用語がぽんぽんとび出してくると、それだけで圧倒されてしまい、相手が何を言っているのかさえ、わからなくなってしまうのだ。

萬吉はお構いなしに演説を続けた。「あの寿司づめの満員電車の騒ぎたるや、スポーツであります。あの熱気たるや、トルコ風呂であります。しかし、スポーツはスポーツとして、休日にやればよいのであります。トルコ風呂は仕事が終わってから行けばよいのであります。そうすればスペシャルもしてくれるのでありまして」だんだん、言うことが無茶苦茶になってきた。

「じゃあ、君はいったい、どうすればいいというのだね」社長が、おそるおそる訊ねた。

「時差出勤させろとでもいうのかね」

「時差出勤なんて、他の会社ではすでにやっています」萬吉は一言のもとにそういった。

「そんなものは、なまぬるい。未来に生きるべき企業は、すべからく未来を先取りすべきであります」

「ほほう。未来では、遅刻は自由だというのかね」社長が嫌味たっぷりにそういった。

「いいえ。遅刻どころか、そもそも出勤する必要がなくなるのです」

「ははあ」社長は眼を丸くした。「そりゃまたいったい、どうして」

「未来では、通勤ということがなくなるのです。家庭の中がオフィスになるんです。ビジネスは、会社のコントロール・センターにある親機と直結された端末コンピューター、それに、テレビ電話だけで、用が足りてしまうのです」

「冗談じゃない」社長は笑った。「女房子供がぎゃあぎゃあとうるさく騒ぐ家庭の中で、仕事なんか、できるもんか。それこそ公私混同だ」

「公私混同こそ未来的思考なのですがね」萬吉は

にやりと笑い、社長をやりこめたつもりで鼻をうごめかした。「しかし未来にだってあなたのように保守的な考え方をする人はいることでしょう。そういう人はマンションの部屋をふたつ借りて、ひとつを家庭用、ひとつをビジネス用に使えばいいのです。つまり、隣りの部屋とか、廊下をはさんだ向かい側の部屋とかへ出勤すればいいわけです。それでもいやだというなら、家から歩いて行けるところへオフィスを持てばよろしい。歩道がコンベアー・ロードになっていますから、立っているだけで行けます。昼飯だって、家へ食べに帰れます」萬吉は、べらべらと喋り続けた。

あっけにとられて、しばらくは茫然と萬吉のおしゃべりを聞いていた社長は、やがてかぶりを振って言った。「そんなことは、夢だ。話としては面白いがね」

「どうしてです」と、萬吉は突っかかるように訊ねた。

「コンピューターは、まだそこまで発達していない。テレビ電話だって、そこまで普及していない。だいいち、わが社の社員がマンションのふた部屋を借りるほど経済力はないはずだし」と、社長はいった。

「それはだから、サラリーが安過ぎるんです」萬吉はふたたび勢いこんでそういった。「テレビ電話がなくても、電話があります。現在だって、仕事のうちの半分以上は電話だけで用が足りてしまうじゃありませんか。だからずっと家にいて、あちこちへ電話をかけるだけでも、仕事にはなるはずなんです」

「だって君の家には、その電話だってないじゃないか」

「近所に、公衆電話があります」

社長は嘆息した。「まあいい。そんなにいうのなら、その君のいう家庭イコール事務所というのを、君、実験的にやって見なさい。どういう結果になるか、とっくりと拝見しようじゃないか。さっそく明日から、自宅で仕事をやりなさい。出勤の必要はない」

前回のこのシリーズを読まれたかたは、更利萬吉が下町の荒物屋の二階に下宿していたことをご存じであろう。サラリーマンになった萬吉は、あいかわらずここにいるのである。

さて、総務課へ勤めている萬吉は、その日、帳簿や、営業日報や、統計用紙や、労災保険の申込用紙や、失業保険の申込用紙など、自宅で仕事するための書類を山とかかえて退社し、荒物屋の二階の自分の部屋へ戻ってきた。部屋の中は汚れたシャツや靴下、食べ残しのラーメンがそのままの丼鉢、週刊誌などがいっぱいに散らばっていて、足のふみ場もないくらいで、ここで会社の仕事をしようというのだからどだい無茶な話である。

部屋の隅の机の上にあるものを、どさどさと畳の上へ押し落とし、書類の山をどっかりと置いた萬吉、さて、これでいよいよ明日からは遅刻を気にせず朝寝坊できるぞと、にんまり笑った。

翌朝、望みどおりたっぷりと寝た萬吉は、昼過ぎになってやっとのそのそ起きあがり、仕事にとりかかった。

書類の整理をはじめてすぐ、萬吉はペンとインキがないことに気がついた。大学卒業後、万年筆が壊れてから新しいのを買っていなかったし、だからインキもない。あわてて文房具店へ買いに出かけた。思いがけぬ出費だが、こんなものは会社へ請求すればよい。

ところがそれからも、不足の事務用品が次つぎに出てきた。吸取紙がない。消しゴムやインキ消しがない。電気鉛筆削りがないから、いちいち出刃包丁で削らなければならない。糊《のり》がない。ホッチキスがない。クリップがない。輪ゴムがない。封筒がない。萬吉はそのたびに、大あわてで文房具店へ駆けつけた。出費はついに千八百五十円に達した。

書類を作りはじめると、たちまちわからないことにぶつかった。新米社員のことだから、わからないことはいっぱいある。会社なら前の席の課長に訊ねることができるのだが、自宅でやっている関係上、いちいち大通りのタバコ屋にある公衆電話まで走らなければならない。電話の回数が二十三回である。萬吉は文房具店とタバコ屋への往復だけでふらふらになってしまった。

さて、いよいよ保険の申込書を数十通作ったところで、またもや難関にぶつかってしまった。会社の印鑑がないのである。萬吉はしかたなく、会社まで印鑑を貰いに出かけた。

「なんだ。家で仕事してたんじゃ、なかったのか」課長や課員たちが、にやにや笑いながら萬吉を眺めていった。

「いいえ。印鑑を貰いにきただけです」くたくたではあるが、萬吉は意地をはってことさらに涼しい顔を作り、平然としてそういった。

「あんまり、意地をはらない方がいいぜ」気の弱い同僚の家須萬平が、そっと萬吉にささやいた。

「おれは未来を先取りしている」と、萬吉は大声で答えた。「パイオニアに、苦労はつきものだ。へこたれんぞ」

また電車に揺られ、下宿へ戻って書類を封書にすると、こんどはそれを郵便局まで出しに行かなければならない。会社なら、雑用係の女の子がやってくれるのだが、そんな人間はいないから、萬吉が自分で出しにいかなければならない。

戻ってきて、統計用紙をひろげ、萬吉は会社から自分のソロバンを持って帰るのを忘れたことに気がついた。これぱかりは近所の文房具店で買うわけにはいかない。自分のソロバンでないと、使い馴れていないから間違うわけである。また、会社へ出かけた。

さっき郵送した書類が、すべて書留速達だったため、たいへんな金がかかり、萬吉の所持金は残すところわずか二十円である。これでは晩飯が食えない。会社で仮払いしてもらう必要もあった。

経理課で、やっと千円仮受けし、自分のソロバンひっつかんで会社の階段を駆けおりようとして萬吉は、足をふみはずした。一日中走りまわっていたため、足が棒のようになり、思うように動かなくなっていたのだ。

萬吉は階段の踊り場に転落した。

ソロバンが壊れ、タマがとび散った。

腰を押え、ウーウー呻いていると、階段をのぼってきた社長がにやりと笑って萬吉に訊ねた。

「どうした。未来を先取りしてるんじゃや、なかったのかね」

萬吉は目を白黒させながら返事した。

「いいえ。足をとられました」

マッド社員シリーズIII

更利萬吉の秘書

その日、更利萬吉が課長から言いつかった用で、書類に判を貰うため社長室へ入って行こうとすると、だしぬけにドアが中から開き、美人の社長秘書である真紀子が、わあわあ泣きながらとび出してきて、廊下をトイレの方へ走り去った。

なにごとか。

萬吉がおそるおそる社長室へ入っていくと、そこでは社長が、いつ会社へやってきたのか鬼のごとき形相の社長夫人に首根っこを押さえつけられ、机の上で巨大な夫人の尻の下敷きになり、泣きわめいていた。「た、た、助けてくれ。許してくれ」

「いいえ、許しません。こんどこそ許しません。殺します」

むろん夫人がほんとに社長を殺したりする筈はないが、その時の彼女の怒りかたは、あるいは本気かもしれぬと思わせる激しさだった。充血した眼は三角につりあがり、小鼻が顔からはみ出すほど広がり、唇がぶるぶると顫えている。

「ま、ま、奥さん、気を鎮めて」萬吉はあわてて駆け寄った。「気を鎮めてください。いったい、どうしたっていうんです」

「ああら、更利さん、まあ、聞いてくださいよ」

社員の見ている前でそれ以上夫をいためつけては、社長としての権威が失墜すると、さすがにそう判断したのだろう。夫人は社長の首っ玉から手をはなし、ワッと泣きながら萬吉に訴えかけた。

「これでもう、秘書に手を出すの、六度めなんですのよ。まったく、油断も隙もないんですから。今日だってわたしが、突然会社へやってきて、そっとこの部屋を覗くと、まあ、あんのじょう、あの若い娘を膝の上に乗せて、でれりと眼尻を下げて、いい歳をしてチュッチュクチュなんですからね」

「ははあ。チュッチュクチュですか」やる方もやる方だが、覗く方も覗く方だ、と、萬吉は思った。もちろん、社長夫妻の前でそんなことは言わない。「しかしまあ、今日のところはこの私に免じて、許してあげてください。あのとおり、社長も後悔しているようですから」

後悔どころではなく、夫人の強い力で首を締めつけられた社長はなかば失神状態、ぐったりとして机に俯伏せている。

「そうですか。更利さんがそうまでおっしゃってくださるのなら、今日のところは許してやってもいいのですが」と、夫人はいった。

「そのかわり、条件があります」

「ははあ、条件」萬吉は目をしばたたいた。

「どんな条件でしょう」

「あの娘をクビにしてください」

「えっ。クビですか。さあ。それは、私の一存ではどうにも……」

萬吉が困っていると、夫人はふたたび社長の方へつかつかと歩み寄り、肝をつぶしてひいと叫び逃げようとする社長の髪をぐいとつかんで叫んだ。

「あなた。あの娘をクビにするのよ。わかったわね。あなたったら」

「は、はいっ。わかりました」

ごつん、と、社長の額を机に叩きつけ、夫人はぽんぽんと手を叩いて塵《ちり》を払い、萬吉にいった。

「もうひとつ、条件があります」

「えっ。まだあるのですか」

「まだあるのかとはなんです。あなたに免じて許してやる以上、あなたが責任を持って、今後主人を看視してください。二度とこんなことがあったら、こんどはあなたも、ただではおきませんよ」

ぐいと自分を睨みつけた社長夫人のすさまじい表情に、萬吉はふるえあがり、あやうく失禁するところだった。

社長夫人が帰っていったあと、萬吉は嘆息しながら社長にいった。「困りますね社長。会社では言行をつつしんでもらわないと」

「わしゃ、自分ではどうにもならんのだ」社長も、吐息をつきながら答えた。「新しい美人秘書がくるたびに、ついふらふらとして、手を出してしまう」

「悪い癖だ」萬吉は苦笑した。「いっそのこと、秘書を男性にしたらどうですか。あるいは、とても女とは思えないような、不細工な女を秘書にしたら」

「いかん、いかん」社長は大きくかぶりを振った。「男の秘書や、不細工な女を秘書にするくらいなら、いっそ、ない方がいい。それこそ、わしが女房の尻に敷かれていることがばれ、来客に会社の見識を疑われる」

小さな会社の社長のくせに、虚栄心だけは強い。

「大学の秘書学科の卒業生は、みんな才媛ばかりだ。そして不美人はひとりもいない」と、社長はいった。「不美人などを雇ってみろ。高給を支払う能力のない会社だと思われるぞ」

「なるほど。それはそうかもしれませんな」萬吉は、しばらく考えていたが、やがて目を輝かせ、ぽんと手を打った。「では、こうしましょう」

「よし、じゃあ、そうしよう」

「まだ何も言っていません」

「ああそうか」

萬吉の軽薄さが、最近は社長にもうつったようである。

「ロボット秘書を使えばいいでしょう」

「また、お得意の、未来の先取りというやつが始まったな。ロボットなんて、まだどこにもないだろう」社長は笑った。

「友人に、理工学部出の科学者がいます」萬吉は熱心にいった。「皆からは気ちがい科学者《マッド・サイエンティスト》といわれていますが、この男はじつはたいへんな才能を持っているのです。いちど、その男に相談してみましょう」

社長は、あまり気のりのせぬようすで、しぶしぶうなずいた。「まあいい。秘書のことは君にまかせよう」

一週間ほどのち、大型のテープ・レコーダーほどの大きさの機械をかかえ、萬吉が社長室へ入ってきた。「社長。できました」

「何ができたのかね」

「ロボット秘書ですよ、例の」

「えっ。もうできたのか。しかしこいつは、どうもロボットという姿じゃないなあ」

「そりゃあ、機能本位に作られていますからね。そうです。その、機能ということこそだいじなんですよ」例によって萬吉が、お得意の演説をぶちはじめた。「最近の大学出の美人秘書というのは、事務や雑務をいやがります。来客の接待、社長の相談相手、昼食会のお供、そういったことばかりやりたがります。最近では秘書本来の仕事というのが、ついお留守になってしまい、むしろ女房的、二号さん的、若い恋人的、老いらくの恋的なムードになってしまっています。そこで社長もつい手を出そうとしてしまう」

「まあまあ、演説はそれくらいでよろしい」萬吉の声がだんだん大きくなってきたので、社長があわてて制した。「そんなことより、この機械の説明をしてくれんか」

「この機械はですね、秘書本来の仕事を機能的にやる上、社長に対しても献身的に尽くします。まず、こいつはリモコンで作動します」

「なるほど。アンテナがついているな」

「こっちのリモコン・スイッチを押せば、傍へやってきます。このマイクは、テープ・レコーダーのマイクです。また、この赤いボタンを押しますと、音声タイプになります。喋ったとおりのことが、タイプされてこっちから出てくるのです。この部分を電話に接続しますと、留守中にかかってきた電話をテープに録音しておいてくれます。そして、うしろ側にあるのが計算機です」

「ほほう。ちょっとした、コンピューターだな」

社長はだんだん夢中になってきて、身を乗り出した。

「この白いボタンを押しますと、ほら、ここからタバコがとび出します。シガレット・ケースです。百本ほど入っています。この黒いボタンを押しますと、ここのライターに火がつきます。それだけじゃありません。こいつは移動する時、その部分の床の掃除をするのです。つまり裏側が真空掃除機になっているのです。だから暇な時には、こいつを勝手に、床や机の上を走りまわらせておけばよろしい。きれいになります。また、胴体の横にあるこの穴にボールを入れますと、ほら、まっすぐにはじき返します。つまり、社長の室内ゴルフのお相手もできるのです」

「ははあ、こいつは便利だ」社長は嬉しそうに笑った。「君の友人というのは、たいへんな天才のようだな。で、この機械はいくらで譲ってもらえるのかね」

「試作品だから、金はいらないそうです」

「それはありがたい。もしこいつを大量生産できたら、ぜひわが社で扱わせてほしいものだ。百万円か、二百万円で売れるかね」

「さあそれは少し無理でしょう。一千万円近くになると思いますが。まあ、とにかく使ってみて、使い心地をあとで教えてください」

「うん。そうしよう。ありがとう」

それから三日後、使い心地を訊ねるため、萬吉が社長室を訪れると、ちょうど社長は留守で、デスクの上にはあの秘書機械が、電話と接続されて置かれていた。留守中にかかってきた電話を、内蔵されたテープに録音するためであろう。

そこへ、社長夫人がやってきた。「偵察に来たんだけど、主人はいないの」

「はい。外出のごようすです」と、萬吉は答えた。

「まあ」夫人は油断のない目つきで、じろりと萬吉を睨みつけた。「きっと、新しく雇った美人の秘書といっしょに出かけたんでしょ」

「いいえ」萬吉は快心の笑みを浮かべた。「その点はご心配なく。あれ以来、秘書は雇っておりません」

「ほんと」夫人は疑わしげに萬吉を眺めた。

「でも、それなら秘書の仕事は誰がやってるの」

「この機械です」萬吉は秘書機械をぽんと叩いた。「この精巧な機械が、秘書のほとんどの役目を果たすのです」

「ふん。そんな小さなものが」夫人は軽蔑したように機械を見て、鼻を鳴らした。「とても信じられないわ」

「ほんとです。たとえば今、この機械は、社長のお留守の電話番をしているのです。外部からかかってきた電話を、全部録音してしまうのです。どんな電話が留守中にかかってきているか、ちょっと再生してみましょう」萬吉は黄色いボタンを押した。

機械の前部のスピーカーから、なまめかしい女の声が流れはじめた。

「ああら、社長さん、お留守なの。残念だわ。お声が聞きたかったんだけど。でも、いいわ。それじゃ、用事だけ言わせてもらいますけど、わたし、ラボールの恒美なの。このあいだはどうも。ふふふふふ。こんな大きい、百三十万もするダイヤ買ってもらっちゃって、どうも。ほんとに感謝してるわ。社長さん大好きよ。男らしいし、若々しいし、それにいつも、例のホテルのベッドじゃ、とても激しいし……。ふふ、ふふふふふふ。でもね、バーのお勘定は、申しわけないけど、それと別なのよ。だって、ママの手前もあるでしょう。それでねえ、四十万ほどたまっちゃってるの。できたら今夜、持ってきていただけないかしら。そしたらわたし、また思いっきりサービスしちゃうから。ひと晩中つきあってもいいわよ。お待ちしてますわ。きっと来てね。じゃあ、バイバイ」

がちゃん、と、電話の切れる音――。

更利萬吉がそのあと社長の身代わりに、社長夫人からどれだけ痛めつけられたかは、読者の想像におまかせする。

マッド社員シリーズⅣ
更利萬吉の会議

「なんだ。キミひとりか」会議室へ入ってきた社長が、不機嫌そうにつぶやいた。

「はい、社長」

と家須萬平が答えた。

午後一時から始まるはずの総務部会、一時十分過ぎになっても、会議室へ集まったのは社長と家須萬平のただ二人だけである。

「会議があることは、全員知っとるんだろうな」

社長が声を荒げた。

「はい、社長。徹底しているはずであります」自分が怒られているわけでもないのに、気の弱い家須萬平は身をこわばらせて弁解するようにそういった。

「けしからん」社長がいらいらした口調で喋りはじめた。「先週も出席したのはキミひとりだった。どういうわけだ」「ここ数カ月、わが社の扱う商品はすべて驚異的売れ行きを示した。手を拡げて新しく扱いはじめた商品も、すべて好調な売れ行きだ。手が足りなくなって社員を増やした。倉庫を新しく建てた。社屋も増築した。三流の商事会社であったわが社はいまや一流……とまではいかないが、まず二流の上ぐらいには飛躍した」

「はい、社長、そのとおりです」

「こういう時こそ、社内の人事、経理面をがっちりさせておかなければならんのだ。調子に乗ってどんどん事業を拡張したため倒産した会社は多い。わが社がそうなっては困るのである。だからこそ会議を開き、わしの意志を伝え、よき提案を受け入れ、今後起こり得る山のような問題について相談しようとしているのではないか」社長は激して、どんとテーブルを叩いた。

「はい、社長。そのとおりです」

小心な萬平のイエスマンぶりに、社長はますますいら立ってきて、さらに演説を続けようとしたものの、萬平ひとりを相手にいくら喋っても何にもならぬことに気がつき、鼻の頭を掻いた。「ふん。更利萬吉の演説癖がわしにも感染したらしいな。そういえばあいつも欠席しとる。キミ、更利がどこにいるか知らんか」

「はい。向かいの更科で、ざるそばを食べているはずです」

「これはけしからん。昼食時間はもう過ぎておるんだぞ。会議をさぼってそばを食いに行くとはもってのほか。キミ、すぐに呼びに行ってこい。ついでに他の連中にもすぐ来るようにいえ」

「はい、社長」家須萬平はとびあがるように立ち、会議室を出て行った。

「仕事のできないやつだけが、いつも会議に出席しやがる」社長はひとり会議室に残り、吐き捨てるようにいった。

「いつもいつも、出席するのはあの家須萬平だけだ」と舌打ちした。「実直なだけが取柄だ。あいつの顔を見ていると、むしゃくしゃしてくる」

会議に出席してこんなことを言われたのでは助からない。

社長のひとりごとなど夢にも知らぬ家須萬平は、言われたとおりおとなしく、いったん総務部へ戻って、仕事をしている連中に社長のことばを伝え、会社を出て、通りをへだてた向かいのそば屋へ入っていった。赤ら顔一面に汗をかいて二枚めのざるそばをすすりこんでいる更利萬吉を見つけた萬平は、つかつかと彼の傍らに歩み寄った。

「更利君。社長が怒ってるぞ」

「ああ、家須君か。会議に出ろっていうんだろ」

萬吉はにやりと笑い、三枚目のそばを注文した。「社長のお使いかね」

「そのとおり。首筋つかんでつれてこいという命令だ。だいたいキミは、会議があることを知ってるくせして……」

「なぜ出席しないのかというのかね。そりゃあ現在のわが社における会議の重要性ぐらいは、おれだって認識しているつもりだ」

「それなら行こう。すぐ行こう」萬平は萬吉の首筋をつかんだ。

「いま行こう」

「まあ待て、三枚めのそばがまだこない。それに、会議よりは実務の方が大切だ。仕事するためには腹が減っていてはいかん。飯ぐらいは食わせろ」

「腹よりも何よりも、社長の命令が先だ」

萬吉はつくづくと萬平の顔を眺めた。「なさけない男だな。社長の命令には絶対服従するのか」

「そのとおりだ。おれはおマエをつれてこいと社長から命令されている。だから、たとえおマエがどう言おうと、つれて行くのだ」萬平は萬吉の首筋をぐいとつかみ、無理やり立たせようとした。

「さあ、行くのだ」

「ええい。わからん男だな。人間は飯を食わないと死ぬのだぞ。会議の方が、命より大切なのか」

「そうだ。社長の命令は至上命令なのだ」

「ええい。この、馬鹿者め」萬吉は憤然として、机の上に置かれた三枚めのざるそばを、だしぬけに萬平の頭にぶちまけた。

「ひやあっ」

頭からそばを垂らして萬平がとびあがった。

「な、な、何をする」

「おマエなんかにいくら話してもわからん。ようし、社長に思いっきり、ことの道理を説き、会議のありかた、社長のハリガタ、いやハリガタではない、ありかたを教えてやる」飯を中断させられた怒りに燃え、目から憤怒の光を放ち口から炎を吐き、髪さか立てて萬吉は更科をとび出し、会社に戻ってきた。

怒りにまかせて萬吉が会議室のドアを足で蹴り室内にとびこめば、そこには総務部員約十名が社長の訓示に耳を傾けている。

「社長」萬吉が叫んだ。

「な、なんだ、なんだ、何だなんだ、なんだなんだ」突然演説を中断させられて、一瞬前にのめった社長は、すぐ身をたてなおし怒りに目を吊りあげ、かっと開いた真紅の口からごうと放射能を吐いてわめいた。「なぜわしの話の腰を折った。次のせりふを忘れたではないか。だいたいいままでざるそばを食っていたくせに、会議に遅れたことを詫びもせず、平気でのこのこやってきた上、大声出して会議の邪魔をするとは不届きなやつ」

「その会議のやりかたに疑問がある」

萬吉も負けじと大声はりあげ、総務部長総務課長がよせよせと目顔で合図するのも目に入らず、あべこべに社長にくってかかった。「社長。いかに重要な会議とはいえ、あなたに、われわれの仕事を中断させる権利はないはずです。ごらんなさい。総務部員全員がこの会議室に集まっている。この間、総務部のすべての仕事は完全にストップしてしまうのです。わたしとて、会議をサボろうとしてそばを食いに行ったのではない。あまりの多忙さに、昼の休みに飯が食えなかったのです。社長はわたしに飢えて死ねというのですか」

「そそ、そうは言っとらん」社長はあわててかぶりを振った。

「キミは仕事仕事というが、この会議だって、仕事のひとつなのだよ」

「もちろんです。そして社長、あなたはすべての会議に顔を出して、訓示をあたえる。たいへん結構です。仕事に熱心です。それがあなたの仕事だからです。朝から夕方まで会議がある。それに出席するのがあなたの仕事です。ところが社員の仕事は、会議だけではない」萬吉が、どんと机を叩いた。

「まるでわしが、会議以外に何もしとらんようではないか」社長も机を叩いた。

「しかし会議が好きだ。たいていの中企業の社長は会議が好きだ。それが困ります。朝から、課長会議、部長会議、総務部会、営業部会、部課長会、係長会議、総務営業連絡会議、経理報告会議、予算会議、売上報告会議、まだまだある。会議をやっていない時間というものがない。そして社員のほとんどは、これらの会議に最低三回は出席しなけりゃならん」と萬吉は机を叩いた。猛烈な勢いで叩いたため、灰皿がとびあがり、茶碗がひっくり返った。「気ちがい沙汰だ」

「必要があるから、やっとるんだ」社長が絶叫した。「必要を認めんというのか」

「認めんとは、いっとらんです」萬吉がわめき返した。「社長の訓示には疑問があるが、これはまあ、いいことにしましょう。問題は会議のやりかたです。ひとつ部屋にこんなに大勢集まって、しかも喋っているのはそのうちのひとりだけ、他の者は自分の喋る番がまわってくるまでぼんやりしている。これは不合理であります」

「ではいったい、どうすればいいというのかね。ほかにやりかたがあるとでも」

そこまで言って、社長は絶句した。しまった、これは萬吉の思う壺にはまったのかもしれん、とそう思ったからである。とにかく更利萬吉は未来の先取りとか称して、突拍子もないことばかり思いつくからだ。

「いいやりかたがあります」案の定、萬吉は、にやり笑って社長にうなずきかけた。「自分の机で、それぞれの仕事を進めながら、それと同時に会議を開けばいいのです」

「そんなことができるものか」総務課長が叫んだ。「更利君。キミこそ重要な会議と、大切な時間を、もうすでに五分ほど無駄にさせとるんだぞ。でたらめはつつしみなさい」

「まあ、待ちたまえ」と、社長がいった。「更利君。わしだっていまの会議のしかたには、いささか疑問を感じとる。もしキミのいうようなことができるなら、その方法でやってもいい。しかし、どうやってそれをやるのかね」社長はそういって、ぐっと萬吉を睨みつけた。出まかせをいうと承知せんぞといった顔つきである。

ところが萬吉はうろたえず、むしろ我が意を得たりとばかり胸をはって喋りはじめた。「テレビ電話で会議をやればいいのです。すでにある種の企業ではテレビ電話によるビジネスが行なわれている。当然会議も、テレビ電話を媒介として開かれるべきです」

「会議用のテレビ電話などというものが開発されているのかね」総務部長が身をのり出した。

「会議用としては開発されておりません。だが、テレビ・スクリーンの一部に屋外の光景が映し出されて訪問客を確かめるインターホン・テレビがすでに数万円で売り出されています。この原理を応用し、テレビ・スクリーンの画面をいくつかに区切り、出席者の顔すべてが映し出されるようにすればいいのです。これだと、テレビ・カメラとテレビ受像機を各社員の机の上にそなえつけさえすれば、いちいち全員がひとつ部屋へ集まらずにすみます。社内にいさえすれば、遅刻しなくてすみます。資料を忘れて出席し、あわてるということもありません。それぞれが自分のデスクにいるわけですから、横にちゃんと揃っています。また、グラフや統計などを、一度に出席者全員に見せることもできるのです。つまみひとつで、各画面の大きさの比率を調節することができるからです。会議の時間、自分の席にいない者がひと目でわかりますし、ひとり、ひとりが他の人全部と向かいあっているわけで、すべての人の反応がわかる。だから居眠りもできません。出席者全員が、自分の顔を見ているからです。しぜんと会議は熱っぽくなります」

「なあるほど」またもや萬吉の口車にのせられ、社長がうなった。「そういうテレビがあるのなら、それに越したことはない。しかし社員すべてのデスクにそのテレビを設置するとなると、たいへんな金がかかりそうだなあ」

「何言ってるんです」萬吉が叫んだ。「この会議室へ缶詰になってる時間を、営業部員すべてがセールスにはげんだとしたら、百万や二百万ではきかないのですよ。数百万の設備があるだけで、会議と販路拡張が同時にできるのです。その利益は数千万、数億、いや、とても金額には換算できません」

「よろしい」社長が断を下した。「やって見よう。四百〜五百万損をしても、実験して見るだけの価値はありそうだ。そのテレビの開発を更利君、キミにまかせる」

ほんとは、こんなに話のわかる社長など、どこにもいないのである。なぜこの社長、すなわち成田金太郎氏がこんなに話がわかるかといえば、これが小説だからである。

更利萬吉が某メーカーに相談を持ちかけたこの会議用テレビは、意外に早く開発が実現した。一台数万円のテレビが百台足らず生産され、成田商事に持ちこまれ、各社員のデスクの片隅に設置された。

そして、その日の午後一時、第一回めのテレビ会議が行なわれた。

一時きっかり、社長室でボタンが押されるたびに、画面にひとつずつ出席者のデスクが映し出され、小さなスクリーンに十二人の社員の顔があらわれた。中にはまだ電話で話している者もいるし、うどんをすすりこんでいる者もいる。

「それではただいまより」と、社長がいった。「総務営業連絡会議を行なう」

「もしもし」電話にかじりついている営業部員は、まだ得意先にあやまり続けている。「は、はい、はい。申しわけありません。早急に完全な品物と取り替えますから」

ジャーン、と、営業部長の前の電話が鳴る。増幅された音の大きさに、出席者一同がとびあがる。

「ズルズルズルズルズル」

「キミ、キミ。そのうどん、早く食ってしまってくれんかね。気になって話ができんよ」

「あのう、課長さん。四井銀行のかたが」

「ああ、いま、会議中だから、ちょっと応接室で待ってもらってくれないか」

「はい。はい。至急、善処します」

「ジャーン」

「もしもし。なんだおマエか。何、帰りに肉を買ってこいだと。馬鹿。いま、会議中だ」

「部長、書類ができました。ここに判を」

「しいっ」

「ジャーン」

「もしもし。はいはい」

「ええ、さて、本日の議題は……」

「ええと。チャーシューメン、どちら」

「ここだ。ここだ」

「そんなおマエ、泣くことないじゃないか。よしよし、悪かった。馬鹿といったのは、おれが悪かった」

「ズルズルズルズルズル」

「おいキミ。そのチャーシューメン食うの、あとにしてくれんかね」

「ジャーン」

「もしもし。はい。更利はわたしですが」

「では、経理課長、その件について報告してくれたまえ」

「はいっ。あれっ。あの資料どこへやったかな。あの、少々お待ち下さい。ええと」

「ジャーン」

あまりの騒がしさに、出席者一同、頭がガンガンしてきて気が狂いそうである。

「社長。未来の先取りとは、こんなやかましいものとは知りませんでした」

「ええっ。見学ですって」受話器を耳からはなした更利萬吉は、テレビの中の社長に大声で叫んだ。「社長。P製薬の重役連が、このテレビ会議のことを聞きつけて、見学させてほしいといってきましたが」

「よし。来てもらえ」と、社長が叫んだ。「うまく行けば新しい商品として、わが社で扱おう。いや。すぐに発注しよう。担当をすぐに決めてくれ。誰がいいかね営業課長」

もはや、会議など、そっちのけである。

「わかったよ。もう泣くな。よしよし。肉は買って帰ってやる」がしゃん。

「ええと、ハムライスはどちらです」

「おおい。ハムライス注文したの誰だ」

「ジャーン」

「騒音のことを勘定に入れなかった」

萬吉は頭をかかえた。

「会議とは、騒音から避難することに第一の目的があったのではなかっただろうか」

「言わんこっちゃない」と、家須萬平がいった。

「この設備の費用、すべて無駄になっちまったんだ」

「まあ、気にするな」社長がにこにこ笑って萬吉にいった。「みんな現代人だ。すぐ、テレビ電話に馴れるだろうさ」

どかどかと、見学者の一団、P製薬の重役たちが部屋に入ってきて、萬吉のデスクのテレビをのぞきこんだ。

「ほう。うまくできているねえ」

「さっそく、わが社でも使いましょうか」

「しかし、こんなにさわがしい状態で、会議ができるのだろうか」

　社長になぐさめられて多少気をよくしていた更利萬吉、ここぞとばかり立ちあがって、またもや演説をはじめた。

「さわがしいぐらいが何です。会議を静かな会議室でやるなどは過去のこと。騒がしい状態こそはエントロピーの増大する状態なのであり、現代人は騒音の中でこそよりよき仕事をすることができるのであります。即ち社内をよりやかましく、活気に満ちたものにすることこそが会社の業績をのばすことでもあるのです。この会議用テレビ、わが社で扱わせてもらっています。何とぞＰ製薬でもこのテレビを……」

マッド社員シリーズV
更利萬吉の退職

更利萬吉にも、定年が近づいてきた。

会社を去る日を前にして、萬吉の脳裡を去来するものは、さまざまな思い出、苦い経験、数知れぬ大失敗、そして特に、萬吉が未来の先取りと称して、お先っ走りの上調子、気ちがいじみた珍発明がまき起こした大騒動の記憶だった。

そもそも萬吉の未来の先取り精神は、就職以前からあり、それこそが彼の、入社試験ならぬ選社試験の大騒動に発展したわけである。入社してからもこのお先っ走りは、おさまるどころか、ますますひどくなり、最初の失敗は通勤の不合理なくすための自宅勤務、社長の許可を得て実験的にやってみたところが、たった一日で挫折した上、階段から転落して打撲傷のおまけがついた。

二度めの失敗は、社長の浮気封じるための新発明、すなわち秘書機械だった。これも結局は逆に社長夫人に、社長の浮気をばらすことになり、上を下への大騒ぎで終わった。

三度めは、会議用テレビ電話のひと幕。社内合理化を考えた新発明が、またもやドタバタに発展してただでさえノイローゼ気味の社員たちに、頭痛のタネふやしただけ。

ここまでは読者もご存じであろうが、ひどかったのはここから先である。

萬吉の軽薄さ、いくらたしなめても治る見込みなしと悟った社長は、せめて騒ぎを社外でやってもらおうと思いつき、それまで総務部勤務だった萬吉を、営業部に配属した。

もともとセールスには自分なりの夢があった萬吉、さあ思う存分やって売り上げふやしてやるぞと、上役同僚がへきえきするほどの、めちゃくちゃな張り切りようである。何か変なことをやらなきゃいいがという社長の心配は、ここでも不幸なことに適中したのだった。

まず萬吉は、直属上長の営業部長にこう進言した。

「商品見本やカタログなどは、もう時代おくれです。セールス用の小型投写機と、商品の説明をするカセット・フィルムだけを持って行くようにしたら、どうでしょう。未来は視覚の時代、いやもう現代だってそうです。会話だけの商談はながくなるし、やっていてちっとも面白くない。それよりは、音楽入りトーキーで、しかもカラー、商品の説明をセミ・ヌードの美人が画面にあらわれてやるＣＭフィルムの方が、ずっと喜ばれます。セールスをやる方にしても、自分の専門外の、たとえば機械の細部などを説明しなくてもいいわけで、ずっと楽です」

なるほど、と、営業部長が、ぽんとひざをたたいた。これがそもそも間違いのもとであった。

「それはいい考えだ。さっそくフィルムを作らせよう。そういう商品説明フィルムは、新入社員の教育にも役立つ上、各種学校の教材用として貸し出すこともできる」

広告代理店に発注して作らせたこのフィルムは、最初のうちセールス用として大いに役立った。得意先の人たちも、セールスマンが投写機片手にぶらさげてあらわれると、喜ぶようになった。むろん、セミ・ヌードの美人が見られるためである。商品も、いままでよりはよく売れるようになった。

だが、コトがうまく運んだのも、ここまで。

だしぬけに会社へ、警察がやってきてフィルムを押収してしまったのである。社長は警察に呼び出され、営業部員も全員、きびしい取り調べを受けた。

商品フィルムだけでは得意先の人たちが喜ばなくなり、萬吉の発案でこれにブルー・フィルムを挿入したためである。猥褻物《わいせつぶつ》陳列罪だというので、会社は警察から大目玉をくらい、売り上げ数カ月分が吹っとぶほどの罰金をとられた上、かわいそうに、萬吉はじめ数人の営業部員が数日間のブタバコ入り、しかも迷惑のかかった得意先との取り引きが半分がた減ったため、会社は大損害をこうむることになったのである。

事件が落着してから、萬吉はふたたび社内勤務にまわされた。

社外で問題を起こすよりは、まだしも、どんな騒ぎだろうが社内だけにとどめてもらった方が無難ではないかという、これも社長の判断である。

ふたたび総務部に舞い戻った萬吉の、最初に与えられた仕事は、新入社員の教育であった。

萬吉も、このころにはすでに三十歳、中堅社員になっていた。中堅社員といったところで、要するにそれは年齢の上だけであって、何らかの実績があったというわけではない。ただ、結婚し、子供もでき、押し出しだけは立派であった。それに、失敗が多いとはいうものの、いうことだけはなかなか論理的であって、持ちまえのドラ声はりあげれば説得力もあり、他に適任者のいないところから、この厄介な任務を押しつけられたわけである。

将来の会社を背負って立つ新入社員の教育とあって、またもや萬吉は大はりきり。どうも萬吉がはりきると、ろくな結果にはならないのだが、本人にしてみればそうは思わないから困る。

「ただ、必要な知識を短期間でつめこむというだけではだめだ」萬吉はそう考えた。「これには各専門家の知識が必要である」

さっそく萬吉がつれてきたのは、心理学者、精神分析医、脳外科医、薬学士、コンピューターの技師、さらには催眠術師などというえたいのしれぬ連中。いずれも萬吉が簡単に寄せ集めてきた人間たちだから、どうせ二流以下の、それもどうやらインチキ臭いのばかりである。この連中をずらり並ばせ、萬吉はさっそく新入社員三十五名の前で演説をはじめた。

「各職種が特殊専門化された現在、いままでの社員教育のごとく、会社に関する知識を教えるだけという、なまぬるい教育をやるつもりはない。まずわたしは、諸君の適性検査をやり、それぞれの特異能力をさらに開発するため、前意識、無意識に及ぶ深層心理にまで手を加え、勤労意欲や自信のパワー・アップさえ行なうつもりであるから、諸君もそのつもりでいてもらいたい。このためあらゆる教育手段を動員する。つまり教育用コンピューター、催眠術、脳波検査機、電気ショック、睡眠暗示テープ、薬品などであって……」

おどろいたのは三十五人の新入社員。

こんなおかしな、気ちがいじみた連中に、からだや頭の中を変にいじりまわされてはたまらない。いのちあってのものだねとばかり、その日のうちに十人ぐらいが会社をやめてしまった。

これを知っておどろいた総務部長が、何をやるつもりだと萬吉に問いただし、あまり無茶をやるなと忠告したものの、萬吉はいっこうに平気である。

「やめたのは、どうせ役に立たない根性のない連中です。まあ、わたしにまかせておいてください」ぽんと胸を叩いた。「人間の多くの脳細胞や潜在意識は、その人間の一生のうち、一度も役に立つことなく、無駄に埋もれてしまうのです。わたしはそれらの大部分を眠ざめさせ、活用させようというわけです。どこがいけませんか」

大上段に振りかぶられては、総務部長も何ともいえない。また何かどえらい騒ぎが起こるのではないかという悪い予感はしたものの、まあ、あまりやり過ぎちゃいかんぞと注意するだけにとどめたのだが、この予感はもののみごとに適中した。

新入社員の訓練がはじまるや否や、まず電気ショックで気絶する者が続出、さらに催眠術をかけられたままでもとに戻らず、夢遊病のごとく催眠状態で社内をふらふらさまよい歩いた末、いったいどんな暗示をかけられたか、重要書類へインキをぶちまける者、踊りながら社長室へ駆けこむ者、ビルの窓からとび降りようとする者、中にはそのまま町へ出て行って戻らぬ者まで出てきて、たちまち会社中が大騒動。

これがやっとおさまると、こんどは薬の中毒でラリる者続出、次いで脳下垂体注射された連中が、ズボンずり下げ勃起した陰茎剝き出しにして女子社員に襲いかかりオフィス全体が悲鳴と怒号と泣き声で満ちあふれた。

そして、ついに発狂者が出た。これは教育用コンピューターと称する機械に連結されて脳へ電流通されたやつ、ぴょんと踊りあがると、そのままげらげら笑い出し、いそいで精神病院へかつぎこまれたが、二度とふたたびもとに戻らなかったというからひどいものである。

かくして萬吉の新入社員教育、またも悲惨な失敗に終わってしまった。

社長はつくづくあきれ果て、以後の萬吉の取り扱いに困って頭をかかえこんだ。クビにしたりすると萬吉のことだから、何をやり出すかわかったものではないし、労働組合がうるさい。いっそのこと地味な仕事なら、まかりまちがっても騒動にはなるまいと、社員食堂の管理を命じることにした。

これがまたまた間違いのもと。

ここで萬吉が考案したのは、いわずと知れた自動調理機である。(だいたい、ドタバタにはたいていこの機械が登場する)

この萬吉発案による自動調理機というのは、ベルト・コンベアに乗って、片方の機械から出てきた各種の料理が、そのままもう一方の機械の中へ吸い込まれて行くというもので、社員はこのベルト・コンベアの両側に腰かけ、前を通過して行く料理の中から好きなものを選んで食べることができる。いわば、取りに立たなくてもよいバイキング料理だった。

アイデアはよかったのだが、モノごとというのは、なかなかアイデアどおりにはいかないものである。

まず最初の失敗は、コンベアのスピードが早過ぎたことである。少し早いぐらいならまだいいのだが、モーターの故障で、皆が食べているうちにしだいに早くなってあれよあれよという間にたちまち時速一〇〇キロ、皿はとぶわ、飯粒が天井一面にへばりつくわ、フォークが人間の眼球めがけてとんでくるわ、女子社員がスープで顔一面大やけどをするわ、肉団子が壁にどんぴしゃりとへばりつくわ、たちまち社員食堂は阿鼻叫喚の巷となった。

それだけではない。この自動調理機には、食べ残したものを一度分解し、ふたたび別の料理として合成するという特殊な機能があった。かくして社員たちは、スパゲティの寿司、ハンバーグ入り味噌汁、漬け物の天ぷら、うどんのコロッケなどという珍妙なものを食わされることになり、時には食器の破片やナイフのフライなどで大怪我をしたりした末、とうとうある日、社員全員が猛烈な食中毒を起こして、就業不能に陥ってしまった。

ここに至って萬吉、ついに食堂管理をやめさせられた上、一カ月間の休職を命じられたのである。

ちょっと思い出すだけでも、これだけの失敗をしている。全部思い出せば優に失敗回数は五万を越すことであろう。

萬吉はいまさらのように嘆息した。

よくまあ、これだけ失敗を続け、いままでクビにならなかったものだ、と、そう思った。定年になったいま、萬吉は自分の軽薄さを、やっと自覚できるようになったわけである。

あと数日で、自分はこの会社を去らなければならない。それから、どうやって生活するか。そう考えると萬吉は、ちょっと憂鬱になった。

しかし、もともと楽天的な萬吉、すぐに気をとりなおした。

「そうだ。これだけ人間の寿命がのびている現在、もはや退職後の人生すなわちレジャーだけではないのだ。おれも退職後は、第二の人生へと踏み出さねばならないぞ。では、どんなことをすればよいだろうか。ますますテクノロジーの蔓延する社会で、特に要求されるものは何か。そうだ。それはすなわち、人生経験のゆたかな相談役、それも人事関係のアドバイザーであろう。いろいろな経験をした人間、すなわちこのおれのように、数多くの失敗をした人間こそ、その役にもっとも適しているのだ。そうとも。心配することはない。このおれなどは、退職後も、相談役としてあちこちから引っぱり凧であろう。そうだ。そうにきまっている」

うぬぼれの強さだけは他に類を見ぬ萬吉、そう結論に達すると、もはや不安はなく、かくて心安らかに定年退職の日をむかえたのである。

その日、萬吉の定年退職を祝って社員全員が、盛大な拍手と歓声、それに万歳で彼を見送った。

社員たちにしてみれば、萬吉が会社を去るので胸をなでおろし、嬉しがって歓声をあげているわけだが、本人はむろんそうは思わず、心から名残りを惜しんでくれていると思って、やはりおれにはこれだけ人気があったのかといい気分で自己満足し、数百万円の退職金をポケットに、意気揚々と会社のビルを出た。

その翌日からは萬吉、自分を相談役として迎えたいという話が、今日はくるか明日はくるかと自宅で待ち続けたものの、もちろんそんなもの、くるわけがない。

これはうっかりしていた、宣伝しないことには、誰もおれという重要な人材が存在することを知りようがないではないか、そう思った萬吉、さっそく新聞に求職広告を出した。人材バンクの存在を知らぬでもなかったが、自分を貴重な人材と思いこんでいる萬吉だから、他の連中といっしょくたにされるのはプライドが許さない。

新聞広告の反響も、まったくなかった。そのうちに、退職金も残り少なくなってきた。長年苦労させた妻に、着物を買ってやったり、大学生の次男に車を買ってやったりしたからである。

これはいかん、と、萬吉は思った。世間の連中はどうやら、おれがいかに経験豊富な人物であるかということを知らないらしい。よろしい、ではひとつ、おれの伝記を書いて発表すれば、みんな驚くだろう。そしておれという人間を再認識するだろう。善はいそげ、さっそく書いてやろう。

思い立った日から、さっそく原稿にとり組んだ萬吉、たった数週間で書きおろした数百枚を自費で出版し、あちこちに配布した。

意外にもこの本は、大好評を博した。

といっても、萬吉の才能が高く評価されたというわけではない。読んだ人たちは、いずれも、萬吉の失敗談のおかしさに、腹をかかえて笑いころげたのである。

萬吉を、相談役として迎えにくる人こそなかったものの、この本のことは人の口から口へと伝わり、面白そうだというので本を手に入れて読んだ某出版社の重役が、版を改めて出したいと、萬吉のところへ頼みにきたのである。萬吉はむろん承知した。

この本は、伝記としては扱われず、荒唐無稽のユーモア文学として宣伝され、たちまちのうちにベスト・セラーになってしまった。

それからというもの、萬吉への原稿依頼はひっきりなし。もっと失敗談をやってくれというので、萬吉は意に反して自分の失敗談ばかりを次つぎと書かざるを得なくなり、しまいには話を面白くするため、嘘を混じえたり、話をまるごとでっちあげたり、しだいに語り口も巧みになって、人気は上昇するばかりである。まったく世の中というのは、思いどおりにいかないもの、萬吉、気に染まぬながらも自分の失敗を自分で天下に公表し続けているうち、思いもかけずいつの間にか、ユーモア文学の大御所として天下にその名を知られていたのである。

PART IV

筒井康隆・イン・NULL 2（4号〜5号）

NULL 4 S・F同人誌

MARIKO CHAN WA KOTOSHI YATTSUNI NARU TOTEMO OHANASHI NO OJOOZU NA ONNANOKO DESU. KORE WA MARIKO CHAN GA WATASHI NI SHITE KURETA OHANASHI DESU.

マリコちゃん

櫟沢美也

○

マリコは叔父さまから、少女雑誌をいただきました。そのご本の表紙には、可愛い女の子が雑誌をかかえて笑っている写真が、きれいな色ずりででていました。

「あら、この女の子は、マリコにそっくりだわ」

マリコはそう思いました。

その女の子がかかえている雑誌の表紙にも、その女の子が雑誌をかかえて笑っている写真がでていました。そしてその雑誌の表紙にもその女の子が雑誌をかかえて……。

マリコは面白く思いました。そこでニコニコ笑いながら、雑誌をかかえました。その時からマリコは動けなくなってしまったのです。

「あら、この女の子はあたしそっくり……」

いつか、マリコそっくりの女の子が、マリコの顔をのぞきこんでいました。

〇

マリコは泣きながら、朝ご飯をたべています。

昨夜、マリコのお父さんが死んだのです。お母さんも、泣いています。お兄さんは男ですから泣いてはいません。でも、淋しそうにだまってご飯をたべています。

静かな朝です。四畳半のお茶の間には、仏壇のお線香の匂いが立ちこめています。

お縁側を、お茶の間の方へ歩いてくる足音がしました。お父さんです。

マリコはあわてて涙をふきました。そして今まで泣いてなんかいなかったようなふりをして、ご飯をたべだしました。

お母さんも、あわてて仏壇を閉めました。そして涙をふきました。

お父さんが障子をあけて、お茶の間に入ってきました。青い顔をしていて、元気がありません。だって、死んでいるんですから。

お父さんは、兄さんの横にすわって、ご飯をたべだしました。お母さんは、泣くまいとしながら、知らん顔でお給仕をしています。でも、ぁあ、お母さんの眼から涙がにじみでてきました。

マリコは心の中で叫びます。

「お母さんのバカ！　泣いちゃだめ！　泣いたらお父さんにわかってしまうじゃないの！　泣いちゃだめ！」

でも、お母さんはとうとう、こらえきれずにワッと泣きだしてしまいました。前かけを顔にあてて。

マリコも、とうとう泣きだしてしまったのです。お父さんは、ふしぎそうにお母さんとマリコを見ました。そして、やっと気がついたのです。自分が死んでいるんだということに。

お父さんは、手からお箸を落しました。そしてゆっくりと畳の上へ俯伏せました。マリコたちが、いっしょうけんめいにわからせまいとしたのに、お父さんは、自分が死んだことを知ってしまいました。ああ、こんどこそ、とうとうお父さんは本当に死んだのです。

お母さんは、お父さんの肩の上に顔をあてて、泣きました。マリコも、お母さんのそばへ走って行き、お母さんに抱きついてワーワー泣きました。

とうとうお兄さんが、こらえきれずにワッと泣きだす声が聞こえました。

○

マリコは、こわいこわい夢をみました。暗い夜です。マリコはお家へ帰ろうとしていそいでいます。

お墓がありました。お墓の中を通らないとお家へは帰れないのです。

お墓の中に、お母さんが立っていました。マリコはこわいのを我慢して、お化けのまねをしました。お母さんを、こわがらせてやろうと思ったからです。

お母さんは、ちっともこわがりません。それどころか、あべこべに、マリコにお化けのまねをしてみせました。

あまりのこわさに、マリコはいっしょうけんめいに逃げだしました。あとからお母さんが追いかけてきます。手には鋏《はさみ》をもっています。

とうとうマリコは、お母さんにつかまってしまいました。お母さんの顔は、お家の客間にかけてある、はんにゃの面のようでした。

マリコは大きな声で泣きました。それで眼がさめたのです。

まくらもとには、お母さんが心配そうにマリコの顔をのぞきこんでいました。

「夢をみたのね？」

「ええ」

「こわい夢？」

「こわい、こわい夢」

マリコはお母さんに、夢の話をしました。お母さんはいいました。

「お母さんの顔は、こんな顔だった？」

たちまちお母さんの顔は、はんにゃの顔になりました。そして横の鏡台から鋏をとって、ふりあげたのです。

マリコは泣きさけびました。

そしたら、又眼がさめたのです。

まくらもとに、お母さんがいました。心配そうにマリコの顔をのぞきこんでいました。

マリコは、これもきっと夢だと思いました。鏡台から鋏をとると、お母さんの胸にさしました。

お母さんは何もいわないで、倒れました。

マリコはおふとんにもぐりこみました。そしてこんどこそ、ほんとうにぐっすりと眠りました。

夢もみずに……。

二元論の家

筒井康隆

一

五十嵐《いがらし》教授は淡々とした口調で講義を続ける。五十三才。ものやわらかな態度の中にも、ただひとつの学問に生涯を打ちこんだ人の持つ一轍さが感じられる。長身痩軀の、英国型紳士である。

「――後年の個人的な教養や正常性にとって、極めて重要な意味を持つ構成は、そもそもいかなる手段によって行われるのであろうか。それは、小児の性の感動そのものを犠牲にして行われるのである。したがって、その性的感動の注流は、この潜在期の間もやむことなく、そのエネルギー、即ちリビドーは、全くか、さもなくば大部分、性的な目標から、他へ誘導され、別な目的に用いられるのである。性的な原動力を、このように性目標からわきにそらして、新たな目標に向けることで、あらゆる文化的な仕事をするための莫大な力の成分が得られると、フロイトは考えたのである。さて、これがいわゆるリビドー説であり、フロイトが、人間の行動の動機として色慾本能だけを考えていた頃の、ひとつの一元論である」

藤尾《ふじお》は、この講義が始まった時から、講義の内容は上の空で、どうやって五十嵐教授に、この話をきり出そうかと、あれこれ考え続けていた。何といっても智恵子《ちえこ》は教授のたった一人の娘である。いかに藤尾の家が資産家であっても、おいそれとはくれそうにない。だが藤尾は、智恵子にはすっかり参っている。十分間以上も彼女のことを考えていると、完全に分別をなくしてしまうくらいである。心臓が燃え、本当にキリキリと痛みだすのである。少しのことで激しく嫉妬したり、徹底的に苦しんだりするかと思うと、彼女の靴の裏まで舐めたくなる。彼女なしでは、生きていけない気持である。事実最近では、彼女を通して世界を見るようになっている。世界情勢や水爆実験のニュース、映画のストーリイから魚屋の店先のたらの尻尾に至るまで、あらゆるものから智恵子を連想するのである。彼は日曜ごとに五十嵐邸へ遊びに行く。もちろん智恵子の黒い瞳、理智的な白い額、そして魅惑的な、のびのびした姿態にお眼にかかるのが第一の目的である。もしも彼女が、別れぎわにやさしい言葉のひとつでもかけてくれようものなら、もう嬉しくて嬉しくて、笑って、歌って、踊って、叫んで、そして酒を飲んで飲んで飲みまくる。だが酒には弱いため、いつも決ったように泥の中へ転がって、ドロドロになってしまう。そして次の休みには又、顔を洗って綺麗に頭を分け、さっぱりした服装で、おとなしそうに智恵子の前で、犬ころか何かのように、その眼の色をうかがうのだ。それが最近の彼の生活だった。

五十嵐教授の講義はまだ続いている。

「――しかしフロイトは、このように人間の行動の動機となるものを、一元論的に解釈するだけでは不充分だということに気がついたのである。晩年、彼は二元論的立場に立って、人間の衝動には二種類あり、ひとつは色欲的或いは性愛的衝動で、いまひとつは破壊しようとする衝動であるとしたのである。そして後者を、攻撃衝動ないし破壊衝動として総括したのである。要約すれば、色慾本能が生への衝動であり、破壊力が死への衝動である。フロイトはこの両者を、『相反する人間の衝動である』という、二元論的立場に立ったのである」

岸沢《きしざわ》は、五十嵐教授の講義を、なかば機械的にノートにうつしとりながら、その内容に関してはてんで上の空だった。この講義が終ってからの休憩時間を利用して、五十嵐教授の研究室を訪れ、どういうふうに話をきりだそうかと、あれこれ考えていた。岸沢がいかに成績優秀な模範生であっても、五十嵐教授は、田舎出の苦学生においそれと一人娘をくれるような太っ腹な人物ではなさそうだ。だが、岸沢は、どうあっても智恵子と結婚しなくてはならない。排他的な学閥の中で、講師、助教授、教授というコースを短い一生のうちで無難に辿ろうとすれば、よほどの秀才でもない限り強力な援助者が必要だ。だが、学界の権威者である五十嵐教授の養子にさえなれば、もうしめたものである。人生は戦いだ。競走者を押しのけて、智恵子を俺のものにするんだ。岸沢はひとりでに血走ってきた眼を教室の反対側の隅の藤尾に向けた。金満家のお坊っちゃんめ。今に見ろ。色の白い豚め。彼奴はいつも、俺を無視していやがる。智恵子の前でもそうだ。まるで自分一人が智恵子の所有者といった態度だ。低能の癖に！　頭の中を駈けめぐる怒りと焦燥に、岸沢はペンを持つ手が震えているのを知った。

教授の淡々とした講義はまだ続く。

「色慾本能と攻撃本能、この二つの相反する衝動は、すべての人間が行動への原動力として、両極的に内蔵しているのである。ただ、どちらの衝動が多量にその人間の行動のエネルギーとなっているかは、各個人によって異るのである。話が横道へそれるが、色慾本能の強い人間は、愛することにおいて他方に勝る。しかし攻撃本能の昇華の産物、つまり仕事に対しては他方に劣るのである。同様に、攻撃本能の強い人間は、情緒的に不完全ではあるが、合理的に衝動を満足させた場合は、社会的に大きな業績を残す結果となるのである。さて、したがってこの二元論的立場より見た理想的人間像とは、つまりこの相反する二つの衝動の牽引力が完全に均衡を保っている精神の持主を指すことになるわけである」

教授の講義は終った。藤尾と岸沢はほとんど同時に立ちあがった。

二

「パパ、困っちゃったわ」

背後から首にしがみつかれて、いいパパの五十嵐教授は眼を細めた。

「どうしたね？」

と、軽く智恵子の手の甲をたたく。

「だって……」

智恵子はもじもじする。ゆったりとソファに腰をおろしていた五十嵐教授は、読んでいた学会誌を横においてふり向き、智恵子の白い憂い顔を見あげる。

「いってごらん」

教授の尖った鼻の頭を人さし指で押さえつけて、智恵子はいう。

「結婚を申しこまれたの」

「ほう、誰に？」

そう訊ねながら教授は、今日の昼過ぎに、教授の研究室で起った小ぜりあいを思い起して、少し頬がほころびかけた。

「……まてまて、わしが当ててやろう。藤尾だろう？」

「……」

「それとも岸沢かな？」

「両方よ」

「両方？　そいつは愉快じゃないか」

「愉快がってちゃダメよ。真剣にご相談してるのよ」

「無論そうだろうさ。もし冗談だったらこの上なく不愉快だ。二人とも真険なんだろうな？」

「馬鹿にしないで」

「親子喧嘩はよそう。智恵子はどちらがいいんだ？」

「わからないの」

「どうしてだね？」

「ものすごくおなかがすいていて、一歩もあるけないんだけど、前にはビフテキとトーストがあるの。ビフテキは遠くの方にあるんだけど、トーストは食べてくださいといわんばかりに、眼の前にあるの。パパならどうする？」

「そのトーストは、バターかねジャムかね？」

「どちらでもいいわ」

「トーストで腹ごしらえをしてから、ビフテキに突撃だ」

「結婚の話よ」

「よかろう。そのトーストみたいな、おべっか野郎はどっちだね？」

「藤尾君よ。毎日ラヴレターをくれるわ。日に一度の郵便配達が不満だっていってるわ」

「岸沢はどんな意志表示の方法を採用したかね？」

「それがケッサク。君と結婚したいんだけど、君と先生と、どちらへ先に話をすればいいか教えてくれっていうの」

「ふん。変ってるね」

「変りすぎてるわ。まるで恩に着せてるみたい。それにあの人の態度、私を好きなのかどうかわからないわ。でも、とてもそれが魅力なのよ！」

「藤尾はどうかね？　魅力的かね？」

「そうは思わないわ。でも、パパは心理学者だから、女の気持がわかるでしょう？」

柄になく智恵子が女の気持などといい出したので、教授は吹き出しそうになった。

「なるほど、お世辞やおべっかとわかっていても、やはり頭へくるかね？」

「そんないい方しないで！　ねえ、どうすればいい？」

「正直の話、わたしにはまだ、あの二人がよくわからないんだよ。この夏休みに、二人をつれて湖畔へ行こうかと思ってるんだ。よく観察するためにね」

「あらいやだ。あの幽霊屋敷へ行くの?」

「幽霊屋敷に出てくる幽霊ってものが、そこに住む人間の精神の産物だとしたら、あの屋敷はまさしく幽霊屋敷だろうね」

「ねえ、どうしてあんな別荘を買ったの?」

「面白いからさ。離魂《りこん》病ってやつは、寝ている人間の魂が肉体から離れてさまようんだが、おまけにあの屋敷はその魂が家全体に作用するんだね。潜在意識――いや、更にその深層のエスを構成している無数の因子が、睡眠中の抑圧除去によってある浮力を生じ、物質的な形となって空気中に拡散し、あの気味の悪い湖から始終立ちのぼっている正体不明の一種のガスに同化してしまう。そして周囲の状況や雰囲気を、本人のエスの状態に再構成するんだな。私はパラ・サイコロジイには、あまり詳しくないが、いわば超心理の還元作用とでもいうべき、実に珍らしい、奇妙な現象だな」

「いやねえ、気味の悪い」

「そこで岸沢や藤尾のエスが、どんな衝動を持っているかを観察するわけだ。これはなかなか、面白いことになると思うんだがね」

「そんなとこ、わたしは行かないわよ。他人の心理なんて、あまり興味ないんですもの」

「お前は来ない方がいいだろう。お前のエスの怪物があらわれたりしたら、大変だからな」

「いやなパパ」

三

針葉樹の上品な香りが、湖の上から吹いてくる夜風にのってバルコニーの三人へとただよい流れてくる。五十嵐教授、岸沢、藤尾の三人は、スコッチのグラスをひねりまわしながら、月の光に照らされて、魔物の青い鱗《うろこ》のようにきらめく湖上を、魅せられたように凝視していた。

山荘は湖を約十メートル下に見おろす崖の上にあった。三人は荷物を広間のソファに投げ出したまま、小さく湖上に張り出したバルコニーの円卓を囲み、旅の疲れにぐったりとなった身体を籐椅子に投げかけ、心地よい夜風を浴びながらウイスキーを飲んでいた。

三人は黙っていた。気まずさはあり過ぎるほどあったが、この湖水面から発散している奇妙な魔力に半ば理性を痲痺させられてしまった今、わずらわしい人間関係や俗な感情など、小さなこととしか思えなかった。

やがて、酒に弱い藤尾が、ふらふらした足どりで立ちあがった。

「君の部屋は、二階の北側だ」

うしろから教える教授の声にうなづきながら、両手にトランクとボストンバッグを持ち、藤尾は階段をゆっくりと上った。奇妙な雰囲気と辺りの静かさに、発散させる術もなく、頭へこもった酔い方をしてしまった彼は、自分の部屋へ入るなり、トランクを投げ出しシャツを脱ぐと、ベッドの上に倒れた。

いつか湖水は、白い不透明の液体に変化していた。なおも飲み続けていた教授と岸沢は、湖上にぽっかりと浮ぶ乳白色の月の表面に、異様な点があらわれたのに気づいた。それはちょうど月の中心にあり、濃いピンク色をしていた。その点の周囲は茶色く、縁ほどぼけていて、やがて月の肌色に溶けこんでいた。

「何でしょう？」

じっと見つめていた教授は、やがて言った。

「乳房だ」

「じゃ、これはミルクですね？」

岸沢はにぶい薄桃色がかった乳色の湖水面を指した。

いつか湖の周囲の木々は、角ばった針葉樹の男性的な直線をすべてエロチックにくねらせていた。近くの山々も、女性的な曲線で縁どられたシルエットを誇示して、まさしく寝そべっていた。

教授と岸沢は顔を見あわせ、苦笑した。岸沢は眼を閉じ、頭を激しく振った。そして又グラスをとった。

「もうよしたまえ君。甘ったるくて飲めやしない」

教授はグラスの中味を湖へ捨てた。

「いかにも、あいつらしいや」

軽蔑した口調で吐き捨てるようにいうと、岸沢は立ちあがった。一歩室内へ入ったとき、彼はおどろいて喚声をあげた。

壁紙は煽情的な淡いピンクを主調色として、サーモンピンク、藤色、濃紫色等の色でエロチックな気分をいやが上にも盛りあげ、家具調度は、まるでいかがわしい形にうねり、よじれ、額にはヌード、壁にもベタベタとヌードがピンアップされていた。

「先生！　来てください！　先生！」

部屋に入った教授は、ニヤニヤ笑いながらあたりを見まわし、皮肉な口調で呟いた。

「こんなことだろうと思ったよ。ところで岸沢君、そのラジオをとめてくれんか。頭へくる」

岸沢は、頭へくる音を発しつづけているラジオのスイッチを切り、横のソファに腰をおろした。ソファの肱掛けはくねくねと彼に媚びるような仕ぐさで伸び、彼を抱きしめようとした。彼は飛び起きた。

酔い覚ましの水を飲もうとして台所へ行き、教授が水道の栓をひねると、コップの中へはいきなり精液が噴出した。

部屋の中は艶っぽい熱気と匂いに満ちていた。岸沢は胸がムカムカした。

「先生、風呂場で身体を洗いませんか？　変にべとついて、いやな匂いがしみこんじまいました」

「わたしはいやだね。風呂場の中がどんな風か、およそ想像がつくよ」

タオルをとり出そうとして、岸沢はトランクをあけたが、中には女ものの、ピンクの薄い下着類がぎっしり詰っているだけだった。

上衣を脱ぎすてて風呂場へ入っていく岸沢を、期待に満ちた視線で見送ってから、教授は壁に埋込まれた本棚の戸をあけた。しかし謹厳な教授の読むに耐える本は一冊もなかった。

やがて風呂場で悲鳴が起った。岸沢が裸のまま血相をかえて風呂場からとび出してきた。そしてそのままの恰好で玄関の方へと駈け抜けた。そのあとから、いきいきとしたピンクの肌を光らせて、四、五人の裸体の娘が嬌声をあげながら彼を追った。どの娘も、どこかが智恵子に似ているので、教授はいやな気がした。

ピンク色の一団が出ていった後、教授はゆっくりとバルコニーへ出て、湖畔を見おろした。

岸沢は息をはずませながら、湖畔を逃げつづけていた。湖岸の砂は、いつか軟体動物の表皮のような、ヌメヌメとした感触にかわり、なまあたたかさが、足の裏からつたわってきた。

背後から、気の遠くなるような嬌声をあげながら、ピンクの肌の一団が迫ってきた。再び岸沢は悲鳴をあげた。心底からの恐怖の叫びだった。彼は倒れた。頭がザブリと湖水に浸った。モロモロの人乳が彼の鼻の中へ入った。弾力性のある、あたたかいものが、何重にも背中へからみつき、覆い被さってきた。

バルコニーの上から、まるでエロチックなギリシャ神話の中の情景をまのあたりに見ているような気持でこのありさまを眺めていた教授は、急に手洗いへいきたくなったが、この調子だと、便所で何が起るか大体想像がついたので、我慢することにしたのである。

「はっきりいって下さい。僕は落第ですね？　僕みたいに淫蕩な男には、智恵子さんを貰う資格はないんですね？」

　教授は、やけくそになった口調の彼を、手で制して、いった。

「淫蕩というのではない。勿論君は智恵子を愛してくれるだろう。熱烈にね。しかし、あまり愛しすぎて他のことが何もかもお留守になってしまっては困るんだよ。まあ、まだ落第ときまったわけじゃない。今夜を待たなけりゃ、わからないよ」

　辺りが薄暗くなりかけた頃、岸沢は自分のベッドへもぐりこんだ。そしてたちまち、泥のように眠りこんでしまった。

　山荘はあやしげな、灰色の雰囲気に包まれた。部屋の隅ずみには、いつの間にか蜘蛛が巣をはりめぐらし、グロテスクな姿態を網の中央でのたくらせ、黄色く光る眼をゆっくりと動かしていた。

四

　疲労と睡眠不足で、真赤に腫れあがった眼をしょぼつかせ、岸沢は一日中ふくれっ面をしていた。教授から一部始終を聞いた藤尾は、すまなそうに顔を赤らめ、低い声で岸沢にいった。

「寝りゃいいじゃないか」

　岸沢は噛みつくようにいった。

「俺は昼間は眠れないんだ」

　そして身体中にしみこんだ淫猥な匂いと汚れを洗い落そうとするように、一日中湖で水を浴びつづけた。

　教授は藤尾を意味ありげにしばしば眺めた。冷酷で皮肉なその視線が自分に向けられるたびに、藤尾は身がすくんだ。恥かしかった。とうとうたまりかねて、なかば突っかかるように、彼は教授にいった。

落ちついた部屋の中は、どことなく殺風景な様子に変り、ラジオは浮き浮きしたスイングの演奏をやめて、鬼気迫る不気味な呻き声を発しはじめた。

何が起るかとビクビクしながら、藤尾と教授は広間のソファに腰をおろし、待ちかまえていた。

耳がおかしくなる程の轟音をあげ、広間の入口の両開きの一枚戸が撃ち抜かれた。自動小銃の弾丸で、戸は蜂の巣のようになり、人の形を残してささくれ立った。やがて戸の向うがわで、ドタリと人の倒れる音がした。藤尾が教授にいった。

「これは、あいつといっしょに見た映画ですよ」

邸内に、又銃声と悲鳴が起った。二階では、断続的に自動小銃を撃つ音がしていた。女の悲鳴が戸のすぐ向うに起ったので、藤尾は思わずソファから立とうとして悲鳴をあげた。毛皮のじゅうたんには、一面に針が植えつけられていたのだ。

その時、壁の柱時計が八時を打ち終るなり爆発した。

「時限爆弾だ」

教授がいった。

それからしばらくは、遠くの方に銃声だけがきこえた。

いつのまにか本棚には、ハメットからスピレインまで、それに犯行現場写真集などがズラリと並んでいた。

やがて藤尾は、夕食の用意をしようとして台所へ行き、冷蔵庫をあけた。だが彼は悲鳴をあげてとび退いた。カチカチに凍りついた胎児の死骸が、足もとにゴロゴロところがり出したのだ。水道の蛇口からは血が噴出した。夕食はあきらめなければならなかった。

教授と藤尾は、広間でぼんやりしながら、遠くに、ある時は近くにきこえる銃声や、叫喚や、呻き声に耳をすませた。

突然、猿に近い獰猛な顔つきのギャングが二人、広間へとびこんできた。

「気をつけろ、藤尾!」

教授が叫ぶなり、片方の男の手にしたブローニングの三二口径が火を吐いた。藤尾の背後のバルコニーとの間の一枚ガラスが砕け、彼の頭上へ破片を被せた。いつの間にか、藤尾の手にはコルトのオートマチック二五口径が握られていた。二三発応戦してから、藤尾はバルコニーへ駈け出ると、手すりを越えて十メートル下の湖岸にとびおりた。砂の上に横ざまに転倒した彼の周囲に、軽機関銃の弾丸がプスプスとめりこんだ。彼は立ちあがり、湖岸に沿って逃げた。

青い月に、不気味に照らし出された湖は、一面赤黒い血に満たされていた。

背後から、二人が迫ってきた。藤尾は横にそれて、暗い林の中へ入った。山びるがポタポタと音をたてて彼の顔にへばりつき、うるしの枝が生きもののように彼の身体を包みこもうとした。蛇《へび》が鎌首をふって、樹上から襲いかかった。彼は悲鳴をあげながら、両方の腕をふりまわした。

一人のギャングが、行手に立ち塞がった。藤尾は、いつの間にか手に持っていた原子火炎銃を、そいつに向けて放射した。そいつは火だるまになった。約五秒間、悲鳴をあげながら燃えつづけ、消えた。もう一人が彼の背後から組みついた。ふりほどいて向き直ると、銃の台尻で脳天を一撃した。倒れた。上から顔を踩みつけると折れた歯が足の裏へささった。

山荘では、教授が一人で奮戦していた。床の上は死骸の山だった。旧式なレミントンの四四口径をふりまわしながら、五十嵐教授は次から次と現れるギャング、殺し屋、はては海賊、インディアンの類いを、バタバタと撃ち倒した。最後に、ナチスの軍隊がやってきた。教授は何十人かのドイツ兵に組み敷かれ、地下の倉庫へ投げ込まれた。

倉庫の奥は、ユダヤ人の死骸が山をなしていた。天井の隅の換気口から、毒ガスらしい気体が噴出した。

「アウシュヴィッツだ」

教授は蒼ざめた。

湖畔では大虐殺が行われていた。山荘は十六世紀頃の寺院に変貌し、バルコニーには冷酷な顔つきの中年女が、黒服を着てこの状景を超然と眺めていた。

「カザリン皇后だ。これは、セント・バーソロミュー寺院の大虐殺だ！」

捕われの身の藤尾は、ふるえあがった。何百人ものユグノーが、眼の前で首を切られ、胸を刺されて死んでいく。血の匂いがあたり一面に拡がった。胸がむかむかする。もうすぐ自分の番だ。悲鳴、叫喚、断末魔の呻き。

「もうたくさんだ！　やめろ！　こんなことは嘘だ！　本当じゃないんだ！　やめてくれ！」

藤尾は漆黒の夜空に向って、気が狂ったように絶叫しつづけた。

五

教授の前に小さくなった二人は、絶望と自己嫌悪から、何もいえなくなってしまっていた。ただ、講義口調で例のごとく淡々としゃべる教授の言葉に、ときどき思い出したようにうなずくだけだった。

「特に君たちが変質者だとか、不道徳だとか、そんなことをいっているんじゃないんだ。これはわかってくれるだろうね？　ただ君たちのインテリジェンスと比較した場合、衝動があまりにも一方へ偏しているように思えるんだ。岸沢君の場合は、攻撃精神が君自身の仕事へのファイトを盛りあげ、その事業を完成に導き、君自身も社会的地位や名声を確保することだろう。だが、一方家庭的にはどうだろう？　君の独占慾の強さから判断すれば、智恵子と結婚しても、更に他の女を求めずにはいられないだろう。こんなことをいうのは酷なようだが、しかもそれは、単に独占慾のためにその女を求めたり、あるいは他の目的に達するための手段としてその女を求めたりするわけだ。それが仮にできなかった場合は、必然的に君は家庭での暴君となるだろう。一方藤尾君は、あまりにもエロチックな願望が強くて、結婚後は色慾本能の昇華作用が甚だしく困難になり、気が抜けたようになってしまって、仕事への熱情が湧いてこなくなるんじゃないかと思うね。まあ、大分おしゃべりをしたようだが、だいたい、わしのいわんとするところはわかってもらったように思う。さて、わたしは寝るよ。なにしろ二晩ぶっ続けで君たちのエスのお相手をさせられたんだからな。ふらふらだ。ハハハ。じゃあ、おやすみ」

教授はあくびをしながら、寝室へ引きこもった。残された二人は、すでに敵意を失った、疲れた眼つきで、お互いを見た。

「遠まわしな拒絶だな」

「いや、はっきりした拒絶だよ」

「一方の衝動に偏した人間か……。しかし完全に平衡を保った精神の持主なんて、いるんだろうか？」

「いるものか。そんな奴は人間じゃない。まあ見ていろ。もうじき教授のエスがあらわれるから。その時こそ俺たちはいってやれるんだ。教授の求めているような理想的人間なんて、いるはずがないんだってことをな。教授自身が、どれだけ不完全な人間かってことは、もうすぐわかるんだ」

しかし、一時間たち、二時間たっても、邸内には何の変化も起らなかった。静かだった。二人は湖畔へ出た。湖には波ひとつ立っていなかった。鏡のように、雲ひとつない青空を映していた。

今は、二人とも教授の人格にすっかり圧倒されていた。腹だちも口惜しさも忘れ、教授を心から尊敬していた。

「教授の心には、雑念の起る余地がないほど静かに、衝動が牽引されて、平衡に保たれているんだな……」

岸沢がいった。

「……まるで、この湖のように……」

その時、湖の中央が急にざわざわと波立つと、高く水しぶきをあげて、水面上五十メートルほどの高さに、およそ二人が想像もしたことのないような巨大な、恐怖に身もしびれるようなグロテスクな恰好の怪物が、怒りに眼を血走らせて立ちあがった。二人を睨みつけると、何十メートルもある水しぶきを飛ばせながら、岸へ走ってきた。

二人は悲鳴をあげて、林の中へ逃げこもうとした。しかし二人とも、あまりの恐ろしさに足の関節がガクガクして、思うように走れなかった。二人は、林の手前で、巨大な怪物の前肢に押さえつけられてしまった。

怪物は両手に押さえつけた二人をかわるがわる眺めて、唸るような声を出した。

「智恵子はわしの娘だ。大事な一人娘だ。お前たちなんかに取られてたまるものか。智恵子は、わしのものだ」

そして怪物は、二人に向って、白い歯が上下二列に生えた真赤な口をカッと開いた。

会員名簿（2）

高岡幸弘　吹田市千里山竹園町×番地
清水　章　大阪市福島区玉川町×ノ×××
高田　円　大阪市生野区大友町×ノ×××
筒井嘉明　神奈川県相模原市小山×××
櫟沢美也　大阪市南区難波新地×番町
大山竜一　東京都港区赤坂表町×ノ×
長谷川善輔　大阪市東区和泉町×丁目××
太田博之　大阪市住吉区帝塚山西×ノ××
下辻喜代子　豊中市庄内西町×丁目×××
本多清一郎　京都市中京区高倉通×条上ル
小林祥晃　神戸市葺合区雲井通×丁目×
眉村　卓　大阪市東住吉区平野流町×××

第三号批評・来信

ＮＵＬＬ３は大阪市立自然博物館長一家の同人雑誌として評判になったもの。サイエンス・フィクション一点ばりである。筒井俊隆の「魅惑の星」が最も面白い。地球上の条件と全くかけはなれたある星の条件を地球ばなれした発想で書いていいる。地球的思いつきで書かれた思いつき小編が多いこの号の中で光っていた。ただし麻薬的発想にすぎんではないかという人もあり得ることである。

（産経新聞「同人雑誌評」欄）

○

拝啓、ヌル３号拝受。ありがとうございました。

本号はいろいろとバラエティに富み、いずれも面白く思いました。特に「衛星一号」はダリの絵の如く、城昌幸《じょうまさゆき》氏の掌編の如く、なんともいえぬ雰囲気にみち、人生の深淵をのぞく気持ちでした。しかし、何が何やらさっぱりわからん、という人が多いことでしょう。その他、オチだけにたよるのを脱皮しようという努力が見られ、たのもしく思いました。「傍観者」など特にそう思えました。今後もさらに新境地を開拓されるよう祈ります。
　世の中も、しだいにＳＦに興味を抱いてきたらしく、本年はお互いに、大いに頑張りましょう。

（星　新一氏）

○

拝啓。
　突然失礼します。たまたま機会があって、ＮＵＬＬ３号拝見いたしました。いずれもあっという結末の連続で、感服の極みです。ことに「到着」などには参りました。恐ろしいものだと思います。（後略）

（眉村　卓氏）

○

　他にも多くの方よりご批評をいただきました。お礼申しあげます。

（編集室一同）

NULL 5 S・F同人誌

ぬる 第5号 目次

訪問者

筒井康隆

「ただいま、ユミコ、いるかい？」

「あら、お父さん。お帰りなさい。今日は早かったのね」

「ああ、疲れているのでね、早く帰ってきたよ」

「晩ごはんの用意、もうできてるわ」

「そうかい。すまないね。お母さんが死んじゃってから、何もかも、眼の不自由なお前にさせてしまって……。ところでユミコ、何もかわったことは、なかったかい？」

「お客さまがあったわ」

「へえ、そうかい。誰？」

「背広、お脱ぎになったら？　着物持ってくるわ。男の方よ。お父さまが以前、大学の細菌研究室にいられた時の、お友達なんですって……。名前はおっしゃらなかったわ」

「ほう、誰だろうなあ。一人？」

「いいえお二人よ。お父さまお留守ですっていったら、どうしようかって、相談してられたわ。はい、帯……。お父さまのこと、いろいろご存知だったから、客間へお通ししてしばらく待っていただいたのよ」

「ふうん。だけど名前をいわなかったっていうのが、おかしいなあ。あのね、ユミコ、今度から名前をいわない人を、お通しするんじゃないよ。もし悪い人だったら大変だからね」

「はい。でもねえ、ユミコ声を聞いただけで、いい人か悪い人かわかるのよ。あの人たち、とてもいい人だったわ」

「そうかい。で、すぐ帰ったの？」

「ええ、二十分ほど待たれて、また来ますって帰られたわ」

「そう」

「でもねえ、おかしいのよ。あの人たち、お手洗いをお借りしますっていって、二人いっしょにおトイレへ行くのよ。中までいっしょに入って、中でペチャクチャしゃべってるのよ。おかしかったわ」

「へえ、おかしな人たちだね」

「でも不思議なの。足音は一つしか聞こえないのよ。それに、お座布団を二つ出したのに、一つしか敷いてなかったの。だって、あとで押入へ入れようとしたら、一つはあたたかだったけど、もう片方は冷たかったのよ」

きつね

櫟沢美也

とうとう夜になってしまった。

でも、さいわい月が出ていたので、山道にまようことはなかった。よく知っている一本道なので。

和彦《かずひこ》君と吾朗《ごろう》君は早く村へ帰ろうと急いでいた。町の道雄君のお家で遊んでいて、知らないまに遅くなってしまったのだ。

道の両側の木が、まっ黒だった。冷たい風がときどき吹いてきて、草の葉を鳴らした。

「この道に、狐が出るんだってね」

和彦君が、吾朗君にいった。吾朗君は、胸がひとつ、どきんと大きな音をたてたように思った。それからそっと横眼で和彦君を見た。和彦君は、吾朗君がどういうかと思って、じっと吾朗君の顔を見ていた。

吾朗君は、和彦君が自分をこわがらせようとしているのだと思った。それで、わざと平気な顔をしていった。

「うん、そうらしいね。うちのおじいさんもいってたよ。きれいな女の人になって出てくるんだって」

二人は歩きつづけた。

和彦君は、吾朗君がちっともこわがらないので面白くなかった。おまけに、自分がだんだんこわくなってきた。吾朗君がこわがれば、それが面白いから、和彦君はこわくなくなるのだ。和彦君はいった。

「でもねえ、二人で歩いていると、狐はその二人のうちのどちらかにのりうつるんだってさ」

そして和彦君は立ちどまって、吾朗君の顔をじっと見つめた。

「あのねえ、吾朗君、本当はね、僕はねえ、狐なんだよ」

吾朗君はゾッとした。だけど、今こわがれば、村へつくまでずっと和彦君におどかされつづけになるだろうと思ったので、あべこべにおどかしてやろうとして、わざとニタニタ笑ってみせた。

「和彦君、君、本当はこわいんだろう？　だから僕をこわがらせようとしてそんなことをいってるんだろう？　僕をこわがらせれば、君はこわくなくなると思ってるんだろう？　僕は君の考えてることなんか、ちゃんとわかるんだよ。だって僕、狐だもの」

そういってまたニタニタ笑った。

和彦君の胸は、ドーンドーンと打ちはじめた。だけど平気な顔をしていった。

「へええ、僕が狐じゃないっていうんだね？　そうかい」

そして、ケタケタと笑った。

「じゃあ、ここでどろんと消えてやろうか？」

吾朗君は、こわくてこわくて、腰がガクンガクンしたが、わざと笑って見せた。

「ケケケケケ。じゃあこちらは、カラカサのお化けになってやろうか？」

二人はじっと見つめあった。そしてニタニタ笑いながら、忍術つかいのように、指を握った。

お寺の鐘が、ゴーンと鳴った。

しばらく、二人は見つめあっていた。

それから、いっしょにワーッと泣きだした。

底流

筒井康隆

(エリートだな!)

町育男《まちいくお》の胸の、白金の四角いバッヂを見て、その事務員は深海魚のように表情を固くした。尻の下った眼の底が暗く澱《よど》み、粗い眉が苦痛と惑乱で震えた。小鼻が拡がっていた。町がまだ何も言わぬ先に、その男は、エリートに出会《でくわ》した人間が誰でもそうするように、恐るべき早さで、さまざまの精神的な防衛手段を、十種類以上も眼まぐるしく考えた。それは町の意識の受容部位へ強烈に感応した。男は時間をかせぐため、町の黒眼勝ちで色の白い女性的な容貌を眺め、エリートの制服である純白の背広を見て、少しとまどった様子をして見せた。

(とうとう来やがったか! この特異体質の片輪の、非人間め……いや、考えるな! こいつは俺の考えをテレパシイで読めるんだからこの種類の感情は出しちゃいけないそれではどうすればいいんだどうすれば……どうすればいいんだ俺は以前からこの場合のことを考えて……考えていたじゃないか何を考えていればいちばん無難にすむかということを何を考えていれば特異体質いけない片輪いけないそうだ仕事のこと……仕事のことだ仕事のことを考え続けていれば考えを読まれても恥をかかないですむ仕事のこと仕事仕事仕事仕事仕事ああああこいつは俺の顔をじっと見ているきっと俺の考えていることを面白がっているんだぞ非人間めいかん! こんなことを考えちゃいけないんだ! 何でもわかっちまうんだから畜生! さあ何か言わなくちゃいけない何か考えろ早く考えろ早く何か何か考えろ早く早く早く早く早こいつはここへ何をしに来たんだろうそうだ！　新しい局長が今日来ることになっていたんだ二日前にちょっと課長から聞いたそれがきっとこいつだ！　じゃあこれから俺はこの化けものの若僧に顎で使われるのか！　こいつはまだ若いきっとエリート養成所を卒業して、すぐここへ派遣されたのだろう）

町は、「その通りです」と言おうとして、危く言葉を呑みこんだ。エリートは普通人の意識の流れに対して返答や質問をしてはいけないのである。これは養成所へ入って第一に教えられたことなのだが、教官までがエリートであったため、今まで気を配る必要がなかったのだ。町は前意識内で急にふくれあがってきた普通人に対する優越感を、けんめいに抑圧し、それが態度や表情に出ようとするのを、よく訓練された上位自我を発動させて防いだ。抑圧は町にとって苦しかった。今までのようなエリート同士の交際なら、抑圧は不要だったから、知らず知らずに思考意識と前意識内の被抑圧部位が少なくなっていたし、意識的な抑圧作用の力も弱くなっていた。これがエリートの欠点といえば欠点であるが、それは上位自我の強さで充分補うことができた。しかしながら、この歯並びの悪い中年の事務員の思考の混乱は、町には不可解であり、奇妙なものであった。

「町育男と申します。局長にお眼にかかりたいのですが……。今日お会いする約束は、すでにしてあるのです」

町はいまさらのようなそらぞらしさを感じながら、よく透る高音で自己紹介をし、用件を伝えた。

（知らんふりをしていやがるすっかり俺の考えを知ってやがる癖に！）「どうぞこちらへ。ご案内します」（しまった！　道順だけ教えて一人で行かせればよかった局長室へ行くまでの間こいつは俺の脳味噌を観察するぞ！　でも仕方がない客の案内は俺の役目なんだからなえええいこいつめ！　俺の頭から局長室への順路を引っぱり出して勝手に行きゃあいいのに……）

「どうも、すみませんね」

　うっかりして、町が本当に申しわけなさそうに言ったので、男は顔を火照らせた。毛穴が赤黒くなった。赤黒い毛穴のままで受付のカウンターをまわり、ドアをあけた。

　労働管理局の局長室までの長い廊下を、町はその男のあとに従って歩いた。男の身長は町の胸のあたりまでしかなかった。巾の広い町の胸に圧倒されたかのように、事務員はひどい猫背で小またに歩いた。町のよく光った白靴が、廊下のタイルに規則正しく固い音を響かせた。その間も男の意識は強く、弱く、二重に、時には三重にもなって、町の意識の受容部位に感応した。

　人の言葉を聞くまいとすれば、耳を押さえることができる。だが、すぐ傍にいる人間の意識の流れだけは、入りこんでくるのを止めるわけにはいかない。それははじめのうち、町にとっては苦痛だった。だが訓練により、思考部位だけを強く発動させればそれが訴えかけてくる力も割あいに弱く感じることができた。

　今、男は仕事のことを考えようとしていた。町は他に考えることもなかったので、男の意識を受容した。

（B級肉体労働者の職場別衣料切符の配給状況の報告……あれを今日中に……各部課別の申請と照合してからこの突然変異の変態者め……いかん！　今日中に課長の印鑑を貰ってそれから俺の情婦……印鑑俺の情婦可愛い女十九才の俺の情婦登世子《とよこ》白い首筋……額紅い唇いやだ！　もういやだこいつは意識の泥棒だ何故殺してしまわねえんだ糞！　俺は彼女が好きだ登世子が好きだ白い太股と寝台あれの最終的な決済は部長だからあの入金伝票をまわしてこいつらも恋

愛はするんだろうか？　エリート同士だろうなでもエリート同士の恋愛なんてどんなものだか想像もつかないなああああああっ！　どうしてこんなに自分の意識がままならないんだ糞！）

彼は、他の多くの普通人がエリートに出あったときに考えるのと、ほぼ同じようなことを考えていたが、彼のエリート同士の恋愛についての考え方は町にはもっともだと思えて少しおかしかった。男はチラリと町の顔をうかがった。町が吹きだすのをこらえているような表情をしているのを見ると、男の顔は蒼白になった。額は透明のあぶら汗でいっぱいだった。気が狂いそうな、赤い眼をしていた。町は男が気の毒になり、素直に悪いことをしたと思った。

町育男にも恋人がいる。この事務員が想像したように、やはりテレパシイ能力を持つ、二学年下の十六才の少女である。町は彼女のすべてを知りつくしているし、彼女の方も同様である。そしてお互いに、相手のすべてを激しく愛しているのだ。もちろん、まだ肉体関係はない。普通人が思春期に陥るような、好奇心だけによる結合などは、エリートの少年少女にはあり得ないからだ。肉体と肉慾の成熟を待ちながら、お互いの想像を感じあって満足しているのである。すべてをさらけ出した、暗い陰のひとつもない恋愛だ。

男の意識は極端に混乱していた。

（端正な顔をしてやがるエリートは皆こんな顔なんだな今夜は眠れないだろうな今夜はまた眠れないなこいつは女にもてないだろうな普通の女ならエリートを嫌うだろうなエリートが来たらキャッといって逃げだすだろうな畜生！　どうして俺がこんなに苦しまなけりゃならないんだこの俺が！　考えてることがわかるなんて人権侵害だ！　こいつは俺と会った途端に俺と登世子の性行為のいっさいの記憶を見てしまいやがるんだ俺には思考の自由があるんだぞ何を考えて

もいい筈だいけない考えるなこいつは俺の上役になるんだぞ俺の上役うわあ助けてくれえっ入金伝票殺せ死ねいかん入金伝票を今日中に登世子殺せ死ね｛入金伝票入金伝票入金伝票／死ね死ね死ね死ね死ね死ね｝助けてくれこの野郎俺の意識を見るのは面白いだろうあの酒井の奴など見たら面白いだろうなあいつはいつも猥談ばかりしてるんだからあの百倍もエロなことを考えてるに違いないんだ俺は何を見られたって平気だぞ何もしてないんだからな悪いことはしていないもっとも考えちゃいかん少しばかり考えちゃいかん考えちゃいかん｛少しばかり収賄したことはあるが／考えちゃいかん考えちゃいかん！｝考えてしまった糞どうだこれで満足だろうさあクビにしろこうなりゃいくらでも考えてやる俺は収賄した俺は収賄した俺は十八万五千収賄した収賄した収賄した収賄したさあクビにすりゃいいんだ証拠だってあるぜ）

事務員は局長室のドアをノックした。手の甲から血がにじんでいた。無意識的に掻きむしるか何かしたのだろう。肩と膝がガクガク震えつづけていた。

「どうぞ」

太く鼻にかかった、あまり上品でない声がした。事務員はドアを開け、中へ入った。町もそれにつづいた。

「町育男氏がお見えになりました」（さあ局長これからあんたの番ですぜ）

「どうぞ。やあ、お待ちしていました」（来やがったか！　さあ勝負だ）

局長は正面のデスクから立ちあがって部屋の中央の応接セットの方へゆっくりと歩いてきた。

普通人の中年男によくある野卑な眼つきで、病的な赤ら顔のうちでも鼻の先が最も赤かった。黒い鼻毛が長く見えていた。それは本人がそれをまるでかくそうとしていないかのような、のぞきかたをしていた。声にはなま暖かい好色的な臭気があった。

だが、いちばん醜悪なのは彼の精神状態だった。町は少し驚いた。これほど彼に対する激しい憎しみ――それも赤裸裸な憎悪には、今まで会ったことがなかったのだ。

事務員はホッとして出て行き、部屋には局長と町が残った。そして、応接セットで相対した。

二人とも、お互いの微妙で特殊で複雑な関係を、よく認識していた。

(逆光線にうぶ毛を光らせた若僧め)

町をひと眼見るなり、さっそく局長の罵倒が感応してきた。

「はじめまして。町育男です。よろしく」

「こちらこそはじめまして。国枝です。お話はよくうかがっています」(どうしてこんな奴に局長の椅子を奪われなけりゃならんのだ俺がこの椅子を獲得するのに何年かかったと思うのだ糞三十五年だぞそれなのにこいつは十八才で学校を出ただけで何の経験もなしにただ偶然生れながらにして持っていた能力のために俺にとって代ろうとするのかヒヨコめ若僧め生っ白い奴めいくら政府の方針だからといって人間の永年の努力と苦しみと経験を無視したこんな不公平な差別があってたまるものかエリートだか何だか知らないが同じ人間なんだぞ精神感応ができるというだけで特権意識にこり固った青二才めコドモめ若僧めヒヨコめ)

局長はものの一秒も経たぬ間に、これだけの罵言を投げつけてきた。町も、さすがにこれには少し顔色がかわるのを覚えた。よほど根強いエリートに対する憎しみがあるに違いない。

エリート同士の間での憎悪や反感は、もしあったとしてもそれがどのような誤解と偏見を根拠としているのかということが、お互いの意識の思考部位を感応しあえばすぐわかるのだから、悪だくみなどをすることもなく、稀に少しあっても、お互いの自尊心と自己愛を認めあってすぐ安心してかくしだてのない交流をすることができる。しかし相手が普通人となると、口に出せない憎しみの徐々に蓄積されたものが常に大きなエネルギーとなって内蔵されているので、いざ面と向った場合は、意識への流出がよりいっそう激しいため、決定的で極端な悪罵が凄い早さで意識内を駈けめぐるのだ。

町はそういったことを授業ではすでに教えられていたが、これほどまでに激しいものとは思ってもいなかった。

今までは、悪口にしても、テレパシイのやりとりですぐ簡単にいい返すことができたから、心にわだかまりもできず、自尊心が傷ついたり、負担を感じることもあまりなかったのだが、この相手から受けるものは、ただ一方的で露骨な罵倒と恨みだけなのである。

その意味では町は純粋だった。精神的な汚れは少なかった。それだけに傷つき易く、ここ二、三秒のうちにつぎつぎに投げつけられたどす黒い憎悪は、彼にはひどくこたえた。憎悪を本気で受けとり、それに腹をたてることは、健康にも精神衛生的にも非常に悪く、ことにエリートの場合はそれがある場合に致命的な精神的外傷にさえなることを町は知っていたが、事務引継を完全にするには局長の意識を受容しなければならなかったし、そうしようとすれば必然的に彼の執拗な憎悪がなだれこんできた。

町は苦しく微笑した。時計を見た。

「あなたとの事務交代時間は十六時三十分です。事務引継の時間的余裕は一時間と少ししかありません。どうぞよろしくお願いします」

「わかりました。迅速にすませましょう」(ふふん、わざと事務的な態度で来ようってわけだな？教えてほしいかね？　だがそう簡単に何もかも教えてやるわけにはいかんぞわしが三十五年かかって体得した仕事なんだそれを一時間くらいで知ってしまおうたってそうはいかん俺がここまでくるのにどれだけ苦労したと思うんだ俺の家は貧乏だった親父はＤ級肉体労働者だった俺は学校も満足に出ていない俺の容貌は醜いだが俺は金が欲しかった！　美しい女を抱きたかった！　下役を使い威ばりちらしたかった！　秘書を怒鳴りつけたかった！　俺がいつも怒鳴りつけられていたからだ！　たくさんの人間の上に立ち、そいつらを顎で使いたかった！　本当に……心から……そうしたくて仕方がなかったんだ！　そうなるためにはどんなことでもするつもりだったし又実際にしてきた！　何度も好きな女には捨てられた卑怯者と軽蔑された上役に媚びた同僚に笑われながらおべっかを使いつづけた同僚を蹴落した告げ口をしたスパイの真似をした陰で悪辣な工作をした贈賄をした恥かしいめにも会った便所の中で泣いたそしてやっと二ケ月前にこの地位にありついたんだ三十五年かかってやっとＡ級精神労働者になれたんだ！　どうして何の苦労もしていないお前なんかにこの仕事を譲らなきゃならないんだお前は俺がハイ左様でございますかと快くお前なんかに事務引継をすると思ってるのか？　お坊っちゃんめ！　のっぺりした色男め！　女みたいな顔をしたふにゃふにゃの二枚目め！　そりゃお前はたしかに人より優れた能力は持ってるだろう理屈だって俺より上手にこねまわすだろう何しろエリート様だものなだがなあ俺はお前には仕事は教えてやらないぜ俺がお前に教えてやらなけりゃお前がいくら頭がよくても何もできないだろうどうだ俺に頭を下げてお願いしますといってみろ這いつくばってお教えを乞えお前なんかお世辞の使い方も知らないだろうどんなものだ世の中ってものは学問や能力だけじゃだめなんだってことをいやというほどわからせてやるんだそりゃ形式上の事務引継はしてやるさだが内容の説明なんかはしてやらないよお前はエリートだから何とか俺の意識から仕事に関する知識を得ようとするだろうが俺はそれをあらゆる方法でせいいっぱい邪魔してやる！　邪魔してやる！　意地悪をしてやる！）

ヒステリックな罵倒に、町は胸が悪くなった。エリートは普通人の意識に対して、反撥や抗議はできないのだ。局長は、それを知っての上で町を罵倒しているのだ。町は、これがはっきりした挑戦であるとは思ったが、これほど卑劣で、しかも激しい攻撃に会ったことがなかったので、どんな言動をとるべきかに迷った。

しかしもう、すでに町の思考意識は、はじめて受けた外傷のために一部がボロボロになっていた。頭痛がした。受容意識も鈍くなりつつあった。町は局長に憎しみを感じた。だが態度には出さなかった。それとなく口に出して注意してやることはできる。だがそれは、町はしたくなかった。余計に彼の憎しみを買うことになるだろう。言葉で咎めて、ますます激しいお返しを貰えば、もっといやな気持になることはわかっている。そんなことよりも、町の気持としては、人を咎めたりしたあとの自己嫌悪がたまらなかったのだ。

町はふたたび微笑した。

「では、書類の処理について、まずお教え願えますか？」

「いいでしょう。こちらへどうぞ」

局長はデスクの方へのろのろと歩いた。町もそれにつづいた。

（ふふん、あくまで紳士的に来るんだな？　よろしいよく我慢をしたまあそれがインテリのいいところなんだろうなしかしわしはそうは思ってやらないよ残念ながらね意気地なしなんだそういうのは男じゃないんだ女女しいんだそして優越感なんだ汚ならしいエリート意識なんだ無視したけりゃ無視しろ今に無視できないようにしてやるぞそりゃあわしらは下品だろうさ生れが生れ育ちが育ちなんだからないつまでもそんな眼つきで見ていろ今にギャアギャアいわせてやるぞ）

局長は整理棚からファイルを出してデスクに置き、その一冊をとりあげた。

「これは地区別管理明細の一部で、基本設備資金の消費グラフ及び償却簿です」

それだけだった。そしてすぐ、次のファイルをとりあげた。

「待って下さい」

町はあわてて局長を制した。

「それはそれぞれのファイルの背表紙に書かれていますから、見ればわかります。私が教えていただきたいのは、その書類が局へ廻送されてきたときの処理の仕方、通達の方法、連絡の書式、内容の判定についてなんです」

局長は赤く濁った眼で、しばらく町の顔を見つめた。鼻毛が黒かった。狐のように眼尻をあげて、満面に笑みを浮べていた。

「そんなことは……」

ことさらに、意外だという調子を強く匂わせて、局長はねちっこく言った。

「内容をお読みになれば全部おわかりになると思うんですがねえ？　何しろあなたは、最高の教育を受けてられるんですからね、私なんかと違って。それに……」

局長は顔をぐっと町に近づけた。酸いような匂いが町の鼻をついた。

「あなたは、テレパシイの能力をお持ちなんでしょう？　じゃあ、わたしがご説明するまでもなく、あなたはわたしの頭の中をご覧になっておわかりになると思うんですがね」

町はあきれて局長の顔を見た。エリートなら、こんなことを恥かしげもなく口にするようなことは絶対にない。こんなわかりきったいやがらせを、ぬけぬけと口にして、自分が恥かしくないのだろうか？　エリートなら、こんな意地悪をすれば、自己嫌悪に陥って自殺するだろう。

（ふん、何をしげしげと俺の顔を見てるんだね？

何だその顔は？　そうかい、あきれたかい？　だめだだめだいくらそんな顔をして見せたって俺は反省なんかしてやらないよ自分に恥じてなんかいないんだからなどうだい参ったかい俺の教養のなさに驚いたろう俺の道徳性の欠除にあきれたろう厭になったろうだけどだからといって逃げ出すこともできないだろう俺を無視することもできないだろうどうだい怒るかね？　怒ってみろよさあ何とかいってみろよどういうんだね次は？）

　町は頭痛を押えて、仕方なく言った。

「続けて下さい」

「では、次は技能評価基準案の各課別試験簿の控えです。それからこれは労働環境改良計画に伴う地下交通路線予備調査の地区別一覧……」

　デスクの上には、次々に整理棚から出されたファイルが、次第に積み重ねられた。

　町は受容部位をフルに働かせて、局長の意識から、これらの書類の内容を読みとろうとした。しかし感応されたものは、すべて悪罵だった。その為に町の意識の力は次第に弱まっていった。逆に局長の、いやがらせをしてやろうという意識はますます強くなった。

（どうだ俺の考えが読めるかね？　仕事に関しては何ひとつわからんだろう？　だけど貴様はエリートとしてのプライドだけはいっぱし持ってるから俺に教えてくれと頼むわけにはいくまい？　もしそんなことをしたら俺は貴様を嘲り笑ってやるぞ嘲けられても笑われても俺に頭を下げて頼む根性が貴様にあるかね？　ないだろうだから貴様は苦労知らずのお坊っちゃんだっていうんだ世間知らずの若僧だっていうんだそんな奴が局長になんてなれるものか満足に仕事ができるものか貴様を失脚させてやるんだ身にしみたか二枚目の生っ白い奴め仕事がわからなくて何もかも無茶苦茶になるぞあちこちからどっと苦情がくるぞ貴様そうなればどうやって言いわけする？　俺の意識が読めませんでしたっていうのか？

そんなことをいってみろたちまちエリート失格だぞさあ泣き出せ喚け地だんだふんで口惜しがれ床に這いつくばれ貴様のその白い端正な顔を醜く歪めて泣きわめけ俺は貴様の高慢ちきなその恰好のいい鼻を折っぺしょってやりたいんだ生皮をズルズルとひんめくってやりたいんだ俺は何不自由なく育って何の苦労もなくしかも前途洋々だなんて奴を見ると腹の中へ手を突っこんでその内臓をぐぢゃぐぢゃに引っかきまわしてズルズルと引っぱり出してやりたくなるんだ)

町はすでに、気を失う一歩手前だった。思考意識が働かなくなっていたので、局長の意識の流れを完全に認識することはできなくなっていた。そしてただ強い邪悪な感情だけが町の受容意識を攻めつけていて、それが激しく精神の機能を破壊した。

エリートの精神装置が普通人のそれと違うところは、意識が受容部位と思考部位に分れている点である。そしてこの両者は互いに密接に作用しあっているため、一方が外傷を受けた場合でも、他方の機能の一部を損じる結果になる。

町は意識を強化するため、非常手段として上位自我の緊張を緩め、前意識的なものが意識へ流入する量を増大させた。さらに、被抑圧的であった無意識及びエスの一部をさえ解放した。普通人の上位自我は大部分意識内にあり、前意識自体がすでに被抑圧的であるから、このような手段をとることは不可能なのだが、エリートは訓練により、ある程度精神装置の各部位の機能を制御することができるのだ。

ところが、それほどまでにして局長の意識を探っても、書類の内容の説明らしいものは片鱗さえ見あたらず、無理に底流を探ろうとすると、ますますわけのわからない、混乱した、そしてどろどろに鬱積されたものが出てくるのだった。

(血の池の中にどろどろの池の中に顔の皮剝げ落ちたこいつの顔の皮泥沼の水は血泥沼の底はどろどろの内臓腐敗して腐敗して腐敗してそしてこい

つの内臓ぐじゃぐじゃの内臓収賄と贈賄のカンズメ罐詰その罐詰の空罐が沼の底にころがって積みあがってころがってビール瓶の空のビール瓶もころがって贈賄のビール瓶それから貝殻虫のいる貝殻その貝殻のかけら散らばって散らばってこいつの死体泥の中に立っているこいつの死体ゆらゆらゆらゆら揺れて揺れてぽっかり開いた口その口の中へ血の中の魚が肉を喰う魚が出たり入ったりしてぽっかり開いた眼うつろな眼その眼のまわりの肉が腐敗して腐敗して眼球がぽろりと落ちて沼の底へ落ちて眼球だけが底で水面を睨んで見あげて睨んで女を睨んで……女は道代俺の女凄い女金で買えた女俺が生れてはじめて金で買った女俺を嫌わなかったただ一人の女肉体白い肉体俺を好いてる女それ以上に俺の金と地位の好きな女Ａ級精神労働者それを俺から取りあげようとしているこいつ俺から道代を取りあげるこいつ道代と寝るこいつ道代サモンピンクの口紅黒いツーピース黒い肌着髪をといて首飾りをはずしてツーピースを脱いで肌着も脱いで脱いでみんな脱いで脱いで）

女を次第に裸にしながら、局長はデスクへファイルを積みあげていった。

「これが局内機構改革案のコピーと申請者の控え。これが……」

（生っ白い奴め生っ白い奴めその顔の皮を剥いでむしりとってボロボロにして道代燃える女火花まっ昼間のＡ級居住区の独身者アパートのベッド栗色の毛布汗汗汗汗汗どろどろの内臓腐敗して腐敗して俺は舐める汗を札束を疲れきった女の素足をそしてせいいっぱいの溜息それから黒い胃袋その中の虫そして貝殻泣きわめけ俺に頼め地面を這って転げまわれドロドロになれ若さそしてその悪徳もっと傷つくのだ苦しめ苦しむのだ俺に頭を下げろもっと下げろ俺の委縮した陰茎に頭を下げろヒヨコだ努力と経験の無視だ悪法だ特権意識Ｄ級肉体労働者の生活悪辣な工作便所の中ふにゃふ

にゃの奴お世辞の使い方も知らないだろうエリート優越感生れが生れ育ちが育ちはいお坊っちゃまその通りまったく仰せの通りでございますとも厭がらせ老人の偏見嫉妬よくご存じでこれはねえでもあなたの為を思えばこそ厭がらせをして差しあげますのでございますよ苦しみが足りませんとねえ世の中というものはねえ若僧め子供め喚かせてやるその鼻をポキリと折って石膏細工の鼻をポキリと折って前途洋々の鼻白い鼻堅い鼻精液に浸った鼻冷たい鼻踏んで蹴って潰してドロリと青い液体噴出飛沫ビール瓶空っぽのビール瓶嘲笑百万人の嘲笑俺に俺の頭に俺の顔に嘲笑俺の行為に俺の身体に俺の陰茎に俺と道代の性行為に嘲笑百万の嘲笑ゲラゲラゲラゲラゲラケタケタケタケタケタキッキッキッキッキッ崩れろ崩れ去れ世界の進歩も突然変異もあらゆる進化も年代の差も老人俺は老人じゃない若いまだ若いこいつは若い若い奴を殺せ老人の世界にしろ叩き潰せ内臓腕をねじあげろエリートを無視しろこいつとこいつの女を素ッ裸にして抱きあわせたまま縄でぐるぐる巻きにして自動車から大通りのまん中へ放り出して石油をぶっかけて火をつけて気持がいいぞ皆が喜ぶぞエリートを憎めみんなもっと憎めこいつらは革命を起すぞ殺せみんな殺せエリートを殺せ)

「そしてこれが、局内機構改革案の配布先一覧と、各項目別の反響指数表です。さて、引継すべき書類はこれで全部です」

局長は最後のファイルを音をたてて閉じると、机の上に山積みされた書類の頂きに、おどけた様子でそっと置いた。それはまるで積木をしている子供が最後のひとつをお城の頂きへ置くように、ことさらに慎重に置かれた。書類の山が崩れそうにないのをしばらく観察して確かめてから、局長はぐいと左手を前にのばし、腕時計を鼻先へ持ってきて覗いた。そして決然としてうなづいた。

「ちょうど十六時ですな。まだ三十分ありますが、これ以上お教えすることもありませんから、私はこれで失礼しようと思います」

有無をいわせぬいい方で、局長は町の顔を見据えた。眼が血走っていた。町が何か言えば、言い返してやろうと待ちかまえていた。それを町は知っていたし、町がそれを知っているということも局長は知っていた。だから町は何もいえなかった。二人はしばらく、黙ってお互いの顔を見つめあっていた。

ここで局長が行ってしまえば、それっきりになり、事務引継は何ひとつ完全に行われなかったことになってしまう。

町は一瞬、局長が考えていた通りに、何もかも捨てて床へひざまづき、詳しく教えてくれと頼もうかとさえ思った。だが、たとえそうしても、局長は彼を嘲笑するだけで、何も教えてくれないことは、はっきりとわかっていた。

突然、町は気がついたのだ。これは局長がはじめからたくらんでいたことだ！　彼は、あらかじめせいいっぱい町を憎む気持を養っておき、事務引継を行っている際には、仕事の内容が一瞬といえども顔を出さないように、意識をコントロールしたのだ！　町への憎しみで意識をいっぱいにし、当然町が知りたがるような仕事の詳細が意識へ出る余地をなくしてしまったのだ！　つまり最初から町に仕事を教えてやるまいとして、いろいろ考えた末、この効果的で悪辣な手段をひねり出したのだ！　底意地の悪いいやがらせの、更にその底流には、煮つまったまっ黒な悪意が、否、ほとんど死にものぐるいの殺意が潜んでいたのだ！

そのエネルギーの強さに驚きあきれて茫然と立ちすくむ町の頭に、局長の勝利の叫びが響きわたった。

（死ね死ね死ね死ねワアアアアアア！）

町はこころもち頭をさげた。それから上眼づかいに書類の山を見た。机の端に両手の指さきを置いて、小さく嘆息した。

「ありがとう、ございました」

そして、もう一度嘆息した。肩が下がった。微笑していた。

局長は一歩退いて、頭を下げた。

「じゃ、私はこれで」

笑った。

町も笑って一礼した。

局長はドアに向って歩いた。その靴の踉《かかと》は高かった。ドアの把手に手をかけた。

「ああ、ちょっと…」

町は背後から声をかけた。

局長はゆっくりと振り向いた。眼をしばたいて町を見た。

「ここには…」

町はかすれた声で訊ねた。

「タイピストは、いないんですか?」

局長はしばらく黙っていた。それから眉を少しあげた。

「ここには…」

彼は肩をすくめて答えた。

「タイピストは、いないんですよ」

そして、不思議そうな顔で町を見た。

「そうですか」

町は自分の指先を見た。両手の指先を見比べながら言った。

「タイピストは、いないんですか」

そして椅子に腰をおろした。

局長は出て行った。

部屋の中は静かになった。物音は何ひとつしなかった。

町は眼をあげて、書類の山を見た。

顔に血の気のないことが、自分でもわかった。

指先を見た。それからもう一度書類を見た。

机に置いた両手の上に、彼は頭を下げて額をのせた。しばらく、そのままでじっとしていた。

やがて泣き出した。

会員名簿（3）

川崎恭子　大阪市旭区大宮西之町×の×××
藤森　満　大阪市住吉区北島町×××番地
岸野達雄　大阪府堺市三宝町×丁目×××
前田憲一　清水市富士見町×丁目×
小沢　吏　静岡市神明町×
堀　晃　兵庫県竜野市日飼
槙葉一郎　豊中市服部×××光洋荘×××
杉山祐次郎　静岡市音羽町×××の×

第四号批評・来信

「NULL4」拝受。
すばらしい進歩に驚くばかりです。進歩なんていうと、こっちがお高くとまってるみたいにきこえますが、そういう意味でなく、すばらしいです。
十七頁以降の長めの三篇が、やはり私には面白かった。ゴッタ煮の「宇宙塵」とちがって、「NULL」は着々と独自の傾向を打出して来ておられるようです。(前からそうだったわけですが)
(柴野拓美氏)「宇宙塵」編集長

○

ヌル四号拝受。ありがとうございます。美しい表紙と、充実したバラエティにとんだ内容に感心しました。特に「マリコちゃん」は面白く思いました。SFかどうかわかりませんが、幻想と恐怖にみちて、すばらしい出来です。特に第二話は、ピッタリくるムードがありました。ただし題の上のローマ字は不要でしょう。

「メリーゴオラウンド」これもいいアイディアです。死の少し前からはじめて、死の少しあとまでで話をまとめた方がいいように思えました。若い頃のことは思想としており込んだ方がいいでしょう。全部を書くのでなく、一部分を記して、全体を想像させる方がスマートです。

「父性」よくわからぬ話です。何かをいわんとしているのは感じられますが、説明不足なのでしょうか。もっとも小生もときどき、わけのわかんないものを書いてますから、大きなことはいえません。

「交通痲痺」もっと空間の混雑の雰囲気を描写するようにすれば面白いでしょう。ちょっとオチを生かそうとしすぎて効果をそいだようです。オチはわれても、空間ラッシュだけで充分面白いのですから。

「鶏と卵」前半の部分はとても面白いのですが、後半をはしょりすぎた感じです。時間断層を簡単に片ずけないで、もっと書けばすばらしいものになったでしょう。惜しい気がします。折を見て書き直したらいいと思います。

「兄弟よりも深い仲」いちばん読みごたえがありました。ロバート・ブロックをさらにスマートにしたような感じで、申し分ありません。たのしく読みました。

「数理錯乱会社」SFファンには面白い作品ですが、シロウトの読者にはもう少し錯乱のようすを書かないとわからないかもしれません。

「二元論の家」やはり、いつもながらアイディアの妙でしょう。幽霊ヤシキをもっと描写した方がスゴミがでたでしょう。結末もよく、シェクレイを日本人にすれば、こんな作品を書くのではないかと思いました。

以上、感想を記しましたが、SFほど批評はやり易く、書くのにむずかしい物はないことは小生もよく知っておりますから、お気にせぬよう。

ヌルもしだいにいろどりがふえ、たのしみです。小生もウカウカしてはいられません。あらゆる雑誌にSFは一編はなくてはならぬものとなるよう、大いに頑張りましょう。

（星　新一氏）

○

「ＮＵＬＬ」第４号先日拝受致しました。今回はまず表紙のすばらしさに瞠目、いまもって日に一度は眺めたくなります。作品は例によって俊隆、康隆両氏のものが最も光り、他を圧していると思いました。俊隆氏「兄弟よりも深い仲」康隆氏「二元論の家」の両篇とも再三拝読しましたが、どちらかといえば後者の方が普遍的な面白さの点でやや優っているように感じました。やはり俊隆氏の本領は、「魅惑の星」や「消去」のような、科学を背景とし、前面に押したてたファンタジイに、よりあざやかに発揮されているようです。ぜひ今度は、科学と詩情の結合融和した作品をものしていただきたいと、失礼ながら一言お願いしておきます。

「二元論の家」は以前「宇宙塵」に発表された「環状線」と同系列だと思いますが、心理学が頭を出すだけあって、後者ほどナンセンスに徹しておられないとの感じも受けました。この作品の場面転換の手際よさ、及びプロット展開のなめらかさには啓発されるところが多々ありました。それに、聖バーソロミュー大虐殺まで登場するあたりの、決して作品全体の統一とバランスを破らない、いわば秩序ある脱線ともいうべき愉快さ。とにかく、今号の首位をしめるのが至当と信じうる一篇でした。

他の作品では巻頭の「マリコちゃん」に魅かれましたがどこか童話的な甘さが感じられ、あまり余韻の残らなかったことに物足りなさを覚えます。

（田路　昭氏）

○

他にも多くの方よりご批評をいただきました。お礼申しあげます。

（編集室一同）

後記

各作品について、思い出すことなどを記しておく。

「霊長類　南へ」の初稿は生島治郎氏の紹介で講談社に渡され、読まれもせぬまま長いこと担当者の抽出しの中で眠っていた。そのうち集英社の「週刊プレイボーイ」から連載の話があり、他に長篇のアイディアがなかったので講談社から引き上げ、連載に流用したのだった。集英社が単行本に固執せず、こちらもまたいきさつを忘れたかのように講談社から出したのはなぜだったのかわからない。

「脱走と追跡のサンバ」の初版の装幀は杉村篤で、ずいぶん凝ったものを創ってくれた。ところが彼の家へ原稿を受けとりに行った藤本という編集者が、なんたることか、その貴重な原稿を電車の網棚の上に忘れてきてしまったのだ。彼は自分で探しまわることもせず杉村氏のところに引き返し、「これがばれると自分はクビになる。だからもう一枚創ってくれ」と頼んで、新たに創らせたという。だいぶあとになって杉村氏から聞かされた話だが、この編集者はぐでんぐでんに酔っぱらっておでん屋から深夜に長電話をかけてくるなどいろいろと問題があり、クビになり、クビになったその日に熱海にある自社の寮へ行って芸者をあげ、さんざ飲み食いして行方をくらませたそうだ。

「マッド社員シリーズ」はリクルートの就職情報誌「就職ジャーナル」に連載したものである。そんな雑誌には書きたくなかったのだが再三の依頼で根負けし、書きはじめたのだった。ところが二人組だった担当社員の気にいらず、「東海道戦争」のようなものを書いてくれと（タイトルを間違えて「東京・大阪大戦争」などと言っていた）勝手なことばかり言う。こんな雑誌にあんな前衛的なものが書けるわけがないので苦笑して書けないと言うと「どうしてですか」と睨みつける。文壇の常識もなく文士との付合いもない企業の社員であって、こっちは下請の中小企業並みに扱われたのだ。匆匆《そうそう》に連載を打ち切ったが、このリクルートではのちに講演会にも引っ張り出され、いやな目に遭っている。その詳細は長篇「巨船ベラス・レトラス」に詳しい。講演を頼まれた主人公の錣山《しころやま》が担当社員の若い男からひどい目に遭うくだりだ。

昔の作品を読み返すと、その時にあったいやなことばかり思い出すのはまことに困ったことである。

二〇一四年一二月

筒井　康隆

編者解説

日下三蔵

出版芸術社版〈筒井康隆コレクション〉第二巻には、『48億の妄想』（本コレクション第一巻所収）、『馬の首風雲録』（扶桑社文庫）に続く著者の第三長篇『霊長類 南へ』と第四長篇『脱走と追跡のサンバ』を中心に、関連短篇、単行本未収録短篇、「ＮＵＬＬ」四号、五号の復刻を収めた。ドタバタ路線と実験小説路線をそれぞれ代表する初期の傑作ＳＦ二作である。

最終核戦争が勃発してからの人類の狂乱を描いた『霊長類 南へ』は、集英社の週刊誌「プレイボーイ」の六九年一月七日＝十四日合併号から六月十七日号まで二十三回にわたって連載され、加筆改稿を経て六九年十月に講談社から刊行された。主人公の名前「澱口裏」は、筒井康隆が初期に使っていたペンネームの一つである。

連載に先立つ六八年十二月三十一日号には、以下のような「作者のことば」が掲載されている。

一般の小説が「人間」を描くように、ＳＦは「人類」を描かなければならぬというむずかしい議論をする人がいる。

これが正しいかどうかはともかく、ほんとに「人類」を描いたＳＦは今までにひとつもなかったことは確かだ。ただ、人類に関するほんの一部分――たとえば「人類の運命」「人類の未来」「人類愛」などを描いたものは、特にＳＦとは限らず、ふつうの小説の中にもたくさんある。また、そういうやりかたなら、ぼくにだって「人類」と取り組むことはできる筈だ。

ぼくはこの小説で「人類の馬鹿さ加減」を思いきり描いてみるつもりである。

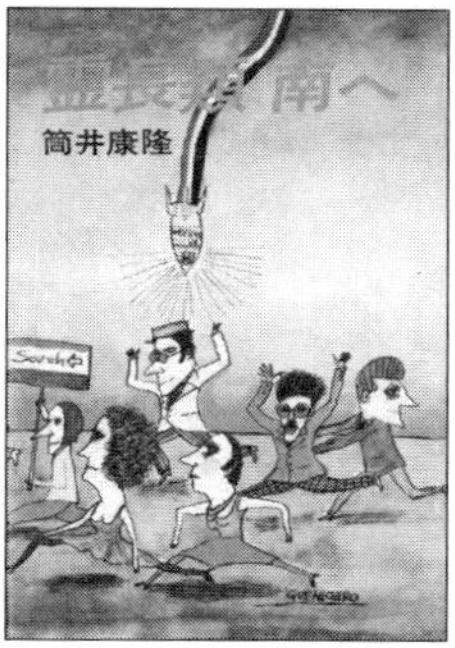

『霊長類　南へ』
（講談社）

刊行に当たって既に発表されていた短篇二本が作中に取り込まれているので、本書では異稿として雑誌掲載時の形で収録した。

とびら　「科学朝日」62年5月号　→「ユーレカ・シティ」
長屋の戦争「MEN'S CLUB」67年7月号→「下町裏長屋」

七四年八月に講談社文庫、八六年四月に角川文庫に、それぞれ収め

後期

前期

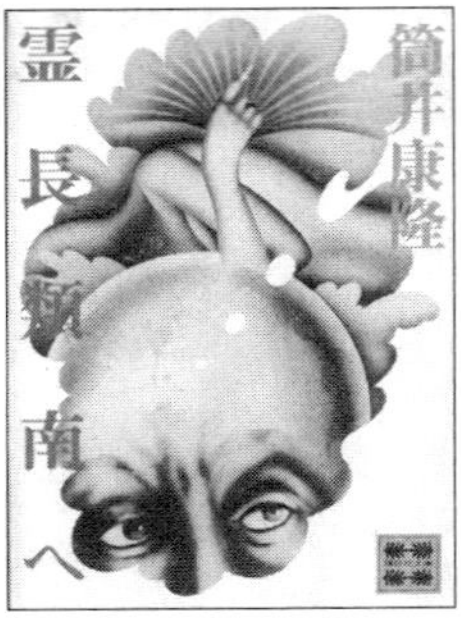

『霊長類　南へ』（角川文庫）

『霊長類　南へ』（講談社文庫）

られた。八三年十月には新潮社の〈筒井康隆全集〉第七巻『ホンキイ・トンク　霊長類 南へ』にも収録されている。初刊本の「あとがき」は、全集にしか再録されていない。

本書には小松左京による秀逸な作家論である講談社文庫版解説を収めた。この解説は小松氏の書評集『読む楽しみ語る楽しみ』（81年2月／集英社）収録時に「スピーディなジャズ的ＳＦ」というタイトルが付されている。

筒井康隆が六六年の「マグロマル」あたりで化けた、などという指摘は、デビュー当時から互いの作品を注視してきた盟友ならではのものであり、後から短篇集を読んだ読者には気がつきにくいものだろう。この年、「マグロマル」以降に発表された作品は「お玉熱演」「トラブル」「火星のツァラトゥストラ」「最高級有機質肥料」「時越半四郎」といった具合であり、なるほど完全に作風を確立していることが分かる。

『腹立半分日記』所収「あらえっさっさの時代」の記述によると、『霊長類 南へ』は当初、『最終喜劇』と題して前半部分が書かれ、講談社に書下し作品として預けられていたが、出版部長が内容がよく分からないというので原稿を引き上げ、改めて「プレイボーイ」に連載されたものである。単行本が集英社ではなく講談社から刊行されたのは義理堅い筒井さんらしい。

筒井さんにうかがったところでは、講談社に書下しの原稿を渡したのは生島治郎《いくしまじろう》の紹介によるものだという。生島治郎はハードボイルド作家として知られているが、作家デビュー以前には早川書房で都筑道夫《つづきみちお》の後を継いで「エラリイ・クイーンズ・ミステリ・マガジン」の編集長を務めており、同社の「ＳＦマガジン」にもしばしば寄稿していた。生島氏の最初の短篇集は〈ハヤカワ・ＳＦ・シリーズ〉の一冊として刊行されたＳＦ作品集『東京２０６５』である。

生島氏は早川書房で企画した日本人作家によるジャンル別の書下しシリーズでハードボイルドの巻だけが出なかったことから、自ら作家への転身を決めた。その際、佐野洋の紹介で講談社から書下し長篇『傷痕の街』を刊行してデビューしたという経緯がある。有望と見込んだ新進作家・筒井康隆を講談社に紹介したのは、自分が受けた恩を次の作家に返そうという意図があったのではないだろうか。

なお、『霊長類 南へ』は二回マンガ化されている。最初はセルフ出版の月刊誌「小説マガジン」の七七年五月創刊号から十月終刊号まで六回にわたって連載された長谷邦夫によるもの。目次では「筒井康隆名作館」と銘打たれており、次々と筒井作品をマンガ化する予定だったと推測されるが、雑誌の休刊によりこの一作のみに終わった。序盤は比較的原作に忠実な展開だが、次第にオリジナルのパロディやギャグが増え、後半は駆け足で終了している。全七回のつもりが一回分少なくなったためとのこと。最終ページの作者「あとがき」には、「ほんとうは講談社文庫の小松左京氏の解説までマンガにしてしまおうと思っていたのだ」とある。

長谷邦夫は赤塚不二夫のフジオ・プロに所属してアイデアや作画を担当してきたベテランだが、古

漫画版『霊長類 南へ』
（「アクションクライマックス」第三号）

くからのＳＦファンでもあり、筒井康隆の短篇「東海道戦争」を描下しでマンガ化して朝日ソノラマのサン・コミックスから刊行（69年8月）したこともある。

　もうひとつは七九年十月に双葉社の「アクションクライマックス」第三号として刊行された古城武司によるマンガ版。こちらはいくつかのエピソードを省いてはいるものの、ほぼ原作の流れに沿った忠実なマンガ化である。古城武司の代表作は、金田正一に憧れる少年を主人公にした梶原一騎原作の野球マンガ『おれとカネやん』だろう。「ウルトラQ」「超人バロム・1」「流星人間ゾーン」「勇者ライディーン」などのヒーロー特撮やロボットアニメのコミカライズも大量に手がけており、ある世代の読者にはそちらの印象の方が強いかもしれない。ＳＦファンとしては今日泊《きょうどまり》亜蘭《あらん》の原作で「少年画報」に連載された『弁慶選手』が単行本化されなかったのが惜しまれる。

　同社の「漫画アクション」から派生したものと思われる「アクションクライマックス」は、毎号二百五十ページの一挙描下しでＳＦや冒険小説をマンガ化する隔月刊誌だった。ラインナップは七九年六月の第一号が田中光二『爆発の臨界』（脚色・我樹一哲、画・大貫一星）、八月の第二号が小林久三『帆船が舞い降りた』（脚色・我樹一哲、画・米山友二）、十月の第三号が『霊長類　南へ』、十二月の第四号が山田正紀『50億ドルの遺産』（画・田丸ようすけ）、八〇年二月の第五号が田中光二『アッシュ　大宇宙の狼』（画・切明畑光乗）である。六号以降は発行が確認できなかった。

世界からの脱走をもくろむ男の奮闘を前衛的な構成で描いて後の実験小説、メタフィクション路線への傾斜の先駆けとなった『脱走と追跡のサンバ』は、早川書房「ＳＦマガジン」の七〇年十月号から七一年十月号まで十三回にわたって連載され、七一年十月に早川書房の新叢書《そうしょ》〈日本ＳＦノヴェルズ〉の一冊として刊行された。

連載に先立つ「ＳＦマガジン」の七〇年九月号には、予告として以下の「作者口上」が掲載されている。

東西東西次号より読者諸兄の御覧に供しまするは御存知筒井康隆が旧に倍しての悪のりで軽薄にも筆すべらせまする荒唐無稽文化財大冒険痛快丸齧実存主義的日和見主義的不条理せんずりエンガチョＳＦ題しまして「脱走と追跡のサンバ」テーマこれまたサイレント映画時代よりお馴染の『追いかけ』作者お得意の似而非前衛的手法波瀾万丈的手法により如何なるハッチャハチャハチャ・カンジョレビッチョレの場面出来いたしまするやらご期待の上相変りませずの御愛読を隅から隅までズズイと御願い上げ奉ります

『脱走と追跡のサンバ』
（早川書房／日本ＳＦノヴェルズ）

七四年六月に角川文庫に収められ、九六年十二月には角川文庫リバイバルコレクションとしても刊行

前期

後期

『脱走と追跡のサンバ』（角川文庫）

された。七九年二月には新潮社の〈新潮現代文学〉第七十八巻『脱走と追跡のサンバ　おれに関する噂』。八四年一月には新潮社の〈筒井康隆全集〉第十巻『家　脱走と追跡のサンバ』にも、それぞれ収録されている。

福島正実の後を継いで六九年から「SFマガジン」の二代目編集長を務めた森優氏にうかがったところによると、〈日本SFノヴェルズ〉はSFを読まない層にも届けようと、あえて表紙やオビに「SF」という言葉を入れず、普通の文芸単行本のようにして出したとのこと。確かに本を開いて初めて分かるトビラページにしか叢書名がクレジットされていない。また、半村良の第一長篇『石の血脈』の原稿を預かっていたが、まだ著書がなく無名の半村の本をいきなり出すのは冒険なので、「SFマガジン」での筒井康隆の連載が終わるまで待ってもらい、七一年十月に『脱走と追跡のサンバ』、十一月に『石の血脈』を続けて出したのだという。

八一年四月に中央公論社から刊行され第九回泉鏡花文学賞を受賞した『虚人たち』は、中期の実験小説路線の第一歩というべき長篇である。登場人物が小説中の人間であることを自覚しているメタフィクション、というだけでなく、ページ数が作中での時間の流れに対応しており、主人公が意識を失っている間は白紙のページが続くという技巧的な作品でもある。

その作中には『虚人たち』の主人公が『脱走と追跡のサンバ』の主人公と同一人物であることを示唆する場面がある。『虚人たち』から『朝のガスパール』に至る実験小説の連打については第七巻の解説で改めて触れるつもりだが、こうした小説の形式そのものを根本から考え直すような作品群の源流が『脱走と追跡のサンバ』にあることは間違いないところだ。

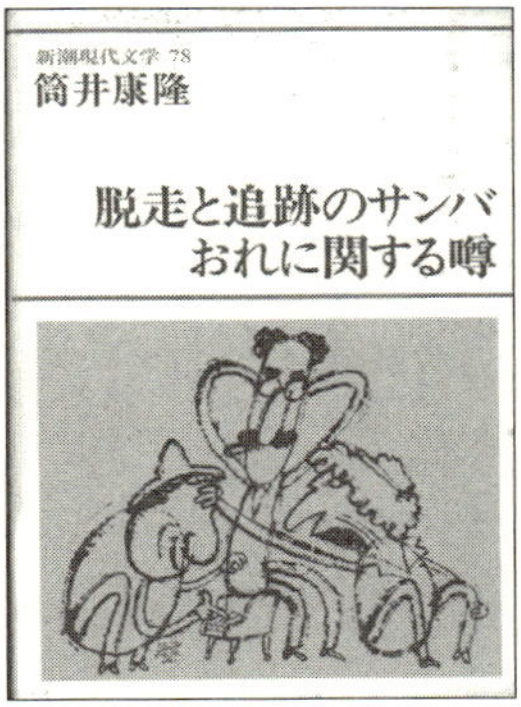

『脱走と追跡のサンバ
おれに関する噂』
（新潮社）

『脱走と追跡のサンバ』
（角川文庫リバイバルコレクション）

第三部に収めた短篇「マッド社員」シリーズは、これまでの短篇集にも収められていない。掲載誌の「就職ジャーナル」はリクルートの就職情報誌。雑誌では第三話のみタイトルが「更利万吉の秘書」となっていたが、本書では表記を「更利萬吉」に統一した。各篇の初出は以下のとおりである。

更利萬吉の就職　「就職ジャーナル」71年1月号
更利萬吉の通勤　「就職ジャーナル」71年2月号
更利萬吉の秘書　「就職ジャーナル」71年3月号
更利萬吉の会議　「就職ジャーナル」71年4月号
更利萬吉の退職　「就職ジャーナル」71年5月号

第四部の「筒井康隆・イン・ＮＵＬＬ」には、四号と五号を収めた。第一巻が刷り上ったあとに、第二号に挟み込まれ

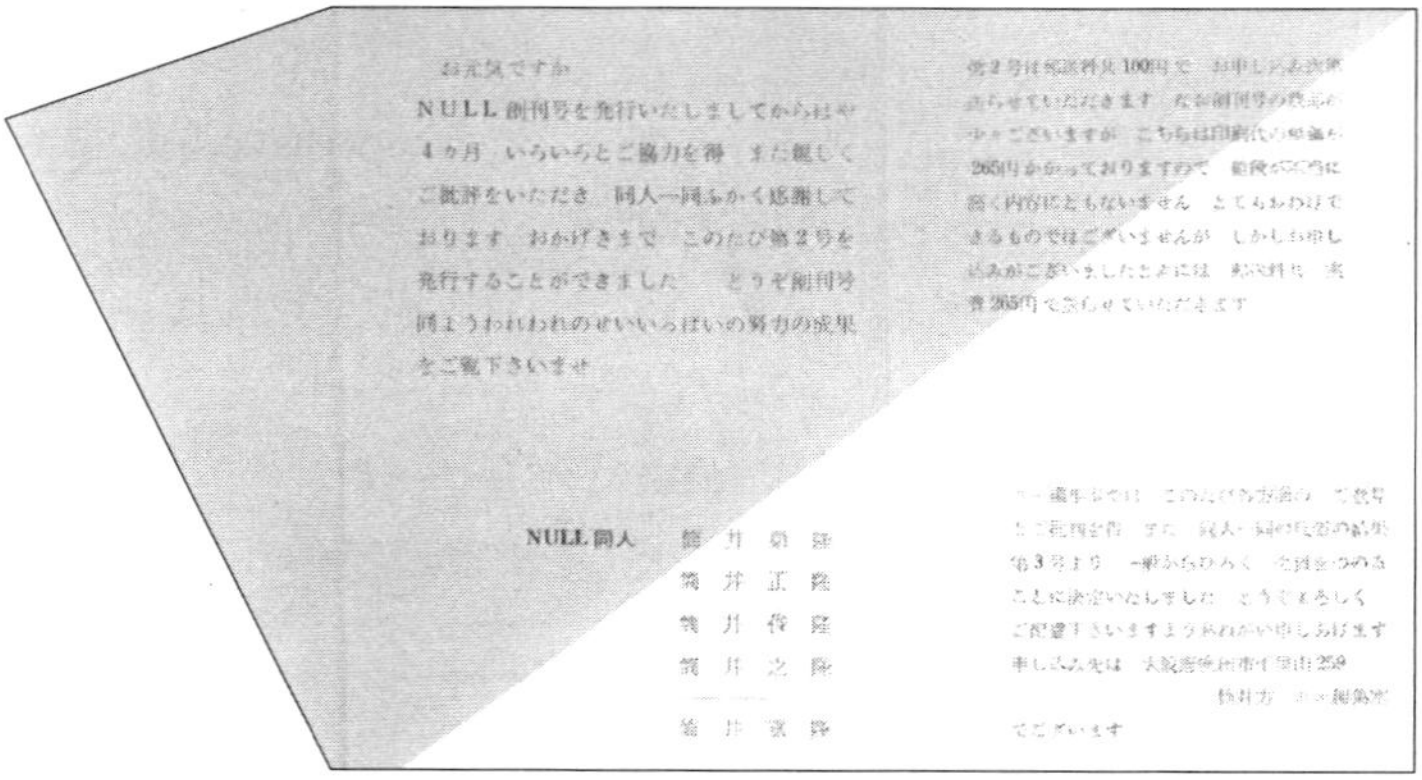

お元気ですか
NULL創刊号を発行いたしましてからはや4ヵ月 いろいろとご協力を得 また親しくご批評をいただき 同人一同ふかく感謝しております おかげさまで このたび第2号を発行することができました どうぞ創刊号同ようわれわれのせいいっぱいの努力の成果をご覧下さいませ

第2号は郵送料共100円で お申し込み次第送らせていただきます なお創刊号の残部が少々ございますが こちらは印刷代の単価が265円かかっておりますので 値段が不当に高く内容にともないません とてもおわけできるものではございませんが しかしお申し込みがございましたときには 郵送料共実費265円で送らせていただきます

NULL同人

「ＮＵＬＬ」に挟み込まれていたチラシ

ていたチラシを代島正樹氏よりご提供いただくことかできたので、ここでご紹介しておく。

　お元気ですか
ＮＵＬＬ創刊号を発行いたしましてからはや４ヵ月　いろいろとご協力を得　また親しくご批評をいただき　同人一同ふかく感謝しております　おかげさまで　このたび第２号を発行することができました　どうぞ創刊号同ようわれわれのせいいっぱいの努力の成果をご覧下さいませ

　ＮＵＬＬ同人　筒井康隆　筒井正隆　筒井俊隆　筒井之隆
　　　　　　　　　　　　　　　　　　　　　　　筒井嘉隆

第２号は郵送料共100円で　お申し込み次第送らせていただきます　なお創刊号の残部が少々ございますが　こちらは印刷代の単価が265円かかっておりますので　値段が不当に高く内容にともないません　とてもおわけできるものではございませんが　しかしお申し込みがございましたときには　郵送料共　実費265円で送らせていただきます

ヌル編集室では　このたび各方面の　ご意見とご批判を得　また　同人一同の反省の結果第3号より　一般からひろく　会員をつのることに決定いたしました　どうぞよろしくご配慮下さいますようおねがい申しあげます　申し込み先は　大阪府吹田市千里山×××

筒井方　ヌル編集室

でございます

長方形の紙片を二回折ったチラシだが、三つ目の面が斜めにカットされており、一つ目と二つ目の面の対角線で色が分けられている。いま見ても驚くほどに洗練されたデザインといっていい。『霊長類　南へ』講談社文庫版の解説で小松左京が「同人誌こそは、外観よりも「中身」の勝負だ、とばかり思っていたかつての文学青年は、「デザイン」に思い切った力をそそいでいる「ヌル」を見て、脳天に一撃くらったほどのショックを受けました」と書いているのは、まったく大げさではない。「ＮＵＬＬ」の場合はそれに加えて中身も伴っていたのだから、当時のＳＦ界に与えた衝撃の大きさが想像できる。

第四号（61年6月）からは「マリコちゃん」（檪沢美也《くぬぎざわみや》名義）「二元論の家」「会員名簿２」「第三号批評・来信」を収めた。「マリコちゃん」は「向上」六六年七月号に「女の子たち　第一話」として転載された後、『にぎやかな未来』（68年8月／三一書房）に収録。「二元論の家」は「サスペンス・マガジン」六五年四月号に転載された後、『あるいは酒でいっぱいの海』（77年11月／集英社）に収録された。会員名簿に自らのペンネームである檪沢美也をぬけぬけと載せているのが面白い。小松左京さんが美人だという触れ込みの檪沢美也に会わせろというので、知り合いの女性に頼んで喫茶店で引き合わせたことがあるというから悪戯好きにもほどがある。

第五号（61年10月）からは「訪問者」「きつね」（榛沢美也名義）「底流」「会員名簿3」「第四号批評・来信」を収めた。「訪問者」は「ヒッチコックマガジン」六二年一月号に同タイトル、「向上」六六年七月号に「女の子たち　第四話」として転載された後、「ユミコちゃん」として『にぎやかな未来』に収録。「きつね」は「ヒッチコックマガジン」六二年一月号に榛沢美也名義で、「向上」六六年八月号に筒井康隆名義で転載された後、『にぎやかな未来』に収録。「底流」は「サスペンス・マガジン」六五年七月号に瀫口《おりぐち》襄名義で転載された後、『あるいは酒でいっぱいの海』に収録。

第一巻の解説で「ＮＵＬＬ」第三号掲載の「傍観者」を「どこにも再録されていない」としたが、これは角川文庫版のテーマ別作品集『出世の首』（07年3月）に収録されておりました。お詫びして訂正させていただきます。

著者プロフィール

筒井　康隆（つつい・やすたか）

一九三四年、大阪生まれ。同志社大学文学部卒。工芸社勤務を経て、デザインスタジオ〈ヌル〉を設立。60年、SF同人誌「NULL」を発刊、同誌1号に発表の処女作「お助け」が江戸川乱歩に認められ、「宝石」8月号に転載された。65年、上京し専業作家となる。以後、ナンセンスなスラップスティックを中心として、精力的にSF作品を発表。81年、「虚人たち」で第9回泉鏡花賞、87年、「夢の木坂分岐点」で第23回谷崎潤一郎賞、89年、「ヨッパ谷への降下」で第16回川端康成賞、92年、「朝のガスパール」で第12回日本SF大賞、00年、「わたしのグランパ」で第51回読売文学賞を、それぞれ受賞。02年、紫綬褒章受章。10年、第58回菊池寛賞受賞。他に「時をかける少女」、「七瀬」シリーズ三部作、「虚航船団」、「文学部唯野教授」など傑作多数。現在はホリプロに所属し、俳優としても活躍している。

筒井康隆コレクションⅡ　霊長類 南へ

発行日　平成二十七年二月二十日　第一刷発行
著　者　筒井康隆
編　者　日下三蔵
発行者　原田　裕
発行所　株式会社　出版芸術社
東京都文京区音羽一―一七―一四　YKビル
郵便番号一一二―〇〇一三
電　話　〇三―三九四七―六〇七七
FAX　〇三―三九四七―六〇七八
振　替　〇〇一七〇―四―五四六九一七
http://www.spng.jp
印刷所　近代美術株式会社
製本所　若林製本工場

ISBN 978-4-88293-474-5　C0093

筒井康隆コレクション【全７巻】

四六判　上製

各巻　定価（予定）2,800円＋税

Ⅰ　『48億の妄想』

全ツツイスト待望の豪華選集、ついに刊行開始！今日の情報社会を鋭く予見した鬼才の処女長篇「48億の妄想」ほか「幻想の未来」「ＳＦ教室」などを収録。

Ⅱ　『霊長類 南へ』

最終核戦争が勃発…人類の狂乱を描いた表題作ほか、世界からの脱走をもくろむ男の奮闘「脱走と追跡のサンバ」、単行本初収録「マッド社員シリーズ」を併録。

Ⅲ　『欠陥大百科』

〈完全なる百科辞典というものは絶対にない。必ずどこかに欠陥があり、採録されていないことばがある〉…辞典パロディである表題作ほか２冊を収録予定。

Ⅳ　『おれの血は他人の血』

気弱なサラリーマン。凡庸な男に見えるが彼には秘密があった…やがてヤクザの大規模な抗争に巻き込まれていき——表題作ほか２冊を収録予定。

Ⅴ　『フェミニズム殺人事件』

南紀・産浜の高級リゾートホテル。優雅で知的な空間が完全密室の殺人事件により事態は一変してしまう…長編ミステリである表題作ほか１冊を収録予定。

Ⅵ　『美藝公』

トップスターである俳優に〈美藝公〉という称号が与えられる。戦後の日本が、映画産業を頂点とした階級社会を形成する表題作ほか数篇収録予定。

Ⅶ　『朝のガスパール』

連載期間中には読者からの投稿やネット通信を活かした読者参加型の手法で執筆、92年に日本ＳＦ大賞を受賞した表題作に「イリヤ・ムウロメツ」を併録。

☆隔月で刊行予定